SOL E SONHOS
- em -
COPACABANA

CB061399

SOL E SONHOS
~ em ~
COPACABANA

ALIEL PAIONE

Pandorga
NACIONAL
2017

Copyright © Blair Carvalho, 2017

Todos os direitos reservados

Copyright © 2017 by Editora Pandorga

Direção Editorial
Silvia Vasconcelos

Produção Editorial
Equipe Editora Pandorga

Preparação
Alline Salles

Revisão
Ana Death Duarte

Diagramação
Abreu's System

Composição de capa
Marcus Pallas

Dados Internacionais de Catalogação na Publicação (CIP)
Ficha elaborada por: Tereza Cristina Barros – CRB-8/7410

Paione, Aliel
   Sol e sonhos em Copacabana / Aliel Paione. – 1.ed. – São Paulo : PandorgA, 2017.
   384 p. ; 16 x 23 cm.

   ISBN 978-85-8442-221-0

   1. Romance brasileiro I. Título

11.07/023-2017   CDD-869.93

2017
IMPRESSO NO BRASIL
PRINTED IN BRAZIL
DIREITOS CEDIDOS PARA ESTA EDIÇÃO À
EDITORA PANDORGA
RODOVIA RAPOSO TAVARES, KM 22
THE SQUARE OPEN MALL, BLOCO E SL 413
CEP 06709-900 – LAGEADINHO – COTIA – SP
TEL. (11) 4612-6404

PandorgA

WWW.EDITORAPANDORGA.COM.BR

À um amigo,
o professor Darcy Ribeiro (*in memoriam*).

CAPÍTULO 1

Jean-Jacques Chermont Vernier chegou ao Rio de Janeiro em meados de 1900, designado consultor econômico junto à embaixada francesa. Até a sua vinda ao Brasil, ele trabalhava em Paris, na sede do Ministério de Negócios Estrangeiros. Jamais vivera no exterior. Com frequência, cumpria rápidas missões pelos países europeus e logo retornava à França. Jean-Jacques recebeu seu novo cargo com entusiasmo, e até com alívio. Durante os últimos meses, experimentava certo tédio existencial entremeado a uma estranha inquietação, o que era raro em sua vida. Revirava seus sentimentos, confrontava suas emoções, porém as respostas fugiam-lhe como a água por entre os dedos. Almejava algo que teimava permanecer obscuro diante das tentativas feitas para elucidá-lo. Essa incerteza perdurara até as vésperas do último Natal, ocasião em que o diretor, o senhor Dantec, entrou em seu gabinete e rasgou o misterioso véu, desvendando-lhe o enigma: viera falar a respeito de sua transferência. Após ser notificado de sua nova missão e de uma longa conversa sobre assuntos político-econômicos, relativos à América do Sul, Jean-Jacques sentia-se outro homem: novamente animado e convicto de suas emoções. Ao refletir sobre o repentino efeito que tal notícia lhe causara, julgou esclarecida a origem de seu aborrecimento e concluiu que seu confuso desejo significava quebrar a rotina da profissão, exercendo-a, durante algum tempo, longe de Paris. "Mudar de ares é do que estou precisando", deduziu, de acordo com o seu humor otimista. Optou, então, pelo Brasil, entre as duas alternativas que lhe foram indicadas pelo Ministério. Jovem, aos seus trinta e seis anos, Jean Jacques possuía um temperamento romântico, e sentiu-se tocado pelo aspecto sentimental envolvido nessa questão.

As raízes de sua escolha relacionavam-se ao seu avô paterno, o senhor Jorge Fiúza de Castro, um rico comerciante português que vivera no Rio e fizera fortuna no Brasil. Além da esperteza para negociar, o avô Jorge tinha um espírito zombeteiro, sempre pronto a encaixar pilhérias no instante oportuno. Jean-Jacques costumava relembrar suas brincadeiras, suas caretas imitativas e seu grosso bigode acariciando-lhe o rosto. Em vista de seu bom humor, o avô acumulara histórias a seu respeito. Os amigos abriam um largo sorriso quando ouviam mencionar seu nome e costumavam lembrar-se de algum fato burlesco, protagonizado por ele. "Só podia ser coisa do Jorge", completavam, hilariados. Tais comentários, entretanto, não eram ditos num tom depreciativo, mas carregavam um ar de admiração. Tinham a intenção, sobretudo, de demonstrar aos outros que também eram íntimos de um homem importante como Fiúza. Tornaram-se famosas as peripécias do avô na corte imperial brasileira, onde conseguira projeção social. Com frequência, ele era convidado ao Paço de São Cristóvão para festas, recepções ou mesmo a negócios, e fizera-se amigo de figuras respeitáveis do império. Muitos desses casos foram exagerados e se tornaram lendas, mas, sem dúvida, o avô tinha uma personalidade peculiar.

Jorge Fiúza, ao retornar à Europa, casara-se em Paris com uma talentosa atriz francesa, Karine Henriette Vernier, bonita jovem de apenas quinze anos, elogiada pela crítica teatral como talento precoce. Jean-Jacques tinha verdadeira adoração pela avó Karine, que também lhe devotava enorme carinho. Desde a tenra idade, ela o habituara a ouvir histórias e, sendo atriz profissional, suas narrativas vinham enriquecidas pela interpretação: cada personagem era encenada de maneira tão vívida que se tornaram realidades inesquecíveis para ele. Karine tinha também por hábito levá-lo ao teatro para vê-la atuar. Ela chegou a morar dois anos no Rio de Janeiro, quando seu marido lá esteve a negócios — Fiúza retornava frequentemente ao Brasil. Narradas por Karine, as belezas do Rio se transfiguravam em sonhos e incendiavam sua imaginação. Por ser criança, época em que certas coisas grudam para sempre nos corações, Jean-Jacques fora se afeiçoando ao Brasil e, com o tempo, tais narrativas fincaram raízes. Anos mais tarde, ele descobriria que o misterioso fascínio exercido pelo Brasil decorria do encantamento com que ouvia a sua querida avó, e que o país era apenas o palco para sua imaginação apaixonada. Por intermédio dela, os trópicos e outras sutilezas essenciais se entranharam nele. Em vista disso, ainda jovem, Jean-Jacques decidira que algum dia iria ao Rio de Janeiro e conheceria o país. Ao ser designado e ter a possibilidade da escolha, sensibilizou-lhe o fato de que os desígnios de outrora tivessem coincidido com as obrigações do presente. Assim, a sua opção pelo Brasil tivera razões sentimentais, procedentes de reminiscências da infância.

O relacionamento com a avó, porém, teve um final triste, pois, mal ele completara treze anos, a bela Karine se apaixonou perdidamente por Benedetto Farnese, ator de uma companhia italiana que se apresentava em Paris, e com ele se foi. Fogo arrasador, de idade madura, labaredas avassaladoras. Jean-Jaques nunca mais a veria. O avô Fiúza, abatido pela solidão e sentindo-se inconsolável com a perda da esposa, definhou até morrer de amargura, alguns meses depois. Nessa ocasião, o feitiço voltara-se contra o feiticeiro, pois o avô fora alvo de anedotas maldosas sobre a sua desventura. À época, seu pai, o senhor Claude Vernier, tinha trinta e três anos, e seu infortúnio se somou ao dele. Jean-Jacques jamais se esqueceria daqueles dias sombrios em que lhe fora retirada bruscamente sua substância mais rica. Aquela fantasia amorosa que habitava seu espírito fora substituída por um vácuo inquietante e, durante algum tempo, ele se equilibrou em uma corda estendida sobre um abismo. Quatro anos mais tarde, receberam a notícia de que Karine Henriette fora vitimada pela tuberculose em Berlim. A lembrança de sua querida avó, entretanto, perduraria em sua memória e teria grande influência em sua vida. Ele sempre se lembraria ternamente de seu carinho, de seu olhar instigante e da dor que sentiu quando o galante Benedetto lhe arrancara um pedaço.

Em oposição ao sangue plebeu, Jean-Jacques descendia, pelo lado materno, de tradicional família de embaixadores — seus ascendentes mantinham uma tradição no serviço diplomático que remontava à antiga nobreza. Seu avô, o conde Vincent de Chermont, servira em Viena na corte dos Habsburgo durante o império napoleônico, sendo o responsável pelas negociações que envolveram o casamento de Maria Luísa com o imperador. Por ser filho único, desde jovem lhe fora incutido que seria ele o responsável por manter a tradição materna. Jean-Jaques entrara na diplomacia por insistência de sua mãe, a condessa de Chermont, a quem era muito afeiçoado;

porém, devido ao seu temperamento, nutria pouco entusiasmo pela carreira. Em pouco tempo de profissão, se conscientizara de que as atividades econômicas afrontavam sua maneira de ser. O que ele amava de fato era imaginar outra realidade, ou arriscar-se a vivê-la. Conceber outro mundo, outro tipo de vida, era o que o empolgava durante as noitadas boêmias nos cafés de Montmartre. Quando jovem, seu talento irrompera, e, nas horas vagas, passara a se dedicar à pintura. Transpunha para as telas, em cores fortes e puras, as emoções que vivia intensamente. Em Paris, tornara-se amigo de vários impressionistas que lhe reconheciam valor e incentivavam-no a prosseguir — já expusera algumas vezes com relativo sucesso.

Jean-Jaques herdara o temperamento do pai, para quem a vida era algo mais interessante que a chicana política — transcorridos alguns anos após a morte da mãe Karine, o senhor Vernier se tornara um conhecido escritor realista. A condessa, entretanto, fazendo juz à fama da inflexibilidade dos Chermont nas mesas de negociações, conseguira impor sua vontade ao filho. Ele cedera ao argumento da mãe de que nada se comparava à luta pelo poder, pois, segundo ela, toda a realidade se submetia ao supremo jogo político entre as nações, e o incentivava, dizendo-lhe que poderia conciliar as duas atividades. A condessa vivia a exaltar o fastígio da glória imperial francesa, na qual Napoleão fora o deus da Europa. "O grande corso", como ela se referia ao imperador, "o arquiteto e construtor da França moderna", proclamava, com seus olhos azuis injetados de emoção, sentindo um *frisson* patriótico irromper-lhe no peito. Seu marido, muito bonachão, replicava dizendo-lhe que enaltecer o império era um contrassenso, pois fora Napoleão quem consolidara a ascensão da burguesia ao poder. Na opinião da condessa, porém, o período glorioso da França sobrepujava tudo, mesmo que levasse de roldão aquele seu mundo aristocrático, aquela sociedade tradicional à qual pertencia. Em razão de o senhor Vernier não pertencer à nobreza, sua união com a condessa sofrera sérias restrições, mas, segundo ele, uma resistência inútil, pois jamais uma fêmea de sangue azul resistiria à virilidade plebeia. Muito brincalhão, dizia que aqueles nobres empolados eram todos uns broxas, uns frouxos, e que aquele mundo majestático deveria mesmo desaparecer. A condessa sorria...

— Quem sabe — ela tentava persuadir o filho, repetindo a sua costumeira arenga —, além de grande diplomata, poderias tornar-te também um renomado artista?

— Sim, mas detesto este mundo, mamãe... Além disso, não tenho vocação para finanças, para mexer com negócios... — replicava-lhe, afagando-lhe carinhosamente o rosto.

Em decorrência de sua índole e de sua vida boêmia, Jean-Jacques terminara com certa dificuldade o curso de Ciências Econômicas, mas fora aprovado nos rigorosos exames de admissão à carreira diplomática. Em verdade, ele cedera porque sempre procurava satisfazer os desejos da mãe. Ele era a única possibilidade de se manter a tradição, não desejava, portanto, contrariá-la nesse seu anseio, para ela tão importante. Mas relutara muito e o fizera a contragosto. Com dificuldades, ia-se adaptando às exigências do ofício, mas adotara a resolução, e a comunicara à condessa, de que iria apenas fazer uma experiência, sem estar convencido de que prosseguiria na carreira.

Apesar de jovem, Jean-Jacques tornara-se um severo crítico do sistema no qual se educara. Ele tinha consciência das mudanças sociais que varriam o mundo naquele início de século e as aceitava plenamente. Detestava o cerimonial em que vivia, repleto de formalidades que constituíam estorvos para suas emoções e lhe causavam estranheza. Chegava mesmo a abominar minudências quando essas o aborreciam, contrariando-lhe a ideia de um mundo mais sincero e receptivo aos sentimentos. Nessas ocasiões, punha-se a revirar o velho arcabouço e dissecava as entranhas deste organismo doente chamado civilização. Constatava, entediado, que era relativamente fácil entendê-lo, porém, deparava-se com dificuldades quando procurava fugir daquele emaranhado de regras incompreensíveis, impregnadas de dissimulada hipocrisia. Esse esgarçado tecido não raras vezes era mantido à custa de subterfúgios que atentavam, geralmente, contra a própria natureza humana. Prazeres, ideias e desejos que eram, aos borbotões, recalcados e enterrados nas profundezas misteriosas da própria mente. Seria esse o preço da civilização? Jean-Jacques debatia-se como mosca, preso nessas malhas de aço, e caminhava com redobrada cautela nesse pântano movediço chamado desejo. Não obstante, progredia em seus anseios libertários, transgredindo limites. Talvez fosse um modernista iconoclasta duelando contra os valores da burguesia capitalista, influenciado pelas ideias da vanguarda europeia que varriam o mundo naquele início de século.

Avistou o Rio numa linda manhã ensolarada, sob o clima ameno do mês de junho. Tão logo transpôs a barra, deslumbrou-se com a paisagem fascinante: os morros revestidos com o verde-musgo das florestas, espremidos entre o anil do céu e o metálico azul do mar, realçados pela claridade intensa. Por entre a vegetação, avistavam-se, em pontos isolados, gigantescas pedras matizadas em tons acinzentados. Aos pés dos morros, na linha do horizonte, surgiam-lhe, bucolicamente, os casarões da cidade de São Sebastião do Rio de Janeiro. Todavia, o que mais o encantava era a fantástica luminosidade que envolvia tudo aquilo. A luz parecia ser fortemente absorvida pela floresta, realçando-lhe o viço, e refletida pela vaporosa bruma marinha, que lhe impregnava as narinas com uma fragrância de que jamais esqueceria. Naquela manhã, de pé sobre o tombadilho do *Uruguay Star*, as mãos envolvendo a grade metálica da amurada, Jean-Jacques admirava o cenário, arrebatado pela beleza. Em vista dele, antecipava que acertara ao trocar a fervilhante Paris da Belle Époque pelo Rio de Janeiro, lugar apropriado a tudo que ultimamente almejava.

Optou por morar fora da embaixada. Alugou apartamento num sobrado na praia de Botafogo e foi logo se adaptando à vida carioca. Em dias ensolarados, durante as caminhadas ao entardecer, frequentemente interrompia os passos e permanecia absorto, contemplando o cintilar alaranjado sobre o espelho d'água da enseada; ou punha-se a observar algum solitário navio, singrando rumo à vastidão do Atlântico. Nos primeiros meses, banhava-se na praia de Botafogo, mas tão logo foi se familiarizando com a cidade, passou a fazer longas incursões dominicais pelos areais de Copacabana, àquela época recebendo seus primeiros casarões. Saía pela manhã em carro aberto, alugado ao senhor Euzébio Pontes, levando seus pincéis, tintas, espátulas e demais apetrechos de pintura em uma maleta de madeira. Jogava o cavalete e as telas na boleia e, em cinquenta minutos, estavam em Copacabana. A princípio, carregava sua refeição em embornais de lona, mas logo adquiriu o hábito de almoçar no Hamburgo, um dos primeiros restaurantes instalados no bairro. À tardezinha, lá pelas dezessete horas, o senhor Euzébio vinha apanhá-lo em seu carro, sempre tracionado pela mesma parelha: dois esplêndidos cavalos negros, Zulu e Negrinho. Jean-Jacques, aos poucos, foi-se tornando íntimo do senhor Pontes e, por seu intermédio, conhecendo a cidade. Em outros fins de semana, levado por amigos da embaixada, frequentadores da sociedade carioca, visitava chácaras na Tijuca ou em Laranjeiras. Preferia, entretanto, livrar-se do convívio formal e passear em companhia de Euzébio pelas matas da encosta do Corcovado, locais em que podia observar árvores gigantescas abraçadas e enredadas por vigorosas trepadeiras. Entre as frondosas copas do arvoredo, infiltravam-se raios solares que tremeluziam no ar, salpicando a mata de dourado. Jean-Jacques encantava-se com a floresta, trespassada pelo chilrear dos pássaros e pelo aroma da flora úmida, e admirava a dicotomia sombra e luz, que lhe estimulava a sensibilidade artística. Vez ou outra, escutava o suave murmúrio de águas descendo a montanha, rolando preguiçosamente rumo à baixada ou observava, ao longe, seus filetes metálicos sobre as pedras, faiscando ao sol. Tais cenários, em cores fortes e luminosas, eram inimagináveis na Europa, e lembrava-se de discussões acaloradas, com seus amigos impressionistas, a respeito da luz. Ele ignorava, contudo, que tais maravilhas estavam muito aquém do que lhe proporcionaria o país, pois carecia desfrutar a volúpia e incendiar seu espírito com emoções inesquecíveis. Porém, ainda assim, lhe restaria experimentar o derradeiro e inexplicável sentimento que trespassava essa terra; só, então, usufruiria, integralmente, a realidade estética brasileira.

Chegara ao Brasil no início do Governo Campos Sales, e logo se entranhou na vida econômica e política do país. Nação propícia a investimentos e bons negócios, opinião unânime entre os especialistas, o Brasil iniciava-se no regime republicano, instaurado em 1889. Na época em que chegou, o presidente Campos Sales acabara de implantar a estrutura de poder da República Velha, baseada nas influências dos Estados de São Paulo e de Minas Gerais. Ele instituira a Comissão de Verificação de Poderes, com direitos para validar, ou não, o resultado de eleições, realizadas a "bico de pena". Seu objetivo era dar posse àqueles políticos indicados pelas oligarquias estaduais, mancomunadas com os interesses do governo federal, mero representante da elite agrária.

Cerca de um ano após sua chegada ao Rio, Jean-Jacques adotara a informalidade do tu, e logo aderiu ao brasileiríssimo você. Ele se especializara em línguas ibéricas, tendo em vista as razões que o motivaram em sua vinda ao Brasil. Além da informalidade no tratamento, resolvera também adaptar-se ao clima tropical: cortou algumas calças para transformá-las em confortáveis bermudas. Metido em sandálias, com chapelão de palha na cabeça, lá ia ele em direção a Copacabana no carro do circunspecto Euzébio Pontes, num belíssimo domingo de céu azul. Conversavam sobre a indumentária mais adequada às temperaturas elevadas do Rio de Janeiro, motivados pelo sol que lhes abrasava a pele.

— Ora, meu caro Euzébio, já lhe falei sobre isso; é inútil apenas reclamar do calor! Você precisa abandonar esse seu traje escuro, essa cartola quente! É um absurdo se vestir como um inglês aqui no Rio — sugeriu Jean-Jacques, com expressão marota, observando a paisagem. — Sorria, amigo! Aprecie essa maravilha... Afinal, está no Brasil!

— Mas, *monsieur* Chermont! — exclamou Euzébio, reprimindo o tímido sorriso que se esboçava debaixo de seu estreito bigodinho negro, muito bem aparado.

— Sim! É necessário adaptar-se ao clima de sua terra, a essa natureza exuberante. Liberte-se dessas roupas calorentas; crie sua própria elegância e esqueça esse modismo europeu, totalmente inapropriado para os trópicos — insistiu, abrindo um largo sorriso e fitando, por detrás, o paletó escuro de Euzébio. De seu corpo só se via a nuca morena, espremida entre a cartola e o tecido preto. — Você, há pouco, não reclamou do calor? Pois então...

— Sim, *monsieur*, muito calor — respondeu, erguendo o chicote e cutucando a parelha. Em seguida, enxugou com as costas da mão o suor que lhe marejava a fronte. — Mas já me acostumei com ele, *monsieur*...

— Ora! Pois experimente trabalhar mais à vontade e verá que se sentirá melhor. Além disso, já nos conhecemos há algum tempo; abandone este tratamento formal de *monsieur* Chermont... Trate-me simplesmente por Jean-Jacques. Como vocês, brasileiros...

— Se não se incomodar, *monsieur* — respondeu, virando parcialmente a cabeça, levemente constrangido.

— Ora, homem, mas que diabo! Vamos lá, Euzébio! Que dificuldade... Sem cerimônias, por favor! — solicitou, sorrindo.

— Sim, Jean-Jacques, hoje o calor realmente está terrível... Você tem razão — concordou, ainda mais constrangido, puxando as rédeas e parando o carro. Soltou os botões, ergueu o braço e puxou a manga com a outra mão, depois repetiu o gesto ao contrário; empertigou-se na boleia e retirou o paletó. — De fato, está bem mais agradável assim.

Jean-Jaques pôde observar as costas da camisa branca de seu amigo empapada pelo suor, com seu colarinho ligeiramente puído. Euzébio arregaçou as mangas até os cotovelos, tirou a cartola preta e passou a mão com os dedos entre os cabelos, umedecidos pela transpiração, e olhou para trás, abrindo um sorriso.

— E, então? Não se sente melhor assim? Usufrua dessa brisa! — disse Jean-Jacques, fechando os olhos e erguendo levemente a cabeça, mantendo o semblante prazeroso. — Relaxe e deixe a vida crescer em você...

— Tem razão — repetiu.

Neste instante, aconteceu algo inesperado: Euzébio abriu mais o sorriso, que terminou numa sonora gargalhada. Apanhou o chicote e cutucou a parelha. Jean-Jacques, observando um ponto qualquer, meditou com inusitado interesse sobre aquela reação. Até então, o conhecera circunspecto, cerimonioso. O máximo que se permitia era conter um sorriso miúdo, esticando o seu bigodinho fino.

— E a gravata? Não o incomoda? — indagou, alargando o sorriso, parecendo se divertir com o constrangimento do amigo.

— Bem! Na verdade, é o que mais me incomoda. — Ergueu levemente o queixo, tensionando o pescoço, e tirou a gravatinha preta acetinada.

— Você precisa, da próxima vez, cortar uma velha calça e usá-la assim. Verá que se sentirá ainda mais confortável.

— O que não diriam meus amigos do ponto se me vissem conduzir assim um diplomata francês... — respondeu, sorrindo.

— Ora, bobagem! Tenho certeza de que logo passariam a imitá-lo — retorquiu com certa displicência, sem atentar muito no que dizia. Permanecia, sim, enquanto argumentava, apreciando a paisagem. Em algumas ocasiões, pedia a Euzébio que parasse para melhor admirá-la.

— É difícil! Apegamo-nos a certos costumes.

— Podemos modificá-los. Pois eu mesmo já aprendi bastante com vocês, brasileiros; principalmente, com o povo mais simples. Devemos, como ele, exprimir espontaneamente nossas emoções e libertarmo-nos desses costumes pernósticos, pois somos parte de tudo isso. Por que tolher os sentimentos com dissimulações? Enfim, com tantas bobagens? Há muitos erros nesta civilização, Euzébio... Devemos reavaliá-la... — foi interrompido por Zulu que, erguendo o rabo, emitiu um som prolongado, perfumando os ares.

— Oh! Zulu! Desculpe! — exclamou Euzébio, meio envergonhado, com as faces enrubescidas. — Desde ontem, ele não está bom da barriga. Deve ter bebido água insalubre...

Jean-Jacques, por sua vez, desatou em gostosas gargalhadas. O peido de Zulu e a patética reação do seu amigo valeram-lhe o dia. Apenas comentou, hilariado:

— Pois seu cavalo me entendeu muito bem! Nossa civilização merece belos peidos... — E continuou a gargalhar quando, Zulu, encerrando a inesperada sinfonia, deixou escapar um último som: seco e agudo, como um breve apito.

— Ora! Mas não é possível!

— Deixe o coitado se aliviar! — disse, rindo a valer.

Neste instante, adentravam os limites de Copacabana, trafegando em direção à praia. Em poucos minutos, chegaram às suas proximidades. Jean-Jacques admirava aquele azul-marinho avolumando-se em grandes ondas que se desfaziam sob estrondos num branco véu borbulhante, que se arrastava indolente sobre as areias. Aquele cenário o levou a indagar, como algo que se inspirasse no belo:

— Diga lá, Euzébio: não conhece um cabaré mais elegante? Diferente dos habituais?

Jean-Jacques observou-o esticar ligeiramente o bigodinho miúdo, num sorriso contido e cúmplice; seus olhos brilharam.

— Bem... Tem coisa fina, discreta, lá pelo fim do areial, perto da igrejinha. A casa de *Mère Louise*. Um sobrado isolado, situado no caminho de Ipanema. Já levei muita gente importante até lá. E sempre parecem gostar. Dizem que tem muita mulher bonita, muita polaca...

— Aqui em Copacabana? Não diga, homem! — exclamou, surpreso. — Pois, então, leve-me para conhecê-lo.

Tomaram o caminho que margeava a praia.

— Tenho lido nos jornais que nos próximos dois ou três anos vão construir a avenida — comentou Euzébio, indicando com um gesto de queixo o caminho de terra em que trafegavam. — Isto aqui, muito em breve, estará construído, não tenho dúvida — completou, girando a cabeça e percorrendo, com um amplo olhar, o imenso descampado onde despontavam poucas casas.

— Sim, em breve, tudo isso vira cidade — concordou Jean-Jacques, olhando a amplidão à sua volta, notando alguns quarteirões demarcados, quase desertos, tomados pelo mato ralo. Algumas ruas de terra batida cortavam-se em ângulos retos. — Será um belíssimo bairro, sem dúvida.

— Na volta, você fica aqui? — perguntou Euzébio, observando a praia.
— Estamos no meio.
— Sim, desço perto do restaurante Hamburgo. Tem muita gente indo até lá almoçar aos domingos...
— Minha esposa insiste para que eu adquira um lote em Copacabana. Porém, estão caros. Tem havido muita especulação — comentou, franzindo o cenho. — Mas ela tem razão, a cidade deve mesmo expandir-se para o sul, acompanhando a orla...
— Pois seria um bom investimento! Morar perto do mar aberto, sentir essa brisa. Se hoje estão caros, logo encarecerão mais.
— Além do preço, outro impedimento seria o meu trabalho, quase todo exercido entre Botafogo e o Centro. Costumo fazer ponto na Glória e na Rua da Carioca. Minha freguesia encontra-se espalhada por lá. Teria de me deslocar diariamente...
— A geografia urbana muda depressa, Euzébio. Em alguns anos, a região estará habitada: Copacabana, Ipanema... Depois virão os hotéis. Você não precisa se mudar imediatamente; compre um lote e aguarde a melhor oportunidade. Deixe a cidade crescer. Estes dias, na embaixada, como sabem que venho muito aqui, disseram-me que logo construirão um novo túnel ligando Botafogo a Copacabana. Aguardam apenas a indicação do novo prefeito. Pereira Passos está prestigiado. Dizem que tem grandes planos de urbanização.
— Jean-Jacques! Sempre fui curioso a respeito desta gente importante. Costumam saber tudo com antecedência. Parece até que combinam as coisas antes de elas acontecerem — comentou, enrubescendo, como que arrependido da indiscreta insinuação.
— Mas tem razão! Elas são feitas assim mesmo! São urdidas nos bastidores. Os conluios, os grandes negócios são geralmente tramados e realizados entre amigos e sorrisos interesseiros; entre champanhes e iguarias. Ali, procuram direcioná-los de acordo com seus interesses, conversando sobre as nomeações para os cargos importantes, a respeito de edificações de obras públicas e de locais de investimentos de que só eles saberão... Um mundo artificial, Euzébio, movido a libras. — Enquanto falava, Jean-Jacques fitava ao longe, no horizonte azul do oceano, duas espirais de fumaça negra evoluindo inclinadas para trás, contra a claridade intensa do firmamento.

— E nós, pobres mortais, vivemos essa ingênua realidade. O que nunca alcançamos em anos de trabalho, eles conseguirão numa agradável conversa... rodeados por bonitas *madames* — reclamou Euzébio, sacudindo as rédeas.

— Infelizmente, é isso mesmo; a vida é assim... A perene luta pelo poder atrelada às considerações filosóficas para justificá-la ou condená-la. Quanto já se pensou e se escreveu sobre esse assunto... Existe algo mais a ser dito? — questionou, pensativo.

— Lá está a Igrejinha de Nossa Senhora de Copacabana. Antes, dobraremos à direita. — Indicou, com o dedo, uma rua de terra. — É o caminho que leva a Ipanema.

Andaram mais alguns minutos e, logo adiante, avistaram três casarões isolados, separados por mato. Euzébio apontou o primeiro deles.

— Ali é o cabaré de *Mère Louise* — disse, parando o carro.

Jean-Jacques levantou ligeiramente a aba do chapéu, tensionando os olhos e franzindo o nariz devido à claridade matinal, e observou aquele solitário sobrado com suas três vidraças frontais, no segundo andar, baixadas e vedadas parcialmente por um cortinado vermelho. No pavimento inferior, dois grandes janelões, guarnecidos por cortinados da mesma cor, ladeavam a porta de entrada, composta por duas pesadas partes. Nas paredes laterais do prédio, havia quatro vidraças em cada pavimento; no térreo, algumas estavam abertas. Exceto em sua frente, onde existia uma pequena cerca de madeira, o sobrado era inteiramente cercado por muros que davam exteriormente para matagais. Um ar tristono e melancólico envolvia tudo aquilo.

— Siga um pouco mais adiante.

O carro avançou e parou defronte do prédio.

— Já são nove horas, não?

— Sim, aproximadamente... — respondeu Euzébio, erguendo os olhos e observando a altura do sol em relação ao horizonte.

Jean-Jacques torceu o tórax à esquerda e fitou cada detalhe daquele casarão. Aparentemente, não havia movimento. Tudo permanecia em silêncio, apenas perturbado pelo barulho surdo das ondas que se quebravam no mar numa frequência constante. Em frente ao prédio, havia um passeio de pedras e local apropriado para estacionamento de carros. Na rua de terra havia sinais recentes de muito movimento. "Deve ter sido uma noite agitada", pensou, observando o emaranhado de sulcos de rodas e patas de cavalos cravados no chão. À sua direita, no lado oposto, margeando a rua, havia um mato rasteiro e falhado que raleava gradativamente sobre o terreno arenoso, até as proximidades da praia.

— Por que nunca me disse nada a respeito?

— Ora, Jean-Jacques! Você nunca me perguntou... Apenas atendo a seus pedidos, procurando respeitar os fregueses. Principalmente, sobre tais assuntos...

— Está certo; por isso tem boa freguesia. Mas agora pode me falar tudo. Será mesmo coisa boa, Euzébio? Melhor que os da Lapa, ou os habituais?

— Sim! É coisa chique mesmo! Casa fina, de luxo; só dá gente grã-fina igual a você... Como verá, *madame* Ledoux é francesa, e as mulheres são escolhidas entre as mais lindas do Rio; segundo ouvi, há muita estrangeira bonita — comentou, com animação.

— Podemos então retornar. À noite, voltaremos aqui.

— Sim — concordou, sacudindo as rédeas e pondo o carro em movimento num semicírculo, para virá-lo.

Neste instante, ouviu-se um barulho de vidraça sendo erguida no andar superior, em frente à rua. Jean-Jacques, que no momento estava de costas, pois o carro efetuava a curva, virou-se para trás e viu à janela, com uma das mãos sustentando a vidraça e a outra puxando o pino de sustentação, uma vistosa morena. Ela parecia encontrar certa dificuldade em travá-la. Observou-a de perfil; seu semblante estava parcialmente coberto pelos cabelos negros. Quando conseguiu girar o trinco, baixou os braços, virou o rosto e observou curiosamente o carro, àquela inusitada hora.

— Espere um instante! — exclamou Jean-Jacques, batendo-lhe no ombro. Euzébio puxou com força as duas rédeas, sofreando a parelha.

— Que foi? — perguntou ele, assustado com a súbita exclamação.

Imediatamente, ao vê-lo olhando a janela, também dirigiu seu olhar naquela direção e admirou a belíssima mulher, fitando o amigo. Da janela ao carro haveria cerca de quarenta metros. Euzébio esboçou aquele seu risinho contido e observou Jean-Jacques imóvel como uma estátua, o tórax torcido e a cabeça erguida, semelhante a um modelo posando para alunos em *ateliers*. Essa cena durou apenas segundos, pois, logo depois, presenciou a morena abrir um sorriso encantador, passar as mãos nos cabelos, puxando-os para trás, virar as costas e desaparecer no interior do quarto. Pôde observar também seu amigo erguer-se ligeiramente do banco e estender os braços num gesto de desalento, ao pressentir que ela se iria. *Que belle!*, ouviu-o murmurar, mantendo o olhar em direção à janela vazia, como se houvesse presenciado uma visão. Viu-o relaxar, observando vagamente o piso do carro, mirar outra vez o prédio e solicitar com ar alheio, pensativo:

— Vamos. À noite, você me traz novamente. Pareceu-me, vista de longe, uma belíssima mulher.

— Ora! Pois não lhe falei? — exclamou, orgulhoso com a satisfação do amigo. — Já trouxe aqui muita gente importante. Até senador da República, gente que só frequenta esses lugares — completou, com um sorrisinho discreto, demonstrando querer guardar segredo de nomes ilustres.

— Se for realmente assim, esta sua terra é surpreendente, Euzébio! — exclamou Jean-Jacques, abrindo um sorriso de satisfação. — Tenho visto belas mulheres…

— Pois verá anjos! Conheço outros lugares — E retomaram o caminho que margeava a praia; dirigiam-se ao meio da imensa curvatura, entre o Leme e a Igrejinha de Copacabana.

— Só há um problema: para trazê-lo aqui, esta noite, prefiro pernoitar no bairro. O caminho até Botafogo é escuro e gasto muito tempo para chegar a São Cristóvão. Quando não retorno à tardezinha, minha esposa sabe que devo estar trabalhando pelos arredores da cidade…

— E sua esposa sempre confia em você… — insinuou, sorrindo. — Tem, então, ótimos álibis…

— São os ossos do ofício — replicou Euzébio.

— E, então, onde costuma pernoitar?

— Na pensão do Pacheco Lajes. Não muito longe do restaurante.

— Ótimo! Assim, se torna mais fácil — disse Jean-Jacques, com uma entonação de dúvida. — Porém, tenho também um problema! Não trouxe trajes para a noite — completou, com olhar pensativo. — Euzébio! Me faça o seguinte favor! — exclamou, com o semblante iluminado por repentina ideia. — Vá até Botafogo e me traga calça, camisa, meias e sapato. É fácil! Basta dirigir-se ao meu quarto; quando lá chegar, verá meu armário. Abra a primeira porta à esquerda e escolha uma camisa branca e traje escuro; meias, colete e sapatos, também escuros. Pegue uma gravata num tom claro, ao seu gosto. Você entende de elegância. Aqui tem uma mensagem explicando tudo ao zelador, senhor Praxedes. — E retirou um lápis e um pequeno cartão do embornal, timbrado de acordo com o protocolo, onde escreveu algumas palavras dirigidas ao vigia, autorizando-o. — Ele lhe explicará onde fica o meu apartamento. À tarde, encontro-o no Hamburgo. Antes, passe na tal pensão e me reserve também um quarto — completou, terminando de escrever o bilhete. Bateu no ombro de Euzébio, entregou-lhe o cartão e a chave do apartamento. Este, muito constrangido, não sabia o que dizer e relutava em apanhá-los.

— Mas... Eu... — Voltou-se e pegou a mensagem, junto com a chave, sentindo-se extremamente intimidado com a confiança nele depositada.

— Sem cerimônias, Euzébio; tenho plena confiança em você! — antecipou-se Jean-Jacques.

— Sim, senhor — assentiu, cada vez mais surpreendido com aquele irreverente diplomata que não ligava a mínima para etiquetas, protocolos e posições. Pensava com seus botões: "Imagine eu, invadindo o quarto de um diplomata em busca de suas roupas... Cornélia não acreditaria se lhe contasse".

— Estamos quase chegando — disse Jean-Jacques, observando algumas casas como referência. — Lá está o Hamburgo!

— Sim.

— Pode parar por aqui. — Levantou-se e começou a juntar seus apetrechos. — Você precisa de alguns réis?

— Bem...

— Aqui tem. Pode almoçar com calma. Aguardo-o à tarde, no restaurante — disse, saltando do carro e apanhando suas coisas. — Até logo mais.

— Até a tarde! — despediu-se o incrédulo Euzébio. — Senhor Praxedes é o nome do zelador...

— Sim! Senhor Praxedes; gente boa. Explique a ele.

Jean-Jacques encaminhou-se para as areias de Copacabana, carregando sua pequena maleta com o material de pintura, sobraçando o cavalete e as telas. Euzébio, balançando as rédeas, pôs o carro em movimento, sacolejando de volta a Botafogo. Estava deveras intrigado com aquelas maneiras. Acostumado a servir circunspectos senhores, que mal o cumprimentavam, via aquele francês subverter todas as regras de etiqueta que a experiência lhe ensinara. Todo aquele arsenal ritualístico, aprendido em anos de ofício, ruía fragorosamente perante aquela alegre irreverência. Euzébio guiava pensativo; vez ou outra abria um sorriso, sentindo que se afeiçoava àquele simpático diplomata, diferente de todas as pessoas a quem servira. Começava a identificar-se com ele e a sentir renascer em si coisas que, há muito, haviam sumido de sua imaginação. Jean-Jacques, com seu amor à vida, revolvia-lhe o marasmo existencial, quebrando o jugo do conformismo, senhor da rotina e da desesperança.

CAPÍTULO 2

Deitado sobre as areias de Copacabana ou mergulhando nas águas do mar, Jean-Jacques sentia-se como uma célula integrante daquele organismo que, só assim, ele entendia como vida. Curtia as horas da tarde sob um sol escaldante. Frequentemente cochilava, divisando fragmentos de céu enquanto seus pensamentos voejavam livres, através de espaços oníricos. Avistou a bela morena debruçada na janela e, ansioso, suando muito, pedia-lhe que se voltasse. Despertado pelo estrondo de uma onda mais forte, a morena se fora e ele se via só, beijado pela espuma branca espumante. Outras vezes virava-se de bruços, abria os braços em cruz e cravava os dedos na areia, abraçando-se ao planeta Terra. E tornava a percorrer misteriosas trilhas, acossado por perturbadoras imagens.

Por volta das dezesseis horas, adentrou o restaurante Hamburgo. Não se sentia inspirado para pintar conforme planejara fazê-lo naquele domingo, depois da praia. Dirigiu-se ao balcão e colocou seus apetrechos atrás dele. O proprietário do restaurante, o senhor Kaufmann, era um alemão alto, corpulento, ostentando volumosa barba ruiva e serenos olhos azuis. Seria fácil imaginá-lo um bávaro amante de uma boa cerveja e que reinasse absoluto no reino dos defumados. Ou que se tratasse de um músico. Pois *herr* Kaufmann era isso: um sensível glutão. Ele lutara pelo *Kaiser* na Guerra Franco-Prussiana e adquirira o hábito de manter a energia no passo, além de erguer seus pés um pouco acima do razoável ao caminhar; andava quase marchando, dentro de seu restaurante. Chegara ao Brasil em 1891, como representante de uma companhia alemã de alimentos. Em pouco tempo, abrira um pequeno restaurante no centro e, havia dois anos, inaugurara a filial em Copacabana. Era um simpático bonachão. Ao ver Jean-Jacques surgir na porta e se aproximar, abriu-lhe o costumeiro sorriso, saudando-o:

— *Órra, órra, vive la France!* — cumprimentou-o com seu vozeirão grave de tenor, com forte sotaque alemão.

— *La France est rouge!* — respondeu, sorrindo, Jean-Jacques, muito vermelho pelo excessivo sol.

— Traga-me uma *Porter* gelada, *Kaiser* — solicitou, dirigindo-se à sua mesa habitual, nos fundos da sala, imersa em penumbra. Sentou-se e o observou abaixar-se atrás do balcão, apanhar a garrafa no reservatório de gelo e colocá-la sobre uma pequena bandeja; e o assistiu marchando em sua direção, ostentando amável sorriso. Ao chegar à sua mesa, imaginou: "alto!". E ele parou, solícito, depositando a bandeja e abrindo a cerveja.

— *Ô camarrãozinho*, senhor? — indagou, curvando-se discretamente.

— Na brasa, *Kaiser*! — respondeu Jean-Jacques com sua habitual simpatia.

— Estão fresquinhos, deliciosos — acrescentou, com uma fisionomia tão apetitosa que o deixou faminto.

E lá retornou ele com o seu pesado passo de infantaria prussiana e o avental branco, amarrado às costas à altura da cintura. Podia imaginá-lo empunhando um fuzil e invadindo a sua França. Observou cerca de trinta pessoas, a maioria estrangeira: vários alemães, ingleses, e alguns franceses. Conversavam eufóricos, animados pela bebida, como habitualmente acontece nos bares e restaurantes mundo afora. Era ela que propiciava aquele clima emocional em que o arrebatamento e a irreverência dos diálogos fluíam livres, soltos como nuvens no ar, muitas vezes entrecortados por sonoras gargalhadas. Enquanto bebia, Jean-Jacques pensava sobre a alegria efêmera dos bares, recordando noitadas parisienses.

Às dezessete horas, o senhor Kaufmann retirou o avental, apanhou seu violino, pendurado numa das prateleiras à frente de várias garrafas, sentou-se num banquinho alto, adjacente ao balcão, e pôs-se a executar músicas europeias. Jean-Jacques recostou a cabeça na parede, logo atrás do espaldar, enquanto o sol se escondia, desenhando lentamente grandes sombras geométricas sobre as paredes. E passou a refletir sobre aquele alemão, inferindo a estupidez que reinava entre os homens. Eles, os europeus, matavam-se pela supremacia econômica. Sempre fora assim. Sabia que, se a Alemanha produzisse mais aço que a Inglaterra e a ameaçasse em seu predomínio imperial, como ocorria nos últimos anos, haveria outra guerra envolvendo as duas potências, e a *Belle-Époque* seria ilusão passageira. Isso significava que se eles, operários alemães, produzissem mais que seus congêneres ingleses, estariam ambos destinados a se dizimarem pelo direito de continuar, sozinhos, abastecendo os mercados do mundo. Eles e seus industriais, mais capazes e dinâmicos. Jean-Jacques pressagiava nuvens pairando sombrias sobre o horizonte europeu e vislumbrava a besta do Apocalipse se aproximando, trombeteando a morte aos quatro cantos do mundo. Observava, nos últimos anos, homens ardilosos montando o cenário para a violência e convencia-se de que, em breve, estariam se trucidando nas trincheiras de ódio da velha Europa. Por que se submeteriam às decisões de alguns insensatos líderes, marchando varonis para a inútil carnificina? Abatido pelo pessimismo, sentiu sua angústia contrapor-se à tranquilidade daquele recanto, e enveredou-se por novos caminhos. Para ele, com atraso, o senhor Kaufmann abandonara o fuzil e subia ao palco. Dali a pouco, os lampiões foram acesos, sobrepujando as sombras.

Enquanto bebericava, percebia que aquela belicosidade guerreira, tão estigmatizada nos alemães, contrapunha-se ao que emanava de *herr* Kaufmann. Observava-o com a cabeça inclinada ao ombro, arrebatado pela música e trespassado por emoções. A cada nota, a cada entonação mais prolongada, contraía ritmicamente os músculos das faces, elevando ou baixando o rosto, embalando a harmonia com gestos faciais, com a barba roçando-lhe o peito. Durante meia hora, ele sensibilizou a todos, embelezando o fim de tarde. Ao sorver mais um gole, Jean-Jacques observou seus derradeiros movimentos. Ele efetuou discretas mesuras, agradecendo emocionado o aplauso do pequeno público, e pendurou o violino. Enxugou o rosto e o pescoço com um lenço, recolocou o avental e retornou à cozinha.

Quando Jean-Jacques erguia o braço para solicitar outra cerveja, avistou Euzébio entrar no recinto, procurando-o, olhando em várias direções, até avistá-lo no fundo da sala. E caminhou até sua mesa.

— Correu tudo bem? — indagou, suspirando fundo, trombando com a realidade.

— Sim. Suas roupas estão no carro. O senhor Praxedes foi muito gentil. E consegui um quarto no Pacheco...

— Ótimo. Vamos passar por lá.

Solicitou a presença do garçom para acertar a despesa. Na saída, despediu-se informalmente de *herr* Kaufmann, que ressurgiu, vindo da cozinha. Ele segurava uma travessa com mexilhões entre verduras, dispostos ao redor de uma bela lagosta.

— Até a próxima, *Kaiser*. Posso deixar aqui o material de pintura? Amanhã mando buscá-lo.

— *Ôh, evidente, monsieur*! *Mas ser ainda cedo* — respondeu, parando um instante, depositando a travessa sobre o balcão e estendendo-lhe a mão para a despedida, após esfregá-la no avental.

— *Voltar* sempre, senhor Chermont! *Ser um prazer receber você* — acrescentou, sorrindo amigavelmente.

— Foi uma imensa satisfação ouvi-lo ao violino. O senhor tem talento e deveria explorá-lo — elogiou-o, exprimindo sinceridade. — Na próxima vez, trarei alguns amigos para conhecerem o restaurante.

O senhor Kauffman despediu-se, satisfeito com o elogio aos seus dotes artísticos.

Jean-Jacques saiu acompanhado por Euzébio, rumo à pensão do Pacheco. Situava-se não muito distante do restaurante, num conjunto de casas localizadas em uma das ruas que davam acesso à praia. Era uma moradia simples, adaptada, com um só pavimento, e possuía apenas oito quartos e dois banheiros, usados coletivamente. À primeira vista, a pousada agradou-lhe e parecia bem administrada. Foi essa a impressão que teve ao entrar, carregando sua roupa em uma pequena maleta, obtida por Euzébio junto aos colegas de ponto. A esposa do senhor Pacheco Lajes, Zulmira, pareceu-lhe simpática. Apresentava-se bem trajada, portando seus óculos na ponta do nariz, e controlava o movimento da portaria, sentada atrás de um pequeno balcão em forma de semicírculo, com uma pequena campainha sobre ele. Atrás dela, colado à parede, destacava-se um painel de madeira com oito ganchos, de onde pendiam as chaves dos quartos. Ao lado desse painel, um antigo relógio indicava 18h20. A campainha servia geralmente para chamar o ajudante Arduíno, um mulatinho de seus dezessete anos que raramente exercia seu ofício. Costumava frequentar a casa vizinha, onde namorava a empregada chamada Teteca. Devido ao pouco movimento, Arduíno aproveitava para dar suas escapulidas diárias, enquanto Zulmira emocionava-se com a leitura de romances, desfrutando o entardecer.

Logo após entrarem, ela soou a campainha com impaciência e saiu neurastênica à procura de seu empregado, proferindo ameaças de demissão, tachando-o de irresponsável. Jean-Jacques divertiu-se com a inesperada cena, pois, em segundos, Arduíno apareceu lampeiro seguido por Zulmira, que parecia haver-se esquecido das ameaças. Depois de preencherem os registros de entrada, Euzébio encarregou-se dos cavalos numa pequena baia existente no terreno ao lado, que pertencia à própria pensão. Jean-Jacques dirigiu-se ao quarto, onde aguardava que Arduíno lhe preparasse o banho. Este trazia a água aquecida e enchia uma velha banheira de louça inglesa, já desgastada pelo uso — Arduíno gastou muito tempo fazendo isso, pois deveria esperar que a água aquecesse. O banheiro situava-se no final de um corredor, onde se localizavam cinco dos oito quartos. Por outra bifurcação, tinha-se acesso aos outros três cômodos. A pensão era praticamente controlada por Zulmira, mulher inteligente e mais refinada que o marido, o senhor Pacheco Lajes. Este se atinha aos cuidados dos carros, dos animais e ao provimento de víveres; geralmente, efetivava negócios afins.

Após o banho, Jean-Jacques dirigiu-se à portaria, lá reencontrando Zulmira com o olhar fixo sobre as páginas de um romance, ostentando um semblante enternecido, sonhador. Quando o percebeu, ergueu seus belos olhos azuis, umedecidos pela emoção:

— Pois não, senhor!

— *Madame* Pacheco? — indagou Jean-Jacques.

— Sim, o cavalheiro deseja alguma coisa? — replicou, aparentando certa surpresa.

— Bem, se não for inconveniente... Mas se a senhora tivesse um perfume, ficaria imensamente agradecido. Esqueci-me de trazer o meu e...

Zulmira arregalou os olhos e o examinou de cima a baixo, num átimo, sentindo-se um pouco perplexa pelo insólito pedido. Notou pelos gestos, pelo trajar, pela maneira educada de falar, enfim, pelas minúcias que distinguem as pessoas, que se tratava de um distinto senhor. Não o observou com atenção quando dera entrada, trajando bermuda, calçando chinelos e com um chapelão de palha na cabeça, muito suado. Além disso, ela permanecera apenas por um breve instante em sua presença, pois logo se retirou para conversar com o marido, deixando os trabalhos por conta de Arduíno.

— Sim. Posso atendê-lo quanto ao perfume... — respondeu, meio embaraçada. — O cavalheiro é francês, pelo que consta... o nome — acrescentou, enquanto consultava, durante alguns segundos, o livro de hóspedes.

— Sim, senhora: *monsieur* Chermont.

— Mas... — interrompeu-se, observando-o no rosto.

Jean-Jacques sorriu-lhe com simpatia, piscou-lhe um olho num gesto galante e Zulmira corou, sentindo o sangue inundar-lhe as faces. Arrumou os óculos, fechou o livro, afastando-o para o lado, tentando disfarçar seus sentimentos.

Há, na maioria das pessoas, emoções que jazem adormecidas, ou afloram sublimadas. Alguma vez, há longos anos, elas foram experimentadas, porém são relegadas e hibernam num prolongado inverno, alimentando sonhos. Foram como rosas cultivadas com carinho até que algum dos seus espinhos fira seus corações, sendo, então, abandonadas. Entretanto, não morrem, e vivem nelas latentes. Basta um gesto, um olhar, um sorriso, ou mesmo um aroma para que, em algum instante, anos depois, vicejem e voltem a florir.

— Por favor, espere um instante, senhor.

Levantou-se e penetrou em um daqueles corredores, dirigindo-se ao seu quarto. Retornou, segundos depois, trazendo um saquinho de veludo negro, cuja superfície exibia palavras em dourado.

— Aqui o tem... Se não se incomodar de ser feminino. Porém, é um legítimo francês...

— Não há problema quanto a isso. Com licença — solicitou Jean-Jacques, pegando o frasco, abrindo-o e aproximando os dedos indicador e médio da mão direita de seu gargalo, para em seguida esfregá-los no pescoço e nos punhos.

Zulmira assistia à cena com as faces enrubescidas e os olhos vívidos, cheios de emoção.

— Obrigado, senhora. Da próxima vez em que aqui vier, lhe trarei um novo — completou, observando o nome do perfume.

— Oh! Não! Não é necessário, quando precisar... estará às ordens — replicou meio embaraçada, dirigindo-se novamente ao seu lugar.

Jean-Jacques retornou ao quarto para aguardar Euzébio terminar seu banho e se dirigirem ao *Mère Louise*.

Às vinte horas, partiram; ao passar em frente ao balcão, sorriu para Zulmira e despediu-se dela, tocando o seu lábio e jogando-lhe carinhosamente, com um gesto de mão, um beijo através do ar.

— Boa noite, senhora! Até amanhã.

— Boa noite, senhor Chermont — disse ela, seguindo-o com lânguido olhar.

Ela pensou um instante e sorriu, ostentando felicidade; puxou os cabelos alourados para trás, segurando-os em coque, e chamou Arduíno, soltando-os novamente.

— Pois não, dona Zulmira! — atendeu ele solícito, após surgir no corredor e estacar em frente ao balcão.

— Olhe aqui, Arduíno, sei que anda de namorico com a menina Teteca...

— Oh, dona Zulmira! Somos apenas bons amigos. Às vezes, eu ajudo a sua patroa... — replicou, erguendo os braços num gesto largo, mas não convincente.

— Não minta, menino! Mas, se desejar, pode ir lá diariamente, após o almoço. Aproveita... — disse-lhe com um olhar perdido rumo à porta entreaberta, fitando a escuridão da noite.

— Sim. Dona Zulmira... — relutou Arduíno, com incredulidade nas faces.

Ainda fitando o nada, ela completou, sem virar-lhe o rosto:

— Pode ir! — E ouviu seus passos ecoando no corredor, enquanto ela repensava melancolicamente sua existência, tão vazia, tão destituída daquilo que a vivificava em seus romances e preenchia sua imaginação.

CAPÍTULO 3

Com a maré baixa, ouvindo o suave marulhar das ondas, refaziam o caminho de volta ao *Mère Louise*. Dois grandes lampiões, situados um em cada lado da boleia, emitiam uma luz mortiça que mal iluminava. Entretanto, o curto percurso ao longo da praia era de fácil execução e, em poucos minutos, chegaram ao cabaré. Durante o caminho, Jean-Jacques sentia crescer em si agradável desejo, uma latente curiosidade acerca da morena que, pela manhã, vislumbrara na janela. Suaves emoções, temperadas a fogo brando. Ela fora tão ligeira, apenas o suficiente para preencher a medida exata de seu desejo. Dela guardara o encantador sorriso e os belos cabelos negros. Todavia, como bom impressionista, captara aquele momento, e bem compreendeu Renoir.

Euzébio puxou lentamente as duas rédeas, fazendo muxoxos, e estacionou o carro em frente ao *Mère Louise* ao lado de outros quatro carros que lá estavam. Jean-Jacques desceu, observando detalhes do casarão.

— Me espera meia hora para eu sondar o ambiente. Quer entrar comigo? Ou prefere me aguardar?

— Não, Jean-Jacques. Espero-o aqui mesmo. A noite está agradável. Ficarei conversando com o colega ao lado. — E apontou o rosto em direção a um carro, estacionado na extremidade oposta.

— Então, até daqui a pouco, Euzébio — despediu-se e subiu os quatro degraus sob a pequena cobertura, que davam acesso à porta de entrada.

O prédio ficava um pouco recuado, aproximadamente a três metros da rua poeirenta. Em frente a ele, havia um estreito jardim, separado do passeio por uma cerca baixa de madeira, que se erguia defronte da fachada. Esse passeio, cuja superfície era de pedras, ocupava somente a frente do sobrado e, nele, havia pequenos postes destinados a amarrar os carros. Um pequenino portão de entrada, que se abria para o jardim, permanecia aberto e meio adernado, engastado no chão. A pequena cerca terminava, em cada uma de suas extremidades, em muros que cercavam lateralmente o prédio. Exteriores a esses muros, existiam apenas terrenos baldios ocupados por mato. No jardim, alguns pontos de luzes brilhavam. À frente, olhando ao longo do caminho em que chegaram, havia só a escuridão noturna, envolvendo a região desabitada de Ipanema.

Mal Jean-Jacques fizera menção de bater à porta — composta por duas grossas peças de madeira —, observou, na vidraça ao lado, dedos afastando o cortinado vermelho e, logo depois, viu um rosto empoado examinando-o atentamente. Ela sorriu e fez-lhe um sinal com a mão, dizendo para aguardá-la. Soltou a cortina e foi atendê-lo. Ouviu-se um barulho ruidoso de fechadura girando e ele viu surgir, diante de si, uma perfeita dama parisiense.

Louise Ledoux Chabas talvez tivesse seus sessenta anos. Simpática, encarou-o com seus pequenos olhos azuis irradiando vivacidade. Seus lábios delgados apresentavam-se cobertos de batom vermelho, bem delineado. A fronte alta e um nariz levemente adunco compunham um semblante harmonioso que emanava personalidade e certa altivez, sem, contudo, atingir os limites da arrogância. As faces estavam empoadas de *rouge*, mas se percebia sob ele, uma tez delicada, cuja textura indicava aquela charmosa palidez aristocrática. Magra, alta, ostentava uma postura elegante, e suas curvas insinuavam um corpo que, até aquele momento, zombava do tempo. Os cabelos eram louros, um pouco crespos e bem penteados, presos atrás por um prendedor dourado. Trajava um vestido negro, discreto e muito chique; de seu pescoço pendia uma corrente de ouro com um pequeno rubi. Além desses atributos, percebia-se um quê de fino naquela senhora: nenhum indício de vulgaridade lhe emanava dos gestos, da maneira de falar, de sorrir e de portar-se; ao contrário, eram eles revestidos daquele refinamento que só atinge sua plenitude após gerações, e que Jean-Jacques se acostumara a distinguir ao primeiro contato. Verificava, enfim, que, por trás daquela máscara, escondia-se uma bela mulher. Essa foi sua impressão ao vê-la surgir e cumprimentá-lo, fitá-lo com a fisionomia serena e convidá-lo a entrar com um delicado gesto de mão. Seu andar gracioso e as primeiras frases pronunciadas confirmaram-lhe as impressões iniciais; afinal, crescera naquele mundo e sentia-se enfadado ao revê-lo. Penetrava num daqueles lugares que lhe eram tão familiares e ficou deveras surpreendido em encontrar, ali, naquela escuridão deserta, um pedacinho de Paris.

Apresentaram-se, trocaram palavras gentis, enquanto Louise o conduzia a uma das mesas do amplo salão térreo. Sentaram-se e, enquanto prosseguiam com a conversa, passou a observar o ambiente. A parede ao fundo, oposta e frontal à porta de entrada do cabaré, era inteiramente ocupada por um palco elevado que avançava três metros pelo interior do salão, enquanto se estreitava gradativamente, formando duas laterais enviesadas. Oito degrauzinhos, situados no lado direito, conduziam à sua superfície assoalhada. Esse palco era composto, em sua parte posterior, por um cortinado drapeado em *degradê* vermelho. Do palco até as proximidades da porta principal do cabaré, por onde entrara, espalhavam-se, entre colunas, várias mesinhas de quatro lugares equipadas com cadeiras estofadas em carmim. Sobre cada uma dessas mesas havia candelabros de prata; alguns deles com as velas ardendo. Entre as mesas, na parte central, havia uma pista circular destinada a danças.

No lado direito do salão — de quem nele entrasse e por onde chegara —, localizava-se um comprido e pesado balcão de madeira que ocupava quase toda a extensão da parede lateral. Era composto por vários banquinhos altos com assentos estofados, também em carmim. Atrás desse balcão, colado à parede, havia um conjunto de prateleiras com fundos espelhados, reluzentes, de rótulos coloridos. Elas erguiam-se quase até o teto, sustentando uma enorme variedade de bebidas. Atrás do balcão, dois rapazes e uma moça uniformizados agitavam-se em preparativos rotineiros: lavavam e enxugavam copos e taças, ajeitavam garrafas; desapareciam e retornavam em seguida por uma porta que, situada sob as prateleiras e envolvida lateralmente por elas, conduzia à cozinha. No espaço existente entre o término desse balcão e o início do palco, havia uma ampla escadaria, que conduzia ao segundo andar. Ela se elevava, no seu início, com degraus frontais à parede, que terminavam num pequeno patamar; a seguir, a partir desse patamar, os degraus dobravam à esquerda e continuavam margeando a parede, até atingirem o segundo pavimento. Uma balaustrada, trabalhada em madeira sob um grosso corrimão, guarnecia-lhe a lateral que dava para o salão. A escada, em sua parte central, era coberta por uma passarela vermelha, afixada por finos cilindros dourados, nas junções de cada degrau.

Sobre a superfície da outra parede, situada à esquerda da entrada principal e em frente ao balcão, viam-se alguns lampiões em arandelas, dispostos de maneira a propiciarem penumbra às proximidades. Sobre ela, entre os vãos das quatro janelas do térreo, grandes espelhos ampliavam sobremaneira o ambiente. As paredes eram revestidas com o mesmo tecido *degradé* das cortinas do palco, situado em interiores de grandes molduras retangulares, feitas de madeira. O piso era de tábuas, sob alguns tapetes. O teto do salão possuía o pé-direito imponente: cerca de sete metros, e prosseguia a uma altura inferior, sobre o segundo andar. De seu centro, e sobre a pista de dança, pendia um enorme lustre circular de velas, que se encontravam acesas. Haveria, talvez, cerca de trinta metros entre a porta de entrada do cabaré e o palco. Tudo aquilo se encontrava mergulhado em excitante penumbra, envolto numa voluptuosa atmosfera que lhe suscitava emoções.

Convidado por Louise, Jean-Jacques sentava-se numa das mesas próxima à parede, à esquerda, localizada em frente ao balcão e à escada que conduzia ao segundo andar. Louise ordenou servirem o champanhe. Ele percebera que chegara cedo; o movimento só se iniciava por volta das vinte e duas horas. Nesse horário, começariam a chegar os figurões da República. Enquanto se ambientava, conversavam em francês:

— Languedoc... Tenho alguns parentes em Montpellier — dizia-lhe Jean-Jacques, cujo olhar perscrutava o semblante de Louise e, nas pausas, continuava a percorrer detalhes do cabaré.

— Sempre íamos a Bézier no verão; hospedávamos em casa de tia Ariane e de lá íamos a Barcelona, Marselha, navegávamos no Mediterrâneo... — comentava Louise.

Conversavam trivialidades como dois franceses que, eventualmente, se encontrassem *tête-a-tête* em algum remoto lugar do mundo. *Madame* Ledoux lhe dissera que sua bisavó fora dama na corte de Luís XVI, havendo participado da retirada de Versalhes para as Tulherias, durante o terror de outubro. Um ano e meio mais tarde, ela assistira consternada à morte do rei. Sempre ouvira sua avó repetir que não deviam ter sacrificado o bom Luís e a querida Maria Antonieta, e que detestava aqueles malditos jacobinos. Contou-lhe que sua mamãe, emocionada, chorara com a restauração dos

Bourbon, mas sofreu em 1848, amargurada com a queda definitiva da realeza francesa. Logo depois, sua mãe e a avó emigraram para Portugal, onde passaram a ser fidalgas dos *Orléans,* unindo-se a algumas conhecidas que lá se encontravam. Cinco gerações de sua família haviam vivido intensamente os esplendores daquelas dinastias. Ela própria chegara ao Brasil em 1866, durante a guerra do Paraguai. Trabalhou no paço imperial de São Cristóvão, como dama da corte, até a partida do imperador rumo ao exílio. Com a Proclamação da República, sentiu que tudo aquilo acabara. Conhecera, entretanto, narrada pela avó, pela sua mãe e por experiência própria, a intimidade daquele mundo real: seus recônditos bastidores, as intrigas palacianas, os amantes movendo-se à sombra do permitido e suas confidências amorosas, as bajulações interesseiras, a pompa, o luxo e a lisonja, e a luta pelo poder. Ela e seus ascendentes haviam sido fidalgos; tomaram parte ativa naquele mundo de cortesãos e conheceram intensamente seus caracteres, suas grandezas e misérias de simples mortais. Testemunharam aqueles cruzamentos conjugais entre a realeza europeia, em que prevaleciam apenas os interesses políticos e os privilégios aristocráticos, mas que moldavam a realidade e influenciaram o mundo. Essa romanesca duplicidade de pragmatismo e luxo amalgamava-se numa única coisa, constituindo-lhe a essência. Louise nascera, crescera e se cultivara nessa vida palaciana. Educada com esmero na juventude para servir a reis e rainhas, atenderia, agora na velhice, a senadores e coronéis de uma república imberbe. Participaram, ela e seus ascendentes, de uma realidade que emitia seus estertores. Agora, tornara-se uma alcoviteira republicana e, enquanto falava, Jean-Jacques observava-lhe a nostalgia da realeza estampada em seus olhos sonhadores. Ouvia-a de modo estéril, entediado, como se estivesse assistindo a uma enfadonha aula de história francesa ou refinando seus conhecimentos sobre o assunto. Aquilo tudo fazia parte de si, sentia-se impregnado por esses meandros. Dali não brotava nenhuma emoção, nenhuma excitação mental, nenhuma possibilidade de algo inédito. Para ele, essa vã conversa somente agitava a poeira do tempo e se tornaria apenas a lembrança de um rosto e de uma noite, que lhe seriam inesquecíveis. Enquanto Louise reverenciava o passado, Jean-Jacques imaginava o futuro; buscava alguma originalidade oposta a tudo que tais palavras evocavam. Ansiava por algo incomum que rompesse a rigidez desse arcaísmo, e tais assuntos o desagradavam em demasia. Aproveitou-se de uma das raras pausas de Louise, que examinava com seu olhar como transcorriam as coisas no salão, para indagar sobre assuntos mais amenos. Erguendo a taça de champanhe, sorveu um gole e pressionou as costas contra o espaldar, perdendo aquele ar de ouvinte compenetrado, relaxando o semblante e desanuviando suas faces daqueles pensamentos sombrios, daquelas reflexões seculares. Conversavam havia mais de uma hora, com exceção de breve interregno, quando Jean-Jacques foi avisar Euzébio de que deveria retornar por volta de três horas da madrugada.

Aos poucos, o salão foi se inundando de vida. Quatro senhores, acompanhados por belas mulheres, desceram a escada e ocuparam duas mesas. Solicitaram bebida e passaram a conversar animadamente.

— *Madame* Ledoux...

— Oh! Apenas Louise, *monsieur* Chermont — interrompeu-o com simpatia, sorrindo delicadamente e fitando-o com atenção.

— Estive aqui durante a manhã, em frente ao prédio...

— Ah! Sim!? — interrompeu-o vivamente. — Por que não entraste?

— Vim apenas conhecer o local, mas tive o prazer de admirar uma linda mulher à janela, cabelos morenos...

— Ah! — exclamou Louise, sorrindo discretamente. — Ela é maravilhosa!

Neste instante, foram interrompidos pelo falatório animado de oito elegantes senhores que adentravam o salão. Altaneiros, riam a valer, apresentando aquele ar de superioridade de quem se julga ou está acima do ambiente que frequenta, tão diferente da discreta presença natural. Um deles, ao ver Louise, conteve a gargalhada num sorriso e encaminhou-se em direção à mesa em que estava com Jean-Jacques. Ela, solicitamente, ergueu-se:

— Com licença *monsieur*, um instante. — E andou dois passos em direção ao senhor que se aproximava. Este caminhava com certo esforço, os braços estendidos à frente, ligeiramente dobrados nos cotovelos e afastados do corpo, insinuando um abraço.

— Doutor Mendonça! — saudou-o, com simpático desvelo. — Já me encontrava saudosa!

— *Madame* Ledoux, que prazer revê-la, linda e elegante como sempre! — exclamou o senhor, alteando a voz e abraçando-a efusivamente.

Em seguida, tomou-lhe a mão, curvando-se discretamente, e nela depositou um beijo. Mostrava-se muito alegre e expansivo. Jean-Jacques observou rapidamente aquele homem sorridente, de baixa estatura, obeso, o pescoço curto e grosso, o minúsculo queixo confundindo-se com a papada adiposa que lhe descia em ondas até o tórax. A boca era pequena, levemente curvada pela pressão lateral das bochechas volumosas. Os pequenos olhos negros, entretanto, emanavam sagacidade e, naquele instante, pareciam cintilar de alegria. Os cabelos eram escuros, crespos, cortados rentes; e a parte posterior da cabeça prosseguia quase em linha reta, do alto até a nuca, que dava início às costas volumosas.

— Senador Mendonça! Este é o senhor Chermont, adido para assuntos econômicos na embaixada francesa — disse Louise, segurando-o delicadamente no cotovelo, voltando-se e o conduzindo até Jean-Jacques.

— Muito prazer, senhor senador: Jean-Jacques Chermont Vernier, ao vosso dispor — apresentou-se, levantando-se e estendendo-lhe a mão.

— Ah, sim! *Monsieur* de La Roche já havia se referido ao senhor! — exclamou o senador Mendonça, aludindo ao embaixador francês no Brasil. — Igualmente, é um prazer imenso conhecê-lo: sou o senador José Fernandes Alves de Mendonça, também ao seu inteiro dispor. Então, está agora descobrindo o Brasil; pois faça uso de suas belezas, senhor. Desculpe-me, *monsieur* Chermont, mas estou certo de que Vossa Excelência perdoará minha informalidade no tratamento pessoal! Não o tratar por vós... — completou, sorrindo levemente com certo desdém.

— Não há de quê, senador, sinta-se à vontade... — Foi, entretanto, interrompido por Mendonça, que mal ouviu a sua resposta, pois se virara imediatamente para *madame*, indagando-lhe: — Verônica? — perguntou ansioso, tornando-se repentinamente sério.

— Sim, senador, está lá em cima, aguardando-o. Irei anunciá-lo; com licença. — Dirigindo o olhar rapidamente para Jean-Jacques, retirou-se em seguida.

— Ótimo, *madame*! — exclamou ele, deixando transparecer certo alívio na voz e voltando a sorrir.

Dirigiu sua atenção novamente a Jean-Jacques. Antes, porém, retirou um lenço do bolso e passou a enxugar a fronte, as faces e o pescoço, batendo-o de leve contra a pele.

— Por favor, sentemo-nos — convidou-o, puxando a cadeira, sentando-se e observando seus amigos se acomodarem em outras mesas, próximas ao palco. — Há exatamente quanto tempo está no Brasil, senhor Chermont? — perguntou Mendonça, ajeitando-se sobre o assento e solicitando a presença do *maître* com um olhar aquiescente.

— Bem, senador, aqui cheguei no mês de junho; completou-se, portanto, um ano no último mês, precisamente, dia doze — respondeu, refletindo um segundo.

— Já devíamos ter-nos conhecido há mais tempo, pois também trabalho na área de finanças e *monsieur* de La Roche, conforme havia mencionado, referiu-se certa vez ao senhor. Isso foi pouco antes de eu seguir para Londres, onde participei como representante do Senado da missão brasileira encarregada de negociar o *Funding Loan* com o Banco Rothschild, indicado pelo Dr. Joaquim Murtinho. As negociações, conforme já deve saber, transcorreram muito bem. O Governo contraiu empréstimos em boas condições de juros. Dr. Murtinho crê que, com esse aporte, o Brasil conseguirá superar seus graves problemas econômicos. Muito obrigado, Antoine — agradeceu o senador Mendonça ao garçom que lhe servia o champanhe. — Ficamos gratos ao governo francês que muito se empenhou para o êxito dos entendimentos. Estive em algumas ocasiões na embaixada.

— Sim, acompanhei de perto as negociações. Compareci também algumas vezes à embaixada inglesa, com Mr. Parkerhood — disse Jean-Jacques, observando atentamente seu interlocutor.

Encontrava-se perante um daqueles típicos plenipotenciários das elites dominantes. Aqueles homens que negociam com os detentores do poder econômico e que, em nome dos seus governos, firmam acordos que só beneficiarão a ele e suas castas nativas. Ao final dos negócios, retornam orgulhosos, vaidosos dos êxitos alcançados, sentindo-se lisonjeados com as bajulações sem fins. Jean-Jacques sabia que, havendo-se assim comportado, gozaria das prerrogativas a que tem direito essa risonha confraria. Sim, porque já observara que vivem sorrindo, destilando ironias. Pairam seguros, com suas vaidosas inteligências, acima do cidadão comum, dizendo-lhes cinicamente com suas atitudes pavonescas: "agora, trabalhem mais, temos mais uma dívida e não sabeis de nada"...

— Sim, o *Funding Loan* está sendo considerado a maior realização do governo Campos Sales — concordou Jean-Jacques, indignado com a própria hipocrisia protocolar. — Creio que, com ele, vocês poderão ajustar a economia. Na próxima semana, terei uma reunião com o senhor de La Roche a respeito de alguns investimentos... Muito embora, senador Mendonça, mesmo consciente de que não deva imiscuir-me em problemas brasileiros, creio que, nestas questões econômicas, o Brasil deveria agir com mais autonomia. Afinal, vocês possuem grandes riquezas, o país tem enormes potencialidades para seguir sozinho.

— Pois o senhor tem absoluta razão, *monsieur* Chermont! Vamos apenas fazer um pequeno ajuste provisório que nos possibilitará crescer e, então, poderemos alcançar nossos objetivos com maior autonomia.

Durante longos minutos, o senador Mendonça fez uma brilhante exposição de motivos, explicando, com muita inteligência e convicção, as razões por trás do *Funding Loan*; criticou a política econômica equivocada, adotada pelo império, afirmando que, a partir de agora, o Brasil seria outro. Sua arenga só foi interrompida por um discreto murmurar de vozes que soou uníssono pelo salão.

Descendo a escada, acompanhada por Louise, tal qual um anjo baixando dos céus, surgia uma mulher cuja deslumbrante beleza suscitava emoções, que se extravasavam em murmúrios, em sorrisos liberados e gestos incontidos, ou na reação inversa: alguns emudeciam, ostentando um semblante fascinado. Quatro senhores, que adentravam o salão, pararam à porta com as cartolas nas mãos e acompanharam, boquiabertos, aquele sublime descer de escadas. A presença daquela Vênus instilava energia no ar. O senador Mendonça, que discursava sobre problemas brasileiros e cujas palavras finais foram: "assim o povo não aguenta", quedou-se num risinho de felicidade, e seguiu a beldade até vê-la atingir o último degrau, pisar no salão e encaminhar-se, acompanhada por Louise, à mesa em que estavam. Jean-Jacques sentiu insólita emoção; imediatamente, viu que a morena matinal era Verônica e, em poucos minutos, saberia ser ela amante do senador Mendonça. Quando passou entre as mesas, o *frisson* aumentou, pois ela lhes sorriu condescendente, mas Verônica deixou apenas uma ilusão em cada olhar, enquanto caminhava soberana entre flechas dardejantes. O senador, com o suor marejando-lhe a fronte, levantou-se e pôs-se a aguardá-la com apreensão. Retirou o lenço do bolso, esfregou-o na testa, nas faces, em movimentos curtos, rápidos, nervosos, e o guardou novamente.

— Oh, minha querida! Quantas saudades! — exclamou ele, adiantando-se um passo e dando-lhe dois beijos nas faces, após abraçá-la. Em seguida,

cochichou-lhe algo ao ouvido e ela sorriu, erguendo levemente o ombro.
— Quase dois meses sem a ver... Desembarquei hoje, à tardezinha, passei rapidamente em casa e vim direto para o *Mère Louise*. Venha, assente-se aqui. — E puxou-lhe uma cadeira para perto de si, na mesa em que estava a conversar. — Este é o senhor Chermont; trabalha na embaixada francesa — disse, apresentando-a a Jean-Jacques.

— Sim? Muito prazer, senhor Chermont, Verônica! — apresentou-se, estendendo-lhe a mão, enquanto se preparava para assentar-se ao lado de Mendonça.

Louise, que a secundava, ocupou a outra cadeira. Jean-Jacques, num átimo, percebeu que estava diante da mulher mais linda entre todas que vira na vida. Jamais poderia imaginar criatura tão bela. Verônica era alta, um pouco maior que ele, e possuía a pele discretamente dourada; os cabelos eram negros, abundantes, e os olhos verde-claros, da cor de certos matos da Tijuca. A coloração deles, porém, não parecia bem definida; pareciam emitir nuances violetas, mescladas ao verde. Jean-Jaques sentia dificuldade em definir sua cor exata, que parecia depender da luz incidente. O nariz dir-se-ia saído dos cinzéis de *Michelangelo*, tal a perfeição e harmonia com que se integrava belamente às faces; a boca ampla, delineada por lábios carnudos, encantadores e intensamente sensuais, abrigava dentes perfeitos, lindos de morrer. O lábio inferior avançava um pouco à frente, acrescentando um quê de indescritível formosura. Quando sorria, covinhas se aprofundavam discretamente nas extremidades inferiores de suas faces. Tais atributos propiciavam-lhe um semblante em que a beleza e a imaginação induzem a paixões fulminantes, inspiradores de poetas desvairados. Estava diante, enfim, de uma daquelas raríssimas tiranas de corações, pois Verônica seria capaz de levar um homem ao céu ou ao inferno com a mesma facilidade com que as folhas secas, caídas sobre o chão, são sopradas pelo vento. Trajava um vestido longo com detalhes em verde, pouco decotado, mas capaz de insinuar curvas belíssimas. Podia-se notar, sob ele, um belo par de peitos rijos e um corpo escultural. Um delicado colar de pérolas ornava-lhe o pescoço.

— Meu bem, um pouquinho de champanhe para comemorar sua volta — solicitou Verônica, sorrindo e olhando de maneira tão bela o senador Mendonça que suscitou em Jean-Jacques a inexplicável sensação que tanto buscava. Uma súbita felicidade rodopiou pela sua mente, expulsando dela aqueles pensamentos diários, corriqueiros e inúteis.

— Pois não, meu anjo! — respondeu Mendonça, enchendo-lhe a taça.
— Vamos comemorá-la, e muito! — exclamou, emanando contentamento e malícia.

Jean-Jacques observou o rosto radiante do senador. Seus olhinhos de raposa emitiam estranho brilho; com os movimentos de pescoço, a gravata comprimia-lhe a papada, incomodando a ele, Jean-Jacques. Notou também que um enorme semicírculo, causado pela excessiva transpiração, acentuava-lhe o negrume do paletó sob as axilas, e começou a analisar mais atentamente aquele felizardo senador. Seus dedos miúdos, estufadinhos pela gordura, percorriam as faces de Verônica fazendo-lhe carícias, deslizando ágeis entre seus cabelos negros ou apertando-a contra seu ombro. Quando seguravam a taça, Jean-Jacques notava-lhe as unhas bem cuidadas, bem polidas. Já observara que falava num tom melódico, destinado a convencer. Agora, ouvia-o em surdina, sussurrando palavrinhas aos ouvidos de Verônica. Amiúde, entre um comentário e outro, gargalhava, sacudindo-se todo, ocasiões em que seus olhinhos argutos quase desapareciam sob os volumes faciais. Jean-Jacques reconhecia-lhe inteligência e senso de humor, além de um espírito crítico cuja mordacidade já percebera. Emitia frequentemente finas ironias; destilava frases de efeito, destinadas a impressionar inteligências julgadas inferiores. Recostada no ombro de Mendonça, Verônica causava-lhe rebuliços e sensações inéditas. Podia observar, agora, que a sua beleza era realçada por jeitos e trejeitos; delicadas sutilezas que irrompiam de repente em seu semblante, revelando uma pantomina facial que lhe conferia um encanto irresistível. Tudo inefável e maravilhoso. Mendonça, por sua vez, era a antítese do belo; sua única virtude estética, naquele momento, era realçar ainda mais a beleza de Verônica, comprovando que o velho Heráclito tinha razão.

— Meu bem, então, como transcorreram os negócios em Londres? — perguntou-lhe, estendendo o braço sobre os ombros de Mendonça, aproximando o seu rosto e fazendo-lhe carícias na bochecha, com o indicador.

— Ah, minha querida, conforme dizia a *monsieur* Chermont, foram um sucesso! Deixamos tudo acertado para o acordo. Devemos retornar em princípios de dezembro para a sua oficialização — respondeu o senador, olhando para ela e colando-se os rostos. — Só faltou você, meu anjo — completou, esfregando a pontinha do nariz nas faces de Verônica, deslizando-o em seguida ao encontro de sua orelha, cujo lóbulo mordiscou, sussurrando-lhe palavrinhas sensuais. — Ah, meu amor.... O doutor Murtinho ficou satisfeito, satisfeitíssimo com os resultados obtidos. — Correu-lhe os dedos sobre a nuca, subindo-os sob seus cabelos negros. Verônica encolheu-se, erguendo os dois ombros quase junto aos ouvidos, arqueando as costas para trás e sorrindo tão lindamente que Jean-Jacques permaneceu pasmo, absorto, admirando-lhe o rosto e os braços, arrepiados pela carícia.

— Ai, querido! Não faça isso! — dizia ela, enquanto sorria deliciada, ora juntando uma das faces contra o ombro, ora a outra, ou inclinando-as para trás, mantendo os ombros contraídos. Aquilo durou apenas alguns segundos, mas deixaria rastros duradouros na memória de Jean-Jacques.

Madame Ledoux corria os olhos pelo salão, enquanto o ambiente gradativamente tornava-se feérico. Quando notou as carícias de Mendonça e o semblante enlevado de Jean-Jacques, sorriu discretamente e comentou:

— Vejo que o senador retornou fogoso! Nada melhor que a frieza inglesa para aquecer os corações latinos — comentou, sorrindo para Mendonça, mas se dirigindo a Jean-Jacques com um olhar de viés. Este assentiu, com um sorriso chocho.

— Ah, minha querida Louise, você tem inteira razão! Mulher linda como esta só no Brasil. Olha que passei por Paris, shows, teatros, belas mulheres, mas quentinha e gostosa como esta, só no Rio, não é, minha querida? — indagou Mendonça, com as faces afogueadas, excitado, sob o efeito do champanhe. E roçava suas bochechas no rosto dela.

— Oh, *mon cher*, então você passou por Paris... — comentou, abrindo um largo sorriso.

— Paris, Paris! — suspirou Louise. — Pois há que se passar sempre em Paris!

— Trouxe lindos presentes para você, querida! — exclamou Mendonça, segurando a taça e sorvendo o último gole.

— Ah, sim, meu bem!? O que me trouxe? — perguntou Verônica esfuziante, abraçando-o e juntando seu nariz à face do amante.

Mendonça respondeu gargalhando; suas bochechas brilhavam, parecendo emanar calor através da pele candente.

— Surpresas, meu amor, surpresas... Mas você adorará, disso tenho certeza. São coisas lindíssimas!

Ela virou-se e prensou as faces do amante entre a palma de suas mãos, beijando-lhe os lábios. Até aquele instante, Jean-Jacques apenas observava passivamente o colóquio amoroso. Permanecia praticamente em silêncio, contemplando a beleza de Verônica; admirava-lhe os jeitos e toda aquela inaudita lindeza que não se explica. Sorvia seu champanhe, imaginava coisas e apaixonava-se perdidamente por aquela divina criatura. Refletiu sobre quais primorosas combinações de átomos e de moléculas teriam gerado tudo aquilo, e por que a beleza seria tão rara. Louise limitava-se a comentários relativos aos senhores presentes e sobre o que se passava no Rio; cumprimentava, à distância, os que chegavam, e duas ou três vezes levantou-se da mesa, dirigindo-se a saudar pessoalmente alguns deles. Em outras ocasiões, ela efetuava observações genéricas, que Jean-Jacques não levava adiante.

— E sua mamãe? Como está? — perguntou Mendonça a Verônica.

— Mamãe melhorou, está mais animada — respondeu, com um ar alheio, observando vagamente um grupo de mulheres que adentrava o *Mère Louise*, acompanhado por um simpático senhor grisalho, porém, ainda jovem. Foram saudadas com muita alegria e retribuíam gesticulando, cumprimentando a todos de longe. Pareciam íntimos da casa.

— *Monsieur* Chermont, aquele é o senhor Castanheira, o pianista, acompanhado pelas dançarinas. Aos domingos, sempre temos um show — explicou Louise, erguendo o braço e saudando-o com acenos.

Uma das dançarinas destacou-se e dirigiu-se até ela, beijando-a nas faces, cumprimentando-a efusivamente. Castanheira, por sua vez, foi ao balcão, encheu uma taça com vinho e bebericou-o, enquanto conversava com um dos garçons. Encaminhou-se em seguida ao piano de cauda situado sob a escada, próximo ao palco. Abriu-o, ajeitou o mocho à sua altura, acendeu os dois candelabros e dedilhou algumas notas, ainda de pé. Sentou-se e pôs-se a executar canções francesas. O garçom trouxe-lhe a garrafa e a taça, que haviam permanecido sobre o balcão, e as colocou sobre o piano. Jean-Jacques ouviu as primeiras notas e sorriu, lembrando-se de *herr* Kaufmann e de seu violino.

O ambiente, a essas horas, já se apresentava feérico. Muita gente havia chegado, o que passara despercebido por Jean-Jaques. Cerca de cem pessoas, entre homens vestidos a rigor e belas mulheres, chiques e maquiadas, coloriam o salão com seus movimentos, enchendo-o de alegria e entusiasmo. Algumas, mais agitadas, dirigiam-se a várias mesas, distribuindo e recebendo beijocas, seduzindo circunspectos senhores com palavrinhas ao pé de ouvido e mil sutilezas, o que lhes aguçava a imaginação. Adejavam, espalhando doçuras em mentes petrificadas. Outras, igualmente elegantes e mais circunspectas, permaneciam a sós ou acompanhadas por outros casais. Os garçons estouravam champanhes, abriam vinhos e serviam iguarias. Louise lhe dissera que também serviam alguns pratos mais requintados, e podia vê-los agora serem conduzidos sobre travessas de prata. Aquilo tudo se encontrava imerso numa névoa acinzentada, numa gostosa fragrância de finos charutos e perfumes sensuais. Tais odores inebriantes, associados à liberação do álcool e às emanações dos desejos, criavam uma atmosfera de intensa sensualidade que contaminava a todos, possuindo efeito catalisador. Riam liberados, gargalhavam em voz alta e falavam muitas vezes em tons exaltados, esquecendo-se dos vizinhos, formando um uníssono e incompreensível vozerio. As paredes, em vermelho-carmim, o embalo das músicas e os grandes espelhos a duplicarem aquela atmosfera excitavam, ainda mais, o ambiente. Aquele ar, impregnado de sensações exacerbadas, arremetia aquelas pessoas para bem longe do cotidiano de suas vidas.

Jean-Jacques usufruía desse clima; dele partilhava isento da vulgaridade, comum em tais ocasiões. Observava-o submetido pela sua educação erudita, contradizendo-se e duelando consigo mesmo. Uma das características marcantes daquela incipiente sociedade era o machismo, e ele sabia que, em sua maioria, aqueles senhores eram casados e haviam deixado desditosas esposas; resignadas mulheres que fingiam ignorar, ou admitiam a ornamentação proporcionada pelos seus belos chifres. Por que se submetiam às convenções? Por vezes, ele erguia a taça até a altura dos olhos e observava o ambiente através do champanhe dourado, olhando a agitação em meio às bolhas gasosas que subiam lentamente até a superfície, onde estouravam como as ilusões. E sorria da fugacidade de certos momentos. Até aquele instante, fora praticamente ignorado por Verônica. Ela continuava entretida com Mendonça e apenas lhe havia dirigido poucas palavras. Amiúde, observava alguns conhecidos e emitia comentários sobre eles.

Louise solicitou-lhes licença a pretexto de verificar os trabalhos, e levantou-se, dirigindo-se ao bar; adentrou-o, erguendo uma tampa lateral, e desapareceu pela porta que dava acesso à cozinha. Jean-Jacques, logo em seguida, também se dirigiu até o balcão, onde se sentou num daqueles banquinhos altos. Solicitou champanhe e, enquanto bebia, pôs-se a observar o salão sob um novo ângulo. Sentia a excitação coletiva, aquela vibração nervosa. Observava as cabeças imersas na névoa, rostos ao encontro de rostos em meio a baforadas cinzas espiralando-se em tons mais fortes, até se dissolverem na fumaça reinante; grossos bigodes e sorrisos insinuantes, lindos decotes, taças erguidas, alvos pescoços cintilantes, tudo se movendo e se aglutinando, moldando o desejo. Entre duas prateleiras, ele observou uma pequena flor-de-lis belamente pintada, símbolo da dinastia Bourbon; sob ela, lia-se em dourado: *Mère Louise*. Dirigiu o seu olhar à mesa em que estivera, e divisou Mendonça abraçado a Verônica.

Neste instante, atingiu-se o auge do entusiasmo: uma mulher loira, de meia-idade, eufórica e sorridente, subiu ao palco e começou a cantar, interrompendo-se logo depois para anunciar, em alta voz, o início do show, *Tu, Mon Amour*. Castanheira atacou furiosamente o teclado, enquanto as cortinas se abriam. Oito lindas jovens surgiram, trajando roupas colantes azuis cintilantes até a metade das coxas, e puseram-se a dançar e a cantar, fazendo trejeitos para a plateia excitada. Jogavam beijos, sorriam sensuais, insinuavam posições, abraços e gestos, erguiam juntas suas pernas ao ritmo da música, rebolavam, agachavam-se e se divertiam, numa bela coreografia, animando ainda mais o ambiente. Jean-Jacques assistia ao show com suas emoções pousadas a poucos metros dali. Serviu-se de mais champanhe e retornou à mesa, cruzando a algazarra e absorvendo emoções.

— Belo espetáculo, não, *monsieur*? Lembra realmente alguns cabarés de Paris — comentou Mendonça, observando o show.

Jean-Jacques sentou-se em uma posição frontal ao palco, mas Verônica e o amante, como estavam anteriormente de costas para ele, tiveram de modificar seus lugares. Quando o show começara, ela puxou sua cadeira para a extremidade esquerda da mesa, para perto de onde agora se sentava ele. Mendonça, por sua vez, girou a sua cadeira e afastou-a junto ao outro ângulo reto, que formava a outra ponta, contígua e frontal a Jean-Jacques, dando-lhes as costas. De modo que os três passaram a ocupar, um pouco apertados, a mesma extremidade da mesa.

— São lindas de fato, belas coreografias — concordou Jean-Jacques.

Destacando-se na névoa, via-se a cabeleira grisalha de Castanheira acompanhando o ritmo acelerado da música. Alguns, mais excitados pelo espetáculo e pelo álcool, bradavam em voz alta, sobressaindo-se no vozerio, sobre o som musical e o ruído de talheres e louças. Mendonça erguia o rosto afogueado, esticando a papada, tentando observar melhor sobre as cabeças. Verônica assistia ao show, mantendo seu sorriso encantador, enquanto Jean-Jacques permanecia a admirá-la. Podia agora sentir-lhe a fragrância e observar, bem próximos a si, detalhes de seus braços, de seu rosto e de sua beleza. Quando ela expandiu o seu sorriso e balançou a cabeça ao ritmo da música, ele sentiu seu coração acelerar-se. Ela pôs-se, então, a tamborilar sobre a mesa. Pôde observar-lhe a formosura dos dedos e a perfeição das unhas bem delineadas. Deslizava o olhar sobre os seus braços, reverenciando aquela penugem dourada até os cotovelos, e daí ao ombro, na proporção exata da beleza. Observava-lhe a alça do vestido e o pequeno decote, e imaginava-lhe os seios maravilhosos. Detinha-se na boca sensual, desejando colar seus lábios naqueles lábios e roçar sua face naquela pele, confessando-lhe a profusão de sentimentos que lhe jorravam compulsivamente da alma. De repente, a figura do senador Mendonça, aquele rico oligarca paulista, fazendeiro de café e representante econômico de si mesmo em Londres, assumia proporções inusitadas. Passou a sentir por ele um misto de admiração e inveja; certo respeito envolvido pela hostilidade. Porém, condoeu-se, e a onda da resignação varreu-lhe o espírito, confortando-o em sua amargura. Sentia-se como aqueles poetas rejeitados que extraem do amor incompreendido toda a inspiração. Como fizera, há pouco, para arrefecer a realidade, pegou a taça de champanhe, sorveu-lhe um gole e ergueu-a até junto ao olho, cerrando o outro, observando o espetáculo por entre as bolhas gasosas. E sentiu-se descontraído, alheio, perdido em pensamentos. Verônica, subitamente, voltou-se para ele, parecendo surpreendida, e fitou-o, abrindo seu sorriso. Jean-Jacques também lhe dirigiu o olhar, meio atônito. A sensação exata que experimentou foi a de que ela, finalmente, apercebera-se de sua existência. Olhou-a no âmago e sorriu-lhe; um sorriso espontâneo, tão sedutor como aquele que encantara Zulmira. Lembrou-se dela num relance: "seria ele Zulmira naquele momento?" Mas Verônica não desapareceu na noite escura de Copacabana; ao contrário, olhava-o com doçura e interesse. Jean-Jacques sentiu uma súbita felicidade rodopiar-lhe na mente. Não era tão belo, mas irresistivelmente simpático; possuía um sorriso galante e um ar romântico que transmitiam alegria e um quê da trágica efemeridade da vida. Alguém que o conhecesse se agarraria a ele em busca de carinho e de compreensão. Permitia-se aflorar, nas faces e no brilho do olhar, uma sensibilidade inquietante, emanando algo poético, diverso dos semblantes comuns.

— Por que mantém a taça junto aos olhos? Misterioso homem do carro matinal... Afinal, o que fazia àquela hora da manhã, aqui em frente? — perguntou subitamente interessada, sorrindo mais linda do que se possa imaginar.

Jean-Jacques, observando Mendonça entretido com o show, de costas para ele, respondeu-lhe, em voz baixa:

— Procurando a mulher dos meus sonhos. E a encontrei certamente... — respondeu, mantendo o sorriso e baixando a taça com o champanhe, segurando-a, suspensa. — E só agora percebeu a minha presença.

— Oh, estava muito sério.

— A admirá-la, Verônica — interrompeu-a, mirando-a intensamente.

Ela deu uma curta risada e replicou:

— Mas todos me dizem isso. — Abriu mais o sorriso e mirou-o nos olhos.

Jean-Jacques comoveu-se com aquela beleza e sussurrou-lhe palavras que lhe brotavam da alma:

— Ah, Verônica, como você é maravilhosa! — E pousou a taça sobre a mesa, curvando-se em direção ao seu rosto.

Mostrava-se um pouco ansioso, como que buscando as palavras certas para expressar seus sentimentos. Verônica captou-lhe aquele instante de sinceridade, pois o observou atentamente, demonstrando emoção em seu olhar. Ela, então, inclinou a face em direção ao ombro, enquanto seu sorriso se tornava tão instigante quanto misterioso, e recostou a cabeça sobre as costas de Mendonça. Aquele gesto, aquele movimento em direção ao amante, perturbou-o. Sentiu-a novamente afastar-se e rejeitá-lo.

Mendonça, àquele contato, voltou-se e lhes disse:

— Com licença, querida! *Monsieur*: um instante. — E levantou-se, dirigindo-se ao *toilette*, situado sob a escada, próximo ao piano de Castanheira.

Verônica acompanhou-o com o olhar até vê-lo desaparecer. Apoiou os cotovelos sobre a mesa e descansou as faces sobre a palma das mãos, olhando à esquerda em direção ao show. Jean-Jacques tornou a recostar-se no espaldar, observando vagamente as meninas dançando sobre o palco. Em alguns minutos, a coreografia encerrou-se ao som da última nota, juntamente com um gesto brusco da cabeleira grisalha de Castanheira, permanecendo as oito meninas abraçadas e perfiladas. A plateia irrompeu em entusiásticos aplausos. Alguns, mais exaltados, gritavam gracinhas, mas elas sorriam alegres, exibindo as faces coradas, banhadas pelo suor. Jean-Jacques ergueu-se um segundo e também aplaudiu. Verônica permaneceu sentada, acompanhando-o com o olhar. Quando se sentou, ela retornou-lhe a atenção e sorriu com ternura, exprimindo um ar brejeiro. Jean-Jacques empertigou-se, apoiando os braços sobre a mesa de modo que suas mãos roçassem o braço de Verônica, que lhe apoiava o rosto. O outro, ela o havia pousado sobre o colo.

— Jamais poderia imaginar uma mulher tão linda quanto você, Verônica. E muito menos aqui em Copacabana, numa região deserta... Pois veja como são misteriosos os desígnios desta vida, completamente inexplicáveis e imprevisíveis. Eu, vindo da Europa, um lugar com belas mulheres, me deparo com você neste salão, num local tão remoto e ermo, com essa escuridão ao redor... — comentou, mirando-a no rosto com um olhar vago, distante, mas ao mesmo tempo fascinado, como que procurando uma explicação para esse fato.

Revolvia-o, naquele instante, um desejo de abraçá-la e de cobri-la de carinhos. Contudo, ela mantinha o sorriso parcimonioso, expressando sentimentos contraditórios que ora lhe injetavam esperança e, logo após, desilusão.

— Verônica! Quero me encontrar a sós com você... — Passou-lhe carinhosamente a mão sobre o braço, fitando-a com ternura.

Sentia o primeiro contato com sua pele: aquela penugem roçando-lhe a palma da mão. Jean-Jacques observou instintivamente a saída do *toilette*, e deslizou a vista pelo salão. Todos se divertiam indiferentes a eles, e não viu sinais de Mendonça. Apenas divisou Louise, conversando na mesa onde se sentavam os amigos do senador. Verônica continuava a sorrir, sondando-lhe as intenções, tentando decifrar aquela onda de paixão que lhe batia no rosto. Estava acostumada a essa súbita admiração, a esses arrebatamentos repentinos emanados abruptamente; habituara-se aos galanteios e ao cerco de gente importante. Em qualquer reunião ou festa em que estivesse seria inevitavelmente cortejada; tornar-se-ia sempre o alvo das atenções, dos olhares cobiçosos e dos desejos ardentes que partiam como flechas de fogo em direção a ela. Sabia disso. Acostumara-se ao assédio e o havia banalizado, tão diferente da mulher comum, que o recebe como um pedacinho do céu. Vislumbrava, porém, algo de diferente naquele francês. Percebia em seu semblante uma pungente procura; notava-lhe certa perplexidade, certa angústia em encontrar as palavras certas para exprimir suas emoções. Observava a ansiedade anuviar-lhe o semblante, para, logo depois, vê-la dissipar-se pelas faces num sorriso atraente, galante, dissolvendo-se em transitória alegria. Percebia, em Jean-Jacques, a procura do instante e não a abrangência do todo; a sofreguidão do momento para esgotá-lo totalmente em seguida. Para ele, de fato, a vida era vivida aos pedaços que não se concatenavam, e cada um deles tão densos, como os minutos desta noite, no *Mère Louise*. Verônica, acostumada à vulgaridade, captava em Jean-Jacques a vibração das pessoas sensíveis. Porém, tinha a consciência de que as paixões são passageiras como as tempestades de verão, que surgem tormentosas e amainam-se depressa.

— Ah, senhor Chermont...

— Por favor, Verônica, apenas Jean-Jacques — acrescentou, tomando-lhe a mão pousada sobre sua coxa e levando-a também à superfície da mesa.

— Jean-Jacques... — repetiu, sorrindo, esquadrinhando-lhe as faces.

Seus rostos estavam a dois palmos de distância; ela perquiria-lhe os pensamentos, analisando-os atentamente. Ele tomou-lhe a mão que sustentava o seu rosto e a uniu à outra, envolvendo-as com as suas. Em seguida, tomou uma delas e levou-a aos lábios, beijando-a com ternura.

— Oh, Jean! São paixões momentâneas — comentou, fixando-lhe o olhar e aproximando seu rosto.

— Pois eu não acho... O importante é o instante! E, neste instante, só existe você, meu amor. Nunca ninguém me chamou dessa maneira, com essa ternura e carinho — afirmou, beijando-lhe várias vezes a mesma mão enquanto, com a outra, lhe acariciava o braço, indo e vindo do punho ao cotovelo.

— Isso são apenas frases românticas, passageiras, repetida por todos os enamorados do mundo... Palavras de ocasião e já banalizadas. Pois você mal me conhece! — exclamou, interrompendo-o com o seu sorriso maravilhosamente liberado, enquanto recuava o seu rosto, mostrando-se surpreendida por aquelas declarações.

Jean-Jacques também se mostrava surpreso, pois não entendia como Verônica fosse incapaz de compreender suas emoções, para ele tão espontâneas e naturais. Olhou-a com a mesma expressão de surpresa. Podia sentir sua fragrância, experimentando em seu peito vibrações apaixonadas como nele recebia as ondas de Copacabana.

— Mas é amor à primeira vista, Verônica! Você não acredita nisso?

— Claro que não! Outra declaração antiquíssima... clássica. Não creio nisso! — exclamou enfaticamente, quase a gargalhar, a um palmo de seu rosto.

Estavam tão enlevados que foram se abstraindo daquele ambiente feérico, excitante, barulhento, e penetrando num outro clima particular, como que uma onda sendo filtrada. Descobriam uma frequência mútua de interação entre suas emoções quando foram despertados pelas notas do "Danúbio Azul". Verônica virou o rosto em direção ao piano e observou a cabeleira de Castanheira, movendo-se ao ritmo da valsa e, de pé, à porta do *toilette*, surgiu-lhe a figura de Mendonça. Alguns casais puseram-se a dançar na pista existente no centro. Mendonça parou um instante, observou rapidamente o ambiente e encaminhou-se em direção à mesa. Um dos garçons segurava um longo cabo de madeira com uma campânula na ponta e abafava, uma a uma, as velas do lustre central, mergulhando o salão em penumbra; apenas as velas dos candelabros, sobre as mesas, permaneciam acesas. Aquele cabo comprido barrou um instante a passagem de Mendonça.

Jean-Jacques, notando também sua presença, perguntou rapidamente a Verônica:

— Então, querida, quando a vejo novamente?

— Oh! Converse com *Madame* Ledoux! — respondeu com certa ansiedade, recolhendo as mãos à superfície da mesa e afastando o rosto.

Jean-Jacques soltou-as, sentindo em sua pele apenas o calor do contato. Recostou-se e observou Mendonça aproximar-se. Ele nem chegou a sentar-se; de pé, junto à mesa, disse a Verônica:

— Vamos, querida?

— Sim, meu bem — disse ela, tentando adaptar-se rapidamente a outro estágio emocional.

Jean-Jacques observou o semblante do senador e captou nele uma expressão estranha, quase sinistra. Seus olhos emitiam um brilho mortiço, permanecendo quase estáticos, a íris mostrava-se esgazeada. Haviam perdido aquela vivacidade inteligente que tanto o impressionara em suas ponderações anteriores. Suas mandíbulas apresentavam-se tensas nas laterais, refletindo-se até a parte superior das faces. As bochechas, rosadas, adquiriram estranha palidez. Mal olhou para ele, apenas puxou gentilmente a cadeira de Verônica, permitindo-lhe erguer-se, e disse secamente:

— Com licença, *monsieur* Chermont, boa noite; faça bom proveito do *Mère Louise*.

— Boa noite, senador.

— Até a próxima oportunidade, senhor — despediu-se Verônica, olhando com ternura nos olhos dele e, pela primeira vez durante a noite, despojada de seu sorriso.

Mendonça deixou-a passar à sua frente, e seguiram assim até a escada. Jean-Jacques notou o senador cochichar-lhe qualquer coisa ao ouvido e, logo em seguida, encaminhar-se rumo à porta de entrada do *Mère Louise*, por onde saiu. Logo depois, viu-o retornar trazendo uma pequena valise negra e dirigir-se novamente ao pé da escada, ao encontro de Verônica. Enquanto ele ausentou-se, ela permaneceu em pé, junto ao corrimão, como alvo das atenções. Olhou algumas vezes em direção a Jean-Jacques e recebeu dele o seu olhar. Mendonça achegou-se a ela; juntos, subiram a escada, acompanhados pelo desejo e pela imaginação de muitos, e pelo ciúme solitário de Jean-Jacques. Aquele senador, representante econômico do Brasil em Londres, responsável pelos destinos do país e amigo do presidente Campos Sales possuiria aquela mulher fascinante. Observou Castanheira inclinar bruscamente à frente sua cabeleira encanecida e encerrar o "Danúbio Azul", sob aplausos emocionados. Jean-Jacques retirou seu pequeno relógio da algibeira e conferiu: meia-noite. Sentiu fome e dirigiu-se ao balcão, pensando em jantar; antes, porém, desejava conversar com Louise a respeito de Verônica. Permaneceu ao lado do balcão, de pé, com o cotovelo apoiado em sua superfície, observando-a conversar com quatro senhores a uma mesa. Ao vê-lo, ela pediu licença e dirigiu-se até ele. Aproximou-se com um ar complacente, porém, o sorriso e a expressão do olhar denotavam que ela captava-lhe os sentimentos.

— Por favor, senhor Chermont... — convidou-o, conduzindo-o pelo braço até uma mesinha, atrás de uma coluna, próxima à entrada do cabaré. Dali, não mais viam o piano. — Desejas jantar?

— Sim, estou faminto, Louise...

Ela virou-se um instante, localizou o *maître* Antoine e fez-lhe um discreto sinal. Sentaram-se. Ele apanhou o cardápio, examinou-o e pediu *harengs à l'huile* como entrada; depois, solicitou *blanquette de veau* e um *bordeaux Saint-Estephe*, seguido de um *Chèvre*. Enquanto aguardava, dialogava com Louise.

— Ah! Como Verônica é deslumbrante! Como é espontaneamente sedutora e linda! — exclamou, com o semblante arrebatado, dirigindo o olhar para a escada. Fitou-a uma fração de segundos, o suficiente para Louise captar-lhe a amargura.

— Sim, Verônica provoca paixões fulminantes. Isso ocorre com frequência. De fato ela é maravilhosa, e... — concordou, demonstrando certa ansiedade na inflexão:

— Louise! Desejo encontrar-me as sós com ela...

— Senhor Chermont... — *madame* Ledoux mostrava-se reticente, demonstrando preocupação. — Trata-se de uma situação embaraçosa para mim. Ela é exclusividade do senador. Há dois anos se encontram, e ele a mantém... Assim como à sua mãe...

— Ela, porém, não o ama! — replicou Jean-Jacques, olhando-a nos olhos e empertigando-se na cadeira. — A sensação que tive foi a de um relacionamento protetor, de dependência mútua, cujo vínculo não é o amor.

— Sim, *monsieur*... As pessoas se unem por diversas razões: em busca de proteção e segurança, por interesses econômicos, por tradição social, por simples atração física e até pela ilusão do amor... Tudo, entretanto, é efêmero, passageiro... Aliás, minto, pois as ligações por interesses geralmente são as mais duradouras, apesar das vicissitudes, e as amorosas logo terminam — acrescentou Louise, sorrindo ironicamente, observando Antoine aproximar-se com o vinho. Enquanto servia, Jean-Jacques relaxou, de encontro ao espaldar.

— Sim, Louise, mas o que sinto é amor — acrescentou, com os olhos sonhadores.

— Oh, senhor Chermont, como tu és romântico! O amor... o velho amor... O sentimento belo e único. Pois o que tu sentes é amor e ela, necessidade de segurança. Qual é a diferença?

— A diferença é que proteção não traz felicidade, Louise. Ela não é feliz! Proteção é efeito, não causa... — completou Jean-Jacques, erguendo a taça e sorvendo um gole.

Louise, então, começou a rir, fitando-o no rosto.

— Mas que ingenuidade! — repetiu, rindo ainda mais. Fazia força para conter-se, mas era impelida pela força de um destes misteriosos demônios que de vez em quando nos perturbam. Sua gargalhada se extravasava discretamente pelas faces, pelos poros de sua pele.

Jean-Jacques observava-a atentamente e começou a captar-lhe os sentimentos. Louise diminuía a gargalhada num sorriso, fitava-o nos olhos e tornava a expandir-se, procurando elegantemente se conter. De repente, seu semblante foi adquirindo um ar sério, tenso, contraindo-se numa máscara de dor; seu olhar tornou-se pungente, emitindo profunda tristeza, e as lágrimas afloraram e escorreram sobre suas faces empoadas de cor-de-rosa.

— Me perdoa — soluçava baixinho, batendo o lenço de leve contra o rosto.

Ele tomou-lhe a mão e beijou-a carinhosamente. Permaneceram assim em silêncio, curtindo aquela dor. Após alguns segundos, Louise lhe pediu licença e foi ao *toilette*.

Jean-Jacques, enquanto degustava os *harengs à l'huile*, pensava na miséria humana. Meditava sobre as desilusões infelizes, aqueles lixos que varremos a cada instante, diariamente, durante anos e anos, para debaixo do tapete das aparências, e compreendia toda a dor de Louise, toda a sua dor.

A essa altura, o ambiente tornara-se menos feérico. Notava-se certo cansaço, e a excitação ia-se amainando em calma. De vez em quando, algum senhor subia ao segundo andar abraçado a uma mulher, para amá-la. Outros surgiam lá em cima ostentando um semblante jubiloso, e desciam a escada, após amá-las. Gritos eróticos, abafados ou explícitos, fragmentos de frases e risadas sensuais vazavam frequentemente até o térreo. Alguns se retiravam vagarosamente, demonstrando lassidão, saciados pelos prazeres; outros jantavam silenciosos, como ele. Apenas a cabeleira grisalha de Castanheira movia-se suavemente ao ritmo de músicas românticas. O palco permanecia silencioso; gestos lentos, acinzentados, cortavam langorosamente a penumbra esfumaçada; vultos mais escuros movimentavam-se nas mesas mais distantes, imersos na névoa. A energia noturna alcançara o seu pico e agora se abrandava, dissipando-se rapidamente.

Após alguns minutos, Louise retornou, exibindo o semblante sereno como as águas tranquilas de um lago. Descarregara os excessos e a tormenta passara. Sentou-se em frente a Jean-Jacques, disposta a ajudá-lo. Contou-lhe que Verônica era filha de sua amiga Jacinta, dos tempos do paço imperial. Morena linda, baiana, que engravidara de um paulista, barão do café; homem muito rico e influente que vinha frequentemente ao Rio para contatos políticos e a negócios. Amigo do imperador, frequentava o paço em suas vindas à corte, onde se encontrava também com seus pares para festas, reuniões e mulheres. A menina e a mãe receberam todo o apoio do barão, até sua morte, doze anos depois. Morte cômica, que escandalizara a corte e foi motivo, durante muito tempo, de intensos comentários na sociedade carioca.

— Meu Deus, como falavam e imaginavam coisas! — afirmou Louise, com ar hilariante.

— Por quê? — perguntou Jean-Jacques, levando o garfo à boca.

— Imagine, *monsieur*! O barão teve uma apoplexia em cima de Jacinta; morreu trepando, de pau duro!

Ele então engasgou-se, rindo, tossindo e levando o guardanapo à boca, com os olhos marejados pela hilaridade.

— Não diga! — exclamou. — E Verônica...

— Verônica já era uma menina lindíssima. Jacinta lutou com muita dificuldade para educá-la. Conseguiu que ela frequentasse a escola até os dezesseis anos. Ajudei-a muito, pois conhecia gente importante, outros barões... Mas estiveram quase retornando à Bahia. Após a Proclamação da República, sobreveio a grande crise econômica de 1891. Quantas falências, meu Deus! O dinheiro desvalorizou, a inflação era altíssima.

— Sim, o Governo emitiu muito. Especulavam com papéis que nada valiam, sem nenhum lastro. Criavam-se empresas fantasmas para construção de ferrovias, portos, armazéns... — explicava Jean-Jacques.

— Bem, não entendo de finanças, mas passamos sérias dificuldades durante quatro anos. Vivi em função de meus relacionamentos do tempo do Império. Depois, em 1895, veio a grave crise do café. Os preços vieram abaixo e muita gente boa faliu. As coisas só começaram a melhorar novamente quando conheci o senador Mendonça e vários de seus amigos: coronéis, políticos, comerciantes ricos, gente influente que vivia atrás de lindas mulheres. Tinham dificuldades para seus encontros amorosos. Frequentavam discretamente minha casa em São Cristóvão; porém, era uma residência acanhada, apesar de confortável. Gostavam, sim, do ambiente distinto, elegante, diferente da vulgaridade a que estavam habituados nas províncias. Sabiam que eu fora educada e vivera no paço, que conhecia as coisas chiques e belas mulheres, e com que requintes eram saciados os desejos daquele mundo fidalgo. Aliás, sempre fui muito exigente nesse aspecto. Mendonça conheceu Verônica e sua mãe em minha casa. Jacinta sofreu muito, pois não queria que ela se enveredasse por esse caminho. Ele, certo dia, lá estando, a viu por acaso: Verônica acabara de chegar do colégio, durante uma tarde chuvosa de novembro. Estava ensopada e mais linda que nunca. Lembro-me bem: Mendonça estava sentado na poltrona da sala com um copo de conhaque na mão quando ela abriu a porta e entrou repentinamente em casa, rindo e parecendo se divertir com a chuva que tomara. Tinha os cabelos molhados e exibia a roupa encharcada, colada sobre o corpo trêmulo. Seus mamilos, endurecidos pelo frio, afloravam eroticamente sob o tecido fino. Seus olhos brilhavam. Verônica cumprimentou-o, abaixou-se para retirar os sapatos, expondo livremente suas coxas, e correu rindo para o quarto. Mendonça teve um choque; ficou pasmo, boquiaberto, fascinado por aquela cena. A partir daquele dia, enfeitiçou-se por ela.

— Ela morava com você?

— Não; morava com sua mãe, três ruas abaixo. Porém, como éramos muito amigas, todas as tardes Jacinta vinha esperá-la em minha casa, após o colégio. Com o tempo, propuseram-me administrar um lugar de luxo, em local mais afastado e que pudessem frequentar mais à vontade. E arrumaram este casarão aqui em Copacabana. Gastaram muito dinheiro nele. Eu apenas o gerencio. O investimento é de Mendonça e de seus amigos. Uma espécie de clube privado. Para mim, foi ótimo, pois me livrou das dificuldades financeiras; além disso, não preciso preocupar-me com dinheiro, pois tenho de tudo aqui.

— Mas... E depois, como se desenvolveu o relacionamento entre Mendonça e Verônica?

— Ah, sim! Apaixonou-se perdidamente por ela; soltou o dinheiro, impôs condições... E tornaram-se amantes. Há dois anos se encontram. Verônica chega sábado pela manhã, ou sexta à tarde, e retorna segunda, para assistir às aulas.

— Você disse que ela interrompera os estudos...

— Retomou-os no ano passado.

— Pareceu-me ser mulher inteligente, apesar de jovem. Deve ter seus dezoito anos... — disse Jean-Jacques, com o semblante triste.

— Sim. Apenas dezoito anos — concordou Louise.

— Mas... E, então? Poderei revê-la? — indagou com ansiedade.

— Bem, senhor... Compreendes agora minha situação delicada. Se Mendonça souber, voltarei a enfrentar dificuldades — respondeu, com o semblante angustiado. — Posso perder tudo. Sou órfã da realeza, Jean-Jacques. Perdi o Império, só me resta a República — completou, com a inflexão súplice. — Entretanto, conversarei com ela a respeito... Tu és nobre, generoso e a ama.

— Sim, querida. Apesar de tê-la conhecido esta noite, me apaixonei... Neste aspecto, compreendo bem o que sentiu o senador naquela tarde chuvosa, pois foi o mesmo que se passou comigo hoje. Ela é deslumbrante. Pareceu-me também que Verônica foi receptiva aos meus sentimentos... — arrematou, pensativo.

— Vê, *monsieur*, durante a crise de 1898, talvez tão grande quanto à de 1891, passei incólume graças à casa.

— Sim, sim, compreendo, Louise! Cada um se defende como pode...

— Gostaria tanto de retornar à França... — acrescentou, com os olhos sonhadores. — Nada me resta no Brasil; amava o fausto da corte e odeio esta republiqueta medíocre.

— Quem sabe, algum dia, você retorne — insinuou Jean-Jacques.

— Se me acontecer algo...

— Oh, Louise! Não pensemos nisso.

— Sim, claro! Façamos, pois, o seguinte: tu retornas aqui no sábado à tarde; conversarei com Verônica a respeito.

— Posso ter esperanças?

— Sim, querido! Verônica nunca amou ninguém.

Ele tomou-lhe a mão e a beijou com carinho. Conversaram ainda durante uma hora, sobre tudo, principalmente sobre o Brasil e o Rio de Janeiro, que tanto o fascinavam. Lembraram-se dos mosquitos da febre amarela.

— Não, não! Procuro evitar os locais perigosos, as baixadas interiores, e me protejo.

— É terrível! Conheço vários que morreram...

Mas ele ria e fazia comentários indiferentes.

Por volta das três horas da madrugada, o movimento restringia-se a esporádicos senhores. Chegavam ao salão, pegavam suas cartolas — alguns vestiam seus paletós, que haviam permanecido nos espaldares —, despediam-se de Louise e se retiravam silenciosos. Outros deixavam o *Mére Louise* em companhia de suas amantes. Durante a noite, enquanto ocupavam os quartos do andar superior, um empregado — que controlava discretamente o movimento — subia a horas marcadas para avisá-los de que o tempo se esgotara: três batidas na porta era o sinal combinado, e deveriam liberá-lo. Outro serviçal se encarregava de arrumá-lo. Havia apenas doze aposentos, e Louise lhe dissera que começavam a surgir alguns problemas devido ao aumento do movimento. Aquele não era um simples bordel; Jean-Jacques percebera que se destinava geralmente aos relacionamentos estabelecidos; ademais, ali compareciam também para se divertir. Tratava-se, sim, de uma espécie de clube privado para gente grã-fina, como ela lhe dissera. No salão, ele e os remanescentes permaneciam sob nostálgicas lembranças, evocadas por Castanheira. Jean-Jacques não mais vira Verônica naquela noite; muito menos o senador Mendonça.

Às 3h30, o cabaré emudeceu. Jean-Jacques observou Castanheira levantar-se, fechar o piano e vir se despedir de Louise, acompanhado pelas bailarinas. Elas haviam permanecido, após o show, em duas mesas próximas ao palco, onde jantaram e conversaram bastante, muito animadas. Jean-Jacques também despediu-se de Louise e saiu ao encontro de Euzébio — as despesas, por insistência de *madame*, ficaram por conta da casa. Em frente ao cabaré, cerrou os olhos e respirou fundo o ar frio da madrugada. Na extremidade do estacionamento, descobriu-o de pé, elegante como um lorde inglês, a conversar animado com um colega. Logo que o viu, seu semblante alegrou-se, e Jean-Jacques assistiu àquele risinho contido emoldurado pelo bigodinho fino aproximar-se sob a luz mortiça. Vinha faceiro e feliz. Sentiu súbita afeição por aquele seu amigo; colocou-lhe o braço sobre os ombros e caminharam juntos até o carro.

— Ah, Euzébio! Aquela mulher que vimos esta manhã me derrubou. Você não imagina como é linda… Apaixonei-me por ela!

— Como, como, Jean-Jacques… — gaguejava, ele. — E você ficou com ela… — disse, tentando evitar o sorriso.

— Não, permaneci apenas a admirá-la.
— Mas, por quê?
— Estava acompanhada...
— Então, da próxima vez... — acrescentou, segurando-lhe o cotovelo, ajudando-o a subir no carro.
— Sim, Euzébio, da próxima vez... Quem sabe? — concordou, fazendo certo esforço para ocupar o seu lugar. — Ao Pacheco — solicitou, tocando no ombro de seu amigo.

E retornaram, ouvindo o suave marulhar das ondas sob o ar fresco da madrugada, respirando a fragrância marinha, aquele aroma de Copacabana. Em poucos minutos, adentraram o Pacheco. A pensão estava mergulhada em sombras, completamente silenciosa àquela hora da noite; tudo emoções domadas. Sobre o balcão, um par de óculos jazia abandonado, ao lado do mistério de *Capitu*.

CAPÍTULO 4

Em suas reflexões, no escritório da embaixada, e em vista das funções de consultor econômico, Jean-Jacques adquiria experiência sobre o mundo financeiro: os investimentos a serem feitos na hora certa, o jogo de câmbio, as pressões recorrentes, a escolha de homens que se encaixassem como luvas em diversos interesses, a pura especulação com papéis que nada valiam, o ganho fácil e imediato, a bajulação interesseira, os negócios facilitados e as negociatas fraudulentas. Foi-se entranhando, enfim, naquele jogo de interesses e de lucros insaciáveis no qual ele era apenas uma pecinha ínfima, e foi-se indignando com a voracidade dessa máquina. Ele desvendava quão estreitos eram os limites da legalidade dentro dos quais as pessoas comuns labutavam, e quão elásticos eles poderiam ser dependendo das circunstâncias envolvidas. Constatava que quanto maiores os negócios entre grupos poderosos — grandes bancos ou empresas transnacionais —, mais os limites do tolerado expandiam-se e a legalidade se esgarçava. O pequeno comerciante, reputado honesto e sentindo-se íntegro, acharia justo lutar pelo seu reduzido lucro do mesmo modo como o faria um poderoso banqueiro, que se sentiria igualmente probo e respeitado ao auferir alguns milhões de libras mesmo que para isso infringisse a ética, conduta normal sob seu espírito de financista. No mesmo caso, estaria um prestigioso empresário que influenciasse na indicação de algum ministro que lhe facilitasse os negócios, ou que procurasse alterar as leis para satisfazer seus interesses. Situações como essas eram comuns e lhe serviam como exemplos das imposições do poder econômico ou da relativização dos valores.

Jean-Jacques verificava que a existência de tais circunstâncias em países como o Brasil era corriqueira e fácil: bastava cooptar as elites dirigentes, integrá-las ao sistema e teriam seus negócios garantidos. O povo, alienado pela ignorância, manter-se-ia marginalizado e seria beneficiado apenas pelos aspectos superficiais do desenvolvimento. Seria implantada, aos poucos, uma consciência visando a difundir e a preservar os interesses, e qualquer eventual governo que viesse a combatê-los seria facilmente subjugado em vista de sua debilidade econômica e, portanto, política. Argumentos costumeiros, habitualmente usados pelo sistema como justificativas convincentes, estariam sujeitos às penalidades se fossem averiguados retamente pelo poder público. Ele sabia, porém, serem tais argumentos inúteis, pois o país não teria sequer condições de escolher suas alternativas e, muito menos, impô-las. O Brasil, nação riquíssima, abundante em recursos naturais e com vasto território, já tinha seu destino traçado pelos detentores do poder mundial ao alvorecer do novo século. Seus caminhos já estavam de antemão definidos. Neles, só os privilegiados teriam voz e administrariam o futuro, o seu futuro, usufruindo das benesses e contemplando, satisfeitos, suas imagens de homens dignos. O resto, a gentalha, a massa secundária e subalterna chafurdaria na triste ignomínia do subdesenvolvimento, vergada pelo peso de frustradas esperanças. Tal ordem, julgava Jean-Jaques, constituía a distorção da jovem república, pois ela ingressava no século XX na contramão de seus interesses majoritários.

Os homens criam e interiorizam suas leis e passam a vida a burlá-las numa gradação sem fim. Reprimem inutilmente seus anseios, transformando-os em artes e em mil coisas que vazam como a água numa superfície porosa. Jean-Jacques sabia que a vida transcorria encenada como num palco, mas era outra realidade a que aspirava. A beleza encarnada em Verônica e as emoções dela decorrentes diziam-lhe que seria possível almejá-la. Tais sentimentos excitavam-lhe a imaginação e o induziam a percorrer caminhos com reflexões incessantes que se entrechocavam, contradiziam-se e tornavam-se a clarear, para obscurecerem novamente. Porém, suas emoções se impunham e realçavam minúcias, induzindo-lhe aquela excitação nervosa, aquele elemento mágico transformador da realidade. Jean-Jacques esmiuçava cada observação, cada gesto, cada detalhe e os envolvia com ternura. Afeiçoava-se mais a Euzébio e às areias quentes e aconchegantes de

Copacabana, geradoras de sonhos e de prazeres inesquecíveis; sensibilizava-se com a música de *herr* Kaufmann e relembrava a pobre Zulmira. Venerava as belezas do Rio e deplorava a vida daqueles pobres negros que se moviam indolentes, sob o calor escaldante. Aquele seu repentino amor irradiava-se e realçava-lhe a vida, impregnando-a de sensações fascinantes. Ele fragmentava a realidade, tal qual o faziam seus amigos cubistas, e cada faceta brilhava e refletia a luz como as faces poliédricas de um diamante. Tudo adquiria novos fulgores e transbordava de si, em cada detalhe.

CAPÍTULO 5

Foi com essas emoções que ele deixou seu apartamento na bela manhã do sábado seguinte, indo em busca de Euzébio. Neste dia, tão aguardado durante a semana, saberia da resposta de Louise sobre a possibilidade de se encontrar a sós com Verônica. Estacou na calçada, com as mãos à cintura, e mirou o Pão de Açúcar, observando suas nuanças acinzentadas, sentindo uma excitação marítimo-ensolarada. Aquele adereço destacava-se imponente contra o azul infinito. Baixou os olhos e mirou as águas coruscantes da baía, refletindo a intensa claridade matinal. Alguns saveiros deslocavam-se mansamente sobre o espelho d'água da enseada, estabelecendo uma conexão entre ele e seus solitários navegantes. Voltou-se e contemplou aquele exagero de verde, aquela luxúria viçosa despencando dos morros, e dirigiu-se ligeiro ao encontro de Euzébio. Lá estava ele, trajando uma camisa branca de mangas curtas, sob um chapéu de palha, metido numa rodinha de paletós escuros e cartolas negras. Jean-Jacques se aproximou, tornando-se o centro das atenções. Euzébio, ao lado, mantinha seu risinho discreto e a face lúdica, observando, divertido, as reações dos colegas perante o seu singular amigo.

— Caros colegas! — exclamou Jean-Jacques com empolgação, abrindo um largo sorriso. — Sigam o exemplo de Euzébio e atirem suas cartolas ao vento! Dobrem seus fraques e enterrem-nos no fundo desses baús, desses túmulos empoeirados onde repousam, por anos a fio, os rebotalhos vacilantes de que tanto gostamos! — falou intencionalmente com estilo, causando impressão.

Os cinco ou seis homens, muito elegantes, entreolharam-se num misto de surpresa e perplexidade com aquelas insólitas palavras que lhes quebravam a rotina de frases comuns, diárias e matinais. Jean-Jacques percebeu e lhes sorriu indulgente; despediu-se e subiu no carro, rumo a Copacabana. Seguia absorto, observando a paisagem. Pouco conversava, pois seus pensamentos vagavam naquele ambiente do *Mère Louise*, em meio àquela fumaça cinzenta impregnada de intensa sensualidade. Passavam pela grotesca figura de Mendonça e concentravam-se na beleza de Verônica e na sua fragrância, enquanto a ansiedade lhe corroía o espírito, em busca da antecipação. Súbito, contemplava a tonalidade das cores, observava as costas de Euzébio e a imponência dos morros, e desviava seus olhos rumo à imponderável placidez, encantando-se com a serena beleza despida de emoções daquele belo arbusto que nascera e em breve morreria, indiferente à dor. Apreciava o tranquilo azul do mar avançando até a linha do horizonte, sentindo aquele misterioso manto que lhe evocava o palco histórico de memoráveis batalhas, e do qual se alimentavam poetas e povos. E lá estava ele faiscando imponente, belo e receptivo às mesmas emanações, isento dos torvelinhos que agitavam os homens. Logo, seria palco de novas paixões, de jovens guerreiros que se digladiariam em suas águas, e seu leito profundo seria o destino de muitos que se bateriam em vão. Para Jean-Jacques, em tais fragmentos fluíam os limites da sua sensibilidade e da máxima capacidade de compreender e de sentir a vida.

— Hoje você encontra a tal mulher — disse Euzébio, quebrando as reflexões do amigo.

— Assim espero... Mas ainda aguardo a resposta de Louise — respondeu, pensativo.

— Por quê?

— É ela quem controla essas coisas. Além disso, Verônica é ligada a um senador importante. Ele e seus amigos são quem financiam a casa; trata-se, portanto, de uma situação melindrosa.

— Tudo se resolverá a contento, Jean-Jacques.

— Eu tenho esperanças, pois Verônica não ama esse tal senador.

— Dinheiro... — replicou, olhando para trás.

— Não, não é bem isso. Trata-se de certa dependência. Sim, dependência econômica, sem dúvida alguma... Entretanto, forçada por circunstâncias adversas. Ela é jovem, inexperiente, e ele é muito rico e poderoso... São as mazelas da vida — respondeu Jean-Jacques, regateando as palavras e buscando explicações convincentes.

— Compreendo. Todavia, ela se renderá a você.

— Assim espero, Euzébio. Poderei fazê-la feliz — acrescentou, desanuviando o semblante e abrindo o sorriso.

— Você fica no meio?

— Sim; perto do Hamburgo. Como no domingo passado.

— Portanto, pernoitamos no Pacheco...

— E você me reserva o mesmo quarto. Hoje, eu vim preparado. A propósito, dona Zulmira pareceu-me simpática senhora...

Euzébio, então, sorriu e comentou:

— Pois ela me indagou muito a seu respeito. Queria saber exatamente quem era, o que fazia, e pediu-me detalhes de sua vida.

Jean-Jacques sorriu:

— Pobre mulher, não é feliz. Deveria procurar outra vida, outro homem...

— Como? — replicou Euzébio, surpreso. — O Pacheco... O Pacheco...

— O Pacheco não a satisfaz! Ela deveria buscar sua realização em outra pessoa.

— Mas o casamento é sempre isso.

— Geralmente é minimalista. Se também for, será capaz de suportá-lo.

— É tudo muito complicado.

— Complicadíssimo! Viva então um pedacinho de cada vez e a vida se tornará mais fácil.

— Este local está bom?

— Sim, pode parar. Encontro-o no Pacheco, à tardezinha. Zulu hoje se comportou bem — comentou Jean-Jacques, preparando-se para apanhar suas bugigangas. — Hoje, pretendo pintar o Hamburgo.

— Antes você passa por lá? — perguntou Euzébio, parando o carro.

— Sim. Tomo umas cervejas e vou a pé para a pensão. Não precisa ir lá me buscar.

— Se quiser...

— Não, Euzébio, não é necessário; a distância é pequena.

E despediu-se do amigo, dirigindo-se à praia. Havia, nas proximidades, várias pessoas. Copacabana, no princípio do século, ia-se transformando aos poucos na região atrativa para onde se dirigiam aqueles em busca da paz, da novidade e de um lugar diferente para o fim de semana. Aquela praia paradisíaca tornava-se o charme e a excentricidade de hábitos, o refúgio que seduzia. E lá estavam eles, principalmente estrangeiros, muitos deles já contactados por Jean-Jacques em alguma recepção ou negócio. Estendeu a toalha e deitou-se ao sol, com o chapéu sobre o rosto, sentindo a fragrância marinha e curtindo o momento. Jean-Jacques cavava as areias, enchia suas mãos e a deixava escorrer lentamente entre os dedos, como seus pensamentos. Ou cochilava, embalado pelo barulho das ondas e pelo murmúrio de vozes, penetrando e saindo de confusas realidades. Nesta manhã, resolveu caminhar até o Leme. Com a água pelos tornozelos, andava cabisbaixo, pensativo, observando aquela confusão de ondículas entrechocando-se umas contra as outras e morrendo em várias direções. E buscava entre elas as conexões para os seus pensamentos.

À tarde, por volta das catorze horas, dirigiu-se ao Hamburgo; armou o cavalete em frente ao restaurante, entrando em seguida para saborear as cervejas. Sentou-se e observou *herr* Kaufmann surgir no balcão. Vinha sorridente, carregando duas travessas, que Jean-Jacques distinguiu como manchas vermelhas com longas antenas, cercadas por verdes. Logo que o viu em sua mesa costumeira, saudou-o da maneira habitual: "*vive la France!*", enquanto prosseguia para servir seus clientes. Tal saudação induziu a curiosos olhares, mas ele apenas sorriu. O senhor Kaufmann foi rápido e logo retornou para cumprimentá-lo. Saudou-o amavelmente, exibindo aquele ar bondoso dos que parecem imunes à mediocridade humana.

— Ô *camarrãozinho* frito?

— Três Porter, *Kaiser*! Vou antes pintar o restaurante — disse Jean-Jacques.

— Ôh! Que beleza! — exclamou, inclinando-se levemente, insinuando uma reverência.

— Sim, devemos registrar nossas lembranças... Quando começa com o violino?

— Mais à tarde; às dezessete horas. Já trago as *Porter, monsieur*, com licença! — E dirigiu-se ao balcão, em busca das cervejas.

Jean-Jacques recostou a cabeça na parede, atrás de si, desfrutando o ambiente agradável proporcionado pelas mesas dispostas entre grandes vasos com folhagens, sob a quietude langorosa àquela hora da tarde. Uma aconchegante penumbra envolvia o salão. Observou o violino pendurado, e viu o amigo se aproximando com as cervejas sobre a bandejinha prateada.

— Ô *camarrãozinho*, só depois? — perguntou, colocando-as sobre a mesa.

— Sim, *Kaiser*, daqui a pouco...

O senhor Kaufmann abriu-as e retirou-se em seguida. Jean-Jacques, a despeito da inspiração inicial para pintar, sentia-se um pouco ansioso. Refletia sobre o encontro que teria logo mais com Louise; tentava prever diversas possibilidades e imaginar as possíveis reações de Verônica, e essa ansiedade lhe paralisava as ações. Vivia a situação tão comum em que determinada preocupação se erige soberana em nossa mente e passa a comandá-la, relegando os demais pensamentos. Por isso, ele resolveu retratá-lo mais alegre, em outra oportunidade. Solicitou o *camarrãozinho* e foi recolher o cavalete. Às dezessete horas, observou o senhor Kaufmann, muito risonho, desatar o nó do avental, nele enxugar as mãos, e dirigir-se ao violino. Pegou-o e sentou-se no banquinho alto, concentrou-se um minuto, cerrou os olhos e inclinou a cabeça à esquerda, estabelecendo aquela intimidade com o seu instrumento que só os músicos compreendem, e começou a tangê-lo. Sabendo-se admirado, empregava toda a técnica ao seu alcance, proporcionando momentos agradáveis àqueles que ali se reuniam degustando suas cervejas, vagando em ideias e afagando seus sonhos. Aquilo fluía lindo, revolvendo emoções e desafiando a dor. Tudo infinitamente inexplicável.

Às dezenove horas, entrou no Pacheco, dirigindo-se ao balcão, onde se encontrava Zulmira. Ela vestia-se com elegância e emanava a fragrância daquele perfume. Ao vê-lo, enrubesceu-se, sentindo o coração palpitar e o acompanhou até tê-lo diante de si. Jean-Jacques detectou as emoções que relampejavam em suas faces.

— Boa noite, senhora Zulmira. Como passou a semana?

— Tudo correu bem, senhor Chermont — respondeu, mal conseguindo disfarçar seus sentimentos. Na verdade, o aguardava havia tempos.

— Euzébio está na pensão? — perguntou, fitando-a intensamente.

— Sim, senhor, no seu quarto, o seis...

Jean-Jacques percebia no olhar de Zulmira, nas minúcias que se espraiavam em suas faces, certa angústia mesclada à expectativa; a felicidade misturada à incerteza quanto à correspondência de seus sentimentos, que talvez fossem apenas a esperança de que alguém a amasse como se amavam as personagens de seus romances. Jean-Jacques captou aquela confusa emanação de sentimentos e solidarizou-se com ela, pois ele também aguardava ansiosamente. Porém, apiedou-se, porque sabia que as ilusões de Zulmira seriam vãs e ele poderia ainda almejá-las. Compreendeu, então, que o simples ato de solicitar um perfume desencadeara naquela alma carente uma borrasca que lhe vicejava o espírito, assim como a chuva ressuscita o verde após a seca. Zulmira seria uma daquelas pessoas que passam a existência em devaneios, mergulhadas em romances capazes de lhes fazer sonhar, mas incapazes de preencherem o vácuo de suas vidas.

— Você ainda vai encontrar seu grande amor, Zulmira — disse Jean-Jacques, apanhando a chave e sorrindo-lhe.

— Oh! Senhor! — exclamou, fitando-o ruborizada, pois sentiu-se flagrada na intimidade.

Vivia aquele momento em que, diante de alguma perturbação, vão-se os subterfúgios e os artifícios dissimuladores revelam-se inúteis. Ela se retirou para a cozinha sob um pretexto qualquer, fugindo de si mesma, constrangida pela presença de Jean-Jacques. Ele concluiu que Zulmira dificilmente se assumiria. Dirigiu-se ao seu quarto e solicitou a Arduíno que lhe preparasse o banho. Naquela noite, até quando se retirou para o *Mère Louise*, Jean-Jacques não mais a vira.

Aproximadamente, às vinte e duas horas, saltou defronte do cabaré. Em frente ao sobrado, já havia vários carros estacionados. Como chegara cedo no domingo anterior, não havia presenciado o intenso movimento. Eles estacionavam até além do prédio, e Jean-Jacques podia observar algumas rodinhas nas quais os condutores conversavam e gargalhavam animados. Permaneciam geralmente próximos a alguma boleia, sob as luzes dos lampiões; e quando despontava um carro na extremidade da rua, trazendo algum figurão, interrompiam a prosa e voltavam-se para ele, acompanhando sua chegada. Tentavam ser discretos, mas haviam se tornado mestres em analisá-los.

Logo que o tal senhor entrasse, retomariam as conversas e as considerações finais sobre ele. Conheciam a todos; mas quando se tratava de um novato, como era o caso de Jean-Jacques, a curiosidade era maior. Ele observou esse fato e adentrou o *Mère Louise*, tendo recomendado a Euzébio que retornasse no início da madrugada.

Lá dentro, pairava a mesma atmosfera do domingo anterior, como se tudo persistisse e ele só houvesse se ausentado um instante para respirar o ar fresco da madrugada. Aquela semana durara apenas quinze minutos. Instintivamente, dirigiu seu olhar à mesa onde estivera, mas nela viu um casal, e procurou por Louise. Avistou-a na extremidade do balcão, conversando animadamente com três senhores. Não notara sua entrada, mas logo voltou-se casualmente em direção à porta e deparou-se com ele. Louise, que parecia alegre e descontraída, assim que o viu, fixou nele seus olhos claros com uma expressão de admiração. Encolheu o sorriso e emitiu-lhe lânguido olhar, tornando a sorrir. Voltou-se novamente para seus interlocutores e lhes dirigiu algumas palavras, efetuando gestos com as mãos à guisa de apressar a conversa. Logo, Jean-Jacques a viu despedir-se e vir em sua direção, com a cortesia costumeira.

— Boa noite, *monsieur* Chermont, como passaste a semana? — saudou-o, muito animada, mantendo o olhar em seu rosto enquanto lhe estendia a mão.

— Muito bem, Louise! — Tomou-a e nela depositou um beijo. — E a senhora, como passou?

— As coisas transcorreram bem — comentou, segurando-lhe delicadamente o cotovelo, conduzindo-o a uma das mesas próxima de onde estiveram no domingo anterior.

— Conversou com Verônica? — perguntou Jean-Jacques, enquanto caminhavam naquela direção.

— Sim... Sentemo-nos — convidou-o, puxando uma cadeira para si.

— E então? — insistiu ele, expressando ansiedade.

— Oh, senhor. Verônica mostrou-se vivamente interessada em ti; achou-o simpático, romântico... — comentou, fazendo certo suspense e abrindo um sorriso. Apoiou os cotovelos à mesa e cruzou as mãos à altura da boca. Mirou-o maliciosamente, exibindo, com maestria, seus predicados de proxeneta.

— Só isso? — indagou Jean-Jacques, decepcionado, perscrutando-a. — Mas, afinal, perguntou-lhe se poderia encontrar-se a sós comigo?

— Sim! Quando lhe indaguei a respeito, ela se assustou e mostrou-se receosa, meio reticente; mas, depois, tornou-se receptiva à ideia. Quero te ser sincera, Jean-Jacques... Como disse a ti no domingo, prometi te ajudar Mas isso dependeria dela — completou, prolongando as explicações.

— Sim, sim, claro, Louise! E então?

— Verônica, apesar de linda, é mulher inexperiente, e só conheceu Mendonça... que a protege como um pai. Creio sinceramente que nunca amou ninguém. Muitos a cortejam, mas respeitam o senador. Tu és o primeiro que realmente insiste. Parece-me, todavia, que despertaste nela o desejo de uma aventura. Estivemos conversando... E pensei muito em como encontrar uma maneira discreta de vê-la, Façamos, pois, o seguinte: vem no próximo sábado, às quatro horas da tarde. Nesse horário, reina aqui o silêncio. É quando as meninas começam a chegar. O único problema seria alguém dar com a língua nos dentes... — Louise mostrava-se receosa, vacilante em seus argumentos.

Cada frase que dizia era ponderada, acompanhada, muitas vezes, por longas reflexões. Falava pausadamente, olhando ora o rosto de Jean-Jacques, ora detendo-se em algum ponto do salão. Exprimia uma fisionomia tensa, preocupada. Ele tomou-lhe a mão e a envolveu com ternura.

— Oh, querida! Não se preocupe, tudo correrá bem, tenho certeza! Ninguém comentará nada a respeito. Você conversa com elas, inventa um pretexto qualquer. Diga que sou um parente... — exclamou animado, retesando o tórax na cadeira e aproximando o rosto da mão de Louise, entre as suas.

A felicidade irrompeu vigorosa, livrando-o das dúvidas que o assaltaram durante a semana, e a vida lhe sorriu como sorrira no dia em que cruzara o Pão de Açúcar. Aquele estado pesaroso matizado de incertezas aflorava agora no semblante de Louise.

— É bom sentir-se assim, não, querido? — perguntou, com um sorriso triste.

— Só não me sinto melhor devido à senhora... — disse Jean-Jacques, notando a sua amargura.

Percebera que ela estava realmente preocupada com seus negócios, os quais poderiam ruir se Mendonça descobrisse que estava sendo traído; mas o maior desgosto talvez viesse de suas próprias desilusões, de seus projetos de vida não realizados. Ele percebia, naquele momento, que Louise o invejava. Não aquela inveja rancorosa e destrutiva que nos impele a abolir a causa da felicidade alheia, mas aquela impotente e frustrante para quem a sente e que resvala na admiração, já sem forças para lutar contra o destino.

— Sim, Jean-Jacques. Aproveita os momentos bons que a vida oferece. Já amaste muitas mulheres?

— Não tanto quanto estou amando Verônica — respondeu ele, aumentando o fulgor de seu olhar.

— Todavia, foi tudo tão repentino... — comentou, com certa perplexidade. — E olha que tenho experiência nestes assuntos; já vi muitos casos de amor. Como podes dizer que a ama se a viste somente uma noite e durante alguns momentos? Ficaste apenas deslumbrado com a sua beleza. Em mulheres como Verônica é natural que tal sentimento irrompa repentinamente... Conheço alguns que já foram apaixonados por ela, mesmo respeitando o senador; entretanto, hoje, já não têm ilusões. E tenho certeza de que tais paixões se tornariam um pesadelo se ela as correspondesse, pois Verônica é capaz de perturbar o espírito de qualquer homem — afirmou, expressando ar de superioridade em tais assuntos.

— Ora, Louise! O tempo não é primordial no amor. Podemos senti-lo mais intensamente num curto período que em toda uma vida. Por vezes, cozinhamos um terno amor durante anos, um pálido amor que só se desvanece, e se somarmos os seus melhores momentos, ele não alcançará a intensidade do amor fulminante, a brevidade de um instante. O amor tornou-se refém da intolerância, que o priva de manifestar-se em sua plenitude...

— Tens razão, *monsieur* — respondeu Louise, interrompendo-o e aparentando haver mudado bruscamente de opinião, deixando também transparecer que não estava disposta a insistir nesse assunto.

Jean-Jacques percebera aquela súbita alteração, franzindo ligeiramente a testa.

— Mas, afinal! Verônica está em casa? Não a vi desde que cheguei.

— Sim, está lá em cima com o senador — respondeu, fitando-o nos olhos, com um sorriso nos lábios.

Jean-Jacques percebeu naquele sorriso a sutil represália de Louise, e relaxou novamente contra o espaldar da cadeira. Percorreu o ambiente com um longo olhar, tentando encontrar em cada mesa, em cada ponto, respostas para seus sentimentos, mas via somente aqueles homens imersos na penumbra cinza e seus movimentos vagarosos, colando seus rostos enlevados nas faces de suas amantes e sorrindo baixinho, murmurando-lhes palavrinhas indutoras de reações seculares. Podia vê-los também em grupos de três ou quatro, muito sérios, erguendo suas taças, sorvendo o champanhe e ouvindo atentamente seus interlocutores. Amiúde, um ou outro, após concentrada atenção, emitia sonora gargalhada ou efetuava gestos, desenhando no ar as imagens de seus pensamentos; via também alguns solitários, parecendo aguardar alguém. Com frequência, algum se erguia para cumprimentar efusivamente um recém-chegado, batendo-lhe com redobrado vigor às costas e conduzindo-o em surdina para um canto, sob discreta atenção dos demais. Tratavam, acima de tudo, de seus interesses.

— Tu jantas agora? — perguntou Louise, que o observava enternecida, interrompendo-lhe o fluxo dos pensamentos.

— Sim, aproveito o momento — disse ele, retornando-lhe novamente a atenção.

Louise voltou-se em busca de Antoine, encontrando-o atento a uma daquelas mesas, ouvindo um senhor. Este portava uma vasta cabeleira e exuberantes costeletas, cujas extremidades, largas e grisalhas, emendavam-se a um denso bigode retorcido nas pontas, compondo-lhe bela suíça.

— Doutor Carlos Lavinha! — disse, referindo-se ao interlocutor de Antoine.

— Castanheira hoje não vem… — insinuou Jean-Jacques.

— Não, senhor Chermont; somente aos domingos. Eventualmente, quando peço, ele comparece, mas não esta noite.

— Ele é bom pianista. E o show, também só amanhã? — disse ele, olhando para o piano fechado e silencioso.

— Sim, repetiremos o *Tu, Mon Amour*; geralmente apresentamos cada show duas, três vezes, dependendo da receptividade.

— O Castanheira é fixo…

— Sim! Quando contratamos um espetáculo, eles se entendem.

— Obrigado — disse Jean-Jacques, apanhando o cardápio das mãos de Antoine. — Bem… *Carottes rapées* e… *Truite aux amandes* e um *gruyère* — solicitou, após uma pausa, sentindo-se subitamente faminto.

— E você, Louise? Já jantou?
— Sim! Janto mais cedo.

Enquanto aguardava o pedido, ambos conversavam sobre tudo, principalmente sobre a França e a política europeia. Ela também lhe narrava histórias pitorescas sobre suas experiências passadas no Império; sobre os homens responsáveis pelos destinos do Brasil. Contava-lhe a respeito de barões e marqueses. O que mais lhe chamava a atenção era o abismo existente entre a realidade do país e os interesses dos governantes. De como a maioria andava a reboque das minorias, mas ela pouco se importava com isso. O *hors d'oeuvres* foi servido. Logo, saboreou o restante. "Estava tudo delicioso", comentou com Louise, que observava o andamento dos serviços. Solicitou, depois, *tarte aux pommes,* com mais um quarto de *Chablis*. Foi nesse interregno que ela observou o semblante de Jean-Jacques adquirir uma feição fogosa. Parecia que todo seu rosto se iluminara. Louise virou-se na cadeira e viu a deidade no topo da escada. Verônica estava linda, como nunca a vira. Usava um vestido vermelho com detalhes em azul-marinho e branco; ao longe, notava-se que portava no pescoço uma fina corrente de ouro, pois, a cada pequeno movimento, ela cintilava sob a luz das arandelas afixadas na parede, junto à escada. Parou um instante no topo, como se esperasse alguém e, à medida que percebiam sua presença, iam direcionando seus olhares para ela.

Passados alguns segundos, fez-se certo silêncio. Comportavam-se como uma atenta plateia durante os segundos que precedem um espetáculo. Verônica sorriu-lhes indulgente e, sob a ação daquele estímulo, um leve frêmito percorreu o salão. Isso durou apenas alguns segundos, pois, logo depois, Jean-Jacques viu surgir, atrás de Verônica, a figura pesada de Mendonça, carregando a mesma valise negra do domingo anterior. Ela virou-lhe o rosto e o aguardou, descendo ambos de mãos dadas sob olhares da plateia. Louise permanecia com um sorriso nos lábios, comprazendo-se em admirar o efeito que Verônica instilava naqueles homens. E, enquanto ela encaminhava-se em direção à sua mesa, não continham a dissimulação.

Mendonça, emanando vaidade, ia ficando para trás, impedido por cumprimentos, palavrinhas lisonjeiras dos amigos que insistiam em manifestar sua amizade, mas que, inconscientemente, talvez desejassem usufruir a última migalha desfrutada por ele. Mendonça era uma destas pessoas em relação à qual todos que se julgam importantes, ou desejam ser, fazem questão de exibirem aos outros serem também seus amigos e, quanto maior o grau de intimidade exibido junto a ela, maior será a satisfação ostentada.

Verônica chegou à mesa e sentou-se, observando as pessoas com ar indiferente. Parecia não ter ainda avistado Jean-Jacques, que permanecia a admirá-la. Mendonça retirou-se do salão, mas logo retornou sem a valise. Quando os viu, dirigiu-se a eles. Vinha sorrindo, mostrando seus dentes miúdos e seus olhos de águia. Verônica, acompanhando-lhe os passos, avistou Jean-Jacques em companhia de Louise, na outra extremidade do salão, meio encoberto pelas colunas. Ao vê-lo, seu semblante irradiou aquele súbito fulgor das emoções repentinas. Permitiu-se entreabrir os lábios num gesto sensual, erguendo um pouquinho a cabeça e baixando-a rapidamente em seguida, numa atitude característica de surpresa. Ela olhou-o de modo insinuante e lhe abriu um encantador sorriso, como se a emoção ao vê-lo houvesse demorado a estimular seus lábios. Aquele sorriso o derrotou, e ele rendeu-se, perdidamente apaixonado. Enquanto trocavam aquele cúmplice olhar, Mendonça aproximou-se animado, e Jean-Jacques foi obrigado a lhe dirigir sua atenção. Observou, no semblante do senador, as gotinhas de suor marejando-lhe a fronte, brotando acima de seu lábio superior e nas laterais das faces. Algumas delas dançavam, tremiam e terminavam por escorrer-lhe sobre o rosto, o que o obrigou ao gesto de retirar o lenço do bolso e enxugá-lo, e a continuar os movimentos pelas laterais do pescoço, terminando pela papada, erguendo a cabeça e estirando os lábios para fazê-los.

— Ah, que prazer revê-los! *Madame*, senhor Chermont! — exclamou ele, enxugando as mãos e enfiando o lenço no bolso. — A noite está abafada! — acrescentou, estendendo a mão para Jean-Jacques e, logo depois, beijando Louise na face. Naquele dia, não se havia encontrado com ela.

— Sim, senador, de fato hoje está muito quente — concordou Jean-Jacques, que se levantara para cumprimentá-lo.

— Durante a semana, deverei estar com *monsieur* de La Roche na embaixada francesa. Irei com o pessoal do *London and River Plate Bank* acertar os detalhes finais do ajuste econômico.

— Sim; tenho acompanhado de perto as negociações; mas não viriam daqui a duas semanas?

— É verdade, mas anteciparam a viagem, pois deverão ir também a Buenos Aires. O vapor deve atracar na próxima terça-feira. Talvez, na quinta ou sexta, lá compareceremos.

— Oh, querida! Como estás linda esta noite! — exclamou Louise, vendo Verônica aproximar-se da mesa, sem ser notada por Jean-Jacques. Este, ao vê-la diante de si com aquele mesmo sorriso, sentiu intensa perturbação.

Ele tomou-lhe a mão, perquirindo-lhe o rosto numa fração de segundos, e ergueu-se, beijando-a. Fazia um daqueles gestos desprovidos de sentido em que a ação obedece a uma ordem quando todo o resto se encontra reprimido, turbilhonado por desejos opostos. Fitaram-se nos olhos e disseram-se palavras inaudíveis. Apenas uma frase escapou daquele estado amoroso:

— *Madame* Ledoux tem razão, Verônica, você realmente está linda esta noite — comentou, sorrindo com ternura.

Não notara a reação inteiramente oposta de Louise. Enquanto o semblante de Jean-Jacques extravasava um ar galante, o dela contraiu-se num sorriso tenso. Acabou por exprimir uma destas reações fortuitas, tão comuns em tais circunstâncias, na tentativa de suavizar as inconveniências.

— Oh! Feliz é o senador por possuir tão linda beldade, não, senador? — exclamou, gargalhando, como se quisesse apagar o dito, apoiando as mãos sobre o braço de Mendonça.

— Sim, realmente não posso me queixar, *madame*... — sorrindo, com uma expressão indefinível.

Verônica, logo após o galanteio, passara a observar o salão com ar distraído, indiferente àquele diálogo, o que provocou em Jean-Jacques uma pontada de ciúme. Ela parecia alheia à reação de Louise, ao comentário de Mendonça e a ele próprio.

— Bem, senhor Chermont, espero então revê-lo na embaixada esta semana — disse Mendonça, estendendo-lhe a mão e despedindo-se de Jean-Jacques.

— Sim, senador! Procure-me lá. Talvez não participe das reuniões — respondeu, retornando aos seus devaneios.

— Vejo-a mais tarde, *madame*. Vamos, querida? — disse ele, dirigindo-se a Verônica.

— Até uma próxima vez, senhor Chermont! — despediu-se ela, preparando-se para deixá-los.

— Até logo, Verônica. — Viu-a afastar-se, seguida pelo amante, em direção à mesa próxima ao palco.

Jean-Jacques passou da felicidade do instante em que a vira para um estado de melancólica incerteza. Verônica lhe parecera alterar bruscamente suas emoções. Aquela troca inicial de olhares correspondidos transformara-se subitamente num estado de indiferença, quando ela passara a observar o salão. Entretanto, recusava-se também a aceitar essa hipótese; pensava que talvez estivesse a disfarçar suas emoções. Durante o tempo em que ela se dirigia à sua mesa, ele remoeu seus pensamentos, procurando mantê-los persuasivos. Sentia-se como aquelas pessoas que, desejando ardentemente uma coisa, fazem mil conjecturas a respeito dela quando os caminhos para atingi-la começam a ser dificultados; e são movidos pela recusa em admitir o fracasso.

— Mas... Tu lhe declaraste teu amor diante de Mendonça! Bastava ver a expressão do teu rosto! — exclamou Louise, sentando-se novamente com o semblante atônito.

— Ah, então deve ser isso! — replicou Jean-Jacques, continuando a tecer suas conjecturas em voz alta. — Talvez, por essa razão, ela tenha-se mostrado indiferente — acrescentou, percorrendo, com um longo olhar, toda a extensão da escada.

— Como assim, querido? — perguntou Louise, sem entender aquelas palavras.

— Verônica pareceu haver-se abstraído de repente, mas talvez com intenção deliberada — interrompeu-se, pensativo.

— Ora, bobagem, meu querido! Tu estás imaginando coisas — disse ela, rindo. — Quando se está apaixonado, tudo é pretexto para ciúme, dúvidas e inseguranças. Vem sábado à tarde, e estarás feliz outra vez.

— Virei, Louise, virei! — exclamou, mirando-a ansiosamente nos olhos. — No próximo sábado, eu a encontrarei aqui.

— Tu verás que Verônica, além de linda, possui muita ternura...

Ele olhou-a bruscamente e sorriu. Tomou-lhe as mãos e as beijou, comovido.

— Deixa-me verificar como andam as coisas. Um instantinho só...

— Sim, fique à vontade; também devo partir.

— Ah, não! Permanece um pouco mais! Ainda é cedo — insistiu ela, afastando a cadeira.

— Não, Louise! Aproveito e também vou.
— Mas nem comeste a *tarte aux pommes*...
— Fica para a próxima vez.

Levantaram-se os dois. Jean-Jacques, enquanto recolocava a cadeira sob a mesa, assestou seu olhar rumo a Verônica e a viu entretida com Mendonça. Pareciam conversar enfaticamente, pois Mendonça gesticulava muito. Dirigiu-se à porta de entrada, acompanhado por Louise; despediu-se dela e saiu ao encontro da madrugada.

Na calçada, observou a longa linha de carros enfileirados, não avistando Euzébio. Tirou da algibeira seu relógio e conferiu: pouco mais de meia-noite. Faltava, portanto, uma hora para seu amigo vir buscá-lo. Resolveu não retornar ao salão. Observou a noite, que lhe parecia mais clara, pois podia enxergar longe e identificar detalhes dos carros estacionados na outra extremidade. Ergueu o rosto e notou o verde das matas transformado em nuanças escuras. Observou o perfil dos morros e deparou-se com um imenso disco prateado irradiando sua beleza num halo de luz: era noite de lua cheia. Ele a viu pairando sobre o Pão de Açúcar, compondo um cenário magnífico. Jean-Jacques, estupefato, admirou aqueles contornos de sombras e luzes, lembrando-se de Caravaggio. Resolveu retornar a pé ao Pacheco, apreciando a beleza noturna. Respirou fundo, enfiou as mãos nos bolsos e embrenhou-se na madrugada, passando a andar em direção à praia. Talvez encontrasse Euzébio pelo caminho. Ao se aproximar das areias, parou um instante e admirou o imenso cone de luz projetado na superfície do mar, cintilando sobre as águas. Ele se estendia do Leme até se dispersar tênue na linha escura do horizonte, flamejando em pontos esgarçados. Ele permaneceu absorto a repensar mil coisas, inspirado pelo cenário. E passou a caminhar novamente, sob a diáfana luz. Ouvia o delicado marulhar das ondas e respirava a fragrância do verde que emanava das matas, misturada à brisa iodada, soprada do mar. Seu amor por Verônica, a expectativa de vê-la a sós e o deslumbrante luar faziam-no viver um daqueles raros momentos inesquecíveis. Jean-Jacques, perdido em emoções, exalçava tudo aquilo quando avistou, duzentos metros adiante, a silhueta negra do carro de Euzébio rompendo as sombras da noite. Vinha com os lampiões apagados, tal a claridade do luar. A princípio, apareceu como uma mancha escura; viu-a, entretanto, aproximar-se ligeira, embalada pela temperatura amena da madrugada, até poder ouvir o barulho dos tirantes de couro misturado aos sons do trote e ao resfolegar dos cavalos.

— Jean-Jacques? É você? — indagou o assustado Euzébio ao cruzar com a figura solitária do amigo.

Apanhou-o e fez meia-volta, retornando para conduzi-lo, calado e pensativo, à pensão do Pacheco.

CAPÍTULO 6

Domingo, Jean-Jacques convidou Euzébio para algumas cervejas no Hamburgo. Lá estavam eles, desde as catorze horas, e já era fim de tarde. Haviam bebido várias, além de saboreado petiscos preparados pelo senhor Kaufmann. E Euzébio soltava a língua, manifestando abertamente suas opiniões a respeito de tudo. Embalado pelo álcool, sentia-se à vontade naquele ambiente frequentado por pessoas mais sofisticadas. Exprimia-se com tal segurança e inteligência que surpreendia Jean-Jacques, e o deixava satisfeito por descobrir no amigo uma sensibilidade crítica até então insuspeita, encoberta pelas bobagens que separam as pessoas.

— Concordo com você, Jean-Jacques, que os ingleses nos vestiram de preto e nos puseram cartola negra na cabeça em pleno clima tropical. Entretanto, aconselhou-me substituí-los por roupas leves e sandálias; a trocar a cartola por chapelões de palha, a calça comprida por curtas... Não estou sendo vítima do velho colonialismo europeu? Você também não age como um colonizador? Oh, amigo, desculpe-me a sinceridade, mas analisa tudo com um ar superior e num tom professoral, dando-me conselhos e lições a respeito disso e daquilo... Ensinando-me a aproveitar a vida e a proceder assim e assado... Pois essa não é a tal prepotência colonizadora que você tanto deplora? — indagou Euzébio, fitando seu amigo e abrindo um largo sorriso que descambou numa sonora gargalhada, enchendo seus olhos de lágrimas.

Jean-Jacques observou-o, admirado a princípio, mas, depois, sorriu também, retornando ao sério; enrugou a testa e fixou um vago olhar sobre a mesa. Por alguns segundos, refletiu sobre aquelas palavras, executando lentamente um gesto aquiescente com o queixo.

— Em parte, você tem razão, Euzébio — disse Jean-Jacques, mantendo o sorriso que se tornara apenas uma fachada, o adereço errado que destoava do seu semblante, em que um misto de surpresa e desapontamento aludia aos seus sentimentos. — Talvez seja realmente este complexo de superioridade europeu, esta velha cultura baseada no poder econômico. Tudo isso inconscientemente nos afeta, fazendo-nos agir com esse ar superior como bem o disse... — falava pausadamente, rodando com a mão direita o copo de cerveja apoiado sobre a mesa, olhando as gotinhas de vapor condensadas sobre a superfície do vidro.

— Eu, todavia, o compreendo, Euzébio, e concordo com sua opinião, mas vocês não devem ter esse tipo de sentimento. Pois tenho também aprendido muita coisa aqui no Brasil, principalmente a maneira descontraída como levam a vida. Nós, europeus, não possuímos a alegria espontânea e nem a irreverência de vocês. A civilização e o progresso tecnológico são inevitáveis, mas trazem embutidos seus demônios. Alguns deles, terríveis.

— Sempre foi assim, Jean-Jacques, porém, nos adaptamos.

— Sim, mas a realidade era simples, e o mundo, maior. Afetava-se a um número menor de pessoas; eram fatos isolados, ocasionais, e as comunidades eram mais respeitadas em suas culturas, em suas consciências coletivas ou individuais. Talvez você possa compreender. Sente esta onda que varre as pessoas? Que as inunda de um sentimento único da percepção do trágico? — exclamou subitamente, arregalando os olhos.

— Sim, sim! Como se fosse uma corrente energética avassaladora... — concordou Euzébio, retesando seu corpo na cadeira.

— Pois, isso será o século XX. As recentes descobertas científicas, as ondas de rádio...

— Mas será bom para a humanidade!

— Sim, porém tudo será exacerbado e o homem se desumanizará! O homem-máquina, o homem escravo da produção, o homem manipulado pelos interesses econômicos, deslocado de sua essência fundamental e insaciável, correndo inutilmente para longe de si em busca de uma utópica realização. A banalização e o desrespeito à vida... Tudo isso certamente prevalecerá. Talvez no fim do século...

— A angústia é a condição básica... Mas veja, amigo! Esses são os pensamentos de vocês, europeus, de gente civilizada; pensamento típico de quem já conseguiu o progresso material e se preocupa agora com as suas consequências filosóficas e humanísticas. Mas nós aspiramos ainda às suas conquistas, aos seus padrões de vida — exclamou Euzébio, avançando seu rosto sobre a superfície da mesa num movimento persuasivo.

— Pois talvez a *Belle-Époque* seja a despedida, o fim de uma bela ilusão. Vocês, brasileiros, têm o essencial. Todo o progresso só faz sentido se ocorrer em benefício da maior felicidade... — Jean-Jacques falava pensativo, absorto em reflexões sombrias, com o rosto apontado para a superfície da mesa e o olhar elusivo, ancorado sobre a toalha branca.

— A ciência, porém, aumentará a felicidade do homem — replicou Euzébio.

— Em alguns aspectos, sim, mas no fundamental, talvez não. Os males da alma, Euzébio, os males do espírito... A angústia a que aludi reinará absoluta. Vão investir milhões e milhões que só beneficiarão pequenos grupos que, por sua vez, irão concentrar mais poderes em suas mãos. As ambições e a luta pelo domínio serão mais acirradas e comuns, pois estarão envolvidas vultosas quantias... E milhões morrerão em guerras devastadoras.

— Ora, Jean-Jacques! Você está sendo pessimista! Afinal, sempre conseguimos nos adaptar às novas situações, às circunstâncias mais adversas. Saberemos também conviver com o progresso e suas possíveis mazelas. Será apenas uma transição para um estágio superior da civilização.

— Talvez! — respondeu, com um chocho sorriso de descrença. Pois espero que tenha razão...

— E o Brasil? — perguntou Euzébio, insinuando intenções de mudar de assunto.

Jean-Jacques ficou sério, parecendo refletir, comprimindo as pálpebras e cerrando parcialmente os olhos. Euzébio, observando-o, sentiu subitamente o remorso. Questionava se não fora excessivamente rude com seu amigo ao expressar-lhe opiniões referentes ao seu comportamento. Afinal, pensava ele, pessoas como Jean-Jacques jamais o haviam sequer cumprimentado. Já havia conduzido inúmeros figurões que subiam no carro e permaneciam calados durante todo o trajeto, ignorando-o solenemente. E ele sempre revelara-se um amigo e depositário de sua confiança.

— O Brasil inicia mal seu novo regime — comentou, refletindo e ponderando as palavras.

— Por quê?

— Os ajustes que estão sendo feitos pelo Doutor Murtinho são muito severos para o país. O tesouro está falido e as imposições são rigorosas. Toda a restauração econômica será rigorosamente fiscalizada pelos credores, que irão, assim, conquistando poderes definitivos... São eles os responsáveis pelo cumprimento dos acordos firmados. Momentaneamente, desafoga-se o tesouro, mas os sacrifícios serão imensos...

— Contudo, sempre ouvimos dizer que os investimentos de capitais estrangeiros são fundamentais para o nosso desenvolvimento.

— Sim, claro! Assim como os investimentos subtraídos de vocês são vitais para o nosso maior enriquecimento — disse Jean-Jacques, sorrindo com ironia.

— Como assim, amigo?

— Bem... Cada empréstimo, cada quantia contraída sob a forma de dívida será resgatada mediante três, cinco, dez ou mais vezes o montante tomado. É claro que o aporte de capitais possibilitará construírem-se ferrovias, portos, estradas, mas a um preço absurdo, eu diria até vil, que será pago por você, seus filhos, netos, bisnetos... Enquanto avançamos a galope, vocês caminham vagarosamente, subjugados por tais investimentos que dizem ser tão necessários, e sem nenhuma autonomia. Geralmente, esses empréstimos são induzidos, são tomados com outros objetivos e, além disso, são escusos, pois se criam muitas vezes condições artificiais para que ocorram... Afora a espoliação pura e simples, como ocorria em passado recente. O ouro do Brasil, como deve saber, financiou grande parte da Revolução Industrial Inglesa, assim como a prata de Potosi, a grandeza do império espanhol e a burguesia europeia.

— Eu já li algo a respeito, realmente dizem que foi assim... — acrescentou Euzébio, pensativo.

— Hoje, os métodos são apenas mais sutis e engenhosos; porém, mais lesivos, pois vão-se criando laços indissolúveis.

— Qual seria, porém, a solução?

— Não haverá solução para isso!

— Pois eu digo que bastaria um governo digno, honesto e corajoso — replicou, com inflexão indignada.

— Muito difícil! Eu diria mesmo impossível, pois somente os homens comprometidos com o sistema exercerão o poder. Veja a economia brasileira atual: o comércio de seu maior produto, o café, encontra-se em mãos estrangeiras; seus preços e sua venda são controlados diretamente de Londres, e assim ocorrerá com tudo o que produzirem. O Rio de Janeiro, já no próximo ano, sofrerá grandes transformações urbanas devido às inversões externas, mas, como disse, à custa de enormes sacrifícios para a nação. O homem simples do povo verá as obras e se orgulhará do progresso, mas ignorará que ele e suas três ou quatro próximas gerações pagarão, talvez com a própria vida, os custos de tal desenvolvimento. Para contemplar tais melhorias e delas usufruírem, terão de trabalhar dobrado e certamente ganhando menos, pois o governo não terá condições de arcar com os empréstimos contraídos. Novas dívidas serão assumidas, a moeda, desvalorizada, gerando inflação e aumentando os problemas. O país se desenvolverá, sem dúvida, mas com o mesmo trabalho poderiam obter resultados extraordinários! O Brasil tem imenso potencial, não precisaria submeter-se a isso. O preço que se cobra por tal progresso é aviltante, e isso significa explorá-los.

— Então, não haverá solução, continuaremos dependentes, carreando riquezas para vocês, desenvolvidos...

— Provavelmente, sim. O século XX, com o seu esperado desenvolvimento tecnológico, consolidará a supremacia do poder econômico. Nada impedirá que ele seja, então, o senhor absoluto, aliás, como sempre o foi; mas alcançará requintes inimagináveis, tornando-se o último tirano e reinará, não de um trono e tampouco se encarnará num governo, mas habitará na mente de cada um...

— Mas o homem, ao final, triunfará! — replicou Euzébio, sentindo a angústia toldar-lhe a alma.

— Pois, quem sabe essa irreverente alegria de vocês, brasileiros, essa magia que habita esse fulgurante espaço não redimirá o homem de sua loucura? — questionou Jean-Jacques, readquirindo aquela vivacidade costumeira, tão conhecida por Euzébio.

— Mas por que, sendo francês, se preocupa com tais problemas?

— Ora, porque penso assim; ademais, devemos evitar o sectarismo; os povos deveriam respeitar-se e as nações ricas serem mais condescendentes e menos agressivas em suas ambições. Mais solidariedade, Euzébio! Aliás, devo-lhe confessar que estou prestes a tomar a decisão de abandonar esta minha profissão de burocrata econômico; estou farto de analisar investimentos, de fazer projeções, negócios, de calcular juros e de aprovar transações, enfim, de participar dessa coisa que deploro. Retorno à França e aos meus pincéis.

— Infelizmente, amigo, só alguns pensam dessa maneira. Talvez, se houvesse mais gente preocupada com isso, poderíamos transformar o mundo. Cá estamos nós dois a sonhar, enquanto milhões estão urdindo maneiras de se devorarem uns aos outros. O mundo sempre será assim Jean-Jacques, sempre! — exclamou Euzébio desolado, baixando os olhos e inclinando o rosto, vergado pela monumental sensação de impotência.

— Sim, talvez seja essa a condição humana. Tais assuntos, em verdade, me aborrecem muito; não gosto sequer de comentá-los; esqueçamo-nos deles! Você me arranja um discreto tílburi no próximo sábado? — indagou, readquirindo sua contumaz alegria.

— Um tílburi! — exclamou Euzébio, retornando à realidade.

— Sim, pois pretendo sair com Verônica.

— Não prometo; veremos até sábado...

Mas Jean-Jacques sabia que, no fim de semana, teria o tílburi.

— Veja lá, Euzébio! A vida é esse algo invisível a ser preservado! — Observou o senhor Kaufmann apanhar seu violino e se encaminhar, com o semblante iluminado, em direção ao lugar costumeiro.

CAPÍTULO 7

Sábado, durante a manhã, Euzébio o apanhou em Botafogo e o conduziu a Copacabana. Havia conseguido um tílburi emprestado e colocara Zulu para tracioná-lo. Nesse dia, Jean-Jacques não pretendia ir à praia; saíram mais tarde e chegaram ao Hamburgo quase ao meio-dia. Lá almoçaram e foram, logo depois, descansar na pensão do Pacheco, a quem, aliás, não conhecia. Também não encontrou Zulmira; apenas Arduíno trabalhava na pensão. Àquela hora, porém, não havia nenhum hóspede, e a casa encontrava-se mergulhada numa calma inquietante. Apenas o cacarejar de algumas galinhas e o esporádico bater de asas de um galo vizinho quebravam o silêncio da tarde, induzindo a certo ar desolador. Jean-Jacques penetrou na penumbra do quarto e abriu as duas folhas da janela, permitindo que um volumoso facho de luz preenchesse o espaço delimitado pelo vão e vir morrer quase aos pés da cama. Observou, durante um instante, suspensa no ar, a caótica dança das minúsculas partículas de poeira iluminadas pelo sol. Avançou seu rosto pelo vão da janela e deparou-se com um muro que cercava a pensão, já bem arruinado pelo tempo, e retornou ao interior do quarto. Descalçou os sapatos e deitou-se de costas sobre a cama, com as mãos entrelaçadas sob a nuca, permanecendo absorto, olhando aquele confuso movimento corpuscular que contrastava com a languidez do início de tarde. Cochilou e dormiu, embalado por tais sensações.

Despertou com as batidas de Euzébio na porta. Observou uma réstia de luz lambendo-lhe o braço enquanto uma desordem temporal inundava-lhe o cérebro. Ergueu-se então bruscamente, apalpando a superfície da mesinha à procura de seu relógio, acabando por derrubá-lo ao chão; apanhou-o e conferiu, através do vidro trincado: 15h50. Saltou da cama, calçou os sapatos, penteou os cabelos e saiu apressado, encontrando Euzébio no corredor. Enquanto caminhava, ia ajeitando rapidamente a roupa, meio desalinhada pelo cochilo. Na portaria, já mais calmo, perguntou por Zulmira; Arduíno respondeu-lhe que fora com Pacheco à cidade resolver negócios, e que só retornariam à tardezinha. Despediu-se dele, subiram no tílburi e rumaram ao *Mère Louise*. "Nada como o outro carro para desfrutar a brisa marinha", refletia, admirando as ondas que se quebravam ali perto, sentindo o forte mormaço dentro da pequena cabine, parcialmente fechada. Em pouco tempo, chegaram ao cabaré. Jean-Jacques desceu, retirou o lenço do bolso e enxugou o suor do rosto, lembrando-se vagamente do senador Mendonça. Quando terminou, estacou um instante, observando o casarão silencioso contra o azul do céu. Apreciou sua fachada, olhou as cortinas vermelhas velando desejos; algumas estavam cerradas atrás das vidraças, outras, soltas ao vento. Tudo se mantinha em silêncio; Jean-Jacques subiu os degraus e bateu a pequena aldrava na porta. Louise o atendeu com a cortesia habitual, mas exibia o semblante tenso, preocupado. Introduziu-o no salão, sem nenhum movimento àquela hora da tarde. Dois empregados retiravam as cadeiras colocadas sobre as mesas, com os seus assentos apoiados sobre as suas superfícies, e as recolocavam no chão, ultimando os preparativos corriqueiros para mais uma noitada. Observou o *maître* Antoine atrás do balcão mexendo em garrafas, copos e taças, com um pano de prato sobre o ombro. Como no Pacheco, a tarde começava a envolver o ambiente em penumbra, mergulhando-o numa estranha tranquilidade.

— Verônica! — exclamou subitamente Jean-Jacques.

— Sim, está lá em cima, mandarei chamá-la — respondeu Louise, ostentando um sorriso e uma expressão desconhecidos por ele.

Olhou para Antoine e efetuou um gesto indicativo com a cabeça. Este retirou o pano que estava sobre o ombro, saiu de trás do balcão e subiu a chamá-la. Jean-Jacques conversava com Louise, mantendo-se atento ao topo da escada. Logo, ela percebeu a alteração de seu olhar, e virou-se, observando Verônica descê-la lentamente em direção a eles. Jean-Jacques a acompanhava, sentindo emoções tão caóticas quanto o movimento daquelas minúsculas partículas de poeira que vira há pouco. Ela chegou ao pé da escada no instante em que Antoine ressurgiu em cima, retornando ao térreo. Estava lindíssima, trajando um vestido verde-claro decotado e portando aquela mesma corrente de ouro, que pendia cintilando de seu pescoço. Jean-Jacques ainda observou este detalhe fascinante: tudo nela era perfeitamente proporcional. E como diferia de algumas mulheres cujos membros parecem encaixados como peças de origens distintas, gerando um conjunto desarmônico, agressivo à estética. Às vezes, basta qualquer ínfimo detalhe para que o resultado seja desastroso. Verônica, porém, era belamente perfeita. Aproximou-se com delicadeza, meio receosa, exibindo certa timidez. Jean-Jacques, num relance, observou o semblante contemplativo de Louise; seus olhos sonhadores, enevoados, emitiam uma destas expressões nostálgicas evocativas do passado, como uma ânsia de recuar no tempo e retomá-lo novamente.

— Boa tarde, senhor Chermont! — saudou-o Verônica, achegando-se a eles e estendendo-lhe a mão.

— Como passou a semana, querida? — indagou Jean-Jacques, sentindo-se intimidado por sua beleza. Ela induzia naturalmente nos homens aquele ciúme derivado da percepção imediata de que tal mulher teria a quem desejasse e a qualquer instante. Era o fastígio induzindo a complexos e distribuindo ilusões.

— Bem, e o senhor?

Ele fez um gesto aquiescente com a cabeça ao responder, olhando para ela, permitindo que aflorasse seu cativante sorriso.

— Sentemo-nos — convidou-os Louise, que permanecia ao lado, sentindo-se relegada ao segundo plano.

— Não, Louise! Pretendo sair com ela... Dar um passeio. — Perquiriu o semblante de Verônica que o olhou surpreendida, como se aquele convite lhe fosse inesperado.

— Oh, *monsieur*! — exclamou Louise com inflexão ansiosa, arregalando os olhos.

— Sim, um passeio pela orla de Copacabana... Admirando o mar; e talvez, mais tarde, comparecer ao Hamburgo! — sugeriu Jean-Jacques com vivacidade.

— Ao Hamburgo!? Pensei que te limitarias a ficar por aqui...

— Sim! Vamos passear pela orla! Por que não? — interrompeu Verônica, demonstrando energia na voz, resolvendo de supetão.

Louise girou bruscamente seu rosto para ela, mirando-a fixamente, mostrando-se surpreendida por aquelas palavras. Tivera uma destas reações fortuitas que nos acometem quando pensamos conhecer intimamente alguém e, de súbito, esse alguém nos diz uma frase, assume uma atitude ou um gesto que nos faz constatar, atônitos, nossa pouca perspicácia.

— Fique tranquila, *madame*; hoje, Mendonça não virá ao *Mère Louise*. Eu lhe avisei que não poderia comparecer aqui este fim de semana devido aos exames de segunda-feira — afirmou Verônica com firmeza. — Hoje, para vir, eu mesma aluguei um carro. Não foi o que combinamos domingo passado?

— Consegui um discreto tílburi que nos aguarda! Poderemos passear discretamente; além disso, há pouco movimento!

— Pois bem, queridos, aproveitem o fim de tarde conforme desejardes — aquiesceu Louise, coagida pela disposição de ambos. Postando-se entre eles, segurou-os delicadamente pelos braços, a fim de acompanhá-los até a porta.

Sob a luz do entardecer, ela colocou a mão com os dedos esticados sobre os olhos, protegendo-os da claridade. Jean-Jacques, ao vê-la assim exposta ao ar livre, pôde constatar seu rosto envelhecido sulcado por rugas, invisíveis na penumbra do cabaré. Ele teve a nítida sensação de que a figura de Louise, efetivamente, emergia das brumas de um passado remoto e que parecia viver, há anos, enfurnada naquele casarão sombrio. Beijou-a na testa, enternecido, despedindo-se dela.

— Até a noite, querida!

— Não se preocupe, *madame*, fique tranquila — repetiu Verônica, apoiando as mãos nos ombros de Louise e beijando-a nas faces.

Euzébio acorreu solícito, deslumbrado, permitindo-se aflorar seu risinho cômico, esticando e contraindo o bigodinho numa sucessão desajeitada de gestos lúdicos, engraçados para quem os visse. Abriu a portinhola, postando-se ao lado. Jean-Jacques segurou a mão de Verônica, ajudando-a a subir no carro; contornou-o e também subiu.

— Euzébio, me espere até as vinte horas. Se não retornar nesse horário, mando buscá-lo; talvez o Pacheco... Você nem precisava ter vindo!

— Não se preocupe! Aguardo o sol baixar mais um pouco e retorno a pé. Verá que Zulu é dócil e fácil de conduzir — comentou, alisando com carinho a anca de seu cavalo.

Euzébio viu seu amigo sorrir-lhe, balançar as rédeas e pôr o tílburi em movimento. Colocou as mãos à cintura e, junto a Louise, permaneceram um instante observando o carro caminhar rumo à praia de Copacabana.

— Verônica... Desde o momento em que a vi, ansiava por esse encontro a sós — disse, mantendo o trote em baixa velocidade. — Fale um pouco de sua vida... — Viu-a observar um bando de pássaros que voava sobre o mar como pontos negros, rumo ao horizonte. Verônica volveu-lhe o semblante, e Jean-Jacques sentiu a emoção irromper-lhe no peito. Ali estava ela junto a si, distante daquele ambiente agitado do cabaré, concretizando, aos poucos, seu acalentado desejo.

— Querida! Se soubesse o quanto a amo... E a ansiedade com que aguardei este momento durante toda a semana — disse subitamente num jorro de paixão, dando vazão aos seus sentimentos. — E você permanece distante de mim...

— Oh, senhor...

— Não me chame de senhor, Verônica, por favor, querida — interrompeu-a —, mas, sim, de você ou Jean — solicitou-lhe com aquele sorriso cativante que a atraíra tão fortemente naquela noite, no *Mère Louise*.

Fitaram-se carinhosamente, entreolhando-se face a face.

— Mas você mal me conheceu! Como lhe disse naquele dia, estou já acostumada a essas repentinas manifestações.

— Esta não é uma paixão qualquer, Verônica. É um amor profundo, sincero... E como você é linda! — exclamou de modo arrebatado, com o semblante perspassado por sensações.

Jean-Jacques era experiente em amores. Apesar de jovem, havia-se relacionado com algumas mulheres e sabia distinguir as gradações amorosas. Conhecia desde a suave emoção, que nos seduz momentaneamente e se desvanece em poucos dias, até aquela atração que se afirma e transforma-se em amor, permanecendo durante tempos. Algumas vezes, sentira até mesmo a súbita paixão. Naquele momento, porém, vivenciava algo inusitado: além do sentimento, a beleza de Verônica tocava-lhe profundamente. Era como se absorvesse duplamente as emoções que fluíam em seu espírito, pressionando-lhe mais intensamente o sentimento amoroso. Verônica, por sua vez, não era assim. Neófita no amor, ela apenas resvalava a superfície, receosa dos homens e do mundo. Lançada precocemente no seu âmago, mergulhara fundo, buscando uma daquelas regiões abissais onde as águas permanecem tranquilas, ignorando a superfície encapelada. Nela, os sentimentos amorosos surgiam conspurcados por aquele seu relacionamento com Mendonça, e ela os evitava, confundindo-os com os seus sofrimentos. Vítima da própria beleza e deliberada inexperiência, Verônica acautelava-se, evitando os turbilhões da vida.

— Pois, em poucas horas, você me conquistou, querida... — disse enternecido, enquanto agarrava as rédeas com a mão esquerda, pousando carinhosamente a outra sobre a mão dela. Segurou-a e a levou aos lábios, beijando-a com ternura.

— Como você é romântico, Jean-Jacques — comentou, sorrindo com certo desdém e diáfana derrisão. Aquilo lhe trespassou a alma.

— Como me faz sofrer com essa sua indiferença... — disse, com amargura na voz.

— Oh, me perdoe. Não se trata disso. Afinal, se aceitei sair é porque você, de alguma maneira, me cativou... — replicou com carinho.

Ele mirou-a uma fração de segundos e sorriu desolado.

— Como é linda Copacabana! — observou Verônica, olhando o mar que, àquela hora da tarde, começava a coruscar placidamente como um imenso lago. Girou graciosamente o pescoço num movimento lento e abrangente, percorrendo com um longo olhar aquela vastidão marinha, até pousá-lo sobre a pedra do Leme.

— Sim! Também não me canso de admirar essa maravilha... — comentou, observando o dorso de Zulu, suas crinas grossas e as orelhas atentas, conduzindo-os, indiferente às paixões.

Naquele instante, o sol declinava à direita do Arpoador, abrindo o poente e cobrindo parte das águas com reflexos metálicos alaranjados, insinuando a penumbra vespertina. À esquerda, morros verdejantes se tornavam mais escuros, enquanto trafegavam lentamente.

— Pois sua beleza se confunde com a do Rio, são uma só maravilha. Se me amasse, Verônica, viveria agora o meu momento sublime... A mais bela mulher e o mais lindo cenário diante de meus olhos. Não existe paisagem como essa... — disse Jean-Jacques, de modo pensativo, fixando sua vista ao longe.

— Jean, não fale assim! Você é nobre, generoso... — replicou com certa inflexão ansiosa, aproximando seu rosto.

Jean-Jacques voltou-se para aquele semblante, quase junto ao seu, sentindo enorme desejo de cobri-lo de carinhos.

— Me desculpe, querida. Não posso obrigá-la a sentir. Mas, me fale então da sua vida. — Ele não desejava sequer ouvi-la mencionar o nome de Mendonça. Estavam quase já chegando ao ponto que corresponderia, na praia, ao local onde se situava o Hamburgo, que se localizava interiormente, mais afastado da orla.

— Bem... Talvez como já deva saber, minha mãe foi muito amiga de *madame* Ledoux.

— Foi? — indagou Jean-Jacques, interrompendo-a.

— São ainda, mas já foram mais íntimas. Moro com ela em São Cristóvão, desde pequena. Meu pai era barão do Império, não o conheci. Recomecei, há alguns meses, meus estudos, inclusive o francês... — explicou relutante, dando saltos no tempo.

— Ah, sim!?

— Há cerca de três anos, conheci o doutor Mendonça e, desde então, tenho me encontrado com ele nos fins de semana, Jean... — exclamou, franzindo o cenho com expressão pungente.

— Mas se não o ama... Por que, então, Verônica?

— Tudo começou muito cedo. Eu era uma menina de apenas quinze anos quando ele me viu na casa de *madame* Ledoux. Passávamos por imensas dificuldades financeiras, o dinheiro estava inflacionado... E ele nos ajudou muito naquela época, assim como nos ajuda até hoje.

— Mas... — Jean-Jacques sofria; para ele, tornava-se penoso pensar nesta situação e mencionar a frase: — Em troca de ti... — completou com ciúme, extravasando o aborrecimento.

— Sim... Essa é minha dor! Pois ainda não conhecia a vida, os homens e o mundo... e fui atirada no seu meio, completamente imatura — disse, com a voz sofrida de uma vítima indefesa, enquanto olhava vagamente o caminho poeirento, procurando aquelas respostas que sempre buscamos no vazio. Ela, então, recostou a cabeça no ombro de Jean-Jacques, avançando ligeiramente o quadril sob o assento.

— Ah, querida — disse ele, como que a absolvendo.

Soltou-lhe a mão e prensou sua face contra seu ombro, afagando-a carinhosamente.

Naquele momento, usufruíam de um contato mais íntimo; ele a percebia afetivamente mais próxima de si. Seus cabelos negros roçavam-lhe a pele do rosto, e a fragrância de seu corpo inebriava-lhe o espírito. Virou-se e beijou-a na fronte. Permaneceram assim em silêncio durante certo tempo, ouvindo apenas o monótono trotar de Zulu e a cadência das ondas no mar. Jean-Jacques não ousava fazer um movimento sequer, receoso de vê-la afastar-se novamente; apenas acariciava-lhe o rosto, o pescoço ou enfiava-lhe os dedos entre os cabelos, afagando-lhe a cabeça. Verônica parecia absorta. Há alguns minutos, cruzaram a linha do Hamburgo, enquanto o crepúsculo se acentuava, espalhando aquela calma indicativa de finitude.

— Querida, poderia fazê-la feliz, dar-lhe um lar... e levarmos uma gostosa vidinha. Talvez em Paris ou, se quisesse, aqui mesmo; lhe daria segurança econômica, filhos... — propôs Jean-Jacques, depois de algum tempo.

Verônica permanecia calada, pensativa, recostada em seu ombro. Apenas sorriu, mas sentia crescer a sensação de amparo a que tanto almejava. Aquilo para ela era o sinal de alerta, o limite a que se impusera. Algumas vezes o experimentara arranhando seu coração, mas sempre recuara. Entretanto, algo nele, indefinido ainda, a atraía fortemente.

— Tudo isso termina algum dia, Jean.

— Você fala como se tivesse experiência da vida, querida. Não siga as ideias de Louise, que talvez nunca tenha tido ninguém e vive hoje solitária, carente de amores não vividos.

— A recíproca também é verdadeira. Muitos a eles se entregaram e se arrependeram amargamente...

— Todavia, a vida é um risco, Verônica! E viver é sempre apostar na felicidade; mesmo que ela não venha, a sua busca nos consola e nos engrandece. O trágico é sonhar o passado, é imaginar as possibilidades não vividas e que não voltam jamais. Você receia a felicidade, Verônica, porque não lhe permitem ser feliz. Mas, enquanto houver um sopro de esperança, deve acalentá-la, e ter a vontade que lhe dará a força de conquistá-la.

— Você fala como um poeta sonhador — comentou, erguendo ligeiramente o rosto, acompanhado por um sorriso, tornando a recostá-lo no ombro dele.

— Retornaremos daqui — disse, sofreando os cavalos. — Cá estamos no Leme.

Pararam um instante numa pequena elevação e admiraram as encostas verdejantes; assistiam às ondas chocando-se fortemente contra a base de pedra e elevando-se às alturas, num jorro branco espumante. Jean-Jacques puxou uma das rédeas, obrigando Zulu a efetuar meia-volta, e quedaram-se deslumbrados com o pôr do sol. Viam toda a extensão da curvatura da praia; e permaneceram a admirar aquele grosso cordão de areias com as ondas rolando molemente sobre elas, semelhantes a suaves mantilhas brancas. Olharam para o final do arco, buscando o *Mère Louise*, que se perdia quase indistinto na imensidão da orla. Por trás dos morros, na linha do horizonte, o céu inundava-se de um fantástico vermelhão-alaranjado que se esmaecia na cúpula azul-celeste, refletindo-se placidamente sobre as águas do mar. Jean-Jacques contemplava fascinado aquele espetáculo ao lado dela, usufruindo um momento inesquecível. Ali, naquele instante, desfrutava a plenitude da beleza e de uma emoção inauditas e pensou em *Michelangelo*, como suprema angústia do belo; pois ele o alcançava num instante fugaz. Verônica ergueu-se, retesando o corpo, e também pôs-se a contemplar atentamente o maravilhoso cenário de cores e luzes.

— Que lindo! — exclamou ela, com a vista perdida ao longe.

Jean-Jacques volveu o rosto e passou a admirar-lhe, aquela formosura inefável.

— Que esplêndido e inesquecível pôr do sol! — repetiu Verônica, voltando-se para ele, que lhe sorriu apaixonado, permitindo-se aflorar o cativante sorriso. Seus olhos eram puro carinho e desejo.

— Oh, Jean... — disse com meiguice, aproximando lentamente o rosto do dele.

— Querida... — sussurrou Jean-Jacques, sentindo extravar seus sentimentos.

Soltou as rédeas. Com a palma das mãos e os dedos ligeiramente curvos, envolveu as faces de Verônica, inclinando levemente a cabeça em direção ao ombro, e uniram-se os lábios num beijo profundo e apaixonado. Sentia, com seu coração disparado, aqueles lábios massagearem os seus, pressionando-os delicadamente, até se entreabrirem as bocas e juntarem-se suas línguas com intenso prazer, esfregando-se voluptuosamente. Ele desceu a mão rumo à nuca, sob seus cabelos negros, prolongando o beijo entre carícias sensuais. Os braços de Verônica permaneciam apoiados em seu colo. Ela afastou-se um instante e fitou-o lânguidamente, tocando o nariz dele com a ponta do seu.

— Jean... Vamos agora? — solicitou com a respiração alterada, sentindo seu sexo umedecido entre as coxas.

— Sim, meu amor — concordou, igualmente ofegante.

Verônica, contudo, ergueu os braços e, mantendo-se olhos nos olhos, cingiu-lhe a nuca com ternura, e novamente se beijaram, abençoados pelo pôr do sol de Copacabana. Durante alguns minutos, a concupiscência ofuscara o crepúsculo, e a beleza do entardecer fora subjugada pelo desejo. Após as carícias, Verônica permaneceu recostada em seu ombro. Ambos admiravam o espetáculo, observando as sombras dominarem lentamente os verdes dos morros e a escurecerem as águas do mar. Aquele gigantesco halo alaranjado foi-se esvanecendo, sumindo atrás do horizonte, até restringir-se a um meio-círculo fulgente, delimitando a auréola agonizante. A cúpula azul do céu já era quase o negrume da noite; nela despontavam os sinais bruxuleantes das primeiras estrelas, e o mar transformava-se num imenso sinal de que, ali, haveria a vastidão das águas noturnas.

— Vamos ao Hamburgo, querida — sussurrou Jean-Jacques, balançando as rédeas e pondo o tílburi em movimento.

Verônica permanecia em silêncio, recostada na mesma posição, ouvindo o suave marulhar das ondas e a caótica sinfonia dos primeiros insetos da noite.

Em poucos minutos, lá chegaram. Parou o tílburi e a ajudou descer. Colocou-lhe o braço sobre os ombros enquanto ela o enlaçava pela cintura. Caminhando assim, entraram no restaurante. Jean-Jacques surpreendeu-se com o movimento, pois sempre o frequentara durante a tarde, depois da praia de fim de semana. E concluiu que pertencia ao pessoal diurno, pois, naquele interregno, que transcorria desde a sua saída até àquela hora, os clientes noturnos preparavam-se para frequentá-lo. Não que houvesse muita gente, mas ele julgava que, após sua partida, lá pelo fim da tarde, quando o movimento era reduzido, o Hamburgo não mais teria vida. Entretanto, conforme verificava agora, começava a readquiri-la com novas fisionomias e outra animação. A maioria daquela gente era desconhecida por ele. Quando cruzaram a porta, repetiu-se aquilo que habitualmente ocorria quando os homens viam Verônica: quedaram-se com os rostos dirigidos a ela, admirados com sua beleza; em seus semblantes, despontavam expressões sonhadoras. Quando *herr Kaufmann* deparou-se com o casal, suas bochechas rosadas se enrubesceram e sua barba ruiva pareceu ouriçar-se. Deu um grande sorriso e abriu os braços num gesto largo com as mãos espalmadas, caminhando em sua direção com expressão de uma alegre criança.

— Oh, *monsieur*! *Vive la irrèsistible France*!

— Olá, *Kaiser* — respondeu Jean-Jacques, sorrindo um pouco intimidado com tamanha atenção, enquanto deslizava os olhos pelo restaurante.

Observou as reações comuns nestes momentos: inicialmente atônitos, passavam agora aos cochichos, aos sorrisos indiscretos e aos olhares devoradores que lambiam o corpo de Verônica de cima a baixo.

— Mas que imenso prazer, *monsieur*. *Madame*? — Fitou-a com o semblante afogueado e a boca semiaberta, exibindo seus dentes miúdos amarronzados, numa singela expressão simpática.

— Verônica — apresentou-se, com o sorriso aflorando tão belo em seus lábios que o deixou absorto por um instante.

Logo se recuperou, e convidou Jean-Jacques a tomar assento em sua mesa preferida, junto à parede ao fundo. Para lá se dirigiu abraçado a Verônica, causando o mesmo *frisson* do *Mère Louise*. Sentiu uma estranha sensação, pois se lembrou de que a experimentara como espectador naquela primeira noite, e agora assumia, também, a posição de Mendonça. Essa simples lembrança o aborrecia.

— Jantar, *monsieur*? — perguntou *herr* Kaufmann, que os escoltara até a mesa e estava a ajudá-los a tomarem seus assentos.

— Sim! Estou faminto — respondeu Jean-Jacques, parecendo retornar à realidade. — E você, querida?

— Sim, eu também.

Observaram-no afastar-se para lhes trazer o cardápio e num instante retornar com a carta. Jean-Jacques olhou-a rapidamente e a colocou sobre a mesa.

— *Kaiser*, prepare a lagosta e escolha o seu melhor vinho, mas traga, antes, alguns camarõezinhos fritos na brasa.

— Ah, *oui, monsieur*. Com licença, *madame*... — E efetuou uma mesura, afastando-se.

Os lampiões centrais foram acesos, somando-se a outros que já estavam. Verônica, naqueles prolongados silêncios, relutara, mas agora sentia-se enamorada de Jean-Jacques; vencera aquelas resistências e estava persuadida a viver uma aventura diferente, a correr os riscos necessários, conforme ele lhe dissera. Apesar disso, ainda se questionava, lembrando-se dos insistentes conselhos de sua mãe e de *madame* Ledoux a respeito das artimanhas dos homens. "São todos iguais", lhe diziam; "com sua beleza é preciso cuidado". "Deve-se saber usá-los em nosso benefício, e nada de sentimentalismos inúteis que sempre terminam com o tempo." Porém, enquanto observava o ambiente, ela sentia que tais conselhos seriam inúteis naquele momento. Já estivera ali com Mendonça, há cerca de um ano.

— Em que tu pensas, meu amor? — disse ele, vendo-a absorta, contemplando as prateleiras com as dezenas de rótulos coloridos refletidos pelos espelhos.

— Penso se não estou sendo imprudente e precipitada... Me ensinaram a ter cautela com os homens, não cansam de repetir mamãe e *madame*. — Enquanto dizia isso, Verônica o mirava intensamente nos olhos, apoiando as mãos sobre o braço dele enquanto aproximava seu rosto, procurando captar, naquela vitrine da alma, o seu âmago.

— Sim, querida! Você já se referiu a isso e, de fato, percebi que vive essa angústia, esse dilema que lhe dilacera os sentimentos. Só você, entretanto, pode resolvê-lo. Conforme lhe disse, não ouça os conselhos de quem nunca foi feliz, por excesso de cautela ou de cálculo — enquanto falava, observava um ruidoso grupo de alemães numa mesa afastada.

Ela também o observou um instante; logo depois, virou-se para ele:

— Pois então vou resolvê-lo, querido: confiarei em você... — afirmou, sorrindo, meio hesitante, mas com grande ternura, enquanto erguia uma das mãos apoiada sobre o braço de Jean-Jacques. Afagou-o carinhosamente no rosto, apertando levemente a sua bochecha num gesto de carinho. Ele sentiu sua paixão aumentar. Juntaram-se os rostos, pois o havia chamado de querido pela primeira vez.

— Isso, meu bem! Fique tranquila. — Colocou-lhe o braço esquerdo sobre os ombros, apertando-a contra si, enquanto a mão direita lhe corria pela face e descia pela orelha, até a nuca, repetindo vagarosamente o gesto. A cabeça de Verônica pendia abandonada, encostada em seu ombro. — Confia em mim e a farei feliz — sussurrou docemente.

Neste instante, percebeu *herr* Kaufmann aproximando-se da mesa e dirigiu sua atenção a ele, vendo-o chegar com a refeição e o vinho. Jean-Jacques e Verônica passaram a saboreá-los com apetite voraz, porém, muito inferior à felicidade que sentiam. Trocavam palavras e olhares insinuantes que amiúde resvalavam no desejo. Jantaram e beberam mais vinho, sentindo-se descontraídos e alegres, rompendo barreiras e aumentando a intimidade entre ambos. Iniciavam aquela etapa amorosa em que um homem e uma mulher, sinceramente apaixonados, abrem seus corações ansiosos por compreensão e carinho, deixando escorrer a ressequida lama que endurece a alma. E cada um tentava ultrapassar o outro na capacidade de receber e doar-se. Jean-Jacques sentia o fastígio amoroso e frequentemente se flagrava comovido, contemplando sua divina beldade. Ela ria alegremente; seus olhos lacrimosos, hilariantes, seus jeitos e trejeitos aliados à ternura — pois, conforme Louise lhe dissera e podia agora constatar, Verônica era meiga — arremetiam Jean-Jacques a um desvario de sensações prazerosas. Enfeitiçado pela beleza e escravizado pela paixão, ele mal reparara em seu corpo. Agora, ali no Hamburgo, começava a vislumbrá-lo sob o vestido, e observava suas grossas coxas apoiadas na superfície da cadeira; os volumes rígidos e os caminhos deliciosos de seus seios.

Mais tarde, assistiram a *herr* Kaufmann executar seu ritual preparatório, e puseram-se a ouvi-lo. Antes, porém, olhou para eles e sorriu-lhes, permitindo-se aflorar uma expressão cúmplice, como a oferecer-lhes aquelas melodias; ou talvez, quem sabe, participar daquele conluio. Verônica aconchegou-se a Jean-Jacques; enlevados, passaram a ouvir as ondas ecoarem em perfeita harmonia com as suas, embalando-os numa ressonância amorosa. Eram quase dez horas da noite quando o senhor Kaufmann encerrou a apresentação; executou discreto agradecimento e foi pendurar o violino, sob a algazarra e o aplauso dos muitos alemães ali presentes. Verônica endireitou-se na cadeira e dirigiu um olhar inquiridor para Jean-Jacques. Ele, então, solicitou a conta.

— Devemos ir, querido — sugeriu, fitando-o, percorrendo ansiosamente o rosto de seu enamorado.

— Sim; já são horas — concordou ele.

Pagou a conta e saíram para mais um desfile entre mesas agitadas, alcoolizadas e embasbacadas por ilusões. Aqueles homens devoravam-na com olhares voluptuosos. Lá fora, a noite estava escura e a temperatura, agradável. Jean-Jacques acendeu os dois pequenos lampiões laterais, adaptados ao tílburi por Euzébio, e a ajudou a subir no carro. Dentro do pequeno espaço, iluminados pelo amarelo embaçado das luzes, eles se abraçaram e se acariciaram, trocando longos e apaixonados beijos. Aquela fase do cândido amor cedia lugar à lascívia, e Jean-Jacques sentia agora o desejo abrasá-lo.

— Amor, vamos ao Pacheco... Você permanece comigo até amanhã — balbuciou, com a voz ofegante e sôfrega, mirando-a intensamente, acariciando-lhe as faces.

— Querido, não precipitemos. Não, Jean... — relutava Verônica. — *Madame* já deve estar a me esperar, preocupada. Quem sabe Mendonça... — voltando-lhe o olhar angustiado.

— Meu bem, não pense nisso, por favor!

Jean-Jacques, de maneira hesitante, sem prestar muita atenção ao que fazia, pôs o tílburi em movimento, enquanto Verônica retesava-se e avançava levemente o corpo à frente, apoiando os cotovelos dobrados sobre as coxas e o queixo sobre as mãos espalmadas, pondo-se a observar a noite. Parecia ponderar. Jean-Jacques, vez ou outra, admirava-lhe o perfil em que apenas o delicado zigoma esquerdo, o nariz e os lábios apareciam lateralmente atrás de madeixas dos seus cabelos morenos, amarelados pela luz baça dos lampiões. Sua corrente de ouro, pendendo livre, cintilava com o movimento do carro. Vagarosamente, mergulhados em silêncio, trafegavam em direção à praia. Em poucos minutos, ouviram o estrondo de uma onda mais forte e receberam no rosto a refrescante brisa marinha, aquele hálito noturno de Copacabana. À frente, apenas a escuridão das águas; no horizonte, uma tênue luzinha deslocava-se tão lenta e imperceptivelmente como os ponteiros de um relógio. Verônica cingiu o pescoço de Jean-Jacques com o braço esquerdo, recostando-se em seu ombro e, com a outra mão, foi retesando uma das rédeas, sofreando o tílburi, obrigando Zulu a efetuar a meia-volta. Jean-Jaques ficou surpreso, não entendendo o gesto inusitado; olhou-a, e só então o compreendeu, ao observar a malícia que brilhava em seu olhar.

— Amor, retornemos então ao Pacheco... — disse com ternura, deixando as rédeas com ele, e enlaçou o pescoço do amante com os braços.

Jean-Jacques experimentou um frêmito percorrer seu corpo, e começou a antegozar o momento. Observou Zulu efetuar pacientemente a curva e pôr-se em marcha em direção ao Pacheco. E amou aquele cavalo, aquele discreto animal que servilmente os conduzia desde a tarde, pensando em como deveria estar cansado e como era desprovido, em sua ingênuidade, da malícia humana. Verônica permaneceu recostada no ombro de Jean-Jacques, mergulhada em silêncio, até chegarem à pensão. Jamais estivera ali. Em frente e nas imediações, a escuridão e o silêncio envolviam tudo; apenas um velho lampião iluminava lateralmente a porta de entrada. Ele a ajudou a descer, amarrou as rédeas de Zulu, pensando logo em acordar Euzébio para desatrelá-lo do carro e alimentá-lo. Deu-lhe um tapa carinhoso na anca, e andaram alguns passos até a porta. Voltou-se para a amada, sob a penumbra, e vislumbrou-lhe o olhar. Tocou a madeira três vezes com o dedo médio curvado em gancho, mas não percebeu nenhum movimento interior. Jean insistiu mais forte, e imediatamente ouviram um agitado arrastar de cadeiras e o ruído apressado de passos se aproximando da entrada. A chave rangeu e a maçaneta girou, surgindo, sob o portal, o semblante sonolento e amassado de Arduíno. Ele esfregou os olhos, fixou a vista e olhou assombrado para Verônica, como se estivesse diante de uma quimérica presença.

— Boa noite, senhor — balbuciou ele. — Entrem. Entrem, por favor — acrescentou, postando-se ao lado da porta.

Verônica passou à frente, seguida por Jean-Jacques. Adentraram a pequena sala de recepção. Arduíno dirigiu-se apressado para trás do balcão e ajeitou o livro de presenças sobre o qual estivera dormindo, com a cabeça nele apoiada. Abriu-o e inquiriu Jean-Jacques com o semblante, como se esperasse alguma ordem. Parecia não entender bem a situação; jamais vira, próxima a si, mulher tão linda, principalmente naquela acanhada pensão, isolada nos arrabaldes do Rio de Janeiro. "Esta é chique, coisa do centro", pensou imediatamente. Jean notou-lhe a perplexidade, e perguntou por Euzébio.

— Está no três — respondeu ele.

— Por favor, Arduíno, vá chamá-lo e peça para ele para vir cuidar do cavalo. Você tem um quarto de casal? — sugeriu, com expressão inquisitiva e a inflexão de quem aguardava uma resposta afirmativa.

— Sim, senhor, o oito ou o nove, no fim do corredor, à esquerda.

— Estão arrumados?

— Não, mas os arrumo num instante — respondeu, com expectativa no rosto. "Então, aquele francês dormiria com aquela mulher", pensou, enquanto, num átimo, olhava para Jean-Jacques.

— Pois então, mãos à obra, Arduíno, o oito! E Zulmira, já retornou?

— Sim, voltaram tarde e exaustos. Estão dormindo, desde as nove horas. Jean consultou o relógio atrás do balcão: eram quase vinte e três horas.

— Mas, antes de arrumá-lo, chame então o Euzébio e me dê a chave do seis para eu apanhar as minhas coisas...

— O banho? — perguntou, enquanto a retirava do gancho.

— Não, não...

Arduíno correu a chamar Euzébio. Verônica permanecera de pé, um pouco atrás, com os braços cruzados, enquanto Jean-Jacques conversava no balcão. Olhava para ele com leve sorriso nos lábios, experimentando naquele local, tão ermo e quieto, uma estranha sensação de calma, como se estivesse envolvida por um manto de tranquilidade, tão diferente da efervescência do *Mère Louise*. Lembrou-se então de que, naquele momento, lá estariam eles imersos no clima de luxúria, mergulhados naquela densa atmosfera voluptuosa em que homens e mulheres ávidos de contatos, em excitantes preliminares, roçavam seus rostos e trocavam carícias, sussurrando palavrinhas sensuais. Imaginava as nucas se contraindo e as faces afogueadas voltarem-se gargalhando para o teto; mãos envelhecidas correrem céleres sobre coxas acetinadas e ombros nus. Podia vê-los apertando suas mulheres sob a fragrância esfumaçada, sensibilizados pelo som de Castanheira e saciados pela comida francesa. A lembrança do *Mère Louise*, que emanava a sexo, invadiu-lhe o espírito e repercutiu instantaneamente em ondas de prazer, arrepiando-lhe a pele e criando centenas de pontinhos duros na sua superfície, que se estendiam dos braços até o interior de suas coxas. Quando Jean-Jaques despachou Arduíno e virou-se, ela deu dois passos e apoiou os braços nos ombros dele, olhando para ele excitada.

— Quero amá-lo; amá-lo muito meu querido... — sussurrou Verônica, de maneira inesperada.

No brilho de seus olhos e na expressão de suas faces, a ternura fora substituída pelo desejo, e a cândida expressão assumia a ousadia impudica da vontade. Jean-Jacques começou a experimentar a sensação de êxtase que, ali, no pequeno saguão, tornava-se extemporânea. Ouviu um bater de porta e virou-se novamente, vendo surgir a figura assustada de Euzébio, emitindo a sequência de risinhos estapafúrdios. Rapidamente, ele conversou com Jean-Jaques e saiu a cuidar de Zulu, enquanto se ouviam os passos apressados de Arduíno, indo e vindo nos dois pequenos corredores que se cruzavam quase no meio, a lhes preparar o quarto. Jean-Jacques e Verônica permaneciam a sós no saguão.

— Meu anjo, minha paixão... — sussurrava ele, acariciando-a com a voz entrecortada pela respiração ofegante. Percebia aquele seu desejo tão acalentado prestes a se concretizar. Ali estava ela, esplendorosa e toda sua, isolada dos homens. — Quero amá-la também... muito. — disse ele, beijando-a com sofreguidão nas faces e no pescoço. Sentiu-a inopinadamente, e volveu o rosto, deparando-se com Arduíno na entrada do saguão.

— Está pronto, senhor — disse ele, com o ar patético de quem já estava ali há alguns segundos.

Jean-Jacques olhou para ele constrangido.

— Obrigado, Arduíno; creio que agora você possa ir dormir. A estas horas, não haverá mais ninguém a importuná-lo.

— Sim, senhor. Boa noite! Irei falar com Euzébio para trancar a porta quando voltar...

E retirou-se, passando ao lado dos amantes. Ele dormia num pequeno quarto externo, nos fundos do terreno.

Despertada pela movimentação de Arduíno, Zulmira levantou-se sorrateiramente da cama e, à surdina, entreabriu a porta do seu quarto, situado na extremidade do corredor. Sob a penumbra, viu quando Jean-Jacques e Verônica passaram abraçados, vindos do saguão, e dobraram à esquerda, rumo aos quartos de casais, localizados no pequeno corredor secundário, perpendicular àquele em que se encontrava. Em seguida, assistiu a Jean-Jacques ir até o seis, quase vizinho ao seu quarto, abri-lo, entrar e retornar rapidamente, carregando uma maleta. Zulmira sentiu uma densa tristeza difundir-se viscosamente por seu peito, e experimentou a inconsistência das ilusões. Uma sombra opressiva, ameaçadora, principiou a pairar sobre si, e foi envolvendo-a completamente, dissipando tudo aquilo que equilibrava suas emoções.

Jean-Jacques entrou no quarto em que deixara Verônica, e parou um instante, admirando-a; depois, lentamente, foi fechando a porta, empurrando-a com a parte posterior do quadril, enquanto segurava a maleta e mantinha seu olhar fixo sobre a amante que, de pé, ao lado da cama, o aguardava em seu fastígio. Ouviu-se o estalido metálico da fechadura travar-se. Ela olhou para aquela maleta e sorriu. Jean-Jacques, ainda vagarosamente, como que desejando eternizar o momento, colocou sem pressa a maleta no chão, girou a chave, trancando-a, e aproximou-se. Verônica, abrasada pelo desejo, adiantou-se um passo e o abraçou com ardor, mantendo o rosto levemente erguido, pressionando seu queixo sobre a cabeça do amante, com a garganta roçando-lhe o nariz. Seus olhos estavam cerrados pela lascívia.

— Querido... — sussurrava ela carinhosamente, as mãos correndo-lhe sobre os músculos das costas, pressionando-os sobre a camisa.

Jean-Jacques, extasiado por aquela iniciativa, apertou-a também contra si, beijando-a no pescoço, e desceu seus lábios até onde eles podiam alcançar naquela junção de corpos. Sentia a fragrância de Verônica impregnar-se em si com sensações inauditas, até quase levá-lo ao desvario.

— Meu amor... meu anjo... — balbuciava, sôfrego, fora de si.

Verônica, como era um pouco mais alta que ele, podia sentir-lhe o volume do sexo pressioná-la de baixo para cima, exatamente entre suas coxas.

— Assim, assim... Querido — murmurou, enquanto abria levemente as pernas e procurava senti-lo mais apertado em si, mexendo e remexendo em movimentos rápidos de quadris, tentando bem encaixá-lo entre elas.

Mantendo suas faces erguidas, os olhos semicerrados, gemendo de prazer e apertando entre a palma de suas mãos o rosto de Jean, Verônica ergueu a coxa e começou a esfregá-la contra o corpo do amante, que desceu a mão e passou a acariciá-la, sentindo como era delicadamente grossa e rija. Tocou naquele paraíso pela primeira vez e roçou os limiares do prazer.

— Um momento... Espere — balbuciou, com a respiração alterada, fora de si.

— Sim, sim, amor — sussurrou Verônica, afrouxando os braços e descolando-os das costas de Jean-Jacques.

Intensamente excitada, recuou três passos, até a cabeceira da cama, e olhou para ele em êxtase. Ele tirou afoitamente a camisa, descalçou os sapatos e as meias, puxou rapidamente a calça, espalhando cada uma das peças pelo chão, e voltou a admirá-la boquiaberto, com os cabelos desgrenhados pelas carícias. Ela, então, vendo-o assim, na plenitude, quis aumentá-la ainda mais, até levá-lo ao delírio amoroso. Controlando-se muito, pois também se encontrava num estágio não muito diferente do dele, voltou-se e lhe indagou:

— Como você prefere, meu amor? Quer trepar agora ou prolongar seu prazer, me admirando? — perguntou-lhe com uma expressão tão insinuante, com um semblante tão sensual e maravilhoso que ele permaneceu estático, aturdido por aquela indagação voluptuosa e intensamente erótica.

Apenas ergueu inconscientemente os braços e murmurou, com os olhos esbugalhados:

— Como tu... quiseres... meu anjo — disse ele, mal conseguindo pronunciar as palavras, enlouquecido pelo gozo iminente.

Verônica, olhando para ele e sorrindo excitada, descalçou o sapato esquerdo e ergueu a perna, esticando-a até mais alto que a superfície da cama, abaixando-a vagarosamente em seguida, deixando seu pé pousar delicadamente sobre o assoalho. Ele venerou aquele pé e a metade de sua imensa coxa morena. "Que maravilha", pensou em êxtase, embasbacado. Verônica descalçou o outro sapato, colocando-se na posição de perfil em relação a ele, e repetiu o gesto anterior com a outra perna, mirando-o por sobre o ombro com olhares luxuriosos, materializando o desejo. Subitamente, ela subiu na cama e começou a erguer lentamente seu vestido, enquanto rebolava de maneira libertina, até despir-se completamente, peça por peça, mantendo a expressão irresistível, fitando-o com inaudita sensualidade.

— *Que belle...* — gemeu ele arrebatado ao ver saltarem, no volume exato da perfeição, os maravilhosos peitos rijos com seus mamilos endurecidos pelo tesão; e baixou os olhos até aquele magnífico tufo de pentelhos negros, entre a imensidão de suas coxas morenas. Jean-Jacques alcançava, naquele instante, o paroxismo delirante do amor. Jamais, em sua vida, tivera emoção tão forte.

— *Mon Dieu! Mon Dieu...* — murmurava rápido, fora de si.

Contudo, Verônica foi ainda cruel, pois eis que, dando meia-volta, expô-lhe, num rebolado fascinante, a sua maravilhosa bunda; deslumbrante e sensualíssima, como ele jamais vira no continente europeu. Aquilo durara poucos segundos, pois logo ela desceu da cama, cingiu-lhe as pernas na cintura e o abraçou como no início, sentando-se agora em cima do seu sexo, mexendo-se e começando a gemer. Assim, enroscados num só corpo, gemendo e dizendo-se palavras liberadas, caíram sobre a cama e começaram a amar com inimaginável prazer e paixão. Emitiam sons num crescendo; pronunciavam-se expressões libertinas, sentindo-se completamente livres de tudo aquilo que os cerceava na rotina da vida, até se desligarem completamente deste mundo e vagarem arrebatados num paraíso erótico. Engatados em uma só entidade, viviam o êxtase do prazer amoroso num fluxo e refluxo de ondas intensas que fluíam incessantemente de um para outro. Verônica fruía da glande indo e vindo freneticamente dentro de si, tendo múltiplos orgasmos, até que Jean-Jacques, emitindo um gemido mais forte, alcançou o gozo, relaxando, quase desfalecido, sobre o corpo da amante. Seus corpos encontravam-se molhados, lúbricos pela concupiscência; suas mentes vagavam num encantado infinito; jamais haviam desfrutado tão grande prazer.

* * *

Zulmira, após deitar-se, levantara-se em silêncio, observando seu marido adormecido profundamente. Abriu com cuidado a porta do quarto e dirigiu-se, na ponta dos pés, como se quisesse nem tocar o chão, até onde se encontravam os dois amantes. Com o coração acelerado, encostou o ouvido na madeira da porta, passando a escutar aqueles gritos e gemidos que emanavam abafados, vindos de dentro. Aqueles sons fluíam ora imperceptíveis, ora mais intensos e nítidos, e Zulmira, à medida que os ouvia, pressionava mais sua orelha de encontro à porta, até quase senti-la doer. Em sintonia com Verônica e estimulada pelos sons que varavam eroticamente aquelas fibras de madeira, ela ia também se excitando, abrindo ligeiramente as pernas enquanto descia instintivamente a mão sobre a camisola de pano, até alcançar o seu clitóris entumescido. E, quando ouviu o som mais forte, emitido por Jean-Jacques, ela se retesou, e deixou-se lentamente escorregar relaxada, rente à porta, sentando-se no chão. Permaneceu nessa posição durante alguns minutos, ofegante, mantendo a mão abandonada entre as coxas e o semblante erguido, com os olhos cerrados. Aos poucos, eles se tornaram lacrimosos. Quando se acalmou, ela reergueu-se e caminhou devagar, semelhante a uma sonâmbula, de volta ao seu quarto. Naquele instante, com a pele marejada pelo suor e a camisola a grudar-lhe nas costas, Zulmira experimentava a cava depressão ir gradualmente inundando-lhe a alma com o sentimento, perante o qual, a profunda tristeza assemelhava-se à própria felicidade.

* * *

Durante a madrugada, os amantes despertaram e permaneceram em agradável idílio. Verônica, com a cabeça recostada no peito dele e a mão pousada sobre sua barriga, conversava com a voz tranquila e repousante, observando, com o rabo dos olhos, a luz do lampião bruxulear sobre a cama. Jean via apenas réstias amareladas por entre os cabelos morenos, espalhados sobre seu rosto.

— Amor, quando o vi com aquela maleta!
— Que tem, querida?
— Lembrei-me de Mendonça... — Ele, a essa simples menção, sentiu a lâmina de um punhal rasgar-lhe o peito.
— Mas, por quê?
— Bem... — Verônica hesitava. — Mendonça é sadomasoquista, querido. Você se lembra daquela valise de couro negra?
— Sim! — respondeu Jean-Jacques, lembrando-se de que ela realmente lhe despertara a atenção.
— Pois, ali, ele carrega suas coisas...
— Que coisas? — indagou, estarrecido.
— Da última vez em que esteve na Europa, trouxe um chicote de couro com pequeninas bolas de prata em sua extremidade. Essas bolas são todas incrustadas. Ele tem a mania de ajoelhar-se e de me mandar subir e bater-lhe com força... nas pernas, nos braços, montada sobre ele; também costumo calçar esporas com rosetas arredondadas e apertar-lhe a barriga... e me pede para xingá-lo cada vez com mais intensidade e força, até começar a gemer e... Somente assim ele se excita e, quando termino, me pede para deitar e só então me possui. Ele tem esses hábitos. Suas pernas estão sempre arroxeadas. Ah, querido! Não suporto mais participar dessas coisas... ver suas gorduras e o seu rosto constantemente suado, melado, e seu ridículo sexo debaixo daquela imensa barriga... o seu olhar esgazeado e a expressão estranha, sinistra... Há momentos em que sinto medo — narrou-lhe com a voz ansiosa e os olhos umedecidos.

— Oh, meu Deus! — exclamou Jean-Jacques, mais estarrecido ainda.

— Não quero que o veja mais, querida. Peço demissão do meu serviço e vamos para Paris...

— Mas é tudo tão difícil!

— Nada é impossível, amor! Depende apenas de você.

— Mas não pode abandonar assim sua carreira diplomática.

— Meu bem, esta vida de financista... estes negócios... são quase iguais a tudo que me disse. Estou enfarado!

— Existe minha mãe, a *madame* Ledoux. Sem o apoio de Mendonça...

— Verônica, viva pra você! Primeiro pense em si! Tente conciliar as coisas, mas sem perder de vista os seus interesses.

E conversavam sobre as dificuldades que sempre surgem após a idealização de um sonho, como se a vida cobrasse um preço elevado pela felicidade. Havia Mendonça e sua vaidade, seus amigos, seu dinheiro e o seu apoio. E havia também o *Mère Louise*, que dependia de tudo isso. Se quisessem assumir o romance, inevitavelmente haveria um rompimento nessa estabilidade, de consequências imprevisíveis. Poderia, inclusive, ocorrer um escândalo diplomático, pois Mendonça era importante senador da República e trabalhava diretamente com o ministro da Fazenda, Joaquim Murtinho, nas negociações da dívida externa. No íntimo, porém, Jean-Jacques sentia-se abalado e estarrecido por essas revelações, e experimentava o ciúme e a repugnância. Não podia sequer imaginá-la com Mendonça e, agora, a queria só para si. E ele, que lhe parecera normal... "Se bem que, certa ocasião... Mas, inegavelmente, é um sujeito inteligente", refletia, intrigado com os mistérios que habitam os homens; e procurava imaginar as possíveis reações de Mendonça.

— Amor... Não pensemos sobre isso neste momento. Haveremos de encontrar um jeito de resolver essa questão — comentou absorto e levemente contrariado, observando a luz amarelada entre os cabelos de Verônica.

Lá fora, a escuridão e o silêncio engolfavam tudo.

— Ele... Ele te pedia para subires na cama e... — disse inopinadamente.

— Sim, querido. Só assim se excita... — Verônica então ergueu a cabeça e contemplou o rosto entristecido de seu amante sobre o travesseiro. Seus olhos perderam o fulgor.

Ele a encarou e se enterneceu como sempre ocorria quando lhe admirava a beleza. E beijou aqueles lábios nunca vistos.

— Serei sua, amor... só sua! — sussurrou-lhe, sorrindo, descendo a mão sobre o abdome até encontrá-lo semiereto, balançando como um coqueiro açoitado pelos ventos. Pegou-o com carinho e, em delicados movimentos de vai e vem, pôde senti-lo grande e duro em sua mão.

— Só minha.... querida... somente minha... — repetiu, com os olhos cerrados, contraindo a musculatura abdominal e retesando os músculos das coxas.

Ela deslizou e sentou-se sobre ele. Jean-Jacques pôde contemplar-lhe os seios balançando ritmicamente quase rentes aos seus olhos, e os beijou com sofreguidão. Passou-lhe os braços às costas, tensionando mais e mais a musculatura das pernas, do pescoço, virando o rosto desvairadamente de um lado para o outro; cerrou os olhos, fremindo, e alcançou o clímax. Verônica continuava pressionando-lhe os mamilos com a palma das mãos e as unhas sobre a pele. Ela contraía a barriga e retesava o tronco para cima, envergando-o para trás, gemendo a cada movimento rítmico cuja frequência aumentava com o seu prazer, até erguer seus olhos rumo ao teto, enquanto os cerrava fortemente, e abandonar-se, em seguida, à frente, curvando-se sobre ele.

— Só minha, querida... — murmurou exausto, ofegante e banhado pelo suor.

Pela manhã, levantaram-se um pouco mais tarde e encontraram, no pequeno saguão, dois hóspedes daquela noite. Zulmira os atendia no diminuto balcão quando Jean-Jacques e Verônica surgiram, vindos do corredor. Ele, que já se hospedara ali, nunca prestara atenção na cor do pequeno sofá situado ao lado da porta, muito menos no elegante chapeleiro com o seu pequeno espelho oval encravado no centro, na altura dos olhos. Havia ainda duas surradas poltronas e, entre elas, uma antiga mesinha de madeira. Jean-Jacques sentiu-se atraído por uma revista que estava sobre ela. Achegou-se, apanhou-a e a folheou curiosamente; tratava-se do último número de *A Lanterna*, uma revista anarquista lançada naquele ano, a qual já lera na embaixada francesa. O que lhe despertava a curiosidade foi encontrá-la ali na pensão. Verônica observava-o de pé. Quando os homens viraram-se rumo à porta e se depararam com ela, permaneceram momentaneamente deslumbrados com a surpresa matinal.

Jean-Jacques aproximou-se do balcão para acertar a despesa; ouvia-se o ruído da movimentação de carros, vindo de fora. Provavelmente Arduíno viera trazê-los das cocheiras para aqueles recém-saídos. Enquanto Zulmira preenchia um pequeno recibo, Jean-Jacques observou-lhe o semblante no qual, instantaneamente, captou aquele terrível caos sucessor dos tormentos. Seus olhos empapuçados, congestionados, e as faces abatidas, apresentavam as marcas de um recente conflito. Compunham uma destas fisionomias análogas aos cenários de campos de batalhas, após a luta. Seus cabelos, normalmente bem penteados, apresentavam o aspecto desolador da pressa sem vaidade; apenas a expressão de seus lábios conservava a dignidade daquela Zulmira sonhadora. Entretanto, o que mais o sensibilizara foram o mutismo e a indiferença. Não a indiferença deliberada, proveniente de uma atitude preconcebida, mas, sim, a nascida da morte da alma; aquela para a qual os estímulos da vida já não significam muita coisa. Ela, que um dia se enrubescera em sua presença, apresentava-lhe a máscara mortiça da apatia, da insensibilidade às emoções. Quando terminou e destacou o pequeno recibo, mirou-o nos olhos, e Jean-Jacques percebeu a insinuação de um fulgor que instantaneamente dissipou-se, semelhante a uma pequena brasa na qual tocamos após a consumação do fogo. Havia, naquele olhar, qualquer coisa de definitivo, de resoluto, de categórico. Verônica aproximou-se do balcão e lhe disse bom-dia, mas Zulmira apenas insinuou um sorriso, ou fora apenas uma impressão ou um desejo dele de que ela realmente sorrisse.

— Até a próxima vez, Zulmira. São suas as revistas?

E finalmente ela sorriu-lhe; porém, um breve sorriso, que brotava e morria no movimento automático dos lábios. Jean-Jacques entristeceu-se; colocou o braço sobre os ombros de Verônica, abriu a porta e deparou-se com Arduíno. Deu-lhe a gorjeta e perguntou por Euzébio; Arduíno lhe disse que ele estava a tratar do cavalo, e já viria. Saíram em seguida. Permaneceram alguns minutos em frente à pensão, observando as redondezas e admirando o céu luminoso daquela manhã, tão bela e inesquecível, desfrutando da brisa e da felicidade que a vida lhes proporcionava.

— Você me aguarda, Euzébio. Levo Verônica e logo retorno — ordenou-lhe Jean-Jacques, assim que o amigo desceu do pequeno tílburi.

— Sim! — aquiesceu, olhando-os com disfarçada curiosidade.

Zulu, empinando as orelhas, parecia haver reconhecido a voz de Jean-Jacques. Subiram no carro e partiram rumo ao *Mère Louise*. Dobraram à direita, depois à esquerda, passaram em frente ao Hamburgo, àquela hora silencioso, e seguiram pela rua empoeirada até encontrarem a estrada que margeava a imensa curvatura da praia de Copacabana. Pararam um instante e apreciaram o mar. Jean-Jacques nunca se cansava de admirar aquele cenário, inebriando-se com a intensa luminosidade matutina. A luz, pensava ele, que parecia incrementar a realidade, realçando-lhe as cores. Ergueu a vista para o zênite, descendo-a em seguida até a linha do horizonte, e a recuou até a praia à sua frente, observando as águas rolarem sobre as areias. Balançou as rédeas e prosseguiram caminho. Ele vivia a inquieta felicidade. Apaixonado por Verônica, não mais admitia compartilhá-la com Mendonça, e sofria terrivelmente com a ideia de que, naquela mesma noite, ele poderia vir a encontrar-se com ela. Essa ideia afigurava-lhe agora completamente absurda. Começou, então, a sentir desabrochar o ódio e o ciúme doentio. Tentava esquecê-los, imaginava soluções, mas permanecia remoendo seus pensamentos, insuflado pelo desejo da posse exclusiva do ser amado. E quanto mais pensava, mais sentia a realidade contrapor-se aos seus sentimentos.

— Se realmente me ama, abandone tudo isso, Verônica! — disse Jean-Jacques, percebendo ter repetido a frase secular e descoberto o porquê da longevidade dessa senhora de corações apaixonados. Ela seria a frase mais espontânea e sincera da humanidade, além de exclusivista, concluiu.

— Querido, me compreenda, por favor! Podemos nos encontrar sempre! Com o tempo, eu me desvencilharei de Mendonça... Contudo, temos antes de preparar as coisas... fazê-las acontecerem devagar... do contrário... — argumentou, demonstrando o semblante agoniado.

— Ora, meu bem! Não suporto imaginá-la com ele! Por favor, Verônica... Venha morar comigo em Botafogo. Eu... eu continuo a ajudar a sua mãe! — exclamou subitamente. — Sim, e por que não? Levá-la também para Paris!

— Jean, querido... — disse Verônica, pensativa. — Você vive a vida com muita intensidade e paixão.

— Mas só assim deve-se vivê-la! Do contrário, não vale a pena! Já lhe falei a respeito... — disse ele, com a expressão do óbvio impressa no rosto.

— Pois, veja tudo isso! — observou, subitamente arrebatado, fazendo um gesto largo com os braços, soltando as rédeas e percorrendo toda a paisagem com os olhos, até pousá-los ternos em Verônica. — Pois tudo isso é paixão! — E abraçou-a, beijando-a sofregamente, enquanto Zulu trotava livre, acompanhando a orla.

— Ah, meu Deus! Apaixonei-me por um poeta... — disse ela, rindo, após o beijo voluptuoso.

— Diga-me, meu amor! Como conseguiu ser tão bela? — perguntou, sorrindo, parecendo haver-se esquecido momentaneamente de seus tormentos.

Ela continuou a sorrir; enlaçou o pescoço do amante com os dois braços e beijou-lhe a face, mordiscando-lhe a orelha, depositando nela uma sucessão de beijos.

— Meu bem... Então você estuda o francês. Deixe-me ver... — E pronunciou algumas frases e perguntas, rindo a valer e lhe ensinando a compreendê-las. — Pronto! — concluiu. — Já pode ir morar comigo em Paris! — encerrou, gargalhando e lhe fazendo carícias, mas se pondo repentinamente sério.

Verônica recostou-se em seu ombro e olhou para o sobrado do *Mère Louise*. Já podiam observar-lhe as janelas, as cortinas e a sua solidão inquietante. Quando dobraram à direita, quase no final da praia, Jean-Jacques já odiava Mendonça, e todos aqueles pensamentos lhe retornaram, perturbando-lhe a serena felicidade de minutos atrás. Chegaram defronte do cabaré. Ele lembrou-se do primeiro dia em que ali estivera com Euzébio, exatamente numa manhã igual àquela, à mesma hora. Ali estavam as mesmas marcas no chão, e ele notou-as com amargura. Aqueles riscos, que se cruzavam caoticamente em longos círculos, remetiam-no à realidade, confrontando seus sonhos, e experimentou a sensação de absurdo. Ela, Verônica, sua adorada amante, iria ali penetrar para satisfazer Mendonça e seus amigos, talvez naquela mesma noite, posterior à mais linda de sua vida. "Não! Não é possível", pensou indignado. Jean-Jacques saltou do carro e mal tocou os pés no chão notou, num relance, a cortina frontal ser solta e pender balançando. Segurou Verônica, com os dois braços trançados às suas costas, e colocou-a no chão. Pensou rapidamente em ir até à sua casa em São Cristóvão, tendo ideias arrebatadoras que se atropelavam numa confusão mental. Ouviu a porta ser aberta e viu surgir Louise, protegendo-se da claridade matinal. No pequeno plano mais elevado da entrada, demonstrava ser uma autêntica fidalga. Cruzaram o portãozinho adernado, subiram os quatro degraus e cumprimentaram-na. Ela parecia tensa, preocupada, mas exibia um ar maternal, como se compreendesse a situação e a aprovasse integralmente. Ele não quis entrar, não desejava rever aquele ambiente. Com o coração dilacerado pelo ciúme, beijou-a longamente, prometendo revê-la no próximo sábado, e subiu no tílburi para o torturante regresso. Verônica ainda acompanhou o pequeno carro correr pela orla até vê-lo transformar-se num minúsculo ponto, andando à beira-mar.

CAPÍTULO 8

A partir dessa primeira noite com Verônica, Jean-Jacques passou a sofrer o tormento do ciúme apaixonado. O anseio pela posse exclusiva tiranizava-o. No início, quando a vira pela primeira vez na janela do cabaré, a emoção foi apenas um prazer agradável para a sensibilidade de seu coração romântico; admirara-a, a princípio, como um esteta em presença do belo; porém, logo se apaixonou.

Desde aquela noite, havia quase um mês que se encontravam aos sábados à tarde, no *Mère Loise*, quando então se dirigiam ao Pacheco. Entretanto, Verônica se preocupava com essas saídas, pois deveria estar de volta ao cabaré bem antes do anoitecer. Dispunham, portanto, de pouco tempo. Mendonça costumava chegar após as vinte e uma horas; raramente, Verônica vinha com o senador. Desde aquela ocasião, não se encontraram mais com Zulmira; Arduíno lhes dissera que ela passava uma temporada em Petrópolis, na casa de uma irmã.

Jean-Jacques consumia os dias trabalhando sobre papéis que nada mais lhe diziam, sempre aguardando o momento em que Euzébio o pegasse em Botafogo e o levasse ao *Mère Louise*. A lembrança de Mendonça, entretanto, pairava como um fantasma em seu espírito. Sua figura crescia e assumia dimensões assustadoras. Via-o suado, ensandecido, com o chicote nas mãos, contemplando a nudez de Verônica, e sentia-se enlouquecido pelo ciúme. Teve que se ausentar do Rio para resolver negócios de exportação de cacau em Ilhéus e, durante quase três semanas, padecera do suplício da saudade.

Porém, seu maior sofrimento era a incômoda sensação de que Verônica não o amava com a mesma intensidade de seu amor. Não conseguia sentir-lhe aquele fastígio transbordante, aquela mesma paixão arrebatadora da qual estava possuído. E permanecia remoendo esses pensamentos, algumas vezes atenuando-os com vários argumentos que lhe aliviavam, ou agravava-os com considerações pessimistas, que julgava plausíveis para suspeitas.

Porém, quando estavam juntos, vivia no paraíso. Comentava com ela essas dúvidas e transmitia-lhe sua insegurança, mas ela logo as dissipava com seu carinho, e ele, então, sentia-se redimido, pensando em como havia sido injusto em seus julgamentos. Sim, Verônica o amava e era sincera, convencia-se definitivamente ao deixá-la. Contudo, logo o ciúme insinuava-se em seu coração, e novamente relembrava suas expressões, palavras e atitudes de meiguice dirigidas a ele, como se quisesse reconfirmar sua persuasão; rememorava os mínimos detalhes do tempo em que haviam passado juntos: como reagira perante tais e tais palavras, a expressão do seu olhar e de suas faces quando lhe dissera algumas coisas, recordava o seu sorriso... Tentava, enfim, espicaçado pela insegurança, desvendar os recônditos de sua alma, perquirindo-lhe cada minúcia, cada nuança, cada insinuação, e tornava a vislumbrar a mesma e sincera espontaneidade amorosa, ou, pelo menos, tornava a se convencer disso. E sentia-se temporariamente menos angustiado. Jean-Jacques estava avassalado e torturado pelo ciúme.

Sentado em frente à sua escrivaninha, na embaixada francesa, rodeado por papéis, frequentemente a via gozando em êxtase com as pernas cingidas às suas costas, e se comprazia em relembrar o seu corpo maravilhoso e a ternura dos seus gestos. Dos ignotos timbres, sua imaginação corria célere para a rigidez das suas coxas grossas, e a via deitada de bruços com a bunda maravilhosamente empinada sob a voluptuosa luz de lampiões. Ou fruía a visão de seus seios e dos seus pentelhos roçando-lhe o rosto — ela gostava de perfumá-los com o mais fino perfume francês. Experimentava, em sua solitude burocrática, a excitação pulsar em seu sexo enrijecido, e ansiava pelo próximo fim de semana, quando a amaria intensamente. Com o tempo, foram adquirindo aquela intimidade inesgotável entre dois amantes, descobrindo-se os segredos amorosos.

Às vésperas da primavera de 1901, numa manhã de terça-feira, Jean-Jacques encontrava-se em seu gabinete quando sua secretária, que trabalhava na sala contígua, veio anunciar-lhe a presença do senador Mendonça. Queria conversar com ele, ela lhe dissera.

— Faça-o entrar — ordenou Jean-Jacques, sentindo certo incômodo e ligeira ansiedade.

Arrumou rapidamente seus papéis sobre o tampo da escrivaninha, levantou-se e o aguardou de pé. Nunca mais o vira depois daquela noite no *Mère Louise*. Observava com expectativa quando viu a maçaneta de marfim girar e a secretária postar-se ao lado da porta, dando passagem ao corpanzil de Mendonça, que surgiu logo depois. Vinha alegre e sorridente, demonstrando satisfação em revê-lo.

— Que prazer, *monsieur* Chermont! — exclamou ele, aproximando-se rapidamente, sacudindo a proeminente barriga.

— Vim conversar com *monsieur* de La Roche e aproveito a ocasião para revê-lo. Não apareceu mais no *Mère Louise*...

— Tenho ido a outros lugares, senador — respondeu Jean-Jacques, estendendo-lhe a mão para o cumprimento e percorrendo rapidamente o seu semblante, onde divisou as indefectíveis gotinhas de suor, oscilando no alto da fronte. Fazia muito calor durante aquela manhã.

— Já fechamos os acordos com o *London & River Plate Bank*. Todas as dívidas foram equacionadas para serem facilmente amortizadas, e estamos prontos para receber novos investimentos. O Brasil, agora, encontra-se preparado para o seu definitivo desenvolvimento! O doutor Murtinho está mais otimista, pois entregará ao seu sucessor as finanças totalmente saneadas. Estamos preparados para o novo século... — explicou Mendonça, sorrindo, com os olhos brilhantes, dando algumas palmadinhas na coxa enquanto falava.

Jean-Jacques ouviu atônito aquele preâmbulo, pois sabia em que condições haviam sido efetuadas as negociações. Há muito tempo, concluíra que o Brasil era apenas uma gigantesca fazenda, gerida pelos seus credores. Além disso, achou estranhas aquelas atitudes. Mendonça aproximou-se mais e o segurou delicadamente pelo cotovelo. Jean-Jacques pôde sentir-lhe o hálito, experimentando certa repugnância.

— Mas o motivo pelo qual venho é outro, meu caro *monsieur* Chermont... — disse, aproximando mais o seu rosto.

Jean-Jacques observou-lhe então a súbita transformação facial. Sentiu-se estarrecido e mesmo levemente atemorizado com aquele semblante, a dois palmos do seu. Seus olhos perderam subitamente o fulgor, tornando-se mortiços e esgazeados, mexendo-se afoitamente em suas órbitas. Suas faces adquiriram tons candentes, afogueados, como se uma imensa fornalha houvesse sido acesa dentro dele, e seu calor o fizesse suar em abundância; o insólito olhar, que parecia afetado por aquela convulsão interior, continuava a percorrer em desvario o rosto de Jean-Jacques, sem se deter em nenhum ponto. Mendonça cerrou seus dentes miúdos e, subitamente, um estranho sorriso insinuou-se em seus lábios. Deu um leve grunhido e começou a gargalhar alto, emitindo um som agudo, fino, sacudindo-se todo. Ofegante, inclinava-se para trás e erguia o rosto à medida que prolongava a gargalhada, cerrando os olhos, que se transformavam em dois pequeninos riscos negros, espremidos pelas bochechas vermelhas e brilhantes.

    Jean-Jacques chegou a divisar-lhe o sino da garganta. Suava agora em abundância, empapando os sovacos com dois imensos semicírculos, assim como a parte frontal da camisa de linho branca. Quando estava quase a perder o fôlego, estancava o riso e o fitava novamente, permanecendo uma fração de segundos a contemplá-lo, e recomeçava a gargalhar. Repetiu essa sequência, três ou quatro vezes, até que, na penúltima, enquanto ainda ria, foi retirando vagarosamente o lenço do bolso e começou a corrê-lo sobre as faces, esticando a papada e esfregando rapidamente as brotoejas, passando e repassando o lenço sobre aquele conjunto de pontinhos vermelhos, correndo-o célere pelas laterais do pescoço e retornando-o às faces e à fronte, seguidamente. Jean-Jacques permanecia perplexo, observando-o. Então, enquanto gargalhava a última série, quando já estava quase sufocado pelo riso, Mendonça começou a falar, enquanto enfiava outra vez o lenço no bolso:

    — Então, tu… — disse, contendo o riso. — Tu me roubaste Verônica…
— Retomou o fôlego e recomeçou novamente a gargalhar. — Ela é ótima, deliciosa… Não, *monsieur*? Não é mesmo? — Gargalhando mais intensamente, até retornar com dispneia e recomeçar seus comentários. — Não? Não, *monsieur*… Que linda! Linda! Linda! Vós, franceses, sois mesmo formidáveis… formidáveis! — Até sufocar-se e respirar outra vez, contendo-se um pouco, com o rosto completamente afogueado pelo esforço dispendido e os olhos readquirindo, aos poucos, seu brilho normal. Retirou o lenço e recomeçou o ritual de enxugamento.

Jean-Jacques continuava atônito, mergulhado num patético mutismo, aturdido com a inesperada cena. Sentia-se completamente embaraçado e constrangido pela situação, incapaz de esboçar qualquer palavra.

— Bem... — conseguiu pronunciar cabisbaixo.

— E já faz bastante tempo, não, *monsieur*? — disse Mendonça, fitando-o dentro dos olhos. — Mas não se preocupe. Pois agora ela é sua! Sua!

E recomeçou a rir, sem, todavia, gargalhar. Emitia apenas breves risos truncados, cuja sonoridade iniciava-se aos arrancos, continuando dessa maneira até encerrar-se abruptamente, num tom seco e surdo. Seu semblante foi gradualmente readquirindo aquela expressão anterior, mas isento da hilaridade. De repente, sua fisionomia tornou-se séria; apenas aquele seu jeito esquisito aflorava-lhe no rosto. Baixou levemente a vista, deslizando seus olhos de cima a baixo sobre o corpo de Jean-Jaques, e apertou-lhe o cotovelo, fixando nele ainda mais o olhar.

— Pois Louise me arranjará outra! — exclamou abruptamente. Após uma longa pausa, em que parecia refletir, indagou com timidez: — *Monsieur*? Ela... Verônica... — Mendonça hesitou, cerrando os dentes, quase murmurando. — Ela, por acaso lhe...

Jean-Jacques observou-o intensamente, perscrutando-lhe o semblante, tentando entender o que se passava naquela cabeça.

— Sim, senador. Mas não se preocupe... Eu... eu nada revelarei. — respondeu Jean-Jacques, desvencilhando-se dele e afastando-se em direção à janela, Deu-lhe as costas.

Fez-se então o silêncio, e o constrangimento pairou soberano naquele ambiente.

— Senador! — exclamou Jean-Jacques, após breve interregno. — Nós nos amamos e pretendemos, em breve, nos casar — disse, resolutamente, voltando-se para ele.

Mendonça olhou-o com um sorriso chocho, enigmático, e nada comentou.

— Muito bem! Até uma próxima vez! — despediu-se secamente, após alguns segundos. Virou-se e encaminhou-se resoluto para a porta; girou a maçaneta e saiu.

Jean-Jacques permaneceu perplexo, encostado no peitoril da janela. Desde o início de seu romance, Mendonça transformara-se num pensamento atroz que parecia incorporado ao seu espírito. Logo ao amanhecer, enquanto se vestia e calçava os sapatos, ele surgia lépido e instalava-se num recanto de sua mente, semelhante a um tirano, e lá reinava, fustigando-o tenazmente. E, à noite, costumava reaparecer, adquirindo estranhos poderes. Entregues à paixão, os dois amantes admitiam, entretanto, o inelutável desenlace, pois, em algum momento, haveria a descoberta: aquela situação, sabiam, não perduraria muito tempo. Porém, como uma espécie de comodismo, permaneciam mantendo ingenuamente o segredo. Preocupavam-se, todavia, com as possíveis reações de Mendonça ao se descobrir traído e, por isso, Jean-Jacques encontrava-se perplexo com a atitude dele nessa manhã. Permanecia de pé, absorto em seus pensamentos, começando a concluir horrorizado que Verônica seria apenas um objeto para Mendonça, assim como o seriam seu chicote, suas esporas... Apenas um instrumento especialíssimo para exercer seu masoquismo. Aquela normalidade imaginada por ele inexistia, e o fato de perdê-la não implicava a reação natural de um amante enganado. Deveria, porém, permanecer incauto? De qualquer modo, sentiu-se aliviado, e caminhou pensativo até sua escrivaninha. Sentou-se e foi-se desanuviando daquela incômoda sombra, percebendo seu pequeno tirano ser destronado pela patológica insensatez.

Experimentou, então, aquela clássica sensação de quem tira um peso da cabeça: "pronto", concluiu inquietamente: "estamos livres dele, livres para o nosso amor", e sentiu a felicidade apaziguadora lhe sorrir.

Chamou Cecília, sua secretária, e pediu-lhe que lhe preparasse um café, tentando retornar à sua *burocratice*. Sentou-se, fincou os cotovelos sobre a superfície da escrivaninha e entrelaçou as mãos à altura do queixo. Logo depois, enquanto observava a fumaça do café elevar-se num caos ordenado, tomou a resolução de redigir a carta de demissão ao governo francês. Sua vida passaria a ser, doravante, as artes e seu amor por Verônica. Porém, uma pequena curiosidade pairou em seu espírito: "como Mendonça soubera de seu romance? Provavelmente por intermédio do Hamburgo; alguém o vira com ela e comentara, pois o senador era assaz conhecido". Tomou o café lentamente, perdido em conjecturas, e logo redigiu a missiva na qual renunciava, no próximo ano, à carreira diplomática. Escreveu também à sua mãe, comunicando-lhe a decisão. Enfim, aquela insólita cena encerrara a situação constrangedora. O próprio Mendonça, para sua incredulidade, resolvera-a satisfatoriamente.

CAPÍTULO 9

Na manhã de sábado, Euzébio o apanhou em Botafogo. O céu estava cinzento, carregado, pois chovera a noite toda, só cessou ao amanhecer. A densa neblina cobria as encostas dos morros, permitindo avistar somente a metade do Pão de Açúcar; o Corcovado perdera dois terços de sua imponência, e o mar adquirira a tonalidade plúmbea. Podia-se sentir, na pele, a umidade do ar envolvendo o casario do bairro. Apesar do tempo chuvoso, fazia calor. Nos bucólicos sobrados da Rua Voluntários da Pátria, senhoritas assistiam debruçadas nos janelões frontais ao lento desfilar de carros, que a subiam e desciam esporadicamente ao ritmo da *Belle-Époque*. Jean-Jacques gostava de Botafogo. Suas pitorescas ruas transversais, com seus casarões e seus imensos pomares, emanavam uma tranquilidade repousante; em algumas manhãs, deliciosas fragrâncias de frutas espalhavam-se através do ar, perfumando as ruas com aromas agradabilíssimos. Enquanto trafegava, admirava a quietude do bairro, sentindo a brisa roçar-lhe o rosto, no calmo sacolejar do carro. Quando saíam do túnel velho, que ligava Botafogo a Copacabana, ele terminava de narrar a Euzébio o ocorrido na terça-feira.

— Ótimo, Jean-Jacques! Pois agora está livre para ficar tranquilamente com ela.

— Assim espero amigo, assim espero... — acrescentou pensativo, vendo surgir a massa cinzenta do mar de Copacabana onde grandes ondas quebravam furiosamente, emitindo fortes estrondos.

Chegaram ao *Mère Louise*. Apenas o *maître* Antoine apareceu para lhe dizer que *madame* não se encontrava em casa; fora à cidade resolver negócios. Acrescentou também que Verônica não poderia vir naquele sábado, pois avisara, na sexta, que se encontrava indisposta, meio adoentada. Não soube informar, todavia, maiores detalhes do mal que a acometera. Jean-Jacques perguntou-lhe quem dera o recado, e Antoine respondeu-lhe que fora Pinheiro, o cocheiro de Mendonça; viera à tarde. Ele, então, foi tomado por inquietas inquirições. Dirigiu-se até o carro, retirou o cavalete e o armou no meio da rua, defronte do *Mère Louise*, e começou a pintá-lo rapidamente, tão depressa quanto seus pensamentos. Solicitou que Euzébio subisse na boleia e pusesse sua cartola, e o retratou com seu bigodinho insinuante, emoldurando-lhe o sorrisinho mordaz que logo se diluía numa tremenda ternura. E retornaram ao Hamburgo, onde repetiu as ações ao ar livre. Adentrou-o, carregando o seu cavalete, e o encontrou imerso naquela calma antecessora do movimento iminente. Seus três garçons efetuavam os últimos preparativos, ajeitavam sobre as mesas os últimos talheres, as derradeiras louças e copos; dali a pouco, postariam-se solícitos, aguardando os clientes habituais. *Herr* Kaufmann agitava-se no preparo de iguarias. Quando Jean-Jacques passou em frente à porta da cozinha, situada atrás do balcão, e o viu de costas rodeado por longas antenas, captou, como seus amigos impressionistas, aquela sensação imediata, e pôs-se a pintá-la, paralisando sobre a tela aquelas costas enormes em que apareciam lateralmente canteiros de verdes, vermelhos e brancos. Tudo isso emoldurado pelo portal, em cujas laterais surgiam fragmentos de rótulos coloridos que se multiplicavam nas prateleiras espelhadas. Quando o senhor Kaufmann virou-se, e o viu pintando, Jean-Jacques pediu-lhe que continuasse o que já havia terminado. O objetivo principal naquele dia seria, porém, retratá-lo com seu violino.

À tardezinha, após haver ingerido várias cervejas em companhia de Euzébio, assistiu ao ritual vespertino: ele enxugou as mãos no avental e encaminhou-se sorridente ao seu instrumento, irradiando um momento interior. Concentrou-se um segundo e, serenamente, começou a tangê-lo, mergulhado em outra realidade intangível. E Jean-Jacques o pintou, com sofreguidão e angústia.

À noite, ao chegar ao Pacheco, percebeu que se excedera nas cervejas, pois, enquanto Zulmira apanhava-lhe a chave do quarto, pendurada nos ganchos numerados, via-os se aproximarem lentamente uns dos outros e se afastarem em sentidos opostos, juntos com a perplexidade de Zulmira.

    Dirigiu-se ao seu quarto e atirou-se na cama, só acordando na manhã de domingo com o sol queimando-lhe a calça, sentindo os pés umedecidos dentro dos sapatos escuros. Sua cabeça latejou fortemente quando se pôs de pé. Banhou-se na velha banheira inglesa e dirigiu-se em seguida, acompanhado por Euzébio, ao *Mère Louise*: ansiava por conversar com *madame*. O sol vacilava entre nuvens, mas o tempo permanecia chuvoso, envolvendo Copacabana num ar melancólico. Em frente ao cabaré, aqueles sulcos no chão transformaram-se numa lama disforme, acrescentando uma camada de barro à sola de seus sapatos e indefinida tristeza. Esfregou os solados nos degraus do pequeno *hall*, aproximou-se da porta e bateu com vigor.

— Bom dia — disse, depois de ser atendido por Antoine.

— Bom dia, *monsieur* — respondeu-lhe o *maître*, olhando para ele com certa curiosidade.

— *Madame* Ledoux? — perguntou, franzindo o cenho e encarando-o atentamente.

Antoine, por um instante, pareceu hesitar, mas logo respondeu:

— Ah, sim... *Madame* ontem chegou tarde, nervosa e aborrecida. Ainda está no seu quarto. Irei chamá-la. Entre... senhor Chermont — convidou-o, solicitamente.

Jean-Jacques adentrou o salão. Enquanto Antoine subia em busca de Louise, perscrutou aquele ambiente sombrio. Tudo se resumia à momentânea sensibilidade: lá estavam as mesmas cadeiras e mesas e o grande balcão, com suas prateleiras abarrotadas de bebidas e ilusões. À frente, o palco vazio, silencioso; ao lado, o piano emudecido e a lembrança da grisalha cabeleira, embalando os sons daquela noite. Em lugar da névoa cinza flutuando no ar, surgiam-lhe desvanecidas réstias da luz matinal, penetrando pelos desvãos das cortinas. Em vez do burburinho, a quietude. Somente um solitário empregado quebrava esporadicamente o silêncio com um arrastar de cadeiras, ou com os choques de sua vassoura contra os pés de madeira. Jean-Jacques viu Louise aparecer no topo da escada, lembrando-se de Verônica. Ela desceu vagarosamente, apoiando-se no corrimão, e caminhou ao seu encontro. Logo que emergiu da penumbra, a alguns passos dele, Jean-Jacques pôde observar-lhe a palidez das faces e o semblante tenso, angustiado.

— Como passaste, *monsieur* Chermont? — saudou-o com a voz sussurrante e um breve sorriso, que mal movimentou seus lábios. Parecia muito cansada.

— Bem... Mas o que houve, Louise? Parece tão abatida... — observou, analisando-a atentamente, segurando-lhe a mão.

— Aborrecimentos, querido. A enxaqueca, de vez em quando, explode em minhas têmporas. Sentemo-nos.

— Sim... — Puxou-lhe gentilmente a cadeira. — E Verônica? Afinal, o que houve? Antoine me disse que estava adoentada.

— Ora, nada de grave, querido... Apenas uma gripezinha febril. Logo estará boa — respondeu, desviando o olhar. Voltou a encará-lo e completou: — É a garganta. Às vezes, tem essas infecções... Mas o doutor Munhoz esteve em sua casa; bastam algumas pinceladas e logo estará restabelecida. — E abriu novamente um sorriso ligeiro, exprimindo uma extrema fadiga.

— Mas por que o cocheiro de Mendonça veio avisar na sexta?

— Pinheiro sempre a conduz... — replicou Louise.

Jean-Jacques sentiu o ciúme aferroar-lhe o peito. Havia ainda o cocheiro a desfrutar da companhia semanal de Verônica. Sim, ele a conduzia de São Cristóvão a Copacabana semanalmente, e jamais pensara sobre isso. Sobre o que conversavam? Seria terna e carinhosa em suas palavras? Certamente, pois aquilo lhe era tão natural.

— Mendonça esteve na embaixada na terça-feira — disse subitamente, avançando seu rosto sobre a mesa em direção a Louise, franzindo a fronte e olhando-a atentamente no rosto. — Está ciente de tudo. Mas renunciou a Verônica. Ele é anormal, Louise! Doente! Sadomasoquista! E, a partir de hoje, não quero que ele a veja... Nunca mais! — pronunciou com raiva, elevando a voz e encerrando excitado, dando um tapa na mesa.

Estava nervoso e cansado dessa situação, desejando encerrá-la definitivamente.

— Oh, me desculpe, querida! — exclamou melindrado, desviando o rosto. — Porém, essa é minha disposição.

— Mas essas coisas são normais... Bem mais comuns do que tu pensas — acrescentou Louise, sorrindo.

Ele apenas olhou para ela, indignado.

— De qualquer modo, é ótimo, querido, pois, assim, ela será só tua! — comentou com indiferença, deixando-o levemente perturbado.

— Mas, então, já sabia?

— Não, não... Não estive ainda com Mendonça. Mas, assim que tudo se resolver de vez, eu... — afirmou Louise, desviando ligeiramente o rosto. Parecia muito angustiada e exibia um semblante sofrido.

Jean-Jacques compadeceu-se e segurou-lhe carinhosamente ambas as mãos, dizendo-lhe:

— Não se preocupe. Ele pouco se importou. Disse que você lhe arranjaria outra. Não precisa, portanto, angustiar-se com isso... Sabia de tudo, não?

Louise apenas o olhou no rosto e aquiesceu lentamente com o queixo.

— Ontem, desejava rever Verônica para conversarmos sobre isso — continuou ele, excitado —, daqui a quinze dias irei a Buenos Aires para uma conferência de Bancos e, na volta, pretendo levá-la para uma temporada em Paris. Quero afastá-la desse ambiente. Mas, afinal, qual é o seu endereço em São Cristóvão?

— Ah! Ela se muda esta semana para a Tijuca, para a Rua Conde do Bonfim; não sei exatamente o local. Sábado tu confirmas com ela... Mas quando viajas para Buenos Aires? — perguntou-lhe, subitamente interessada, encarando-o com renovado vigor e repentino brilho nos olhos, antes mortiços.

Jean-Jacques soltou-lhe as mãos, perquirindo-lhe atentamente o semblante.

— Não sei. Devo antes confirmar a data de chegada do vapor. Somente nesta semana saberei ao certo... — respondeu cauteloso, cravando-lhe mais o olhar. — Todavia, você não me disse o endereço.

— Oh, querido! Sábado, resolvereis tudo... Minha cabeça lateja tanto... — acrescentou, levando ambas as mãos à frente. — Retorna no sábado e conversaremos mais — disse, ostentando um semblante de dor e a tez muito pálida, fazendo menção de levantar-se.

— Perdoe-me, Louise! — E ergueu-se, contornando a mesa para lhe puxar a cadeira.

— Hoje, não estou me sentindo realmente bem. Coisas da velhice. Qualquer aborrecimento me atormenta em demasia...

— Sim, sim, claro, querida! Sábado conversaremos... — exclamou Jean-Jacques, com seu costumeiro modo de repetir as palavras quando desejava encerrar abruptamente um diálogo. — Até logo, Louise. Estimo melhoras. — Beijou-lhe as faces.

— Até sábado, querido. Ótimo que as coisas se tenham resolvido a contento — acrescentou, sorrindo discretamente.

Ele olhou para ela por um instante e caminhou pensativo, rumo à porta. Quando a abriu, volveu o rosto e observou-a de costas, metida em seu *peignoir* azul, subindo vagarosamente a escada. Jean-Jacques cruzou os umbrais, sentindo-se incomodado com o comportamento de Louise, e deparou-se com a garoa fina desnudando-lhe uma realidade intrigante. Retornou ao salão, onde conseguiu emprestada uma capa de lã com o *maître* Antoine.

— Direto para o Botafogo, Euzébio! — solicitou ao amigo, que o aguardava protegido pela pequena cobertura externa da entrada. E quedou-se pensativo no banco do carro, experimentando a inquietação chocar-se com o apaziguamento insistente da chuva miúda. À sua frente, Euzébio sentava-se circunspecto sob a cartola negra de um lorde inglês.

CAPÍTULO 10

A semana seguinte àquela conversa que tivera com Louise transcorria num clima de pensamentos sombrios. Jean-Jacques encontrava-se assolado por dúvidas pessimistas, permanecendo naquele círculo cansativo em que tudo recomeça sem solução. A ausência de Verônica torturava-lhe o espírito. Desejava ir à sua casa, mas desconhecia o endereço. Subitamente, deu-se conta de que ela sempre lhe dissera que morava em São Cristóvão, mas aquele São Cristóvão permanecera vago, distante, perdido entre prazeres e relegado àquela categoria de coisas supérfluas. Encontravam-se, amavam-se com paixão, e tudo o que não penetrasse naquele idílio era abstraído naturalmente. Somente agora os detalhes assumiam sua devida importância. O endereço, por exemplo, obcecava-lhe a ideia e, assim, outros aspectos, até então irrelevantes, adquiriam novas dimensões e geravam inquietas verossimilhanças.

Na quarta-feira, estava na embaixada quando foi chamado à portaria. Desceu e encontrou-se com a figura assustada de Euzébio.

— Mas, como soube? — perguntou Jean-Jacques, após ouvi-lo narrar o acontecido, e ainda chocado com a notícia.

— Um cocheiro chegou de Copacabana e me contou. Muita gente do bairro está lá reunida.

— Oh, meu Deus! Que tragédia... Vamos, Euzébio. Espere um instante, já volto! — E reentrou apressadamente na embaixada, de onde retornou logo depois.

Subiram no carro e se dirigiram a Copacabana.

— Ah! A Revolução Francesa... — comentou Euzébio, quando trafegavam no interior do túnel. — Apesar do seu real significado, que foi a ascensão da burguesia ao poder, revestiu-se de duas outras memórias cujas nobrezas permaneceram na história: os ideais de fraternidade e igualdade. Entretanto, o que restou foram apenas duas palavras vazias, mas a França, a grande França permanece como o berço dessas aspirações grandiosas. Os anseios dos *sans culotte*...

— Sim, é isso, Euzébio. Isso mesmo; restaram apenas duas palavras vazias... — concordou, sentindo a alma dilacerada e infinita tristeza. — As grandes ideias, as grandes aspirações sempre permanecem... mas apenas como utopias — repetiu indiferente, observando o arco de saída do túnel.

Seguiam rapidamente; mais um pouco e estariam lá. Houve um interregno silencioso, e Jean-Jacques permaneceu imerso naquela meditação desolada, naqueles pensamentos inquiridores que tentam em vão compreender o significado da vida, mas que apenas fornecem o desconsolo de sua fragilidade ou de seu profundo mistério. Passaram defronte ao Hamburgo, viraram duas vezes e chegaram.

À porta da pequena pensão, pequenos grupos se aglomeravam. Quando o carro parou, todos lhe dirigiram olhares curiosos. Conversavam em voz baixa, quase murmurando, abalados com o acontecimento. Jean-Jacques desceu e abriu caminho entre eles. No centro da pequena sala, em frente ao balcão onde lia os seus romances, encontrava-se o féretro cercado por pessoas que choravam inconsoláveis; dentro, repousava o corpo de Zulmira. Daquela angulação, viu apenas o véu branco sob as nefastas flores, que sempre enviam para atenuar o absurdo impacto da percepção do efêmero; observou-lhe, também, os dedos entrecruzados, entrelaçados a um terço. E aproximou-se lentamente do ataúde. Reconheceu, então, a mesma máscara mortiça daquele dia, e percebeu que, naquela manhã, Zulmira morrera. Lá estava o mesmo inexpressivo semblante, apenas macerado pela confirmação da morte física. Os terríveis chumaços de algodão, enfiados nas narinas, somente incrementavam a tragicidade daquele rosto, acrescentando-lhe a certeza do fim. Ao lado do caixão, Jean-Jacques observou um homem com o semblante abatido, prematuramente envelhecido pela vida. Seus olhos congestionados mostravam a imensa dor pela perda irreparável do ser amado e denotavam perplexidade perante o acontecido.

Pacheco contemplava o rosto da esposa e, amiúde, continuava chorando, executando um gesto desconsolado com a cabeça:

— Mas eu sempre lhe dei tudo... tudo o que podia! Não consigo entender, meu Deus, não consigo entender por que ela fez isso... — E soluçava inconsolável, enxugando as lágrimas com as costas das mãos e com os dedos.

Jean-Jacques contemplou aquele homem, a quem nunca conhecera em suas estadias na pensão, e sentiu imenso remorso. "Mas não podia sequer imaginar", pensava ele angustiado, sentindo a opressão da pequena saleta abafada. Aproximou-se de Pacheco e colocou-lhe o braço sobre os ombros. Ele, então, dirigiu-lhe o olhar de um autêntico homem sofrido; o olhar típico de um homem desgastado pela intensa labuta e combalido pela tragédia. Contemplou-lhe o rosto mulato, encovado e encarquilhado por sulcos profundos; o corpo miúdo, magro, coberto por uma tez prematuramente envelhecida pelo excessivo trabalho ao sol. Admirou-lhe as mãos grossas, calosas, a afagarem constantemente a fronte de Zulmira, e as veias salientes de seu braço forte. Apertou-o junto a si, sentindo-lhe a rigidez do corpo. E julgou-se um verdadeiro canalha. "Deveria tê-lo conhecido antes... antes!" Emitindo, intimamente, um grito angustiado.

Aproximou-se das duas únicas irmãs e ouviu uma delas dizendo:

— Ela estava muito deprimida quando chegou... Passou um mês conosco em Petrópolis... Ao final, parecia mais alegre... — E tornava a chorar copiosamente.

"Sim, Euzébio tinha razão: eu, com a minha presunção, com a minha pretensa cultura e capacidade de analisar os homens e o mundo, de sentar-me num bar e de me indignar com a estupidez humana, com a irracionalidade das guerras, com isso e com aquilo... E dissera a Zulmira: arranja um outro, tu tens o direito de ser feliz. E, enquanto eu amava Verônica, Pacheco trabalhava duro. Todavia, o que conheço do íntimo de cada homem? Com que autoridade distribuía conselhos e sugestões? Pacheco a amava..." Jean-Jacques refletia esses pensamentos ingênuos, porém revestidos de uma densidade dramática incontestável. "Além disso, não seriam tais julgamentos projeções compensatórias da própria mente?" E percebia o quão pueril e inútil eram agora tais reflexões. O que sentia era apenas aquela realidade abafada que lhe doía no peito. Passou muito tempo de pé, ao lado do ataúde, mergulhado em meditações sombrias, manchadas pelo sofrimento. Eram quase onze horas quando saiu um instante, pondo-se a admirar a placidez da manhã que deslizava serena e misteriosamente, alheia à solidão e às dores do mundo. Ergueu os olhos ao céu em busca de respostas, mas aquele azul quedou-se mudo em seu cérebro como apenas percepção de cor. E ele baixou, então, o olhar rumo ao capinzal, profundamente desolado, permanecendo algum tempo ao sabor da brisa que soprava suave, vinda do mar. Pouco depois, ouviu-se um frêmito e uma maior comoção das pessoas; ele reentrou na saleta: estavam fechando o caixão; ao seu redor, choravam um último adeus. A partir daquele instante, Zulmira seria apenas uma saudosa lembrança evocada por nostálgicos retratos, ou pela memória de cada um deles. Dali a pouco, o féretro saiu rumo ao São João Batista, seguido por meia dúzia de carros, dirigindo-se lentamente à última morada.

À noite, deitado em sua cama, com as mãos cruzadas sob a nuca, fitando vagamente o espaço, Jean-Jacques mergulhou fundo na solidão, geradora dos paradoxos, e exercitava-se na tentativa de conciliar o absurdo com a premência da lógica; a realidade estéril, fria e indiferente, com a angústia da compreensão. E, enquanto ia adormecendo, questionava a possibilidade de se ser feliz em cérebros destinados ao sofrimento. Aquela sua sensibilidade o levava ao céu, mas também era capaz de arremetê-lo ao desespero. Lembrou-se de Verônica e, enquanto a amava em êxtase, o rosto de Zulmira aparecia à sua frente em delírio amoroso. Estavam no interior da pensão que viajava rumo ao infinito como uma nave. Pacheco, com os braços erguidos, alçava os olhos e contemplava impotente o gradativo distanciar da esposa abraçada a ele, Jean-Jacques, que a amava no interior da banheira inglesa entre bolhas e espumas de sabão que caíam flutuando em direção à Terra.

No sábado, Euzébio o apanhou em Botafogo. Enquanto se dirigiam a Copacabana, ele ia-se dando conta de que sua vida nos, últimos meses, resumia-se à espera rotineira pelo fim de semana. Vivia ansiando pelo sábado. Quando ele chegava, descia pela manhã e olhava sôfrego em direção ao ponto, em busca da silhueta de Euzébio. Sua preocupação aumentava até distingui-lo na pequena rodinha de cocheiros, quando então se alegrava e dirigia-se pressuroso ao seu encontro. Naquele dia, porém, a inquietação pairava no ar. Quando já estavam na orla de Copacabana, pediu a Euzébio que acelerasse o trote dos cavalos e, logo, começou a distinguir detalhes do casarão. Chegaram. Euzébio sofreou o carro; Jean-Jacques saltou apressado, subiu os degraus e bateu vigorosamente três vezes. Fez-se um breve silêncio, até ouvir-se o ranger metálico da chave. Antoine surgiu à porta e encarou, ostentando um sorriso melífluo, o semblante angustiado de Jean-Jacques. Por uma fração de segundos, permaneceram estáticos, imersos numa estranha mudez, contudo, imediatamente dissipada. Antoine abriu-lhe a porta e o sorriso, convidando-o a entrar com um gesto cordial. Assim que penetrou no salão, Jean-Jacques viu surgir na escada a figura radiosa de Verônica. Ela descia sorrindo, maravilhosa, carregando no semblante a inquietação da espera. Ele precipitou-se em direção ao pé da escada, subiu alguns degraus e abraçou-a fortemente. Olharam-se por um instante e juntaram seus lábios num beijo apaixonado.

— Ah, querida! — sussurrou, enchendo-lhe as faces de beijos carinhosos.

E tornou a abraçá-la, com premência de eludir seu próprio receio, como se o vigor daquele amplexo lhe garantisse a eterna presença da amante. Saíram abraçados e subiram no carro.

— Direto para o Botafogo, Euzébio! — ordenou Jean-Jacques.

Verônica aconchegou-se em seu ombro e ouviu seu amante narrar-lhe os acontecimentos daquelas últimas semanas. Ela havia lido nos jornais sobre a morte de Zulmira e sentiu-se estarrecida com a notícia, porém, não com a sensibilidade que ferira tão profundamente o seu amante. Aquilo fora apenas um abalo momentâneo que lhe perturbara sem, entretanto, penetrar nos recônditos de sua alma. Referiu-se rapidamente ao fato e, logo depois, comentou sobre o frescor da manhã, erguendo os olhos semicerrados em direção ao céu, enquanto Jean-Jacques, absorto, mergulhava em silêncio, observando a placidez das areias. Verônica não captara a intensidade do acontecido no espírito de seu amante.

— Você não imagina, querido, a minha felicidade em ver-me livre de Mendonça. E foi tudo tão fácil... — comentou, interrompendo o mutismo.

— Não o viu depois daquilo?

— Não, ele apenas enviou Pinheiro lá em casa, na sexta-feira, mas eu estava tão gripada que nem pude recebê-lo.

— Se soubesse o quanto me senti angustiado por não ter notícias suas! Quero agora o seu endereço, meu anjo; não temos mais motivos para tantos mistérios. Louise me disse que você mudou-se recentemente para a Tijuca...

— Sim, fomos para a Conde de Bonfim — confirmou, erguendo ligeiramente a cabeça e sorrindo. — Uma casa grande e agradável, com muito conforto — acrescentou, recostando-se novamente, imersa num silêncio desconcertante.

— Quando soube, então, do episódio de Mendonça?

— Ontem à tarde, quando cheguei ao *Mère Louise*; *madame* apressou-se a me relatar os acontecimentos.

— E veio com o Pinheiro...

— Sim, pois eu de nada sabia.

— Mas por que Mendonça o enviou? — perguntou pensativo.

— Talvez Pinheiro nem soubesse... Está tão acostumado a ir me apanhar aos sábados...

— Já estava no novo endereço?

— Ora, querido! — respondeu Verônica, retesando o tórax. — Por que tantas perguntas? Eu o amo e isso nos basta! Estamos livres dessa incômoda preocupação. — E enlaçou o pescoço de Jean-Jacques com os dois braços, demonstrando muita alegria. Aproximou seu rosto para, em seguida, apertá-lo contra si, deslizando a mão sobre os cabelos do amante, enquanto a outra permanecia ao redor do seu pescoço.

— Oh, meu amor! Quero você somente para mim. Não veja mais este senhor, esqueça o passado e vivamos uma nova vida... Escute! — exclamou, virando-lhe o rosto. — Viajo para Buenos Aires na quinta-feira para uma reunião de banqueiros e, na volta, levo você para Paris. Solicitei minha exoneração do serviço diplomático a partir do próximo ano. Poderemos permanecer lá durante as férias; e depois, bem... Depois, se você quiser, arranjaremos um negócio aqui no Brasil. Talvez com o Euzébio... Quem sabe?

— Mas, Jean... Está maluco!? Abandonou mesmo a carreira diplomática?

— Sim! — respondeu, gargalhando, tornando a encostar-se no pequeno espaldar. — Nada de permanecer sugando vossas riquezas... E você viaja comigo! Mostrar-lhe-ei toda Paris. A França. — E apertou-a junto a si. — Quero afastá-la durante algum tempo do Rio de Janeiro... Até superarmos tudo isso.

— Claro querido! Será ótimo... Permanece quanto tempo na Argentina?

— Cerca de quinze dias, aproximadamente.

— Isso tudo, amor? — perguntou, sorrindo. — Dia 18 já é quinta-feira. — E quedou-se pensativa.

Jean-Jacques afagou-lhe os cabelos e olhou em direção ao local do Hamburgo. Aquela região suscitava-lhe agora uma estranha melancolia; seguiram em frente até dobrarem à esquerda, rumo a Botafogo.

— Se quiser, moraremos algum tempo na França.

— A França... — repetiu Verônica, parecendo refletir sobre outra coisa distante, e acariciou a face de Jean-Jacques.

Chegaram ao apartamento e se exauriram durante a tarde. Assumiram depois, confortavelmente deitados, a clássica atitude em que os amantes reduzem os longos anos de uma vida idealizada a dois à fugaz reflexão de alguns minutos, quando então o futuro se dissolve em imaginações. Criam, pois, uma atemporalidade, na qual o planejado se encaixa perfeitamente numa conversa agradável, e tudo aquilo que eventualmente possa comprometer tal idílio é relegado.

Verônica, neste dia, entrou em contato pela primeira vez com a intimidade de Jean-Jacques, penetrando naquelas pequenas coisas e nos hábitos que constituem, em suas aparentes insignificâncias, o reflexo da personalidade de alguém ou, talvez, a essência de uma vida. Imiscuiu-se em suas camisas, calças, ternos e gravatas, experimentando fragrâncias do cotidiano. Examinou curiosamente os seus livros, papéis, a cama larga, estendida com lençóis de linho, e outros objetos pessoais. A um canto, reparou, encostada na parede, uma sucessão de telas pintadas, misturadas a outras nuas; sobre o assoalho, dentro de largos recipientes cilíndricos de papelão, havia dezenas de pincéis e tubos de tintas. Isso representava a materialização de seu lado romântico, e Verônica examinou longamente cada uma daquelas pinturas. Nelas estavam exaltadas as maravilhas do Rio de Janeiro; não a beleza convencional, mas aquela que se insinua e forma uma espécie de halo invisível, que permeia o espírito dessa cidade. Nelas estavam fixadas a irreverente alegria e o compromisso incondicional com a vida, que se manifestavam nos sorrisos e gingados sensuais de suas belas mulheres, na exuberância das cores e intensidade das luzes. Ali, se revelavam a extroversão espontânea e descompromissada de seus habitantes, tão diferente da sisudez europeia. Jean-Jacques admirava tal espírito, pois sentia a puerilidade de se enquadrar a vida em certos padrões, apegando-se inutilmente a dogmas, conceitos e regras cujas ortodoxias deplorava.

À noite, pouco antes de saírem rumo ao centro, onde jantariam num restaurante francês, à Rua Uruguaiana, Jean-Jacques abriu uma gaveta e apanhou dois bilhetes que se encontravam entre as folhas de um livro.

— Aqui estão, querida! — disse, olhando-a com um sorriso maroto.

— O quê? — disse ela, fitando-os, com um ar de surpresa estampada no rosto.— Nossas passagens para a França. Iremos no mesmo navio em que voltarei de Buenos Aires. Ele atraca no Rio em 14 de novembro e, no dia 16, zarpa para Marselha. É o *Zeus*, de bandeira grega. — Manteve a mão erguida e os dois bilhetes presos entre o indicador e o polegar. Olhava para ela, mantendo o sorriso e lhe perscrutando o semblante. — O que foi, querida?

— Oh, Jean... Será maravilhoso — respondeu, se aproximando e pousando-lhe os braços sobre os ombros, colando delicadamente seu rosto.

Jean-Jacques colocou os dois bilhetes sobre a mesinha e abraçou-a. Permaneceram assim, dizendo-se palavras amorosas, mas logo saíram em busca de Euzébio, que os aguardava em frente ao sobrado. Eram aproximadamente dezenove horas quando partiram rumo ao centro da cidade. Chegaram à Rua Uruguaiana e saltaram em frente ao restaurante. Depois do jantar, permaneceram bebericando champanhe, envolvidos naquela atmosfera amorosa em que os pensamentos convergem para um clímax de mútua felicidade, tornando tais momentos inesquecíveis. Retornaram em seguida a Botafogo e lá passaram a noite. Domingo, passearam pelas matas e encostas da Tijuca, locais aprazíveis afastados da agitação da cidade e dos quais Jean-Jacques gostava muito. Subiam por pitorescas estradas nas encostas dos morros, parando em lugares de onde pudessem avistar o mar e a cidade. Almoçaram sob a copa das árvores e retornaram à tardinha, entrando na Rua Conde de Bonfim quase durante o crepúsculo.

— É ali, querido! — disse Verônica, apontando para um enorme casarão em estilo vitoriano.

Jean-Jacques admirou-lhe a elegante imponência. Uma grade de ferro cercava frontalmente o belo jardim, sombreado por duas grandes árvores cujas folhas secas, caídas na grama, conferiam um quê de aristocrático àquela mansão. Ficou deveras surpreendido com a sofisticação da residência, e percorria longamente cada detalhe de sua fachada enquanto Euzébio estacionava o carro em frente ao portão. Sorrindo, Verônica lhe observava o semblante, enquanto ele continuava o minucioso exame.

— Mas é linda! — exclamou finalmente, admirado. — Não sabia que morava tão bem...

— Só agora, querido, pois antes habitávamos uma residência muito simples — comentou, abrindo mais o sorriso. — Ainda não chegaram todos os móveis, mas nesta semana virão, e então você poderá conhecê-la. Quero causar-lhe uma surpresa maior; aguarde para quando retornar da Argentina... — acrescentou, beijando-lhe o rosto à guisa de despedida.

— Espere! — exclamou Jean-Jacques, com o rosto ainda apontado para o jardim. Parecia refletir rapidamente. E dirigiu a ela seu olhar, perquirindo-lhe o semblante. Suas pupilas percorriam cada centímetro de seu rosto, e expressavam toda a curiosidade que se instalara em sua mente. — Posso revê-la, antes de embarcar?

— Sim, claro, querido, por que não? Eu também quero vê-lo antes de ir. Na terça, Euzébio me pega aqui; às dezoito horas está bom para você? Já chegou da embaixada nesse horário?

— Sim, mas se quiser eu posso vir...

— Deixe mamãe mobiliá-la primeiro! Quando regressar da Argentina, ela estará arrumada, então poderá conhecê-la — replicou Verônica, interrompendo-o e envolvendo suas faces com a palma das mãos. Passou-as rapidamente pelos cabelos do amante e saltou do carro, antes mesmo que Jean-Jacques tivesse tempo de ajudá-la a descer.

Ela caminhou até o portão, abriu-o, virou-se e mandou-lhe um beijo com um gesto de mão. Dirigiu-se em seguida por uma pequena vereda de pedras até a entrada da casa, imersa em sombras.

Jean-Jacques ainda examinou uma última vez aquele enorme casarão, antes de solicitar a Euzébio que colocasse o carro em movimento. Quando iniciaram o percurso de volta, ele quedou-se pensativo. Da Tijuca a Botafogo, Euzébio não ouviu seu amigo pronunciar uma única palavra. Quando chegaram, o sol já não mais iluminava a enseada, apenas a silhueta escura do Pão de Açúcar sobrepujava, com sua imponência, contornos difusos.

CAPÍTULO 11

Em Buenos Aires, Jean-Jacques participava de uma dessas reuniões habituais de banqueiros, grandes empresários e representantes de governos cujo resultado seria a costumeira espoliação da América Latina. Ele constatava que os plenipotenciários dos governos latino-americanos agiam de modo submisso, pois suas ações geralmente convergiam para os interesses dominantes. O modo como agiam era conhecido: emprestavam dinheiro, sabendo de antemão que não conseguiriam saudá-lo; mas que pagassem enquanto pudessem. Quando se tornasse inviável, renegociar-se-ia a papelada que seria então revalidada em novos títulos a prazos mais dilatados e mediante novas concessões: taxas de alfândegas, serviços públicos, vendas de empresas, mudanças nas leis, deposições de governos... E emprestariam dinheiro novo para liquidarem tais títulos, assegurando-lhes mais juros e aliviando temporariamente as economias. As obras financiadas deveriam ser aquelas que lhes garantissem futuros negócios, criando-se novos vínculos, e nada que viesse a contrariar seus interesses seria estimulado. Assim, se financiassem estradas, seriam para que fossem trafegadas por locomotivas fabricadas pelos seus grandes clientes, ou para transportarem os produtos primários, exportados e destinados à manufatura pelas suas indústrias. Investimentos básicos não seriam prioritários, devendo-se manter uma população acrítica destinada ao consumo induzido. A implantação de tecnologia nacional, geradora de autonomia, não era sequer cogitada.

Com a finalidade de resolverem tais assuntos, reuniam-se, portanto, aqueles homens elegantes, solenes, com seus graves semblantes e severas malícias, corroborando a autoconfiança adquirida no trato com o poder. Exibiam o discreto charme e ostentavam a vaidade de haverem galgado o topo das ambições mundanas, desfilando com supremacia sobre os homens e sobre o mundo como se tivessem o poder de movê-lo. Tinham convicção de que em suas em mãos estava a gerência dos povos; ostentavam a certeza de que em seus juízos estavam as verdades e de que seriam elas as únicas adequadas às soluções dos problemas, naturalmente, favoráveis a eles. Em seus egos pulsavam as sensações de superioridade e da prerrogativa do mando e, com esse desígnio agiam com rapidez e precisão. Tais senhores eram comumente pessoas mais velhas, inflexíveis e avessas a tudo que perturbasse seus interesses exclusivos: os bons negócios e a obtenção de grandes lucros; professavam o seu mandamento e detinham o poder de exercê-lo. Portanto, não haveria sentimentalismos nem concessões: reuniam-se para ganhar e assegurar que nenhuma ingerência prejudicasse tal intuito. "Como as resoluções dessa pequena comunidade", refletia Jean-Jacques, "estavam distantes das necessidades e das vontades de milhões de pessoas". Ele pensava nas imensas populações marginalizadas, mantidas no atraso e tão distantes de adquirirem o senso crítico capaz de libertá-las.

Essa reunião encerrava-se e seria a última dos encontros previstos. Dali a pouco, os signatários a finalizariam, rabiscando seus nomes na papelada. Talvez estivessem, com esse gesto tão simples, alterando o destino de países da América do Sul e mudando a vida de muita gente. Mais tarde, haveria o indefectível jantar, quando confraternizariam sorridentes, os que mandavam e os que obedeciam, comendo da mesma comida, comungando o mesmo pensamento e mirando avidamente o futuro.

No encerramento da sessão, enquanto se levantava e empurrava sua cadeira sob a mesa, Jean-Jacques ainda observou aqueles homens-raposas, questionando se tal realidade seria imutável. Suas aspirações, porém, não eram as convencionais. Seu desejo seria a instauração de uma nova ordem, ainda indefinida, em que o dinheiro fosse destituído de seu simbolismo psicológico de poder, ou atenuado seu predomínio. Ele almejava, sim, uma efetiva revolução mental. Algo que pudesse transformar as emoções estéticas, os sentimentos e as aspirações mais nobres em valores primordiais da sociedade humana. O homem, imaginava, deveria evoluir exercitando sua sensibilidade. Deveria romper seu casulo e abrir asas em busca de uma nova vida. Era inconcebível que permanecesse atrelado à mistificação maniqueísta, o bem e o mal, persistindo submisso a essa dualidade empobrecedora. Ele aspirava a um único bem desagregado do mal arcaico e da necessidade de algum oposto que o justificasse, e que rompesse essa dialética escravizadora. Imaginava algo fundado naquilo que sentia quando admirava as areias de Copacabana ou quando se emocionava com os acordes do violino de *herr* Kaufmann, ou, em êxtase, entre as coxas de Verônica. Um bem que transcendesse a mediocridade moral e alterasse o significado dessa palavra, instaurando um novo porvir, uma nova consciência humana.

Quando aqueles poderosos homens partiam, embrenhando-se na noite escura de Buenos Aires, caía uma chuvinha miúda e fria, e Jean-Jacques ainda observou, pela última vez, aqueles circunspectos senhores cobrirem-se com cartolas escuras e saírem em direção aos carros, estacionados em frente. Gradualmente, os mandatários do mundo dispersavam-se, passando a vigiar os compromissos assumidos e recolhendo-se ao imaginário popular. No dia seguinte, pela manhã, ele embarcaria no vapor *Zeus*, de volta ao Rio de Janeiro.

CAPÍTULO 12

Em 14 de novembro de 1901, ao entardecer, Jean-Jacques reencontrava seu amigo Euzébio, que o esperava em frente ao cais, ao lado da Praça Mauá. Sentia imensa saudade de Verônica, e ficou decepcionado por não vê-la junto ao amigo, pois havia telegrafado no dia anterior à partida, confirmando a chegada nessa data. Entretanto, estava também preocupado, pois deveria tomar as últimas providências para o retorno à França. Não haveria muito tempo. Naquela noite, permaneceu até tarde em casa arrumando suas coisas, embalando suas telas e bugigangas, examinando papéis, dos quais selecionava alguns, queimando outros. Por fim, ainda terminou de redigir um longo e minucioso relatório, recheado com cifras financeiras e dados econômicos relativo ao encontro do qual paticipara, indo dormir na madrugada.

Na manhã seguinte, dirigiu-se à embaixada para os acertos finais e despedidas. Ele havia combinado com Euzébio que viesse apanhá-lo, ao meio-dia, acompanhado por Verônica. Portanto, enquanto estivesse na embaixada, seu amigo deveria ir à Tijuca para trazê-la. Após reunir-se demoradamente com o embaixador, *monsieur* de La Roche, que praticamente ocupou-lhe toda a manhã, repetiu o ritual da noite anterior, rasgando papéis e documentos, guardados em seu gabinete. Apanhou alguns objetos pessoais e os colocou numa pequena maleta que levara consigo, despedindo-se em seguida dos amigos num clima de confraternização. Consultou seu relógio, a fim de descer e esperar por Verônica. Estava saudoso e muitíssimo apaixonado. Em poucos minutos, viu Zulu e Negrinho dobrarem a esquina e dirigirem-se rente ao meio-fio, onde os aguardava. Jean-Jacques acompanhou a chegada com o olhar fixo na figura amada de Verônica.

Ela usava um elegante chapéu de palha com uma fita amarela que combinava com detalhes do seu vestido. Ao vê-lo de pé, esperando-a, Verônica abriu-lhe o sorriso e ele sentiu-se como um náufrago flutuando, agarrado a uma tábua de segurança. Tão logo Euzébio sofreou os cavalos, Jean-Jacques subiu apressado e abraçou-a efusivamente, cobrindo seu rosto com calorosos beijos. Em seguida, envolveu suas faces com as mãos e beijou-as, inebriado pela paixão.

— Querida, quantas saudades... — sussurrou-lhe, dizendo-lhe palavras carinhosas e ardentes.

— Eu também, amor...

— Ah, meu bem! — disse, tornando a abraçá-la com ansiosa emoção.

Aquela manifestação efusiva chamava a atenção de transeuntes. Alguns funcionários, debruçados na sacada da embaixada, puseram-se também a observá-los, não só com os olhos, mas com a intensidade dos pensamentos. Pediu a Euzébio que os conduzisse ao restaurante *Le Louis XIV*. Aquela ausência de quase um mês tivera o poder de incrementar ainda mais em si a presença de Verônica. Várias vezes, a imaginara em seus braços, e ali se encontrava novamente ao seu lado, linda e desejável. Enquanto o carro sacudia molemente rumo à cidade, ele saciava seu amor e toda a imaginação acumulada. Ela permanecia recostada em seu ombro, como sempre o fazia quando eram transportados por Euzébio, e ele a apertava contra si, aspirando sua fragrância, tantas vezes concebida na solidão de Buenos Aires. Sentia-se excitado e feliz com a sensação de que, finalmente, Verônica seria sua. Poderia viver o futuro ao seu lado e esquecer o passado de angustiosas incertezas. Apenas uma dúvida lhe atormentava a ideia e empanava aquele seu estado de espírito: gostaria de perguntar a respeito de Mendonça, mas sentia um misterioso receio em tocar nesse assunto. Entretanto, essa curiosidade persistia renitente, reprimida pela insegurança. Seguiram, durante algum tempo, trocando carícias. Frequentemente, Verônica caía num estranho mutismo, apreciando os casarões do Flamengo com um olhar absorto, distante.

— Arrumou tudo, amor? Parece tão preocupada... — disse Jean-Jacques, afastando-se um pouco e fitando-a com ternura. — Não se preocupe; seremos felizes e voltaremos quando quiser. Estou certo de que amará a França.

Ela sorriu-lhe e tornou a recostar a cabeça em seu ombro.

— Sim, querido... Seremos felizes.

Ele sentiu ímpetos de abraçá-la, e acariciou discretamente seu peito, procurando sentir-lhe o mamilo endurecido sob o vestido. Verônica encolheu-se e ergueu a cabeça, gargalhando baixinho, emanando atraente malícia.

— Espere, querido, quando voltarmos a Botafogo... — completou, olhando-o com aquele semblante que o encantara no *Mère Louise*.

Sentiu-se feliz em vê-la agora tão bela e descontraída, bem como o seu sexo enrijecer, pressionando-lhe a região pubiana. Quando estavam quase chegando ao centro, ela subitamente afastou-se do seu ombro e retesou o tórax, lembrando-se de algo, e olhou ternamente para Jean-Jacques:

— Querido, tenho uma surpresa para você. Espero que goste...

— O que é, meu amor? — perguntou-lhe, olhando-a repentinamente com insólito interesse.

Verônica abriu mais o sorriso, como que querendo aguçar a curiosidade do amante.

— O que é, meu bem? Diga logo! — solicitou novamente.

— Acho... Creio que me engravidou. Estou esperando um filho seu... — anunciou a novidade, encostando o rosto no dele.

— Oh, verdade, meu anjo!? — exclamou exultante, afastando-se surpreendido, encarando-a por alguns segundos antes de abraçá-la e acariciar o seu rosto. — Tem certeza? — perguntou, tentando absorver a inesperada notícia; jamais cogitara sobre isso.

— Quase certeza, Jean. As regras estão atrasadas e sinto-me diferente... Mamãe me explicou tudo.

— Ah, Verônica... Ei, Euzébio! — gritou Jean-Jacques, numa explosão de alegria. — Vou ser papai!

Seu amigo voltou-lhes o rosto estampado com aquela expressão costumeira, acrescida apenas da surpresa; aparentava estar pensando em coisa muito diferente ao ser interrompido pelo grito; e tornou a volvê-lo para a frente, sem tecer nenhum comentário.

— Pois será uma linda menina, como você... E se chamará Henriette... Henriette Maria Gomes Vernier! Não é lindo? — Após pensar um instante.

— Henriette! Sim... Mas, por que Henriette? — indagou Verônica, torcendo novamente o tórax e voltando a encará-lo com um sorriso.

— É o nome de minha querida avó, que tanto me amava e a quem eu também adorava; mãe de meu pai. Uma pessoa de quem nunca me esqueci. Maria é uma homenagem a você... Verônica Maria Gomes Tufic — disse Jean-Jacques, puxando-a novamente para junto a seu ombro. — Fico feliz com a notícia, querida — comentou, após uma pausa em que parecia haver absorvido completamente a sensação de ser pai, sentindo, mais do que nunca, a amante próxima de si.

Aquilo ampliou-lhe a felicidade. Mergulhados naqueles eflúvios, logo adentraram a Rua Uruguaiana, parando em frente ao *Le Louis XIV,* com o sol a pino.

Após o almoço, Jean-Jacques solicitou champagne para homenagearem o futuro bebê, e permaneceram imersos numa prazerosa languidez em que seus olhares percorriam mutuamente os semblantes, ávidos de se decifrarem. Compraziam-se em dizer coisas superficiais e a rir sob qualquer pretexto. Porém, sob essa aparente superficialidade, foi imiscuindo-se outro diálogo totalmente avesso àquele que suas bocas pronunciavam, como se a superficialidade daquele fosse necessário à introspecção desse outro. Jean-Jacques perquiria Verônica, mas ela exercia a sedução com respostas evasivas, cujas sutilezas tinham o poder de incrementar ainda mais sua paixão. Seu semblante, sua maneira de falar e de responder-lhe extravasavam ambiguidades e certa derrisão que resvalavam no escárnio. Jean-Jaques sentia o ciúme roer-lhe a alma. Aquele champagne que bebiam propiciava um clima excitante que, aos poucos, foi induzindo em Verônica um inusitado prazer em observar seu amante tentando decifrar, ansiosamente, o que se passava em seu coração. O duelo que travavam foi paulatinamente crescendo em intensidade, deixando-a excitada e aumentando a angústia de Jean-Jaques. Ela, que há pouco parecera-lhe tão meiga e carinhosa, e próxima a si ao anunciar-lhe o filho, parecia agora distanciar-se dele, ostentando uma conduta enigmática. E lembrou-se de uma noite no *Mère Louise* em que ela tivera o mesmo comportamento, e de algumas outras vezes.

Entretanto, subitamente, aquele diálogo emergiu, sufocando a puerilidade do que diziam:

— Viu Mendonça durante este tempo em que estive fora, Verônica? — perguntou Jean-Jacques, liberando a dúvida atroz que o atormentava; aquela que se liberta do cativeiro.

— Ah, querido! Mas que bobagem pensar sobre isso num momento tão agradável — respondeu, gargalhando, parecendo divertir-se com a pergunta angustiosa do seu amante. — Pois eu te amo, seu bobinho, não acredita?! — E franziu o cenho e o nariz ao dizê-lo, de um modo tão lindo e sedutor, que Jean-Jacques parou um instante a admirá-la absorto, enquanto ela permanecia dois segundinhos com essa maravilhosa expressão no rosto. Jamais a vira em seu semblante.

— Mas você não me respondeu... — retorquiu ele.

— Pois vou lhe responder, meu bobinho ciumento. E garanto que vai adorar a resposta — afirmou sorrindo com intensa sensualidade, modulando a inflexão de voz num tom irresistivelmente sedutor.

Verônica observou as longas toalhas brancas que cobriam as mesas, até quase tocarem o chão, e retirou o sapato, levando o pé a procurar a perna de Jean-Jacques sob a mesa. Roçou-a com a ponta dos dedos e o deslizou sobre a calça do amante, lentamente, até lhe alcançar o joelho, e trouxe-o de volta, continuando a fazê-lo num vaivém fascinante, fitando-o com uma incrível sedução.

— Você pensou que eu iria revê-lo? — perguntou com a mesma voz insinuante, deliciando-se com a reação do amante que sentiu, bruscamente, uma onda energética crispar-lhe o corpo.

— Ah, querida... — sussurrou com um leve estremecimento.

— Você gosta? — Continuou a acariciá-lo, mirando-o fixamente nos olhos, sustentando aquela mesma expressão concupiscente. — Pois não disse que iria gostar? Não é bom?

— Tu és doida, querida. Gosto... gosto muito — respondeu, tentando aparentar um ar de normalidade, sem todavia consegui-lo.

— Deixe-me ver como ele está... — murmurou Verônica, deixando de sorrir um instante, entreabrindo ligeiramente os lábios de maneira sensual para melhor sentir seu prazer.

E, chegando à altura do joelho, continuou a deslizar seu pé pela parte interna da coxa do amante, até atingir-lhe o sexo com a perna esticada. Ela, então, procurou-lhe a glande, massageando-a suavemente com o dedão. Jean-Jacques fechou os olhos um segundo e abaixou o braço sob a toalha, segurando-lhe o pé e o pressionando totalmente contra a extensão de seu membro.

— Ótimo, amor. Assim... assim... — sussurrou ela, mexendo os dedos, tentando, com eles, envolvê-lo, o que só poderia ser feito com a mão.

— Espere, querida! Espere! — suplicou, mal conseguindo murmurar as palavras. E afastou seu pé delicadamente. — Tu estás maluca, assim começam a reparar...

Ela o recolheu e calçou-se novamente, mantendo o semblante fascinante.

Jean-Jacques chamou o garçom e solicitou a conta. Sentia-se intensamente perturbado com o comportamento da amante. Sem nenhuma razão aparente, ela perdera aquele ar maternal, terno e carinhoso com que a encontrara pela manhã, e os substituíra pela volúpia. Nesses momentos, ela se tornava irresistivelmente bela e sedutora, e Jean-Jacques sentia a insegurança pulverizá-lo, pois Verônica adquiria um incrível poder subjugador. Entretanto, o que mais o afligia era perceber-lhe o prazer em exercer esse domínio, essa superioridade arrasadora. Ela tinha plena consciência disso, e comprazia-se em vê-lo enredar-se cada vez mais naquela trama, em se debater inutilmente contra o seu poder sedutor. Dir-se-ia que Verônica assemelhava-se a um destes exímios esgrimistas que, sorrindo e cônscios de sua superioridade, desarmam brincando o seu oponente, dando-lhe lições e arremessando, a cada golpe, seu florete ao chão.

Jean-Jacques observou o garçom aproximar-se com a conta. Tinha a sensação de que o calor aumentara excessivamente, abrasando-lhe o corpo. Retirou o lenço do bolso e o correu sobre a testa, lembrando-se vagamente do gesto de Mendonça. Quando se levantaram, houve a unanimidade de olhares dirigidos a ela. Saíram e subiram no carro, mas logo desceram, pois Jean-Jacques lembrou-se do Hotel das Américas, a dois quarteirões do restaurante. Pediu a Euzébio que os esperasse no Hotel, pois prefeririam caminhar até lá; ali mesmo saciariam a sua paixão; Botafogo tornara-se demasiadamente longe para eles.

Adentraram o *hall* e preencheram os formulários de identificação sob o olhar curioso de um velho português bigodudo. Ele exibia um ar grave e um proeminente nariz rubicundo; apresentava a calva marcada por manchas escuras, consequência do sol carioca. Subiram a escada e chegaram ao apartamento, acompanhados por um simpático rapazinho muito elegante, metido num *libré* azul com dragonas e botões dourados, onde se destacava, bordado no peito, o monograma do Hotel das Américas. Abriu-lhes a porta e dirigiu-se até o janelão, repetindo o gesto, e retirou-se em seguida, um pouco embasbacado. Jean-Jacques trancou a porta e virou-se para a amante; aproximou-se dela e abraçou-a, dizendo-lhe lascívias.

— Espere... espere, querido, vamos prolongar nosso prazer! — exclamou Verônica, tão excitada quanto ele, mas continuando a manter aquele ar longínquo e misterioso, que tanto o atormentava. E afastou-se um passo, olhando-o de modo insinuante, mantendo o rosto levemente inclinado para baixo.

Jean-Jacques lembrou-se da ocasião em que se amaram pela primeira vez, no Pacheco, e de como ela fora carinhosa e meiga. Agora, ela o torturava com aquele seu jeito soberano e distante. Aproximou-se dele, envolveu-lhe o rosto com as mãos, e beijou-o, afastando-se novamente. Em seguida, subiu na cama, como ele gostara de vê-la fazer um dia. Jean-Jacques permanecia abismado, com o coração prestes a explodir em seu peito. Como sonhara e anelara esse instante na solidão de Buenos Aires.

— Ah, querida... Depressa! — murmurou, retirando a camisa e começando a desafivelar o cinto, com os olhos esbugalhados.

Verônica sorriu, quase gargalhou ao ver os efeitos que sua sensualidade causava no amante. Ela ergueu os braços rebolando e fazendo trejeitos com as mãos enfiadas entre os cabelos; abaixou-as em seguida para erguer a barra do vestido, lentamente, até a altura da cintura, enquanto começava a descalçar os sapatos, empurrando, cada um deles, com o pé oposto. Jean-Jacques gemeu ao fitar as coxas da amante. "Que coisa linda!", pensou num relâmpago. Admirava aquela delicada tez, cobiçava aquela abundância como um homem sedento à miragem num deserto, e sussurrava ofegante, fora de si. Verônica recomeçou a requebrar vagarosamente, gingando a cintura enquanto puxava o vestido até o pescoço; e jogou-o ao chão, principiando a desabotoar o pequeno espartilho. Jean-Jacques adiantou-se compulsivamente um passo em direção à cama quando ela deixou saltar seus seios magníficos. Novamente, embriagou-se com aqueles mamilos arrebatados na medida exata da perfeição. Ele também despiu-se, e a visão de seu sexo apontado para o alto fez a amante emitir um gemido. Ela olhou para ele e começou, mais intensamente, a acariciar-se com a palma das mãos, os dedos ligeiramente curvos e tensionados, emanando incrível luxúria. Acariciava-se nos seios, descendo uma das mãos até a púbis e retornando-a pelas laterais da cintura, num vaivém que percorria incessantemente as estradas de seu corpo. Num instante, ela despiu-se e Jean-Jacques, em êxtase, admirou-lhe os pêlos enrodilhados. Durante um segundo, desfrutou daquela maravilha, antes de perder a razão e flutuar no paraíso.

— Venha, venha. Amor... — sussurrou ele desatinado, subindo na cama e abraçando-a em delírio, com inefável libidinagem.

E começaram a pronunciar frases em desvario, cujos sentidos exprimiam apenas o que se passava na ebulição de seus corpos ardentes, convulsionados pelo desejo; repetiam palavras luxuriosas, que lhes excitavam e incrementavam-lhe o gozo. Verônica, como apreciava fazer, cingiu-lhe os braços sobre a nuca e trançou-lhe as pernas atrás da cintura, gemendo desvairadamente ao sentir o membro duro entre suas coxas. Naquela tarde, ambos estavam enlouquecidos pela separação e pelo champanhe que beberam havia pouco, e começaram a gemer mais alto, indiferentes aos sons eróticos que ecoavam pelos corredores do hotel, vazios àquela hora da tarde. Após alguns minutos, Verônica sentou-se sobre o amante, e Jean-Jaques se extasiava sob aquela maravilhosa mulher se contorcendo sobre seu sexo, enterrado no hiante abismo. Corria os olhos sôfregos sobre as coxas, que lhe cobriam lateralmente o peito e quase lhe tocavam as axilas. Amaram-se loucamente e adormeceram, extenuados pelos prazeres e pelos efeitos do álcool.

Quando despertaram, eram quase dezesseis horas. Ele acordou um pouco antes e permaneceu admirando as curvas da amante, imerso em pensamentos que se digladiavam inquietamente: uns eram convincentes e apaziguadores, outros, preocupantes, encarregando-se de dissiparem a paz tão duramente conquistada no minuto anterior. Verônica, quando despertou, ergueu-se e recostou-se em seu ombro. Havia readquirido aquela expressão carinhosa e meiga, mas apresentava um ar melancólico. Ele abraçou-a, sentindo-se seu único protetor, e permaneceu a acariciá-la durante longo tempo. Reclamou de seu comportamento enigmático e de quanto ele o fizera sofrer. Disse-lhe que a sentia distante, misteriosa e indiferente, parecendo satisfazer-se com essa atitude. Ela apenas sorria, limitando-se a retorquir que ele estava enganado. Então, aqueles momentos que tanto o haviam angustiado desfaziam-se como um castelo de areia perante seus argumentos, ditos com tamanha naturalidade e meiguice que Jean-Jaques terminava por aceitá-los como um exagero seu, devido ao ciúme.

Permaneceram conversando sobre o futuro na França, sobre como seriam suas vidas, enquanto a tarde avançava rapidamente. Disse a ela que gostaria de despedir-se de Louise, mas não haveria mais tempo; encarregaria Euzébio de entregar-lhe uma carta com seu endereço em Paris. Num certo instante, Verônica recostou-se, apoiando-se na cama com o cotovelo dobrado, e olhou para ele com uma expressão de intensa ternura. Jean-Jacques estremeceu, fitando-a comovido, como se aquele olhar indulgente apagasse suas inquietações anteriores e a absolvesse em definitivo, reaproximando-a de si.

— O que foi, querida? — indagou, captando-lhe o momento. — Como você é linda, Verônica! — Lembrou-se de que fora assim que a amara pela primeira vez: linda e meiga. E sentiu-se novamente excitado com essa lembrança.

Ela, continuando a sorrir, ergueu-se, retesando o tórax, e retirou de seu dedo um pesado anel de ouro maciço que Jean-Jacques já observara anteriormente, mas que se eximira de comentar, pois deduziu de que se tratava de alguma joia presenteada por Mendonça.

— Pertenceu ao meu pai, o Barão Gomes Carvalhosa; veja como é lindo!

— Sim; belo anel, sem dúvida — disse, sopesando-o e admirando o artístico monograma, BGC, gravado na superfície ovalada de ouro. — Ouro puro — completou, devolvendo-o à Verônica.

— Não, querido! Agora ele é seu. Quero que o use sempre...

— Ora, meu bem! Mas por quê? — indagou Jean-Jacques, encarando-a com a expressão de surpresa.

— Este é um anel para ser usado pelo homem... pelo meu homem!

— Mas, isso não faz sentido, Verônica. Ele é um anel valioso, pertenceu a seu pai... é uma joia de estimação! — retorquiu Jean-Jacques.

— Use-o, querido, para se lembrar sempre de mim.

— Ora, meu bem... Não! Não posso aceitá-lo; guarde-o para si.

Verônica, então, pegou-o de volta com o semblante triste, e o recolocou no dedo.

— Está bem, ponha-o em mim, se faz tanta questão. Afinal, como viveremos juntos, estará bem guardado. — E estendeu-lhe o dedo mínimo da mão direita, para ela enfiá-lo nele.

— Assim, querido! Papai era um homem poderoso, rico... Barão do Império. Ele lhe trará sorte. É um símbolo de poder. — Terminou de enfiar-lhe o anel, depois de algum esforço.

Jean-Jacques sorriu, divertindo-se com as ideias da amante, sem, todavia, entender aquela atitude.

— Pronto! Agora sou eu o Barão Gomes Carvalhosa, mui amigo de Pedro II, o Imperador do Brasil! — exclamou, gracejando e rindo a valer. — E pertenço à elite brasileira... — completou, adquirindo um tom mais sério, contemplando com ar pensativo o imenso anel em seu dedo mínimo, enquanto o roçava com o outro. — Os barões do café... — Voltando a sorrir um riso chocho, em que se insinuava o escárnio.

Verônica sorriu também, divertindo-se com a ironia de Jean-Jacques.

— Mas é lindo, não? — perguntou, admirando o anel no dedo do amante. — Agora é o meu barão! — E abraçou-o, beijando-lhe a boca e acariciando-lhe as faces. — Já são horas, querido! Devo ainda provar alguns vestidos, às dezoito horas... Os ajustes finais.

— E nem pude conhecer sua casa, Verônica! — exclamou Jean-Jacques, como se o pensamento emergisse abruptamente.

— Sim, Jean. — Olhou-o fixamente com atenção.

Ele contraiu o semblante, aborrecido, e desviou o olhar.

— Gosto de você assim, querida... meiga, carinhosa e próxima a mim. Como ansiava por uma tarde como esta, metido naquele Hotel em Buenos Aires. Nesse seu sorriso bonito.

E começou a acariciar-lhe delicadamente o rosto, o pescoço... Ali se encontrava outra Verônica, oposta àquela altaneira; e sentia-se novamente excitado com a que habitava seus pensamentos. Beijou-a voluptuosamente na boca e foi descendo gradualmente seus lábios, até junto aos seus seios, acariciando-lhe os mamilos enquanto ela estirava a cabeça para trás, até deitar-se novamente na cama. Ele persistia cobrindo cada pedacinho de seu corpo com beijos carinhosos, ardentes, até alcançar-lhe os pentelhos, detendo-se longamente entre eles, enquanto Verônica gemia baixinho. E continuou seu percurso pela parte interna das coxas, deslizando vagarosamente seus lábios sobre ela. Descia até os joelhos, mas retornava novamente, cheio de arrependimento e desejo.

— Vire, amor... De bruço — murmurou ofegante.

E contemplou-lhe a magnífica bunda a um palmo de seus olhos, imensa e deslumbrante. Afastou-se um segundo e esquadrinhou aquela abundância; aquela maravilha que ia muito além do imaginável. Havia ali o auge do exagero, capaz de propiciar um fruir que ultrapassava, em muito, a capacidade de qualquer homem, impingindo-lhe o reconhecimento de quão pobres eram os seus limites de prazer. E cobria-a de beijos, enquanto Verônica retorcia-se deliciada. Desceu pela parte posterior das coxas até a planta dos pés e, durante um instante, contemplou aquele roteiro de que jamais se esqueceria. Ela virou-se de costas e abriu-lhe as pernas, estirando-as para cima de um modo tão incomensuravelmente erótico, que ele gemeu, fora de si, cobrindo-a de estocadas, exaurindo as últimas gotas de seu prazer. Permaneceram deitados, extenuados, enquanto a claridade se desvanecia e a tarde avançava para o crepúsculo. Jean-Jacques levantou-se e dirigiu-se à janela; lá embaixo, pôde ver o carro de Euzébio estacionado rente à calçada, mas não viu sinais do amigo; provavelmente estaria no saguão do hotel, aguardando.

— Realmente, são horas, querida. Devemos ir — disse ele, aparentando pressa.

— Sim, devo ainda provar alguns vestidos antes das seis — respondeu Verônica, levantando-se da cama e apanhando suas roupas, que jaziam ao lado em desalinho.

Ele ainda contemplou-lhe a nudez, enquanto enfiava a calça, os sapatos, e vestia a camisa. Dirigiu-se ao espelho oval, preso à parede, e realinhou os cabelos desgrenhados. Deu uma última olhada em sua imagem, ajeitou o colarinho e cedeu o lugar à amante, que permaneceu mais tempo, ajeitando seus cabelos. Segurou a maçaneta, entreolharam-se, sorrindo saciados, e ainda deram uma última espiada naquele quarto, naquela cama e naquele momento, que já eram o passado. Jean-Jacques fechou a porta e observou a palidez luminosa, acossada pelas sombras. Como não se lavaram, sentiam seus corpos pegajosos e o aroma de esperma flutuando no ar. Verônica, gargalhando baixinho, comentou sobre a umidade lúbrica entre suas coxas, lambrecando-se de prazer ao caminhar pelos corredores escurecidos e desertos, àquela hora da tarde. Ela comprimia e friccionava suas coxas uma contra a outra, ao trocar os passos. Ao fazê-lo, gargalhava, tecendo em voz baixa comentários libertinos.

Desceram. Quando chegaram ao saguão, o português bigodudo olhou para eles maliciosamente com um sorriso melífluo e deu uma fungada; mas pareceu recuar e retornou ao sério quando recebeu o impacto de um olhar impudico que Verônica lhe dirigira. Jean-Jacques pagou a despesa e encaminhou-se ao encontro de Euzébio, que os aguardara lendo jornais. Parecia cansado, pois fora difícil para ele superar a tarde e a conversa entabulada pelo português que, frequentemente, o indagava a respeito do casal.

— Euzébio, leve Verônica até sua casa, pois ela tem pressa. Eu apanho outro carro para Botafogo. Quero ainda despedir-me dos amigos... — E refletiu um instante, sorrindo. — Seu Fragoso da leiteria, o Januário padeiro... Você os conhece?

— Sim! São gente boa!

— Será que ainda terei tempo? — Consultou o relógio.

— Sim! São ainda seis horas; eles permanecem abertos até mais tarde. Vou chamar um carro; há um ponto logo ali, dobrando à direita. Aguarde um instante, Jean-Jacques!

— Amanhã cedo, Euzébio, quando vier de São Cristóvão, pegue Verônica na Tijuca e vá direto para a Praça Mauá. Encontro-os às nove horas no local. O navio sairá às onze. Tomarei um carro em Botafogo.

— Fale com o Toniquinho, lá no ponto! É muito meu amigo. Ele o levará. Depois de deixar Verônica na Tijuca, darei uma chegada em sua casa, que fica perto da minha, e combinarei com ele para apanhá-lo às sete da manhã. Está bom às sete?

— Sim, ótimo, Euzébio! Ficamos então combinados: encontro-o às nove horas na Praça Mauá, em frente ao ponto principal. Agora, vá me alugar um carro...

— Sim, um momento, e já volto. — E saiu apressado.

Permaneceram de pé na calçada, em frente ao Hotel das Américas, aguardando a chegada do carro. Jean-Jacques deu um leve tapa na anca de Zulu e depois acariciou sua cabeça.

— Quanto nos serviu, hein? Conduziram-nos a tantos lugares agradáveis, propiciaram-nos tão aprazíveis momentos e, agora, quando estamos nos despedindo do Rio de Janeiro, vejo que fazem parte de nossa vida. Pobres animais... Trabalhando duro até morrer. — E continuava a acariciar a testa de Zulu. Deu a volta e repetiu os gestos em Negrinho. Retornou à calçada, onde encontrou Verônica pensativa, com o semblante triste e misterioso, observando vagamente algum ponto ao longo da extensão da rua.

— O que foi, querida? — Colocou-lhe o braço sobre os ombros, puxando-a para junto a si, e acariciou-lhe os cabelos. — Compreendo seus sentimentos. Eu próprio estou pesaroso em deixar o Rio... Aprendi a amá-lo, a admirar intensamente suas praias maravilhosas, as florestas e o povo alegre, irreverente. O povo, Verônica! Quando ele chegar ao poder, teremos aqui a civilização da alegria, algo diferente e a ser imitado. Mas não se preocupe, retornaremos logo, querida, pois o Rio agora habita em meu coração. Ora, meu bem! Não fique assim! Afinal, está com o barão. — E mostrou-lhe, em frente aos olhos, a mão que se achava sobre os seus ombros, em cujo dedo mínimo encontrava-se o anel.

Ele próprio o admirou novamente, esticando os dedos. Verônica sorriu, e entrelaçou sua mão direita na dele.

— Realmente, é lindo! Uma obra-prima — acrescentou Jean-Jacques.

— Foi moldado e fundido na Inglaterra, quando papai lá esteve certa vez — disse ela, parecendo não se interessar pelo assunto.

— Tua mãe o guardou para ti...

— Sim, tão logo ele faleceu. Oh, Jean, querido! — exclamou inopinadamente com expressão pungente. — Foi tão bom tê-lo conhecido... Durante todo esse tempo você foi maravilhoso comigo. Jamais... jamais esquecerei esta tarde de amor e de todas as que passamos juntos. — E beijou-o no rosto.

Voltou-se em direção ao segundo andar, procurando o quarto inesquecível, como que desejando capturar o passado. Jean-Jacques acompanhou-a no movimento.

— Não é aquele lá? Onde está o rapazinho?

— Sim... O rapaz que nos atendeu.

Ele permanecia olhando-os lá de cima, com as duas mãos apoiadas no peitoril da janela. Observou-os mais alguns segundos, recuou e fechou as duas folhas do janelão. Abaixaram os rostos, e Jean-Jacques quedou-se ansioso em busca de Euzébio, consultando o relógio. Neste instante, deparou-se com um carro dobrando a esquina, dirigindo-se no sentido em que se encontravam; logo após, viu Euzébio surgir na esquina, efetuando o mesmo percurso, porém, sobre a calçada; vinha caminhando apressado.

— Lá vêm eles! — E deu dois passos em direção ao meio-fio, sinalizando com o braço esquerdo.

O cocheiro logo o viu e encostou o carro, em frente ao Hotel das Américas.

— Jean, querido!

— Sim! O que foi?

Ele, então, lhe observou o semblante tenso, onde uma inusitada agonia emanava de seus olhos lacrimosos e da sua fronte crispada.

— Pois não, senhor — disse-lhe o cocheiro, descendo da boleia e abrindo-lhe a portinhola.

— Querida, o que houve? — Segurou-a nos dois braços. — Amanhã estará melhor. É somente o momento da partida. Está preocupada, tensa... cheia de coisas pra resolver... — E beijou-a na testa, denotando pressa.

— Oh, Jean! Me perdoe se o magoei naqueles momentos. Hoje durante a tarde. É que... eles me davam prazer, e...

— Amanhã conversaremos sobre isso. — E lhe fixou um olhar penetrante, durante uma fração de segundos. — Não vá entristecer Henriette; vejo-a amanhã às nove horas, na Praça Mauá. — Beijou-a novamente, olhando para seu ventre, sorrindo. Voltou-se e subiu apressado no carro.

— Botafogo, por favor! — ordenou Jean-Jacques, enquanto Verônica e Euzébio ficavam para trás.

Voltou-se e a viu subindo no carro de Euzébio, com os cabelos vedando-lhe lateralmente o rosto; ela sentou-se e Euzébio também partiu, seguindo o carro onde estava Jean-Jacques. Mantinham uma distância aproximada de cinquenta metros um do outro quando ela lhe acenou com um lencinho. Ele sorriu-lhe e gesticulou energicamente com a mão, num gesto de adeus, vendo-a, em seguida, levar o lenço aos olhos e enxugá-los. Jean-Jacques solicitou ao cocheiro que parasse o carro, mas, enquanto este efetuava a manobra para estacioná-lo, volveu o rosto novamente e viu Euzébio dobrando à direita, rumo à Tijuca.

— Siga, siga! — disse ele, anulando a ordem anterior, quedando-se ensimesmado, preocupado com Verônica e entristecendo-se também.

Chegou a Botafogo ao anoitecer.

Dirigiu-se imediatamente em busca de seus conhecidos, e deles despediu-se com efusão, prometendo retornar um dia. Quando se encaminhava ao apartamento, encontrou-se com o senhor Praxedes, o zelador do sobrado, e ainda permaneceu conversando algum tempo com ele, antes de se recolher. O que mais gostou no Brasil fora a facilidade de se fazer amizades; admirava a intimidade adquirida circunstancialmente; amava aquele calor humano, aquela reciprocidade e a ausência de barreiras formais entre as pessoas, enfim, a espontaneidade fluindo livre ao sabor do momento. Foi com esses pensamentos que subiu pela última vez os dois estágios da escadaria, e abriu a porta de seu quarto.

Ajeitou as últimas coisas, revistou as gavetas e os armários em busca de esquecimentos, e deitou-se, tentando conciliar o sono. "Amanhã, só restarão os lençóis", refletiu exausto, enquanto se punha a rememorar sua vida no Rio, desde a chegada até culminar em Verônica, nessa última tarde. "Parecia tão agoniada quando nos despedimos", pensava, vendo a luz bruxuleante do lampião lutar bravamente contra as trevas da noite. E aspirou a brisa marinha que repentinamente entrara pela janela. "Foi bom, muito bom encontrar este Rio de Janeiro", refletia Jean-Jacques, sentindo as pálpebras pesarem, embaladas pela luz vacilante. Mal teve tempo de extingui-la, e era agora arremetido em pensamentos confusos, estranhos: pensava aturdido em Verônica e no português bigodudo, que se transformara em Mendonça; via as janelas do *Mère Louise*, de onde aquele menino os examinava lá de cima, trajando o uniforme azul com o monograma bordado no peito, mas sendo esse substituído pelo dourado ovalado do anel. De repente, aquela tarde transformara-se num pesadelo assombroso, cujos acontecimentos atropelavam-se numa sucessão de fatos aterrorizantes.

Sentado no carro que o trouxera a Botafogo, Jean-Jacques se vira transformado no barão Gomes Carvalhosa, e sentia-se petrificado, examinando suas longas barbas e o espesso bigode que lhe cobria os lábios. Não conseguia explicá-los e sentia-se angustiado, suando em bicas dentro de um pesado sobretudo de lã, em pleno inverno londrino. Solicitou ao cocheiro que parasse e volveu o rosto. Estarrecido, viu o carro que levava Verônica sendo conduzido por Mendonça, que sorria sarcasticamente, desaparecer rumo à Tijuca. Despertou sobressaltado, suando muito. Levantou-se da cama e foi à janela respirar a fresca da noite. Consultou seu relógio: 2h35. Lá fora, reinava a escuridão, quebrada apenas pelos bicos de gás que formavam pequenas ilhas luminosas sobre o passeio, mergulhadas num silêncio total. Jean-Jacques permaneceu longo tempo refletindo, tentando forçar suas pupilas a distinguirem a silhueta do Pão de Açúcar. A noite lhe parecia mais escura. Quando conseguiu, inspirou profundamente, deu uma olhadela na enseada de Botafogo e apreciou sua solidão noturna, sentindo uma vaga tristeza infiltrar-se naquelas sombras. Não havia ninguém nas imediações, ouviu o silêncio e foi deitar-se novamente. Agora, desejava apenas regressar à França o mais rápido possível em companhia de Verônica, e desanuviar seus pensamentos. Mais uma vez, sentiu a presença do pesado anel em seu dedo, e sorriu, lembrando-se dela e do quanto a amava. Retirou-o, sopesou-o e começou a examiná-lo com mais atenção. Não havia ainda observado que, em sua parte interna, estavam gravadas algumas palavras. Virou-o contra a luz, procurando melhor angulação, e leu: "London-1879". Jean-Jaques sorriu, fazendo um gesto negativo com a cabeça, e recolocou-o no dedo; pouco depois adormeceu, ansioso pela manhã.

CAPÍTULO 13

Toniquinho subia os degraus, ofegante, após levar uma pesada mala ao seu carro, e retornava para ajudar Jean-Jacques com os pacotes de telas, embrulhadas individualmente, mas amarradas juntas, formando quatro grandes volumes que mal cabiam no carro. Havia um mês que, cuidadosamente, vinha preparando essa carga. Desceram e retornaram mais uma vez para as últimas bagagens. Em algumas idas e vindas, colocaram tudo no carro e partiram em direção à Praça Mauá.

Sujeito baixinho, um pouco obeso, Toniquinho era o que se poderia denominar figura simpática. Conhecedor da maneira de ser de Jean-Jacques, por intermédio de Euzébio, logo se mostrou desinibido e falante, tentando conquistar rapidamente a intimidade do diplomata. Entretanto, não demonstrava, devido a isso, indiscrição ou impertinência. Ao contrário, Jean-Jacques divertia-se muito com seus comentários bem-humorados, quase sempre hilariantes e mordazes, a respeito do Governo e da situação política do País. Logo deduziu que poderia afeiçoar-se a ele, assim como se afeiçoara a Euzébio. O carro seguia trafegando com dificuldade, exigindo esforço da parelha. Chegaram ao ponto principal da Praça Mauá às 9h20. Jean-Jacques não avistou Euzébio. Provavelmente se atrasara. Então, solicitou a Toniquinho que levasse sua bagagem ao saguão de embarque, que se situava logo adiante — o navio atracara próximo —, e desceu para aguardar a chegada de Euzébio. Pediu a ele que contratasse um carregador para ajudá-lo, dando-lhe o dinheiro para isso. Aquele era o ponto principal e encontrava-se repleto de carros, formando extensa fila junto à calçada; havia muita movimentação de passageiros que embarcariam no *Zeus* ou desembarcavam de dois outros navios, recém-atracados; havia também muitos transeuntes e vendedores ambulantes. Três imensos cargueiros aportavam naquela manhã. Havia grande azáfama.

 Jean-Jacques assistiu a Toniquinho estacionar seu carro, a cerca de cinquenta metros além da Praça Mauá, e solicitar ajuda para descarregar os grandes volumes com suas telas. Experimentou leve aflição ao vê-los transportarem-nas, pois ali se encontravam materializadas as emoções vividas no Rio de Janeiro. Dir-se-ia que haviam sidas transplantadas de sua mente e agora estavam sendo descarregadas. Vinte minutos depois, Jean-Jacques consultou ansiosamente o relógio: 9h40, e nem sinal de Euzébio. Caminhou pela calçada até a extremidade do ponto, acompanhando a extensa fila de carros estacionados, local em que poderia observar melhor a rua de onde supunha que viriam, e estendeu a vista, procurando, entre a profusão de carros que chegavam, o de Euzébio. Observou durante alguns minutos, mas não o distinguiu entre eles, e retornou ao local onde desembarcara. Tornou a olhar para o carro de Toniquinho e o viu retornando, a meio-caminho. Neste instante, ao volver o rosto rumo à extremidade de onde viera, viu Euzébio entrando apressado no perímetro da praça. Jean-Jacques firmou a vista e notou a ausência de Verônica. Adiantou-se ansiosamente três passos rumo ao meio-fio e sinalizou, sôfrego. Euzébio aproximou-se rapidamente, atraindo atenções pela sua pressa, e parou o carro em frente a ele. Alguns transeuntes, mais próximos, olharam para eles curiosos, despertados por aquela inusitada aflição.

 — Verônica? — exclamou com o semblante tenso, olhando-o fixamente.

 Euzébio, tão desnorteado quanto Jean-Jacques, permaneceu um instante em silêncio, exprimindo a expressão sofrida com a qual se manifesta alguém quando esse alguém deva transmitir uma dolorosa notícia a quem se ama.

 — Hein, Euzébio? — indagou novamente com impaciência, crispando ainda mais o semblante.

 — *Monsieur*... Elas... elas embarcaram hoje cedo para São Paulo. De trem... — respondeu-lhe com profundo pesar. — Saíram às seis horas — Euzébio interrompeu-se, compungido pela dor do amigo.

 Jean-Jacques sentiu-se repentinamente mortificado, arrasado, como se um peso lhe esmagasse o peito.

— Ela e sua mãe... — conseguiu completar.

Fez-se então silêncio entre ambos, e Euzébio assistiu a seu amigo baixar o rosto e fixar seu olhar desolado, perplexo, sobre o calçamento de pedra. Parecia vê-lo buscar alguma explicação ou descarregar toda sua dor naquela solidez, única capaz de suportá-la e de absorver a sua imensa desilusão.

— Mas... Como... como soube disso, Euzébio? — balbuciou Jean-Jacques, erguendo o rosto e mostrando o semblante desvanecido, indicando o desaparecimento daquela espontânea alegria a que Euzébio se afeiçoara, e com a qual se habituou.

— Ao chegar de manhã, encontrei o grande portão trancado com uma corrente. Permaneci circulando, olhando entre as grades, mas não havia sinais de vida; as janelas estavam todas fechadas; badalei várias vezes e cheguei mesmo a gritar, sem ouvir nenhuma resposta. Até que, depois de muito insistir, apareceu um caseiro com um cachorro e me disse que haviam viajado, mas eximiu-se de fornecer explicações. Quando subi no carro e me dispunha a me retirar, uma vizinha, que assistia a tudo pela janela, me deu maiores detalhes. Disse que ouvira o cocheiro que as levaria pedir que se apressassem, pois o trem para São Paulo partiria às 7h30. Disse... disse mais... Jean-Jacques... Falou que aquela casa fora comprada recentemente de um rico comerciante português.

— Sim... Compreendo — interrompeu bruscamente Jean-Jacques. — Foi adquirida por Mendonça, em troca...

Euzébio viu os olhos do amigo lacrimejarem e uma profunda amargura envolvê-lo completamente, como se um manto de tristeza e desolação cobrisse o seu ser; não encontrava palavras para consolá-lo, e compartilhou seu pesar. Do outro lado da rua, Toniquinho assistia atônito àquela insólita cena, sem compreender o que se passava. Via-os apenas constrangidos, paralisados, perplexos. Lentamente, Jean-Jacques cruzou o calçamento, e Euzébio viu o amigo lhe dirigir algumas palavras, enfiar a mão no bolso, retirar algumas cédulas e lhe pagar pelo serviço prestado. Retornou e subiu no carro.

— Vamos, Euzébio. — E indicou-lhe o local mais adiante.

Sentou-se no banco e experimentou inaudita solidão. Apesar daquela agitação matutina e do tráfego local intenso, que excitava sobremaneira os cavalos, Jean-Jacques permanecia alheio, percebendo apenas detalhes e emanações desse ambiente. Ao seu lado, o lugar vazio, silencioso, sobrepujava tudo. A ausência revestia-se de uma realidade dolorosa que lhe pesava na alma como chumbo; aquele vazio dominava toda a algazarra, absorvia toda aquela pequena multidão que se agitava à sua volta. Tudo aquilo perdera repentinamente a consistência e transformara-se em algo abstrato, confuso, apenas percebido vagamente pelos seus sentidos. Eram somente sombras e fragmentos que se moviam aleatoriamente, despidos daquele arcabouço ordenado que nos confere a noção do real. Sua realidade cristalizava-se numa absurda decepção. Jean-Jacques passou a relembrar cada detalhe, cada diálogo, cada situação vivida ao lado de Verônica, e elas lhe retornavam nitidamente, envolvidas em desilusões, em imensa tristeza. Tentava inutilmente compreender, analisar, justificar, mas sua razão era cativa das emoções, e torturava-se, perdido num labirinto de infrutíferas conjeturas. Subitamente, percebeu que a vida é feita de sutilezas, de pequenas minúcias aparentemente insignificantes e que passam despercebidas, mas às quais o futuro evocará. Sentiu uma dor infinita ao saltar do carro e constatar a tristeza de Euzébio; permaneceram alguns segundos mergulhados num mutismo constrangedor. Jean-Jacques foi tratar dos trâmites burocráticos e logo embarcou sua bagagem. Retornou ao local em que estivera e o reencontrou.

— Euzébio, aqui tens o prometido... — E retirou um envelope que estava dobrado no bolso interno do paletó, entregando-o ao amigo.

Este, surpreso, pegou-o timidamente e olhou para Jean-Jacques, que permanecia com o semblante pálido, e fez menção de abri-lo, mas hesitou.

— Abra-o, Euzébio — solicitou Jean-Jacques, permitindo ao amigo observar o lampejo do antigo fulgor naqueles olhos que sempre vira cheios de vida. Mas esse fulgor logo se esvaneceu, retomando seu rosto a expressão melancólica.

Euzébio abriu o envelope, retirou o documento e começou a lê-lo, com o semblante denotando ansiedade. Gradualmente, à medida que se inteirava do conteúdo, seu rosto adquiria uma expressão de incredulidade, e logo após, de incontida alegria.

— Oh, Jean-Jacques! Não sei como lhe agradecer! Eu... eu sinto muito... muito... o ocorrido. — E o abraçou comovido, com lágrimas nos olhos. — Muito obrigado! Por mim, Cornélia, e os filhos. — Voltou a ler a escritura, registrada em cartório, de seu lote em Copacabana. Já se havia esquecido daquela conversa.

— Como te disse, Euzébio, logo o bairro estará habitado. E tu poderás desfrutar daquela maravilha. Lá mesmo terás condições de exercer teu ofício... — acrescentou com amargura, relembrando Copacabana. — Recomendações à dona Cornélia. Aqui tens o endereço de meus pais em Paris. — E entregou-lhe um pequeno cartão. — Quando puderes, me envias notícias...

— Sim... Sim, claro, meu amigo! — exclamou, ainda meio incrédulo, com os olhos marejados.

— Adeus, Euzébio.

E se abraçaram comovidos e demoradamente.

Jean-Jacques ultrapassou os umbrais do imenso saguão, apinhado de passageiros, dirigindo-se à escada de embarque que dava acesso direto ao navio, e subiu, desaparecendo na grande entrada lateral do casco. Euzébio, observando a grande quantidade de pessoas que seguiam os conhecidos para as despedidas, até a beira do cais, avançou também, olhando o convés em busca do amigo.

Às 10h30, as três longas chaminés do *Zeus*, que até aquele momento emitiam apenas um tênue vapor que fazia tremular o azul do céu, começaram a emitir grossos rolos de fumaça negra, seguidos de dois longos apitos. Dez minutos mais tarde, soltaram-se todas as amarras, e a imensa proa começou a ser deslocada, à esquerda, puxada por um pequeno rebocador, que a apontava para o interior da baía. Euzébio procurava ansiosamente por Jean-Jacques, erguendo a cabeça em meio à pequena multidão espremida no cais, à beira d'água. Viu-o surgir quase na popa. Acenou-lhe freneticamente, e Jean-Jacques o distinguiu, assistindo, pela última vez, àquele bigodinho preto ir-se distanciando numa sucessão de risos, entremeados pela amargura. Pouco a pouco, aqueles detalhes fundamentais que revelam os semblantes foram desaparecendo, e logo se transformaram no local em que se encontravam, perdidos numa confusão de rostos indistintos e braços erguidos, que se agitavam num último adeus. O aglomeramento se dispersou; apenas Euzébio permanecia no cais. A cerca de quatrocentos metros, o imenso navio parou. O pequeno rebocador distanciou-se dele, e Euzébio pôde observar novamente a fumaça preta emergir com força das compridas chaminés, enquanto três longos apitos soavam e lhe doíam no peito. Lentamente, com muito esforço, *Zeus* foi vencendo sua inércia e adquirindo potência, dirigindo-se rumo à barra, deixando, atrás de si, um rolo escuro no céu e uma esteira borbulhante no mar.

Jean-Jacques observou o cais e viu a aglomeração transformar-se num minúsculo local, com uma longínqua pessoa. Ele permanecia no convés com as duas mãos segurando a grade da amurada, observando a paisagem se afastar. Despedia-se melancolicamente do Rio de Janeiro que ele tanto amava. Subitamente, pensou em Zulmira, e compreendeu como os sonhos são temporários e efêmeros. O seu durara somente um pouco mais; alimentara-o de esperanças e dele desfrutara mais alguns momentos, os quais, somados, ultrapassavam os dela, mas ambos foram fugazes e dissolveram-se na realidade da vida. O *Zeus* navegava agora em frente à enseada de Botafogo, mais perto de Niterói, quase cruzando a fortaleza da Laje. Jean-Jacques aguçava a vista em busca da pensão em que morara, mas nada conseguia distinguir; apenas uma confusão de brancos assomava aos pés dos morros verdejantes.

Despediu-se do Corcovado e volveu a vista para a pedra do Pão de Açúcar, que se aproximava lentamente; lembrou-se então do dia de sua chegada ao Rio, quando, muito alegre, fizera uma irreverente mesura àquele monumento. Agora, sorria um sorriso triste, carregado de melancolia. Encheu o peito de ar, sentindo a fragrância marinha inebriar-lhe a alma de confusas sensações. Vagarosamente, cruzaram-no, enquanto ele deslizava seu olhar sobre a silhueta imponente. Surgiu a Praia Vermelha e, minutos depois, avistou Copacabana. O *Zeus* singrava irreversivelmente em mar aberto. Jean-Jacques apertou mais suas mãos contra a ferragem da amurada e avançou ligeiramente o tórax sobre ela, erguendo o rosto em busca do passado. Ao longe, via apenas aquela curvatura sensual, aquele fino cordão de areias brancas sobre as quais se deitara e sonhara tantas vezes. Firmava a vista, mas não conseguia distinguir aqueles pontos aos quais tanto se habituara. A pedra do Leme ia-se distanciando à direita quando observou, novamente ao seu lado, aquela simpática velhota em companhia de seu marido cego. Ele segurava uma elegante bengala, engastada em prata, e portava óculos escuros de aros dourados. Olhava fixamente a paisagem, e Jean-Jacques observou-lhe os finos cabelos prateados esvoaçando ao sabor da brisa. A velhota tentava corrigir a direção à qual seu marido deveria apontar o rosto:

— Mais à direita, Almeida — dizia, com certa impaciência.

Do seu pescoço, pendia um pesado binóculo que, amiúde, ela assestava em direção ao horizonte. Jean-Jacques já o namorava havia algum tempo, entretanto, hesitava. Contudo, resolveu achegar-se a ela, pois Copacabana desfilava ao longe.

— Senhora... Por favor... Vós me emprestais o binóculo um instante?

Ela virou-lhe o rosto bruscamente, surpreendida pela sua presença ao lado. Olhou-o com o semblante sério, percorrendo-o de cima a baixo, e lhe sorriu com simpatia, levando em seguida as mãos à correia para retirá-la do pescoço.

— Pois não, senhor. — Entregou-lhe o binóculo.

— Subo ao tombadilho e já volto; com licença. — E retirou-se, fazendo discreta mesura.

Do lugar mais alto, Jean-Jacques levou o binóculo aos olhos e passou a observar aqueles locais. Mirou a igrejinha e, com um leve movimento, viu o *Mère Louise*; notava-lhe todos os detalhes: as cortinas vermelhas dos janelões laterais, algumas delas soltas ao vento, a pequena cobertura da entrada principal, e a sua solidão misteriosa... Retornava à igrejinha, e recomeçava a fazer aquele percurso que tantas vezes fizera em companhia de Verônica. Lentamente, chegava ao Hamburgo. Porém, não era possível avistá-lo, encontrava-se encoberto por algumas casas vizinhas, muito menos, a pensão do Pacheco. Detinha-se um instante, rememorando inesquecíveis momentos. Lembrou-se de *herr* Kaufmann e de seu violino. Não se despedira dele, lamentou-se.

E, com leves movimentos, continuava pela orla, até o Leme, refazendo seu roteiro sentimental. Nesse ponto, deteve-se longamente. Ele evocava aquele inesquecível crepúsculo, quando se beijaram pela primeira vez. Jean-Jacques experimentou uma dor lancinante; lembrou-se ternamente de Verônica, de sua meiguice, de sua beleza e de seus cabelos roçando-lhe o rosto, e de sua ausência. "Onde estaria ela agora?", indagou-se. Sentia o ciúme e a impotência perante o destino; aquela impossibilidade de modificar seus desígnios. Subitamente, pensou no filho que Verônica lhe dissera estar esperando, Henriette... Mas foi dominado pela descrença e pelo ceticismo acerca daquela revelação. Reiniciou o percurso de volta, devagar, até as imediações do Hamburgo, imerso na realidade que aquelas lentes lhe evocavam. Novamente se deteve. "Provavelmente *herr Kaufmann* estaria agora na cozinha, entretido com suas lagostas." Recuou até a praia, observando corpos estendidos, dourando ao sol, e retornou ao *Mère Louise*. Mirou-o fixamente durante mais tempo, até vê-lo começar a tremular, embaraçando-lhe a vista, desfocando-se e dividindo-se em dois, três, e a escorrer vagarosamente pelos cantos dos círculos, para fora dos limites das lentes, em direção à memória. Jean-Jacques baixou o binóculo e enxugou as lágrimas. Desembaçou as lentes com a ponta da camisa. Desceu pensativo ao convés, reencontrando a velhota.

— Muito obrigado, senhora — agradeceu, estendendo-lhe o binóculo. — Excelente! — completou.

Ela volveu-lhe o rosto, abriu um pequeno sorriso e examinou-lhe discretamente o semblante.

— Sim. Pertenceu à marinha inglesa... Meu irmão emprestou-me para a viagem, senhor... — afirmou com cortesia, indagando-lhe o nome.

— Chermont... Jean-Jacques Chermont Vernier, a vosso inteiro dispor, senhora — apresentou-se com elegância, fitando o marido cego que persistia olhando o horizonte, contemplando sua imaginação.

— Zulmira Costa Almeida Prado! — respondeu-lhe, sorrindo delicadamente.

Jean-Jacques sentiu então algo absurdo, inefável, que lhe trespassou o cérebro como um relâmpago.

— O que foi, senhor? Está passando mal? — indagou com a expressão preocupada.

— Não... não...Não é nada; muito obrigado, mais uma vez, senhora... Prado. — E afastou-se em direção à popa, recuando antes dois passos, olhando fixamente para a velhota, que permanecia atônita.

— Por nada, senhor Chermont. Teremos a oportunidade de nos encontrar novamente. — Estranhou aquela insólita reação.

Jean-Jacques afastou-se rapidamente e ergueu outra vez a vista em direção ao horizonte, segurando na amurada e batendo com força o anel contra o metal da grade. Aquele som metálico o fez repentinamente sentir sua presença no dedo; desde a noite anterior se esquecera dele. Olhou para o anel demoradamente, refletindo um instante, e apalpou o bolso interno do paletó, retirando dali outro envelope. Era a carta endereçada a Louise, em que se despedia dela e à qual encarregaria Euzébio de entregá-la, naquela manhã.

Acabara esquecendo. Fitou-a um instante, amassou-a com força e atirou-a ao mar, e assistiu à bolinha flutuar a sobre as ondas, até vê-la desaparecer naquela vastidão. Olhou novamente para o horizonte e viu o arco da praia de Copacabana reduzido a um pequenino traço branco. Permaneceu no convés durante longo tempo, perdido em reflexões, até sentir o sol forte de início de tarde bater-lhe intensamente no corpo. Resolveu descer à cabine. No caminho, ultrapassou depressa a *madame* e seu marido cego, que andavam devagar à sua frente, e embrenhou-se no interior do *Zeus*.

À tardezinha, Jean-Jacques retornou ao convés e estirou-se numa espreguiçadeira do deque, permanecendo longo tempo deitado. Aquela dor ia pouco a pouco sendo absorvida, cristalizando-se numa outra realidade, numa outra normalidade destituída de sonhos e menos apaixonante. Quando, porventura, vivesse um lindo momento, sua felicidade viria marcada por essa desilusão. À sua frente, apenas a imensa proa singrava o mar em busca do horizonte, enquanto, na cúpula celeste, cintilavam fracamente as primeiras estrelas vespertinas.

CAPÍTULO 14

Julho de 1918: a Europa foi devastada pela guerra. Durante quatro anos, fuzis, metralhadoras e canhões espalharam fogo e morte. Os primeiros aviões cruzaram os céus europeus, despejando bombas sobre campos e cidades, pulverizando sonhos e enterrando a *Belle Époque*. Milhões de pessoas juncavam com seus corpos as terras do velho continente. Rostos desfigurados, corpos disformes horrorosamente putrefatos, soldados desconhecidos, anônimos para sempre. Membros mutilados, apodrecidos em meio à lama ou à neve, embicados em poças d'água e confundindo-se com os restos enegrecidos de canhões, tanques, veículos, armas, carcaças de aviões, hélices retorcidas... Árvores calcinadas, buracos de trincheiras em campos arrasados; moscas vagando sobre a terra devastada e cheiro de mostarda no ar; cenários sem vida; cenas desoladoras. Em algum ermo, jazia um solitário capacete enferrujado, enfiado na lama. Ele abrigava esperanças juvenis e ardor patriótico, sobrepujados pela realidade e vontade de viver; mas, súbito, irromperam o desespero e violento fulgor. E seus sonhos se transformaram em barro, dizimados pelo ódio irracional. Morreram como moscas. Entregaram ingenuamente sua juventude e seu entusiasmo em nome dos interesses econômicos de grandes capitalistas que disputavam a primazia do maior lucro, do predomínio financeiro e da suprema estupidez. A Europa agonizava. Jamais a humanidade presenciara tamanha destruição e tal morticínio.

Os homens evoluíram, sofisticaram seus arsenais, suas indústrias bélicas de destruição em massa, empregando seus talentos no desenvolvimento da arte assassina. Usaram o maquiavelismo na luta política, na intriga e na discórdia. A motivá-los, e como pretexto para a guerra, despontavam nacionalismos passionais que disfarçavam as verdadeiras razões. A comandá-los, nos campos de batalhas, velhos generais, antigos protagonistas. Novamente, a ingênua casta militar protagonizou seu tradicional papel varonil: matar ou morrer sem saber, comandada por aqueles que se mantinham distantes, no conforto e na segurança de seus lares. Conforme Jean-Jacques intuíra, a Europa, conduzida pela Inglaterra, Alemanha e França, se autodestruíra, descarregando a agressividade que se acumulara como nuvens, desde o final do século. Os países europeus preparavam-se para abandonar o proscênio onde, durante séculos, suas economias financiaram, produziram e exibiram os mais belos atributos do gênero humano. Era o fim de uma época, o crepúsculo do predomínio europeu sobre o mundo, palco imenso de sua herança cultural, de seu imortal legado que se espraiara pelas mentes e corações dos homens, a ferro e fogo. De seu solo brotaram as plenitudes estéticas do rigor científico, da beleza e do êxtase criativo; dele partiram os conquistadores em busca de novas terras em que pudessem exaurir suas ambições e financiar novos poderes. Suas economias encontravam-se agora exauridas, prestes a serem substituídas por aquela que se beneficiou da matança: a economia norte-americana.

Algo de insólito ocorria também no velho império russo: os comunistas aboliram a antiga dinastia Romanov e assumiram o poder. Depuseram e assassinaram o Czar Nicolau II e sua família, perturbando a burguesia e até mesmo o sossego de longínquos coronéis, enfiados nos confins de Minas Gerais. Esses novos ares sacudiram e varreram o mundo.

Jean-Jacques, nestes dezessete anos, tornara-se artista conhecido em Paris. Passava as tardes pintando. À noite, frequentava os cafés, onde se enredava naquelas digressões que tanto melindram os mais sensíveis. Durante a guerra, sua vida boêmia sofrera um retrocesso, pois Paris perdera muito daquele seu ar efervescente, daquele aspecto feérico de fim e de começo de século. Havia fome, destruição e medo. Vivera novos amores, porém nunca iguais àquele que vivera com Verônica. Fugazes amores...

A partir daquela decepção, adquirira certo ceticismo que o impedia de novos arrebatamentos. Logo depois de retornar à França, e durante muito tempo, sofrera mais intensamente aquela desilusão amorosa, porém, com o decorrer dos anos, a amargura foi-se arrefecendo, como tudo na vida, sobrando-lhe apenas uma perspectiva menos generosa de viver e de se precaver contra o destino. Amava, antevendo o fim, esperando o término como desfecho natural. E, quando o fazia, lembrava-se de Verônica e de sua pujante beleza. Recordava-se de suas carícias e do seu olhar, de seus cabelos emoldurando-lhe o rosto e de seus trejeitos fascinantes. Buscava a sua sensualidade em corpos alheios e, frequentemente, quando terminava, via antigos lampiões e ouvia de sua companheira a pergunta: *"Oh, mon amour, qu'est-ce que se passe?"*.

Jean-Jacques jamais voltara a se entregar às paixões. Suas emoções mais fortes e genuínas, ele as transpunha para as telas. Para o palco do cotidiano, ele reservava somente o resíduo filtrado das decepções e receios que a vida lhe impusera. Aquela sua alegria esfuziante, que lhe transbordava do olhar e se concretizava no dia a dia, adquirira a serenidade dos climas amenos, a limpidez normal dos céus salpicados de nuvens. Jamais voltara a experimentar a turbulência ou a navegar em mares encapelados. Sua existência tornara-se a placidez da rotina, da normalidade de vidas isentas de grandes vicissitudes, sem aqueles percalços emocionais que possibilitam os momentos inesquecíveis. Quando, porventura, admirava as nádegas de uma bela mulher, o fazia sem aquele fascínio, sem aquela morenidade energética apaixonante que o deixava em desvario; eram somente anelos sem fastígios, olhares sem paixão. Quando apreciava um belo crepúsculo, lembrava-se vagamente do Rio de Janeiro e sorria, sentindo que algum dia experimentara algo diferente, arrefecido pelo tempo e pela vida.

Nunca, entretanto, deixara de amar o Brasil. Durante muitos anos, correspondera-se com Euzébio. Este lhe contava como andavam as coisas da política, do progresso material, enfim, como transcorriam as novidades do país. Narrou-lhe que os coronéis haviam sucedido os barões do Império; que a República transformara-se no governo das oligarquias rurais, capitaneadas pelos estados de São Paulo e de Minas Gerais. Os dois revezavam-se, entendiam-se e indicavam os candidatos. Afirmava que as eleições tornaram-se farsas, verdadeiras dissimulações, pois eram cinicamente fraudadas, e a única disputa que havia era entre eles próprios, quanto à escolha dos seus representantes. Noticiava que o povo permanecia naquele estado de atraso, apático e marginalizado pela ignorância, e que o Rio de Janeiro sofrera grandes transformações sob a administração do prefeito Pereira Passos, durante o governo Rodrigues Alves, como ele lhe antecipara no início do século. Acompanhara com grande interesse a campanha civilista de Rui Barbosa, nas eleições de 1910, quando este concorrera com o Marechal Hermes da Fonseca. Rui denunciara esse estado de coisas deploráveis, os abusos e vícios da jovem República, mas fora derrotado pelo marechal. Até 1918, dizia, perdurava aquele arremedo de Estado. A economia girava em torno do café, e todo esforço era feito para a manutenção do seu preço. Euzébio, durante aqueles anos, escrevia-lhe dizendo que os presidentes eleitos, como eram originários da elite rural, grandes proprietários ou ligados ao comércio cafeeiro, agiam e governavam unicamente em função de seus interesses. Desde 1906, pelo Acordo de Taubaté, lhe dissera, o Estado comprava o excedente de produção de café para manter os preços externos à custa de enormes sacrifícios. O Brasil ainda lhe parecia uma gigantesca fazenda onde prevaleciam o paternalismo, a cordialidade e a inércia, mantenedores das relações dependentes e da sociedade atrasada, como ele lhe dissera certa vez. Os coronéis rurais, reacionários e conservadores, lutavam com denodo contra o progresso social ou contra qualquer empecilho que prejudicasse seus interesses. Geralmente mandavam seus filhos estudarem Direito na Europa ou nas tradicionais faculdades do Brasil e, uma vez bacharéis, tornavam-se seus representantes nas Assembleias e nos negócios internacionais, transformando-se na extensão erudita de seus interesses. Aquela tradição bacharelesca do Império perdurava na República e, dificilmente, um legítimo representante popular galgaria os degraus do poder, ou da sociedade permitida. Não tinham oportunidades, lhe escrevia Euzébio; as oligarquias disputavam-no e dele usufruíam em detrimento dos interesses majoritários das massas populares, que continuavam a chafurdar na lama da ignomínia e na impotência do conformismo.

Malgrado Jean-Jacques não haver mais se referido às pessoas com quem tivera contato mais próximo, naquela sua estadia no Rio de Janeiro, Euzébio lhe escrevera dizendo que o *Mère Louise* entrara em decadência. O antigo casarão fora demolido, mas o cabaré se transferira para as imediações, na própria Rua Francisco Otaviano, esquina com a Avenida Atlântica, conservando o nome de sua antiga proprietária. Perdera, porém, o esplendor de suas noites maravilhosas. Contou-lhe que *Madame* Ledoux morrera em

1915, vítima, segundo lhe disseram, de um fulminante ataque de coração. Curiosamente, conforme lhe relatara nessa carta, pouco tempo antes de sua morte, ao levar um passageiro ao cabaré, encontrara-se casualmente com ela à porta. Reconheceu-o, tratando-o com cortesia e convidando-o a entrar, e lhe perguntou muito por ele, Jean-Jacques, solicitando-lhe o seu endereço em Paris. Como na ocasião não o tinha, prometeu que retornaria no dia seguinte para entregá-lo, e assim o fez. Evitou indagar a respeito de Verônica. Somente uma vez naqueles anos, lá pelos idos de 1910, viu-a saindo da Confeitaria Colombo em companhia de duas outras senhoras. Conservava-se linda, e pareciam dirigir-se a um carro estacionado em frente. Mas não notara sua presença.

Euzébio também lhe escrevera a respeito dos primeiros veículos motorizados que começavam a circular no Rio. Faziam sucesso e despertavam enorme curiosidade. Narrara-lhe, também, segundo os noticiários políticos, que Mendonça fora reeleito para o Senado, e que o vira algumas vezes nas imediações do Monroe. Entretanto, ao longo destes anos, sempre evitara tocar em tais assuntos, pois imaginava o quanto deveriam amargurar o amigo, além de que, nos últimos quatro ou cinco anos, a correspondência entre ambos foi-se rareando, chegando a trocarem apenas uma ou duas cartas anuais. O tempo encarregara-se de arrefecer, não a amizade, mas a necessidade de se manterem os vínculos atualizados, repletos de notícias desvinculadas de duas realidades, distintas e distantes.

Entretanto, em princípios de maio de 1918, um fato novo veio remexer as cinzas do passado e reavivar brasas adormecidas; aqueles pontinhos de luz que teimam em permanecer acesos, emitindo centelhas malgrado a extinção das labaredas. São o que restam das emoções inesquecíveis e que possibilitam, eventualmente, o calor de outras ilusões. Foi durante um fim de semana, quando visitava regularmente sua mãe, que se deparou com aquela carta. Já se preparava para as despedidas, quando a condessa lembrou-se:

— Ah, querido! Há uma carta do Brasil para ti, no lugar de costume...

Jean-Jacques logo pensou tratar-se de Euzébio, e sentiu-se satisfeito, pois, naquele ano de 1918, não havia ainda recebido notícias suas. Inclusive estranhara esse fato, já que, mesmo na passagem do ano, quando sempre recebia suas congratulações de boas festas, não as tinha dessa vez recebido; mas era muito comum, naqueles tempos de guerra, haver problemas com o correio. Geralmente as correspondências, quando chegavam, vinham com muito atraso. Quando constatou não se tratar de uma carta de Euzébio e leu no verso o remetente, experimentou um súbito choque, uma estranha sensação que há muito não vivia. Abriu o envelope avidamente. Tratava-se de uma carta, assinada por Henriette Maria:

(...) esse fato me foi revelado por mamãe, há cerca de quatro anos. Inclusive, meu nome foi escolhido por ti. Segundo ela (...) praticamente vive só, pois papai, há alguns anos, raramente aparece na fazenda, passando a maior parte do ano no Rio de Janeiro. Ele anda muito doente, coisas do coração, e não deve ter muito tempo de vida. Mamãe sempre fala em retornar ao Rio, e deve fazê-lo após sua morte (...) Há três anos, vovó Jacinta retornou a Ilhéus, sua cidade natal, e vim com ela, pois detestava a vida no campo e a convivência com mamãe tornou-se difícil, apesar de irmos frequentemente a São Paulo gastar nosso dinheiro. Vovó encontra-se envelhecida (...) Após essa revelação, ela sempre se referiu com muita ternura em relação a ti, e se diz certa de que és meu pai. Disse mais: que foste o grande amor de sua vida, narrando-me em detalhes o romance que mantiveram no Rio (...) Esta é a terceira carta que te envio; as anteriores devem ter-se extraviado, provavelmente devido à guerra. Gostaria muito de conhecê-lo, papai, e se tu, porventura, vieres, confirma antes no endereço: Travessa Padre Onofre Justo, 14, Ilhéus, Bahia.

Despeço-me com um beijo e, de qualquer modo, envia-me resposta. Da filha,

Henriette Maria.

P.S. Confirma a vinda com antecedência.

Após a leitura, parecia-lhe que as antigas reminiscências adquiriam uma realidade atual e aquele interregno, de dezessete anos, um breve momento. Permaneceu estático, de pé, e releu a carta com avidez, mergulhado em reflexões. Sentiu insólita alegria, e amou aquela sua filha como nunca amara ninguém. Lembrou-se também, não soube o porquê, de sua adorada avó Karine. Ali estava o fruto de uma autêntica paixão, a pessoa querida que pensara jamais existir e que se chamava Henriette, como ele escolhera...

"Sim, iria ao Brasil conhecê-la... Claro que irei à Bahia!", concluiu feliz, tomando a decisão de dirigir-se imediatamente a alguma agência de viagem marítima para se inteirar dos próximos embarques. Mas se lembrou de que era domingo, e foi para o seu *atelier*, caminhando pressuroso, imerso em alegres conjecturas. Experimentava inusitadas emoções. Sentia renascer seu amor por Verônica. Percebia que aquela súbita ternura por sua filha Henriette era a antiga paixão, retornando vigorosa das cinzas. Quando a imaginava, pensava unicamente em Verônica.

"Mas faz tanto tempo!", refletia Jean-Jacques, "e é incrível como as coisas retornam com a sensação do presente".

Ele sentia-se como aquelas pessoas que, desiludidas e acomodadas com o destino, veem subitamente reacender-se as esperanças mediante algum fato novo, que torna a iluminar suas vidas. O que sentia naquele instante eram as mesmas emoções de antigamente. Parecia-lhe que, no próximo sábado, Euzébio viria apanhá-lo para conduzi-lo ao *Mère Louise*, ao encontro de Verônica. Entrou no *atelier* e quedou-se numa poltrona, imerso em recordações, lembrando-se de seu apartamento em Botafogo. Sorriu, apanhou uma garrafa de vinho, encheu um cálice e submergiu completamente naqueles anos. Lembrou-se daquela manhã na Praça Mauá, e constatou que nunca procurara saber os motivos reais pelos quais Verônica não embarcara com ele. Havia uma dúvida, ou certeza, que preferia enterrar em seu coração: a de que Verônica o houvesse utilizado para chantagear Mendonça. Quando se deparara com aquela mansão na Tijuca, recém-comprada, tivera essa impressão. Julgara, porém, que se ela assim agiu é porque fora induzida ou obrigada por Louise e sua mãe; fato em que preferia acreditar, e que lhe atenuara o sofrimento durante os primeiros anos. Todavia, após receber essa carta de sua querida filha Henriette, sentia-se capaz de questionar livremente e mesmo de admitir tal fato, pois agora estava convencido de que fora importante para ela, Verônica. Aquela sua filha, a quem já amava intensamente antes mesmo de conhecê-la, era o elo que tornava a uni-los. Não uma simples ligação baseada na existência física de Henriette, mas algo mais profundo e inexplicável: a realidade da filha transformava-se em ondas que transpunham o Atlântico e ressuscitavam emoções, adormecidas pelo tempo. Subitamente, aquelas suspeitas e aqueles ressentimentos tornaram-se irrelevantes, subjugados pelo antigo amor. E começou a absolver Verônica e a entronizá-la outra vez em seu coração: "Não teria ela sofrido e se arrependido amargamente por havê-lo abandonado? Sim, Henriette fora o nome por ele escolhido quando trafegavam pelo Flamengo". Relembrava até mesmo a fisionomia do jovem empregado do Hotel das Américas, olhando-os lá do alto pela janela, enquanto aguardavam Euzébio na calçada. Jean-Jacques era arremetido de volta ao passado, atrelado às reminiscências e invertendo o destino, induzido a justificar seus sentimentos. O aparecimento de Henriette modificava-os, tornava-se o pretexto, as migalhas que voltavam a alimentar sua vida. Tornava a pensar fortemente em Verônica, e a ideia de revê-la surgiu com vigor. Essa ideia foi aumentando, tomando formas definitidas até se cristalizar em convicção: "Sim, irei revê-la!", concluiu, levantando-se compulsivamente da poltrona em que estivera sentado a relembrar o passado, pondo-se a andar ao acaso, observando pontos no chão, juntando-os numa rede neuronal que lhe dava a sensação de irresoluta certeza: "Conheceria Henriette e, juntos, iriam a São Paulo para rever Verônica", foi o resultado final daquela trama nervosa.

No final da tarde, já havia abolido todo o ceticismo e as restrições, sentindo, após dezessete anos, retornar-lhe uma alegria que há muito fugira de si. Jean-Jacques voltava a sonhar. Dirigiu-se a um canto do *atelier*, onde havia uma antiga pilha de telas pintadas, e puxou cada uma delas, até encontrar o retrato escultural de Verônica. Pegou-a, fitou-a um instante e a conduziu ao local onde estivera sentado, encostando-a à parede em frente, e quedou-se na poltrona. Experimentou um calor abrasar-lhe o corpo, emocionando-se com sua beleza. Ali estava ela estirada nua sobre a cama, de bruços, olhando-o com a cabeça apoiada em uma das mãos. Era sua tela favorita, e havia longo tempo que não a admirava. Jean-Jacques contemplou-a longamente, sentindo imensa saudade e um inefável desejo, e tudo aquilo que reprimira durante anos ressurgiu aos borbotões, como se fosse a pressão da água arrombando uma barragem. Foi invadido por emoções tão fortes que as lágrimas lhe afloraram aos olhos, trespassados por aquela visão magnífica. Tornou a encher o cálice com vinho e o foi bebericando, remoendo o passado, embriagando-se com a sensualidade da antiga amante.

"Passo antes pelo Rio, revejo Euzébio e a cidade, e vou a Ilhéus", foi a resolução final na tarde primaveril. Dormiu no próprio *atelier*, conforme fazia frequentemente e, na manhã seguinte, comprou o bilhete de viagem. "Zarpo do Havre no dia 3 de julho; e no mais tardar, lá pelo início de agosto, estarei em Ilhéus", escreveu a Henriette, confirmando a viagem.

* * *

    No final de julho, durante a manhã, Jean-Jacques avistou ao longe as areias de Copacabana e inúmeros pontos brancos, contrastando com os morros verdejantes. Vistos do navio, pareciam fragmentos pintados. Podia verificar, mesmo à distância, que o bairro se desenvolvera bastante. Quando se aproximavam do Pão de Açúcar, experimentou a mesma sensação renovada a cada vez que transpunha a barra e penetrava naquela atmosfera única. Desembarcou com o sol a pino e tomou um táxi na Praça Mauá. "Copacabana", solicitou ao motorista, pondo-se a observar a cidade renovada. Logo, saltou-lhe aos olhos o antigo problema: a mesma discrepância social persistia. Novos prédios, novas praças e novas ruas, belas roupagens a dissimularem a mesma realidade. Havia a impressão de melhor qualidade de vida e a sensação de progresso, porém, a sociedade continuava excludente. "Sá Ferreira, 171", completou, ao cruzarem o túnel novo, inaugurado logo após o seu regresso à Europa. Ao entrar na Avenida Princesa Isabel, constatou que Copacabana deixara de ser o imenso descampado do seu tempo. Inúmeras casas, palacetes e pequenos sobrados mudaram a fisionomia do bairro e conferiam-lhe um ar urbano, que contrastava com a sua memória. Chegaram ao endereço. Transpôs um pequeno portão de ferro e tocou a campainha da casa modesta. Apertou três vezes, até a porta ser cautelosamente entreaberta.

    Uma senhora idosa apontou seu rosto no vão e o olhou hesitante, não o reconhecendo. Jean-Jacques identificou-se e houve alegre efusão:

— Venha! Venha senhor Chermont, ele está aqui...

    Sentado sobre uma cadeira de rodas, Euzébio o fitou longamente, sem mover sequer um músculo das faces, tampouco manifestou sinais de havê-lo reconhecido. Sofrera um derrame no final do ano anterior, explicou-lhe Cornélia. Jean-Jacques sentiu-se amargurado com a impossibilidade de reviverem os bons tempos de outrora, mas conversou bastante com a esposa. Ao fim da visita, retornou ao quarto, ajeitou o amigo sob uma réstia de sol que varava a janela e o abraçou comovido. Foi-se hospedar no Hotel Londres, recém-inaugurado, situado na Avenida Atlântica.

    À tarde, dirigiu-se a pé ao local onde se erguera o *Mère Louise*. Em seu lugar, um moderno casarão estampava imponente fachada. Dele restavam as lembranças da figura elegante de Louise e das noites animadas, agitadas pelos sons de Castanheira. Demorou-se um pouco, recordando tudo aquilo, e resolveu caminhar até o Leme, admirando as construções e a imitação do vaivém das ondas sobre a calçada, desenhadas em pedrinhas portuguesas. A Avenida Atlântica ficara lindíssima, acompanhando a curvatura da praia, emoldurando-lhe belamente a silhueta. Enquanto caminhava, a paisagem maravilhosa ia-lhe penetrando e fazendo vibrar cordas da memória, evocando o passado. Procurou pelo Hamburgo, que também não mais existia. "Onde estaria *herr* Kaufmann?" Jean-Jacques sentiu premência em partir em busca de Henriette e de Verônica. Aquelas recordações doíam-lhe, sufocavam-no e o impeliam para outro lugar. Pensou em embarcar o mais breve possível num navio da Costeira, rumo a Ilhéus, onde tentaria resgatá-las, revivendo o Rio de outrora. Após retornar, parou em frente ao hotel, olhou para a praia faiscante do começo de tarde e saltou do passeio à areia, caminhando até à franja d'água. Arregaçou a calça, tirou os sapatos e sentiu a água de julho gelar-lhe os tornozelos. Voltou-se, permanecendo alguns minutos de costas para o mar contemplando a orla, quando notou alguém de pé, sobre o passeio, segurando algum objeto na mão e fazendo gestos à guisa de querer entregá-lo. Firmou a vista e se dirigiu até ele. Não o conhecia. Achegou-se e constatou tratar-se de um belo rapaz.

— Tu a deixaste cair quando saltaste! Vi de longe... — disse o desconhecido, agachando-se, insinuando um sorriso e lhe estendendo sua carteira de couro preto.

— Oh! Muito obrigado, amigo! — agradeceu Jean-Jacques, esticando o braço para apanhá-la, sentindo-se atraído pelos traços fisionômicos perfeitos e pelos olhos azuis que o olhavam com expressão solícita, porém, denotando firmeza.

Observou-lhe também o forte sotaque sulista e sua botina lustrosa, quase rente a seu rosto. O nível da calçada situava-se a cerca de dois metros acima das areias.

— Tu não és do Rio... — completou.

— Não... não, senhor. Sou do Rio Grande — respondeu o rapaz.

— Como tu chamas? Espera até eu subir — pediu Jean-Jacques, caminhando até a escadinha ao lado que dava acesso ao passeio.

Subiu-a e aproximou-se sorrindo, suando muito devido ao calor da tarde e da caminhada que fizera até o Leme.

— E então?

— João Antunes — respondeu o rapaz, com certa timidez.

— E eu me chamo Jean-Jacques! — apresentou-se, com seu sorriso acolhedor, estendendo-lhe a mão e sentindo a outra, forte, apertar a sua.

Entabularam rápida conversa e logo se despediram.

— Se porventura algum dia fores a Paris... — e lhe entregou um pequeno cartão com seu endereço. — Aparece lá em casa!

— Sim... Muito obrigado. — Pegou-o e o enfiou no bolso.

João Antunes sorriu aquele sorriso indicativo de uma possibilidade remota. Jean-Jacques agradeceu novamente e o observou afastar-se, caminhando com as pernas ligeiramente arqueadas, pernas de vaqueiro. Dois dias depois, embarcou para Ilhéus.

Ao deparar-se com a cidade, lembrou-se novamente de que ali estivera certa vez, resolvendo negócios de exportação de cacau. Entrou na pequena travessa, quase ao cair da tarde, alinhando a vista para o conjunto de casas justapostas, bem emparelhadas. Eram residências modestas, com arquiteturas semelhantes e com boa aparência, cujas portas davam diretamente para o passeio. Quase todas tinham pequenas janelas frontais envidraçadas, atrás das quais duas folhas de madeira vedavam o interior. Dez, doze... catorze. Parou em frente, examinou a fachada e tocou à porta, três vezes. Não ouviu nenhum ruído interior que denunciasse a presença de alguém.

Em pequenas cidades e vilas do interior do Brasil, quaisquer insignificantes novidades são detectadas imediatamente pelos seus habitantes. Fatos irrelevantes, como a presença de uma pessoa estranha ou as dificuldades financeiras de fulano, as mudanças do tempo ou o cachorro que mordeu o dono da padaria; enfim, qualquer banalidade que quebre o marasmo cotidiano, torna-se suscetível de ser saudada com ares jubilosos.

Por isso, quando iria bater novamente à porta, Jean-Jacques viu surgir, na janela ao lado, uma simpática senhora com o rosto rechonchudo e risonho, que se pôs a analisá-lo atentamente.

— Jacinta foi ao mercado. Volta daqui a pouco — noticiou a vizinha, debruçando-se no peitoril da janela e abrindo um simpático sorriso. Seus bustos formavam volumosas almofadas que pareciam prestes a despencar no passeio.

— A que horas?

— Daqui a uns quarenta minutos. Antes ela passa no açougue.

— Obrigado, retorno mais tarde... — agradeceu Jean-Jaques, olhando com mais vagar a estreita travessa; sorriu-lhe e retornou pelo mesmo percurso que viera, desembocando na rua principal, que dava acesso ao mar.

Na confluência da Travessa Padre Onofre Justo com essa rua principal, no passeio oposto, havia um pequeno bar de cujo interior podia-se avistar a casa de Jacinta. Jean-Jacques atravessou-a, entrou no boteco e sentou-se numa das quatro mesas existentes. Pediu uma cerveja e pôs-se a observar o morno movimento de fim de tarde. Havia silêncio e tranquilidade, quebrados apenas por um ou outro pedestre que passasse em frente ao bar.

A Travessa Padre Onofre Justo interligava duas ruas maiores, que corriam quase paralelas até a beira-mar. A travessa iniciava-se numa dessas ruas — onde se situava o bar — e terminava na outra paralela. Da mesa onde se encontrava, Jean-Jacques podia ver toda a extensão da travessa, até divisar seu término, local onde havia um terreno baldio ocupado por matagal, correspondendo à posição do bar onde estava. Esse bar e o terreno baldio situavam-se, portanto, em posições opostas — frente a frente —, separados pela extensão da Travessa Padre Onofre Justo. De sua mesa, podia avistar também, olhando à esquerda, pela rua principal, uma nesga do mar da Bahia.

Após cerca de meia hora, viu surgir no passeio oposto, descendo em direção ao mar, uma senhora acompanhada por uma linda jovem de cabelos morenos, carregando uma sacola. Jean-Jacques acompanhou-as com o olhar e as viu dobrarem a esquina, penetrando na travessa, e dirigirem-se até o número 14. A senhora enfiou a mão no bolso, retirou uma chave e abriu a porta, entrando ambas em seguida. Experimentou, então, súbita alegria. Provavelmente aquela jovem seria Henriette. Levantou-se, pagou a cerveja e dirigiu-se pressuroso à residência de Jacinta. Quando estava se aproximando, viu a vizinha, muito risonha, reaparecer à janela para lhe comunicar que já haviam retornado. Jean-Jacques agradeceu e bateu à porta. Seu coração se acelerou quando ouviu o ruído da aproximação de passos e o barulho da chave girando.

— Pois não, senhor... — disse a linda jovem, olhando-o com expressão curiosa, mas logo abrindo um sorriso, como se percebesse que aquele seria o seu pai. — Senhor Chermont? — completou, escancarando a porta.

— Sim! E tu és Henriette! — exclamou Jean-Jacques, com o semblante adquirindo a feição simpática que cativava de imediato. Seus olhos exprimiam grande ternura e pousavam, emocionados e atentamente, nas faces da filha.

— Entre, entre! — convidou-o, um pouco constrangida.

— Ora, querida! Minha querida filha! — exclamou efusivamente Jean-Jacques, dando um passo adiante e abraçando-a calorosamente, afagando sua cabeça, junto ao seu peito. Afastou-se, segurando-a com os dois braços à altura dos ombros, e correu ansiosamente os olhos pelo semblante de Henriette, esquadrinhando-o em cada detalhe. E tornou a apertá-la efusivamente contra si, com desmedida emoção. — Como és parecida com tua mãe... — exclamou, com o rosto sobre seus cabelos morenos, dando-lhe carinhosos beijos.

— Venha, papai! Deve estar cansado — acrescentou Henriette, desvencilhando-se e o conduzindo delicadamente pela mão até um pequeno sofá, sentando-se a seu lado.

Henriette era linda, não como Verônica, pois ninguém poderia ser tão bela quanto ela, mas herdara da mãe alguns traços que se revelavam em seu corpo escultural e em certos trejeitos, ou se expressavam em seus lábios carnudos e sensuais. Era um pouco mais mais baixa que a mãe; os seus olhos eram negros e brilhantes e exprimiam vivacidade e graça. O olhar de Verônica jorrava ternura e sensualidade; o de Henriette, apesar da intensidade de seu brilho, cintilava certo mistério, premeditando intenções. Seu semblante exibia certa repressão resoluta, conferindo-lhe um ar deliberado capaz de refrear aquele brilho de seu olhar. Nele, a espontaneidade não era marcante. Henriette controlava suas expansões, parecendo ponderar as palavras que diria, como se tivesse receio de revelar seus pensamentos. Aquela energia e aquele ardor de suas pupilas pareciam não se harmonizar com o seu espírito, que dimanava um enigma. Ela não possuía aquela efusão passional, tão característica dele, Jean-Jacques; ao contrário, havia em suas faces certa aridez de sentimentos, porém, acompanhada de determinação resoluta. Henriette manifestava objetividade, e suas emoções não seriam empecilhos para exercê-la; ela possuía uma personalidade totalmente oposta à dele. Enquanto Jean-Jacques permanecia dominado pela emoção em conhecê-la, Henriette parecia feliz sentada ao seu lado, porém sorrindo discretamente, apenas o suficiente para demonstrar que a recíproca era também verdadeira, não revelando, todavia, um contentamento transbordante.

— Mas tu ainda não me deste um beijo! — solicitou Jean-Jacques, sorrindo e mirando atentamente o rosto da filha. — Oh, minha criança! — exclamou em seguida, afagando-a carinhosamente com muita ternura.

— Ora, papai! Mas darei com prazer! — E lhe sapecou dois beijos na bochecha envelhecida. — Há tanto tempo desejava conhecê-lo... Vovó! Papai chegou! — chamou-a, olhando em direção à porta. — Ela anda meio surda — acrescentou, levantando-se em seguida e caminhando até a cozinha, para trazê-la.

Jacinta apareceu à frente da neta e o olhou um instante, ostentando uma expressão curiosa; parecia examiná-lo antes de lhe dirigir a palavra.

— Boa tarde, senhor Chermont — cumprimentou-o, parecendo ressurgir das cinzas, e deu três passos em direção ao sofá enquanto abria um discreto sorriso, não muito amistoso. Embora envelhecida, Jacinta provava que fora bela.

— Muito prazer, senhora! Não tivemos a oportunidade de nos conhecer antes, no Rio... — Ergueu-se e estendeu-lhe a mão.

Jacinta apertou-a e permaneceu imóvel, fitando-o curiosamente dos pés à cabeça. Tinha o rosto encarquilhado, e seus olhos castanhos, esvanecidos pelo tempo, já rumavam para aquele lacrimejante cinza final. Parecia refletir sobre ele, remoendo antigos pensamentos. De repente, como que o absolvendo de alguma eventual culpa, abriu-lhe simpático sorriso, dizendo-lhe com gestos largos, teatrais, semelhantes àqueles com os quais as atrizes agradecem ao público:

— Pois fique à vontade, senhor Chermont! É um imenso prazer tê-lo conosco; Riete queria tanto conhecê-lo... — Dirigiu à neta um terno olhar de avó. — Fez boa viagem? — perguntou, com expressão solícita.

— Sim. Cansativa, mas transcorreu tudo bem — respondeu, inclinando levemente a cabeça.

Jacinta olhou para ele com muita simpatia, mantendo o sorriso, e exclamou subitamente, como estivesse se esquecendo de algo importante:

— Irei preparar um cafezinho... Riete, arrume a cama do senhor Chermont! — ordenou, caminhando ligeiramente encurvada de volta à cozinha. Voltou-se e acrescentou: — Use os lençóis de linho. — E olhou para ele com uma antiga expressão de gente chique.

— Não te preocupes comigo, filha! Eu mesmo a arrumo.

— Venha, papai. — Estendeu-lhe a mão e o conduziu ao quarto, que dava para a pequena sala onde estavam.

Henriette abriu a janela, e Jean-Jacques pôde ver um aprazível pomar onde existiam algumas laranjeiras, limoeiros e um grande pé de abacate, com galinhas ciscando sob ele. O pomar parecia ocupar uma área maior que a casa e estava imerso num tranquilo silêncio, característico das pequenas cidades e lugarejos perdidos no interior do Brasil. Nessas localidades, o cacarejar de um galo, o canto triste da lavadeira ou o latido distante de um cão formam uma poética descontinuidade sonora que nos dão a sensação de que, em tais lugares, o tempo e a vida pararam, e que tudo parece imerso em estranha nostalgia.

A enérgica eficiência com que Henriette sacudia os lençóis e os esticava sobre a cama e o vigor com que erguia o colchão e enfiava as bordas dos lençóis sob ele indicavam que a filha era realmente uma pessoa prática, resoluta, e denotava não haver nela prioridade para a sensibilidade romântica. Ela mantinha o sorriso, mas o essencial era a tarefa que fazia. Enfiou a fronha no travesseiro, colocou-o na cabeceira e desferiu-lhe dois enérgicos tapas, amassando-o, e olhou para o pai com os olhos brilhantes, indicando o fim da tarefa. Jean-Jacques permanecia de pé, enlevado com a esperteza da filha, admirando uma qualidade estranha à sua vida.

— Pronto, papai, está arrumada! Não quer repousar e descansar da viagem?

— Não, filha, senta-te aqui; antes, quero que fales de ti, sobre... sobre a tua vida... Vem! — convidou-a, sorrindo carinhoso, sentando-se na beirada da cama e indicando um lugar ao seu lado com a palma da mão estendida sobre o lençol de linho branco.

Henriette aquiesceu, demonstrando timidez. A ausência de um pai privara-a de certas iniciativas, tornando-a arredia e lhe induzindo a um certo constrangimento em se abrir com alguém que nunca participara de sua vida. Jean-Jacques chegou a essa conclusão ao notar que a filha relutara. Ela veio e sentou-se; ele pousou o braço esquerdo sobre seus ombros. Estavam em frente à janela, e podiam ver a metade do abacateiro erguendo-se contra o azul do céu. Ao fundo, destacavam-se as cumeeiras de dois telhados vizinhos; pousado sobre uma delas, um urubu parecia observá-los dentro do quarto.

— Conta-me tudo, querida! — pediu, olhando para o rosto da filha. — Afinal, depois de tantos anos... Tu nasceste em São Paulo...

— Sim; na fazenda em Campinas, em 1902 — respondeu Henriette, tornando-se séria e com ar arredio. — Passei toda a infância brincando no casarão e no terreiro de café, com os filhos dos colonos... Subíamos em pilhas de sacos no interior dos armazéns, ajudávamos a esparramar os grãos para a secagem, e havia ainda o delicioso pomar... Como gostava de subir nas árvores... Antes de vir para Ilhéus, passeei por lá — dizia, sorrindo, volvendo-lhe o rosto.

Aquelas recordações marcaram sua existência. Discorreu cerca de meia hora sobre o passado, manifestando uma expressão pensativa, melancólica, e com o olhar perdido no céu da tarde que se ia.

— Vivi assim até mudarmos para Campinas, para eu frequentar o colégio. Mas sempre corria para a fazenda durante as férias ou nos fins de semanas. Tudo foi muito bom até eu começar a entender... a realmente me confrontar com a vida — acrescentou, com o semblante enigmático.

Henriette falava entre longas pausas, sem acrescentar muitos detalhes sobre si e com uma narrativa não linear, truncada várias vezes por constrangimentos e autocensuras. Em certos momentos, deixava transparecer grande tristeza. Quando recomeçava, seus olhos readquiriam fulgor.

— Algumas vezes, já morando em Campinas, mamãe me levava a São Paulo para irmos às compras. E como adorava as viagens de trem... As grandes lojas com suas vitrines douradas, iluminadas, esbanjando alegria. Comprávamos vestidos, chapéus, luvas, sapatos, perfumes caríssimos... Mamãe, nessas ocasiões, não poupava dinheiro. Viajávamos sempre nos finais de ano para as compras de Natal.

— E tua mãe? Foi sempre generosa contigo... Suponho...

— Sim... E continua linda! Sempre muito cortejada pelos homens; mas já não vive mais com papai... digo... com o doutor Mendonça. Perdoe-me, papai. Foi o hábito que adquiri de chamá-lo de pai — corrigiu, observando Jean-Jacques um pouco constrangido, enquanto esfregava as mãos sobre o vestido, à altura das coxas.

— Mas é claro, querida! Compreendo, compreendo muito bem! — disse rapidamente, como que querendo livrar-se das palavras. — Tua mãe era realmente maravilhosa, Henriette! A mulher mais linda que conheci... Jamais vi outra igual; em verdade, jamais conheci nenhuma que sequer se aproximasse de sua beleza. — E ergueu o rosto em direção ao vão da janela com o semblante denotando impotência, como que desejando recapturar o passado.

Henriette inclinou a cabeça e cruzou as mãos sobre as pernas, num gesto complacente.

— E como ela está? — Volveu o olhar para a filha, mantendo a expressão sonhadora.

— Bem! Mamãe está ótima! Mas, desde há uns quatro ou cinco anos, o doutor Mendonça raramente aparece na fazenda, em Campinas. Deixa tudo por conta de Custódio, o administrador de sua confiança. Antes, ele passava também o ano no Rio, mas aparecia com mais frequência, e quando vinha, trazia presentes. E combinava com mamãe... Havia certa harmonia entre eles. Quando o senador estava em Campinas, sempre comparecia muita gente importante lá em casa — disse, sorrindo discretamente. — Políticos, negociantes e grandes fazendeiros da região. Algumas vezes, o próprio presidente de São Paulo vinha encontrá-lo na fazenda.

— Sim, sem dúvida; doutor Mendonça era uma pessoa influente; participou do Gabinete do doutor Murtinho, e enquanto eu estive no Rio, compareceu várias vezes à embaixada francesa para reuniões de trabalhos — acrescentou, readquirindo a expressão normal. — Ainda é senador... Creio...

— Sim; foi reeleito. Mas lhe dizia... Mamãe nunca o amou; suportava-o, dependia do seu dinheiro. Contudo, nos últimos anos, passou mesmo a odiá-lo... até arrumar outro marido... um grande atacadista, exportador... — Henriette encarou fixamente o pai com um olhar fulgurante.

Jean-Jacques volveu calmamente a vista em direção à janela e contemplou o azul desvanecido sobre as cumeeiras, prenunciando o final da tarde. Riete acompanhou-o, e ambos permaneceram um instante em silêncio, olhando em direção ao infinito. Viram pousar, ao lado do que lá se encontrava, um outro urubu.

— Por vezes, acho isto tudo muito estranho, querida. Eu estar aqui... depois de tantos anos, a rememorar o passado... revivendo coisas que já terminaram e que não voltam mais — comentou Jean-Jacques, contemplando a tarde desfilar seu fim, através da janela.

— Mas tenho certeza de que mamãe gostaria de revê-lo! Ela de fato o amou... E muito! Revelou-me isso sempre que falava de você; deixava facilmente transparecer sua saudade.

Ele volveu-lhe o rosto e sorriu, afagando-lhe carinhosamente os cabelos negros.

— Não creio, minha filha — acrescentou, mantendo a placidez do sorriso e o ar cético de quem já conhece suficientemente a vida para deixar-se embalar por novas ilusões. — De qualquer modo, gostaria, sim, de reencontrá-la. De revê-la por alguns momentos...

— Claro, papai! Embarcamos para Santos e, de lá, pegamos o trem até São Paulo. Eu arrumo tudo! — exclamou Henriette com ímpeto caloroso, demonstrando um carinho, até aquele momento, insuspeito.

— Então, Verônica não mora mais na fazenda... Tu disseste que foram para Campinas — acrescentou, sem compreender aquela situação.

— Mas, sim, ainda mora lá! — afirmou, expressando admiração. — Papai brigou muito com ela... brigaram a valer. Mas, às vezes, ele é tão esquisito, tão estranho! Tem momentos em que... — e interrompeu-se, observando Jacinta, que saíra da cozinha carregando uma bandeja com duas xícaras de café fumegando.

Jean-Jacques observou-a, também, e afagou novamente a cabeça da filha.

— Mas, depois, pareceu concordar com mamãe, aceitando passivamente o romance dela com este outro senhor.

Henriette levantou-se para ajudar a avó. Beberam o café em silêncio. Jacinta retornou à cozinha, sussurrando coisas ininteligíveis. Recolocaram as xícaras sobre a bandeja, deixada sobre a extremidade da cama.

— Eu compreendo tua mãe, Henriette. Afinal, só... linda... Acabaria mesmo se envolvendo com outro homem.

— Foi nessa ocasião que ela falou-me, pela primeira vez, sobre você. Abriu o coração e me contou toda a sua vida. Falou-me... falou-me do *Mère Louise*... onde o conheceu — comentou com certa perplexidade, enrugando ligeiramente a fronte.

Jean-Jacques puxou-a para junto de si.

— Mas a partir daí, não sei por quê, o nosso relacionamento piorou muito. Passamos a discutir frequentemente... Fui estudar interna em Campinas, e sempre que voltava para casa, irritava-me facilmente com mamãe... brigávamos a qualquer pretexto. E, praticamente, não encontrei mais papai. Vi-o, nos últimos quatro anos, talvez umas duas ou três vezes. E notei que ele andava muito doente — comentou, afastando o rosto e crispando o semblante. — Não terminei os estudos, e quando vovó vendeu a casa e resolveu retornar a Ilhéus, vim com ela.

— O casarão da Tijuca?

— Sim! Como sabe? — indagou, surpreendida.

— Ela o comprou quando eu ainda estava no Rio, pouco antes de retornar à Europa — respondeu, retornando o olhar em direção à janela. — Mas, filha! E o que fazes aqui? O que pretendes da vida? Paraste de estudar... vives com tua avó... ela já está velha...

— Não permanecerei aqui, papai! — exclamou com ímpeto, volvendo-lhe bruscamente o rosto com expressão resoluta.

Seus olhos emitiam estranho fulgor, deixando transparecer certo ódio, certa vontade de dominar e submeter tudo aquilo que, acaso, viesse a se opor às suas pretensões. Jean-Jacques assustou-se com a inesperada reação da filha e a encarou, franzindo o cenho e perquirindo-lhe atentamente o semblante num profundo mutismo, como que tentando absorver aqueles dardos que lhe atingiram a alma. Olhou para o vão da janela e refletiu um instante.

Depois de breve pausa, acrescentou:

— Mas... e então? Para onde pretendes ir? — indagou, retornando os olhos para a filha.

Henriette levantou-se, deu dois passos e o olhou de cima, como que desejando colocar-se numa posição superior, mantendo aquele ar decidido e o brilho intenso no olhar.

— Mamãe arranjou-me duzentos contos de réis... após muitas brigas e discussões. E resolvi fazer minha própria vida, ganhar meu dinheiro. Vim para cá, papai, para comprar terras e plantar cacau. Quero produzir e ficar rica... muito rica! — exclamou, avançando levemente o rosto sobre o pescoço e fitando-o com tal intensidade que Jean-Jacques chegou a recuar o seu, como se tivesse recebido o impacto das emoções disparadas pela filha.

Levantou-se também e deu dois passos em direção à janela, permanecendo de costas para Henriette.

— Mas és ainda uma criança! — Interrompeu-se, abrindo os braços num gesto de desalento. Virou-se novamente para ela, encarando-a com a fisionomia pungente.

— Sei o que pretendo da vida, papai! — retorquiu, aparentando raiva, dando um passo à frente e mantendo a atitude de desafio. — Não quero ficar como mamãe, vivendo à custa de homens. Dependendo do dinheiro deles, mendigando roupas, joias, sapatos... mendigando o luxo. Eu quero comprar tudo isso. Eu quero o poder, senhor Chermont, o poder que só o dinheiro dá! — exclamou com ódio, manifestando uma estranha expressão nas faces afogueadas.

Jean-Jacques calou-se novamente, perplexo com a reação da filha. Apoiou as mãos no peitoril da janela e permaneceu em silêncio, olhando o assoalho de tábuas envelhecidas. Começou, então, a experimentar a mesma sensação de antigamente, quando vivera no Brasil. Nos primeiros meses, fora feliz, emocionalmente estável e tranquilo, mas quando conheceu Verônica e com ela se envolveu, tornou-se gradativamente inseguro, ansioso, perdendo a paz e sofrendo a desilusão amorosa. O que sentia, naquele momento, era algo semelhante ao que experimentara na Praça Mauá, havia dezessete anos. O desencanto recomeçava a dominá-lo. Quando concluía seus pensamentos, refletindo que talvez houvesse sido melhor não remexer as cinzas do passado, Henriette quebrou o silêncio.

— Pois eu sei, papai! Conheço a vida da vovó... da mamãe, seu envolvimento com essa tal *madame* Ledoux. As noitadas do *Mère Louise*... São todas putas! Putas de luxo! Putas de senadores, de diplomatas, de gente importante como você! E quando o dinheiro acaba... — exclamou, com ímpeto, com as faces candentes.

— Basta, filha! — interrompeu Jean-Jacques, erguendo os dois braços.

Henriette começou então a gargalhar alto, com ironia e mordacidade, até começar a chorar baixinho, esfregando os olhos com as costas das mãos.

— Mas és tão criança... apenas dezesseis anos, e já sofres como adulta. — E dirigiu-se até ela, abraçando-a com ternura.

Permaneceram assim solitariamente abraçados no pequeno quarto, imersos numa comunhão de emoções conflitantes. Lá fora, o verde da copa do abacateiro transformara-se numa mancha escura, e as sombras da noite iam envolvendo Ilhéus numa estranha amargura, numa misteriosa percepção de incertezas.

— Vou apanhar sua mala — disse Henriette, desvencilhando-se dos braços do pai, apresentando seus os olhos intumescidos.

— Eu mesmo a trago, está pesada — adiantou-se à filha, dirigindo-se à saleta. Trouxe-a e a colocou sobre a cama; abriu-a e começou a retirar suas roupas em silêncio.

— Guarde aqui — disse Henriette, abrindo um pesado armário, situado ao lado da cama.

Jean-Jacques ia e vinha com dois passos, guardando suas roupas e refletindo demoradamente enquanto as dobrava, como se aquele simples ritual fosse desafogar sua angústia. Sua filha o observava em silêncio; parecia ter-se acalmado.

— Amanhã irei ao porto e trago o cavalete e o material de pintura. Deixei-os num guarda-volumes... Tu me ajudas.

— Ah, você pinta! — exclamou, parecendo readquirir uma expressão mais alegre. — Mamãe me falou a respeito...

— Sim. Irei retratá-la com esse rosto feroz... — comentou, desanuviando-se, terminando de guardar suas coisas.

Subitamente parou, olhando para algo dentro da mala. Henriette percebeu Jean-Jacques entreabrir os lábios num sorriso chocho, e seu semblante adquirir uma expressão de desdém. Apanhou o minúsculo embrulho, cujo papel de embalagem encontrava-se amarfanhado, amarelado e desgastado pelo tempo, e sopesou-o, jogando-o duas vezes para cima, como se fosse uma bolinha. Permaneceu um instante olhando para ela, com a mão direita fechada sobre o minúsculo objeto. Em seus lábios, bailava a mesma ironia.

— O que foi, papai? — indagou Henriette, encarando-o com ar de incompreensão.

Suas faces transformaram o ímpeto anterior numa forte curiosidade. Jean-Jacques permaneceu ainda um segundo a contemplá-la, parecendo satisfazer-se com sua reação. Abriu a mão e gargalhou, aproximando-se de Henriette, transmutando-se num pai carinhoso.

— Oh, minha pequena. Tu não tens culpa de nada... — E aconchegou a cabeça da filha contra o peito. — Toma! Tua mãe deu-me antes de me abandonar. Agora é teu. — E desembrulhou o anel de ouro maciço que Verônica lhe entregara, havia dezessete anos.

Segurou-o com o indicador e o polegar direito à altura dos olhos de Henriette. Ela afastou-se um passo e o mirou, abrindo discretamente os lábios e arregalando os olhos, que cintilaram ao perceberem o dourado do ouro, na penumbra do quarto.

— Oh! Espere um instante! Vou trazer o lampião!

E dirigiu-se à sala de onde retornou logo depois, colocando-o sobre a pequena mesinha de cabeceira. O quarto iluminou-se com a luz embaçada. Uma suave brisa entrava pela janela; o dia se fizera noite.

— Mas que lindo, papai! — exclamou Henriette extasiada, sentando-se próximo à cabeceira da cama, onde pegou o anel e se pôs a examiná-lo minuciosamente. Aproximava-o e o afastava de si, admirando seu efeito contra a luz, sopesando-o várias vezes.

— É ouro maciço — disse Jean-Jacques, que permanecia de pé, sorrindo com o deslumbramento da filha.

— BGC... — soletrou Henriette em voz alta, lendo a imensa superfície ovalada.

— Barão Gomes Carvalhosa... Teu avô, pai de tua mãe. Até hoje não sei por que Verônica me deu esse anel... — comentou, adquirindo um ar de reflexão, sem, contudo, deixar transparecer nenhuma conclusão. Em seguida, tornou a sorrir benevolente, acrescentando com desdém e ironia:

— É anel das elites brasileiras! Pertenceu ao barão... Como queres enriquecer, deves usá-lo. Quem sabe serás tão poderosa e influente como ele... — acrescentou, franzindo a testa, caminhando dois passos e retornando ao mesmo lugar, mantendo aquela irônica hilaridade.

Henriette parecia não notá-lo, pois continuava entretida com a pequena joia. Aproximou-a do lampião e leu, na sua superfície interna, sussurrando: "London, 1879". Sopesou-o pela última vez e o enfiou no dedo anular da mão direita. Esticou os dedos contra a luz, erguendo a mão em ângulo reto em relação ao punho, e afastou o tórax, admirando o efeito que o anel lhe causava.

— Mas é lindo, papai! — exclamou novamente, volvendo o rosto para Jean-Jacques.

Estava extasiada, e seus olhos pareciam cintilar, transbordando luz. Voltou a repetir o gesto anterior, contemplando o anel em seu dedo, e levantou-se inopinadamente, fitando o pai e sorrindo de maneira deslumbrante. Jean-Jacques comoveu-se e relembrou Verônica. Henriette, naquele momento, assemelhava-se à amante: linda e cheia de felicidade.

— Mas por que se referiu à tal elite, papai? Do que falava?

— Tu ouviste? — indagou, sorrindo. — Estavas tão enlevada com esse anel! Bem... As pessoas que mandam neste teu país... — Ergueu os braços, num gesto largo de desalento, abrindo mais o sorriso e franzindo o cenho com gravidade. — Representam a antítese do belo. Um país maravilhoso dirigido por gente tão feia!

— Mas, me acha feia, papai? — indagou, sorrindo, inclinando ligeiramente a cabeça em direção ao ombro.

— Não, filha! És linda como tua mãe...

— E então? — replicou Henriette, demonstrando felicidade.

Jean-Jacques permanecia estupefato com o efeito que o anel causara na filha. Parecia-lhe que ele concretizava e antecipava desejos, causando-lhe uma euforia desmedida por tudo aquilo que, algum dia, almejava alcançar.

— Pois me lembro de um professor que falava dessas coisas... Coitado, queria consertar o país... Vivia irritado com a política brasileira, neurastênico com o Wenceslau Brás, com a República dos coronéis e suas mazelas. E com as eleições, sempre fraudadas...

— Mas, e então? Não achas que ele tinha razão?

— Ora, papai! Não me diga que é também um indignado com isso, que seja mais um preocupado em consertar este país! O Brasil é um mundão feito para se ganhar dinheiro! Muito dinheiro! Temos terras em abundância... — E ergueu as vistas com os olhos vazados de luz, como se estivesse a contemplar a vastidão de alqueires. — Temos minerais, ouro, diamantes... muito ferro... É tudo de quem chegar primeiro! Chegar antes! Não me interessa realmente quem manda! Se são os ingleses e seus banqueiros, ou se são os coronéis do cacau, do café... Eu só quero a minha parte, o meu quinhão... Ser um deles, papai! — exclamou, com caloroso ímpeto, quedando-se muda em seguida e observando Jean-Jacques, que permanecia com a expressão preocupada, escutando-a atentamente.

— Mas não é assim que se constrói uma nação. Aquela imoralidade a que te referiste há pouco... E que tanto te afetou... e te indignou...

— Que imoralidade, papai? — Olhou-o com ar de incompreensão.

— Aquela que costuma divertir a boa sociedade, representada pelas mulheres que chamam... de putas, e que ganham a vida em *rendez-vous*. Essa tal imoralidade boêmia...

— Sim! E aonde quer chegar? — indagou Henriette com a fisionomia readquirindo a expressão agressiva.

— Quero chegar ao seguinte, minha filha: a verdadeira imoralidade é a essência dessa sociedade, que, em poucas palavras, resume-se à sua impostura perversa! A mentalidade dessa gente e, em consequência, suas ações, é que são danosas ao país. Isso, que disseste, é de quem chegar primeiro...

— Jean-Jacques relutava, medindo cada palavra. — Possui um conteúdo maléfico em tudo o que representa. E dizer-se que tal pensamento é aceito como inevitável... Os bordéis e suas putas são apenas os detalhes pitorescos dessa sociedade hipócrita. Uma puta troca seu corpo e dignidade por dinheiro; talvez o faça por prazer ou por necessidade material, e isso te escandaliza... ou finge escandalizar. Entretanto, esta sociedade excludente castra a dignidade de milhões de pessoas e gera a miséria material, inclusive a moral a que te referiste... Gera a injustiça, a fome, a ignorância e a humilhação... Gera a infelicidade e a morte prematura...

— Ora, papai! Tem razão; mas não tenho nada com isso! Além disso, esse assunto me aborrece em demasia... me irrita profundamente! E quer saber o que penso a respeito? Aliás, nunca pensei sobre isso... — disse, olhando o assoalho, como quem realmente nunca houvesse refletido sobre tais problemas e procurasse, repentinamente, uma resposta. — Pois essas coisas, definitivamente, não me interessam! Cada um que procure ganhar sua vida e safar-se como puder, cavar sua oportunidade segundo as regras do jogo... Desse jogo sujo, conforme você disse! — exclamou Henriette, erguendo discretamente o queixo e olhando para Jean-Jacques com altivez e um sorriso melífluo, onde se insinuava veladamente certo sadismo.

Seus pequeninos olhos negros brilhavam, e o seu semblante denotava prazer em fazê-lo ouvir aquelas palavras.

— Além disso, papai, vocês, europeus, não têm condições de nos aconselhar sobre tais coisas, pois vieram para o Brasil e até hoje vivem a nos explorar, cambiando nossas riquezas, como bem reconhece... Portanto, aprendemos a ser espertos com vocês! Se ditam as regras do jogo, nós o jogamos de acordo com elas. — E emitiu pequena gargalhada, olhando-o com atenção.

— Sim! Nesse último aspecto tens razão... Mas o que te digo é verdade, mesmo sendo eu europeu. Mas...

— Papai! — interrompeu-o com energia. — Meu outro pai, o doutor Mendonça, certa ocasião me disse que tudo isso é uma coisa só; que é inútil lutar contra o poder econômico, e que o melhor é aceitar, compactuar... Pois que eles controlem o país segundo seus próprios critérios e conveniências. Ao final, todos ganham! Claro! Vocês, muito mais que nós, mas também levamos alguma coisa. Ora, papai! — disse bruscamente. — Agora, chega de conversarmos sobre isso. Irei preparar seu banho para depois cearmos

— acrescentou, sorrindo, mostrando o semblante carinhoso, como que dando esse assunto por encerrado.

— Sim... — murmurou Jean-Jacques, virando-lhe as costas e caminhando até a janela.

Ergueu os olhos e admirou o céu estrelado de agosto, permanecendo um instante a contemplá-lo. Quando retornou dos devaneios e sentou-se na cama, Henriette já havia saído. Ele permaneceu pensativo, sentindo-se angustiado com a personalidade da filha. Seu sentimento ia, gradualmente, descambando para uma profunda decepção. Não a havia imaginado assim. Alguns aspectos pessoais lhe atraíram a atenção e o impressionavam muito: a inteligência e a aguda perspicácia, acompanhadas de uma vontade resoluta e a enorme precocidade; afinal, ela tinha apenas dezesseis anos. Impressionara-o também sua ambição e um bom nível cultural. Jean-Jacques concluía amargurado que, indubitavelmente, Mendonça exercera forte influência sobre ela. Deitou-se na cama, com as mãos entrelaçadas sob a nuca e permaneceu mergulhado em pensamentos sombrios, e sentiu-se mais entristecido. Virou a cabeça e topou com o lampião bruxuleando, rente aos olhos, e pensou naquele anel. Dali a pouco, viu Henriette ressurgir risonha. Parecia meiga e solícita; chamou-o, dizendo que a água estava no ponto. Jean-Jacques olhou para ela por um segundo antes de levantar-se, refletindo sobre a instabilidade emocional que detectava na filha. À noite, cearam e conversaram sobre amenidades. Quando se recolheu para dormir e foi extinguir a chama do lampião, já sob as cobertas, ele sentiu repentina dúvida, permanecendo um instante com o pescoço erguido, nessa incômoda posição, até relaxar de vez, intrigado, e adormecer.

* * *

Passou alguns dias levando uma vidinha agradável, adaptando-se à aprazível Ilhéus. Conseguiram lugar improvisado num navio que chegaria no dia 15 de agosto e zarparia no dia 26, para Santos, transportando, na volta, toneladas de grãos para a Europa. Tratava-se do cargueiro holandês, *Erasmus*.

Naqueles dias que antecederam a viagem, Jean-Jacques tomou conhecimento da existência de Roliel, o namorado de Henriette, e dos planos que ambos faziam para realizar suas ambições de riqueza. Ele ausentara-se de Ilhéus, há cerca de dois meses, à procura de terras, mas a filha lhe afirmara que a vontade de Roliel era garimpar nos sertões de Goiás. Entretanto, ele anuíra momentaneamente aos seus desejos de se tornar "coronela", e procurava áreas na região do recôncavo. Henriette confessava-se saudosa.

Romão Gamaliel Simplício dos Santos era seu nome; seu apelido, Roliel. Nascido na fazenda do coronel Tiburcina, era filho de Jesuino, capanga-chefe do coronel e seu homem de confiança. Trabalhara lá até os vinte anos, mas logo descobriu que os limites do latifúndio estavam muito aquém de suas ambições, e migrou para Ilhéus em busca de novos negócios, imaginando outra vida. Na fazenda, alcançaria, no máximo, a confiança de que seu pai desfrutava, mas desejava romper esse vínculo e se tornar, ele próprio, dono de seu destino. Um ano após sua chegada a Ilhéus, conhecera Henriette numa tarde de outono, e apaixonou-se perdidamente por ela. Juntaram ambos, corpos e desejos num só.

Em meados de agosto, nos momentos aprazíveis após o jantar, quando Jean-Jacques, Henriette e Jacinta gostavam de papear, soaram na porta duas batidas fortes e espaçadas, semelhantes a um código pré-combinado. Jean-Jacques surpreendeu-se quando viu Henriette levantar-se apressadamente da cadeira e exclamar, "é Roliel!", e dirigir-se pressurosa à porta de entrada. Virou a chave, abriu-a e atirou-se nos braços do amante, permanecendo ambos durante alguns segundos nessa antiga junção entre dois seres que se amam. Jacinta e Jean-Jacques observavam a cena amorosa, enquanto Roliel, por sobre os cabelos negros de Henriette, lançava olhares inquiridores que pareciam confirmar o que seu instinto aguçado detectara tão logo a porta fora aberta: a presença de um estranho. Em indivíduos como ele, tal instinto era refinadíssimo, pois nascera para intuir e antecipar-se aos perigos; crescera no sertão, no calor das brigas de coronéis pelas terras onde pudessem plantar mais cacau e exercerem maior poder. E quem lhes garantiria isso seriam homens como Roliel; capangas que farejavam capangas emboscados nas voltas das estradas, escondidos atrás de pedras, ocultos entre as árvores ou mesmo na sua imaginação. Homens destinados a tocaiar ou serem tocaiados, a matar ou morrer; seres predestinados às trajetórias invisíveis das balas. Henriette, sentindo o corpo teso de Roliel, virou-se e o puxou pela mão até onde se encontrava Jean-Jacques, que se levantara para cumprimentá-lo.

— Este é papai, de quem lhe falei! Chegou da França e está comigo há quinze dias — apresentou-o, olhando para o pai e de volta para o amante.

Roliel fitou-o na defensiva e fez um discreto gesto com o queixo, sem, contudo, lhe estender a mão. Sentaram-se. Jean-Jacques e Jacinta cederam seus lugares, no pequeno sofá, aos dois enamorados. Passaram eles a ocupar as duas únicas poltronas que compunham o modesto ambiente, em torno de uma mesinha de centro.

— Riete, terra não existe mais por aqui. O que há é disputa pelo que resta; briga feia de coronéis... — disse Roliel, olhando fixamente para a amante.

— Mas você procurou longe?

— Longe, mulher! Muito longe... — Bateu a mão com força na coxa, num gesto persuasivo de quem muito viajara. — É preciso gente! Cabra macho para conquistá-las... O negócio é ouro, Riete! Ir pra Goiás e cavar a terra... Tem muito ainda por lá. Conheço bem isto aqui; as terras já estão divididas... quem vai ganhar ou perder. Tem coronel que está pegando poder...

— O coronel Tiburcina? — interrompeu Henriette, olhando para ele com a expressão atenta, perquirindo-lhe minuciosamente o semblante.

— Exato! Tiburcina está forte. Conversei com papai a respeito dele. Vamos embora daqui, Riete! Cacau não tem futuro pra nós — disse Gamaliel, ignorando as presenças de Jean-Jacques e Jacinta.

Henriette permanecia atenta, pensativa, parecendo concordar com ele. Subitamente, relaxou a fisionomia e fitou o pai com carinho.

— Antes, porém, irei a São Paulo com papai — objetou, encostando-se no ombro do amante e mantendo a expressão carinhosa.

Roliel volveu-lhe bruscamente o rosto e, em seguida, mirou Jean-Jacques, franzindo ligeiramente o cenho.

— Sim, de lá poderemos ir para Paris. Tu permaneces comigo uma temporada na França e, então, refletirás melhor sobre tua vida... sobre o teu destino — completou Jean-Jacques, de modo convincente.

— Paris ou Goiás? — indagou Riete, gargalhando com ar zombeteiro e parecendo divertir-se à custa dos dois.

Jean-Jacques percebeu que a filha possuía domínio sobre o amante, e este lhe manifestava intenso ciúme.

— Tu és ainda criança para aventurar-te neste sertão. Ele te aguarda um pouco. Quem sabe... Desistes dessa ideia — sugeriu, adiantando o corpo sobre o assento da cadeira e olhando ansiosamente da filha para o amante, que permanecia com a fisionomia impenetrável.

Roliel, desde o momento em que ali chegara, não havia ainda se dirigido a Jean-Jacques, limitando-se apenas a sondá-lo, desconfiado de sua presença; e essa agora começava a importuná-lo. Não estava habituado a lidar com as sutilezas dos sentimentos, e muito menos manifestá-los. Suas emoções eram envolvidas por uma carapaça de rudeza que filtrava apenas o necessário para sustentar seu coração empedernido, petrificado pela luta primitiva.

— Então, partimos quando, Riete? — indagou, apertando discretamente os lábios numa expressão de raiva contida.

— Ora! Quando eu retornar de Paris! — respondeu, voltando a sorrir e mirando Roliel com um ar insinuante. — Quando eu retornar, iremos para Goiás. — E ergueu levemente o rosto, olhando-o com expressão sensual.

Henriette demonstrava certo prazer em divertir-se à custa dessas situações, mas sabia que decisão tomar. Jean-Jacques notou, entretanto, que tais palavras eram dirigidas principalmente ao amante; ela comprazia-se em irritá-lo com insinuações irônicas. Jacinta levantou-se, resmungando qualquer coisa, e dirigiu-se à cozinha.

— No dia 26, irei a São Paulo com papai, e você me aguarda aqui em Ilhéus — afirmou, de modo decidido, finalizando com um sorriso.

Jean-Jacques observou a beleza da filha e lembrou-se de Verônica. Ela também possuía a boca sensual, alguns detalhes do corpo e certos trejeitos faciais que lhe lembravam fortemente a antiga amante; a pele, entretanto, era mais amorenada. Roliel segurou-lhe a mão, e ambos ergueram-se do pequeno sofá onde estavam.

Riete sorriu e acrescentou:

— Sim, irei não só a Santos, mas também à França com você, papai! Enquanto você me aguarda aqui em Ilhéus... — repetiu o que já dissera. E dirigiu-se ao amante: — Vamos, então? — perguntou-lhe, demonstrando autoridade.

Jean-Jacques observou o corpo forte e esguio de Roliel e o seu semblante furtivo, em que tudo parecia eludir qualquer análise. Não era alto, possuindo, aproximadamente, a mesma estatura de Henriette e a tez amulatada. Suas emoções, porém, pareciam profundamente enigmáticas. O que se destacavam eram as discretas nuanças de olhares que quase nunca lhe acompanhavam as expansões da alma. Seus olhos negros raramente perdiam aquele ar indecifrável, e apenas instantâneos fulgores pareciam traí-los. Tais fulgores, entretanto, ocorriam de modo aleatório, independentes dos rumos que a conversa tomasse. Jean-Jacques observara que apareciam bruscamente em momentos imprevistos e sumiam tão rápido quanto surgiam, parecendo se adiantarem ou se atrasarem em relação às palavras que ouvia, e que seria extremamente difícil deduzir o que se passava em sua mente. Apenas conjecturas poderiam brotar de tais sutilezas. Todavia, esse seu aspecto misterioso conferia-lhe certa atração, certo charme sertanejo, o que, provavelmente, atraiu Henriette. Seus olhos eram realçados pelas bolsas inferiores, que pareciam discretamente intumescidas como as de um recém-acordado, ou de quem estivesse com sono. O nariz levemente achatado e uma boca ampla, cujo lábio inferior era mais volumoso, compunham-lhe um semblante interessante. Os dentes não eram bonitos, mas harmonizavam o conjunto. Jean-Jacques observava-lhe os braços e as mãos fortes, cujas veias salientes revelavam o hábito do esforço físico. A direita envolvia completamente a delicada mão de Riete, contrastando com a suavidade de sua tez amorenada. Poderia concluir-se dizendo que Romão Gamaliel permanecia sempre na defensiva, como se as palavras ou as intenções de cada interlocutor fossem uma tocaia iminente, pronta a lhe ceifar a vida. Somente um aspecto lhe chamava a atenção sobre a sua personalidade: a nítida ascendência de Henriette sobre ele. Despediram-se de Jean-Jacques, que permaneceu absorto, pensativo, sentado na modesta poltrona, e saíram na noite de Ilhéus, para o amor.

Naqueles próximos dias, não mais veria a filha. Ele passava as manhãs pintando, geralmente à beira-mar; à tardezinha, ia beber cervejas naquele boteco que se situava em frente à Travessa Padre Onofre Justo. Só viu Riete numa daquelas tardes, quando ela surgiu fogosa no enquadramento delimitado pelos portais do botequim, no passeio oposto. Dobrou a esquina, enquanto ele a seguiu em seu doce requebro, até vê-la enfiar a chave na porta de casa e desaparecer no seu interior. Passados alguns minutos, viu-a surgir novamente, sorrindo-lhe e acenando à distância, e encaminhar-se pressurosa ao seu encontro. Permaneceram no bar até mais tarde, conversando, bebericando inspiradoras e efusivas cervejas, que lhes embalavam os sonhos e lhes injetavam a sensação de que a vida, apesar dos pesares, merecia ser vivida.

Havia nesta época, na região do recôncavo, um pistoleiro que começava a ser mitificado nos meios valentões e a ser respeitado pelos cabras machos: seu nome era Tony, o matador americano. A seu respeito, sabia-se apenas que nascera nos Estados Unidos e que viera, havia seis anos, acompanhando comerciantes de cacau que aportaram em Salvador a negócios. Encantara-se pela exuberante mulata Jandira e permanecera na Bahia, exercendo seu ofício: matando e metendo em demasia. Dele diziam também que, a sessenta metros, cortava com seu *Winchester* um charuto na boca de alguém, e que, quando ia atirar, seu coração parava de pulsar e o seu corpo se imobilizava, como o mármore. Jamais errava o alvo; além disso, era discreto, eficiente e sabia como agir em determinados imprevistos, ou circunstâncias. Ele não era, diziam, como estes cabras ignorantes que geralmente acabam fazendo besteiras; por isso, cobrava caro, mas gente encomendada a Tony era defunto. Deveriam procurá-lo em Salvador, no Pelourinho, com um tal Tião Fogaça, que combinava o encontro e recebia um adiantamento. Serviços mais complicados ou exigentes, vítimas mais importantes e difíceis de serem apanhadas eram contratadas com ele. Já prestara, certa vez, um servicinho ao coronel Tiburcina, quando este lutara contra o coronel Agripino Pereira. Agripino recebera um balaço 44 no coração quando saía da Matriz de Ilhéus, rodeado por capangas e, até hoje, ninguém soube de onde partiu o tiro; mal o ouviram. Só o perceberam quando o coronel levou as mãos à altura do peito e arregalou os olhos aterrorizados, abrindo a boca e fazendo uma careta de pavor, caindo em seguida nos braços de dona Zizá. Todos acorreram, e assistiram ao sangue jorrando em golfadas do orifício, acompanhando os estertores do coração, empapando de vermelho sua camisa branca dominical. Atônitos, saíram quatro ou cinco capangas sem rumo, com seus rifles engatilhados, procurando sinais de onde partira o tiro, mas nenhuma fumacinha, nenhuma poeira, nenhum indício manchava o ar daquela manhã ensolarada de domingo. Quando o padre chegou para a extrema unção e ajoelhou-se a seu lado, o coronel Agripino já fitava o espaço com os olhos fixos, esbugalhados, como quem não entendera o que se passara. E a fama de Tony cresceu na imaginação do Recôncavo. Em função de proezas como essa, fora jurado de morte, e era muito difícil encontrá-lo. Tornara-se, porém, muito amigo de Roliel, pois Jesuino encarregara seu filho de manter contatos com ele, que achara interessantes as ideias que povoavam a mente do rapaz. Contava-lhe das riquezas dos Estados Unidos, e não fosse a mulata Jandira, voltaria imediatamente. Mas ela não trocava a Bahia por nenhuma Chicago deste mundo. E Tony ia ficando.

— Negócio fácil — disse-lhe Roliel. — O homem é bobo; gosta de ficar horas perto do cais, pintando quadros. Nunca deu um tiro; é servicinho à toa, nenhum perigo. Mas tem que ser de longe, como você gosta. Tome isto de uma vez! — disse, entregando-lhe o dinheiro.

No fim da tarde do dia 24 de agosto, Jean-Jacques e Henriette subiram pela rua principal, vindos da praia, e dobraram a esquina, entrando na Travessa Padre Onofre Justo. Estivera no cais a pintar o retrato da filha e carregava a tela com o braço direito levemente erguido, para evitar que ela tocasse em seu corpo. Henriette insistira muito para que ele a pintasse naquele dia. E lá estava ela sentada, posando em frente ao mar, interrompendo a linha do horizonte à altura do quadril. Ostentava um porte altaneiro e o semblante seguro, emanando o poder dos coronéis. Os seus olhos negros, entretanto, emitiam estranhos fulgores e fitavam-no profundamente com inquietação, examinando-lhe a alma sem, contudo, conseguir penetrá-la. Transmitiam certa perplexidade, certa angústia, e vislumbrava-se, entre suas nuanças escuras, um ar de imensa tristeza. Era um olhar inquisitivo prestes a descobrir algo que lhe aplacasse a dor, mas esse algo mantinha-se inescrutável, e a angústia jazia nessa sua aparente iminência que, todavia, não se exauria nunca. As mãos pousadas suavemente sobre o colo e o semblante resoluto contrastavam com aquele olhar intrigante e, mais ainda, com a placidez das águas azuis do mar da Bahia.

Henriette e Jean-Jaques caminhavam em silêncio, trocando passos tranquilamente, fruindo as emanações do crepúsculo. Porém, aos poucos, foi-se erguendo entre eles uma barreira invisível; algo misterioso imiscuía-se entre ambos e os empurrava para bem longe um do outro. Esse mistério pressionava fortemente Jean-Jacques, e seu espírito, acuado, procurava desvendá-lo; uma profunda sensação de estranheza o dominava. Ele experimentou, então, um daqueles rasgos de clarividência que esporadicamente nos invadem e nos deixam perplexos com a sua fácil compreensão, e aquilo que estava obscurecido passa a adquirir a força de uma certeza insofismável: ele fora abruptamente tocado pela sensação evidente de que jamais poderia ser feliz no Brasil. Adorava a sua natureza e a espontaneidade de seu povo, entretanto, suas emoções se fragilizavam quando se embrenhava na convivência afetiva. O que emergiu foi a consciência de que a realidade brasileira proporcionava-lhe apenas um anseio espiritual, e que esse anseio manifestava-se sob a forma aparente do sofrimento e da indignação. Porém, descobria o deleite intelectual envolvido em tais sentimentos. Percebia que a dor perante a injustiça erijia-se somente num prazer estético, e que consistia apenas em desfrutar a ideia da concretização da vontade. Constatava que a pretensão ao imaginado só elaborava uma ideologia elitista e superficial, visto que, em seu âmago, era ineficaz, pois a sua construção era constantemente alienada pela retórica do belo, da impostura ou pela farsa da indignação. O prazer de imaginar elaborava apenas os elementos construtores de uma ética e estética intelectuais, constituindo um modo alienado de ser, um sentimento inócuo que pulsava indignado num vácuo prazeroso. Assim, as emoções permaneciam e lhe proporcionavam apenas a revelação de seu juízo. A realidade era somente o pretexto para a manifestação da sua sensibilidade e para aplacar sua herança espiritual, burguesa e cristã. O Brasil, julgava Jean-Jaques, era apenas pródigo em suscitar ideias e condoídas emoções. Verônica fora a encarnação da beleza, suscetível apenas a ser infinitamente desejada; os momentos desfrutados por ambos foram somente emoções inesquecíveis, erijiram-se tão só em prazeres momentâneos. Havia, portanto, uma barreira entre o desejo e a sua consumação, entre a beleza e a sua posse efetiva; havia um permanente obstáculo entre a aspiração e a real transformação, que se esgotava nas ideias. Não era possível erradicar os anseios, pois tudo se destinava ao efêmero e perpetuava-se no tempo. Essa realidade o afastava de tudo que almejara. Sentia certa repugnância, certa aversão, talvez a si mesmo; pairava em seu espírito uma clara repulsa a tudo isso.

Entretanto, por que a realidade aflorava tão abrupta e intensamente em seu coração, naquele momento poético? Por que ela fluía como algo viscoso, denso, disseminando-se lentamente em seu peito com a força de uma convicção profunda e definitiva? Seriam, gradativamente, mais poderosas e abrangentes as garras do poder econômico, tutelando definitivamente as emoções e o comportamento humano? E, porventura, chegaria um tempo em que esse tirano dominaria as mentes e os corações dos homens, destruindo a capacidade de indignar-se e abolindo o sentir? Ou o espírito triunfaria sobre si mesmo? Jean-Jacques vergava-se sob a descomunal densidade do século XX, vislumbrando, nos seus meandros, o nascimento de robôs destinados meramente a satisfazerem o poder.

Subitamente, a Travessa Padre Onofre Justo transformara-se num longínquo percurso, num *claro enigma*. Percebeu, então, que Henriette caminhava ao seu lado, indiferente ao turbilhão que o açoitava, semelhante a um grande equívoco. Somente seu amor por Verônica ressurgia das brumas, mas como algo misterioso e distante, dando-lhe apenas a sensação de realidade e de um tênue vínculo com a esperança.

— O que se passa? — indagou Henriette, rompendo a repentina mudez, fitando-o com o mesmo olhar da tela que ele carregava e que ia, lentamente, secando sob o calor do entardecer.

Aquela inescrutável expressão cristalizava-se aos poucos, semelhante ao movimento do sol em busca do horizonte, ou de seus letárgicos passos sobre o estreito passeio. Ele ergueu a cabeça e volveu para a filha o semblante pungente, mirando-a nos olhos, parecendo retornar de um sonho, e deu um destes breves sorrisos em que se exprime tudo aquilo que já é inútil dizer, evocativo de algo que o abandonara para sempre. Jean-Jacques, aquele esfuziante amante do belo, que se emocionava com a singeleza de um arbusto, emitiu um olhar dolorido, ferido pela vida que ele tanto amara e que o traía de maneira tão vil. Henriette gargalhou secamente, e seu semblante foi-se transformando numa máscara que, certa vez, ele conhecera na embaixada francesa e vislumbrara no *Mère Louise*. Seus olhos emitiam aquela mesma expressão estranha, doentia, e ele chegou quase a vislumbrar aquelas mesmas gotinhas de suor marejando-lhe a fronte. Sentiu então instantaneamente o frio cortante de uma lâmina gelada rasgar-lhe o peito, descendo-lhe até o estômago, que se contraiu como se sob o efeito de um choque, causando-lhe náusea. Subitamente, toda a densidade misteriosa daquele olhar exauriu-se de vez, revelando-se com inusitada dramaticidade. Jean-Jacques interrompeu seus passos, atônito, estarrecido, vergado pela imensurável decepção, mortificado por uma dor lancinante. Não podia crer no que via, e viu Henriette sorrir a negação final da beleza, sentindo o quão distante encontrava-se daquilo que, um dia, almejara.

Henriette ergueu vagarosamente seu braço direito, esticando-o horizontalmente à frente, com a mão espalmada, alinhando-o à altura do ombro, e admirou o anel de ouro maciço enfiado em seu dedo.

— Como é lindo! — murmurou, com o semblante desfigurado pela máscara disforme.

Tony, o matador americano, emboscado no terreno baldio existente na extremidade oposta da Travessa Padre Onofre Justo, acompanhava-os desde o momento em que ambos dobraram a esquina e passaram a caminhar em direção à casa de Jacinta. Naquele instante, assestou seu *Winchester* contra o peito de Jean-Jacques e o engatilhou, comprazendo-se em segui-lo e a vê-lo crescer, gradualmente, na alça de mira. Quando viu Henriette erguer o braço, pressionou de leve a coronha contra o ombro direito, como sempre o fizera, girando-a duas vezes, de um lado para o outro, encaixando-a bem na junção do braço, até fixá-la com a pressão exata, e alinhou a vista cuidadosamente rente ao cano do rifle. Nos instantes em que ia exercer sua arte, Tony sentia uma tranquilidade gostosa e esquisita, da qual nunca desfrutava em seu cotidiano. Inspirou fundo e foi lentamente expirando, até o instante e volume exatos que a experiência lhe ensinara. Sempre dissera de que gostava era de atirar assim, nas condições ideais e na sua distância preferida. A arma imobilizou-se em seus braços, dócil e cativa; apenas a complexa trama de ligações nervosas fluindo de seu cérebro aos músculos, que acionariam o gatilho, funcionava freneticamente, aguardando o impulso final. Encontravam-se a cerca de sessenta metros, já próximos da casa.

— Lindo anel — repetiu Riete, comprimindo os dedos contra a palma da mão e baixando repentinamente o braço, enquanto saltava rápido lateralmente à esquerda, erguendo os ombros contra os ouvidos.

Neste preciso instante, o estampido do tiro ecoou forte e reverberou duas, três vezes, aglutinando-se nas imediações e gerando uma gama de frequências complexas, resultando num som prolongado, até se perder completamente pelas bandas do mar. A bala foi precisa, atingindo Jean-Jacques no coração e arremessando-o para trás. Ainda agarrado à tela, ele a levou ao peito e recuou um passo, tentando apoiar-se numa das pernas, e olhou para Riete, confrontando, pela derradeira vez, a realidade da vida, sem conseguir entendê-la. Ergueu a vista numa fração de segundos e procurou-a no crepúsculo flamejante, onde a encontrara sempre, mas a viu transformar-se rapidamente numa escuridão infinita, até perdê-la de vez. Tombou parcialmente sobre a tela com o peito sangrando, inundando de vermelho o mar azul da Bahia.

Tony ergueu-se, desalojou a cápsula da câmara e a apanhou no chão; olhou durante dois segundos o burburinho que se formava, sorriu e retirou-se calmamente do terreno baldio, observando, antes, se não deixava nenhum vestígio, nenhum rastro de si. Henriette, aterrorizada, ajoelhou-se sobre o cadáver de Jean-Jacques, tentando puxar a tela de sob seu corpo, enquanto Florisvaldo Urbano, o dono do boteco, se aproximava correndo, apavorado. Quando viu tratar-se de Jean-Jacques, sofreu uma crise nervosa. Naqueles poucos dias de convivência, começara a nutrir simpatia por aquele francês amante de uma boa conversa e que, à tarde, sempre aparecia para uma cerveja. Portas e janelas, que se fechavam ao fim do dia, abriram-se quase ao mesmo tempo, e nelas apareciam rostos atônitos, procurando decifrar a causa da perturbação de suas rotinas vespertinas. Ao verem o corpo e Henriette debruçada sobre ele, acorreram aterrorizados, histéricos, ornamentando a dolorosa cena com lágrimas e exclamações lancinantes.

Roliel saiu de casa, depois, Jacinta, que foi-se juntar ao coro das outras mulheres, e dirigiu-se calmamente à rodinha que se formara em torno do cadáver. Homens também foram aparecendo aos poucos e confabulavam entre si, à parte. Roliel olhou indiferente sobre as cabeças e abriu caminho entre as pessoas, até Riete, conduzindo-a, em prantos, para dentro de casa. Chegaram ao quarto onde dormia Jean-Jacques; Henriette ainda segurava a tela. Roliel tomou-a de sua mão, pensou um instante, e a arremessou pela janela, para debaixo do abacateiro. Um cachorrinho, cautelosamente, acorreu ao local, aproximando-se com curiosidade do quadro. Ele cheirou várias vezes a mancha escura, olhando para ela desconfiado, e afastou-se, sem compreender aquela mistura de sangue e óleo.

— Por que fez isso? — indagou Riete, com o semblante sombrio, dominado por uma tranquilidade estranha, como se houvesse saído de um transe e estivesse procurando adaptar-se a outra realidade.

Fitava-o com um olhar fixo, desvanecido, em que se matizavam a dor, a perplexidade e a indiferença; olhava para o amante sem o ver, como se aquelas palavras houvessem sido proferidas por um outro ser, distante e ausente de seus pensamentos. Roliel sorriu com escárnio, e caminhou até o peitoril da janela; observou a tela debaixo do abacateiro e as primeiras sombras que invadiam a tarde. Virou-se e adiantou dois passos em direção à amante.

— Mais um idiota metido a entender e a consertar este mundo... Não era essa a opinião que tinha dele? Vamos agora falar com o doutor Mendonça a respeito das terras em Goiás. Ele já conversou com o presidente do Estado? — indagou, dando mais um passo e estacando, próximo à amante.

Riete fitou-o intensamente e caiu em prantos, atirando-se de bruços sobre a cama de Jean-Jacques, abafando seus soluços sobre o travesseiro. Jacinta adentrou nervosa, acompanhada por várias vizinhas.

— Sim! Sim! Doutor Peçanha vai comunicar o consulado francês amanhã cedo! Já mandei chamá-lo; daqui a pouco ele chega — respondeu, excitada, enquanto sentava-se sobre a cama, afagando os cabelos da neta.

— Ninguém toca no corpo sem a ordem dele! Já volto lá! Oh, meu Deus! Ele era realmente uma pessoa tão diferente, tão cativante... Minha filha tinha razão sobre tudo que dizia sobre ele, e de amá-lo tanto. Por que fizeram isso? — Jacinta, nesse instante, captava a beleza e toda a sua verdade, porém, tarde demais. E começou a chorar amargamente, curvando-se sobre o corpo da neta, envolvendo-a entre seus braços.

CAPÍTULO 15

Quase no crepúsculo de uma bela tarde ensolarada de início de outubro, sexta-feira, a moderna locomotiva *Mallet* apitou duas vezes e passou lentamente em frente ao *hall* da estação ferroviária de Campinas. Parou logo adiante, imobilizando seus vagões rentes à plataforma de desembarque: o trem acabara de chegar, vindo de São Paulo.

No local, como acontecia nestas ocasiões, instalava-se o tumulto e a ansiedade costumeira: oficiais uniformizados da Companhia, ostentando em seus quepes o emblema da Mogiana, corriam em direção às portas da primeira classe e postavam-se, solícitos, recepcionando os passageiros, auxiliando-os a descerem os degraus com as bagagens de mão. Outros oficiais aguardavam o desembarque das malas e de cargas maiores ao lado do vagão bagageiro. Carregadores, vendedores ambulantes, cocheiros e motoristas elevavam suas vozes, oferecendo serviços e gerando um trânsito confuso ao se misturarem às pessoas que desembarcavam, indo para várias direções.

Os viajantes, geralmente desalinhados e aparentando cansaço — o recém-chegado, não raras vezes, parecia zonzo, devido à jornada —, caminhavam ao encontro de parentes e amigos que os aguardavam. Tão logo se encontravam, após trocarem beijos e abraços efusivos, passavam a caminhar tagarelando, comunicando-se por gestos e frases exaltadas que se atropelavam mutuamente na ânsia de se informarem de tudo em pouco tempo. Porém, logo esses recepcionistas costumavam erguer os braços e apontar o local onde haviam estacionado seus veículos, ou existia um ponto de aluguel de carros. Havia também aqueles que chegavam silenciosos e caminhavam sozinhos, sem ninguém a esperá-los, carregando suas bagagens ou andando atrás de alguém, que as carregava.

Em poucos minutos, Riete, linda e altiva, surgiu à porta da primeira classe. O oficial estendeu-lhe gentilmente o braço, tomou-lhe sua bagagem de mão e ajudou-a a descer os quatro pequenos degraus, até seus pés tocarem a plataforma. Ao lado dela, aguardou que alguém viesse recepcioná-la. Riete ergueu a cabeça e olhou ansiosamente em várias direções, procurando sua mãe, mas não a viu. Notou apenas a presença de Tobias, o empregado de confiança de Verônica, que o encarregara de vir esperá-la. Assim que a avistou, fez-lhe um sinal e acorreu pressuroso. Cumprimentou-a e imediatamente dirigiu-se à recepção de bagagens, retornando, em minutos, com duas malas. Caminharam em seguida rumo à saída da estação. Quando cruzaram o imponente arco, que ligava a plataforma ao *hall* de desembarque, o grande relógio circular, pendurado no vértice por duas pequenas correntes, indicava 17h20.

— Sua mãe ordenou-me vir na charrete devido ao forte calor... mas, em breve, estaremos lá — disse Tobias, após cumprimentá-la, enquanto colocava as malas num pequeno bagageiro atrás da boleia; depois, ajudou-a a subir e a tomar assento ao seu lado. — Estou tendo aulas com um *chauffeur* de Campinas. Logo estarei guiando um dos carros do doutor Bertoldo — apressou-se a dizer, aparentando estar orgulhoso com o fato.

— Deveras, Tobias! Muito bem! Da próxima vez iremos então de automóvel — comentou Riete, volvendo-lhe o rosto e abrindo um encantador sorriso.

Ele enrubesceu constrangido.

A pequena charrete era bonita, de luxo; seu assento estofado em couro negro preguado dava-lhe um ar de coisa chique; dois generosos feixes de molas e pneus tornavam-na confortável para quem nela trafegasse. A tracioná-la, um belíssimo baio, que despertou a admiração de Riete.

A imponente sede da fazenda Santa Sofia, para onde se dirigiam, localizava-se nas imediações da cidade, a cerca de doze quilômetros de Campinas.

— Gastaremos talvez... cinquenta minutos, Tobias? — indagou Riete, retirando seu elegante chapéu, permitindo à brisa tépida de fim de tarde acariciar-lhe a face e soprar suavemente para trás, em delicadas ondulações, mechas de seus cabelos negros. Tobias olhou-a de viés e vislumbrou sua linda silhueta, emoldurada pelo pôr do sol.

— Sim, senhorita, em torno disso... uns cinquenta minutos — concordou de maneira vaga, meneando afirmativamente a cabeça.

Porém, aquela estrada estreita e a paisagem levemente ondulada, banhadas pela luz macia do entardecer — aquele ambiente onde passara sua infância e tornara-se moça —, despertavam em Riete amargas lembranças; remexiam as cinzas de um passado recente do qual fugira e que procurava esquecer. Provocavam em si sentimentos confusos, contraditórios, inauditos, que se degladiavam em busca de uma integração harmoniosa. Contudo, quanto mais fortes emergiam tais sentimentos e mais premente se tornava essa busca, mais depressa seu ego se estilhaçava, enquanto a angústia afogava-lhe o espírito em ondas de fogo. Em Riete, o sentimento de rejeição e a carência afetiva duelavam drasticamente contra a agressividade latente, sendo tal conflito envolvido por uma carapaça de orgulho que se destinava, apenas — como pretexto inconsciente —, à manutenção de sua sanidade mental. Entretanto, essa defesa mostrava-se frágil, vulnerável, e cedia perante o impetuoso turbilhão, deixando-a indefesa ante aquele conflito doloroso que a assolava. E quando tais embates exacerbavam e excediam certos limites, Riete transmutava-se num outro ser, numa estranha criatura que se distanciava da realidade em que vivia, passando a vivenciar uma outra, desvinculada da primeira. Seus olhos perdiam a ternura e a vivacidade, tornando-se mortiços e incapazes de dardejarem aquelas emanações ardentes, que pipocavam como labaredas em seu coração. Aquele olhar vago, estranho e aterrador retratava sua rendição, sua impotência em lutar contra aquela misteriosa trama nervosa que a afastava temporariamente do presente. E, enquanto tentava vencer tal conflito e ser dura no combate, ela ia, gradativamente, retornando devagarzinho para o interior da Capela Rosa, transida por uma estranha felicidade. Nestes momentos, Riete vagava em êxtase, com aquele mesmo olhar com que contemplava a cruz de madeira e seu Cristo inerte, e erguia seu rosto em direção às pequenas gravuras sacras envelhecidas, afixadas nas paredes da capela. Transcorridos longos minutos, ela saía lentamente desse transe, como se essa fuga fosse um bálsamo capaz de aliviar seus sofrimentos e de acalmá-la, permitindo à realidade anterior fluir outra vez perante si. Às vezes, por motivo ignorado, ela conseguia estabelecer uma conexão consciente entre as duas realidades distintas: a que vivenciara em êxtase e aquela à qual retornava, relembrando-se do que fizera na primeira, muito embora houvesse agido sob um impulso incontrolável, alheio à sua vontade. Entretanto, essas lembranças, essas conexões conscientes nem sempre ocorriam, e ela então ignoraria, completamente, o modo como procedera nesses transes. Em seu espírito perduravam apenas rastros de sofrimentos, que se incorporaram ao seu viver.

Tobias observou quando ela retirou discretamente um delicado lencinho da bolsa e enxugou as lágrimas que lhe escorriam pelas faces, e assoou o nariz. Sentiu-se constrangido, sem saber o que dizer, mas julgava conhecer a razão pela qual ela chorava:

— Sinto muito, senhorita Riete. Só o tempo será capaz de amenizar essa dor — comentou com ar pesaroso.

Riete olhou-o de modo alheio, sem entender aquelas palavras, e apertou novamente o lenço contra os olhos, correndo-o pelas laterais do nariz. Sentira sua mãe não ter vindo esperá-la — intimamente, porém, não tinha certeza de que ela viria. Mas seu orgulho sempre reagira com cólera perante essas atitudes de indiferença, e entristecia-se com isso. Sempre fora assim, e já podia pressentir o que seria aquela sua curta estada em Campinas, principalmente quando viera com o intuito de lhe arrancar mais dinheiro.

Naquele momento, sentindo-se reintegrada à realidade, dita normal, Riete desejava perguntar a Tobias a razão pela qual ela não viera esperá-la. Porém, hesitava, travada pela soberba, embora ele de nada soubesse acerca de seu relacionamento pessoal com a mãe. Transcorridos, todavia, alguns minutos, ela iniciou alguns circunlóquios preliminares destinados a driblar aquelas barreiras emocionais:

— Tem chovido por aqui? — indagou, observando, à sua direita, o belíssimo pôr do sol e o azul diáfano da tarde. Notou também a terra seca, pela falta de chuva.

— Não, senhorita Riete. Apenas alguns sinais, mas logo o céu clareia e o calor retorna mais forte. Vamos aguardar a próxima lua...

— Devem estar preocupados com as floradas dos cafezais.

— Antes de novembro, chove — comentou, distraído.

— Lembro-me de mamãe dizendo que papai ficava preocupado com a falta de chuvas nesta época... as flores começam a secar e a cair. Ela deve estar em São Paulo, não? — indagou, voltando ligeiramente o rosto para o lado e emendando com perguntas relativas à família do empregado. — E os filhos, Tobias, como estão?

— Graças a Deus, estão bem, senhorita... — E levou a mão ao chapéu, erguendo-o levemente à guisa de agradecer aos céus. — Mas a senhora perguntou a respeito de dona Verônica... Quanto a ela, não! Sua mãe está na fazenda, aguardando-a. Coitada, ficou muito deprimida com o ocorrido e, há mais de um mês, não se ausenta de Santa Sofia. O Doutor Bertoldo, sim, encontra-se em Santos, mas deve retornar amanhã. Ele gosta de passar os fins de semana aqui na fazenda.

Riete volveu o rosto repentinamente para ele, surpreendida por aquelas palavras, crispando o semblante e perscrutando ansiosamente as faces de Tobias.

— Mas aconteceu o quê? Você disse que ela ficou deprimida... — indagou, preocupada.

Naquele instante, foi o empregado que se assustou com a pergunta, incompreensível para ele. Demonstrava embaraço e constrangimento em respondê-la, pois ignorava o que se passava no âmbito da família.

— A senhorita não soube? Mas ainda há pouco... chorava... e... pensei... Pensei que soubesse e estivesse em... — E calou-se aturdido, fitando-a com a expressão atônita de quem não estava entendendo aquela situação.

— Ora! Soubesse o quê? Mas, afinal, o que houve, Tobias? — repetiu Riete, mantendo a expressão anterior, porém com entonação aflita, devido à demora de Tobias em esclarecê-la.

CAPÍTULO 16

Em 16 de novembro de 1901, naquela mesma manhã em que Jean-Jacques embarcara no *Zeus* de retorno à Europa, Verônica, grávida de Riete e acompanhada pela sua mãe, Jacinta, viajou do Rio para Campinas com o objetivo de ali morar. Henriette nasceu em junho de 1902, na fazenda Capela Rosa, de propriedade do senador.

Mendonça, àquela época, estava casado, havia trinta anos, com dona Emília Peixoto Aiube, e tinha três filhas. Ele, porém, passava a maior parte do ano no Rio de Janeiro ocupado com os trabalhos no Senado e curtindo sua vida boêmia; raramente aparecia em Campinas. Quem praticamente geria suas fazendas de café era o seu administrador Custódio — pessoa da mais estrita confiança do senador. Mendonça só exercia sua influência durante os negócios, direcionando-os conforme as informações econômicas de que só ele dispunha. As negociatas, os ganhos fáceis e imediatos eram com ele. Custódio limitava-se a ser um homem honesto, restringindo-se à administração das fazendas.

Dona Emília, esposa tradicional, nascida no século XIX, filha de barões e moldada segundo a mentalidade patriarcal do Império, aceitava aquela vida conjugal com serena resignação e naturalidade, como era comum às mulheres da época, principalmente entre aquelas de sua classe social. Elas deveriam, quando mocinhas, se preocupar apenas em aguardar que lhes arranjassem um bom marido; alguém que, se possível, elevasse a sua condição social. Ocasionalmente, as iniciativas conjugais eram prerrogativas delas: os bons casamentos eram negociados com antecedência por seus pais — havia casos em que a noiva viria a conhecer o futuro marido no dia das bodas. Portanto, os barões, pertencentes à oligarquia rural, tratavam de bem casá-las; se lograssem êxito, suas filhas corresponderiam às expectativas e atenderiam aos seus interesses, mantendo a sociedade tradicional. "O amor vem com o tempo", diziam-lhes as mães, repetindo-lhes suas próprias experiências e pronunciando a frase comum à época. A felicidade de tais mocinhas, suas necessidades amorosas e seus anseios mais íntimos eram recalcados e surgiam sublimados por meio da devoção religiosa, pela leitura do romantismo, pela filantropia e pela comilança, sendo tais fugas retemperadas pelo prazer solitário. Raramente questionavam sua dependência e a falta de liberdade e, muitas vezes, criavam sólidos vínculos afetivos com seus maridos, chegando mesmo a amá-los quando eles satisfaziam-nas sexualmente durante o período da maternidade.

Aquela emoção de uma época perdurava, então, pelos anos afora. O fundamental, naquelas vidas insípidas, era a boa educação dos filhos, um bom marido às filhas e a manutenção, a qualquer custo, das aparências sociais. Os sonhos, desejos e realizações de tais criaturas, esses eram relegados e levados para o túmulo. E dona Emília era uma dessas mulheres, comprazendo-se em ostentar orgulhosamente o *status* de esposa do senador Mendonça. Tal honra ornamentava-lhe a vida e ataviava-lhe a mente, granjeando-lhe imensa respeitabilidade na região.

O senador possuía três fazendas: duas delas, muito grandes. Na principal e mais antiga, a Santa Sofia, vivia Emília com as três filhas: Helena, a mais velha, Olga, e Maria de Lourdes, a caçula, além do genro, Amadeo, marido de Helena. Santa Sofia era linda. Não havia na região, ou mesmo alhures, fazenda tão famosa e com área tão vasta. Sua sede, um imponente sobrado colonial, restaurado pelo senador, possuía doze quartos e três salas enormes, uma delas ornamentada com belíssimo oratório. A altura e a beleza de suas paredes brancas, com os janelões e portas pintados de azul, tornavam-na majestosa, magnífica. No seu interior, imperavam o luxo e o requinte. Decorada com artigos estrangeiros, ali abundavam finas rendas, faianças, pratarias, louças, lustres, cristais, tapetes, quadros, móveis finos, enfim, um exuberante bom gosto. Dona Emília fora bem-educada e conhecia as coisas chiques; mantinha, naquele fausto, o seu halo de baronesa, herdado dos antepassados. Em frente ao solar, havia um extenso jardim onde se destacava uma alameda central ladeada por palmeiras imperiais, permitindo o acesso ao pátio que compunha a entrada principal. Nesse pátio, distante alguns metros da escadaria que se elevava até o alpendre, havia um canteiro circular que possibilitava, ao contorná-lo, o retorno de veículos. Algumas veredas serpenteavam pelo imenso jardim, salpicado de canteiros coloridos, entre gramados, tudo bem cuidado. Havia ainda a variedade e a fartura do pomar. Dos janelões do sobrado podia-se observar o verde-escuro dos cafezais, a perder-se de vista. Durante a colheita, emanava um delicioso aroma que se espalhava pelo ar e adocicava o espírito, com a sensação de riqueza.

A segunda fazenda era a Santa Efigênia. Nela morava Custódio, o administrador de Mendonça, com a família. Sua sede era mais modesta, mas aprazível. Suas lavouras, porém, possuíam uma área quase equivalente à de Santa Sofia.

Finalmente, havia a Capela Rosa, adquirida pouco antes de Mendonça vir a conhecer Verônica. Esta, sim, era uma fazenda menor se comparada às outras duas. Sua sede era simples, quase rústica, mas o senador gastara muito dinheiro para torná-la digna da amante. Seu nome derivava da existência, nas imediações da casa, de uma pequena capela que durante a restauração fora pintada na cor rosa. A sede da fazenda situava-se no alto de uma suave colina, e tinha a vantagem de ser cortada pela ferrovia, que passava aos pés dessa colina. Quem estivesse na modesta estação ferroviária e erguesse seu olhar, veria a sede no topo e, à sua esquerda, bucolicamente, a pequena capela rosa. Essa singela estação, construída segundo a arquitetura de fim de século, típica para o gênero, tinha o seu pequenino telhado enegrecido avançando sobre uma estreita plataforma elevada, rente aos trilhos. Ela facilitava as viagens a Campinas, a São Paulo, e ao Norte do Estado. O conjunto arquitetônico composto pela sede da fazenda, a capela e a pequenina estação, perdido em meio à campina ondulada, emanava um ar nostálgico e suscitava qualquer coisa de poético, de recatada beleza que misteriosamente se irradiava e perdurava no tempo. Os limites da Capela Rosa não se encontravam próximos aos de Santa Sofia e de Santa Efigênia, mas o senador tinha planos, aconselhado por Custódio, de adquirir uma estreita, porém estratégica, faixa de terra, com o objetivo de unir as três fazendas. "Aí, sim", dizia o administrador, "o patrão poderia construir uma ferrovia para uso exclusivo, cortando o interior de suas terras, e ligá-las, via Capela Rosa, à ferrovia principal, facilitando o escoamento da produção." Mendonça deixara a cargo de Custódio entabular as negociações com o tal fazendeiro; eram apenas noventa alqueires, mas seus limites uniriam as três propriedades. As negociações obtiveram êxito e as três fazendas unificaram-se, constituindo uma extensa área. Entretanto, a tal ferrovia jamais viria a ser construída.

CAPÍTULO 17

No dia em que Jean-Jacques retornara à Europa, Verônica e sua mãe Jacinta vieram do Rio e permaneceram hospedadas num hotel em Campinas, aguardando a reforma da fazenda. Entretanto, as obras prolongaram-se além do previsto. Mudaram-se para lá somente em abril de 1902.

Aquele fora um final de ano melancólico para Verônica. Mendonça decidira, após aquele seu romance com Jean-Jacques, mantê-la afastada do Rio de Janeiro, onde era muito cortejada, e nada serviria melhor a esse objetivo do que a isolar naquela fazenda, distante do ambiente feérico da Capital. Porém, apesar do isolamento, não demorou à provinciana sociedade de Campinas e cidades mais próximas, mesmo São Paulo, saberem que o senador mantinha a amante na fazenda. Como de praxe, falaram, deram asas à imaginação e, tal fato, durante algum tempo, circulou pelos intestinos mentais do que se convencionou chamar alta sociedade. Todavia, essa sociedade nunca deixou de bajular o senador e de lhe dedicar respeito, como naquele ambiente do *Mère Louise*, onde lhe choviam tapinhas nas costas tão logo o vissem. Bastava, pois, o senador encontrar-se em Campinas para que os convites para recepções sociais, encontros político-econômicos e festas beneficentes começassem a chegar em Santa Sofia e, agora, também em Capela Rosa.

Mendonça, ao contrário dos anos anteriores, passava, naquela época, longas temporadas em Campinas e acompanhou de perto o nascimento e os primeiros anos de Henriette. O nome fora escolhido por Verônica após muita relutância do senador, mas ele cedera à vontade da amante durante a noite em que ela se utilizara de novas esporas, lindas, feitas sob encomenda. Quatro meses depois, ela foi batizada e registrada: Henriette Maria Gomes de Mendonça.

Jacinta, após o batizado de Riete, retornara ao Rio, voltando a habitar o casarão da Tijuca de cujo conforto ela mal desfrutara, e retomou sua antiga vida. Reencontrou velhas amigas, algumas das quais haviam se afastado, mas agora, bem instalada, elas reapareciam, saudosas do passado. Louise, de quem Jacinta fora outrora amicíssima, tornou-se assídua e sócia do novo *rendez-vous*. A amizade entre ambas arrefecera quando Louise permitira ao senador Mendonça conhecer Verônica, dela se aproximar e fazê-la sua amante. Jacinta não desejava aquela vida para sua filha, e achara que a amiga se aproveitara da sua beleza para obter vantagens, o que de fato acontececeu.

Louise, em certa ocasião, dissera ao senador: "vem à minha casa durante a tarde esperá-la chegar da escola, garanto a ti que jamais verás menina tão bela". Depois de conhecê-la e por ela se apaixonar, *madame* Ledoux lhe prometera exclusividade: "não te preocupes, senador, Verônica será só tua". Jacinta, diante disso, entristeceu-se. Ela sentiu-se submissa e ludibriada por Louise. Algum meses depois, Mendonça e seus amigos criaram o cabaré em Copacabana. Por fim, tudo acontecera, "e isso fazia parte daquele mundo, não é verdade?", consolava-a Louise, "afinal, não foi assim também contigo? Apesar de não ser esse o teu desejo, não aproveitaste as boas coisas que o barão te proporcionou?", "Com o senador, Verônica terá vida de princesa e nada faltará também a ti, sendo ela a tua filha", dizia-lhe, com uma expressão persuasiva.

Louise sempre exercera domínio sobre Jacinta. Ela era francesa, sofisticada, possuía a tradição fidalga e fora íntima do paço. Era exímia proxeneta, com tradição no assunto. Fizera-se amiga de homens importantes, satisfazendo-os com requintes e mulheres inimagináveis nas províncias; conhecera a alta sociedade do Império. E tais pessoas, ainda vivas, mantinham-se respeitáveis, agora no regime republicano. Tudo isso coagia o espírito de Jacinta. Esta, por sua vez, não tinha experiência e muito menos traquejo. Mulher simples, tímida, ainda moça e recém-chegada à Corte, fora Louise quem a apresentara ao barão Gomes Carvalhosa, pai de Verônica. Jacinta era apenas uma belíssima baiana com olhos cor de mel e um corpo escultural.

Madame a conhecera ao acaso em São Cristóvão, onde andava em busca de belas mulheres. Achou-a linda, fez-se sua amiga e ensinou-lhe os princípios de etiqueta antes de introduzi-la naquele mundo. Verônica, portanto, apenas repetia a trajetória de sua mãe, tendo como origem a mesma pessoa: *madame* Ledoux Chabas.

Durante o romance entre Jean-Jacques e Verônica, fato já consumado, Louise e Jacinta vislumbraram a possibilidade de conseguirem um bom negócio, e tornaram a estreitar relações; a iniciativa partira de Louise. E realmente lograram êxito, materializado naquela mansão que Mendonça adquirira para elas, na Rua Conde de Bonfim. Quando este descobrira o romance e viera se queixar a Louise, esta lhe dissera: "tranquilize-se, senador, Verônica continuará sendo exclusividade do senhor; isso é coisa passageira". No início, Mendonça mantivera-se tranquilo, aguardando uma rápida solução para esse caso, solicitando a Louise que se empenhasse para o seu fim, insinuando-lhe ameaças sobre o *Mère Louise*. Ele limitara-se a haver comparecido à embaixada francesa para conversar pessoalmente com Jean-Jacques a respeito do assunto, ocasião em que fora acometido daquele estranho ataque de hilaridade.

Louise postergou deliberadamente a solução do caso; ela jamais perderia uma oportunidade como aquela. Logo urdiu toda a trama e comunicou-a a Jacinta, instruindo-a acerca de como proceder. Ela era inteligente e possuía sutileza em tais assuntos. Com bastante habilidade, foi deixando o tempo exercer seu papel, narrando ao senador a paixão crescente que Verônica devotava ao amante, dizendo-lhe que se encontravam aos sábados no *Mère Louise*, quando saíam para outros lugares, e que estava enfrentando muita dificuldade em dissuadi-la, em fazê-la encerrar aquele caso. E, o mais grave: "que Verônica planejava fugir com o amante para a Europa, já havendo ambos, inclusive, adquirido as passagens e marcado a data do embarque". O próprio Jean-Jacques havia confidenciado isso a Louise. "E se quiseres a comprovação desse fato, coloca um agente a espioná-los". E assim foi feito: durante um mês, os passos de Jean-Jacques e Verônica foram seguidos pelo Rio de Janeiro; a compra das passagens verificada e comprovada, e tudo aquilo que Louise lhe dissera era verdade. Ela soubera, aos poucos, acender e fazer arder no peito do senador a chama do ciúme doentio, da paixão cega e desvairada. Louise exercia com competência seus pendores seculares para a intriga, a fofoca malevolente e o jogo da sedução. Isso lhe proporcionava enorme prazer, e ela o executava com elegância e tranquilidade, mantendo o absoluto domínio da situação. Manobrava aqueles dois homens apaixonados como se fossem marionetes.

Mendonça, então, foi dominado pelo ódio, falando em adotar medidas extremas, ameaçando matar o rival e, a ela, punindo-a com a perda do *Mère Louise*. Porém, tudo foi contornado. Louise dissera ao senador que, na tentativa de dissuadir o diplomata, comentara com ele, Jean-Jacques, que ele, Mendonça, já havia tomado conhecimento do caso e que a estava pressionando e disposto a tomar medidas violentas contra ele, caso não rompesse o romance — em verdade, ela apenas insinuara tal fato a Jean-Jacques. E, depois disso, comunicara a Mendonça que o diplomata mostrava-se realmente irredutível em seu amor por Verônica, e de que se prevenira contra ele, relatando confidencialmente sua situação a alguns amigos da embaixada francesa, dando-lhes seu nome como uma possível ameaça à sua vida. Portanto, se ele, Jean-Jacques, fosse vítima de alguma violência, já saberiam o mandante, o responsável. Logo, aconselhou-lhe Louise: "O senador deve abster-se de qualquer medida nesse sentido, tendo em vista sua posição social e o cargo que ocupa, pois o caso se transformaria num grande escândalo, gerando inclusive um incidente diplomático de graves repercussões e de péssimas consequências para a reputação do senhor". Porém, disse-lhe em seguida que não se preocupasse mais, pois ela agora resolveria definitivamente aquele caso em curto prazo. Mas tudo isso era falso: Louise jamais relatara essa história de ameaças a Jean-Jacques, e, muito menos este se prevenira contra qualquer tipo de violência por parte de Mendonça. O senador quedou-se então pensativo, preocupado com tais revelações. Louise sorriu e sugeriu-lhe ir conversar com Jacinta. Com esse objetivo, marcaram um encontro no *Mère Louise*. Ela lhe garantira que a única pessoa capaz de convencer Verônica a romper com o amante seria sua mãe. Todavia, antes desse tal encontro, Louise instruíra sua amiga Jacinta sobre como agir, incluindo o comportamento a ser adotado por ela durante a reunião, pois ela, Louise, permaneceria apenas como ouvinte. *Madame* Ledoux terminara aquela conversa com Mendonça insinuando-lhe que Jacinta ficaria satisfeita com uma nova residência, pois a atual estava velha, desconfortável, e que, afinal, a filha certamente saberia reconhecer esse favor. Mendonça enfureceu-se, dizendo estar sendo chantageado; mas ela tomou-lhe delicadamente as mãos e sorriu-lhe, dizendo que, assim, ele teria a amante de volta. "E Verônica é linda, não, senador? Eu jamais conseguiria uma substituta que sequer chegasse perto de sua beleza, e que estivesse à altura de tua vaidade. Além disso, ela já está acostumada contigo", dissera tais palavras fitando-o languidamente, com as faces serenas e extravasando sensualidade.

Mendonça esfregou o lenço em seu rosto afogueado, levantou-se e partiu. — Essa conversa ocorrera duas semanas antes do embarque de Jean-Jacques para a Argentina, onde participara daquela reunião de banqueiros.

No dia marcado, encontraram-se os três no *Mère Louise*, e Jacinta afiançou ao senador que convenceria a filha a romper aquele romance, caso ela tivesse uma nova residência. Jacinta comportara-se muito bem durante as negociações, mostrando-se segura e convicente em suas pretensões. Mendonça se prontificou a examinar aquele assunto e lhes dar uma resposta no prazo de uma semana. Ao final da reunião, Louise solicitou licença a Jacinta, levantou-se, acompanhada por Mendonça, e afastou-se com ele rumo a um canto da sala: "Senador, o senhor talvez conheça o comendador Mendes Gouveia..." Ele olhou vagamente para o chão, denotando não saber de quem se tratava. "Um grande atacadista que mora na Tijuca, na Conde de Bonfim", insistiu ela. Louise, então, baixou a voz, aproximou seu rosto do dele e sussurrou-lhe discretamente, observando, de viés, a curiosidade estampada no semblante de Jacinta, sentada à mesa: "Está em dificuldades... com a corda no pescoço... ele a venderá barato. Procure o senador informar-se a respeito".

Mendonça, usando a sua influência, vasculhou a vida econômica do comendador; levantou-lhe as principais dívidas, os principais credores, e foi levado à sua presença por um amigo comum, ficando deveras impressionado com a mansão. Após algumas horas de boa conversa, comprara-lhe a propriedade pela metade do seu valor real. Mendonça, porém, conseguira, junto aos bancos, amortizar-lhe as dívidas principais, o que facilitou o entendimento. Gouveia sentiu-se satisfeito com a venda e até mesmo agradecido ao senador, dizendo-lhe que, assim, poderia reativar seus negócios. Mendonça, por sua vez, também gostou, imaginando a alegria de Jacinta e convencido de que aquela magnífica residência encerraria, de vez, aquele caso. Dois dias depois, levou as duas amigas a conhecerem a casa. Jacinta ficou deslumbrada; Louise, que dizia conhecê-la apenas exteriormente, encenou, pois já havia, há alguns anos, dormido ali. À saída, ao atravessarem o imponente portão gradeado em ferro, Jacinta garantiu a Mendonça que sua filha não mais procuraria o amante; que ele se mantivesse despreocupado quanto a isso, pois Verônica retornaria aos seus braços.

E, de fato, naquelas duas semanas em que Jean-Jacques estivera na Argentina, Verônica voltara a se envolver com o senador. Encontravam-se quase todos os dias, e Mendonça saciou sua paixão. Verônica ficou também contente com a moradia, e o rosetava com prazer, utilizando-se de novas esporas, lindas, de prata. Ela só fizera um pedido à sua mãe: de que quando Jean-Jacques retornasse da Argentina, desejaria vê-lo uma última vez. Jacinta relutou, esbravejou, mas acabou concordando: "Só essa vez, hein, minha filha!", advertira-lhe enfaticamente. "Veja lá o que está fazendo, e seja discreta! Não é possível, menina, você pensar neste homem quando estamos aqui morando... Depois de tudo o que o doutor Mendonça fez por nós!"

Jacinta, desta vez, mantivera-se firme em relação a Louise: "Afinal, a filha é minha, se quiser, cedo-lhe, no máximo, 40% do valor do imóvel". Louise acabou concordando. Planejavam fundar, ali, uma filial do *Mère Louise*; algo sofisticado, sendo elas as proprietárias.

Depois daquele retorno de Jacinta ao Rio, vindo de Campinas após o batizado de Henriette, ambas conseguiram angariar lindas jovens e organizaram no local um discreto, mas sofisticado, *rendez-vous*. O próprio Mendonça, quando estava na capital, gostava de frequentá-lo. Com o transcorrer dos anos, o *Mère Louise* de Copacabana entrara em decadência, e Louise transferiu sua administração a outros, vindo morar com Jacinta, ali na Tijuca. Com o falecimento da amiga, em 1915, Jacinta, sem experiência para gerenciá-lo, começou a endividar-se em excesso. Antes que perdesse tudo, vendeu-o, retornando a Ilhéus com algum dinheiro que lhe possibilitasse comprar uma casa e viver modestamente. Sentia-se velha, e desejava terminar seus dias na terra natal, em companhia de suas duas irmãs.

E todo aquele mundo ruíra.

CAPÍTULO 18

Verônica, no início de sua vida em Campinas, sofreu muito. Acostumada àquele ambiente alegre e mundano do Rio de Janeiro, às noitadas animadíssimas do *Mère Louise*, via-se agora tolhida numa longínqua fazenda, completamente isolada daquele mundo esfuziante que, até então, preenchera-lhe a existência. Sentia-se cada vez mais deprimida, entediada, afundando-se numa melancolia que lhe parecia sem fim; e apagou de seu semblante aquele sorriso maravilhoso de outrora.

Entretanto, aquele seu sofrimento foi lentamente amadurecendo-a e induzindo-a a descobrir certas peculiaridades de sua vida, até então ignoradas. Adquiria a consciência de que o que mais lhe incomodava nessa época era a ausência da corte; era a falta daquela quantidade de homens a assediá-la, onde quer que estivesse ou a vissem. Desde menina, habituara-se a ser o centro das atenções, pois o mundo girava em torno de si. Em sua presença, as pessoas procuravam agradá-la, satisfazendo os seus caprichos. Porém, enquanto vivera no Rio, essa lisonja passara-lhe despercebida, pois não experimentara a sua carência. Tinha, sim, certa consciência desse fato, mas ignorava completamente a importância e o valor disso em sua vida. Ademais, a admiração que despertava e a excessiva bajulação incorporararam-se naturalmente ao seu viver, e praticava seu encanto ao acaso, ignorando o quão forte era a atração que exercia, ela tornara-se refém de sua beleza e banalizara o seu poder de sedução.

Verônica jamais haveria, como outras mulheres, de dispender o mínimo esforço para atrair a atenção de algum homem a quem, eventualmente, cortejasse. Ao contrário, era ela quem deveria evitá-los e contê-los em seus assédios, até o enfado. Portanto, sem se dar conta, essa atração, esse fascínio que exercia erigira-se no âmago de sua vida, e lhe proporcionava um prazer até então ignorado que somente a solidão de Capela Rosa agora lhe revelava. O que a preenchia, enquanto vivera no Rio, e se lhe tornara fundamental, o que a impulsionava em seu dia a dia, era a voluptuosidade com que absorvia aquelas emanações masculinas, que lhe adocicavam o espírito semelhante a um bálsamo, ou a um prazer inaudito, quase sádico. Comprazia-se em vê-los ajoelhados aos seus pés, em percebê-los ávidos de receberem uma insinuação qualquer para, em seguida, caprichosamente, desapontá-los. Vez ou outra, quando mais carente, permitia-se um galanteio mais explícito, e deliciava-se em admirar seus rostos transbordarem de ilusória felicidade para, logo depois, vê-los desiludidos, recolhidos aos seus insossos semblantes cotidianos. O sadismo insensível e obrigatório que exercia fisicamente com repugnância em Mendonça, ela o repetia espiritualmente ao lidar com a sua legião de admiradores. E se Verônica sofria, vítima de seus atributos, ela os fazia também sofrerem, por causa deles.

Porém, agora em Capela Rosa, todo esse misterioso bálsamo volatilizou-se, deixando em seu coração um vácuo doloroso que ela não sabia como preencher. Ao seu redor havia apenas a natureza silenciosa, receptiva, mas indiferente ao ser admirada. Pés de cafés, aos milhares, animais, jardins, laranjeiras e empregados, que mal ousavam erguer seus rostos pudicos e contemplá-la com a luxúria dos homens da capital. Tudo isso mergulhado em um silêncio denso, constrangedor, numa solidão desconhecida e desconcertante para ela. Novas emoções começaram então a surgir em seu espírito, e um outro ser, maduro, experiente, regado pelo sofrimento, brotara em si, criando raízes naquela lama ressecada que a impregnava, e que ficara como resquício do passado.

Entretanto, apesar de haver descoberto a inconsistência daquelas emoções, tão fundamentais em sua vida pregressa, Verônica não haveria de abdicar totalmente delas. Ela viria, sim, com o transcorrer dos anos, a adquirir maior consciência de sua beleza e de seu poder de sedução, e aquilo que anteriormente exercera de modo imaturo, leviano e quase infantil, passaria a fazê-lo com maturidade e objetivos definidos. Ela não mais seria um mero objeto de fantasias, uma inigualável boneca ataviada a distribuir sorrisos e ilusões, mas refinaria aquele seu poder fascinante, reservando-o a quem, de fato, achasse digno de seus atributos. Várias vezes, ouvira Louise repetir às amigas e à própria Jacinta: "Ah, se tivesse mais algumas Verônicas".

Naqueles anos de juventude, apesar de sua imaturidade e talvez como um sentimento instintivo, Verônica adquirira a percepção de que, algumas vezes, aquelas pessoas que dela se aproximavam agiam movidas por interesses — mesmo porque, era a amante do senador. Ela tinha, sim, certa consciência de que naquele seu relacionamento com Mendonça estava sendo explorada ao máximo, pois a existência do *Mère Louise* dependia de sua boa vontade. Era o senador quem exercia liderança sobre aqueles homens que o frequentavam, e fora dele a iniciativa de criá-lo. Contudo, Verônica aceitara passivamente aquela situação como uma espécie de opção única, ou de uma estrada na qual fora prematuramente solta, ainda muito jovem, vindo essa trajetória a adquirir as feições de um destino. Comportava-se como alguém que devesse carregar sua cruz, como inúmeras pessoas fazem-no pela vida afora: aquele fora o caminho que impuseram a ela, e Verônica o trilhava como seu. Ademais, sentia-se impotente, incapaz de dar um pontapé naquilo tudo e mudar o seu destino, pois sua consciência acerca desses problemas era atenuada pelo meio em que vivia. Sua percepção restringia-se a ingênuas intenções veladas que se esfumavam em névoas, sem adquirirem a concretude do resoluto desejo. Verônica, enfim, acostumara-se àquela vida de luxo e de afagos. Mendonça era rico, poderoso, importante e a enchia de mimos, portanto, o que acabava prevalecendo sobre aqueles anelos entorpecidos, sobre esses remotos desejos de mudança era a essência daquele mundo em que vivia.

Jean-Jacques brilhou em sua vida como a primeira estrela, como seu primeiro amor. Fora ele quem lhe despertara sentimentos inéditos e a amara com paixão, destituído de outros interesses que não fossem o de fazê-la feliz. Quando ele surgira esfuziante, com novos valores desconhecidos por ela e que jorravam dele compulsivamente de maneiras nunca vistas, Verônica experimentou aqueles tênues desejos, latentes em si, firmarem-se na ânsia de uma aventura. Dir-se-ia que seu amor por Jean-Jacques fora uma tentativa ousada de alterar a sua vida. Verônica o amara sinceramente, mas com uma destas convicções esgarçadas, destituídas de plenitude, pois a força do seu sentimento surgira enfraquecida pelos conflitos que, tão precocemente, dominaram suas emoções. E essa necessidade de amar surgira ofuscada, deformada pelos fatores que marcaram dolorosamente sua ainda imatura personalidade. Em seu romance com Jean-Jacques, a insegurança de Verônica fora agravada pela decisão dele de querer levá-la para a França. Ela sentiu-se dividida, apoiada em frágeis pilares emocionais incapazes de sustentarem os seus desejos. Aquele amor por Jean-Jacques, apesar de sincero, tornara-se então pueril, inconsistente, reduzira-se apenas a uma fraca e comovente ousadia de sua mente conflituosa. Portanto, não seria difícil dissuadi-la e fazê-la retornar ao antigo caminho, como de fato aconteceu. Enquanto o amor de Jean-Jacques irrompera com as forças inerentes a esse sentimento, o de Verônica emergiu enfraquecido, tumultuado pelas circunstâncias de sua vida. Na quietude de Capela Rosa, durante aqueles meses iniciais, ela refletia e meditava sobre tudo isso. Passava longas horas na varanda frontal da casa observando os trilhos da estrada de ferro, fixando seu olhar naquelas duas linhas negras que se perdiam entre suaves ondulações, e concluiu que sua vida não haveria de seguir um destino semelhante ao traçado que via. Verônica era inteligente e sensível. Naquela solidão, analisava-se, repassando sua existência como num filme que houvesse sido rebobinado e começasse outra vez e, no qual, ela não mais seria a atriz, mas estava disposta a dirigi-lo.

Somente um aspecto de fundamental importância passara-lhe despercebido naquelas suas análises: o fator relevante desempenhado em sua personalidade por aquelas práticas sadomasoquistas que exercia com o senador. Jamais haveria, ao longo de sua vida, de discerni-las completamente; ignoraria, para sempre, que cada rosetada no corpanzil de Mendonça corresponderia a uma manifestação insinuante, criadora e destruidora de ilusões. E sentia remorsos por havê-las praticado algumas vezes com Jean-Jacques, mesmo ignorando suas origens, ou o seu significado.

Naqueles primeiros meses na fazenda, aguardando o nascimento da criança, Verônica sentiu seu amor por ele crescer, livre daquelas sombras que enevoavam o seu passado. E foi invadida por imensa saudade. Ela procurava encher aquele seu vazio com as lembranças dos momentos felizes que, juntos, haviam desfrutado. Relembrava suas frases românticas, apaixonadas, seu sorriso alegre e o brilho de seu olhar; relembrava a sua espontaneidade e a maneira poética e pujante com que encarava a vida, que girava em torno dela. E, por diversas vezes, imersa nessas recordações, flagrava-se sorrindo, com os olhos rasos d'água. Tudo findara, só lhe sobrara aquele caminho de ferro que se perdia entre colinas desoladoras. E Verônica baixava os olhos para seu útero volumoso, sentindo aquele ser bulir seu desejo, porque, o que mais a afligia, naquela época, era a possibilidade de que Jean-Jacques não viesse a ser o pai da criança.

CAPÍTULO 19

Todavia, o velho tempo, esse contemporizador de emoções, encarregava-se de fazer arrefecer o amor de Verônica. Dele, ela mantinha apenas os instantes felizes aos quais evocava em seus momentos de solidão, tentando recuperar fragmentos daquelas emanações, perdidas nas névoas do passado. Após o nascimento de Riete, Verônica começou a procurar ansiosamente na filha alguns sinais que a identificassem com Jean-Jacques. Nos primeiros meses, observava-a atentamente, enchendo-se de esperanças quando vislumbrava algum indício, e desiludia-se quando passava semanas sem os ver; ou tentava se convencer de que aquilo que observava seria, de fato, uma confirmação do seu desejo. E procurava relembrar minudências físicas do antigo amante. Riete possuía a tez pouco morena e aveludada, como a de sua mãe.

Com o decorrer do tempo, porém, Verônica começou a vislumbrar nos olhos da filha algumas nuanças, certos jeitos que eram característicos dele, Mendonça. Em determinados instantes, eles apareciam nitidamente e se espraiavam pela face, dominando-a, tal a força expressiva daquele olhar. Essas características, tão marcantes, eludiram qualquer desejo da mãe, e tornaram-se a identificação da verdadeira paternidade. Após o reconhecimento, Verônica desiludiu-se e caiu num estado de prostração, descuidando da criança e deixando-a praticamente entregue aos cuidados de empregadas. Aos poucos, a presença de Riete passou a incomodá-la; depois, a irritá-la e, finalmente, adquiriu feições de verdadeiro ódio. Tal rejeição, porém, não se erigira em um sentimento puro, contínuo, mas, sim, conflituoso, acossado pela consciência de que Riete não pedira para nascer; não tinha culpa de ter vindo ao mundo. Ela seria apenas a sombra impertinente de um equívoco que Verônica procurava esquecer, mas que sua filha se encarregava de invocá-lo, relembrando-lhe um período doloroso de sua vida. E esse período seria amenizado se o pai houvesse sido ele, Jean-Jacques. Mas ocorrera justamente o contrário: Riete viera não apenas reforçar esse passado, mas ainda para eternizá-lo como uma lembrança infeliz, transmutando-o em presente e futuro. Verônica sentiu-se profundamente traumatizada, decepcionada, e aquela rejeição devotada a Riete era o que sentia pela própria vida. Ela passou, então, a radicalizar o processo de desvencilhar-se de Mendonça mediante aquelas resoluções assumidas, em que se propusera a transformar o seu destino.

Mendonça, que acompanhara de perto aqueles anos iniciais — pois possuía a mesma dúvida de Verônica, embora não a expressasse —, indignou-se com o comportamento da amante. Ela passou a não lhe dedicar a mesma atenção de antigamente, recusando-se frequentemente àquelas práticas às quais ele se acostumara, passando quase a não as admitir; chegaram ao ponto de não compartilhar o mesmo quarto. Mendonça tornava-se furioso, ameaçava-a, cobrindo-a de impropérios e humilhações, mas Verônica ainda dependia do seu dinheiro. Além disso, tencionava fazê-lo conhecer a mesma face da mesma moeda. Apesar do ódio e da imensa repugnância que lhe dedicava, aprendera a suportar o sofrimento, adquirindo, aos poucos, certa habilidade em manobrá-lo. Logo, transformou essa habilidade em requintes, e usufruía de indescritível prazer quando conseguia submetê-lo. Essa seria a sua vingança; ademais, passou a tratá-lo com inaudito desprezo. Verônica, aos poucos, percebera que a paixão de Mendonça se intensificava à medida que aumentava a sua repulsa, e começou a exercer o auge do sadismo, elevando-o à categoria psicológica refinada. Sofisticou o que era apenas um prazer de vingança. Passou a utilizar com ele, em grau concentrado, todo aquele seu poder de sedução, todo aquele seu arsenal que se acostumara a usar com os homens. Aos poucos, ela fora-lhe conhecendo os limites, surpreendendo-se com sua fragilidade. Ele, então, para satisfazer-se, após longos períodos de abstinência, que às vezes duravam meses, submetia-se docilmente aos seus caprichos. Com o transcorrer do tempo, do qual

Verônica fizera um poderoso aliado, a ponto de deixá-lo quase enlouquecido, Mendonça rendeu-se, tornando-se dela cativo. Em algumas ocasiões, contudo, principalmente quando estava irritado com outros problemas ou se sentia carente daqueles prazeres, Mendonça tornava-se furioso, ameaçador. Seus olhos esgazeavam-se; chegava a transpirar em tal quantidade que suas camisas ficavam encharcadas. Quando ele alcançava os limites do ódio, ameaçando agredi-la, Verônica aparentemente cedia, mas o frustava sutilmente com requintes de crueldade. E aquele homem, a quem antes ela julgara tão poderoso, desmoronava fragorosamente perante seus delicados caprichos. Ela conseguia transformar sua fúria em algo maleável, semelhante ao barro que moldamos com as mãos. Aquele ódio inicial de Mendonça, que parecia irredutível, ia-se atenuando, perdendo forças até se tornar impotente, transformando-se num sentimento submisso. Com astúcia, ela conseguia manejá-lo. Mendonça, nessas ocasiões, sentindo-se derrotado, mergulhava em profunda depressão, frustrando-se completamente, e afastava-se cabisbaixo em direção ao seu quarto. Verônica insinuava-lhe o céu, mas o arremetia num inferno dantesco. Certa vez, montada sobre ele, rosetou-o com tal força que Mendonça urrou de dor, mas ela sorriu sarcasticamente de modo desabrido. E tornou a cutucá-lo, fazendo-o desistir daquela seção. Mendonça passou a sofrer intensamente, pois, apaixonado, não conseguia desvencilhar-se daquela beleza maldita, daquela *atração fatal*. Nesses períodos de grande aborrecimento, ele se afastava, viajando para o Rio de Janeiro. Porém, transcorrido algum tempo, cheio de esperanças, retornava sequioso, carente daquelas práticas que lhe davam prazer indizível. Ela chegara a lhe dizer que essa situação não perduraria muito, que o abandonaria tão logo Riete estivesse maior e encontrasse outro homem a quem amasse.

Verônica deixara de ser a mulher dos tempos do *Mère Louise*: doce, submissa, transida pelo receio de perder o senador e sob a tutela de *madame* Ledoux. Descobrira, de modo surpreendente e até decepcionante para si mesma, como havia sido ingênua e tola naqueles anos de juventude, e de como tudo teria sido fácil se possuísse a maturidade atual. Agora, era ela quem ditava as regras do jogo, e utilizava com Mendonça, nas horas certas, aquelas mesmas artimanhas com as quais, outrora, brincava com os homens. Nesse momento de sua vida, Verônica sentia-se forte e dominadora; adquirira personalidade e segurança, impondo-se definitivamente perante ele e a todos, em consonância com aquelas propostas que a si mesma fizera. Não que viesse a tornar-se mulher prepotente, mas assumiria o pleno domínio de seus atributos. Julgava-se amadurecida e passara a conhecer outras facetas da vida.

CAPÍTULO 20

Mendonça, desde que comprovara ser ele o pai, começou a devotar carinho a Riete, e passou a amá-la. Já com mais idade, tão logo ela o via, corria ao seu encontro de braços abertos, exclamando: "Papai! Papai!". E agarrava-se às suas pernas. Ele, então, a erguia ao colo e cobria suas bochechas com calorosos beijos. Quando retornava a Campinas, vindo do Rio de Janeiro, trazia-lhe brinquedos e guloseimas, que vinham embaladas em lindas latas coloridas, geralmente francesas, que ela adorava abrir. Riete vivia indagando à pajem Nieta — Antonieta — quando seu pai viria novamente. Verônica assistia àquelas recepções efusivas com o coração confrangido; aquilo lhe mortificava a alma. Por diversas vezes, enquanto Mendonça se afastava, ocupando-se de suas malas e bagagens, ela abraçava-se à filha, enredada naquele conflito insolúvel entre o amor e a rejeição — após alguns anos, aquele ódio inicial se transformara em rejeição conflituosa e, depois, em afeição conflituosa. Apesar de manter com Riete um relacionamento afetivo mínimo, quase inexistente, não suportava vê-la apegando-se em demasia a Mendonça. Nas ocasiões da chegada do senador, desejava amá-la e até se esforçava para isso, mas, quando aquele desejo transbordava em seu coração, induzindo-a a aproximar-se da filha, Riete a fitava com um olhar atônito, assustado, e corria ao encontro de Nieta. Esses impulsos maternos aconteciam quando Mendonça encontrava-se em Capela Rosa, pois, durante a sua ausência, Verônica mantinha-se distante da filha, indiferente aos problemas inerentes a qualquer infância. A presença de Mendonça suscitava em Verônica seus instintos maternos e inesperado ciúme, como se aquela filha houvesse sido gerada independente do pai. Mendonça, como era assaz inteligente, percebia tudo isso.

Na rotina de Capela Rosa, havia dias em que Verônica mal a via, pois Riete gostava de brincar pelos arredores, geralmente sozinha. Ela tomava as refeições fora de hora — havia sempre um prato com comida no forno destinado a ela. À noite, a própria Nieta acompanhava-a nos preparativos para dormir e a punha na cama, contando-lhe histórias, até vê-la adormecer. Havia ocasiões, quando Riete encontrava-se adormecida, em que Verônica se dirigia ao seu quarto e permanecia longo tempo contemplando a filha, abismada em pensamentos, e despedia-se dela com um carinhoso beijo na fronte, após afagar sua face. Certa vez, quando assim procedia, Riete subitamente despertou e fitou-a aterrorizada, com os olhos arregalados, começando a chorar aos berros. Saltou da cama e pôs-se a correr em direção ao quarto de Nieta, que também acordou assustada e abraçou-a, tentando acalmá-la, constrangida pela presença da mãe. Riete permaneceu longo tempo soluçando, abraçada à pajem. Naquela noite, Nieta teve que permanecer em sua companhia. Verônica sentiu-se arrasada com esse fato; nunca mais ousou tocar na filha enquanto ela dormia; limitava-se, às vezes, a olhá-la de longe, antes de se recolher.

Em épocas da colheita dos grãos, entre os meses de maio e outubro, Riete praticamente desaparecia durante os dias, exaurindo-se nos terreiros de café. Gostava de subir em imensas pilhas de sacos dentro dos armazéns e saltar entre elas. Quando se mudara para Campinas, a fim de começar a frequentar a escola, já dominava todo o processo da safra: da colheita ao beneficiamento do produto. Adorava também o imenso pomar, deliciando-se com a variedade e fartura dos seus frutos, e amava o canto triste do sabiá. Nos fins de semana, quando já estava morando em Campinas, Custódio mandava o motorista apanhá-la na cidade.

Um lugar, porém, arremetia Riete misteriosamente ao céu: a capelinha rosa, que dera nome à fazenda. Desde pequena, aquela igreja, por razões inescrutáveis, exercia sobre ela um estranho fascínio. Parava às vezes no seu adro e permanecia longo tempo a contemplá-la, perscrutando-a, tentando imaginar o seu interior, chegando mesmo a fantasiá-lo. Que se lembre, jamais a adentrara, fato que lhe instigava curiosidade, mesclada a sentimentos misteriosos que dimanavam profundamente de si. Essas sensações, embora adquirissem feições amendrontadoras, eram paradoxalmente contraditórias, pois, em vez de afastá-la, atraíam-na, e ela permanecia voluntariamente submetida àquela intensa fascinação. Riete permanecia olhando a imensa porta de madeira, sempre fechada. Por diversas vezes, chegara a sonhar com a capelinha rosa e a ter pesadelos em que se via presa no seu interior, procurando angustiosamente uma saída, e despertava aterrorizada. Quando tais pesadelos assombravam-lhe, corria em direção ao quarto de Nieta. Só com mais idade, pelo menos que tivesse consciência desta lembrança, é que viria a conhecer o seu interior.

A capelinha permanecia trancada durante o ano; apenas nas ocasiões das festas religiosas mais importantes ou em dias especiais, comemorativos de algum evento relacionado à fazenda, ela era aberta. Custódio convidava o padre em Campinas para as celebrações e toda a colônia reunia-se ao redor dela. O proprietário, o administrador e sua família, os empregados mais antigos aglomeravam-se no seu interior; o restante dos colonos espalhava-se pelo pequeno adro, calçado em pedra, e bem mais além. Nessas ocasiões, a capelinha tornava-se o núcleo da pequena multidão reunida à sua volta. Havia sempre contentamento e devoção durante as celebrações. Após as missas, ocorriam festas animadíssimas que se haviam tornado inesquecíveis para Riete: muita comida, aguardente e alegria a aliviarem a alma daquela gente. Ela lembrava-se particularmente do Natal, quando Custódio distribuía sacos de presentes aos colonos, e Riete os via com os semblantes felizes, vestindo suas melhores roupas. Ou recordava as missas de início e fim das colheitas, para rogar e agradecer a Deus o bom andamento dos trabalhos. Rememorava com saudades os festejos juninos durante as noites frias e estreladas de inverno, quando os balões coloriam os céus acompanhados pelos semblantes sonhadores, assestados rumo ao infinito.

Riete não se lembrava da idade que tinha quando, finalmente, vira a capelinha aberta pela primeira vez, mas recordava que fora durante uma linda manhã, talvez assistindo aos preparativos para alguma daquelas festas juninas. Entrara com muito receio, impelida pela inelutável curiosidade de conhecer o seu interior. Lembrava-se, nitidamente, do que sentira no momento em que lá dentro pisara: seu coração pulsava tão forte que parecia prestes a lhe saltar pela boca, e permanecera transida pela emoção, admirando aquele recinto. Ao adentrá-la, estavam-na limpando; percebera, vagamente, que havia gente espanando o pó acumulado sobre os bancos e retirando, com vassouras de longos cabos, pequenas teias de aranhas das junções dos vigamentos. Todavia, a cena marcante, que lhe suscitara imediata reação, foi a presença de um senhor gordo, os cabelos estranhamente crespos, negros e enrodilhados, solevando uma alvíssima toalha de linho branco rendada, sobre o pequeno altar. Recordava-se de que, ao terminar de estendê-la, ele voltara-se para ela e a observara fixamente, como que surpreendido pela sua presença; trocaram então um longo e cúmplice olhar, cuja densidade trespassou-a, pois ele parecia desvendar o turbilhão que lhe açoitava a alma. Porém, aquele senhor logo se retirara, saindo por uma pequena porta lateral que dava acesso à sacristia. Riete, aturdida e atormentada, caminhara vagarosamente pela estreita nave, observando a sequência dos pequenos quadros amarelados, representativos da via-sacra. Amiúde, ela retornava o seu olhar e contemplava a grande cruz afixada à parede, no alto, atrás do altar, onde havia um homem pregado de braços abertos. Admirava tudo aquilo com indescritível emoção, como a descobrir a realidade de seus pesadelos, e permaneceu no interior da capela durante longos minutos. A partir desse dia, ela aguardava com ansiedade a próxima festa, quando, então, sentar-se-ia no primeiro banco para assistir à celebração da missa. Curiosamente, jamais tornara a ver aquele senhor que estendera a toalha sobre o altar. Perguntara a Nieta a respeito dele, mas ela o desconhecia; "talvez tivesse vindo com o padre e fosse o seu sacristão", respondera-lhe.

Já mais velha, com dez ou onze anos, Riete procurou saber de Nieta onde guardavam a chave da capela. Ela olhou para ela surpreendida, recomendando-lhe que não a apanhasse sem ordem da sua mãe, mas lhe mostrou o lugar onde a guardavam: ela permanecia pendurada num prego enfiado no portal de uma porta, que costumavam manter aberta, ocultando-a. Era uma chave maciça, grande e pesada. Riete, então, sempre que desejava, apanhava a chave, corria às escondidas até a capela, trancava a porta por dentro e permanecia naquela misteriosa penumbra, olhando para a cruz e aquelas gravuras sacras, que evocavam os passos de Cristo rumo ao Calvário. Imersa em sombras, seu coração palpitava forte e sua imaginação impregnava-se daquele silêncio místico e inescrutável, enquanto ia abstraindo-se daquela realidade, transmutando-se num outro ser. Era então dominada por emoções que lhe inquietavam fortemente o espírito, mas que, paradoxalmente, mantinham-na presa ali dentro. Esse gozo enigmático e perturbador, apesar do deleite, tangia-lhe os limites da angústia e do medo. Muitas vezes, nas ocasiões em que retornasse à fazenda, Riete se retiraria para aquele refúgio em busca desse insólito prazer, dessa estranha fascinação. Já mais velha, ela tentaria descobrir, com insistente curiosidade e dor, a origem dessas sensações. Remoía seus pensamentos, cavava sua alma, porém, durante muito tempo, seus esforços seriam em vão.

Outro folguedo que ela amava durante a infância era descer a suave encosta até a estação. Gostava de caminhar pelos trilhos da estrada de ferro, catando os pedregulhos de seu leito e atirando-os longe. Apreciava caminhar longas distâncias, equilibrando-se sobre um dos trilhos, com os braços abertos esticados. Apostava, consigo mesma, quantos dormentes andaria a mais a cada vez que tentasse, procurando quebrar seus próprios recordes. Adorava ver as locomotivas surgirem apitando na curva da estrada. Conhecia todos os horários em que resfolegavam partindo da pequena estação da Capela Rosa em direção a Campinas, São Paulo, ou, de volta, rumo ao Norte do Estado. Próximo a esses horários, Riete volvia seus olhos para a estrada de ferro até avistar, ao longe, atrás da colina, os primeiros rolos de fumaça evolando-se no ar. Depois de alguns segundos, começava a ouvir aquele batido rítmico, nostálgico, da súbita expansão do vapor no interior dos cilindros, e logo veria a locomotiva apontar na curva, pequenina ainda, onde apitaria três vezes. Ela, então, ia contando o número de vagões do comboio e, se a frequência do barulho reduzisse, ela saberia que o trem pararia na pequena estação da fazenda; do contrário, ele seguiria adiante, espalhando suas lembranças na imaginação e na memória do tempo. Havia uma pequena sinaleira junto aos trilhos; conforme sua indicação, o trem pararia quando houvesse cargas ou passageiros a embarcar. O encarregado, minutos antes, dirigia-se até ela e alterava sua posição.

Nos períodos de chuvas, que às vezes prolongavam-se durante semanas seguidas, a vida de Riete transformava-se numa grande monotonia, pois não a deixavam sair de casa. Permanecia horas com os olhos colados no vidro das janelas, vendo as enxurradas deslizarem tristemente, observando os dias trancorrerem nostálgicos, cinzentos, semelhantes à névoa que lhe nublava a vida. Verônica, naqueles anos, adquirira o hábito da leitura e geralmente passava longo tempo, absorta, mergulhada nas páginas de um romance, como Zulmira.

    Apesar de toda a liberdade que usufruía na fazenda, aquela infância tumultuada de Riete fora, aos poucos, cristalizando-se numa existência infeliz, deformada por tantos conflitos, principalmente pela constante desavença entre seus pais e a rejeição da mãe. Inúmeras vezes, ela os presenciara discutindo asperamente; por três ou quatro vezes, vira Mendonça esbofetear Verônica, que se retirava chorando, permanecendo horas trancada no quarto. Não obstante, o que mais lhe causava sofrimento era a sensação de sentir-se culpada por um delito ignorado. Isso tornara-se extremamente doloroso para ela, pois, com o passar do tempo, viera a perceber que sua pessoa era o ponto de discórdia, embora ignorasse o motivo. Entre Riete e sua mãe havia uma permanente barreira emocional, difícil de ser rompida e, com os anos, essa muralha solidificou-se, adquirindo as feições de um conflito. O que Verônica devotava a Riete eram migalhas de amor, facilmente sopradas pelas contingências da vida. Naqueles anos de sua infância, principalmente durante o seu final, Riete viria a se apegar ao pai, devotando-lhe grande carinho. Quando Verônica adquirira acentuada ascendência sobre Mendonça, frequentemente ele partia para o Rio de Janeiro cabisbaixo, deprimido. Riete, já maior, sofria ao vê-lo assim, e corria a acompanhá-lo até o automóvel; algumas vezes, o abraçava chorando. O senador não tinha o hábito de usar a pequena estação em frente à Capela Rosa; preferia viajar no seu *Morriss-London* até Campinas e, lá, embarcar para São Paulo. Na escola, já mais velha e morando em Campinas, Mendonça gostava de ensinar-lhe História e de conversar com ela a respeito de problemas político-econômicos, de modo que a filha viria a tornar-se precoce em tais assuntos, coisa incomum nas crianças de sua idade.

    Vítima desses conflitos, rapidamente Riete amadurecera. A partir dos treze anos, ela viria a tornar-se menina muito inteligente, ativa e dinâmica, apesar da infância tumultuada que a marcaria por sua vida afora. Daquela sua existência em Capela Rosa, três pessoas ela carregaria em seu coração: seu pai, Nieta, e sua avó Jacinta, que, anualmente, vinha a Campinas para comemorar o aniversário da neta, em nove de junho. Nessas ocasiões, Jacinta chegava a permanecer dois ou três meses na fazenda. Ela lhe devotava carinho, além de sensibilidade para compreender seus dramas.

CAPÍTULO 21

Rejeitado pela antiga amante, e sob o seu domínio, pouco a pouco o senador Mendonça foi-se afastando de Campinas e da vida de Verônica. A cada vez que lá comparecia, ele retornava ao Rio de Janeiro aborrecido, desgostoso, chateado consigo mesmo por haver cedido ao impulso de revê-la. Motivado por um orgulho estratégico, quando ausente propunha-se a deixar o tempo correr a fim de observar o efeito que isso causaria em Verônica. Entretanto, pelo fato de manter-se apaixonado, Mendonça retornava a Campinas bem mais cedo do que se propusera. Esse procedimento, porém, essa tática de reconquista, mostrava-se ineficaz, indiferente à ex-amante. Ela também muito menos o satisfazia. Tais visitas, portanto, foram aos poucos escasseando. Mendonça, talvez pensando numa futura reconquista, ordenou a Custódio liberar mensalmente a Verônica uma soma em dinheiro, tentando cortejá-la. Contudo, além de inútil em seu propósito, ela jamais usaria integralmente essa quantia. Nessa época, mãe e filha já moravam em Campinas, numa bonita casa do senador.

Verônica atingira, durante os últimos anos, o auge de sua beleza. Havia adquirido um olhar sereno, tranquilo, que lhe realçava o semblante e refletia externamente sua personalidade amadurecida, cônscia de seus objetivos na vida. Essa harmonia revelava-se em seus gestos, na manifestação das ideias e emanações dos sentimentos. Ela conseguira dominar as tormentas da juventude e desfrutava de uma existência livre e independente. Usufruía do dinheiro e do prestígio do senador sem o inconveniente de tê-lo ao seu lado.

Quando Mendonça encontrava-se em Campinas, o que ocorria raramente, ela fazia-lhe companhia em recepções mais íntimas, sendo, aos poucos, introduzida em alguns círculos sociais, onde sempre causava muito sucesso. Mendonça sentia-se extremamente vaidoso e lisonjeado com isso, aspirando, algum dia, a reconquistá-la, como nos tempos do *Mère Louise*. Entretanto, o que havia entre eles eram apenas resquícios da amizade dos anos menos turbulentos, baseados somente no dinheiro do senador.

Mendonça, nessa época, passara então a vivenciar aquela dolorosa experiência de um homem apaixonado que, sentindo que tudo acabou, começa a contentar-se com as migalhas do que resta, desfrutando as ilusões. Em seu íntimo, porém, ele sabia que a perdera para sempre, e que o único vínculo possível com Verônica seria a manutenção das condições mínimas de relacionamento, cujos elos seriam a sua riqueza. Verônica, por sua vez, não recusava, por enquanto, essa situação, pois desfrutava de uma vida confortável em que nada lhe faltava. Ela planejava utilizar-se do prestígio e da influência política do senador para introduzir-se nas altas rodas da capital paulista, onde imaginava encontrar algum jovem milionário e com ele casar-se, se possível, amando-o. Não mais aspirava às grandes paixões, lembrando-se dos conselhos de Louise: "Isso passa, minha filha, a vida é sempre igual e tudo se acaba". Apesar de ainda condescender, a fim de alcançar seus objetivos, Verônica, porém, não pretendia prolongar esse tipo de relacionamento, pois desejava livrar-se, de vez, da sombra do senador. Ademais, Mendonça encontrava-se já avançado na idade. Quando ela o conhecera, nos tempos do *Mère Louise*, ele beirava os cinquenta e cinco anos; agora, deveria estar alcançando os setenta. Era necessário, preocupava-se Verônica, manter o alto padrão de vida que sempre desfrutara, e Mendonça seria agora um canal seguro para as amizades que lhe rendessem bons dividendos. Naquela fase de sua vida, essa seria a única função do senador.

Quando viera de Capela Rosa para morar em Campinas, Verônica fora aos poucos imiscuindo-se na sociedade local, procurando sintonizar-se com seus representantes mais ilustres, com seus egos mais borbulhantes. Certa vez, numa manhã de domingo, ao observarem dona Emília em frente à igreja, enquanto seu *chauffeur* fechava a porta do *Napier*, algumas amigas de Verônica sussurraram-lhe ao ouvido: "Aquela lá é que é Emília… A esposa do senador". Emília encontrava-se acompanhada pelas duas filhas mais velhas,

Helena e Olga. Algumas semanas mais tarde, sem que Verônica as visse, as tais amigas acercaram-se de dona Emília e cochicharam-lhe: "É a tal". Emília olhou pra ela e permaneceu aturdida, sentindo sua vaidade feminina espatifar-se em mil pedacinhos, tal qual um fino cristal que caísse num chão de mármore. Finalmente, numa terceira vez, os olhares rivais se cruzaram, e as amigas sorveram avidamente aquele instante, sorrindo excitadas com inefável prazer. Dona Emília ergueu seu rosto altivo de baronesa e mirou-a lateralmente por cima do ombro, emitindo um aristocrático olhar centenário, enquanto Verônica, com um sorriso de diáfano desdém, retribuiu-lhe com a insinuância dos anos vinte, à la Marlene Dietrich. Mendonça encontrava-se no Rio; somente seu poder servia de arena para o duelo entre a bela e a fera. Os círculos mais conservadores, principalmente os daquelas senhoras tradicionais, apesar de respeitarem o senador e admitirem aquele seu romance, torciam o rosto para Verônica, pois elas próprias sentiam-se ameaçadas ao verem seus maridos sorrirem diferente quando mencionavam, com olhos cintilantes, o nome da amante do senador.

Quando ainda morava em Capela Rosa, Verônica muito ouvira falar de Santa Sofia. Ao mudar-se para a cidade, certa vez, pedira a Custódio para que a levasse às proximidades da fazenda, a fim de conhecê-la. Custódio, sempre solícito e cordial com Verônica, conduziu-a até quase a entrada da alameda de palmeiras imperiais. Ela, então, quedou-se abismada com a beleza e a suntuosidade daquela mansão colonial, comparando-a com a simplicidade da Capela Rosa, onde morara durante quase nove anos. Ali reinava dona Emília Aiube, que quase não aparecia em Campinas — como era o costume da sociedade rural brasileira do início de século. Os coronéis moravam nas fazendas e raramente compareciam às suas casas urbanas. Mendonça, quando vinha a Campinas, dormia uma noite em Santa Sofia, onde se reunia com Custódio a tratar de negócios; no dia seguinte almoçava com a família e, à tardezinha, seguia para a cidade.

Campinas, porém, era ainda um lugar acanhado, provinciano para as pretensões de Verônica, e aquele seu interesse inicial pela sociedade campinense fora apenas circunstancial; um passatempo com o qual se divertia. Em poucos meses, apesar das resistências, ela enfronhara-se naquele meio e frequentava seus salões mais importantes. Pelo fato de ser muito superior às mulheres locais — não havia quem pudesse sequer se comparar à sua beleza ou com ela rivalizar —, sua presença tornara-se quase obrigatória para abrilhantar as reuniões sociais, às quais não comparecesse dona Emília. E tais convites, aos poucos, tornaram-se frequentes e aceitos pela sociedade.

Entretanto, Verônica desejava, sim, conhecer São Paulo, cidade que começava a expandir-se extraordinariamente e entranhar-se na sua elite econômica. Ela acompanhava com interesse as notícias referentes à capital, principalmente os comentários relativos à dinheirama e aos grandes negócios ali realizados. Estava a par do luxo reinante em certas casas e da riqueza e ascensão social de alguns daqueles imigrantes, notadamente italianos. Ouvira notícias de movimentos anarquistas, escutara falar de alguns de seus líderes e de seus jornais, de greves operárias e da intensa industrialização. Ouvia comentários sobre movimentos intelectuais que surgiam na capital. Deduzia sobre as transformações sociais ao escutar as conversas e observar os semblantes preocupados dos fazendeiros, quando tocavam no assunto: "as coisas estão mudando", costumavam dizer. Escutava os mais evoluídos dizerem que aquele Brasil agrário e atrasado iniciava sua agonia e que caminhava para uma transformação, o que era uma verdade, pois o país começava a subordinar-se a um novo capitalismo, mais moderno, dinâmico e sofisticado.

Certo dia, lá pelo início de 1912, encontrando-se em Campinas, Mendonça disse a Verônica que necessitava ir a São Paulo para uma reunião com o presidente do Estado, Doutor Altino Arantes. Após muitos anos, ela pediu-lhe com ternura: "Tu me levas contigo, meu querido?". Mendonça, ao som daquelas palavras, salivou, parou um instante estupefato, e sua testa imediatamente começou a marejar aquelas gotinhas suarentas de outrora: "Mas... Claro! Claro, meu anjo!", gaguejou atônito, sentindo algo que há muito emigrara de seu coração. Verônica ainda acrescentou, enquanto o fitava profundamente, conjugando ao olhar um sorriso cuja voluptuosidade espraiou-se pelo semblante, extravazando sensualidade: "E não te esqueças daquelas coisas, hein, meu bem?". Mendonça sentiu seu velho coração palpitar mais forte, acompanhado de uma leve fisgada, o que o obrigou instintivamente a levar a mão até o peito, e indagar-se onde havia deixado aquela sua pasta de couro negro. "Estava em Capela Rosa, trancada no cofre", lembrou-se; mas nem se recordava mais de quando a utilizara pela última vez. Ele, então, aproximou-se de Verônica sofregamente e, com os lábios trêmulos, beijou-a na boca, com os olhos umedecidos pela emoção. Verônica sentiu-se surpreendida, pois correspondeu a esse beijo. Talvez intuísse que seria a despedida definitiva do ex-amante, mas, estranhamente, sentiu um frêmito de ternura por aquele homem que, durante tantos anos, fizera parte de sua vida. Havia muito tempo, mesmo porque Mendonça raramente aparecia em Campinas, que não reparava nele. Naquele instante, observando-o com mais atenção, viu-o envelhecido, meio decrépito, com o espírito deprimido e aparentando estar com a saúde abalada. Sentiu-se até preocupada com aquela dose de sedução que injetara no senador. Refeito daquela agradável surpresa, ele dirigiu-se pessoalmente à Capela Rosa em busca da valise negra, flutuando num céu de felicidades.

Mendonça não só a levara a São Paulo como ainda desdobrou-se em carinhos, fazendo-lhe todas as vontades e enchendo-a de mimos. Hospedaram-se no melhor hotel, comprou-lhe um valiosíssimo conjunto de joias, frequentaram os melhores restaurantes e compareceram a recepções em casa de amigos. No coquetel que se seguiu ao primeiro encontro com o presidente Altino Arantes, e no qual ela fora uma das poucas mulheres presentes, Verônica foi apresentada a pessoas ilustres: banqueiros, políticos, industriais, grandes fazendeiros, alguns intelectuais, enfim, a nata da sociedade paulistana.

Três dias depois, na solenidade de encerramento em que se comemorava a assinatura de vários acordos para o fomento à indústria e à agricultura, estavam reunidos vários dos mesmos homens, acompanhados pelas esposas. Nesta noite, Verônica somara elegância à sua beleza e, semelhante a um ímã, fora atraindo as atenções dos homens. Rapidamente fecharam um cerco em torno da figura obesa do senador e de sua fulgente estrela, que ofuscava a todas, tal qual anos atrás, na mundanidade do *Mère Louise*. O senador, diga-se de passagem, já não era aquela pessoa prestigiosa do início do século. Ele relacionava-se com aquelas personalidades, todos o conheciam e respeitavam-no e gozava ainda de razoável importância no Senado, defendendo os interesses de São Paulo pelo PRP, porém, era um político originário da segunda metade do século XIX, formado com as ideias e a mentalidade do Império. Tivera seu auge e exercera influência na fase de transição e implantação da República, pois era jovem, habilidoso e conhecia os homens que haviam composto os gabinetes do Império e proclamado a República. Ele próprio pertencera ao Partido Conservador. Devido à sua experiência e ao domínio que detinha sobre os negócios financeiros do país, fora convidado a integrar os Governos de Prudente de Moraes e de Campos Sales. Todavia, na segunda década do novo século, a realidade político-econômica transformava-se, e os políticos mais jovens, forjados com a mentalidade republicana, surgiam com novas ideias e outras influências. Mendonça nunca fora, de fato, um republicano — era monarquista —, e somente sua experiência o reconduziu novamente a uma posição de destaque no cenário político inicial da República. Ele, porém, já não possuía a ambição de antigamente, além disso, o capitalismo modernizara-se, iniciando nova fase de atuação no país na qual, homens como ele, estariam ultrapassados.

Verônica, naquela recepção nos Campos Elíseos, alcançara seus objetivos, pois recebera inúmeros convites para retornar a São Paulo. Ela fora intensamente cortejada, aceitando alguns desses convites com base no que vira, na simpatia que certos casais lhe despertaram e nas conveniências do senador. Permaneceram dez dias na capital e, nesse período, ela conseguiu estabelecer relacionamentos de seu interesse. Mendonça, por sua vez, retornou fogoso e feliz, rejuvenescido e repleto de ilusões. Após alguns anos, voltara a gozar dos prazeres que só Verônica podia-lhe proporcionar.

A partir dessa época, ela passara a ir sozinha e por diversas vezes à capital paulista. Decorrido cerca de um ano, após sua primeira visita, Verônica tornou-se frequentadora das rodas mundanas de São Paulo. Em algumas ocasiões, levava Riete consigo. Nos anos seguintes, por ocasião das festas natalinas, sempre viajariam juntas, para as compras. Os ambientes que Verônica frequentava inicialmente nada sabiam sobre o seu passado. Mendonça, respondendo àquelas indagações de praxe: "Afinal, de onde ela veio? Qual é a sua família, a sua origem"?, dissera-lhes a verdade: "Que Verônica era filha do barão Gomes Carvalhosa" — muitos haviam-no conhecido pessoalmente ou, pelo menos, conheceram-no de nome —, e de uma linda baiana por quem se apaixonara no Rio. Entretanto, o barão dera-lhe o nome e a reconhecera como filha. Certas quatrocentonas, manifestando preconceitos contra a gentalha sem berço, recusavam-se a recebê-la. São Paulo, porém, tornava-se cosmopolita, e mesmo alguns desses redutos mais conservadores, influenciados por amigos ou sabedores de que ela frequentava outros salões, abriram-lhe as portas e renderam-se à sua encantadora presença.

Em uma dessas reuniões sociais, na capital, Verônica conheceu um homem riquíssimo, ainda jovem, talvez com seus quarenta e poucos anos, e que se apaixonou perdidamente por ela: chamava-se Bertoldo Grilutta Fortunatti, filho de imigrantes italianos. Ele despertara em Verônica alguma atração e certamente teria, pensara ela, as qualidades que satisfizessem os objetivos aos quais se propusera naquelas suas meditações de Capela Rosa. Bertoldo era um dos dois proprietários da *Fortunatti & Simões*, uma das maiores firmas exportadoras de café do Estado, e possuía negócios em vários ramos de atividade, principalmente no comércio atacadista. Era a *Fortunatti* que comprava quase toda a produção cafeeira do senador Mendonça. Além de comerciante vitorioso, ele era muito bem relacionado com a diretoria brasileira do *National City Bank of New York*, agente financiador da manutenção do preço do café, firmado no Acordo de Taubaté, em 1906. Segundo diziam, enriquecera depressa com muito trabalho, mas, principalmente, com redobrada esperteza.

Bertoldo era pessoa cordial, educada e realmente muito simpática. Transmitia extrema segurança em manifestar-se com naturalidade e convicção, características que refletiam sua personalidade e o seu sucesso econômico. Apesar de inatas, ele as cultivava sem, porém, atingir o artificialismo pedante. Compunham, entretanto, uma carapaça atrás da qual se ocultava o homem de negócios frio, calculista e inflexível em seus objetivos. Ele era o exemplo típico de capitalista clássico de início do século. Em Bertoldo, a sensibilidade romântica, a comiseração perante os dramas e sofrimentos humanos, a perplexidade perante os mistérios da vida revelavam-se como aspectos secundários, não se constituindo primazias do seu caráter. Tais sentimentos, geralmente inerentes ao homem, nunca prejudicariam o seu pragmatismo. Em sua mente, jamais a divagação ou a sensibilidade ocupariam o lugar destinado ao cálculo insensível do lucro. Sua paixão por Verônica seria somente um sentimento natural a ser tratado objetivamente, sem muitas pieguices, semelhante a um negócio de foro íntimo do qual se ocuparia como se ocupava da compra e venda de ações na bolsa de valores.

Porém, de maneira surpreendente para si mesma Verônica relutava em envolver-se com Bertoldo. Ela, que se propusera ser previdente em seus relacionamentos futuros, vacilava perante a sorte de haver encontrado o homem que sempre imaginara se encaixar como uma luva em seus planos de vida. Em suas disposições anteriores incluíam-se, sim, valorizar-se ao máximo como mulher e proporcionar, mesmo a quem escolhesse, um inaudito esforço para conquistá-la. Não haveria de ser fácil, mesmo para quem ela mesma cortejasse; isso ela já decidira naquelas suas meditações de anos atrás. Entretanto, estranhamente, não era essa a razão pela qual relutava. Por esta época, Verônica apreciava vez ou outra ir ao Rio de Janeiro para recordar o passado. Gostava de passear pelos lugares que frequentara durante a infância e a juventude. Além de visitar sua mãe, matava as saudades das ruelas de São Cristóvão, da escola em que estudara, e procurava, nessas visitas, descobrir o destino de algumas de suas amigas do *Mère Louise*. Conseguira reencontrar algumas delas, ocasiões em que passavam horas agradáveis relembrando a vida. Combinavam, então, novas reuniões para que pudessem cultivar a amizade. Verônica evitava hospedar-se no casarão de sua mãe, Jacinta, na Tijuca; aparecia por lá rapidamente para revê-la, nas horas sem movimento, e conversavam sobre as novidades, mas não permanecia por muito tempo. Muito menos procurava por Mendonça; sabia que ele morava sozinho num pequeno apartamento, na Glória. Verônica habituara-se, nessas suas visitas ao Rio de Janeiro, a hospedar-se no Hotel Londres, na Avenida Atlântica, inaugurado há poucos anos. Adorava debruçar-se em seus janelões frontais e permanecer longo tempo a contemplar, nostalgicamente, o belíssimo cenário que evocava uma época maravilhosa de sua vida. Ela observava a avenida e imaginava aquele caminho poeirento de outrora, lembrando-se, saudosa, de quantas vezes o percorrera ao lado de Jean-Jacques. Nestes momentos, era capaz de experimentar a sensibilidade que dele jorrava tão espontaneamente e de compreender a sua maneira apaixonada de ser. Recordava-se de seu rosto, em que a alegria apenas refletia a exuberância daquela natureza magnífica, e de seus olhos a contemplá-la nos momentos em que se amavam. Relembrava suas frases favoritas, em que afirmava ser ela a plenitude daquilo tudo. Verônica, amadurecida pelo sofrimento, sentia o quanto ele a amara. E observava insistentemente aquele percurso, do Leme à igrejinha do Forte, contemplando o passado estampado naquele calçadão de pedrinhas portuguesas em ondas que iam e vinham, como as recordações de sua vida. Aquele seu relacionamento com Bertoldo, inconscientemente, era a razão pela qual ela viajava com maior frequência ao Rio de Janeiro, induzindo-a a cotejar os tempos de outrora com o que vivia no presente. Aos poucos, fora nascendo, nos recônditos de sua alma, um questionamento inquietante que se avolumava e adquiria a força de uma convicção. Ela, que julgara haver realizado uma profunda análise de sua vida, chegando a conclusões objetivas acerca da sua futura conduta pessoal — propondo-se a adotar uma postura pragmática, em que seus interesses seriam os vigentes —, via-se agora enredada por sentimentos que se contrapunham a todas aquelas resoluções, das quais estivera tão convicta.

Na última vez em que estivera no Rio, debruçada num daqueles janelões do hotel com o olhar perdido num navio que desaparecia lentamente no horizonte, Verônica sentiu que jamais poderia adotar uma postura determinista, movida unicamente por interesses. Descobria em si sentimentos insuspeitos aos quais não poderia sobrepujar sem dor. Ela os confrontava com aquelas resoluções adotadas, tão isentas de poesia, tão despojadas de idealismo e beleza, e sentia-se uma pessoa diferente daquilo que imaginara. E deprimia-se ao constatar que as antigas convicções e a pretensa maturidade, das quais desfrutara durante os últimos anos, fraquejavam-se, tornavam-se inconsistentes, até serem fragorosamente demolidas e substituídas por uma insegurança inquietante. Aquela mulher experiente, que se julgara emocionalmente estável, revelava-se apenas uma imagem virtual de si mesma, equivocada e desfocada de seu âmago. Enquanto aquele navio sumia no horizonte, ela ergueu-se e afastou-se daquele cenário poético, atirando-se de bruços sobre a cama, chorando convulsivamente. Seu caráter era outro, e a luz do seu espírito não era aquela que, em vão, tentara irradiar. Verônica revelava-se sensível e romântica como Jean-Jacques, e simples, como sua mãe Jacinta. Chorou amargamente durante longos minutos, até aquele lamento ir-se amainando, transformando-se em profundos suspiros. Ela virou-se para a posição dorsal, mantendo os olhos intumecidos fixos no teto, flutuando num mar de melancolia e tristeza. Permaneceu assim durante muito tempo, absorta, vagando em meditações sombrias, com o espírito trombando contra as paredes de um labirinto angustiante, procurando desesperadamente uma saída. Verônica refletia sobre seu futuro, trespassada pela enorme insegurança que pairava agora sobre ela. Concluiu, perplexa, que deveria reavaliar-se e refazer aquele exaustivo caminho que percorrera até então. Após desfrutar, durante os últimos anos, de uma pretensa maturidade, reconhecia-se como uma pessoa imatura e até mesmo infantil, "pois não se encontrava ali hospedada e vivia a passear em São Paulo à custa de Mendonça?". Quando estava no Rio, evitava encontrá-lo, assim como em Campinas, e isso lhe proporcionava uma sensação de autonomia. Não obstante, Mendonça a conhecera ainda criança e a mantinha, até aqueles dias, como um pai a uma filha. "E, afinal", questionava-se, "qual era o verdadeiro significado de evitá-lo? Nenhum", concluía desolada. "Tratava-se de uma falsa independência, de uma postura hipócrita. E estava prestes a trocá-lo por outro homem mais rico, mais jovem e certamente mais ardoroso em seus relacionamentos. Comportava-se, portanto, como uma pessoa vulgar, como uma puta sofisticadíssima mergulhada numa existência vazia, distante daqueles valores que conhecera em Jean-Jacques." Verônica intuía que a essência era algo mais substancioso, muito diferente daquele vácuo angustiante e mundano que pulsava em si e que lhe permeava banalmente a existência. Naquele instante, ela sentia que suas disposições anteriores fragmentavam-na, empurrando cada pedaço do seu ser para bem longe de um núcleo harmônico aglutinador. Percebia que a sua existência, durante os últimos anos, despojara-lhe o espírito desse cerne e que suas resoluções, julgadas tão independentes, apenas refletiam o modo de vida que lhe fora moldado e imposto por Mendonça. Em suas disposições anteriores, Verônica achara-se realmente digna disso, pois sua beleza haveria de ter um preço, assim como uma valiosa joia o tinha. Mas o quão tudo isso se encontrava distante dos seus sentimentos naquele momento tão poético, tão denso de certas verdades irrefutáveis. Aquela sua solidão, aquele profundo encontro consigo mesma em presença do cenário maravilhoso, emanava algo inefável, envolvendo seu espírito em uma teia de emoções complexas, mostrando-lhe outra percepção da vida. E concluía que o âmago, a essência e quase o êxtase estavam muito além da futilidade mundana. A luz macia a penetrar pelo vão da janela, o calor do início de tarde e os eflúvios nervosos exacerbados pelas emoções repentinas, foram, lentamente, arremetendo-a num sono profundo, em sonhos prazerosos que a levaram de volta ao passado, para a pensão do Pacheco e para os braços de Jean-Jacques. Acordou excitada, experimentando uma ideia que, estranhamente, jamais lhe passara pela cabeça, mas que a deixava radiante de felicidade, como se o palco de sua vida houvesse sido, de novo, iluminado: "Sim!", exclamou. "Por que não localizar o endereço de Jean-Jacques em Paris, escrever e abrir-lhe o coração... e revê-lo?". Naquela tarde primaveril de 1913, as pupilas de Verônica cintilavam de esperanças, e ela se emocionou com essa perspectiva maravilhosa.

Levantou-se da cama, quase compulsivamente, pondo-se a andar de um lado para o outro, refletindo, esquadrinhando ansiosamente as paredes.

Reaproximou-se da janela a admirar a superfície metálica do mar, que chamejava àquela hora da tarde. "Sim, claro! Pois farei isso", concluiu, resolutamente. Colocou-se frente ao espelho, contemplando seu rosto rejuvenescido pelos sentimentos. Ajeitou os cabelos... Parou um instante, como que tomada por súbita ideia: "iria falar agora mesmo a respeito com Louise; ela se encarregaria de encontrá-lo". "Sendo francesa, poderia dirigir-se à embaixada e, lá, certamente, dariam informações sobre ele, apesar de Jean-Jacques não mais pertencer ao serviço diplomático... Mas serão capazes de localizá-lo", concluiu, convicta. Verônica resolveu conversar com Louise ainda naquela tarde, e pôs-se apressadamente a mudar de roupa, pois a anterior ficara amarfanhada. *Madame* Ledoux, naquela ocasião, apesar de sócia, ainda não morava com Jacinta. Desceu e seguiu faceira pelo calçadão da Avenida Atlântica, contemplando o pequeno movimento de pedestres e os pouquíssimos veículos que, esporadicamente, trafegavam sob o ameno entardecer. Copacabana, naquela época, era ainda uma criança bonita, com laços de fita no cabelo e a inocência estampada no rosto.

O antigo *Mère Louise*, esplendoroso no seu luxo e em suas noitadas féericas, não mais existia; mudara-se para as imediações — para a esquina da Rua Francisco Otaviano com a Avenida Atlântica —, conservando, todavia, o mesmo nome. Quando Louise atendeu-a, abrindo-lhe a porta, o cabaré exibiu-lhe a face da decadência. Verônica já havia-se encontrado com ela, há cerca de três meses, na casa de sua mãe, na Tijuca. *Madame* Ledoux estava envelhecida e meio amargurada com a vida. Apesar dos anos, mantinha seu porte elegante e o rosto empoado de antigamente, irradiando o bom gosto costumeiro. Demonstrou alegria em revê-la e convidou-a, efusivamente, a entrar e a tomar assento em uma das mesinhas do salão. Àquela hora, não havia movimento, porém, a penumbra impregnada de voluptuosidade era a mesma que irrompeu na mente de Verônica, evocando-lhe o passado. Antoine, o velho *maître*, acorreu pressuroso para cumprimentá-la; nunca mais a viu depois que ela se fora. Foi preparar-lhes um café, enquanto ambas proseavam sobre suas vidas. Louise dissera sentir-se muito doente e prestes a abandonar a direção da casa. Os novos frequentadores, dizia ela, alguns deles proprietários do empreendimento, não eram como os de antigamente. Perguntou por Mendonça, pois havia tempo que não se encontrava com ele; sabia que, às vezes, comparecia na Conde de Bonfim, mas nunca o vira por lá. Quando Verônica lhe dissera a razão da sua visita, Louise parou estupefata e fitou-a profundamente, mantendo aquele seu sorriso enigmático de outrora, só mostrado em ocasiões especiais. O velho ricto desenhou-se em seus lábios, mas Verônica o conhecia bem. Assim como existem pessoas que amam exercer suas profissões, como um artista ao pintar uma tela ou um cirurgião ao manusear seu bisturi, ali estava o que Louise adorava: o fuxico, a intriga amorosa, os negócios do coração. Ao ouvir o nome de Jean-Jacques, imediatamente ela pareceu energizar-se. Empertigou-se na cadeira, seu semblante adquiriu aquela expressão receptiva, condescendente, na qual o sorriso era o principal indicativo de que estava pronta a absorver confidências. Nessas ocasiões, ela segurava com delicadeza as mãos dos seus interlocutores, enquanto seu cérebro trabalhava, decodificando as informações e elaborando alguma vantagem que, eventualmente, pudesse advir das revelações. Sempre fora assim: *madame* Ledoux era perita em escancarar corações, excepcional alcoviteira. Qualquer menção sobre furtivas revelações amorosas desencadeava nela essas reações. Sentia mesmo prazer em encontrar resistências, pois, assim, deveria desdobrar-se em seu talento. Verônica, entretanto, já conhecia aquele ritual, já decifrara, havia tempo, as sutilezas daquele preâmbulo. Não era esse o caso, pois ela desejava apenas um endereço. "Tu não esqueceste dele até hoje, hein, minha filha? Doze anos depois", comentou Louise, fitando-a languidamente com perspicácia. Os olhos claros e seus lábios, que se abriam naquele sorriso instigante, dominavam-lhe o rosto encarquilhado. Seguindo os velhos procedimentos, segurou delicadamente ambas as mãos de Verônica, prometendo-lhe, enternecida, que tentaria localizar o tal endereço: "Já amanhã, irei à embaixada francesa", dissera, exibindo-lhe um ar mais comovente.

Conversaram durante uma hora; ao final, nas despedidas, Louise perguntou novamente por Mendonça, dizendo que necessitava conversar com ele. Verônica, então, sorriu maliciosamente e comentou: "Ora, querida Louise, por favor, não vás trocar este endereço por alguma coisa que, porventura, Mendonça possa te oferecer… Hoje, já não vivo mais com ele… há muito tempo… Se não puderes, eu mesma irei à embaixada…" Louise olhou para ela atentamente durante um segundo, como que surpreendida por aquelas palavras, e deu uma gargalhada curta, meio desapontada, que repentinamente a fez retornar àquela aparência envelhecida com que Verônica a encontrara quando chegou. "Oh, meu amor! Não te preocupes quanto a isso, tu és como se fosse minha filha. Te vi nascer!", comentou, abrindo calorosamente os braços e abraçando-a, deveras comovida, beijando-a ternamente, com os olhos umedecidos. Verônica permaneceu em dúvida se isso não fora mais um gesto teatral de *madame* Ledoux. Despediram-se e combinaram que, assim que tivesse em mãos o tal endereço, ela o remeteria para Campinas. Verônica deixou-lhe o seu endereço na cidade. Antoine também reapareceu para se despedir. Esta foi a última vez em que veria Louise, em vida.

Verônica saiu dali com a alma sorrindo, livre como um passarinho voando num céu azul. Havia muitos anos que não se sentia assim, e caminhava lépida pelo calçadão de Copacabana observando as ondas do mar que chegavam mansamente às areias, assim como chegam os sonhos em nossas vidas. No outro dia, pela manhã, embarcou de volta para Campinas. Porém, durante a viagem, começou a sentir aquelas ondas retornarem ao mar, como a realidade escamoteando as ilusões. Ao desembarcar em São Paulo, para efetuar a baldeação com destino a Campinas, aqueles momentos maravilhosos que vivenciara no Rio haviam-se esvanecido, transformando-se apenas em pensamentos remotos, destituídos daquela pujança, daquele sentimento vigoroso apaixonado que jorrara tão intensamente de si naquele inesquecível entardecer anterior. A endinheirada realidade paulistana arremetia para longe aquele poético navio que, lentamente, singrava o mar de Copacabana, enchendo-lhe o coração de esperanças.

CAPÍTULO 22

Após retornar a Campinas, Verônica confrontou aqueles sentimentos que experimentara no Rio, e as resoluções que tomara, com a realidade econômica de sua vida. Em suas antigas reflexões, em Capela Rosa, tais aspectos financeiros passaram despercebidos, pois se encontravam sobrepujados pelas dificuldades decorrentes de seu relacionamento. Dificilmente ela seria capaz de abordar todos os aspectos da sua ligação com Mendonça e, tampouco, ter a consciência de sua capacidade em romper os vários liames da dependência. Verônica conseguira, de fato, o domínio sobre ele, libertando-se do seu jugo pessoal, mas nunca tivera muita percepção de sua dependência econômica, mesmo porque, ela desejava explorá-la para fins pessoais. Porém, devido aos seus recentes sentimentos, ela agora queria livrar-se, total e definitivamente, do senador. Durante as primeiras semanas, Verônica pensou sobre como agir diante dessa questão. No aspecto material, sua vida era tão fácil, pois, a qualquer necessidade, bastava se dirigir a Custódio e ele a supriria com a quantia necessária. Ele tinha ordens de Mendonça para isso. Após muito refletir, Verônica resolveu tomar qualquer atitude somente após receber alguma notícia de Jean-Jacques. Se conseguisse o seu endereço na França, escrever-lhe-ia e aguardaria uma resposta; se, porventura, ele ainda a amasse, iriam viver juntos, conforme haviam planejado. De qualquer modo, na primeira oportunidade em que Mendonça viesse a Campinas, ela conversaria com ele a respeito, preparando-se para o seu rompimento definitivo. Verônica acalentava a convicção de que reencontraria Jean-Jacques e, ao seu lado, reorganizaria sua vida.

Com o passar do tempo, essa esperança tomou conta de si, e ela passou a vivenciar tal desejo com certa angústia. Diariamente, próximo às dezessete horas, horário em que o carteiro trazia as correspondências, ela permanecia na janela da sala verificando se ele entraria pelo portão para efetuar a entrega. Algumas vezes, quando isso acontecia, ela dirigia-se pressurosa à entrada e abria-lhe a porta, deparando-se com o semblante deslumbrado do carteiro, o senhor Carvalhinho. Ele torcia ardentemente para haver correspondências destinadas ao senador, a fim de admirá-la. Geralmente, porém, eram correspondências destinadas a Mendonça, antes entregues em Capela Rosa. Depois que Verônica viera morar em Campinas, passaram a entregá-las também na cidade. Eram, majoritariamente, relativas a convites para casamentos em São Paulo, reuniões políticas ou assuntos governamentais.

A sociedade campinense tinha conhecimento de que, nos últimos dois anos, praticamente o senador já não mais se relacionava com Verônica, número ao qual deveria ser acrescentado mais quatro, quando ainda habitavam a fazenda, mas que passaram desconhecidos, pois o casal vivia isolado. Mendonça raramente aparecia em Campinas. Verônica, porém, era considerada a segunda mulher do senador, pois morava numa residência de sua propriedade, tinham uma filha, Riete, e ele a mantinha generosamente. Assim como havia Emília, havia também Verônica. Ambas, por motivos diferentes, viviam sozinhas: Emília por manter-se atolada no jugo patriarcal, abandonada pelo marido; Verônica porque aspirava a novos rumos. Porém, quando Bertoldo começou a vir com frequência a Campinas, quase semanalmente, ocasiões em que era visto em companhia de Verônica, a sociedade começou a especular sobre um romance entre ambos. A *Fortunatti & Simões* mantinha um grande escritório de representação comercial na cidade, destinado, sobretudo, à compra de café, e Bertoldo vinha regularmente a Campinas verificar o andamento dos negócios. A Companhia comprava muito na região, além de possuir vários armazéns e casas de comércio atacadista nas cidades vizinhas. Bertoldo era muito conhecido e respeitado nas rodas endinheiradas. Comentavam estar apaixonadíssimo por Verônica e até diziam ter ouvido conversas a respeito de casamento. Algumas senhoras chegavam mesmo a especular a data: "Será no próximo ano", diziam às amigas, revirando os olhos e dando-se ares de importância. Falavam isso com semblantes impostados, fruindo o imenso prazer proporcionado pela curiosidade que despertavam. Outras especulavam com diferentes datas e diversas hipóteses, porém, todas concordavam num só ponto, com um ar de indignação — principalmente aquelas frustradas com o desempenho financeiro dos seus maridos, muito aquém de suas expectativas: "que relutar em relação a Bertoldo era um capricho inadmissível, seria dar um pontapé na sorte". "Um homem bonitão, simpático e riquíssimo! Ai, meu Santo Antônio! Isso, sim, é que é casamento! Seria uma loucura vacilar... uma verdadeira loucura daquela menina!", exclamava dona Fofoca, com o rosto afogueado e os olhos injetados, apelido com o qual se referiam à senhora Loreta Fofolla, esposa do senhor Giovanni Fofolla, dono de alguns negócios que já haviam conhecido tempos mais promissores. Dona Emília, ao tomar conhecimento desse romance, experimentou um frêmito de felicidade que havia muito tempo não desfrutava. Sempre rezara e esperara com uma fé inabalável que algum dia seu marido retornaria ao convívio do lar, e já começava a acender velas para agradecer à Santa Rita, sua santa de devoção.

Em uma tarde de novembro de 1913, Mendonça desembarcou em Campinas. Geralmente, quando chegava pelo trem das dezesseis horas, antes de seguir ao encontro de Verônica, costumava dirigir-se ao colégio, onde aguardava a saída de Riete. Já era de seu conhecimento o romance que Verônica mantinha com Bertoldo. Como se tornara habitual nos últimos tempos, ele entrava timidamente em sua residência, de mãos dadas com a filha, cumprimentava Verônica quase formalmente, limitando-se a conversar trivialidades. Nos raros momentos em que permanecia em casa, mantinham um mutismo constrangedor. Suas recentes estadas em Campinas duravam de quatro a cinco dias. Após resolver alguns negócios e visitar suas fazendas, retornava ao Rio. Ultimamente, já não pernoitava em Santa Sofia no dia de sua chegada e evitava frequentar a sociedade local. Nessas suas curtas andanças pela região, Riete costumava acompanhá-lo a quase todos os lugares, perdendo, inclusive, aulas com essa finalidade. Só não comparecia com Mendonça à Santa Sofia, da qual ouvira falar desde os tempos em que moravam em Capela Rosa. Mas sabia de que se tratava de uma belíssima fazenda, e estranhava o fato de seu pai sempre haver se recusado a levá-la para conhecê-la. Mendonça, quando indagado por ela a respeito, costumava alegar uma desculpa qualquer. Verônica, por sua vez, quando questionada, respondia-lhe não ter conhecimento das fazendas do seu pai. "São todas iguais", comentava laconicamente, demonstrando indiferença.

No finalzinho dessa tarde, após entrar em casa, acompanhado por Riete, e haver cumprimentado Verônica, Mendonça permaneceu conversando com a filha, aguardando que ela saísse para ir brincar com Maria Dolores, sua amiga e vizinha, como fazia todos os dias, depois das aulas. Há pouco, Dolores retornara da escola com eles, no carro do senador. Tão logo Riete e sua amiguinha saíram, Mendonça encaminhou-se em direção a uma das confortáveis poltronas, sentou-se, apoiou os braços sobre os descansos generosos, e volveu seu olhar para a ex-amante, que se mantinha de pé, no centro da sala.

— Sei que está envolvida com o Bertoldo — disse tranquilamente num tom langoroso, fitando-a com uma expressão impassível, numa entonação de voz quase inaudível, que soou distante de suas emoções corriqueiras. Essas pareciam perpassadas por uma indiferença resignada, estranha às reações e ao caráter do senador.

Verônica permaneceu observando-o por um segundo, como que surpreendida por aquelas palavras ditas daquela maneira, tão isentas de passionalismo, despidas de qualquer rancor, mágoa ou ódio. Elas tampouco manifestavam retaliação; apenas expressavam sentimentos pertencentes a um homem que já os tivera irascíveis, mas que pareciam havê-lo abandonado, deixando um vazio em sua alma. E era esse vazio que dimanava daquelas palavras sem vida.

Verônica estava maravilhosa, envolta em um clima emocional que só lhe realçava a beleza. Mendonça nunca a vira assim.

— Sim, doutor Mendonça, temos nos encontrado frequentemente — respondeu, dando-lhe as costas e caminhando lentamente em direção a um dos janelões frontais da casa finamente decorados com cortinas em tons bege cujas ondulações, abundantes, roçavam o piso assoalhado.

Verônica volveu-se para Mendonça, apoiando parcialmente as nádegas sobre o parapeito da janela e afastou um pouco as duas partes do cortinado, pousando uma das mãos sobre a madeira. Com a outra, ela segurou um dos pingentes da cortina, comprimindo-o contra a palma da mão. Permaneceram calados alguns segundos, durante os quais Verônica cravou no ex--amante um olhar denso, profundo, procurando ansiosamente penetrar nos recônditos daquela alma a qual jamais se interessara em conhecer. Tentava, naquele breve instante, desvendar aquele homem que lhe fora familiar durante anos; procurava decodificar aquele seu estranho comportamento, enquanto Mendonça continuava a admirá-la serenamente, parecendo embevecido por sua beleza. Olhava para ela com aquela mesma placidez estampada no rosto, em cuja superfície envelhecida nenhum sinal de conflito, nenhuma inquietação, nenhuma gotinha de suor aflorava. Havia muito tempo que não mais se relacionavam, mas ele ainda a amava, muitíssimo, e sempre nutria esperanças de que, algum dia, a teria de volta.

Subitamente, naquele interregno, mergulhados ambos num silêncio constrangedor, que parecia eternizar-se, aquela face desvanecida de Mendonça deu indícios de vida, adquirindo, aos poucos, um ar de imensa tristeza, quase indistinta na forte penumbra. Verônica, tentando melhor observá-lo, virou-se repentinamente e puxou com força as duas partes da cortina, até as laterais da moldura, permitindo aos derradeiros raios do sol atravessarem os vidros e revelarem-lhe o rosto, onde se imprimia o sofrimento. Aquele semblante e o ambiente exacerbado pela angústia sensibilizaram o coração de Verônica, que se afastou da janela e pôs-se a andar cabisbaixa de um lado a outro da sala, procurando as palavras que diria, buscando, sobre o assoalho, as conexões perdidas de suas ideias. Retornou novamente à janela, à antiga posição, e fixou sofregamente seu olhar sobre Mendonça. Este dobrou um dos cotovelos, mantendo-o apoiado sobre o descanso da poltrona, e levou o indicador à bochecha e o polegar sob o queixo, relaxando o rosto sobre esse apoio. Seus dois dedos pressionavam-lhe a pele facial, formando profundos sulcos, e dirigiu sua atenção à ex-amante, como que aguardando suas palavras.

— Bem... doutor Mendonça — continuou ela, hesitante —, Bertoldo deseja casar-se comigo... Tem falado e insistido muito sobre isso. E tem vindo a Campinas nos fins de semana... — interrompeu-se abruptamente, insegura, tornando a olhar vagamente o espaço, com os olhos lacrimosos.

Verônica, nesse instante, vergava-se sob o peso descomunal de sua dependência, física e emocional; percebia-se submissa, quase a solicitar licença a Mendonça para tomar suas decisões. Aquela sua maturidade, aquela ascendência que adquirira sobre ele, tão duramente conquistada nos últimos anos, parecia ter-se esvaído de repente, deixando-a fragilizada perante uma personalidade que, agora, agigantava-se perante si. Naquele momento, ela confrontava-se com a dura realidade: encontrava-se perante o homem do qual pretendia separar-se definitivamente e que a sustentava desde jovem, garantindo-lhe a sobrevivência com um alto padrão de vida. Verônica tinha a nítida sensação de que suas decisões, tão resolutas, soavam-lhe agora como devaneios infantis, e de que suas disposições e atitudes anteriores haviam sido apenas provisórias. Percebia-se destituída de uma base real, despojada de uma segurança emocional que não tinha e com o qual se iludira. Via-se, novamente, naquele instante decisivo de sua vida, como a menina de outrora: dominada pela insegurança, aviltada, hesitante e submetida a forças superiores às suas. Além disso, percebia não haver calculado bem o clímax psicológico a ser experimentado nesta conversa que teria com Mendonça. A angústia oprimia-a e as lágrimas escorriam-lhe pelas faces. Enxugou-as rapidamente com gestos bruscos, nervosos. Sentia que naquele momento, como ocorrera durante grande parte de sua vida, Mendonça teria o total domínio sobre ela se, porventura, assim o desejasse. Porém, ele permanecia silencioso e apático, enfiado naquele estado melancólico. Ela tentava desesperadamente controlar suas emoções, chegando a sentir raiva de si. Mendonça, muito perspicaz, captava-lhe a tormenta e desvendava as contradições que a assolavam, mas se eximia de explorá-las, convencido de que, apesar de amá-la, Verônica jamais voltaria aos seus braços. Ele encontrava-se exaurido pela busca incessante, cansado de perseguir, em vão, os prazeres de outrora. Percebia-se, enfim, na condição de um velho inepto, desiludido e amargurado, já sem forças para explorar aquela manifestação de fragilidade, que via diante de si.

— Mas, você o ama, Verônica? — perguntou finalmente num tom langoroso, tornando a apoiar o braço no descanso da poltrona, com extrema lassidão. Ela permaneceu um segundo calada, perplexa, imersa em pensamentos.

— Eu não o amo, doutor Mendonça. Muito embora Bertoldo seja uma pessoa agradável... e me desperte simpatia. Mas você acha isso importante? — indagou, com uma inflexão irônica, quase compulsiva, que soava como uma autoagressão, mas que tencionava retirá-lo daquela impassibilidade atroz e fazê-lo manifestar algum tipo de reação.

Como um pugilista socando o vazio, ressentia-se da falta do velho oponente; ela não estava habituada a lidar com aquela indiferença. Estranhamente, aquela impassibilidade começava a exasperá-la e, de súbito, passou a ter inusitados desejos. Como um relâmpago que lhe despertasse a vontade, sentiu forte atração por Mendonça, sensação que nunca havia experimentado. Passou a desejar que ele a possuísse ali mesmo, com os mesmos requintes que utilizara com ele. Verônica respirava de maneira ofegante, transpirando em abundância, mas mantinha-se imóvel, calada, atônita. Apenas o coração pulsava-lhe forte e a excitação lambuzava-lhe o sexo, deixando-a perplexa. Por uma fração de segundos, sentiu ímpetos calorosos, quase irresistíveis, de atirar-se sobre ele, mas se manteve inerte, presa misteriosamente ao chão por fios invisíveis. Olhava fixamente o rosto do senador, porém, mal podiam se distinguir na quase obscuridade do ambiente, que pareciam não perceber. Assemelhavam-se a duas sombras humanas, tentando desvencilhar-se daquele emaranhado nervoso que os unia. Apenas o severo tique-taque do pesado relógio alemão fornecia-lhes uma longínqua percepção da realidade, desvanecida por aquela emulação. Entretanto, aos poucos, as volições de Verônica desapareceram, deixando-a estarrecida. Ela acalmou-se, sentindo o suor secar sobre a pele gelada. Uma misteriosa paz apoderou-se de seu espírito, juntamente com uma sensação de completa liberdade. Mendonça mexeu-se na poltrona, mas permaneceu em silêncio, observando a silhueta escura de Verônica emoldurada pelo tímido cintilar das primeiras estrelas, através dos vidros da janela.

— Acenda a luz, querida — solicitou, como que retornando momentaneamente à realidade, demostrando certa agonia. Ajeitou-se novamente na poltrona, observando Verônica mover-se meio indecisa até junto a um pequeno abajur, e acendê-lo, quebrando a penumbra.

Ela sentia-se cansada, exaurida pela volubilidade de seus sentimentos, e sentou-se em outra poltrona, próxima e semelhante àquela em que se encontrava o senador, com a qual compunha um recanto da sala. Ele contemplou-a, alterando ligeiramente o semblante ao percebê-la mais perto de si, captando as derradeiras emanações daqueles confusos desejos. Mendonça, porém, logo retomou o ar passivo com o qual chegara, perdendo aquela expressão agoniada com que se manifestara havia pouco; somente um resquício de tristeza banhava-lhe o semblante e imiscuía-se naquela sua entonação de voz.

— Estive no Rio, mês passado, com Louise... — prosseguiu Verônica.

Ele, então, cruzou as pernas, prestando-lhe atenção, porém, demonstrando mais curiosidade do que preocupação com o fato em si.

— Sim?! — exclamou, incentivando-a a prosseguir.

Verônica hesitava em comentar tal assunto com ele, receosa de sua interferência; dissera isso quase compulsivamente, contudo, prosseguiu:

— E conversei com ela a respeito de me conseguir, junto à embaixada francesa, o endereço de Jean-Jacques em Paris.

Mendonça, então, fitou-a com um semblante surpreendido, parecendo pensar em algo remoto que, há muito tempo, desaparecera de suas preocupações. Permaneceu um instante boquiaberto, abismado em pensamentos, volvendo levemente o rosto para o lado.

A sala voltara a mergulhar em vazios silenciosos que flutuavam como pesadas nuvens; apenas aquele rancoroso tique-taque persistia, como que a adverti-los da efemeridade de tudo aquilo. Mendonça volveu outra vez para Verônica o olhar de um homem espiritualmente derrotado, envelhecido e cético perante as coisas da vida. Nesse instante, observando-lhe as reações, ela concluiu que não mais precisaria temê-lo, pois aquela pessoa ardilosa, repleta de subterfúgios, acostumada ao mundo dos altos negócios, não mais existia. Aquele homem que jazia enterrado naquela poltrona macia, envolto em sombras, era apenas um simulacro do passado. Ele somente esboçou uma estranha expressão: levou o indicador aos lábios, num gesto que ela nunca observara nele, e permaneceu refletindo um instante.

— Ora, Verônica! — comentou com displicência. — Ainda pensa naquele francês? — indagou admirado, abrindo um sorriso chocho, quase cômico. — Mas, quem sabe você ainda o encontra... — continuou, demonstrando sincero interesse. — Gostou dele realmente, não? Nunca conversamos muito a respeito disso e...

— Sim, doutor Mendonça. Mas na época eu era muito jovem e inexperiente... e havia... — Fez uma pausa, olhando o semblante do senador. — Havia o senhor, a mamãe... e a *madame*... não poderia ser feliz, não me permitiriam. Mas, se eu pudesse revê-lo... — interrompeu-se, relaxando e baixando o olhar.

Mendonça permaneceu pensativo, olhando admirado para aquela mulher maravilhosa que, um dia, ele sentira como sua.

— E Louise? O que foi que ela lhe disse?

— Bem... Ela ficou de comparecer à embaixada francesa para tentar localizá-lo. Mas já são decorridos quase dois meses e... — Olhou para ele com a expressão aflita.

— Não se preocupe, ela é esperta e conseguirá encontrá-lo. Mas, depois de tantos anos, nunca imaginei que ainda pensasse nele... — Mendonça baixou o dedo, que levara aos lábios, e voltou a apoiar os dois braços no descanso da poltrona. — Olhe, minha querida — falou com ar paternal —, o Bertoldo lhe dará um grande futuro. É rico, talentoso, bom rapaz e muito trabalhador; ele irá longe... Pode ter certeza do que digo. E... é jovem... — deixou escapar essa palavra com um olhar perdido, voltando o rosto para as estrelas, que cintilavam mais nítidas. — Pois, case-se com ele! Não desperdiçe esta oportunidade de arrumar a sua vida; eu até já havia pensado nele para a Maria de Lourdes.

Verônica levantou-se e caminhou vagarosamente até o centro da sala. Sentia-se penalizada com as reações de Mendonça; aquele homem a quem tanto odiara em recente passado.

— Quando a levei a São Paulo naquela ocasião, você se lembra? Pensei que pudéssemos reatar... mas logo compreendi que seus interesses eram outros.

— Sim, doutor Mendonça. Peço-lhe desculpas por ter sido tão... tão leviana... — disse, enquanto se encaminhava novamente até a janela, dando-lhe as costas e observando o começo da noite quente, prenunciando o verão.

— Mas essas coisas são assim mesmo, meu amor. Eu, durante a maior parte da vida, também só agi movido por interesses... — comentou, com ar pensativo, alheio àquelas palavras que proferira quase automaticamente. Nelas não havia nenhum poder persuasivo, nenhuma insinuação, mas apenas pensamentos vagos que surgiam destituídos de emoções. Admirou mais atentamente, por detrás, o quadril generoso de Verônica, e cruzou as pernas.

— Abra a janela — solicitou Mendonça —, a sala está um pouco abafada.

Verônica destravou-a e empurrou delicadamente as largas folhas para fora, escancarando o vão; contudo, nenhuma aragem aliviou o mormaço interior, apenas esporádicos ruídos de início do século invadiram a sala, passando a competir com o relógio alemão. Verônica voltou-se para ele, inclinando levemente o tronco para a direita, e apertou outra vez o pingente da cortina contra a palma de sua mão esquerda.

— Não desejo mais depender do senhor, doutor Mendonça — disse ela calmamente —, isso tornou-se para mim uma situação muito constrangedora e...

— Ora, bobagem, minha filha! — interrompeu Mendonça bruscamente, com certa ênfase, parecendo retornar à realidade. — Não vejo nenhum problema nisso. Enquanto não resolver o seu destino, pode ficar aqui. Quero que permaneça ao lado de Riete e que a assista... Quando se casar com Bertoldo... Ou, quem sabe, com aquele francês... — pronunciou essas últimas palavras, não com ironia, mas com uma entonação que denotava uma possibilidade remota. — Você terá uma nova vida... e, então, resolveremos. Mas, afinal — disse, olhando-a mais atentamente —, onde descobriu essa repentina dignidade? Esse orgulho de se tornar independente? Oh, desculpe, minha querida — observando o efeito desagradável que tais palavras causaram em Verônica.

Ela soltou o pingente, empertigou-se e cruzou os braços. Seus olhos cintilavam e os lábios comprimiram-se levemente, denotando contrariedade. Entretanto, seu semblante logo se desanuviou, e Verônica abriu um meio sorriso, fixando um olhar de desprezo sobre Mendonça, não desejando, porém, magoá-lo ou agredi-lo.

— Bem... Ao longo destes anos, lutei e sofri muito para adquiri-la. Embora, durante a minha última estada no Rio, eu tenha obtido maior consciência e convicção a respeito dela...

— Foi quando pensou muito no tal francês... — interrompeu Mendonça, apresentando uma curiosidade que tangia os limites da diversão. Seu rosto adquiriu uma expressão zombeteira, marota, quase juvenil, fato que surpreendeu muitíssimo a Verônica. Ela entreabriu os lábios, admirada, quase a sorrir, e avançou discretamente o rosto como que tentando perscrutar, mais de perto, aquele inusitado semblante.

— Sim, doutor Mendonça, Jean-Jacques me ensinou muito a respeito da dignidade — confirmou, fitando-o atentamente.

Verônica interrompeu-se um instante, refletindo se esse seria o melhor caminho para decifrar o comportamento pelo qual se manifestava, naquela noite, a enigmática personalidade do ex-amante.

— Além disso — continuou ela —, admirando aquele mar azul, aquela natureza exuberante e tão linda do Rio de Janeiro, descobri na beleza uma dignidade e um caráter que nós homens não temos, pois ali se encontrava ela receptiva, sempre inspiradora e depositária fiel de nossa emoções, instigadora de nossos sonhos... sempre disponível e... inesgotável em doar-se... Sim! A beleza possui algo de solene, de misteriosamente digno e inescrutável... alguma coisa de... — E procurava, com rápidos olhares, a palavra certa para caracterizá-la. — Sim, de incorruptível, de íntegra, de honesta! É isso!

A beleza é profundamente honesta! Não se pode admirá-la sem verdadeiramente a sentir! Ela é autêntica, e exige isso de nós! Ela é singela e digna! — exclamou Verônica, arrebatada, mirando um ponto acima da cabeça do senador. — E Jean-Jacques conhecia integralmente essa verdade! Ele era uma pessoa sensível e me amava. — Verônica baixou o olhar, deixando pender vagarosamente os braços, e encarou a fisionomia de Mendonça, vislumbrando, afinal, o homem de outrora.

Ele a observava friamente, de modo calculista, alheio àquele arrebatamento de sensibilidade.

— Você não acha? — perguntou-lhe, decepcionada por aquela indiferença.

Mendonça permaneceu um instante calado, analisando-a, parecendo refletir. Ao contrário do que Verônica julgara, ele demonstrava levá-la em consideração naquele instante, respeitando-a e colocando-se num mesmo patamar de igualdade.

— Lembro-me de que, na época, estive na embaixada francesa, logo após ele haver retornado à França — Verônica olhou para ele atentamente, tocada por aquelas palavras — e, conversando informalmente com diplomatas amigos meus, trocando ideias sobre a personalidade de Jean-Jacques colhi, de fato, essas mesmas informações que acabou de me dizer. Um temperamento romântico... boêmio... enlevado... Era também artista, não? Um pintor...

Verônica aquiesceu, movendo afirmativamente a rosto.

— Essas coisas, querida, são de fato sentimentos e aspirações nobres, mas destituídas dos componentes essenciais agregados à realidade da vida, principalmente na área em que ele atuava... ou em que eu trabalho: o mundo dos grandes negócios, das altas finanças internacionais. Nesse mundo, minha querida, não se pode idealizar algo diverso do que lhe é inerente, ou desejar soluções despropositadas e utópicas; nele é necessário ser duro e pragmático. As pessoas que possuem esses tipos de aspirações, pessoas idealistas, como Jean-Jacques, vivem suas utopias à parte e não têm nenhuma influência no mundo econômico que, afinal de contas, é quem determina a conduta dos homens, ou provoca, até mesmo, seus sofrimentos e felicidades. É ele que suaviza ou mortifica a vida das pessoas, é dele que decorrem as dificuldades, pois todos lutam para sobreviver dentro de suas regras. E, hoje, esse mundo é o capitalismo, e sua alma é o lucro, e lucro insaciável, objetivo de grandes empresas ou de qualquer pequeno comerciante. Então, meu bem, nessa realidade permeada pela cobiça, pela ambição desmedida, ideias como a que aludiu ao se referir à beleza soam como coisas ingênuas, destituídas do senso prático comum; soam mesmo como insensatas e ridículas. Essa ingenuidade... Esses valores estão ausentes quando os interesses adquirem vultosas quantias. Porém, eles são essenciais, pois o poder econômico só poderá ser exercido no seio de uma sociedade organizada e bem estruturada no âmbito desses mesmos valores. Num ambiente moralmente corrompido e anárquico torna-se impossível a realização dos negócios. Portanto, nossa missão é tríplice: devemos difundir e estimar tais valores, procurar mantê-los, e sutilmente burlá-los... — Mendonça parou de falar um instante e olhou atentamente para Verônica, que parecia escandalizada, chocada com tais ideias. Ele sorriu, satisfeito com o efeito de suas palavras, e continuou: — Essas qualidades são então relevantes, e ninguém mais do que o sistema proclama a sua inquestionalidade e a necessidade de sua prevalência, mas têm apenas um valor útil para nós, somente isso, e nada mais que isso. — Mendonça persistia a olhar para ela com a mesma ironia. — Sabemos o que significam para vocês e como transmitir nossos interesses através deles. Falamos então em moralidade pública, em manter compromissos assumidos, em intervir em tal país para se evitar isto ou aquilo, proclamamos a solidariedade e a paz entre as nações, falamos indignados contra a fraude e a corrupção... Porém, procedemos assim para o consumo popular, pois o povo está longe de compreender os objetivos reais que norteiam tais discursos. Na Europa, por exemplo, o sangue está prestes a jorrar como o champanhe. Entretanto, dissimulam, enquanto escolhem o momento mais apropriado para agir...

— Mas isso... Isso tudo que diz é um absurdo! É uma aberração! É o que Jean-Jacques tanto deplorava — retrucou Verônica, indignada.

— Essa é a realidade, meu bem, quer você queira ou não. E tais decisões, se realmente resultarem na deflagração da guerra, afetarão milhões de pessoas pelo mundo afora, e verá, então, aquilo a que aludi anteriormente: as consequências da disputa econômica direcionando a vida dos homens e o destino das nações. Vocês podem lutar, e devem fazê-lo pelas coisas que julguem mais nobres, pois, como disse, é do nosso próprio interesse que assim seja, mas somos nós os encarregados de mover a máquina do mundo, cujo combustível é o dinheiro, e movê-la ao nosso modo e na direção desejada... Fazê-la andar por entre interesses ferrenhos opostos é a nossa tarefa, a nossa obrigação. E tal máquina não admite complacência, muito menos arroubos sentimentais, pois ela expressa a verdadeira natureza humana. E lhe digo mais, minha maravilhosa ingênua: o que denominam aí de hipocrisia aplica-se só entre vocês, pois somos mais autênticos em nossas ambições e em nossa maneira de agir.... Para o povo, o sentimento da moralidade significa apenas a maneira aceitável de lidar com sua incapacidade de subjugar e de conquistar o poder. O valor moral é a justificativa ou a medida de vossa incompetência, e representa o consolo de ser bem aceito pelo rebanho. Somos mais capazes e autênticos que vocês.

— Autênticos? Mas o senhor, então, compreende o significado dessa palavra, reconhece o seu valor? — interrompeu-o Verônica ironicamente, com uma expressão de desprezo que se espraiou por sua face, acompanhada por um olhar inteligente, colocando-se numa posição superior.

Ele encarou-a durante uma fração de segundos, surpreendido por aquela perspicácia, mas logo retomou a expressão sarcástica, quase agressiva.

— Ora, minha querida, pois eu não lhe disse que usamos tais palavras para o consumo de vocês? Pois, autêntico é uma delas. Eu, por exemplo — continuou Mendonça —, sempre coloquei os interesses públicos em função dos meus próprios interesses particulares, e geralmente auferi bons lucros.

— Pois Jean-Jacques deplorava profundamente esse fato... preocupado com o destino destes milhões de miseráveis. Enquanto... enquanto vocês se locupletam... — disse Verônica num tom de voz quase inaudível, olhando vagamente o semblante afogueado de Mendonça.

— Ora! Quanta bobagem, meu amor! O Brasil será uma das melhores regiões do mundo para negócios justamente em razão da pobreza e da ignorância do seu povo. Será fácil enganá-lo e fazê-lo trabalhar para nós, aceitando tudo naturalmente. Mas, se isso a consola, o povo acabará beneficiado pelas migalhas. Sem dúvida que o será. Portanto, é tudo muito fácil... — interrompeu-se ofegante, respirando com dificuldade.

Retirou novamente o lenço e o esfregou com sofreguidão sobre o rosto, enquanto Verônica permanecia de pé, atônita, estarrecida com aquele insólito discurso. Todavia, ela começava a raciocinar sobre o seu significado e a questionar seus objetivos.

— Entretanto, sob o ponto de vista moral de vocês, pois eu pouco me importo com isso, mas talvez a console, num aspecto eu concordo e acho que de fato tem razão — prosseguiu Mendonça, naquele tom sarcástico, abrindo leve sorriso, mantendo o olhar ancorado em suas faces. — Concordo que a maioria de nossos homens públicos de fato assemelha-se a... — Procurava a palavra com visível prazer, esquadrinhando o espaço rapidamente. — Como eu poderia defini-los? Sim! — exclamou de supetão. — A um bando de putas, a um puteiro, e você sabe o que isso significa — repetiu, alteando a voz, irradiando inusitado prazer em fazê-la ouvir a metáfora, dando uma risadinha seca. — É a palavra certa pela qual vocês poderiam caracterizar a nossa classe. Cada um de nós tem lá o seu preço, e um alto preço. Existem, é verdade, algumas raras exceções — interrompeu-se um segundo, pensativo —, mas é o que predomina, é onde chafurdamos nós, fermentando putrefados no pântano dos vossos valores morais. Mas somos uma pequena porção de vocês — comentou, sorridente.

— Então, as coisas realmente acontecem assim mesmo? — perguntou Verônica, incrédula, caminhando vagarosamente pelo centro da sala, com os dedos juntos aos lábios, refletindo, demonstrando perplexidade. — Mas... Isso é tudo tão vil, tão sórdido, tão repugnante. Isso é um desvario, doutor Mendonça! Um completo desvario! — Parou um instante, pensativa, e voltou-se para ele: — A bem da verdade, todos nós suspeitamos de que as coisas se passem dessa maneira, mas ao ouvir assim tão explícitas, vindas do senhor... uma pessoa eminente... um senador... Além disso, existe a maledicência pública. Pois eu acho que o seu discurso está cheio de incoerências e é bastante artificial. Ele também lhe escandaliza! O senhor não é assim! Não é possível que seja assim!

Mendonça sorriu com escárnio, visivelmente satisfeito.

— Não lhe falei há pouco? Como são hipócritas? — indagou com desdém. — A despeito de tudo, sabemos como manter vossa indignação. Garanto jamais passarão da indignação à ação — afirmou, dando uma gargalhada curta, irônica, carregada de um cinismo mordaz, como nos velhos tempos. Exibia o rosto afogueado e um olhar esquisito.

Verônica, nesse instante, sentiu o temor de antigamente.

— Você não imagina, minha querida, como são realizados certos negócios... — disse Mendonça, de repente, baixando o olhar para o assoalho e transformando seu semblante em um enigma, onde a altivez e a agressividade irônica, de há pouco, cederam lugar a uma misteriosa indiferença. Verônica parou e fitou-o novamente incrédula, surpreendida por aquela nova repentina mudança de humor.

— Então, está escandalizado? — ela ousou perguntar cautelosamente, com certa ironia.

Mendonça permaneceu calado, efetuando apenas um leve muxoxo, parecendo balbuciar qualquer coisa, e ajeitou-se na poltrona. Ambos continuaram em silêncio, pensativos, enquanto a noite avançava. As estrelas desapareceram escondidas por pesadas nuvens, o que aumentava a escuridão do céu.

— Já reparou, querida, como Riete é ambiciosa, inteligente... e muito esperta? — perguntou Mendonça, mantendo-se alheio, falando como se estivesse pensando em voz alta.

— Não. Ainda não reparei! — respondeu Verônica, aturdida por aquele insólito discurso e a inesperada indagação, oposta ao que vinham conversando. — Em verdade, praticamente não tenho um relacionamento com Riete. Creio até que ela me odeie... Mas, a você... a você ela adora! — E observou a satisfação com que Mendonça ouviu tais palavras.

— Pois eu tenho transmitido a Riete essas ideias; e lhe mostro qual é a realidade...

— Oh! Você tem lhe falado sobre isso? Dessa maneira? — interrompeu Verônica, horrorizada.

— Sim! Por que não? Ela é a minha filha querida. A nossa filha... o que me restou de você... — Mendonça, a essa altura, começou a readquirir aquele semblante melancólico. Calou-se um instante, e prosseguiu numa inflexão mais lenta, mais distante ainda das palavras que pronunciava. — Quero ensinar a Riete como flui a realidade, como as coisas funcionam, para que ela deixe de acreditar nestas lorotas ditas na escola.

— Oh, meu Deus! — exclamou Verônica, dirigindo-se novamente rumo à janela, postando-se de costas para ele e observando, angustiada, a noite escura, ameaçadora.

Mendonça retirou o lenço do bolso traseiro com certo esforço, ergueu o pescoço e o correu sobre a papada, sobre as faces e a testa, e calou-se, observando Verônica. Ela hesitava em manifestar ao senador suas ideias acerca daquele seu estranho comportamento, sobre o seu inesperado discurso. No início, ele até lhe parecera normal, mas, depois, deixara entrever claramente um desejo mórbido, uma espécie de mortificação masoquista expressa na vontade de se autoagredir por intermédio da destruição da autoimagem, ou da sua reputação de homem público.

— Doutor Mendonça. Tudo isso que o senhor disse... Trata-se de uma confissão? Ou apenas de um desejo não confesso? — indagou Verônica subitamente, voltando-se para ele, comiserada por aquele comportamento.

— Você leu bastante em Capela Rosa, não? — retrucou Mendonça, insolitamente.

— Sim... bastante! — respondeu Verônica, surpreendida pela pergunta. — O que mais eu poderia fazer naquela solidão? Li os clássicos franceses, os russos, o Eça, o Machado... Mas por quê? — indagou curiosa.

— Adquiriu, sem dúvida, uma boa erudição... Vê-se... — respondeu, com uma expressão triste.

Verônica observou atentamente o senador, lançando-lhe um olhar penetrante, profundo, cujo impacto ele pareceu receber, pois recuou seu rosto e fitou-a ansiosamente, aguardando alguma manifestação. Naquele instante, ela readquiria plena ascendência sobre ele.

— E por que, doutor Mendonça? Por que colocar o dedo na própria ferida e esfregá-la? — indagou Verônica, avançando discretamente seu maravilhoso semblante. — Qual é a razão? O motivo disso? Pois, se o senhor quisesse, eu poderia satisfazê-lo daquele jeito, pela última vez... ali no quarto — e apontou o rosto na direção da porta —, e não precisava ter-se comportado dessa maneira — acrescentou de modo insinuante.

Mendonça empalideceu. Sentiu um calafrio percorrer-lhe a espinha e seu rosto abrasar-se, se enrubescendo em seguida; um intenso calor brotou-lhe no peito e o coração acelerou-se repentinamente; começou a transpirar em abundância e a respirar quase ofegante. Verônica voltou-se para a janela e puxou energicamente as duas partes da cortina, vedando a escuridão da noite. Dirigiu-se à porta de entrada, que dava acesso ao exterior da casa, e girou a chave, trancando-a; em seguida, caminhou até a sala de jantar, deu uma olhadela e retornou até o centro da sala, concentrando em Mendonça aquele seu olhar, intensamente sedutor e dominador de homens.

Verônica, nesse interregno, transmutara-se também, comportando-se do modo como antigamente deixava Jean-Jacques enlouquecido de ciúme e inferiorizado perante ela, subjugado pela sensualidade que emanava daquela mulher fascinante.

— Não quer, senador? Uma última vez? — indagou, abrindo discretamente as pernas e apoiando ambas as mãos à cintura.

Mendonça olhava-a, imerso num mutismo absoluto; somente seus pequeninos olhos negros cintilavam em meio ao suor que lhe escorria em abundância sobre o rosto e por todo seu corpanzil, deixando-o quase encharcado. O calor, no interior da sala fechada, tornara-se insuportável.

— Não quer, querido? Hein, meu amor? Aquela coisa gostosa de antigamente? — insistiu Verônica.

Mendonça experimentou um leve sobressalto ao ouvi-la pronunciar essas palavras, pois havia muitos anos não as escutava, ditas daquela maneira. Verônica aproximou-se dele lentamente, até junto aos seus joelhos, ergueu o vestido, abriu as coxas e sentou-se sobre suas pernas, de frente para ele, apoiando os pés sobre o chão, rente às laterais da poltrona, assumindo uma posição extremamente erótica. Mendonça apenas admirou, num átimo, aquelas coxas maravilhosamente abertas, próximas ao seu abdome. Ela passou a palma das mãos sobre as bochechas flácidas, candentes, do senador, acariciando-as longamente, molhando-se com o suor que marejava em bicas por todos os poros daquele rosto; correu-as sobre o couro cabeludo, notando-lhe o cabelo crespo, umedecido, e desceu-as até a parte posterior da cabeça, sentindo o colarinho hirto, cingindo-lhe a nuca, e fê-las retornar, acariciando-lhe as orelhas e as laterais do pescoço. Verônica ouvia-lhe a respiração ofegante, quase opressiva, e podia sentir aquele hálito familiar que suportara durante anos. Mendonça permanecia imóvel, como que petrificado, emanando ondas e ondas de um calor intenso, infernal, que brotavam inesgotavelmente de suas entranhas.

— Não haveria, pois, necessidade de pronunciar este seu discurso idiota... Hein, meu querido? Todos nós sabemos que vocês são assim mesmo, bastaria me chamar e sua puta viria aqui tirar seu caldinho... Ainda sou sua adorada putinha? Deseja que ela monte no seu cavalinho e desça-lhe o relho? — murmurava ofegante, de maneira carinhosa, sentindo um pequeno orgasmo ao pronunciar essas palavras, cerrando os olhos e estirando o rosto para trás.

Ela baixou uma das mãos, desabotoou-lhe a braguilha e sentiu-lhe o sexo: uma bolinha murcha e sem vida, escondida sob as volumosas ondulações do abdome. Retirou a mão, e permaneceram alguns segundos em silêncio, enquanto a abotoava novamente, com dificuldade. Ambos transpiravam, abafados. Verônica, todavia, fora gradativamente perdendo aquela sua ardente sensualidade, e terminou por acariciar uma última vez o rosto do senador, assim como quem acaricia um boneco, ou um ser sem vida. Ela ergueu-se, deixando uma mancha úmida sobre a calça escura de Mendonça; caminhou até a janela e descerrou a cortina, permitindo novamente a visão da noite. Uma aragem agradável penetrou pelo vão, aliviando o calor escaldante, seguida de uma lufada de vento mais forte que inflou levemente as dobras da cortina, recolhidas junto às laterais da janela.

Verônica olhou para Mendonça e observou o homem que vislumbrara no início: o ser decrépito, abatido, em cuja face extravasava a tristeza. Ela permaneceu junto à janela, contemplando-o serenamente, recebendo nas costas a brisa fresca que a noite soprava para dentro de casa. Ouviu-se um barulho metálico de corda distendendo e, logo depois, as badaladas soarem langorosas, prolongadas, sete vezes, contrastando com aquele austero tique-taque que empurrava inexoravelmente o tempo para a frente. Ao término das badaladas, Mendonça bateu ambos os braços nos descansos da poltrona, com as mãos espalmadas, e respirou fundo, como que retornando à realidade.

— Bem, são horas... devo ir — disse, fazendo um grande esforço para erguer-se da poltrona.

Levantou-se e caminhou lentamente, meio zonzo, em direção à porta de saída. Verônica dirigiu-se ao seu encontro. Estacaram no centro da sala.

— Você não quer cear? Daqui a pouco a empregada virá... Não quer trocar a calça? — Olhou para a pequenina mancha escura.

— Não, não, querida — interrompeu-a Mendonça, dardejando-lhe um olhar profundo que continha algo de dramático, de definitivo, de adeus. — Veja lá! Não vá trocar o Bertoldo por este poeta francês. O dinheiro por sentimentos... inúteis — acrescentou, como um pai aconselhando à filha, com uma voz calma, desvanecida. — O que precisar, peça ao Custódio... sem constrangimentos, até que tudo se resolva. E... não se preocupe mais comigo, pois... provavelmente, não mais a verei.

Dirigiu-se até a porta, destrancou-a e voltou-se para ela, interrompendo-se um segundo; tocou a maçaneta e manteve-a na mão enquanto lançava um derradeiro olhar para Verônica, que permanecia de pé, no centro da sala, fitando-o ansiosamente. Girou a maçaneta e abriu a porta.

— Adeus, meu amor — despediu-se, exprimindo imensurável solidão. Saiu, desceu os três degraus e pôs-se a caminhar pelo estreito jardim, rumo ao portãozinho que dava acesso ao passeio. Um relâmpago riscou timidamente o horizonte, seguido, algum tempo depois, por um trovão longínquo, prolongado, que soou fracamente na escuridão da noite, pondo fim àquilo tudo.

Verônica experimentou, então, algo estranho, como se sua vida houvesse, repentinamente, se transformado num grande vazio. Sentia uma experiência inédita, e quedou-se perplexa consigo mesma. Aquele homem a quem sempre detestara, a ponto de odiá-lo, de quem fora cativa durante anos e a quem subjugou, ou pelo menos assim julgava, abandonava-a e partia para sempre, concretizando um momento com que sonhara e que agora se realizava, naquela noite inesquecível. Todavia, sentia, já, a sua ausência de maneira insólita, pois não o amava, nem sequer lhe tinha amizade. Mas, quando Mendonça saíra por aquela porta, pareceu-lhe que um pedaço da sua vida saíra com ele, restando-lhe uma lembrança confusa e um vazio que necessitava ser preenchido. A ausência daquela estranha personalidade, tão marcante em sua existência, incomodava-a tanto quanto a sua presença. Olhou para a poltrona onde ele estivera sentado e viu apenas uma sombra úmida, ovalada, sobre o espaldar. E foi essa imagem triste e suarenta de uma sombra que Verônica guardaria na memória.

Ouviu, ali fora, os gritos alegres de Riete. Olhou pelo vão da janela e assistiu à filha cingir com um dos braços a cintura do senador, e caminharem abraçados sobre o passeio, até desaparecerem da sua visão.

Na manhã seguinte, o senador Mendonça dirigiu-se ao cartório local, onde registrou uma procuração outorgando plenos poderes a Custódio para representá-lo na praça, transferindo a ele, Custódio, a responsabilidade sobre seus negócios em Campinas. Em seguida, foi até Santa Efigênia e entregou a procuração ao seu administrador. Custódio relutou muito, alegando inexperiência e o receio de tomar certas decisões, mas Mendonça convenceu-o sob a alegação de que não dispunha de muito tempo e saúde para vir a

Campinas. Custódio aceitou isso como uma ordem; jamais, poderia recusar algum pedido do doutor Mendonça, a quem devia tantos favores.

À tarde, o senador foi visitar a família em Santa Sofia, onde foi recebido com um lauto jantar preparado com esmero por dona Emília. Pernoitou na fazenda e, na manhã seguinte, embarcou de volta para o Rio de Janeiro.

CAPÍTULO 23

Durante a sua infância em Capela Rosa e, posteriormente, nos primeiros anos em que vivera em Campinas, Henriette jamais soube a verdade a respeito de sua situação familiar. Ela desconhecia o fato de que o seu pai, o senador Mendonça, possuía uma família e de que ela e sua mãe eram as intrusas no seio da sociedade convencional, sacralizada e aceita pelos homens. Contudo, ao completar doze anos, em junho daquele ano de 1914, como ela diria mais tarde a Jean-Jacques, começaria a entender certas coisas.

Durante o transcorrer da última semana de novembro, quase ao término do ano letivo, Riete observara, em algumas de suas colegas de classe — com as quais, aliás, nunca se dera muito bem —, alguns remoques e insinuações maliciosas que se manifestavam em conversinhas ao pé do ouvido e olhares de soslaio dirigidos a ela, acompanhados por sorrisinhos mordazes. Ela vinha observando também certa mudança no comportamento de algumas de suas colegas, aquelas das quais era amiga. Transmitiam-lhe a impressão de que a evitavam, de que lhe escondiam algum segredo, enfim, de que havia algo afetando o seu relacionamento com elas. Porém, durante aquela derradeira semana, o estranho comportamento das amigas acentuou-se a tal ponto que, numa quinta-feira, por ocasião do recreio, uma das desafetas de Riete, que possuía uma personalidade tão forte quanto a dela, começara a chamá-la de capelinha, sendo imitada por outras meninas — haviam combinado isso antes. Elas puseram-se a gritar em uníssono, reforçando a penúltima sílaba: "capeliiinha! Escondida na capeliiinha! Capeliiinha! Escondida na capeliiinha!". O coro soava cada vez mais alto, estridente e acintoso. Outras colegas, sem tanta ousadia ou mesmo sem motivo algum para agirem assim, dirigiam seus olhares a Riete, entre risos e chacotas. Algumas poucas calavam-se, e Maria Dolores, a verdadeira amiga, constrangia-se exasperada num canto, quase a chorar. Riete, que se encontrava a alguns metros do grupinho, permanecera assustada, paralisada, sem conseguir entender o que se passava. Sabia que a zombaria era dirigida a ela, porém desconhecia as razões pelas quais aquelas palavras eram gritadas com tanta veemência. Seus olhos marejavam, e lançou àquele pequeno grupo um olhar interrogativo, persistente, sentindo-se tão constrangida e humilhada que sua vontade, naquele instante, era de sumir, como se num passe de mágica. Entretanto, aquela humilhação fora, pouco a pouco, despertando seu orgulho, transformando-se em raiva e, rapidamente, em ódio. Riete começara um choro magoado, entrecortado por soluços profundos, enquanto aquela palavra, *capelinha*, começava a soar diferente em seu cérebro, e aquele seu ódio tornava-se irracional, incontrolável. Ela, então, de súbito, avançou compulsivamente em desabalada carreira em direção ao grupo — todas elas pararam de gritar, assustadas com a sua reação — e, chegando próxima a ele, encarou sua principal desafeta que, por sua vez, mantivera-se altiva, mirando-a com o queixo empinado e respondendo-lhe com o mesmo ódio brilhando em seus olhos. Esta menina chamava-se Ângela, e exercia uma acentuada liderança sobre a classe. Riete, sustentando aquele seu furor inicial, avançou três passos em direção a ela e desferiu-lhe uma bofetada no rosto. Seguiu-se uma gritaria generalizada, enquanto ambas rolavam pelo chão, engalfinhadas numa luta feroz. Logo, a professora responsável pelo recreio solicitou ajuda e, com dificuldade, conseguiu apartá-las. Ambas ergueram-se chorando, apresentando hematomas e escoriações — joelhos e cotovelos ralados, além dos uniformes sujos e rasgados em alguns pontos, as saias completamente desconjuntadas. Foram, em seguida, conduzidas à presença da diretora, que exigiu delas uma explicação para aquele desentendimento. Riete, ao iniciar sua justificativa, ainda enxugando as lágrimas, quando se referira como razão da desavença à palavra, *capelinha,* gritada em coro, detectou, no semblante da diretora, a insinuação de um sorriso que se espraiou pelas faces, sendo contido pelos lábios. Ela calou-se durante alguns segundos, ouvindo as explicações de Riete, mantendo, porém, sobre ela, aquele seu olhar instigante. Pronunciou, em seguida, um enérgico discurso, dizendo-lhes que não toleraria mais aquele tipo de comportamento, exigindo respeito e disciplina. Ao final, sorriu um pouco ofegante, solicitando a Riete que pedisse desculpas a Ângela Fonseca, filha do doutor Fonseca, advogado ilustre e político local. Riete, contudo, após aquelas suas explicações iniciais, mantivera-se em inalterável silêncio durante o discurso da diretora, com os seus pensamentos vagando distantes, intrigada ainda com a palavra *capelinha*. Aos poucos, ela fora realmente penetrando no interior da capelinha rosa, que tanto amava, e refugiou-se no seu aconchego, vislumbrando os gestos silenciosos destituídos de realidade executados pela diretora, enquanto esta falava. Em alguns momentos, Riete via apenas seus movimentos labiais pronunciando sílabas, mas não ouvia, sequer, uma só palavra do que dizia. Não notara quando a diretora olhou para ela, fitando-a durante alguns segundos, atônita com aquele seu semblante alheio e o olhar esgazeado, misterioso, e disse energicamente: "Riete, está-me ouvindo? Riete!" Gritou. "Assim, falarei com o doutor Mendonça!". Riete ouvira só aquele "doutor Mendonça", e um terno sorriso de felicidade assomou em seus lábios, dulcificando-lhe a face. A diretora fixou-lhe atentamente o olhar, surpreendida por aquela reação, e apenas lhes disse, no instante final em que sorrira: "Podem ir, e não repitam mais isso", mantendo, entretanto, sua atenção sobre ela. Ângela, talvez sentindo-se culpada, eximira-se de explicações, permanecendo afundada em um mutismo o tempo todo; não fora, porém, interpelada pela diretora, que já vislumbrara as razões daquela briga, e muito menos Riete lhe pedira desculpas. Naquele dia, nenhuma das duas retornou à sala de aula; foram dispensadas mais cedo, levando, cada uma, um bilhete explicativo, além de solicitar a presença dos responsáveis, no dia seguinte. A mensagem fora assinada pela diretora.

Riete, todavia, não se dirigiu à sua casa; permaneceu passeando pelas imediações, esperando o término das aulas. Sentou-se depois em um dos bancos de uma pequena praça que havia nas proximidades e ficou aguardando a saída de Maria Dolores. Desejava saber o que significava aquilo e o motivo daquela provocação, sentindo-se até curiosa, pois cogitava sobre várias hipóteses, mas não chegava a nenhuma conclusão. Próximo às cinco horas, ela encostou-se na parede externa de uma casa de esquina, no caminho que ambas percorriam diariamente, ao retornarem após as aulas. Quando Maria Dolores dobrou a esquina e deparou-se com Riete, estacou assustada, olhou furtivamente para os arredores e dirigiu-se pressurosa ao encontro da amiga, com os olhos rasos d'água, e abraçou-a, chorando. Riete pôs-se então a afagá-la durante alguns segundos, procurando acalmá-la. Quando Dolores havia enxugado as últimas lágrimas, puseram-se a caminhar, ambas constrangidas, rumo às suas casas.

— Afinal, Dolores, qual foi o motivo... daquela provocação? — perguntou Riete, ainda comovida com os fatos ocorridos durante o recreio.

Dolores parou de caminhar e olhou para a amiga com o semblante tenso, angustiado, permanecendo calada, sem saber o que dizer. Seu rosto infantil perdera repentinamente aquela alegria ingênua e adquiriu o aspecto preocupado de um adulto. Maria Dolores, apesar de intuir a gravidade daqueles fatos, não possuía ainda uma perfeita compreensão do seu significado, ou de que a vida pudesse ser diferente, em termos familiares, daquela que vivia. Sabia que havia certas coisas, mas que se encontravam distantes de sua realidade social, e existiam, imaginava ela, apenas para outras pessoas, para outro tipo de gente que não fossem os pais de crianças iguais a elas.

— Dolores! — exclamou Riete novamente. — Você deve saber a razão daquilo tudo...

Porém a amiga permanecia calada, pensativa. De repente, ela começou a balbuciar, hesitante, as primeiras palavras a respeito do assunto, enquanto se punham a caminhar devagar, entreolhando-se constantemente.

— A Ângela Fonseca... a Ângela ouviu de seus pais que... que você não é a filha verdadeira do doutor Mendonça, nem... — interrompeu-se, fungou, esfregando os olhos. — Nem sua mãe...

Riete estacou estarrecida, fitando a amiga com tanta perplexidade que Dolores assustou-se, adiantando-se rapidamente dois passos enquanto olhava para trás em direção à amiga, com a face lívida.

— Espere, Dolores! Como? Como é isso? — E avançou até ela, com o rosto crispado. — Fale, fale tudo que ouviu.... Por favor, Dolores! — solicitou Riete, quase a chorar.

— Ângela contou-nos que o doutor Mendonça tem outra família, que mora numa fazenda bonita da região. E que, ali, ele tem a sua verdadeira mulher... e suas três filhas. Eu não entendo isso, Riete... não entendo... — E abraçou-se a ela, chorando.

Enquanto Dolores chorava, junto ao seu peito, Riete experimentava uma forte comoção, algo inaudito, intenso, que parecia escapar de sua alma, semelhante a uma roupa que sempre a agasalhara e que, de repente, a deixava nua perante a vida. Afastou-se um passo, apoiou suas mãos sobre os ombros da amiga, fitando-a intensamente nos olhos.

— Pode continuar a dizer tudo o que sabe, Dolores... por favor... — solicitou com amargura, a face extremamente pálida e o olhar longínquo, triste, exprimindo uma intensa desolação.

Ela, então, recomeçou a falar, com o rosto no ombro de Riete. Alguns transeuntes passavam mais devagar observando a cena, e afastavam-se, retornando várias vezes seus rostos, com os semblantes interrogativos. Uma senhora, já idosa, portando óculos e bengala, chegou a parar e aproximar-se seu rosto encarquilhado, espreitando o que ali ocorria: "O que aconteceu, minha filha?", perguntou ela, mas, não recebendo resposta, afastou-se, andando com dificuldade, meneando a cabeça.

— Que o doutor Mendonça encontrou sua mãe no Rio — prosseguia Dolores — numa... não sei bem o que é isto, Riete... mas disseram... que numa casa de mulheres... e que a trouxe para viver na fazenda... na fazenda mais feia do senador. Chamada Capela Rosa. Não era lá que você morava?

— Sim, em Capela Rosa. Por isso então gritavam... *capelinha*... — respondeu Riete, observando uma senhora fechar a vidraça, no lado oposto da rua.

Mas a rua e o calçamento da rua, as casas e as paredes das casas e as poucas pessoas que passavam, agasalhadas no cotidiano, sufocavam-na, arremessando-a de encontro a uma realidade atroz que esmagava todo o seu ser, todas suas emoções e seus sentimentos.

— O que mais, Dolores? — indagou, murmurando, com a voz tênue, desvanecida.

— Disseram... disseram que sua mãe... mas ela é tão boa, Riete... tão boa... — Dolores começou a chorar convulsivamente, umedecendo com suas lágrimas a blusa de Riete.

— Sim! O que mais lhe disseram?

— Oh, não! Não! — exclamou a amiga, soltando-se de Riete e pondo-se em desabalada correria rumo à sua casa.

Aquela mesma velhinha retornava lentamente pelo passeio, com o olhar apontado na direção de Riete, tocando a bengala no chão a cada passada.

Ao chegar junto a ela, aproximou seu rosto e esmiuçou atentamente aquele semblante agoniado. "O que houve, minha filha? O que lhe aconteceu?". E tornou a afastar-se. Riete mal a percebeu, mas se pôs a caminhar tão vagarosamente quanto ela, ao ritmo da batida de sua bengala no chão, ouvindo unicamente aquele barulho. Na próxima esquina, Riete atravessou a rua e seguiu em frente, imersa em pensamentos sombrios, mergulhada numa tristeza sem fim. Subitamente, começou a chorar e apertou o passo em direção à sua casa. Um só sentimento a impulsionava naquele instante: a sua dor humilhante. Desejava ouvir aquelas revelações da boca de sua própria mãe; queria conhecer a verdade, desvendar de vez aquele sentimento estranho que pairara sobre ela como uma sombra, ao longo de sua vida. Sempre intuíra que alguma coisa misteriosa envolvia a sua família. Por ilação, certos acontecimentos, naquele instante, clareavam-se, tornavam-se lógicos em sua cabeça. Compreendia, então, o porquê da sistemática recusa de seu pai em levá-la para conhecer Santa Sofia, suas prolongadas ausências de casa e o estranho comportamento social de sua mãe, que sempre lhe parecera viver marginalizada, evitando alguns ambientes. E relembrava as antigas brigas entre seus pais. Mesmo desconhecendo esses fatos, agora revelados, Riete percebia como fora afetada por eles, principalmente nos últimos dois anos, quando adquirira maior consciência social e uma percepção psicológica mais aguçada. Nas ocasiões em que se encontrava na casa de alguma amiguinha, no momento em que sua mãe dizia ao respectivo marido: "É a filha do senador Mendonça", Riete notava que o marido, invariavelmente, voltava-se para a esposa com expressão insinuante, ou franzia a testa, olhando-a de maneira diferente, como se ela fosse uma criança especial. Por diversas vezes, sentira-se constrangida com a impertinência desses olhares. Tudo isso agora se clareava.

Ela apertou ainda mais o passo e começou a correr, com as lágrimas escorrendo-lhe pelas faces. Riete chorava muito quando, finalmente, dobrou a esquina de sua rua, aproximando-se de casa. No meio do quarteirão, observou o carteiro Carvalhinho sair todo lampeiro e feliz da sua residência, ostentando um sorriso nos lábios. Quando cruzou com ele no passeio, Carvalhinho assustou-se ao vê-la chorando e naquela aparência deplorável; examinou-a, estacando-se, e pôs-se acompanhá-la até vê-la cruzar o portão que acabara de fechar, atravessar o pequeno jardim e entrar em casa.

Ao abrir bruscamente a porta da sala, Riete deparou-se com sua mãe sentada numa daquelas poltronas, lendo, excitada, uma carta. Ela exprimia tamanha felicidade que parecia irradiar seu contentamento em forma de luz; sim, Verônica parecia iluminada. Tratava-se da carta que acabara de receber, minutos atrás, enviada por Louise, contendo o endereço de Jean-Jacques em Paris. Riete jamais vira sua mãe assim, tão transbordante de felicidade. Ela ouvira o barulho da maçaneta e os passos fortes da filha, interrompidos subitamente, mas não erguera logo os olhos para ela, pois continuava devorando avidamente aquelas linhas, permitindo-se, cada vez mais, desabrochar em seus lábios o seu sorriso de deusa. Quando terminou a leitura, ergueu o rosto e os dois braços, apontando-os para o teto como se estivesse comemorando uma conquista, empunhando a carta como se empunhasse um troféu, com os olhos lacrimosos, intensamente feliz. "Oh, meu Deus! Consegui!", exclamou, eufórica, muito emocionada. Só então, tornou a baixar lentamente seu rosto, pousando seus olhos na filha e os seus braços sobre os descansos da poltrona. Riete, ao entrar na sala e deparar-se com sua mãe naquele estado de espírito, completamente oposto ao seu, sentiu-se duplamente agredida. Experimentou um choque, e estacou seu choro quase instantaneamente, como se aquela onda de felicidade emanada por Verônica se chocasse com a de sua amargura, e a anulasse, deixando-a passiva perante aquela cena de alegria, tão explícita e esfuziante. Estupefata, imóvel, um pouco à frente da porta escancarada, observou sua mãe durante alguns segundos. Quando Verônica examinou-a e a viu naquele estado, com o uniforme sujo e a saia desconjuntada, o rosto arranhado, apresentando um hematoma, o joelho esfolado e a expressão de intenso sofrimento, ficou repentinamente assustada. Levantou-se da poltrona, mantendo a carta na mão, e deu dois passos em direção a Riete, aguçando seu olhar sobre ela.

— Mas... o que lhe aconteceu, minha filha? — indagou Verônica, transmutando rapidamente a sua alegria em preocupação, em desvelo materno. Nesse instante, Riete dardejou-lhe um olhar tão penetrante e pungente que inibiu qualquer iniciativa da mãe, deixando-a perplexa, paralisada no lugar em que estava. Ambas permaneceram imóveis, enquanto a angústia, tal como um gás invisível, ia preenchendo o espaço e preparando o ambiente para uma cena dramática.

— O que aconteceu, minha filha? — tornou a perguntar Verônica num tom mais incisivo, intuindo que alguma coisa de muito grave ocorrera, já não tanto pelo aspecto físico de Riete, mas devido à expressão agoniada de sua face, em que somente seus olhos negros flamejavam, emitindo um sentimento inaudito.

Uma profunda decepção eludia aquele brilho; certo desprezo, certa dureza refulgia naquele olhar e o dominava totalmente. Verônica, num relance mental, como se um raio de luz lhe iluminasse a mente, intuíra o ocorrido, e aquilo que postergara — pois pretendia revelar-lhe algum dia —, e o que tanto temera, durante anos, finalmente viera à tona: Riete descobrira o seu passado, e haviam-na humilhado na escola. A comunicação fora muda, telepática. Ela baixou o rosto e seus olhos umedeceram-se. Retrocedeu os dois passos que dera, sentando-se novamente na poltrona, pondo-se a olhar atabalhoadamente para o assoalho; mal ousava erguer os olhos para a filha. Riete recebeu, assim, a confirmação daquelas revelações, e avançou até quase o centro da sala, permanecendo de pé.

— Por favor, minha filha, feche a porta... — solicitou Verônica, prestes a chorar, com o rosto voltado para um dos lados, mirando o assoalho.

— Por quê? Tem vergonha de que lhe ouçam? — retrucou Riete, retrocedendo até a entrada, caminhando de costas para ela, mantendo o olhar sobre sua mãe enquanto tateava com um dos braços esticado para trás, à procura da porta, até conseguir tocá-la em sua beirada; fechou-a tão violentamente, batendo-a com tanta força e raiva que o barulho soou como um estampido, estremecendo as paredes.

— Então, é tudo verdade mamãe? Tudo o que eu soube na escola? — indagou, avançando vagarosamente até onde estivera, mantendo o olhar fixo em Verônica, enquanto começava a chorar baixinho, num soluçar sofrido, pungente. — A senhora! Você! — exclamou de repente, sobrepujando o choro e alteando a voz num rompante, que pareceu brotar-lhe repentinamente da alma.

Disse isso apontando o indicador em direção a Verônica e avançando o rosto, em que aflorava o ódio, transida por uma emoção impetuosa, irreprimível e profunda. Um forte rubor tingiu-lhe as faces, e seus olhos faiscavam.

— Você, então, foi uma mulher... uma mulher dama... Eu já ouvi, certa vez, como eles a denominam — disse, num tom sarcástico, contundente, demonstrando um intenso desprezo. — Sim... Puta! Eles a chamam de puta! Você foi uma puta! Puta de luxo! — repetiu alto, quase gritando.

— Cale-se! Cale-se! — retrucou Verônica, pela primeira vez encarando a filha, igualmente raivosa, ameaçando levantar-se da poltrona.

Contudo, Riete manteve-se inalterável, assumindo uma atitude mais agressiva, indiferente aos apelos da mãe, dito aos berros.

— Uma puta de luxo, não? De gente importante. E pensou talvez que iria me esconder esse fato durante o resto de sua vida. Mas eu sempre desconfiei! Sempre percebi que havia alguma coisa de errado, de estranho e misterioso em sua vida — disse Riete, numa entonação mais baixa, meio absorta, desviando momentaneamente o olhar e pousando-o sobre uma gravura sacra, afixada na parede, acima da poltrona. Ela nutria, neste momento, um ódio e um desprezo inauditos por Verônica, e dava vazão a tudo quanto sentira ao longo dos anos, pois suas intuições haviam-se confirmado, efetivamente. Contudo, desejava saber mais; desejava saber o motivo pelo qual sua mãe não a amava verdadeiramente.

— Não fale assim, minha filha, pelo amor de Deus! Você não compreende a vida, venha.... Eu, algum dia, iria lhe dizer... eu lhe conto tudo... toda a verdade. Venha... sente-se aqui ao meu lado — convidou-a Verônica, com a alma dilacerada.

Durante muito tempo, ela manteve aquela expressão sofrida enquanto falava, desviando, vez ou outra, seu rosto em direção a Riete, que a ouvia atentamente. Levantou-se apenas uma vez para acender a luz, pois escurecera, e aproveitou para abrir a cortina e a veneziana daquela mesma janela que fora aberta na ocasião em que Mendonça ali estivera. Durante cerca de uma hora, contou a Riete tudo, quase tudo... até chegar àquele momento em que Carvalhinho lhe entregara a carta, que ainda segurava. Ao encerrar a narrativa do seu passado, Verônica mirou a filha com um olhar súplice, pedindo-lhe compreensão, dizendo quão doloroso fora relembrar tudo aquilo. Estava lívida, pálida, e seus olhos marejavam quando avançou o tronco para a frente, curvando-se ligeiramente, e apoiou o rosto sobre as mãos espalmadas, com os cotovelos sobre as coxas.

— Peço-lhe desculpas, minha filha... E espero que me compreenda, pois também fui muito humilhada durante anos, e...

Riete, porém, fitou-a com um olhar frio, cortante, e sorriu com ironia, interrompendo-a bruscamente.

— Não, mamãe, a vida, apesar de alguns percalços, sempre lhe tratou muito bem. Você é linda, sempre teve tudo o que quis... e ainda agora o Bertoldo... este milionário, lhe dará tudo.... tudo o que desejar para tê-la como esposa.

— Sim. Nesse aspecto, tem razão, não posso me queixar... mas... e os meus sentimentos, as minhas emoções? Foi Jean-Jacques a quem amei! — Ao ouvir novamente esse nome, o qual já ouvira tantas vezes durante a narrativa, Riete fixou o olhar em sua mãe e a expressão do seu rosto transformou-se; ela então sorriu estranhamente. Verônica tornou a encostar-se no espaldar da poltrona e reparou atentamente na filha.

— Então, suponho, nunca me amou porque desejava que eu fosse filha desse tal... como disse?

— Jean-Jacques.

— Sim, deste Jean-Jacques — repetiu Riete, com as pupilas cintilando, demonstrando lembrar-se de alguma coisa. — Jean-Jacques... — repetiu ela outra vez, pausadamente, em voz baixa.

Verônica, porém, foi ficando estarrecida, assustada com a transformação facial da filha. Seus pensamentos pareciam voejar para longe dali, e seu olhar transmutou-se exatamente naquele mesmo olhar de Mendonça, esgazeado, doentio, amedrontador, que tantas vezes a atemorizara no passado.

— Mas... afinal — indagou Riete, transfigurada, quase em delírio —, quem é o meu verdadeiro pai? Esse aí, escrito no papel ou... ou, o doutor Mendonça?

— Riete! O que está lhe acontecendo? É... é o doutor Mendonça... pois eu já não lhe expliquei tudo? — respondeu Verônica, assustada com o comportamento esquisito da filha, examinando-a atentamente de cima a baixo.

— Riete! Eu...

— Espere! Espere! Não me interrompa... pois começo a ver uma coisa... — solicitou Riete com veemência, levantando-se da poltrona e estabelecendo o último contato com aquela realidade presente, pondo-se a andar vagarosamente pela sala, quase em desvario.

Apenas um pequeno sorriso insinuava-se em seus lábios, enquanto erguia o rosto e fitava vagamente o espaço. Uma estranha felicidade iluminava-lhe a alma e irradiava-se para o seu semblante, para aquele seu sorriso misterioso. Riete parecia delirar, imersa em outra realidade, enquanto

Verônica permanecia estupefata, presa à poltrona. De repente, ela parou de caminhar e fixou seu olhar sobre uma gravura sacra, pendurada na parede, acima da poltrona em que se sentava Verônica. Abriu mais o sorriso, admirando aquela imagem, sentindo-se fortemente atraída por ela.

— Sim — murmurou Riete. — Agora eu sei... finalmente eu sei... — E calou-se, transfigurada, olhando para a gravura.

Como um filhote de uma ave que rompe a casca do ovo, Riete começava a desvendar uma questão que a intrigava havia anos: o porquê daquela misteriosa atração, daquele intenso fascínio que a capelinha rosa exercia sobre ela até aqueles dias, quando, com frequência, refugiava-se no seu interior. Lentamente, a casca de seu inconsciente rompeu-se e as figuras de seus pais surgiam esfumaçadas na névoa de sua memória, num passado longínquo e indefinido. Esse passado ocorrera alguns anos antes de Riete lembrar-se de ter, pela primeira, vez, entrado na Capela Rosa, durante a realização daquelas festas juninas.

Naquela época, Verônica e Mendonça ainda tinham dúvidas sobre quem seria o pai de Henriette. Aquele sinal da sua paternidade — manifestado indubitavelmente pela expressão do seu olhar — ainda não havia se revelado. Naquele longínquo passado, revivenciado agora, Mendonça acabara de chegar à fazenda, provavelmente vindo do Rio de Janeiro. Riete recorda-se desta frase: "ele chega hoje do Rio". Vê suas malas enormes sendo colocadas no chão e, depois, o empregado carregando-as para o quarto. Pesadas nuvens negras carregavam os céus e tornavam a manhã chuvosa e triste. Pela janela de sua memória, ela observa o assoalho salpicado de lama; sua mãe aparece na sala e reclama das marcas de sapatos no chão. Logo depois, relembra seus pais entrarem no quarto e trancarem a porta; escuta o barulho, seco, metálico, da chave. Silêncio. Ela permanece de pé, na sala, sozinha. Ouve, vindas do interior do quarto, vozes abafadas cujas entonações iam num crescendo, alterando-se gradativamente até começar a ouvir os gritos altos, descontrolados de seu pai, e os berros aterrorizados de sua mãe, entrecortados pelo pranto: "Não! Assim, não! Saia daqui! Saia daqui, seu animal, seu porco! Saia... Me largue! Ela não é sua filha! É filha de Jean-Jacques, a quem amo! É de Jean-Jacques! É dele! Dele! Ai! Assim está me machucando! Me solte!". E Riete escuta soar os bofetões e os gritos apavorados e dolorosos de sua mãe.

Passado algum tempo, Riete relembra Mendonça abrir a porta do quarto e deparar-se com ela, na sala. Riete recorda-se bem daquele instante. Ele apresentava a face afogueada e o rosto suado, a gravata frouxa, desalinhada, e a franja da camisa para fora da calça. Pelo vão da porta, entreaberta, ela vê partes das coxas de sua mãe, que lhe parecia deitada, retorcida sobre a cama. Riete ouve os seus soluços e o seu pranto, abafados pelos lençóis. Todavia, pareciam soar longe dali, até desaparecerem completamente. Revivencia, então, o olhar desvairado de Mendonça sobre si; ela sorri assustada, timidamente receosa. Ofegante, ele também sorri, e, durante alguns segundos, permanece olhando para ela, parecendo se acalmar. Enfia a camisa para dentro da calça e ajeita-se rapidamente. "Venha, venha cá, meu anjo", relembrando suas palavras. Segura-a pela mão, andam até atrás de uma porta, onde ele apanha uma chave, e saem de casa. "Venha, venha conhecer um lugar bonito." E caminham silenciosamente até a capelinha. Ela, agora, sente a chuva fria, ainda fina, a molhar seus ombros desnudos, e os eleva contra suas faces, na sala, apertando as partes superiores dos braços com as duas mãos, com os braços entrecruzados sobre os seios, e vê a porta imensa da capela, defronte de si. Seu pai enfia a chave e abre-a com certa dificuldade; empurra a porta e entram pelo grande vão — Riete escuta nitidamente, naquele instante, na sala da casa da sua mãe, o barulho da porta ao abrir-se. Aquilo tudo desfilava em sua memória quase instantaneamente em forma de imagens nubladas, fragmentadas, destituídas de muita continuidade, como se estivesse vivenciando cenas em preto e branco de um velho filme, com seus planos chuviscados. Ele volta-se, fecha a porta da capela; e ela passa a caminhar de mãos dadas com Mendonça pelo centro da pequena nave, admirando as figuras sacras amareladas, sentindo-se pequenina perante a imensidão daquele interior. Observa, com atenção, a cruz sobre o altar. Dentro da pequena igreja, havia uma forte penumbra, devido ao tempo chuvoso. "Sente-se aqui comigo, meu anjo, não é lindo aquele quadro?" Aponta com o dedo. Riete ouve a respiração ofegante de Mendonça sobre ela, sente o seu hálito morno e o suor pegajoso do seu rosto, quase junto ao seu. Ele a coloca sobre o colo e põe-se a afagar seus cabelos morenos, iguais aos de sua mãe, e passa a deslizar suavemente a mão sobre suas pernas. "Veja aquela imagem", diz ele, "quem é o homem pregado na cruz? É o nosso pai." "Nosso pai?", retrucou Riete, começando a desfrutar, ali na sala, diante de sua mãe, as sensações prazerosas que experimentara naquele silêncio sepulcral do interior da Capela Rosa, há vários anos. Seu olhar vagueia sobre o teto... sobre as imagens desvanecidas da via-sacra, enquanto um arrepio ardente, prazeroso, passeia pelo seu corpo, e se grava em sua mente...

Quando Riete levanta-se do colo de Mendonça e retira-se dali, caminhando devagar e muito assustada, ele ajeita a calça e vai ao seu encalço, a fim de acompanhá-la até a porta, e abri-la; porém, retorna para dentro e lá permanece mais um pouco. Ela sai da capelinha e corre para casa sob a chuva que, repentinamente, começara a cair mais forte; sente, com muita força, as fincadas das gotas d'águas sobre os seus ombros nus — desliza suas mãos sobre eles, ali, na sala de sua mãe, erguendo-os até quase junto aos ouvidos. Súbito, assustada, retorna o seu olhar para a porta da igreja no instante em que o refulgente clarão de um violentíssimo relâmpago ilumina o pequeno adro da capela, seguido, instantaneamente, de um estrondo ensurdecedor. Ela permaneceu estática, aterrorizada com o estampido, precedido por um silvo apavorante igual ao produzido quando se corta um longo fio de arame fortemente tensionado. A faísca atingira o sino de bronze, no topo da pequena torre de madeira, que se partiu calcinada vindo ao chão aos pedaços. Riete relembra o sino repicando sobre o calçamento de pedra, enquanto o temporal desabava. Aquele barulho ensurdecedor, aquele susto assombroso significaria um ponto final em suas lembranças, apagando da sua memória esses acontecimentos. Deles restaram, durante os anos, apenas o trauma e a fascinação inexplicável. Aqueles momentos que passara no interior da capelinha significariam temporariamente para Riete uma pausa em sua vida, ou um bálsamo para sua existência infeliz. De modo inconsciente, ela sempre procuraria por aqueles prazeres que a atraíam, mas, ao mesmo tempo a repeliam, angustiando-se por ignorar o seu sentido e muito menos por não ter consciência do que buscava, pois o seu significado, a sua completa acepção jaziam profundamente enterrados em seu espírito, reprimidos pelo trauma. Nessas ocasiões, ela então sofria, desesperava-se, pois procurava ansiosamente uma explicação inacessível ao seu pleno entendimento. A partir desse episódio, Riete nunca compreenderia o que se passava com ela, nem a razão pela qual, em determinadas circunstâncias de sua vida, principalmente em situações adversas, ela refugiava-se naquela realidade misteriosa, acolhedora, mas assustadora, e assumia outra personalidade. Nesses transes, nessas ausências da realidade, dita normal, ela transformava-se numa outra pessoa, tornava-se confusa, sem autocensuras, dando vazão ao seu ódio conflituoso e vivendo situações que jamais desaguariam numa solução harmoniosa. Ela, então, vagaria em êxtase, fora de si, tateando como uma cega as paredes desse labirinto inquietante, buscando o alívio e encontrando o seu tormento, sem nada elucidar. Apesar de vivenciar essa retrospectiva dolorosa na casa de sua mãe, achando pistas verdadeiras num remoto passado, as razões de sua atração pela capelinha permaneceriam ignoradas; ela jamais teria uma consciência esclarecedora, definitiva e judiciosa sobre o seu significado profundo, e carregaria vida afora suas consequências. A primeira casca rompera-se, mas de quantas cascas constituem-se as muralhas do inconsciente?

 Depois dos acontecimentos, revivenciados nesse dia e a partir dele, ela jamais voltaria a entrar fisicamente na capelinha rosa, mas continuaria a ser inapelavelmente arremessada para o seu interior quando a realidade de sua vida se tornasse insuportável.

 Riete, subitamente, desviou o olhar daquela gravura sacra, afixada na parede da sala de sua casa, e tornou-se séria, baixando o rosto. Instintivamente, levou as mãos aos seios, que começavam a desabrochar, e os acariciou sobre o vestido, parecendo amedrontada. Arregalou os olhos, aterrorizada com a lembrança daquele relâmpago, e caminhou devagar, completamente absorta, balbuciando palavras inaudíveis: "ele há de me pagar... vou matá-lo... matá-lo"!, pronunciou, abismada em pensamentos inescrutáveis. O amor e o ódio emulavam em sua alma como uma antinomia dolorosa, como brasas candentes ardendo em seu espírito.

 Voltou-se para Verônica, com as faces desvanecidas e os lábios trêmulos, e perguntou:

 — Quando papai retorna da França? Estou saudosa, mamãe, na carta ele não diz a data? Jean-Jacques... — repetiu baixinho, sentindo um mal-estar. No instante em que fizera a pergunta, Riete começava a sair daquele transe.

 Verônica — que continuava sentada naquela poltrona, completamente estarrecida com o comportamento da filha — finalmente conseguiu levantar-se, ouvindo-a pronunciar o nome do antigo amante, pois, até então, estivera como que hipnotizada com o que assistia. Ela abriu rapidamente o gavetão da cômoda e jogou a carta ali dentro, fechando-a com força. Aquele barulho, do abrir e fechar da gaveta, pareceu despertar Riete, trazendo-a de vez à realidade. Ela, então, voltou-se para a filha, completamente aparvalhada.

— Oh, meu Deus! O que se passa, filha? Seu pai é o doutor Mendonça... Ele a ama... muito... e você sabe disso!

— Sim, mamãe... Eu também adoro o papai... eu sei que ele é o meu pai.... e mora no Rio... no Rio...

Riete sentiu sua vista turvar-se e viu a figura embaçada de Verônica correr para junto de si, caindo desmaiada ante sua mãe estupefata, que ainda conseguiu ampará-la até o chão. Ela ficou muito nervosa, chamando por Riete, dando-lhe tapinhas no rosto. Apoiou a cabeça da filha no assoalho e correu a buscar álcool e açúcar. A empregada, que acabara de chegar, acorreu também, muito assustada, a ajudá-la.

— Álcool! Molhe este lenço! — solicitava, e o esfregava sob o nariz e sobre os punhos de Riete. — Me dê o açúcar! E colocava-lhe alguns torrões na boca, erguendo-lhe o rosto. Riete retomou a consciência, talvez sufocada pelo açúcar, pois tossia muito quando se firmou, sentada no assoalho, queixando-se de forte dor de cabeça.

— Graças a Deus, ela está melhor! Está melhorando! — exclamou Verônica, abraçando-se à filha.

A gorda crioula chamada Tereza observava a cena com os olhos arregalados, e ajudou Verônica a erguê-la do chão, ainda meio zonza. Talvez, pela primeira vez em sua vida, Riete sentia o carinho e o desvelo sinceros de sua mãe, pois, naquele dia, chocada com os acontecimentos, ela excedera-se em cuidados com a filha. No dia seguinte, Riete narrou à mãe, com detalhes, os fatos ocorridos na escola. Verônica acompanhou-a até lá, intimada pelo bilhete, e conversou demoradamente com a diretora sobre o incidente. Foi uma conversa difícil, embaraçosa, que resvalara frequentemente nas insinuações.

Naquele mesmo dia, durante a noite, esperou sua mãe adormecer, dirigiu-se até a gaveta da cômoda, abriu-a com cuidado, leu a carta e copiou o endereço de Jean-Jacques, em Paris, guardando-o dentro de *Dom Casmurro*, um romance de Machado de Assis que seu pai lhe dera.

CAPÍTULO 24

Transcorria a primeira quinzena do mês de janeiro de 1915; chovia a cântaros na região, o que deixava os dias cinzentos e melancólicos. Bertoldo viera a Campinas para passar as festas de fim de ano junto de Verônica. Trouxera-lhes vários presentes — para ela e para Riete —, declarando-se apaixonado e exigindo uma resposta às suas pretensões de tê-la como esposa. Nessa ocasião, mantiveram uma longa conversa a respeito do assunto, e Bertoldo estipulou um prazo para que ela decidisse se o aceitava como marido. Comunicou a Verônica que retornaria a Campinas no próximo mês para obter uma resposta definitiva relativa à sua proposta. Com seu espírito pragmático e objetivo, ele lhe aconselhara que pensasse bastante sobre o assunto, ponderando bem as coisas e, finalmente, decidisse, pois não desejava prolongar aquele romance, caso ela se mantivesse irresoluta, apesar de adorá-la. Talvez usasse essa mesma argumentação durante os negócios, como forma de pressionar os indecisos. Foram essas as suas derradeiras palavras, após beijá-la na face e embarcar no trem que o levaria de volta a São Paulo. Bertoldo não se preocupava em saber se Verônica realmente o amava ou se apenas lhe devotava alguma simpatia, ou mesmo se estivesse somente interessada em seu dinheiro. Sua segurança induzia-lhe a convicção de que, se Verônica não o amasse, ele a conquistaria e a faria amá-lo. Em sua vida, geralmente, as coisas transcorriam assim. Naquele momento, portanto, esse aspecto era-lhe irrelevante, e desejava tão somente um sim para estreitar aquela mulher fascinante em seus braços, e saciar seu desejo de possuí-la.

Todavia, já haviam transcorrido cerca de vinte dias desde que essas palavras intimativas haviam sido proferidas em meio à fumaça e ao chiado que escapavam da locomotiva, estacionada próximo à plataforma de embarque, e Verônica nada decidira a respeito. Ao contrário, quando se lembrava desse prazo, quase uma intimação de Bertoldo, ela sentia-se confusa e perplexa com a volubilidade dos seus desejos. Aquelas variações inexplicáveis de seus sentimentos exasperavam-na. Durante aquela sua última estada no Rio, tornara a apaixonar-se loucamente por Jean-Jacques. Contudo, com a mesma intensidade com que tais emoções surgiam, elas gradativamente desvaneciam-se, deixando-lhe apenas incertezas que a tornavam ainda mais insegura.

Verônica começara a observar, mais atentamente, tais alternâncias de humores, e aquela carta era um claro sintoma disso. Após recebê-la, decidira que a primeira coisa a fazer, no dia seguinte, seria escrever a Jean-Jacques em Paris. Entretanto, passaram-se um dia, dois... e a carta com o endereço jazia intocada na gaveta. Neste período de tempo em que pensava na resposta a ser dada, lembrava-se frequentemente do conselho sugerido por Mendonça: "Não troque Bertoldo por aquele francês" e estranhava, muitíssimo, o fato de levá-lo em consideração, como se o recebesse de um pai extremado. Verônica pensava e repensava, ponderava uma série de fatores, mas não conseguia chegar a nenhuma conclusão.

Enfim, o prazo estipulado esgotara-se e, durante um fim de semana, ela encontrava-se sentada na sala, folheando os jornais, sem prestar muita atenção no que lia; estava, sim, ansiosa, pois o aguardava naquela manhã de sábado, conforme o telegrama que recebera na véspera. Eram dez horas quando viu, pelo vão da janela, o automóvel de Bertoldo estacionar em frente à sua casa — um *Majola* último tipo, uma delicada *baratinha* francesa com potência de 16 Hp, que ele mantinha em Campinas. O assento direito estava entulhado com caixas de presentes, muito coloridas, ostentando grandes laços de fitas. Verônica observou-o abrir a porta do carro, contorná-lo pela frente e curvar-se para abrir o pequeno portão do jardim. Ao erguer o rosto e avistá-la dentro da sala, abriu-lhe um sorriso simpático e elevou a voz: "Já chego aí!", acelerando seus passos e o coração de Verônica. Ela levantou-se e foi recebê-lo na entrada; abriu a porta, Bertoldo beijou-a efusivamente no rosto, apoiando as mãos em seus ombros e afagando-lhe as faces. Ele estava elegantemente trajado com um terno de linho branco, sapato bicolor e usando um chapéu de palhinha, que retirou assim que Verônica o recebera, colocando-o na chapeleira. Bertoldo manteve o sorriso, encarando-a nos olhos; Verônica lhe retribuía, com a alma dilacerada.

— Por favor! Entre… Sente-se, Bertoldo — disse, delicadamente, acompanhando-o rumo a um elegante sofá situado num dos cantos da sala, ampla e confortável; dali não se avistava o exterior da casa. — Aguarde um minutinho só, enquanto eu mando a Tereza preparar um cafezinho.

Verônica, enquanto caminhava até a cozinha, pensava exaustivamente em qual resposta daria ao seu pretendente. Sua cabeça, naquele instante, transformara-se num caldeirão de ideias, tecendo mil conjecturas que, instantaneamente, transformavam-se em outras. Sentia-se exaurida, cansada de refletir inutilmente sobre esse problema. Tereza observou-a com perspicácia, quando ela entrou na cozinha: "Pois não, senhora, logo sirvo na sala", respondeu, olhando-a de soslaio. Ao retornar, Verônica encostou a porta que ligava a sala de visitas à sala de jantar. Aproximou-se novamente de Bertoldo, que se mantinha sentado com as pernas cruzadas, deslumbrado com os movimentos graciosos daquela mulher lindíssima. Contudo, parecia imperturbável, metido numa fleuma nada condizente com o temperamento italiano; ele assemelhava-se mais a um *lord* inglês. Verônica sentou-se ao seu lado, mantendo-se a certa distância.

— Então, meu bem, pensou sobre a minha proposta?

Ela fitou-o, denotando tamanha angústia que ele se sentiu confrangido; todavia, essa ligeira comoção não se manifestara em seu semblante, que se mantinha atento, analisando cada reação, cada alteração de sentimentos que se extravasava daquela alma agoniada.

— Bem… Bertoldo…Confesso-lhe que ainda estou confusa… muito confusa e receosa em tomar uma decisão. — Verônica mantinha o semblante tenso, suas palavras soavam hesitantes. — Muito embora seja um homem bom, dispondo de todas as qualidades… Enfim, um homem com o qual toda mulher imagina e sonha casar-se algum dia… Mas eu não o amo, apesar de sentir muita simpatia pelo senhor, e o admirar…

Bertoldo franziu a testa e tornou-se mais sério, parecendo meditar, pousando o olhar sobre o assoalho. De repente, voltou-se para ela, como se uma ideia lhe iluminasse, e perguntou-lhe calmamente, lançando-lhe um olhar penetrante, definitivo, demonstrando nele tanta persuasão e segurança que Verônica sentiu-se desintegrada, atônita:

— Querida, o que deseja para se casar comigo? Diga! Qualquer coisa! Peça! E quanto ao fato de não me amar, não me preocupo muito com isso, pois eu a adoro e a farei feliz e, com o tempo, você também me amará... Disso eu tenho certeza! E, então? Peça! Qualquer coisa! — solicitou novamente com segurança, mantendo sobre ela aquele seu olhar poderoso.

Verônica, aturdida por aquelas palavras, por aquela personalidade tão forte e dominadora, percebia instintivamente que se encontrava perante um ultimato, diante de uma última proposta, e que deveria tomar uma decisão rápida, sem vacilar. Repentinamente, brotou do seu âmago, semelhante ao fulgor de um relâmpago, uma ideia que parecia adormecida, mas que, todavia, constituía-lhe um pensamento inédito, dando-lhe a nítida sensação de haver escapado dos recônditos de sua alma e de se haver manifestado compulsivamente em seus lábios:

— Pois eu quero a Santa Sofia! — exclamou de supetão, demonstrando uma firmeza que surpreendeu a si mesma, fitando-o com as pupilas cintilando e o coração aos saltos.

Bertoldo abriu o sorriso, franziu a testa de maneira galante, e observou-a durante alguns segundos, parecendo medir a intensidade daquele desejo, captando, com argúcia, aqueles sentimentos. Verônica olhava para ele ansiosamente, como se houvesse descoberto de imediato a resposta certa que procurara, em vão, durante aqueles dias, e aguardava com sofreguidão a resposta de Bertoldo. Santa Sofia, ela sabia, significava uma fortuna. Ele, por sua vez, percebia todo aquele vórtice. Calmamente, deixava crescer aquele desejo, induzindo Verônica a intensificá-lo, cada vez mais. Procurava transmutar aquela aspiração numa atração física e consubstanciá-la em algo concreto, em algum elo mais forte que os unisse. Quando percebeu que esse processo alcançara sua plenitude, quando viu que o desejo ardia no semblante de Verônica, Bertoldo disse tranquilamente, mantendo a expressão risonha, segura, quase inalterável:

— Pois sim, meu bem, celebraremos as nossas bodas em Santa Sofia com uma festa jamais vista em Campinas.

Ao ouvir essa resposta, tão categórica e serena, Verônica abriu seu maravilhoso sorriso, irradiando felicidade e indescritível beleza, experimentando um imenso alívio.

— Verdade? Promete, querido?

— Sim, meu amor, prometo-lhe — respondeu Bertoldo, ternamente sensibilizado por aquele querido, dito a ele pela primeira vez.

Aproximaram, então, lentamente seus rostos até tocarem-se os lábios, que se abriram num beijo voluptuoso. Ela abraçou-o e prolongou aquela delícia com intensa sensualidade, como fizera com Jean-Jacques no passado. Havia muito tempo que Verônica não desfrutava dos prazeres proporcionados por carícias como aquelas, e usufruiu-as ainda durante alguns segundos, até sentirem o aroma delicioso do cafezinho invadir a sala e ouvirem os ruídos das louças sobre a bandeja. Tereza empurrou cuidadosamente a porta e entrou, solícita, captando de imediato as emanações que pairavam no ar. Serviu-os, ostentando um ar brejeiro, tremeluzindo em malícia. Ambos, meio constrangidos, mas eufóricos, saboreavam o café e curtiam intensamente aquele momento de suas vidas. Tereza fez uma cara boa e arregalou os olhos, sob o efeito dos elogios a ela dirigidos por Bertoldo, logo ao primeiro gole, referindo-se aos seus dotes culinários. "Sinceramente, nunca tomei um café tão saboroso", afirmou admirado. Após alguns minutos, ele pôs-se a refletir, despertando a atenção de Verônica.

— O que foi, querido? Em que está pensando? — indagou-lhe.

— Pois este cafezinho lhe dará Santa Sofia... — respondeu ele, pronunciando vagarosamente essas palavras de modo enigmático, mantendo-se absorto, até sorver o último gole.

Verônica olhou para ele, sem compreender o sentido da frase, porém, eximiu-se de indagar a respeito. Ele, todavia, já estava sorrindo amavelmente quando depositaram as xícaras na pequena bandeja, sustentada por Tereza, que os aguardava de pé. Enquanto ela se retirava, ainda surpreendida pelo estado de espírito demonstrado pela patroa, pois se acostumara ultimamente a vê-la ensimesmada e quase sempre pensativa, os noivos retomaram as carícias interrompidas.

Verônica dirigiu-se ao quarto, em busca de Riete, enquanto Bertoldo fora apanhar os presentes que deixara no carro; retornou mais uma vez para trazer o restante, e esparramou-os sobre o sofá em que estavam sentados. Ambas, mãe e filha, ao abrirem as caixas, extasiavam-se perante a visão de vestidos, luvas e chapéus finíssimos, elegantérrimos, franceses e italianos. Logo, o tapete estava coberto de finos papéis de seda, caixas redondas, tampas e fitas coloridas, jogadas ao acaso. Bertoldo afagava sua vaidade diante das exclamações de contentamento emitidas por ambas após a abertura de cada caixa, e ao tocarem nos deslumbrantes tecidos, sentindo sua delicadeza. Depois de alguns minutos, ele enfiou a mão no bolso interior do paletó e dele retirou um pequeno estojo de veludo negro, entregando-o a Verônica. Ela destravou a tampa, ergueu-a e se deparou com um par de alianças: uma, grossa, de ouro, com elegantes entalhes, e a outra, belíssima, cravejada de brilhantes.

— Oh, meu querido! Como são lindas! Lindíssimas! — exclamou, extasiada, entreabrindo os lábios e inclinando levemente o tronco para trás, à guisa de melhor admirá-las, e tornou a abraçá-lo e a beijá-lo, sensibilizada pelos presentes.

Verônica sentia-se imensamente feliz, mas experimentava, acima de tudo, após anos, o pleno despertar de sua feminilidade, excitada por um homem viril que a desejava com ardor e que satisfizera a todos os seus caprichos para tê-la como esposa. Naquele instante, ela pensou em como pudera hesitar diante daquele homem fascinante, tão poderoso e encantador, sentindo-se completamente subjugada e seduzida por ele. Riete, ao seu lado, assistia àquela cena efusiva completamente estupefata, embasbacada, sentindo algo insólito bulir sua alma e remexer dentro de si. Pensava em seu pai, o senador Mendonça, e comovia-se com essa lembrança. Verônica parecia haver-se esquecido da presença da filha, e tornava-se indiscreta em suas manifestações de carinho para com o seu noivo.

Transcorrida cerca de uma hora, a campainha soou: tratava-se de um empregado da *Fortunatti & Simões* que viera conversar com o patrão. Mal trocaram duas palavrinhas e logo ele foi-se embora. Viera apenas para receber a confirmação do noivado e receber a incumbência de comunicar ao gerente do Hotel do Comércio que, no próximo sábado, haveria mesmo o banquete de comemoração. Bertoldo estava tão convicto de que Verônica o aceitaria como noivo que havia já encomendado o jantar e expedido os convites. Somente ordenara agora ao empregado que enviassem também um convite a Amadeo, o marido de Helena, genro do senador Mendonça, que antes não estava entre os convidados. Ele pensara em tudo, e retornou para transmitir a Verônica mais esta surpresa: promoveria uma festa, em grande estilo, para comemorarem o noivado: um jantar com a presença de vários amigos da sociedade regional. Ela permanecia deslumbrada, experimentando boa dose de vaidade. Desfrutava o sentimento de tornar-se, oficialmente, o centro das atenções, bem como da satisfação proporcionada pela restauração do orgulho. Com Mendonça, àquela altura, apenas respeitavam-na, mas, com Bertoldo, ajoelhar-se-iam aos seus pés.

Riete, aquela menina tão precocemente sofrida, comprovava, durante a grande festa de noivado, que toda aquela efusão, todo o brilho inebriante era sustentado pelo poder da riqueza e evidenciava o respeito social imposto pelo dinheiro, captando a imensa hipocrisia que perpassava tudo aquilo. Espremida num canto, ela tirava suas conclusões, fortificava suas ideias e incrementava suas ambições de maneira muito semelhante a João Antunes, quando este retornava das feiras anuais de gado, em Santo Ângelo. Esta era a vida que também passaria a almejar para si; aspirava àquele respeito e haveria de conquistá-lo, refletia ardorosamente em meio ao tilintar de taças e ao vozerio exaltado, liberado pelos champanhes que espoucavam sem parar. Àquela época, já desabrochavam em Riete sua forte personalidade, o orgulho e inusitada autoestima aliados a um sentimento de independência, de determinação voluntariosa de vencer a qualquer custo. Sua infância sofrida, a percepção da situação social humilhante que culminara naquele episódio ocorrido na escola, e certa decadência da influência do seu pai contribuíam para exacerbar suas emoções. Tais fatos ajudaram a germinar desejos que fluíam ingenuamente, mas que haveriam de surgir resolutos. Riete admirava e amava seu pai, o senador Mendonça, e sonhava em repetir sua trajetória, ou mesmo suplantá-lo. Ela o tinha como inspiração. O próprio senador, percebendo a inteligência e a ambição da filha, incutira-lhe ideias sobre como alcançar determinados objetivos na vida, e se tornaria o arquétipo dos métodos de ação de Riete, peculiar a homens como ele. Ela ouvia, desde criança, relatos de sua importância política, da sua participação nas negociações econômicas durante a gestão do ministro Joaquim Murtinho, porém percebia, nesta época, seu afastamento voluntário. Sentia nele certa desilusão, o que parecia despertar em si certo desejo de compensá-lo, e mesmo substituí-lo. Naquela noite de comemoração do noivado, tudo isso passava rapidamente pela sua cabeça. Riete olhava admirada para Bertoldo e o invejava, experimentando sentimentos conflituosos em relação à sua mãe, ao vê-la eufórica ao lado dele. Sentia predominar sobre o seu frágil amor filial uma forte dose de hostilidade, de raiva, que tangenciava os limites do ódio — talvez, uma emulação inconsciente. Sabia que Verônica nunca amara seu pai, sempre o detestara, mas se aproveitara dele, e ali estava a trocá-lo por outro mais rico, mais jovem e emergente no seio de uma sociedade que se modernizava, para renovar a vida que Mendonça lhe proporcionara desde a juventude. Riete analisava esses fatos de maneira ainda imatura, porém era o que dimanava profundamente do seu coração. Como João Antunes, ela já começara a elaborar seus planos e, como ele, sairia pelo vasto interior do Brasil em busca da ventura, da riqueza, ou, talvez, à procura de si mesma.

Naquela noite, após a festa brilhante, Bertoldo deixara mãe e filha em casa, durante a madrugada. Verônica, todavia, demorou a conciliar o sono; encontrava-se excitada, eufórica, ligeiramente embriagada, e pensava em mil coisas ao mesmo tempo, experimentando uma insólita sensação de segurança sob o abrigo da personalidade exuberante de Bertoldo. Ela presenciava o teto girar, vagarosamente, enquanto contava, ostentando um sorriso, quantas voltas a vida dava.

CAPÍTULO 25

Durante a festa do noivado, pouco antes de tomarem assento à mesa para o jantar — antes, houve muitos drinques e aperitivos —, Bertoldo, gentilmente, convidou Amadeo e Helena para sentarem-se ao seu lado, à sua esquerda. Amadeo sentou-se entre Helena e Bertoldo. À direita, encontrava-se Verônica, que deslumbrava a todos, tornando-se o centro das atenções. Bertoldo desdobrava-se em mimos para com Amadeo, observando os efeitos do álcool em sua mente e a evolução de seu estado de espírito, aguardando o momento propício para abordar o assunto que realmente o interessava naquela noite. Havia outras mesas iguais àquela em que estavam Bertoldo e Verônica; mesas enormes — compostas pela junção de diversas mesinhas —, cada uma delas com cerca de dez a vinte convivas.

Amadeo, genro do senador Mendonça, era uma destas pessoas com as quais, não raramente, nos deparamos no decorrer da vida: pessoas que adoram se dar ares de importância e de se julgarem muito além do que são. Não são indivíduos narcisistas, mas, sim, inseguros, carentes, e geralmente procuram compensar tais deficiências com uma autossuficiência desarrazoada, exibindo uma altivez arrogante e um palavreado excessivo, procurando, dessa maneira, canalizar as atenções sobre si. Amadeo era um exemplo dessa personalidade, um alegre fanfarrão, autêntico cabotino. Entretanto, se tal indivíduo pertence a um determinado nível social, em vez de ridicularizado, ele passa a ser tolerado, e tal defeito, apesar de reconhecido, torna-se discretamente comentado, adquirindo conotações mais brandas e contemporizadoras, o que lhe permite um círculo de amizades.

Amadeo era, portanto, apenas o medíocre genro do senador Mendonça, se bem que houvesse tentado, desde o seu casamento com Helena, sair dessa condição. No início, ele realizara alguns pequenos negócios, apoiado por Mendonça, mas sempre se mantendo falastrão, dizendo que auferiria grandes lucros nisso e naquilo. Porém, tais negócios nunca vingavam e, invariavelmente, quando realizados, terminavam em prejuízo, em completo fracasso. Depois de alguns anos, limitara-se a permanecer em Santa Sofia administrando pequenos trabalhos na fazenda, sob a sombra de sua esposa. Nos fins de semana, seguia para Campinas, de onde só retornava na segunda ou terça-feira. Eram nestas ocasiões, num bar rodeado de amigos, que Amadeo exercitava sua grandiloquência de homem de negócios e de gente importante, idealizando grandes planos para ganhar rios de dinheiro, manifestando opiniões e dando lições sobre os mais diversos assuntos, mantendo-se sempre hilariante e com aquele seu ar altaneiro, alegre e desarrazoado.

Amadeo estava casado com Helena havia doze anos, e não tinham filhos. Decorridos alguns meses, após o seu casamento, a *Fortunatti & Simões* começara a comprar toda a produção de café do senador Mendonça, algo em torno de 50 mil sacas anuais. Nessa época, a firma iniciava a sua expansão para fora da capital paulista, onde atuava apenas no ramo atacadista, e começava seus trabalhos no comércio e exportação desse produto. Durante os últimos anos, a *Fortunatti* transformara-se numa das grandes empresas do Estado de São Paulo.

Em decorrência dos negócios, Bertoldo viajava frequentemente a Campinas, ocasiões em que, algumas vezes, a convite de Mendonça, comparecia à Santa Sofia para almoços e bate-papos — os negócios eram fechados oficialmente no escritório da firma, na cidade —, e acabara por tornar-se amigo de Amadeo. Uma destas amizades superficiais, pois Bertoldo percebera imediatamente a personalidade do genro de Mendonça e a condição a que era relegado pelo senador. Bertoldo, contudo, cuja inteligência e tino para negócios eram notáveis, possuía, além dessas qualidades, um apurado instinto não somente para conhecer as pessoas, mas também para pressentir o quanto elas lhe poderiam servir, algum dia. E identificou em Amadeo um destes inocentes úteis. Bertoldo sempre lhe dispensara atenção, geralmente concordando com suas ideias. Realimentava-lhe o ego com sugestões e palpites, valorizava-o pessoalmente, preenchendo suas carências e fazendo-o sentir-se à altura dele. Tratava-o em pé de igualdade consigo. "Dependendo das circunstâncias, todas as pessoas têm lá seu valor", dizia-lhe seu velho pai. Afinal, Amadeo era genro do senador, e deveria ser levado a sério. Finalmente, chegara o dia em que, por algum motivo misterioso, que se lhe revelava agora, seu instinto o havia alfinetado, anos atrás. Naquela noite de gala, ao ser convidado para sentar-se ao lado de Bertoldo, Amadeo sentiu-se a pessoa mais importante do mundo, e discursava, quase ininterruptamente, sobre a política nacional, sobre a situação europeia e, principalmente, sobre negócios... Quando Bertoldo pressentiu o momento exato, observando-o já calibrado pelo álcool e pelos seus afagos, começou a incrementar a conversa sobre negócios.

Em determinado instante, aparentando certa indiferença, comentou:

— Pois me ofereceram uma fazenda na região de Ribeirão Preto, cerca de duzentos alqueires de café, boas benfeitorias e a preço razoável. Disseram-me que o dono está em dificuldades. Eu, no momento, não posso adquiri-la, mas se lhe interessar...

— Duzentos alqueires! — exclamou Amadeo, admirado, pondo-se a refletir um instante. — É algo em torno de quarenta mil sacas de café... uma fortuna. Quanto ele está pedindo?

Bertoldo disse o preço e Amadeo assustou-se.

— Está alto, não, Bertoldo?

Esse sorriu e voltou-se um instante para Verônica, apoiando, porém, sua mão esquerda no braço de Amadeo, à guisa de afagá-lo ainda mais. Após alguns segundos, em que permitiu àquele contato físico surtir efeito, retornou-lhe a atenção com uma expressão risonha, simpática, que emanava certa cumplicidade e entusiasmo pela ideia, mas que transmitia ao amigo, acima de tudo, sua segurança pessoal, que transbordava de si.

— Pois, olhe, meu caro Amadeo, sempre senti em você uma vontade enorme de progredir na vida, de afirmar-se e tornar-se um grande homem de negócios, independentemente da influência do senador, que, aliás, pelas informações de que disponho, não anda lá muito interessado em suas fazendas. Cabe, pois, levá-las adiante e ampliá-las. Além dele, você é o único homem na família; é ambicioso, jovem e capaz de efetuar grandes empreendimentos, basta começá-los. Perdoe-me dizê-lo, meu caro Amadeo, mas falta a você somente um pouquinho mais de audácia e de acreditar em si para concretizar suas ideias. E lhe digo mais, meu caro amigo, é justamente a presença do senador que o inibe, que o sufoca, o que, aliás, é perfeitamente natural, sendo ele uma personalidade tão eminente, o que lhe deve causar certo embaraço... Digo-lhe tudo isso em nome da nossa velha amizade, com o intuito apenas de ajudá-lo.

— Mas, claro, Bertoldo! Compreendo! Compreendo perfeitamente! Você tem toda a liberdade comigo, afinal... afinal, como disse, somos velhos amigos... — interrompeu-se, demonstrando entusiasmo e receptividade àquelas ideias, e pegou a taça de champanhe, terminando de esvaziá-la.

— A região de Ribeirão Preto — prosseguiu Bertoldo, expondo calmamente suas ideias e observando as reações de Amadeo —, no Norte do Estado, está localizada sobre uma imensa mancha de terra roxa, excepcional para o plantio do café e, nos próximos anos, deverá sofrer um progresso vertiginoso; estão plantando, muito! Esta é a melhor ocasião para você começar. E começar junto com o desenvolvimento de uma região traz muitas vantagens, inúmeros benefícios, pois vão surgindo outras diversas oportunidades de negócios, além de se tornar mais conhecido. Hoje, se as terras estão valorizadas, verá como elas estarão nos próximos dez, vinte anos... Amadeo! — exclamou Bertoldo, num tom de voz persuasivo, aproximando o rosto do dele. — Uma fazenda como a Santa Cecília, este é o seu nome, lhe abrirá as portas para o futuro, para a sua realização pessoal! Aliás, já ouvi comentários entre dona Emília e o senador a respeito desse assunto.

Amadeo, então, aguçou sua curiosidade, sensibilizado por essas palavras, olhando mais atentamente para o seu interlocutor à guisa de indagá-lo sobre quais assuntos foram comentados entre o senador e a esposa:

— Ela afirmou que você necessita de um negócio próprio para abrir o seu caminho... deslanchar na vida, homem! E adquirir experiência para gerir as fazendas, continuando a expandi-las — completou Bertoldo, retornando novamente seu rosto à posição normal, observando, entretanto, o efeito que suas palavras causaram no genro do senador.

— Sim! Dona Emília realmente sempre disse isso! Não imagina, Bertoldo, como amo a minha sogra! Uma santa! Uma santa mulher! — exclamou, com os olhos injetados. — Coitada... E vive tão sozinha... o senador raramente aparece por aqui. — E tornou a encher a taça com o champanhe.

— Pois eu vou-lhe confessar uma coisa, Amadeo, aliás, é um assunto particular que nunca comentei com ninguém — disse Bertoldo, baixando a voz e inclinando lateralmente outra vez a cabeça na direção do amigo, num tom de confidência intíma. — No princípio, eu era mais ou menos como você... tímido, receoso. Foi necessário apenas dar o primeiro passo para as coisas começarem a acontecer. Foi preciso somente um pouco de audácia... um pouquinho de coragem e ousadia, e pronto! — acrescentou Bertoldo, retornando seu rosto à posição inicial. — Quanto ao dinheiro, não se preocupe, pois consigo no banco uma linha de crédito facilitado a longo prazo, oito, dez anos, bons juros, em suaves prestações facilmente amortizáveis. Além disso, você agora tem o aval do Custódio, não é? Soube que o senador delegou-lhe plenos poderes.

— Sim, sim! Mas Custódio deverá consultar o doutor Mendonça para a realização do negócio — retrucou com um olhar pensativo.

— Ora! Pois é o que estou lhe dizendo, Amadeo! Oh! Desculpe, meu caro, mas era a isso a que me referia! Você não consegue sair da sombra do doutor Mendonça; por causa disso não consegue levar nada adiante. Coragem, homem! Assim, nunca conseguirá se firmar e nem ganhará segurança! Você é o patrão de Custódio, lembre-se disso... Esta é a ocasião propícia para ter o apoio de dona Emília! Vá, discuta esse negócio com ela, explique-lhe tudo e diga a ela que sou eu quem lhe aconselho, e tenho a certeza de que você acabará por convencê-la. Dona Emília foi sempre muito amável comigo; ela mesma autorizará Custódio. Eu creio que essa é a sua grande oportunidade... Mas, veja lá, Amadeo, por favor, meu amigo — disse Bertoldo, franzindo a testa —, estou apenas tentando ajudá-lo; faço questão de que isso fique bem claro, perante você e dona Emília. Você é quem decide... quem resolve se quer ou não fazer o negócio — acrescentou Bertoldo, com o semblante mais sério. Depois de tais palavras, tornou a sorrir amavelmente, relaxando sobre a cadeira e dando um tapinha amigável nas costas de seu amigo, como que dando aquela conversa por encerrada, volvendo sua atenção para Verônica.

Amadeo, entretanto, percebendo o repentino desinteresse de Bertoldo, sentiu subitamente um vazio, como se aquela personalidade exuberante de seu interlocutor que fluíra para si enquanto durara a conversa, houvesse cessado, arremessando-o outra vez em sua mediocridade. Ele experimentava a sensação de quem havia visto a oportunidade passar diante de si, e agora ela se afastava de maneira irreversível, sem aproveitá-la. Agarrou ansiosamente a taça com o champanhe, como se agarrasse aquela oportunidade, e o sorveu de uma só vez. Voltou-se sofregamente para Bertoldo, com o rosto afogueado e os lábios trêmulos, enquanto um filete de champanhe escorria-lhe pelo queixo.

— Pois, então, vamos conhecer essa tal fazenda, Santa Cecília! Não é o que você disse? Santa Cecília?

Bertoldo voltou-se cordialmente para ele, sorrindo, fitando-o com uma vaidosa autoadmiração, como que surpreendido consigo mesmo em poder calcular, com tamanha precisão, a fragilidade daquele homem.

— Sim, Santa Cecília — respondeu tranquilamente. — Eu devo retornar a São Paulo na segunda-feira, mas no próximo sábado estarei aqui e, no domingo, embarcaremos para Ribeirão Preto, estamos combinados?

— Sim! Estamos! — exclamou Amadeo, demonstrando inusitada euforia. Sentia seu ego inflar-se como um destes balões de festas que enchemos de gás e que permanecem flutuando suavemente no espaço, prestes a estourarem a qualquer momento.

— Portanto, conforme lhe sugeri, converse com dona Emília e faça-a entender que é justamente agora, quando o doutor Mendonça praticamente abdicou de seus negócios em Campinas, que chegou a oportunidade de você assumir novas responsabilidades e de expandir os negócios da família. Mas insinue também que, caso consulte o senador e ele não concorde, você permanecerá sempre nessa condição subalterna, o que, aliás, ela mesma deplora. Procure convencê-la, portanto, de que não é necessário consultá-lo, e que foram vocês quem tomaram a iniciativa de realizar um bom negócio.

— Sim! Sim! Claro, Bertoldo! Você tem inteira razão, afinal, é a hora certa para eu proclamar minha independência!

— Pois é assim que se fala, meu amigo, com coragem e determinação! — exclamou Bertoldo, passando-lhe o braço sobre os ombros e o estreitando contra si. — Quero vê-lo também importante, não só por ser genro do senador, mas por seus próprios méritos.

Amadeo experimentou então uma alfinetada de raiva ao ouvir essas palavras, sentindo seu orgulho ferido. "Sim", pensou decidido, "comprarei essa fazenda sozinho, custe o que custar!" E voltaram ambos a sorrir e a conversar sobre amenidades, observando a euforia reinante. Frequentemente, uma ou outra senhora comparecia para cumprimentar Verônica e trocarem algumas palavras. Riete sentava-se ao lado da mãe, ladeada pela amiguinha Maria Dolores, que estava acompanhada de seus pais, e observava tudo atentamente.

Durante o restante da festa, mesmo depois daquela conversa que tiveram, Bertoldo continuou a dispensar a Amadeo um tratamento cordial. Ao final do jantar, ele estava eufórico e embriagado. Despediu-se efusivamente de Bertoldo, dizendo-lhe que o esperava no próximo sábado, na própria estação, para tocarem adiante aquele negócio. Ele foi dos últimos a sair. Helena, sua esposa, despediu-se de Bertoldo. Durante todo o tempo em que durara o jantar, e mesmo ao retirar-se, ela não dirigiu, uma única vez, seu olhar a Verônica. Manteve-se distante, calada, ostentando um ar de superioridade e desdém em relação àquele ambiente; não ouvira uma palavra que o seu marido conversara com Bertoldo. Comparecera ali a contragosto, a pedido da mãe.

Logo depois de despertar, na manhã de segunda-feira, Amadeo preocupou-se em como haveria de abordar dona Emília para conversarem a respeito da compra da fazenda. Ele permaneceu longo tempo na cama, remoendo a melhor maneira de abordá-la, imaginando situações e cogitando várias hipóteses. Helena já se havia levantado e não se encontrava mais no quarto. Passados, pois, a euforia inicial e o efeito do álcool, cabia a ele agora enfrentar esse problema. Amadeo sentia-se intimidado, relutante em tocar nesse assunto e ser recebido com indiferença, ou mesmo com um peremptório "não!". Dona Emília sempre desejara arranjar um bom negócio para o genro, mas nunca haviam discutido seriamente a questão, ou que tipo de atividade ela imaginava mais adequada a ele. Deixava tudo muito vago, sobretudo porque Mendonça nunca manifestara o menor interesse nesse assunto. Amadeo não imaginava como ela reagiria à ideia de adquirir-se uma grande fazenda; e, de repente, esse pensamento passou a crescer desmesuradamente em sua cabeça, com enorme receio. Dona Emília gostava de Amadeo. Ela era uma boa senhora, mas acessível até certo ponto. Em virtude daquela mentalidade que herdara, mantinha as pessoas afastadas de si, evitando intimidades desnecessárias. As iniciativas de aproximação e de relacionamentos sempre partiam dela. Mesmo no recato do lar ou no convívio com as amigas mais queridas, comportava-se discretamente, com afabilidade, mas mantinha estrito controle sobre a excessiva familiaridade. Malgrado esses modos aristocráticos, todos a respeitavam e gostavam dela, compreendendo o seu jeito de ser.

Naquela segunda-feira, durante o transcorrer do dia, Amadeo espreitava dissimuladamente cada mudança fisionômica da sogra e constatava animado que ela manifestava excelente humor. Não divisara ainda, em seu semblante, nenhum daqueles sinais característicos que aprendera a decodificar ao longo dos anos e que significavam neurastenia, irritação e necessidade de estar só. Quando, por exemplo, ela alongava discretamente a extremidade esquerda dos lábios, estirando-os para cima, ninguém lhe dirigia a palavra. Dona Emília era submissa somente ao seu marido, o senador Mendonça, e devotava-lhe imenso respeito. Porém, nesta segunda-feira, ela sorria facilmente, cantarolava baixinho e andava mais agitada do que de costume; dialogava com as empregadas, indagando-lhes sobre seus problemas, e mostrava-se mais carinhosa com as filhas. Perguntara até a ele, Amadeo, o que havia acontecido, pois o estava achando muito acabrunhado, pensativo, ensimesmado. Nessa ocasião, com o coração aos saltos, Amadeo quase mencionara o assunto, mas se calou, receoso, fingindo ler o jornal, dizendo não haver nada. E sentava-se inquieto, a cada momento, num dos vários lugares da imensa sala de visitas. A impressão que dona Emília transmitia aos moradores da casa era a de uma pessoa imbuída de um novo entusiasmo, de um novo alento pela vida.

Não obstante o receio do genro, ao final da tarde, pouco após o jantar, dona Emília dirigia-se ao seu quarto, acompanhada por Helena, quando passaram em frente a Amadeo, sentado na sala.

Sua esposa, então, voltou-se para ele, retrocedendo dois passos, e indagou de supetão:

— Afinal, Amadeo, você já conversou com mamãe a respeito daquele negócio?

Ele enrubesceu, sentiu um frio na boca do estômago, baixou o jornal, que já havia lido e relido várias vezes, e respondeu:

— Não, não! Ainda não, meu bem... Eu... eu... — balbuciou, regateando as palavras, alternando seu olhar entre a esposa e a sogra.

Helena fitava-o com o semblante crispado, raivoso, fuzilando-o com o olhar.

— Que negócio? — indagou dona Emília, retrocedendo também os dois passos e cravando os olhos no genro, demonstrando um misto de surpresa e curiosidade.

Durante o domingo, Amadeo insistira muito com Helena para que ela tomasse a iniciativa de mencionar aquele assunto à sua mãe, preparando-lhe o espírito; posteriormente, ele então conversaria com ela a respeito. Mas Helena se recusara, dizendo-lhe que cabia a ele resolver aquilo sozinho.

— Pois, então, converse agora com mamãe a respeito, enquanto vou repousar. — E virou-se, seguindo adiante, deixando-o a sós com a sogra.

— Por favor, dona Emília, sente-se... é um minutinho só... coisa rápida — gaguejou desconcertado.

— Mas o que foi, meu filho? Você hoje parece tão assustado! O dia todo com essa cara preocupada, pois, vamos! Diga lá! — exclamou, mantendo seu olhar sobre o genro e exibindo uma expressão condescendente.

Sentou-se num canapé ao lado, empertigou-se e cruzou as mãos sobre o regaço. Com muita dificuldade, no início, Amadeo foi desenvolvendo a conversa e, à medida que foi percebendo a receptividade de Dona Emília, foi-se desinibindo, adquirindo coragem e segurança, lembrando-se dos conselhos de Bertoldo. Ao final, estava empolgado. Após cerca de meia hora, ouviu da sogra, que o interrompera poucas vezes:

— Pois é isso mesmo, Amadeo! Este é o momento oportuno para você ter o próprio negócio e ir adquirindo experiência na administração das fazendas. Além disso, se foi o Bertoldo quem indicou e aconselhou a compra, podemos ficar tranquilos, pois ninguém melhor do que ele entende de negócios. É aconselhável, mesmo, começar com uma fazenda menor, para facilitar as coisas. — Amadeo havia diminuído a área das terras. — Não se preocupe, conversarei a respeito com Custódio, e não creio também haver necessidade de consultar o doutor Mendonça, afinal de contas, isso não é lá coisa de outro mundo, e já passou da hora de você agir. Ele ficará satisfeito em saber que você, finalmente, resolveu tomar a dianteira das coisas.

Dona Emília terminou arfante, com a face ruborizada pelo discurso, já efetuando os primeiros esforços para levantar-se do canapé.

Enquanto se erguia, indagou do genro:

— Quando é que Bertoldo retorna a Campinas para irem visitar a tal fazenda?

— Ah, sim! Ele virá no próximo sábado; no domingo, embarcaremos para Ribeirão Preto.

— Pois, então, quando retornarem, torne a falar comigo. Se resolverem o negócio, conversarei com Custódio a respeito. Com licença, querido, pois estava também indo repousar.

— Pois, não! Dona Emília! — apressou-se a dizer Amadeo, que não cabia em si de contentamento.

Deu duas bofetadas na coxa e levantou-se, excitado, pondo-se a andar desabridamente de um lado para o outro ao longo da sala, encantado com a sogra e experimentando um imenso alívio, como se lhe houvessem retirado um peso da cabeça. Sentia-se extenuado, pois pensava nessa conversa que tivera com a sogra desde o sábado. Sofrera, inclusive, pesadelos durante a noite, quando via a sogra transformando-se no sogro, e este o reduzindo à insignificância costumeira.

Dona Emília, porém, estava comovida, e vivia, naquele início de semana, um dos momentos mais felizes de sua vida. Finalmente, após quatorze anos, a amante do seu marido o abandonara, arranjando outro homem. E Mendonça, imaginava ela, retornaria aos seus braços, terminando com aqueles comentários ignóbeis a respeito da sua vida particular. Era esse fato que a predispunha àquele excelente estado de espírito, e a sentir-se agradecida a Bertoldo por haver ele arrebatado Verônica dos braços do senador. Foi a conjunção desses acontecimentos que facilitara a sua anuência, ao ouvir Amadeo mencionar que o negócio fora sugestão de Bertoldo. Dona Emília chegou a considerá-lo um instrumento nas mãos de Deus; sempre o achara muito simpático e atencioso para com ela e as filhas. Neste momento, a lembrança de Bertoldo dominava seus sentimentos. Só um pequeno dissabor transia-lhe a alma, enquanto caminhava lentamente até o seu quarto: como ela fizera, ao longo daqueles anos, múltiplas promessas a vários santos para que o seu marido retornasse aos seus braços, encontrava-se agora em dúvida a qual deles pagar. Após muito meditar sobre isso, Emília resolveu doar uma vultosa quantia às obras de caridade da Matriz, em nome de todos eles, saldando suas dívidas e aplacando a consciência. Chegando ao seu quarto, persignou-se perante o enorme crucifixo, afixado na parede sobre a cabeceira da cama, acendeu uma vela a São Bertoldo, e mergulhou num sono beatífico, até ser despertada por gritos eróticos.

Já era tarde da noite quando Amadeo efetuava um balanço positivo da sua vida, passeando pela alameda das palmeiras imperiais num vaivém tranquilo, apreciando a noite clara, enluarada, sob uma temperatura amena. Encontrava-se num estado de espírito que há muito não desfrutava. Em frente, ou atrás de si, conforme dele se aproximava ou se afastava, sobressaía-se o maravilhoso sobrado colonial mergulhado em sombras, sede imponente de Santa Sofia.

Eram quase vinte e duas horas quando ele resolveu recolher-se. Ao atravessar a sala rumo ao seu quarto, aquela mesma sala onde estivera sentado durante a tarde, Amadeo experimentou de repente uma vontade intensa de amar Helena, como nunca experimentara no passado. Transcorridos, pois, alguns minutos, ouviram-se gritos e gemidos vararem explicitamente as portas e paredes e ecoarem pelos corredores sombrios, até se perderem na imensidão dos jardins. Porém, naquela noite, além de fortes e duradouros, os frêmitos diferiam dos usuais, pois surgiam entrecortados por frases obscenas ditas em tons elevados, que soavam escandalosamente eróticos. As duas irmãs, Olga e Maria de Lourdes, ao ouvirem aquilo, ardiam sob as cobertas, revirando os olhos e imaginando-se Helena. Dona Emília, há tempos tão carente da política do senador e que sempre lutara bravamente contra as forças do mal, e as vencia com heroísmo, nesta noite não teve sucesso. Ao recostar-se para assoprar a vela que acendera em agradecimento, ouvindo aqueles gritos amorosos e vendo-a tão ereta e ardente sobre a mesinha, antes mesmo de encher o peito de ar, murmurou: "Ai, meu Deus", e sucumbiu fragorosamente, derrotada pelo prazer solitário.

Amadeo possuía um caráter fraco. No entanto, se dizia, à boca pequena, em certas rodas da cidade, de que se tratava de um amante fenomenal; entretanto, ninguém nunca soube explicar ao certo a origem dessa fama. Segundo alguns boêmios, amigos e filósofos de bar, a natureza, sempre pródiga, jamais deixaria de fornecer uma compensação generosa, pois eis que, se a cabeça de cima é fraca, a de baixo é forte. Seria uma injustiça, diziam eles, se não fosse assim. Outros comentavam ser isso uma bobagem, e que fora o próprio Amadeo, quando adolescente, com sua mania de grandeza, quem espalhara seus dotes de bom comedor... "Amadeo, o rei da zona", se autogabava nessa época.

Na segunda-feira, ao deixar Campinas, Bertoldo não viajou para São Paulo, conforme dissera a Amadeo, mas, sim, para Ribeirão Preto. A *Fortunatti*

& Simões adquirira e mantivera, durante os últimos anos, uma média de cinco a seis fazendas destinadas a negócios. À firma não interessava que tais fazendas aparecessem como de sua propriedade, por isso eram compradas por terceiros e registradas em seus nomes. Geralmente, eram filhos de imigrantes italianos a quem Bertoldo procurava ajudar depois de conhecê-los bem. Com o tempo, tornavam-se pessoas da sua estrita confiança, e recebiam uma boa percentagem nas revendas que faziam. Santa Cecília fora a primeira fazenda adquirida na região de Ribeirão Preto, e era administrada por Fabrizio Orsini. Bertoldo encarregava-se desse setor de negócios, pois seu sócio, Jorge Antonio Simões, atinha-se a outras atividades, permanecendo em São Paulo. As fazendas eram adquiridas em locais distantes uns dos outros, de modo que seus donos não se conheciam e geralmente ignoravam também seus objetivos, meramente especulativos. Fabrizio Orsini, por exemplo, achava que a ajuda proporcionada a ele por Bertoldo era um caso único, mas sabia dos objetivos do negócio. Na terça-feira, à tarde, Bertoldo deixou os detalhes acertados com Fabrizio, explicando-lhe todas as condições: descreveu-lhe a psicologia de Amadeo, estipulou a forma de pagamento, os juros a serem cobrados, o número de prestações e seus prazos de vencimentos, que preço deveria pedir e até que ponto ceder... No final, recomendou-lhe que aquela fazenda deveria ser vendida, e que o montante integral, necessário à compra, seria financiado pelo *City*. Fabrizio era um dos seus melhores negociantes, e comprar fazendas com a finalidade de revendê-las estava se tornando um bom negócio para a firma, pois chegavam a lucrar, às vezes, mais de 100%, a curto prazo. As terras roxas, na região de Ribeirão Preto, valorizavam-se muito e rapidamente. Por duas ou três vezes, compradores devolveram as terras, sem condições de continuarem a pagá-las, após substancial entrada.

Na sexta-feira, Bertoldo retornou a Campinas. À noite, enviou um recado a Amadeo, em Santa Sofia, dizendo-lhe que resolvera antecipar a viagem e que necessitava encontrá-lo, na manhã seguinte, no Hotel. Às oito horas, no sábado, Amadeo já o aguardava no saguão. Bertoldo logo desceu, aparentando boa disposição. Como vinha ocorrendo, mostrava-se muito amável e cordial com o amigo, apressando-se em ir apertar-lhe a mão.

— Estive pensando, Amadeo — disse Bertoldo, após trocarem algumas palavras descontraídas e caminharem vagarosamente em direção à saída do Hotel —, e cheguei à conclusão de que é desnecessária minha presença em

Ribeirão Preto. Essa fazenda foi-me oferecida por Fabrizio Orsini, seu proprietário, por intermédio de um amigo comum, o Climério, morador da cidade. Portanto, resolvi escrever esta carta a Fabrizio, apresentando você a ele como um possível comprador, acrescentando que, no momento, encontro-me impossibilitado de adquiri-la em virtude de outros compromissos. Na segunda-feira, telegrafei de São Paulo ao Climério para comunicar-se com Fabrizio, explicando-lhe a situação e solicitando a ele que o aguardasse na estação, amanhã, no primeiro trem, e que me desse o retorno. Quinta-feira, recebi o telegrama, confirmando estar tudo acertado. Portanto, na última Estação, antes de Ribeirão Preto, você desembarca. Ali, Fabrizio e Climério estarão lhe aguardando.

Bertoldo entregou a carta a Amadeo e pousou uma das mãos sobre seu ombro, dando uma pequena sacudidela no amigo, que apanhara o envelope, meio pensativo.

— Climério reafirmou que a terra é de primeiríssima, um fazendão! Mas abra os olhos, pechinche bastante e comece realizando um bom negócio; afinal, você mesmo é quem decidirá, e eu seria de pouca valia. Porém, conte com o meu auxílio em termos financeiros, pois posso lhe facilitar o crédito por intermédio do banco. — Retirou a mão do ombro de Amadeo e pensou um instante. — Não quer almoçar comigo?

— Não, não, Bertoldo! Obrigado. Almoço em Santa Sofia. Amanhã, então, embarco às 7h30.

— Pois eu o aguardo aqui em Campinas até quinta-feira. Aproveito para resolver alguns negócios na região; ao retornar, me procure para contar como tudo transcorreu... — Bertoldo continuava a observar em Amadeo certa preocupação. — É sua oportunidade, meu caro, a vida não admite indecisões; seja firme para negociar, avalie bem, mas tenha coragem para dar o primeiro passo, depois, como lhe falei, tudo será mais fácil — disse Bertoldo, tocando outra vez no ombro dele à guisa de incentivá-lo; abriu um largo sorriso, transmitindo-lhe segurança e tranquilidade.

Amadeo também sorriu, e seus olhos brilharam. Bertoldo, ao final, indagou-lhe discretamente se ele havia conversado a respeito com dona Emília. Amadeo contou-lhe tudo rapidamente, mencionando alguns pormenores.

— Ótimo, ótimo! — exclamou Bertoldo. — Então tudo dará certo! As coisas estão-se encaixando para você, Amadeo, não lhe disse? Que dona Emília seria capaz de entendê-lo?

— Claro, Bertoldo, vou fechar esse negócio!

— Eu estou agora indo para o escritório; se ainda precisar de alguma coisa, estarei à sua disposição até o meio-dia, e, à tarde, em casa de Verônica. — Despediu-se, estendendo-lhe a mão. — Qualquer dúvida, não faça cerimônia, hein? — insistiu Bertoldo, erguendo os olhos e observando o céu claro da manhã.

Amadeo acompanhou-o nesse olhar, rumo ao infinito.

— Quando retornar, eu irei procurá-lo... Talvez, quarta-feira à noite eu já esteja aqui.

Despediram-se com gestos de mãos, e se afastaram.

Amadeo retornou a Santa Sofia. Ele sentia-se temeroso pelo fato de Bertoldo não acompanhá-lo a Ribeirão Preto. Durante toda a semana, nos momentos em que refletia sobre o negócio e se imaginava discutindo as propostas, pensara nele ao seu lado, sentindo sua presença como a de um anjo protetor e, súbito, esse anjo não mais o acompanharia. "Mas não há de ser nada", pensou ele, inspirando fundo e tomando coragem, "resolverei tudo isso sozinho! Afinal, como ele bem o disse, essas coisas só dependem mesmo da gente."

* * *

Fabrizio, sabendo com quem iria negociar, desempenhou o seu papel, mas ficou pasmo ao verificar como as coisas transcorreram como haviam planejado.

Quinta-feira, durante a manhã, após retornar a Campinas, Amadeo dirigiu-se eufórico ao escritório da *Fortunatti*, à procura de Bertoldo. Este, porém, não se encontrava no momento. Amadeo solicitou então que o avisassem de que ali estivera, e de que retornaria mais tarde, rumando, em seguida, para o Hotel, onde permaneceu no saguão, lendo os jornais do dia. Sentia-se outro homem: seguro, tranquilo, mais responsável e ciente de uma repentina importância, já desejando evitar aqueles seus amigos boêmios, que não pensavam seriamente em coisa alguma.

Às dez horas, retornou todo fogoso ao escritório da *Fortunatti*. Um empregado dirigiu-se a uma das portas que havia atrás dos balcões, entreabriu-a e comunicou ao chefe: "Ah, sim! Mande-o entrar". O empregado voltou-se para Amadeo, mantendo a porta entreaberta, e fez-lhe um amável sinal, convidando-o. Ele contornou o balcão e entrou no escritório, pouco depois de Bertoldo haver relido o telegrama que recebera de Fabrizio, na tarde anterior, comunicando a realização do negócio, e guardá-lo na gaveta. Dali a três dias, Bertoldo receberia, vindas de São Paulo, as duplicatas emitidas pelo Banco relativas ao crédito de financiamento; elas aguardariam apenas as assinaturas dos emitentes, Amadeo e Custódio — este último as avalizaria — e do favorecido, Fabrizio Orsini, além dos registros em cartório, em Ribeirão Preto. A fazenda de Santa Sofia foi dada como garantia do financiamento.

— E então? Como transcorreram as coisas? — indagou Bertoldo, levantando-se de sua confortável cadeira giratória ao vê-lo assomar à porta, simulando grande curiosidade. Saudou-o amavelmente com um largo sorriso, estendendo-lhe a mão.

— Ah! Otimamente! — respondeu Amadeo, esbanjando contentamento. — Fechei o negócio! Coisa de primeiríssima mesmo! Você deveria ter ido conhecê-la!

— Sim, foi o que Climério me havia dito, mas no momento tinha outros compromissos e realmente não poderia adquiri-la, porém fico feliz por você, Amadeo, por tê-la comprado.

Enquanto terminava de pronunciar as últimas palavras, pôs-se a caminhar rumo a um pequeno armário, situado num dos cantos do escritório, e retirou dele uma garrafa de uísque e dois copos.

— Pois, vamos então brindar! Mas diga! Fale sobre tudo, as condições de pagamento... — Encheu os copos e os tilintaram, comemorando o sucesso das negociações. — Sente-se, sente-se — convidou Bertoldo.

— Só num detalhe eles o enganaram, meu amigo: em verdade, haviam plantado, ano passado, cento e cinquenta alqueires de café, que, aliás, está-se transformando numa belíssima lavoura, e agora estão plantando mais sessenta alqueires. Café, mesmo, só daqui a quatro ou cinco anos. Por esse motivo, fiquei um pouco apertado, pois, se já estivessem produzindo, eu pagaria facilmente. Além disso, é muita terra, Bertoldo! Cerca de mil e trezentos alqueires, quase a área de Santa Sofia — acrescentou assustado. — Sujeito simpático, mas esperto como o diabo, o tal Fabrizio... No início, pediu alto, mas no final reduziu bastante, dizendo estar com o coração partido. Vendeu, segundo ele, porque estava em dificuldade, e chegou ao preço mínimo após muita relutância... Mas consegui dobrá-lo! "Por menos do que isso também não vendo, senhor Amadeo", disse, meio chateado. Mas acho que realizei excelente negócio, pois, no futuro, essa fazenda tem potencial para produzir, cinquenta, sessenta mil sacas... — comentou, enquanto levava o copo aos lábios, sorvendo o primeiro gole. — Ótima terra e bom preço! — acrescentou, estalando a língua e experimentando uma repentina felicidade. Amadeo permaneceu um instante pensativo, olhando a superfície generosa da mesa de Bertoldo.

— Todavia, e as condições de pagamento? Você começou a dizer, e... — indagou Bertoldo, expressando-se com extrema simpatia.

Amadeo retornou do pequeno devaneio, bebeu uma boa quantidade do uísque e pousou seu olhar no semblante do amigo.

— Devo solicitar ao Custódio que venda dez mil sacas de café, referente à entrada, e o restante em dois anos, com juros um pouquinho altos, é verdade, mas razoáveis. Portanto, deverei contar com você, Bertoldo...

— Ora, é claro, meu amigo! A fazenda já é sua. O Banco existe é para facilitar a vida das pessoas; além disso, eu tenho o máximo prazer em servi-lo; já conversei com o diretor responsável pela liberação de créditos e está tudo certo. Hoje à tarde, mandarão preparar os papéis, Custódio e você assinam, assim como o atual proprietário, e estará tudo liquidado. A partir de quando começam a vigorar os pagamentos?

— Bem... Eu devo dar essa entrada, as dez mil sacas, no prazo de quinze dias, e o restante semestralmente, durante dois anos, mais os juros...

— Pois repito que estou satisfeito por tudo haver transcorrido tão bem, Amadeo! — comentou Bertoldo, completando as doses e tomando um gole.

— Assinam todos, e pedirei ao gerente, aqui de Campinas, acompanhá-los a Ribeirão Preto para registrarem a fazenda e as duplicatas, e assunto encerrado! — exclamou Bertoldo, tão contente quanto Amadeo.

— Depois do almoço, peço que vá comigo a Santa Sofia conversar com dona Emília; ela confia muito em você; gostaria de tranquilizá-la a respeito do negócio.

— Sim, irei, com o máximo prazer! Iremos, Amadeo!

E saíram para almoçar no Hotel Campinas, permanecendo a conversar após o almoço. Amadeo falava entusiasmado de seus planos. Bertoldo, entretanto, permanecia alheio àquela conversa. Refletia que, após a concretização do negócio, deveria ir ao Rio de Janeiro haver-se com Mendonça. Estava preocupado, pois sabia que Mendonça era tão sagaz quanto ele. Enquanto Amadeo falava, Bertoldo fazia exercícios de imaginação, tentando prever as possíveis reações do senador ao receber uma proposta para a venda de Santa Sofia.

Quando entraram na alameda de palmeiras imperiais, Bertoldo admirou aquela sede imponente. Experimentava sentimentos inéditos à sua índole, e examinava cada detalhe, embalado pelo seu amor a Verônica. "Esta fazenda será dela," refletiu, sentindo uma pontinha de angústia e ansioso para encerrar de vez esse assunto.

Dona Emília recebeu-o com a cordialidade costumeira, mostrando-se muito satisfeita com a compra efetuada pelo genro, concordando com as condições, muito embora tenha achado os prazos estipulados um pouco severos, principalmente os juros, mas confiava no que Amadeo lhe dizia, tendo Bertoldo ali ao lado para respaldá-lo. A simples presença dele bastava para tranquilizá-la como a garantia de um bom negócio, assim como ao próprio Amadeo. Ao final da conversa, dona Emília disse que mandaria chamar Custódio em Santa Efigênia e conversaria com ele a respeito. Na tarde do dia seguinte, ele iria com o genro ao banco para assinarem a papelada. Depois, viajariam a Ribeirão Preto registrá-la.

— Então, Amadeo, amanhã mesmo eles já providenciam a liberação do financiamento referente à compra das sacas de café, relativo ao pagamento da primeira parcela.

— Santa Cecília! Que lindo nome! — exclamou dona Emília, cruzando as mãos junto ao peito.

Bertoldo mirou-a, sentido-se constrangido, e desviou seu olhar para a luxuosa sala. Ele ainda desfrutou da simpática companhia de dona Emília e de suas filhas durante bom tempo; saboreou um delicioso café, experimentou quitutes divinos. Já era quase noite quando partiu de Santa Sofia. Curtia uma sensação agradável, enquanto admirava o verde dos cafezais a perder-se de vista. Bertoldo efetuou um cálculo aproximado, e concluiu que talvez tivesse lucrado 60% com a venda da Santa Cecília.

CAPÍTULO 26

Era começo de tarde, em fins de janeiro de 1915, quando o senador Mendonça chegou ao Senado, cumprimentou sua secretária e entrou no gabinete. Pela primeira vez, naquele ano, ali comparecia. Sobre sua mesa ampla, maciça, acumulava-se a correspondência daquele período. Refestelou-se na sua confortável poltrona, amaldiçoando a maldita canícula, aquela temperatura dantesca que infernizava o Rio de Janeiro a cada verão. Mendonça suava por todos os poros e arfava, após haver discutido exaustivamente com políticos do seu Estado assuntos relativos a financiamentos agrícolas, minutos antes de entrar no gabinete. Levantou-se, tirou o paletó, colocando-o no espaldar, afrouxou o nó da gravata e tornou a sentar-se. Uma a uma, pôs-se a separar as correspondências: lia os remetentes no verso, aquelas pelas quais se interessava, ele as mantinha na frente, as outras, Mendonça rasgava-as com energia, atirando os pedaços de papel no cesto de lixo, ao lado da mesa; alguns deles caíam no chão.

Após alguns minutos, deparou-se com aquelas letras que lhe eram tão familiares e inigualavelmente bem feitas, reconhecendo-as imediatamente como sendo de Emília — uma das coisas que Mendonça admirava na esposa era sua caligrafia, e gostava, nos velhos tempos, de vê-la escrevendo como só ela sabia fazê-lo. Sabendo disso, ela se esmerava ao máximo. Mendonça ergueu o envelope, durante alguns segundos, admirando as letras que compunham o seu nome, detendo-se particularmente nas iniciais, todas bordadas. Pegou o estilete e abriu o envelope, retirando vagarosamente as folhas, e passou a lê-las. Movia-o uma estranha curiosidade: havia anos que recebera a última carta de Emília; não sabia precisar quando, e muito menos o assunto. No início, ela ativera-se a alguns comentários sobre as filhas, sobre a vida em Campinas, falou um pouco de si e, finalmente, chegou ao objetivo principal da sua mensagem: noticiar ao marido que seu genro acabara de adquirir uma belíssima fazenda, no Norte do Estado, na região de Ribeirão Preto. E narrou-lhe, resumidamente, o desenrolar das negociações, a importância fundamental de Bertoldo nos entendimentos, e afirmou que se sentia feliz em ver seu genro assumir uma atitude decisiva, comprovando o que ela sempre lhe afirmara a respeito de Amadeo, o filho da sua comadre Eunice, a quem ela arrumara para casar-se com Helena. Dizia, ainda, que Custódio aprovara a compra e que o negócio já havia sido legalizado, sendo a fazenda registrada em nome das filhas. Entretanto, não mencionara a natureza das negociações, e muito menos a área de terra adquirida; encerrou a carta com algumas insinuações esperançosas sobre as relações conjugais, desejando, a ele, as bênçãos de Nossa Senhora, e despedindo-se: "com muitas saudades, eternamente tua, Emília".

Mendonça, curiosamente, não se sentia enraivecido e tampouco furioso com aquela ousadia de Amadeo; ao contrário, encontrava-se até surpreso com sua própria reação, coisa inadmissível num passado não muito distante. Chegou a dar uma curta gargalhada, curioso em saber o que aquele seu genro idiota se metera a fazer, ele, que nunca comprara ou vendera sequer uma galinha. "Emília sempre desejou arranjar-lhe um negócio próprio, e aproveitou-se de Custódio; não sei por que ela cultiva essa mania de paparicar Amadeo", pensava o senador Mendonça, mantendo ainda a última página na mão. Colocou-a sobre a mesa e retirou o lenço do bolso do paletó, aberto sobre o espaldar da cadeira, passando a esfregá-lo, sofregamente, sobre o rosto. Ergueu o queixo, inclinando a cabeça bem para trás, e passou o lenço sobre as brotoejas vermelhas, irritadas pelo suor. "Semana que vem subo para Petrópolis, não aguento mais este calor", tornou a pensar. Já deliberara diversas vezes sobre isso durante aquele janeiro causticante, porém, acabava sempre adiando a viagem, por algum motivo irrelevante.

Voltou a refletir sobre a carta recebida, e um só pensamento emergia daquelas linhas: a menção a Bertoldo. A lembrança de sua pessoa o remetera imediatamente a Verônica, e logo uma dor o lacerou. Jamais pudera ou poderia esquecê-la. Ademais, Mendonça percebeu indícios de interesses na sugestão a Amadeo para que adquirisse a fazenda. Levantou-se da cadeira com lassidão, pensativo, caminhou alguns passos e parou em frente à janela do gabinete, observando a cidade escaldante, que lhe transmitia uma sensação de atemporalidade. Deteve-se alguns segundos olhando a movimentação dos pedestres, mergulhados na fogueira da vida.

"Ou quem sabe", pensava Mendonça, "Bertoldo, apenas de passagem por Santa Sofia a comprar café e ouvindo aquela antiga conversa de Emília, lhe sugerira a compra de alguma propriedade que sabia estar à venda. Mera sugestão, por delicadeza", pois ele sabia muito bem que Bertoldo, com sua perspicácia, certamente tinha um conceito negativo a respeito de seu genro. "Talvez, as coisas tenham-se passado assim... Do contrário, haveria realmente algum interesse nisso." Mendonça retornou pensativo, imaginando outras conjecturas, e sentou-se novamente, relendo aquele trecho da carta em que Emília mencionara a participação de Bertoldo. Todavia, não havia muita ênfase, apenas duas linhas, e não se referia a nenhum aspecto econômico.

Levantou-se, dirigiu-se à antessala, em busca da secretária, e ditou-lhe um texto de telegrama endereçado a Custódio, solicitando-lhe o envio das cópias manuscritas dos contratos assinados, bem como todos os detalhes relativos à compra da fazenda. Pediu urgência ao seu administrador no despacho dos papéis, e retornou ao gabinete, permanecendo de pé junto à mesa, continuando a separar as correspondências de seu interesse. Abriu uma pequena gaveta e jogou a carta de Emília no seu interior. Ao final, sobraram poucas cartas, que ele empurrou para um canto da mesa, sem as abrir, e refestelou-se na poltrona, sentindo um tédio mortal se abater sobre si. Dali a pouco, restos de saudades, resquícios de dores e de momentos vividos tentavam inutilmente irromper, mas se esvaíam depressa do seu espírito, deixando-lhe apenas um vácuo doloroso. Gotas de suor umedeciam-lhe o corpo; somente o calor escaldante era capaz de sobrepujar sua melancolia, fazendo-o sentir-se uma inútil fornalha ardente. Em poucos segundos, Mendonça roncava, com a cabeça pendida para o lado e o corpo inclinado recostado sobre a poltrona, molhado pela transpiração e deprimido pela vida.

Após uma curta temporada de quinze dias em Petrópolis, ele retornou ao Rio de Janeiro. Na manhã seguinte, ao entrar em seu gabinete, deparou com a costumeira pilha de correspondências sobre a mesa. Depressa, espalhou as cartas, procurando o que solicitara a Custódio. Ali estava: um envelope cinza maior, e a letra difícil do seu administrador. Rapidamente, Mendonça correu o estilete sobre a extremidade e retirou a papelada — uma das coisas que o senador executava com maestria era abrir envelopes; gostava de fazê-lo. Uma carta acompanhava as cópias dos contratos — foram feitas quatro, uma das quais estava ali. Mendonça leu-a, recebendo as explicações e justificativas de Custódio; escrevia ele:

"Embora eu tenha achado as condições de pagamento, desculpe dizê-lo, Doutor Mendonça, extremamente severas, diria mesmo absurdas, em vista da produção anual das fazendas, eu jamais poderia discuti-las ou contestá-las com Dona Emília, pois ela desejava efetivamente realizar o negócio. Ademais, confiava em demasia no apoio de Bertoldo. (...) Portanto, senti-me numa condição subalterna para manifestar minhas opiniões a respeito. (...) Por mim, não faria essa compra nas condições em que foi feita. (...) Desejava, antes de tudo, consultar o senhor, mas Dona Emília afirmou ser desnecessário, visto tratar-se de uma compra simples que poderia ser facilmente paga, apesar de ela haver concordado comigo de que as condições eram de fato um pouco apertadas. (...) Realmente, Doutor Mendonça, repito, senti-me numa situação muito incômoda, visto ter eu a autoridade para concretizar o negócio, apesar de discordar das condições. Mas jamais poderia sequer pensar em discuti-las com Dona Emília ou, muito menos, desobedecer às suas ordens, visto tratar-se de boníssima senhora a quem devo tanto respeito e inúmeros favores, além de ser a patroa. (...) Aí estão as cópias das duplicatas, e seguem abaixo as condições de pagamento, que estão expressas nas datas de vencimento (...)"

Mendonça leu, atentamente, as cópias dos contratos assinados e de como fora efetivado o negócio. Quando terminou, estava estarrecido com aquelas condições. Gradativamente, um ódio intenso começou a dominá-lo, como se uma onda raivosa brotasse de seu corpo e lhe saísse pelos poros. Sentiu-se mal; uma dor aguda despontou em seu peito e ramificou-se pelo seu braço esquerdo, de modo brando, fininha, até quase as extremidades dos dedos. Mendonça transpirava e respirava com dificuldade. Recostou-se na poltrona, deixando-se escorregar; afrouxou a gravata e levou a mão ao peito, permanecendo imóvel nessa posição, durante algum tempo. Lembrava-se dos conselhos do seu médico, doutor Costa Pinto: "é necessário, senador, não se preocupar em demasia com as coisas e procurar relaxar; levar uma vida mais descontraída, mais amena". Mendonça ouvia permanentemente essa frase martelar em sua cabeça, e só conseguia pensar nela.

Passados cerca de vinte minutos, começou a sentir-se melhor. Dirigiu-se até um canto do gabinete, onde havia uma mesinha com uma pequena botelha sobre ela, contendo um chá calmante prescrito pelo seu médico. Encheu o copo e bebeu o líquido esverdeado, deglutindo-o com calma, conforme ele lhe recomendara. Lembrou-se dos dias aprazíveis que desfrutara em Petrópolis, e de que nem sequer havia retirado o paletó. Retirou-o, arregaçou as mangas da camisa, o que jamais fizera, e tornou a sentar-se. Permaneceu pensativo, olhando para um ponto vago sobre a mesa, procurando refletir calmamente sobre o assunto. Meneou a cabeça negativamente: "como podem ter feito semelhante besteira?", pensava Mendonça, inconformado, "isso não foi um negócio... foi uma impostura, uma coisa absurda... juros altíssimos a prazos curtos". Ele começou a efetuar, mentalmente, alguns cálculos: "80% a pagar correspondem a oitenta mil sacas de café, em dois anos, ou quarenta mil sacas anuais; quase toda a minha produção por safra, com o agravante de pagar-se semestralmente... significando vender café fora de época, a preços baixos. Nessas condições, minhas fazendas estarão descapitalizadas, sem recursos para se autossustentarem... Mas como foi possível?", indagava-se Mendonça, mantendo o olhar sobre a superfície da mesa, "um sujeito totalmente incompetente, inepto para qualquer tipo de negócio, como Amadeo, meter-se a comprar uma fazenda como esta! E ainda dando a Santa Sofia como aval. Por que Emília permitiu tal loucura?"

Mendonça era riquíssimo, além de dinheiro em espécie, possuía dinheiro aplicado em imóveis e outras atividades econômicas, podendo muito bem livrar-se daquele prejuízo se lançasse mão de suas reservas, "mas não é assim que se resolvem negócios, nem tencionava fazê-lo; as fazendas deveriam ser totalmente independentes... Sempre o tinham sido". Mendonça, então, tornou a lembrar-se de Bertoldo; "ele também jamais aconselharia a realização de um negócio nessas condições; talvez se os prazos de pagamentos fossem mais dilatados até pudesse admiti-lo, pois estaria ganhando os juros e mantendo a amizade à família". Mendonça o considerava um bom amigo para aconselhar uma compra naquelas condições, praticamente à vista. Pegou a carta novamente e releu a passagem: "ademais, confiava em demasia no apoio de Bertoldo", e jogou-a sobre a mesa, percebendo imediatamente a trama. "Não havia necessidade de financiar a compra por intermédio do Banco; nem sequer aventaram a hipótese de se utilizar recursos próprios... Então, isso foi feito com o objetivo de prender-me ao Banco, com a intenção deliberada de me causar prejuízo... causar prejuízo", repetiu mentalmente. "Pois eu deverei pagar, evidentemente, com meus próprios recursos, e mais os juros exorbitantes, que sairão de graça...", refletiu Mendonça. "Bertoldo é muito bem relacionado com os diretores do *National City Bank*, no Brasil; suponha, portanto, que algum seu amigo venda uma fazenda e consiga induzir o comprador a financiá-la por intermédio dessa instituição, oferecendo-lhe algumas vantagens; pois seria fácil trabalharem os juros antes de repassá-los legalmente ao Banco. É possível haver negociatas nesses financiamentos... Mas que asneira absurda!", voltou a indignar-se. "O que fizeram foi uma extorsão legalizada, uma total insensatez da Emília." Mendonça resolveu investigar financiamentos de compra e venda de fazendas realizadas nos últimos dois ou três anos em regiões produtoras de café no Estado de São Paulo. Faria isso investigando financiamentos concedidos pelo *City Bank*.

 O senador conhecia a trajetória de Bertoldo; filho de imigrantes, muito esperto, em poucos anos enriquecera. Havia alguns anos, ele comprava quase toda a sua produção de café e pagava corretamente, mas o senador conhecia histórias a seu respeito. Porém, sempre se dera muito bem com ele, inclusive frequentava Santa Sofia. Relembrou de que já pensara em casá-lo com Maria de Lourdes, sua filha caçula e a mais esperta, e julgava-o, portanto, incapaz de aplicar-lhe um golpe desses. Mendonça, agora, refletia com mais tranquilidade, e começava a vislumbrar o fio da meada, o objetivo de tudo aquilo. Inicialmente, pensara que descobrira a trama: Bertoldo, conhecendo a idiotice de seu genro e sabendo que Custódio era agora seu procurador — essas coisas comentam-se em cidades pequenas —, resolvera se aproveitar da ingenuidade de Amadeo e ganhar uns bons juros à sua custa. Bertoldo sabia que Emília desejava arranjar algum negócio para o genro.

 Contudo, refletia Mendonça, "Bertoldo não procederia assim se não estivesse imbuído de um objetivo maior. Ele seria incapaz de sacrificar minha amizade e influência por esses juros polpudos". Quase intuitivamente, descobrira que a razão desse golpe chamava-se Verônica, e experimentou a saudade e a paixão baterem-lhe no peito. De repente, aquela sua raiva, aquele seu rancor dedicados ao genro e à esposa foi-se desvanecendo, diluindo-se naquele estranho sentimento que já experimentara por ocasião daquela última conversa que tivera com a ex-amante. Misteriosamente, ele compreendia que toda aquela trama relacionava-se ao amor, porém, de modo paradoxal, começava a aceitá-la, experimentando curioso prazer. Talvez se tratasse de um desvario, de um sentimento bizarro, pois esse amor era dedicado a Verônica por um seu rival, mas Mendonça partilhava-o, e o sentia de modo inaudito.

Havia, entretanto, uma explicação mais profunda para esse comportamento curioso: o empréstimo de sua casa para que a ex-amante nela morasse até o seu casamento com Bertoldo, bem como o entendimento da presente situação, suscitavam em seu espírito emoções que pareciam prolongar as migalhas que Verônica lhe dedicara no passado. Mendonça, inconscientemente, tentava manter o frágil elo que prendia Verônica à sua imaginação apaixonada, proporcionando-lhe fruir de emoções absurdas, mas capazes de lhe atenuar a realidade dolorosa de que ela se fora para sempre. O fato de ele ainda procurar agradá-la constituía fragmentos desse seu anseio, transformando-se nos derradeiros resquícios de uma ilusão, incapazes de trazê-la de volta, mas suscetíveis de abrandarem a sua dor, ou de alimentarem sua utopia. Mendonça, desde que a conhecera, tentara inutilmente comprar o seu amor e, com o tempo, o dinheiro tornara-se o único vínculo entre eles, mantenedor da esperança de que ela retornasse aos seus braços e viesse a amá-lo. Porém, durante anos, essa esperança subsistira apenas como uma expectativa ansiosa, sofrida e frustrante. Agora, ao abandoná-lo por outro, seria a simbologia de seu poder que provocaria nele tais emoções, aparentemente paradoxais, mas efetivas, pois atuava concretamente na mente daquele homem apaixonado. Seriam os seus bens, sua casa em Campinas, sua fazenda lindíssima a ser habitada pela ex-amante, transidos algum dia pelos sentimentos de proprietário, que possibilitariam a ele o último vínculo, o derradeiro vestígio das emoções, e que talvez constituíssem uma pequenina estrela a brilhar nas recordações de Verônica, como lembrança de si. Mendonça, inconscientemente, talvez sentisse uma enorme autocomiseração e se autoapiedasse. Contudo, ele tinha agora uma certeza quase absoluta em suas intuições: "Verônica desejava morar em Santa Sofia, e Bertoldo estava tentando forçá-lo a vendê-la, a praticamente trocá-la por outra fazenda, em Ribeirão Preto".

Ele sorriu, sentindo um alívio e uma agradável sensação de paz, enquanto contemplava a placidez do céu através da janela do gabinete. Sentia-se dominado pela lassidão e por um extremo cansaço. Seus pensamentos voejavam no tempo, sentindo despertar em si uma intensíssima paixão pela ex-amante como nunca desfrutara no passado. Lembrava-se de Verônica, das antigas noitadas do *Mère Louise* e do quanto ela se mostrara carinhosa e meiga naquela época, quando, efetivamente, estivera próxima de si. Recordava seu corpo maravilhoso e seu sorriso de deusa, e que como tudo isso acabara, como se extinguia lentamente o pavio que sustinha a sua vida. Colocou novamente a mão sobre o peito e sorriu com amargura, enquanto seus olhos marejavam. Apanhou o lenço, seu velho companheiro, e esfregou-o calmamente, pensando nos momentos inesquecíveis que desfilavam como um filme, em sua memória. "Verônica desejava Santa Sofia... Ela desejava Santa Sofia, e se sentiria feliz morando na fazenda, e aposto todas as minhas fichas de que Bertoldo virá me procurar para conversarmos a respeito". Mendonça refletia imerso em meditações sombrias, com a expressão plangente e um olhar langoroso, apontado rumo ao infinito. Aquela sensação de paz persistia; havia muitos anos não a experimentava. Estranhou que, há poucos minutos, pudesse devotar tanto ódio a Amadeo, pois, naquele momento, o amava com ternura. "Coitado do Amadeo, deve, sim, ter seu próprio negócio, sua vida independente, Emília tem toda razão... toda razão... Afinal, talvez eu mesmo o tenha prejudicado", refletia ele.

Após cerca de uma hora, perdido nesse emaranhado de emoções, caminhando desesperado naquele labirinto onde achara finalmente uma saída, Mendonça começava novamente a entrar em contato com a dita realidade, observando a correspondência empilhada sobre a mesa. Reajuntou as cartas e reiniciou aquele seu processo de rasgar a maioria delas, sem as ler. De repente, um telegrama, enviado de Campinas despertou-lhe imediata atenção. Abriu-o com sofreguidão e o leu quase instantaneamente: ali estava a prova de suas suspeitas e de suas deduções, Bertoldo lhe solicitava agendar um encontro, com certa urgência, para tratar de assuntos particulares, terminava o texto. Mendonça sorriu um sorriso indicativo de finitude, de emoções que se foram e sobre as quais já era inútil pensar. Contudo, ainda assim, sorriu vaidoso da sua sagacidade, e levantou-se calmamente, dirigindo-se até onde estava a botelha com o chá. Tomou outra dose e foi em busca da secretária: pensou um instante, abriu a porta do gabinete e ditou a ela o telegrama que deveria ser enviado a Bertoldo Fortunatti, em Campinas. Mendonça o aguardava na próxima segunda-feira, às dez horas, em seu escritório, no Senado.

CAPÍTULO 27

Já era noite, no domingo muito quente, quando Bertoldo desembarcou na Central do Brasil, vindo de São Paulo. Na manhã seguinte, pontualmente às dez horas, ele adentrou a antessala do gabinete. Aguardava alguns segundos, de pé, junto ao peitoril da janela, admirando a cidade e seu bucólico movimento de início de século, enquanto a secretária foi anunciá-lo. Mendonça, naquela manhã, chegara mais cedo que o habitual. Bertoldo encontrava-se ansioso; os segundos transcorridos desde o instante em que a secretária entrara no gabinete e retornou, convidando-o a entrar, deram-lhe a impressão de muito tempo.

— Tenha a bondade, senhor.

— Com licença, obrigado — disse ele ao cruzar em frente à secretária, que mantinha a mão sobre a maçaneta e o corpo rente à porta do gabinete.

Ela apenas sorriu com delicadeza, e fechou-a novamente. Mendonça levantara-se de sua poltrona e o aguardava de pé, atrás da mesa. Porém, ao vê-lo entrar, contornou-a e veio recebê-lo, a meio caminho. Mostrava-se amistoso. Sentiu, todavia, certa contrariedade ao estender a mão para cumprimetá-lo. Seus olhares se cruzaram, e foram eles que iniciaram o preâmbulo da difícil conversa que teriam. Bertoldo sorriu, procurando demonstrar tranquilidade e cativar a simpatia do senador.

— Sente-se — convidou-o Mendonça, dirigindo-se a um conjunto de três poltronas, situado lateralmente, quase defronte do janelão.

Sentaram-se e passaram a conversar amenidades sobre Campinas e sobre a política do Estado de São Paulo; trocaram opiniões a respeito da guerra na Europa. Por duas ou três vezes, Bertoldo reclamou do forte calor do verão carioca. Aqueles dois homens estudavam-se como dois pugilistas no primeiro *round* de uma luta; procuravam, preliminarmente, captar a melhor oportunidade oferecida pelo oponente para começarem a falar do principal. Em um dado instante, notando leve inquietação no rosto de seu interlocutor, Mendonça tomou a iniciativa, e desferiu o primeiro *jab*.

— E, então, Bertoldo? Solicitou uma audiência para tratar de assuntos particulares, pois o que o traz ao Rio de Janeiro com tanta urgência? Foi o que disse no telegrama...

Bertoldo sentiu o golpe, pois isso foi dito com fina ironia, transmitida pelo olhar seguro e penetrante de Mendonça, assestado diretamente em suas faces. Bertoldo franziu a testa e desviou os olhos para o assoalho, enquanto dava um leve tapa no descanso da poltrona, cruzando as pernas. Mendonça observou seus sapatos finos de cromo alemão, a calça escura de tropical inglês, e permitiu-se aflorar uma discreta expressão de pouco caso por aquele italianinho pernóstico, que subira na vida sem muito escrúpulo. Manteve essa expressão em seu rosto até que Bertoldo erguesse seus olhos e a percebesse. Este, porém, voltou a encará-lo com tranquilidade.

— Bem, doutor Mendonça, eu vim até aqui com o objetivo de lhe fazer uma proposta... uma...

Mendonça, porém, interrompeu-o com meio-sorriso tão sarcástico, tão mordaz e contundente, aliados a uma expressão de indizível desprezo, que desconcertaram seu interlocutor, deixando-o perplexo, com uma expectativa quase cômica estampada no rosto e o olhar vagando sobre o semblante do senador.

— Uma proposta para comprar Santa Sofia — acrescentou Mendonça calmamente, mantendo a mesma expressão escarnecedora e incisiva.

Bertoldo sobressaltou-se sob o impacto daquelas palavras; franziu os sobrolhos, olhando atentamente para Mendonça, que sustinha sobre ele aquele seu olhar frio, penetrante e desvendador. Bertoldo sentiu-se acuado num canto do ringue. "Era necessário retornar ao centro", pensou rapidamente, atordoado por aquele golpe. "Somente Verônica tinha conhecimento daquela sua intenção", refletiu como um relâmpago.

— Verônica, então, comentou a respeito com o senhor? — indagou compulsivamente, sentindo sobre si o olhar impertinente de Mendonça e aquela mesma expressão, bailando em suas faces.

— Ora, meu caro Bertoldo, como conseguiu alcançar essa posição de destaque e ganhar tanto dinheiro... sendo assim... tão ingênuo? Pois, hoje, você é um capitalista respeitado em São Paulo, um homem bem-sucedido nos negócios — comentou Mendonça, parecendo divertir-se em pronunciar tais palavras e a observar-lhe a reação estupefata. — Com licença, não lhe ofereço porque é remédio, mas se aceitar um drinque... — E levantou-se, caminhando em direção à botelha de chá sobre a mesinha. Serviu-se e retornou à poltrona. — Não aceita o drinque? — insistiu.

— Não, obrigado, doutor Mendonça...

— Não precisava, porém — continuou o senador —, fazer o que fez para tentar adquirir Santa Sofia... Dar um golpe em seu amigo utilizando-se da ingenuidade de Amadeo. Julgava-o uma pessoa honesta e digna de minha confiança, pois Emília foi sempre tão amável com você, sempre o recebeu tão bem na fazenda, e agora você me apronta essa safadeza...

Mendonça desejava mostrar-se muito mais astuto do que Bertoldo supunha; e realmente o era. Falava tranquilamente com uma voz rotunda, contundente, com a longa experiência que a vida pública lhe dera, mantendo-se irônico e demonstrando uma agressividade aguda e desconcertante. Desejava, inicialmente, oprimi-lo, e já o conseguira. Bertoldo procurou controlar-se ao ouvir a última palavra, safadeza, extremamente agressiva e humilhante. Sentiu seu sangue ferver, mas manteve a serenidade. Ele e sua família haviam já sofrido muitas humilhações, e aceitaram-nas, tomando-as como lições de vida.

— Pois eu quero que saiba, Bertoldo — continuou Mendonça —, de que não necessito vender nenhuma das minhas fazendas para cobrir o prejuízo que me deu, pois tenho muitos recursos, embora reconheça que elas estarão descapitalizadas devido às condições de pagamento impostas por você.

— Doutor Mendonça... Quanto àquela sua palavra dita, safadeza... devemos substituí-la por outras mais amenas, digamos, a oportunidade de realização de um bom negócio — replicou Bertoldo, readquirindo a segurança.

Ele percebeu, por aquele início de diálogo, que Mendonça era realmente uma raposa e possuía experiência em demasia para ser dobrado em negociações. Apesar de conhecê-lo há alguns anos, nunca havia percebido sua sagacidade. Bertoldo encontrava-se com ele em Campinas, limitando-se a comprar o café pelo preço de mercado, sem muitas discussões, e a conversar amenidades. Contudo, raramente o senador estava na cidade. Mendonça telegrafava a Custódio ordenando-lhe vender o café pelo preço tal, e o administrador entendia-se com os compradores da *Fortunatti*. Bertoldo, porém, constatava agora que Mendonça era notavelmente perspicaz e astuto. O fato de o senador haver deduzido que ele pretendia adquirir Santa Sofia fora, deveras, formidável, deixando-o atônito. Entretanto, se Mendonça foi capaz de efetuar tal dedução, isso se devera ao fato de ele haver pensado em Verônica, ou no aspecto sentimental envolvido nessa questão, raciocinou Bertoldo. Sabia que o senador nutria verdadeira adoração pela ex-amante, apesar de terem rompido definitivamente. Antes de vir ao Rio, conversara com Verônica a respeito, pois esse seria o principal aspecto a ser explorado nas negociações. E Verônica narrara-lhe os detalhes relativos àquela sua última conversa com Mendonça. Ela estava plenamente convicta de que, se o senador tivesse conhecimento de sua vontade de morar em Santa Sofia, ele venderia a fazenda. Chegou a propor a Bertoldo que ela mesma viesse ao Rio resolver o negócio sozinha. Ele, porém, discordara, tocado pelo ciúme e pela sua autossuficiência em negociar. Bertoldo, como era também esperto, já havia comentado com Verônica a estranha atitude de Mendonça por haver permitido a ela continuar morando em sua casa, mesmo sabendo que se comprometera com outro. Foi nessa ocasião que Verônica lhe contou, em parte, o teor da conversa que tivera com o senador naquele seu último encontro com ele. Bertoldo, portanto, viajara para o Rio de Janeiro com a estratégia de explorar essa dependência amorosa. Tais ideias lhe passaram instantaneamente pela cabeça, e resolveu que deveria enveredar-se por esse caminho. Antes, porém, ele desejava justificar-se, além de querer conhecer um pouco mais o lado pragmático do senador, explorando os limites da sua argúcia e o seu modo de pensar sobre certos assuntos.

— Contudo, meu caro Bertoldo, não se aplica um golpe desses num amigo. Não se trata de explorar uma boa oportunidade de negócio, mas, sim, de trair a amizade e a confiança de alguém, coisas imperdoáveis na dignidade de um homem — retorquiu Mendonça, fitando-o atentamente.

Bertoldo, porém, não se deixou abalar por tais palavras, mantendo-se imperturbável; sorriu discretamente, olhando para o rosto de Mendonça, observando seus olhinhos de raposa a perscrutá-lo com avidez.

— Doutor Mendonça, o senhor é um homem com vasta experiência em negociações internacionais, um homem acostumado aos altos negócios... Negócios envolvendo milhões de libras e os interesses da nação. Percebi no senhor, pelas suas palavras iniciais, uma profunda capacidade de analisar os fatos e deles obter deduções, deveras notáveis, o que sinceramente muito me surpreendeu e, digo mais, deixou-me admirado...

— A lisonja não me convence, Bertoldo — interrompeu Mendonça, sorrindo com desdém —, e isto o torna ainda mais ridículo aos meus olhos... Já me deparei e até já me acostumei com muita gente me bajulando para auferir vantagens, e isso, hoje em dia, me irrita.

— Não! Não se trata disso, senador — replicou Bertoldo, enrugando o cenho —, estou apenas insinuando que o senhor, com sua capacidade analítica, conhece o espírito pragmático que rege o capitalismo e está ciente da aplicação de suas leis no mundo dos altos negócios, esse mundo com o qual esteve envolvido durante anos. Ora, doutor Mendonça, o que é o Brasil, senão um grande balcão de negócios? E o senhor, quando se encontrava no exterior, sentado nas mesas de negociações, representava quem? Acaso, os interesses do povo brasileiro ou a manutenção desta vossa republiqueta chinfrim? Desta vossa politiquinha corrupta de coronéis atrasados que denominam aí de café com leite? Não bancava o senhor, afinal, os interesses de sua classe e, portanto, os seus interesses, ou os dos estrangeiros, que mandam e desmandam aqui dentro? Ora, senador, é escusado dizer que conhece em que condições são pagos estes juros e o sacrifício que eles ocasionam ao país, e como tudo isso acontece. Não são negócios legais, como os que normalmente se realizam, mas, sim, grandes negociatas... gigantescas roubalheiras, tornadas legalizadas... E quem se beneficia disso? Pois o senhor, com sua experiência e as informações de que dispõe, é capaz de responder, e seria ingênuo e desnecessário de minha parte, além de perda de tempo, alongar-me nesse assunto. Contudo, são essas as regras pragmáticas do capitalismo... O mais poderoso e astuto se beneficia ou, se o senhor preferir algo mais chulo: o mais safado engole o mais tolo, ou o tolo existe em benefício do mais safado. A safadeza, como o senhor se referiu, ou uma excelente oportunidade de negócio, é exatamente a mesma coisa neste mundo das altas finanças, neste seu mundo — Bertoldo se arriscava, mas observava atentamente as reações do senador enquanto falava.

Mendonça permanecia a fitá-lo sem demonstrar, porém, nenhuma curiosidade. Aprendera a lidar com os homens e a conhecê-los. Observava-o destituído daquele seu olhar penetrante com o qual, anteriormente, tentara decodificar seu interlocutor. Apenas mantinha um sorriso plácido, tranquilo, como a constatar que Bertoldo seria somente mais um homem igual a si mesmo; mais um dentre aqueles que se enfarara de conhecer ao longo da vida. Já o desvendara havia anos.

— Contudo, meu caro, Bertoldo, você se esquece daqueles que se enriquecem à custa do trabalho honesto, que se enriquecem devido à sua capacidade, devido à sua inteligência e ao seu labor persistente ao longo dos anos... Que não agem como você — retorquiu Mendonça com ar superior, exibindo, contudo, profunda abnegação.

Agora, era ele quem desejava conhecê-lo um pouco mais, emitindo ideias superficiais sobre as quais já tinha um julgamento definitivo. Bertoldo, porém, se manteve indiferente, perante as últimas palavras.

— Não me refiro a casos isolados, senador, e honestos até certo ponto... Pois, se realmente vierem a enriquecer e alcançarem determinados patamares de riqueza, certamente serão obrigados a compactuar com aquilo a que me referi: ao aspecto inescrupuloso deste mundo financeiro, do qual o senhor participa. Além disso, não estou me referindo às coisas pequenas; refiro-me aos negócios de alto nível, àqueles que permanecem invisíveis aos olhos do povo e que originam as guerras, as invasões, as imposições e injunções políticas... Estou aludindo aos interesses de grandes mineradoras, bancos, monopólios petrolíferos, trustes, especulações fraudulentas nas bolsas, refiro-me, enfim, ao *grand monde*... a quem comanda as marionetes pelos confins da Terra. Não é verdade? São honestos até o ponto em que eles próprios julguem ou entendam o que significa esse conceito, o que é enormemente relativo entre eles — Bertoldo pronunciou essas últimas palavras destilando ironias, mantendo a testa enrugada e uma expressão zombeteira.

— O que pensa o senador a respeito?

Mendonça manifestou apenas um muxoxo desdenhoso, meneando a cabeça, completamente desinteressado dessas questões. Bertoldo, porém, continuou a falar, de modo persuasivo.

— Não são, pois, enormes corrupções essas oportunidades de grandes negócios? Não são elas geralmente criadas de modo artificial e muitas vezes impostas? Para que aconteçam, não são as consciências compradas ou tuteladas? Ou lentamente moldadas, segundo os objetivos a serem alcançados? Existe, contudo, uma faceta injusta nessa questão que se manifesta quando agimos individualmente, ou quando somos pequenos capitalistas, visto estarmos sujeitos a julgamentos mais rígidos e a críticas mais transparentes, ao contrário do que ocorre com esses poderosos grupos econômicos, imunes a eles. Suas ações se diluem na grandiosidade dos negócios, tornando suas condutas imperceptíveis ao público e, portanto, difíceis de serem avaliadas. Diluem-se na importância dos homens envolvidos... ministros, presidentes, banqueiros, grandes empresários... Um presidente imposto ali, outro mandatário perpetuado acolá, um ministro indicado para tal função, uma alteração na constituição de um país ou a própria adulteração das leis. Suas ações diluem-se no montante de recursos e nas justificativas ditas inquestionáveis, como as necessidades de investimentos, dos imperativos da liberdade econômica e do progresso social; diluem-se no apoio da grande imprensa, fiel porta-voz dos poderosos e sempre disposta a justificar seus atos; diluem-se nas imposições e influências sobre o poder judiciário e sobre o poder político, facilmente cooptados... Portanto, todos esses artifícios tortuosos se normalizam e tornam-se justificados e aceitos, visto ser a atuação do sistema canalizada de maneira inteligente por caminhos transformados em legais, por bem ou por mal. É lógico, senador, que isso é feito de maneira imperceptível, portanto, não sujeita à crítica e ao julgamento popular e, surpreendetemente, muitas vezes acabam se impondo como ações necessárias mediante uma manipulação dirigida e persistente. Deste modo, tais ações serão desconhecidas pelo público; ele nunca conhecerá seus meandros e seus reais objetivos. Jamais tais procedimentos serão reconhecidos como corruptos, sendo esse, aliás, um termo vulgar que não se aplica aos negócios importantes, e muito menos a tanta gente ilustre. Enfim, essas injunções tornam as coisas suscetíveis a um julgamento diferenciado, mas que, transcorrendo assim, provocam desvios de vultosas quantias para fins indevidos.

Portanto, senador, essa é a realidade imposta às pessoas comuns, que a aceitam passivamente. "O mundo é assim", costumamos argumentar, "e quem manda é o dinheiro", não é o que dizemos? O capitalismo, não é verdade, senador? Consegue sempre disfarçar suas ações com justificativas atraentes e autoproclamadas inquestionáveis, muitas vezes apregoadas nobres, e geralmente realizadas nas entrelinhas das leis. Ele associa a invisibilidade a uma propaganda vagarosa, porém, vigorosa e persistente. É relevante ressaltar também, doutor Mendonça, como os valores éticos se enfraquecem perante o argumento de que a política, a vida pública, enfim, a realidade econômica não permite certa moralidade ingênua, antagônica e incompatível à sua essência. Adota-se então uma espécie de comportamento pragmático que se reveste apenas das palavras nominais da moral e que se incorpora tão bem à aparência de alguns homens, que ostentam então aquele ar de honradez, de honestidade e de princípios inflexíveis, mas que são apenas carapaças destinadas ao engodo. Bastam o tempo e um bom fotógrafo para engrandecê-los. Assim, a grande safadeza desaparece nesse emaranhado de interesses que, em escala mundial, é o modo operacional do capitalismo. E lhe digo mais, doutor Mendonça, e o senhor há de me dar razão: sem as imensas vantagens indevidas, a ele associadas, o mundo financeiro desabaria num piscar de olhos. Ele viria abaixo rapidamente, como um castelo de areia, se lhe tirassem suas vantagens, seus interesses escusos e muitas vezes circunstanciais. Ao passo que eu, agindo sozinho, torno-me vulnerável aos julgamentos e à gigantesca hipocrisia... A mim, falta-me a *entourage* essencial à proteção... — Bertoldo parou de falar um instante, observando o assoalho, parecendo refletir sobre o que diria, e retornou a olhar para Mendonça. — Pois, então, senador, dentro dessa perspectiva, no âmbito dessa realidade inquestionável, não seria Amadeo um pequeno Brasil? Ou, se o senhor preferir, o Brasil não seria um imenso Amadeo? Ingênuo, tolo, facilmente manipulado pelos mais espertos e com a mania de ostentar grandeza? Baseado nisso, o que fiz eu de errado senão agir de acordo com esse espírito pragmático? E observe, doutor Mendonça, que não faço um discurso moralista, mas apenas tento demonstrar o modo como nós, utilizando-se desse discurso, mantemos, imoralmente, os nossos privilégios. A moral como instrumento cínico da imoralidade — disse Bertoldo, sorrindo elegantemente e exibindo um ar presunçoso. — Quanta gente e quanta cultura já foram imoladas ante o altar desses nobres ideais, em nome dos princípios do liberalismo. Veja, por exemplo, o que fizeram e ainda fazem aqui na América Latina e de como a guerra, no momento, está arrasando a Europa devido à rivalidade econômica entre as grandes potências. E quem lhe diz essas coisas é um pequeno comerciante, um capitalista menor, como eu, sem a menor importância e influência nesse mundo financeiro.

Mendonça, todavia, encarava seu interlocutor com um enorme enfado, e dava mostras de não haver prestado muita atenção ao que Bertoldo lhe dissera. Apenas, ao final, deu um sorriso chocho, destituído de emoção.

— Você, porém, Bertoldo, disse somente uma verdade dentro dessa realidade enfadonha que expôs com tanta clareza e inteligência: existe uma moral, a nossa moral, e teve sorte, pois há dez, quinze anos, eu teria mandado matá-lo por este golpe que me aplicou — afirmou Mendonça cinicamente —, mas, hoje, essas coisas tornaram-se irrelevantes em minha vida...

Bertoldo manteve-se impassível perante essa afirmação.

— Bem... A mim me pareceu — continuou Mendonça, com lassidão — que, durante todo esse tempo em que esteve a falar, procurou demonstrar minha incoerência por havê-lo chamado de safado, desejando demonstrar que sou tão mau caráter como você, ou pior. Sentiu-se ofendido com isso... Porém, meu caro, como bem o disse, em função de minha longa vida pública, essa imoralidade ingênua apenas se associou superficialmente ao meu espírito, tornando-se parte integrante de minha maneira de ser, mas somente com a finalidade de contrapô-la e encarar a realidade sob outro aspecto. Essa ingenuidade é apenas necessária para saber lidar com as pessoas e compreender como julgam certas questões; portanto, para mim tem apenas uma função utilitária. Ela dissolveu-se, como você o disse, na prática dos grandes negócios, nos grandes interesses... Essa imoralidade a que aludiu e que ainda lhe escandaliza, hoje em dia já não me afeta, porque se transformou no meu modo normal de ser e de agir, portanto, está a atirar n'água... Nunca poderá, contudo, comparar-me a você, pois tais assuntos ainda o incomodam, como demonstrou por esse seu discurso idiota. Mas esteja certo de que, de canalhice em canalhice, de safadeza em safadeza, logo estará vacinado contra isso, e seus escrúpulos, ainda infantis, desaparecerão. Você ainda está verde, Bertoldo, mas se ganhar muito dinheiro, vai amadurecer e encarar certas coisas como normais. Começará a ter influência e a enxergar, de fato, as entranhas desse mundo financeiro... Eu, pessoalmente, estou coberto de razão em relação a você, pois moral, para mim, e para os que militam nesse meio que deu provas de tão bem conhecer, só existe quando os meus interesses são prejudicados, como no presente caso em que me passou para trás. Aliás, esse é o nosso único mandamento, ao qual também não respeitamos, mas não admitimos que, baseado nele, nos desrespeitem. — E deu uma risadinha, como se houvesse enunciado um aforismo. — Quanto à ética envolvida neste mundo das altas finanças, ela realmente não existe, e dá-me razão de achá-lo ainda mais tolo, pois, ciente disso, pretender me dar lições é como chover no molhado, é conversar com as paredes. Em tudo o que me disse, eu sei que tem razão, mas não há em seu discurso sequer uma única palavra capaz de sensibilizar um único nervo de minha consciência, ou de meus escrúpulos morais, há longos anos anestesiados pela vida. A realidade econômica me esculpiu, meu caro. Para o capitalismo, senhor Fotunatti, a ética tem só uma função, aliás, eu diria, fundamental: ser imposta à sociedade a fim de se manter um ambiente propício para a realização dos negócios. É necessário que respeitem as leis e as introjetem como valores, enquanto agimos. Seu único valor é esse. Já disse isso a Verônica na última vez em que estive com ela, pois também se mostrava escandalizada com essas coisas...

Mendonça, enquanto manifestava tais pensamentos, mantinha aquele sorriso irônico, mas sua fisionomia expressava um grande enfado, como se tudo isso lhe fosse aborrecido e irrelevante.

— Todavia, enganam-se aqueles — continuava ele — que acham que o capitalismo seja somente a prática de se auferir lucros. Isso é apenas a consequência ou a manifestação de algo mais profundo e fundamental existente na natureza humana... ele é o resultado da compulsão ao prazer inesgotável proporcionado pela vaidade, pelo exercício do poder e pelo gozo material. Portanto, de necessidades emocionais inerentes ao homem... Talvez o capitalismo seja a prática das emoções induzidas pela admiração alheia, baseadas nos bens materiais de quem os possui. Não basta apenas ganhar dinheiro para viver... para o sustento material e mesmo para o seu conforto. Isso é irrelevante ou quase nada, não é verdade? São necessárias outras coisas essenciais ao espírito. É preciso reinar soberano sobre as pessoas comuns, fazê-las nos invejar e nos admirar, fazê-las imaginar que, algum dia, desfrutarão do nosso mesmo padrão de vida. É necessário fazê-las sonhar, e o mais importante, fazê-las perceber que vemos isso estampado em seus olhos.

O semblante de Mendonça adquiriu uma expressão entristecida, e o seu tédio se acentuou. Ele permaneceu em silêncio durante alguns segundos, com o olhar melancólico perdido no espaço, como que refletindo sobre algo distante daquilo que dizia. Recomeçou a falar de maneira pensativa, lentamente, mantendo a mesma expressão e aquele mesmo olhar fixo em algum ponto.

— Mas se você procura algo de autêntico e valoroso, deverá buscar em outras fontes substanciais... Só existe uma verdade nesta vida, meu caro Bertoldo: o espírito da beleza, ou uma profunda sensibilidade em relação a ele. O devotado admirador do belo, da abstrata maravilha... um grande músico, um grande pintor, um grande artista... um espiritualista, um poeta... enfim, aqueles que transcendem esta nossa realidade mesquinha. Estes são sinceras expressões do que lhe digo, pois estão próximos da verdade. E aprendi isso com Verônica, pois ela só amou aquele que se emocionava profundamente com a sua beleza... não quem a admirasse vulgarmente como nós.

Bertoldo permaneceu um instante em silêncio, chocado por aquelas revelações e levemente constrangido, sentindo-se até ridículo em ter exposto suas ideias a um homem com a experiência e a inteligência do senador Mendonça. De qualquer modo, desejava cutucar a onça com a vara curta, pretendendo ainda justificar-se, talvez movido pelo orgulho ferido:

— Todavia, como o senhor mesmo o disse, senador, sou ainda aprendiz de feiticeiro, mas logrei êxito em aproveitar-me da oportunidade de um bom negócio. A amizade termina quando começam os interesses... O senhor não concorda, doutor Mendonça, que os grandes capitalistas, afinal, como seres humanos, são também pessoas que têm sentimentos e sensibilidade perante a beleza, como disse agora, mas que, todavia, subordinam tudo à sua paixão pelo dinheiro?

Mendonça permaneceu indiferente, calado. Bertoldo, finalmente, percebeu que estava se tornando inconveniente em querer justificar sua conduta. O que permaneceria válido era o que ele lhe dissera no início da conversa: agiste com safadeza! Não haveria justificativa que o convencesse do contrário. Resolveu, então, enveredar-se por outros caminhos. Soara o penúltimo gongo, e começaria a aplicar a sua derradeira estratégia.

— Contudo, neste episódio, doutor Mendonça, agi unicamente movido pelo amor e com o intuito de satisfazer ao ardente desejo da mulher a quem amo, pois Verônica manifestou uma repentina vontade de morar em Santa Sofia... Talvez, por tudo que sofreu em Campinas, pela humilhação de que foi vítima a sua filha, Henriette.

Bertoldo, finalmente, sentiu que aquelas palavras tocaram a alma do senador, e que o seu semblante manifestava sinais de vida, adquirindo uma expressão pungente, sofrida.

— Pois foi o que deduzi. Você não faria isso sem alguma razão maior que a justificasse, e que essa razão chamava-se Verônica...

Bertoldo sentiu-se estupefato com essa revelação, porém já desconfiava que Mendonça fora capaz de deduzi-la.

— Você, sendo um rapaz inteligente, não chegaria ao ponto de sacrificar a minha amizade em troca de alguns juros...

Bertoldo, então, observou atentamente o senador, sentindo que aquela velha raposa transmutara-se num homem sentimental, profundamente dominado pelo amor que dedicava a Verônica, e que tudo aquilo que conversaram já não significava coisa alguma em sua vida. Ele constatava, admirado, que nas emoções daquele homem experiente e insensível aos valores, para ele meramente utilitários, sobravam resíduos daquilo que o ser humano tem de mais belo. Surpreendia-se também consigo mesmo, pois, considerando-se calculista e um tanto quanto imune às sensibilidades do espírito, via-se comiserado perante a dor que emanava daquele semblante, da desilusão que dardejava aquele olhar.

— Ela o ama, Bertoldo?

— Não... não creio que me ame, senador... Embora eu tenha por ela paixão. Sim, verdadeira paixão! — disse com o olhar chamejante, pousado sobre o rosto de Mendonça. — Com o tempo, porém, ela aprenderá a me amar... Disso eu tenho certeza...

Mendonça olhou-o com uma expressão cética, abrindo um pequeno sorriso.

— Pois olhe, Bertoldo, durante todos estes anos eu estive imbuído dessa mesma esperança, e o que me restou foi essa desilusão. E parece não haver entendido aquelas minhas últimas observações sobre a beleza. Ela é maravilhosa, não?

— Sim... Verônica é belíssima — respondeu, constrangido.

— Linda e distante de nossas paixões... — acrescentou Mendonça, desviando o olhar rumo ao vão da janela, como que abrindo espaço à imaginação. — Ela, porém, amou intensamente um homem, no princípio do século... Seu único e verdadeiro amor.

— Jean-Jacques... — interrompeu-o Bertoldo.

— Um filósofo; temperamento boêmio, romântico... — continuou Mendonça, com aquela mesma expressão distante, perdida num mar de nostálgicas lembranças. — Ela revelou-lhe toda a sua vida?

— Sim, senador; solicitei a ela que me contasse tudo...

— Tudo?

— Sim, tudo! — Bertoldo fitou-o, meio surpreendido.

— E a meu respeito?

— Pois se referiu ao senhor com muito carinho...

Mendonça olhou para ele atentamente, e verificou que Bertoldo lhe dissera a verdade. Voltou a contemplar serenamente o céu azul através do vão da janela, permanecendo longo tempo absorto, mergulhado em pensamentos.

— É interessante verificar, doutor Mendonça — disse Bertoldo, interrompendo aquelas reflexões —, que o senhor revelou, pela sua conversa inicial, uma visão tão cética e pessimista acerca dos valores, a ponto de demonstrar não possuir escrúpulos... mas, de repente, mostra-se tão sensível ao amor de uma mulher.

Mendonça volveu-lhe o olhar, fitando-o profundamente.

— Talvez porque não haja paixão e nem sentimentos neste mundo em que vivi. Nessa realidade mesquinha... nessa luta pela afirmação da vaidade e do poder, que são coisas efêmeras e destituídas de tudo que lhe falei agora. Talvez eu tenha descoberto isso tarde demais, e a vida passa depressa. Pois, olha, Bertoldo, eu daria a minha fortuna pelo sincero amor de Verônica — acrescentou Mendonça calmamente num tom langoroso, descrente com o que ele próprio dizia, demonstrando enfado pela vida que vivera. — Aquele episódio com Riete, na escola, me aborreceu muito... Causou-me um grande dissabor — comentou, após alguns segundos, parecendo refletir novamente num problema que o arremetia de volta à realidade.

Bertoldo encontrava-se perplexo com a estranha personalidade de Mendonça, porém, começava a sentir uma insólita fascinação por aquele homem, por sua perspicácia e inteligência que sabia utilizar como ninguém, nas horas certas. Ele concluiu que Mendonça destilava, gota a gota, aquilo que a vida lhe ensinara. Pensou rapidamente em Verônica, cujo amor o senador não fora capaz de conquistar, sentindo certo temor diante daquela mulher fatal, daquela feiticeira de corações. Como no caso de Mendonça, a afeição que Verônica devotava a ele, Bertoldo, era muito inferior à paixão que sentia por ela.

— Filha do doutor Fonseca... meu velho desafeto em Campinas — disse Mendonça, refletindo em voz alta, referindo-se a Ângela Fonseca. — Mas, então, Verônica manifestou o desejo de morar em Santa Sofia...

— Sim! — exclamou Bertoldo —, pois ela até queria vir aqui pessoalmente sozinha realizar esse negócio com o senhor!

— Ah, é!? Ela queria vir aqui sozinha!? Queria vir sozinha... — repetiu o senador, ajeitando-se na poltrona e permitindo-se assomar um sorriso nos lábios; seus olhos cintilaram. Bertoldo notou que tais palavras instilaram vida no senador.

Mendonça levantou-se e dirigiu-se vagarosamente rumo ao janelão, com as mãos cruzadas atrás das costas. Postou-se perto do peitoril e permaneceu alguns minutos refletindo, observando a vida. Retornou devagar, cabisbaixo, na mesma atitude meditativa anterior, e sentou-se novamente, onde estivera.

— Muito bem, Bertoldo... — disse, fitando-o nos olhos. — Façamos, pois, o seguinte: você anula este negócio e trocamos Santa Sofia por esta fazenda que Amadeo adquiriu em Ribeirão Preto, e me volta uma boa quantia... Satisfazemos, assim, o capricho de Verônica.

Houve um curto silêncio no interior do gabinete, e Bertoldo refletiu rapidamente sobre a proposta.

— Mas o negócio já foi legalizado em Cartório, doutor Mendonça! — exclamou, denotando preocupação. — Bem... Talvez seja ainda possível anulá-lo... — acrescentou em seguida, pensativo.

— Pois seria impossível anulá-lo, Bertoldo, se o ex-proprietário da fazenda que Amadeo comprou não fosse seu amigo... ou um simples testa de ferro... Certamente, ele não aceitaria desfazer o negócio — acrescentou Mendonça, olhando para ele e sorrindo maliciosamente. — Mas ele também concordará, não? — indagou com ironia.

Bertoldo sentiu-se completamente estupefato; um rubor subiu-lhe à face e permaneceu sem saber o que dizer, totalmente atônito e constrangido por aquelas palavras, tentando escapar daquele olhar de raposa.

— Cuidado, hein? O pessoal do *City* é esperto. E agora você está em maus lençóis para negociar comigo — disse Mendonça num tom brincalhão, comprazendo-se em observar seu interlocutor completamente submisso e fragilizado perante si; e pior: constatando que ele reconhecia isso.

Bertoldo, após muitos anos, sentira repentinamente sua segurança desmoronar como um castelo de areia, percebendo-se como um menino de escola apanhado em flagrante delito pela professora...

— Mas, afinal, como se chama a tal fazenda que Amadeo comprou?

— Santa... Santa Cecília — respondeu Bertoldo, regateando as palavras, afundando-se na poltrona e sentindo suas mãos umedecerem.

— Não se preocupe com que eu lhe disse, Bertoldo. Portanto, não haverá problema e, desde que vocês concordem, será fácil desfazer esse negócio.

Bertoldo tranquilizou-se, readquiriu parte de sua confiança, apoiou os cotovelos nos descansos da poltrona e cruzou os dedos à altura da boca, pondo-se novamente a pensar na proposta. Rapidamente, chegou à conclusão de que não lhe restava alternativa para adquirir Santa Sofia, a não ser concordando com a condição que lhe fora imposta. Faltaria discutir quanto ele deveria pagar a Mendonça, pois, inegavelmente, não se poderiam comparar os valores das duas fazendas. Durante cerca de uma hora, os dois homens conversaram e chegaram a um acordo quanto ao valor e forma de pagamento. Desta vez, porém, foi Bertoldo quem experimentou as severas condições impostas pelo senador, que levara, ao pé da letra, o que lhe dissera em tom de brincadeira. Bertoldo, todavia, sentia-se alegre e aliviado em poder cumprir a promessa feita a Verônica; já cogitava, inclusive, a data do casamento e a festa que promoveria para comemorá-lo.

Durante algum tempo, permaneceram ainda conversando sobre política e negócios; sobre aqueles assuntos aos quais homens como eles sempre retornam, como que por uma espécie de vício. Mendonça, entretanto, enquanto falava, mantinha-se voejando sem rumo, observando fragmentos de felicidade que emanavam do semblante de Bertoldo, e que flutuavam na sala como nuvens invisíveis. Em dado instante, Bertoldo quedou-se abismado com a estranha fisionomia de Mendonça. Consultou o grande relógio, afixado na parede: 12h50.

— Bem, senador, são horas. Devo ir-me — disse, erguendo-se da poltrona, onde estivera durante cerca de três horas, experimentando um grande alívio.

Mendonça ainda permaneceu sentado um instante; finalmente, levantou-se, inspirou fundo, retirou o lenço e bateu-o de leve contra o rosto.

Bertoldo sentiu-se constrangido ao estender-lhe a mão para se despedir:

— Então, doutor Mendonça, aguardo-o na próxima semana, em Campinas, para acertarmos tudo.

— Sim, esta semana terei ainda algumas audiências aqui no Rio, mas...
— E refletiu um momento. — Mas na segunda ou terça-feira, estarei em Campinas.

— Pois eu o aguardo, senador; foi um imenso prazer desfrutar da companhia do senhor... Verônica ficará felicíssima pela sua compreensão e lhe será eternamente grata — acrescentou, soltando a mão de Mendonça e efetuando meia-volta em direção à porta.

Mendonça, porém, antecipou-se e abriu-a.

— Até a próxima semana — despediu-se, dando passagem a Bertoldo.

Este sorriu com simpatia, despediu-se da secretária, e se foi. Mendonça fechou a porta, consultou o relógio, e tornou a sentar-se atrás de sua mesa de trabalho. Ele sentia-se exausto; cada detalhe daquele ambiente em que pousava a vista transmitia-lhe indefinida tristeza. Nenhum ponto suavizava a amargura que o oprimia. Pouco a pouco, uma solidão inquietante apoderou-se dele, enquanto permanecia sentado pensando em tantas coisas, até que seus olhos fixaram-se, por acaso, na tênue linha de luz que vazava por debaixo da porta de entrada do gabinete. Ancorou ali seu olhar, ficando longo tempo a meditar sobre o passado, até ver aquele risco de luz girar e ouvir baterem levemente na porta entreaberta. "Sim?!" A secretária surgiu e perguntou-lhe se iria almoçar fora ou se desejava que ela providenciasse alguma refeição mais leve. Mendonça olhou para ela um instante, levantou-se e saiu sem dizer nada, rumo a um dos restaurantes da cidade. Dona Beatriz fechou vagarosamente a porta, pensativa, preocupada com o senador; ela o conhecia bem, havia trinta anos.

* * *

Bertoldo saiu do gabinete de Mendonça profundamente impressionado com aquela estranhíssima personalidade. Após o almoço, enquanto passeava pela cidade, a pessoa e as ideias do senador não lhe saíam da cabeça, nem conseguia livrar-se da inusitada fascinação que ele exercera sobre si. Recusava-se a acreditar que todo aquele cinismo e o imenso deboche permeassem sua vida, e se abrigassem sob uma alma tão sensível ao amor de uma mulher. Bertoldo reconhecia que a realidade econômica transcorria como expusera ao senador, mas se negava a crer na existência de um homem realmente amoral, pois, ele, Bertoldo, sabia como burlá-los, conhecia maneiras de ludibriá-los, de explorá-los, sabia mentir com requintes maquiavélicos e ser cínico a ponto de admitir sua própria imoralidade... Mas, não raramente, sentia a necessidade de saltar para dentro dos limites da velha moral, e de infrigi-los novamente, pois lhe forneciam um referencial de poder e de emoções necessárias. Reconhecia, não havia dúvida, valores intrínsecos que lhe pesavam na consciência. Bertoldo intuía, dramaticamente, que Mendonça talvez fosse um homem a quem a vida negara o essencial, e ele a agredia em si mesmo, num estranho sadomasoquismo. Ou, quem sabe, o destino colocara em sua trajetória uma realidade inacessível aos seus sentimentos. Entretanto, a memória do senador Mendonça perduraria nele, e se lembraria sempre de sua experiência, do seu enfado e do seu desencanto, sem jamais conseguir decifrá-lo. Bertoldo, misteriosamente, conseguira derrotá-lo no último *round*, pois desferiu-lhe um cruzado que sequer resvalara em seu corpo, mas o atingira no coração.

Enquanto assestava seu olhar sobre as delicadas cornijas do Teatro Municipal, ele refletia sobre os enigmas que povoam os homens.

CAPÍTULO 28

Bertoldo sentia-se já ansioso por aguardá-lo quando Mendonça desembarcou em Campinas, na semana seguinte, quinta-feira. Naquela mesma noite, após jantarem no Hotel, dirigiram-se ao escritório da *Fortunatti*, onde Bertoldo entregou ao senador o cheque referente à entrada do pagamento de Santa Sofia, e assinou os papéis, preparados por Mendonça, que os trouxera do Rio de Janeiro. Bertoldo, por intermédio de alguns artifícios complicados e usando a sua influência, anulou as duplicatas do *National City Bank* que seriam resgatadas semestralmente por Custódio, substituindo-as por outras. A fazenda Santa Cecília continuaria registrada em nome das filhas, e Santa Sofia deveria ser transferida a Bertoldo, em abril do corrente ano de 1915. Combinaram sigilo sobre o que havia sido tratado. Mendonça revelou somente a Custódio a verdadeira natureza do negócio. Solicitou-lhe que guardasse segredo sobre como ele fora realizado, ordenando-lhe, todavia, que nos prazos semestrais de pagamentos anteriormente estipulados, ele fosse ao escritório da *Fortunatti*, pegasse as novas duplicatas, descontasse-as no Banco e as enviasse a Amadeo. Os descontos bancários seriam imediatamente ressarcidos a Mendonça.

Entretanto, a missão mais difícil reservada ao senador seria comunicar à esposa Emília, e às suas filhas, que Santa Sofia havia sido vendida para cobrir o prejuízo causado por Amadeo. Ele explicou-lhes todos os cálculos econômicos, e terminou dizendo que deveriam tê-lo consultado antes de fazerem um negócio de tal envergadura. Pobre dona Emília, apenas tentou contra-argumentar, sentindo-se ludibriada por Bertoldo, mas sofreu um choque emocional tão intenso que, após a conversa, sentiu-se mal e foi repousar. E esse repouso foi, pouco a pouco, prolongando-se e transformando-se numa profunda depressão. Ela recusava-se a se alimentar. Com muita dificuldade, faziam-na tomar um chazinho com biscoito ou um caldinho de frango. Rapidamente, aquela mulher saudável, alegre e volumosa transformou-se num fiapo de gente. Suas velhas amigas vinham da cidade, procurando lhe transmitir força e alento, mas Emília definhava. Suas faces se encovaram, sua pele se encarquilhou e seu olhar perdeu o brilho, dele restando apenas uma persistente expressão interrogativa. Emília transformou-se numa triste figura; em seis meses, envelheceu anos. Sua única atividade, da qual nunca se eximira, era assistir, aos domingos, à missa das dez na Matriz. Com muito sacrifício, amparada pelas filhas e amigas, conseguiu manter esse hábito que durava anos. Em meados de abril, poucos dias antes de a fazenda ser transferida a Bertoldo, durante uma dessas missas dominicais, no momento da consagração, as campainhas soaram, e dona Emília, que se mantinha sentada enquanto todos se ajoelhavam, começou a sentir aqueles sons estridentes soarem diferentes em seus ouvidos, em seu cérebro. Diferentes... diferentes... um rápido zumbido. E fez-se o alvoroço. O padre acorreu imediatamente, interrompendo a solenidade, e deu-lhe a extrema-unção, enquanto Emília agonizava sobre o banco com um olhar fixo, triste, apontado na direção do círculo delimitado pelos semblantes atônitos de suas amigas. Houve muita comoção na cidade e em toda a região; Campinas nunca assistira a um féretro tão concorrido. Compareceu o Presidente de São Paulo, doutor Rodrigues Alves, inúmeros políticos, várias personalidades de diversos setores e muita, muita gente importante. Mendonça mostrou-se bastante comovido, mas, uma semana após o sepultamento, retornou ao Rio.

Na cidade, passaram a comentar que o motivo da venda da fazenda fora o prejuízo que o genro Amadeo causara ao senador, que fora obrigado a vender Santa Sofia para cobri-lo — essa foi a versão mais corrente. Por que, entretanto, não vendera outra propriedade? Indagavam alguns. Outros, mais irônicos e malevolentes, diziam que, afinal, Amadeo não era tão tolo assim, pois matara a sogra e ganhara uma fazenda. Havia ainda aqueles intuitivos, que afirmavam ter Mendonça vendido a fazenda para satisfazer o desejo da ex-amante. Porém, os que se julgavam inteligentes contra-argumentavam com a lógica, dizendo ser isso uma atitude insana, pois, afinal, como poderia o senador premiar o rival e a ex-amante? Só um louco procederia assim, arremetavam ingenuamente. Outros, mais sensatos, afirmavam que o senador optara por Santa Sofia por tratar-se de uma fazenda cuja sede, muito suntuosa, demandava trabalho e despesas, e ele já não morava em Campinas. Muito se discutiu e comentou-se, mas, do episódio, restou apenas a saudosa memória de dona Emília — como gostam de se manifestar nessas ocasiões —, e que se tornaria Avenida Emília Aiub.

Entretanto, a venda de Santa Sofia desencadeou uma série de desavenças na família, pois nunca se soube como o negócio fora realizado; havia ainda Riete, filha do senador. Durante os próximos anos, haveria muitas discussões envolvendo futuras divisões de terras e desconfianças mútuas, pois cada parte julgava-se prejudicada. Nesta época, Custódio foi quem realmente evitou a desintegração do patrimônio do senador, pois se tornou o responsável por tudo, e jamais permitiu a realização de nenhum outro negócio como aquele, por ordem expressa de Mendonça. Este, por sua vez, jamais haveria de retornar a Campinas. Suas duas filhas viriam a casar-se, e seus maridos administrariam as fazendas. Olguinha casar-se-ia em 1919, e Maria de Lourdes, e a caçula, em 1924, durante a ocupação da cidade de São Paulo pelo general Isidoro Dias Lopes.

Bertoldo, no início de maio, tomou posse de Santa Sofia. Montou, ali, um confortável escritório, pois, a partir do seu casamento, marcado para 21 de junho, pretendia morar na fazenda e ser mais atuante no interior do Estado. Seu sócio ficaria responsável pela praça de São Paulo, trabalhando em outros setores da *Fortunatti & Simões*. Porém, mesmo morando em Campinas, Bertoldo viajaria frequentemente à capital, ou a Santos, a negócios.

CAPÍTULO 29

Em 1915, na semana anterior ao casamento de Verônica e poucos dias após a morte de Emília, Riete foi estudar em regime de internato em Campinas. Ademais, aquele princípio de ano tornara-se um período de grande agitação para Verônica: houve as negociações para a compra de Santa Sofia, que a deixaram numa enorme expectativa; depois, a alegria pela concretização do negócio, finalmente, a ansiedade causada pela mudança para a sonhada fazenda. Todos esses acontecimentos perturbaram sua tranquilidade. Além disso, seu casamento não seria uma comemoração comum, pois haveria um grande número de convidados, a maioria gente importante e grã-fina de São Paulo. Durante os fins de semana, Custódio enviava o *chauffeur* para trazer Riete do colégio e levá-la para a Capela Rosa, onde ela gostava de passear e reviver momentos da sua infância. Entretanto, esses fins de semana, ultimamente, ela estava preferindo passá-los em Campinas, com suas colegas.

Em princípios de junho, num sábado, Riete encontrava-se com sua mãe na sala de visitas, um pouco antes do almoço.

— Mamãe! — exclamou ela de súbito, largando o livro didático que estava a estudar. — A senhora necessita fazer uma faxina na casa para entregá-la limpa ao papai. Afinal, o casamento será dia 21. Por que não começar a desocupar esses móveis e a limpar essas gavetas? — sugeriu, despretensiosamente, observando Verônica que se distraía lendo um jornal.

— Sim. Tem razão. É preciso, sim, realizar uma boa faxina.

— Se a senhora quiser, hoje e amanhã, eu e Tereza faremos isso... Lavamos o chão, desocupamos os móveis... Existem muitas miudezas que pertencem à senhora; temos de separar tudo aquilo que pretende levar para Santa Sofia, das coisas do papai.

Sempre que falava no pai, Riete sentia sua voz embargar. A última vez que estivera com ele foi por ocasião do falecimento de Emília.

— Sim. Se desejarem, podem começar esta tarde — respondeu Verônica, enquanto folheava o jornal, sem prestar muita atenção no que dizia. — Basicamente, só tenho minhas roupas e algumas lembranças; contudo, é melhor deixar tudo em ordem.

Riete observava sua mãe. Ela estava lindíssima, trajando um longo vestido de seda negra que lhe realçava, sobremaneira, os olhos verdes e os lábios sensuais. Aprontara-se para almoçar com Bertoldo; todavia, algum contratempo o retivera em São Paulo, pois o último trem da manhã, vindo da capital, havia passado por Campinas e ele não chegara.

Quando Verônica se levantou para ordenar que servissem o almoço, a campainha soou. Riete correu a abrir a porta, deparando-se com o olhar de Carvalhinho, que, indiscretamente, sondou o interior da sala, à procura de Verônica.

— Um telegrama para a senhora, mamãe — disse Riete, assinando o recibo, enquanto Verônica aproximava-se da porta e Carvalhinho quedava-se embasbacado. Ela mal o cumprimentou, não por descortesia, mas pela curiosidade que o telegrama lhe despertara. Verônica abriu o telegrama e o leu avidamente. Seu semblante entristeceu-se, e duas lágrimas rolaram. Ela soluçou e caminhou cabisbaixa, de um extremo a outro da sala, muito pensativa e pesarosa.

— O que aconteceu, mamãe? — indagou Riete com indiferença.

— Oh... *Madame* Ledoux... Faleceu durante a madrugada, diz a mamãe. E irei ao Rio para o seu sepultamento. Pobre Louise, sempre me manifestou o desejo de que gostaria de ser velada em minha presença — acrescentou, enxugando as lágrimas. — Que horas são? — perguntou, após uma pausa, dirigindo-se à sala de jantar. — Não há um trem para São Paulo, agora, às 11h30? Procure saber, Tereza — ordenou apressadamente.

— Mas, dona Verônica, até a senhora chegar ao Rio o corpo... Há, sim, um trem às 11h30, tenho certeza!

— Sim, mamãe, não haverá tempo suficiente para a senhora assistir ao velório, e muito menos ao sepultamento — acrescentou Riete, completamente indiferente aos sentimentos de Verônica.

— Não, Louise previu essa hipótese, e ordenou que preparassem seu corpo para três dias, pois desejava que eu lá estivesse de qualquer maneira. Mamãe me deu a senha pelo telegrama — retrucou Verônica, fitando as duas com um olhar tristonho.

Tereza arregalou os olhos e fez uma careta de espanto:

— O que, dona Verônica!? Preparar o corpo para... para três dias? — indagou aterrorizada.

— Sim, *madame* dizia que desejava ser velada por mim, ao som do piano de Castanheira.

Verônica correu ao seu quarto, apanhou uma pequena mala, colocou dentro dela algumas roupas e objetos de uso pessoal, e ordenou à empregada que providenciasse uma condução, enquanto almoçava rapidamente. Era necessário apressar-se.

— Amanhã, em São Paulo, embarco para o Rio de Janeiro, no trem das cinco da madrugada. Adeus, Tereza... explique ao Bertoldo, se acaso ele vier. — E saiu, sem se despedir de Riete, quarenta minutos depois de haver recebido o telegrama.

No trajeto até a estação, ela ainda parou para telegrafar a Jacinta, avisando-a de que chegaria no Rio na tarde de domingo, mas que compareceria ao velório somente no início da noite, pois pretendia, antes, descansar num hotel.

Naquela tarde, enquanto Verônica sacolejava na primeira classe da *Mogiana*, Riete e Tereza puseram-se a limpar a casa. Riete dirigiu-se àquele gavetão da cômoda, no qual vira sua mãe jogar a carta que recebeu de Louise, no final do ano anterior — sabia que ela ali ainda se encontrava. Pegou-a, levou-a ao seu quarto e conferiu o endereço que copiara, que se achava escondido entre as páginas de *Crime e Castigo*, um romance de Dostoiéviski. Estava correto. Apanhou alguns de seus cadernos velhos de escola, colocou a carta entre um deles, e retornou à sala, jogando-os dentro da gaveta.

— Amanhã cedo, recomeçamos por aquelas gavetas da cômoda — disse Riete, ao fim do dia.

Encontravam-se exaustas, pois lavaram e enxugaram o chão da cozinha e da sala de jantar, lavaram as louças guardadas, tiraram o pó de toda a casa.

— Hoje vamos arrumar os interiores e separar algumas coisas — ordenou a Tereza, na manhã seguinte. — Abra aquelas gavetas e veja o que se pode jogar fora.

— Virgem Maria, dona Riete, o que fazer com estes seus cadernos velhos?

Riete olhou para ele de longe, refletiu um instante, e ordenou que fossem jogados no lixo. Gastaram a manhã de domingo a faxinar e a separar os objetos de Verônica, guardando-os num lugar à parte, no interior de um guarda-roupa.

Verônica chegou ao Rio de Janeiro no domingo, após doze horas de cansativa viagem, desembarcando na Central do Brasil por volta das dezessete horas. Dirigiu-se a um hotel no centro da cidade para descansar. Exausta, dormiu até quase as vinte e uma horas, despertando assustada com o atraso.

Trajou-se com um vestido de seda negra, semelhante àquele com o qual estivera no dia anterior — possuía alguns deles, pois Bertoldo adorava vê-la de negro. Complementou a *toilette* com um elegante chapéu e um véu, que colocou no interior da bolsa, ambos no mesmo tom escuro. Solicitou um carro e o mandou seguir para a Rua Conde de Bonfim, na Tijuca.

Mendonça já estivera ali durante a manhã, desejando saber se Verônica viria para o velório. Jacinta confirmou-lhe que sim, ela viria. Alguns novos conhecidos compareceram durante o dia. Todavia, os velhos frequentadores do *Mère Louise* aguardavam pelo domingo à noite, pois Castanheira, o antigo pianista da casa, e Verônica, os personagens principais daqueles momentos inesquecíveis, estariam presentes. Louise, durante os últimos meses, pressentindo que seu fim estava próximo, sempre se manifestava dizendo que não queria um ambiente de tristeza em seu velório; esperava a presença de Verônica, que, dizia ela, seria a flor mais bela junto a si, bem como desejava o som de Castanheira. Louise dizia que a beleza de Verônica e o piano de Castanheira comoveriam o diabo, e Jacinta procurava atender os últimos desejos da velha amiga.

À noite, quando Verônica desceu do automóvel e cruzou o imponente portão de ferro, que dava acesso ao jardim da mansão, observou, entre arbustos e plantas, mergulhados em sombras, o salão térreo iluminado, e ouviu um som de piano.

Caminhava pela pequena vereda, olhando para as folhas escuras caídas entre as pedras do calçamento — margeando-a, em ambos os lados, havia pontos de luz alimentados por antigos bicos de gás, sobre pequenos postes.

Verônica caminhava cabisbaixa, ouvindo aquelas melodias que, durante uma época, lhe embalaram os sonhos. A vereda serpenteava suavemente entre o gramado até defronte do *hall* de entrada. Como sempre acontecia nos momentos em que ali se encontrava, o Rio de Janeiro suscitava em Verônica a lembrança de Jean-Jacques. Sensibilizada pelas circunstâncias, quase poderia vê-lo ao seu lado, e tais recordações confrangiam-lhe a alma com a dor de uma saudade imensa. Quando se aproximou da casa, viu, através das vidraças, a cabeleira basta, encanecida de Castanheira, movendo-se suavemente ao som de antigas canções. Ao penetrar no amplo salão, Verônica surpreendeu-se, pois havia mais gente do que esperava, quando o vira exteriormente. Ouviu passos atrás de si, voltou-se e deparou com seis senhores que chegavam. Pouco a pouco, ao notarem sua presença, passaram a convergir seus olhares para ela.

Verônica reconhecia, na maioria daquelas pessoas, as personagens que frequentaram as antigas noitadas do *Mère Louise*. Ela estava lindíssima. Aquela palidez e certa lassidão nos movimentos, devidos ao cansaço da viagem e aos seus sentimentos, acrescentavam-lhe um toque de irresistível beleza. Quando ela caminhou alguns passos no interior do salão, experimentou as mesmas emoções de antigamente: cochichavam entre si, enquanto olhavam para ela, discretamente, de viés. Antigas reações afloravam, emergindo das cinzas do passado. Castanheira, ouvindo o zunzum, voltou-se em direção à entrada e deparou-se com Verônica no instante em que ela retirava o chapéu e cobria a cabeça com o véu, que mal abrangia seus cabelos negros, e a tornava ainda mais sedutora. Ele ergueu-se da banqueta e acorreu pressuroso ao seu encontro:

— Oh! Como estás cada vez mais linda... — conseguiu exclamar, profundamente comovido ao revê-la. — Quantos anos!

E Verônica abraçou-o em lágrimas, permanecendo assim unidos durante alguns segundos — unida a um músico, estes maravilhosos subversivos do tempo.

Todos olhavam admirados e se comoviam com aquela cena, evocativa de uma época de suas próprias vidas em que aquela maravilhosa mulher os fazia sonhar, e aquele músico lhes embalava o espírito. Ela caminhou mais alguns passos, abraçada a Castanheira, até junto ao ataúde, onde duas grandes velas ardiam na cabeceira. E, ali, observou a mesma máscara empoada de antigamente, os mesmos lábios delgados, bem delineados pelo batom vermelho, e a fronte alta, imponente e os cabelos bem arrumados. Ali estava a *madame*, elegante e altiva como sempre fora. Dir-se-ia que Louise repousava durante alguns momentos, antes de animar mais uma noitada do *Mère Louise*. O esquife era elegante, porém trágico e absoluto em sua capacidade de elidir qualquer divagação. Permaneceram os dois, durante alguns minutos, contemplando o corpo de Louise, repassando as lembranças daquela mulher. Verônica sentiu tocarem-na por trás: era sua mãe, Jacinta. Abraçaram-se emocionadas, e ficaram as duas ao lado do caixão, enquanto Castanheira retornava ao piano, a extrair recordações. Jacinta narrou à filha os últimos momentos de Louise:

— As suas últimas palavras foram dirigidas a você.

— A mim!? O que foi que ela disse?

— Que Jean-Jacques a amou com paixão, e disse para você ir procurá-lo em Goiás, pois o seu grande amor está no coração do Brasil, logo em seguida, faleceu.

— Em Goiás!? O meu amor está em Goiás? No coração do Brasil? — repetiu Verônica, com incredulidade. — Devia estar delirando, fora de si... — acrescentou em seguida.

— Coitada, logo após o almoço, queixou-se de dores no peito e foi deitar-se; eu acompanhei-a. Em seguida, sofreu um primeiro ataque, porém brando, permanecendo a gemer durante alguns segundos; melhorou um pouco, respirando com dificuldade, foi quando pronunciou essas estranhas palavras. Mas, logo em seguida, enquanto fui buscar um copo d'água, sofreu um segundo ataque, fulminante, e faleceu. Doutor Alonso preparou o corpo. Eu, apesar de tudo, tinha-lhe amizade... Gostava de Louise.

Castanheira, neste instante, começou a executar algumas canções favoritas de Verônica. Jacinta retirou-se para a cozinha a fim de ordenar a Antoine que mandasse preparar as taças com o champanhe — Antoine acompanhara Louise, quando esta viera morar com Jacinta. Verônica permanecia de pé, junto ao caixão, silenciosa, emocionada, ouvindo aquelas melodias que a remetiam ao passado. Recordava-se da noite em que conhecera Jean-Jacques. Olhou para Castanheira e sorriu, lembrando-se do show, "Tu, Mon Amour", da bela coreografia e da mesa à qual se sentara, com Mendonça e ele. Relembrava detalhes, fragmentos que emergiam quase reais, e que se esfumavam, rapidamente, na memória da vida.

De repente, ouviu-se outro zunzum altear-se acima do murmurinho ambiente. Verônica olhou em direção à entrada e observou a chegada de Mendonça. Ele ainda não a notara, e olhava avidamente em direção a vários grupinhos que se espalhavam sentados em divãs, sofás e conjuntos de poltronas, nas laterais do amplo salão, ou que conversavam de pé — as mesinhas haviam sido retiradas. Havia muita gente: os mais antigos compareciam por amizade a Louise; outros, mais novos, frequentavam o local porque sabiam que ali estariam pessoas importantes. Finalmente, Mendonça dirigiu seu olhar para o centro do salão e divisou a silhueta de Verônica, entre alguns indivíduos que se achavam à sua frente. Adiantou-se três passos. Seus olhares entrecruzaram-se, e ele estacou como que hipnotizado, fitando-a fixamente. Mendonça caminhou até junto a Verônica, abrindo passagem, enquanto os presentes passaram a acompanhar a cena com curiosidade. Os velhos amigos sabiam que não eram mais amantes, e já era do conhecimento de todos que Verônica estava prestes a se casar com um rico empresário paulista.

— Então, você veio... — disse Mendonça, em voz baixa, olhando discretamente para os lados. Somente eles se encontravam juntos ao caixão. — Nestes últimos dias, senti demais a sua ausência. Ficaste satisfeita com Santa Sofia? Fiz o negócio pensando em ti...

Ela, porém, fitou-o com um olhar tão perplexo que Mendonça imediatamente percebeu que a sua pergunta fora impertinente e desarrazoada aos sentimentos de Verônica. Aquelas palavras produziram-lhe um choque, pois a arremetiam a uma realidade infinitamente distante de suas emoções momentâneas. Ela lembrou-se, então, de seu casamento e da figura de Bertoldo... E começou a chorar profundamente, sentida e inconsolável. Retirou o lenço da bolsa e o manteve sobre os olhos, agarrando-se ao braço de Mendonça com a outra mão, enquanto continuava a soluçar baixinho. Aquela cena despertou a atenção de todos. O senador intuiu que os pensamentos de Verônica talvez vagassem pelos princípios do século, pelo interior do *Mère Louise*, aquele salão repleto de imaginações delirantes, e de que tais recordações evocassem a soberana lembrança de Jean-Jacques, o seu grande amor. Ou estivessem trafegando pelas ruas poeirentas de Copacabana ou flutuando pelo interior da tal pensão do Pacheco, que ele viera, posteriormente, a conhecer. Verônica agarrava-se a Mendonça como a uma sombra viva do passado. Naquele momento, o senador era a única recordação concreta daquela época, personagem real de suas memórias. Ela se agarrava ao oposto para sentir a presença do outro, e pressionava fortemente seu braço buscando, nele, a realidade que se esvaíra para sempre. Mendonça, envelhecido, abatido e amargurado, segurou-lhe a mão e a conduziu para sentar-se com ele num sofá. Fez-se um silêncio quase respeitoso, tão diferente da agitação mundana daqueles tempos, quando ambos desciam a escada do *Mère Louise*, desfilando em meio à alegria daquelas mesmas pessoas.

Aos poucos, pequenos grupos de antigos amigos vinham cumprimentá-los. Conversavam, emocionados por se reverem, mas se mantinham discretos e contidos em suas manifestações. Alguns deles, mais queridos, provocavam efusivas demonstrações recíprocas de contentamento e carinho, quando se comoviam às lágrimas entre abraços, beijos e lembranças de outrora. Mendonça, todavia, permanecia praticamente calado, e raramente dizia qualquer coisa àquelas pessoas que deles se aproximavam. Limitava-se a emitir pequenos comentários e a conservar um discreto sorriso nos lábios, ou a menear a cabeça afirmativamente em movimentos quase imperceptíveis, como que concordando com tudo o que falavam, porém, mantendo-se alheio. As poucas pessoas que chegaram após a meia-noite dirigiam-se até o esquife e observavam o corpo de Louise; algumas oravam e retornavam, integrando-se a alguns daqueles grupinhos. Contudo, à medida que a noite avançava, os amigos foram deixando Verônica e Mendonça em paz, pressentindo que viviam um clima emocional à parte. Reconheciam que Louise, o senador e ela haviam desfrutado mais intensamente aquela época agitada do *Mère Louise* devido à existência de Jean-Jacques. Daqueles quatro personagens, restavam eles dois. Verônica mantinha-se, àquela hora da noite, imersa num mutismo tristonho, meditativo; algumas vezes ela levava o lenço aos olhos e os enxugava, correndo-o em seguida pelas faces.

Entretanto, de repente, sentiu-se estimulada, e foi retirada daquele torpor por uma cena burlesca, completamente insólita para uma ocasião como aquela. Pois, eis que, com seu olhar perdido sob a fímbria de uma cortina, Verônica viu um rato surgir sob ela. Acompanhou-o correr até debaixo do esquife de *madame*, parar um instante, indeciso, cruzar o salão e enfiar-se atrás de outra cortina, passando entre os pés de algumas senhoras. Uma delas, ao vê-lo, emitiu em grito tão agudo e aterrorizante que assustou a todos, que olharam imediatamente naquela direção.

— Um rato! Um rato! — gritava histericamente. — Atrás da cortina! Ali atrás da cortina!.

Um senhor, que a acompanhava, ergueu a fímbria, e o bichinho saiu desvairado, correndo novamente de um lado para o outro, desorientado, sem saber aonde ir, causando um pânico generalizado entre as mulheres. Finalmente, ele resolveu se enveredar rumo a Verônica, parando insolitamente em frente a ela, quase junto aos seus pés. Verônica manteve-se impassível, sorriu e encarou o bichinho. Fez-se um estranho silêncio, enquanto todos observavam a cena, e o ratinho correu então para o lugar de onde inicialmente saíra, e desapareceu. Alguém, próximo ao local, ergueu a cortina, e observou uma pequena fenda na parede. E as mulheres respiraram aliviadas. Logo após esse bizarro incidente, alguns garçons, elegantemente trajados, começaram a servir taças de champanhe sobre bandejas.

Por volta das duas horas da manhã, todos estavam muito alegres, conversando, alteando suas vozes num agitado e eufórico burburinho. Predominava, entre eles, uma nítida discrepância de idades, pois aqueles homens que na virada do século tinham cerca de cinquenta, sessenta anos, encontravam-se agora em plena decrepitude, ao passo que suas belas mulheres, à época, muito jovens, achavam-se, nesta noite, no esplendor da beleza, nas plenitudes da experiência e do ardor de seus desejos. Verônica limitara-se a tomar apenas uma taça de champanhe e, ao fazê-lo, ergueu-a junto aos olhos, lembrando-se do gesto de Jean-Jacques na noite em que o conhecera. Baixou a taça e sorriu tristemente, olhando para o caixão de *madame*.

Os homens, animados pela bebida, começaram a cortejar aquelas mulheres experientes, muitas delas antigas amantes, e foi-se criando um clima de luxúria e de voluptuosidade que relembrava os velhos tempos do *Mére Louise*. Foram servidos alguns petiscos, o que contribuía para aumentar a animação. Louise sempre dissera a Jacinta que desejava promover sua última festa ao redor de seu caixão, e de que gostaria de vê-los alegres, como os vira ao longo da vida. Ela costumava afirmar que a morte não a impediria de comandar sua última noitada. De fato, durante a madrugada, havia um clima de festa. Às três horas, Castanheira começou a executar valsas, e todos se puseram a dançar em torno do ataúde. Ao verem o corpo de Louise, eles se sentiam fortemente excitados e se agarravam com mais ardor. Cada vez mais, procuravam se aproximar do esquife, rodopiando e espiando rapidamente ali dentro, e beijavam-se com paixão.

Mendonça e Verônica mantinham-se sentados, silenciosos, observando a cena com curiosidade, enquanto Castanheira os estimulava, naquele instante, com canções francesas mais animadas. Aos poucos, alguns senhores começavam a subir acompanhados pelas antigas companheiras, almejando amá-las intensamente. Pareciam excitadíssimos. E o velório de Louise transformara-se numa orgia, numa festa mundana, conforme fora o seu desejo. Somente Mendonça e Verônica mantinham-se indiferentes. Ela recostara sua cabeça no ombro dele, e permanecia contemplando o assoalho, limitando-se a observar as pernas girarem, rodopiarem, entrelaçarem-se, e a ouvir o som daquelas músicas, tomada pelas lembranças. Mendonça recostara a cabeça na parte superior do espaldar do sofá, e fitava o teto, completamente absorto em pensamentos.

No fim da madrugada, havia um ar de cansaço; gritos prazerosos, sussurros eróticos e principalmente risadas femininas alcançavam esporadicamente o térreo, vindas do andar superior.

Eram quase seis horas da manhã quando Castanheira levantou-se e veio despedir-se de Verônica. Novamente, mostrou-se muito comovido ao abraçá-la, e deu-lhe o seu endereço no Rio, pedindo a ela que o procurasse quando viesse à cidade. Verônica embarcaria no trem das 7h30, de volta a São Paulo.

Aquela geração, que vivera o declínio do Império e implantara a República, começaria em breve a desaparecer. Aqueles velhos senhores, que no andar superior tentavam amar suas mulheres, sentiam que o tempo passara, restando-lhes apenas os grandes bigodes e a imaginação — bigodes que provocavam cócegas e ocasionavam aquelas risadas, que chegavam ao térreo. Reinavam, naquela hora da manhã, quase um silêncio e certo fastio. Os que não conseguiram amar já se haviam retirado, e os que ainda tentavam, recorriam aos últimos recursos da imaginação. Somente da cozinha vinham ruídos de louças e ouvia-se esporadicamente a voz de Jacinta, a dar ordens. No grande salão do térreo, permaneciam apenas Verônica e Mendonça, e o ataúde no centro. As velas ainda ardiam, mas seus pavios encurtavam-se rapidamente. Havia um clima de profunda solidão e de intensa melancolia; havia algo de lúgubre, de sombrio, envolvendo aquele ambiente, de algo que desaparecera para sempre.

Verônica não compareceria ao sepultamento de Louise. Aproximadamente, às seis horas, levantou-se do sofá, onde estivera sentada durante toda a madrugada, e dirigiu-se ao ataúde. Lançou um derradeiro olhar para *madame*, tocando-lhe de leve nas mãos, e prometeu a si mesma não se deixar envolver novamente pelas circunstâncias: a primeira coisa que faria, quando chegasse a Campinas, seria escrever a Jean-Jacques. Ela experimentava, naquele instante, uma vontade imensa e inelutável de revê-lo, de receber notícias suas, e estava decidida a abandonar tudo para reacender a chama do passado. Sentia-se enlouquecida pela sua volubilidade, pois, a cada vez que vinha ao Rio, atirava-se nos braços de Jean-Jacques, entregando-se à sua imaginação apaixonada.

Permaneceu durante alguns segundos encomendando aquela alma a Deus, e retirou-se, acompanhada por Mendonça. Antes, porém, dirigiu-se até a cozinha para despedir-se de sua mãe e de Antoine. Mendonça a levaria em seu automóvel até a Central do Brasil. Ele permanecia silencioso ao seu lado. Quando Verônica cruzou o portão de ferro que dava acesso à rua, voltou-se e admirou aquele casarão, experimentando intensa nostalgia. Os acontecimentos da noite haviam-na deixado exausta, extrememente sensibilizada. Beijou e abraçou longamente sua mãe, que os acompanhara até o passeio, aspirou a fragrância matinal do Rio de Janeiro e entrou no automóvel, acompanhada por Mendonça. O elegante *Briscoe*, modelo do ano, que o senador ordenara estar a sua disposição, a partir das cinco horas da manhã, em pouco tempo alcançou o seu destino. Eram 7h15. Verônica despachou a sua mala e apressou-se rumo a um dos vagões da primeira classe; olhou para ele, conferindo o bilhete, e estacou diante da porta de entrada. Voltou-se para Mendonça, que a acompanhara em sua pressa, sentindo imenso pesar ao vê-lo tão abatido. Ele permanecia a fitá-la com um semblante triste e sorriu melancolicamente, exprimindo intensa amargura; sua face estava lívida.

— O próximo será o meu... Tu virás? Promete-me?

— Oh, não digas isso, querido. — E aproximou-se dele, apoiando ambas as mãos em seus ombros.

— Os meus sonhos terminaram aqui. Meu amor... meu eterno amor... — disse Mendonça, num tom de voz langoroso. — Tudo o que eu podia fazer para tê-la eu o fiz. Tudo!

— Não, querido! — exclamou Verônica com veemência, observando rapidamente a imensa locomotiva, a alguns metros adiante. — Os sonhos ainda durarão cem anos... Cem anos! — exclamou, sorrindo tão lindamente que Mendonça fixou-lhe um profundo olhar, comovido por aquela beleza, e insinuou um sorriso, incapaz, porém, de desabrochar.

— Verônica...

Mas a locomotiva apitou, interrompendo-o.

— Adeus — despediu-se ela rapidamente, envolvendo-lhe carinhosamente as bochechas com as mãos e beijando-o na boca. Virou-se e entrou no vagão.

Os vapores esguicharam fortemente das laterais inferiores da locomotiva, emitindo um chiado alto, firme e forte, seguido de dois apitos, o último deles emitido numa modulação longa e triste. Ela começou lentamente a mover-se, parecendo resfolegar, enquanto a fumaça espraiava-se no alto e pela plataforma. Verônica surgiu à janela e acenou para Mendonça, observando-o com a mão no peito e o mesmo semblante melancólico, perplexo, emoldurado por aquele sorriso triste, relutante em abrir-se. Quando o último vagão da composição cruzou diante dele, Mendonça virou-se em direção à saída e passou a caminhar, misturando-se ao povo.

Às oito horas daquela manhã, com o céu muito azul, o serviço funerário fechou o caixão e conduziu-o ao cemitério; somente Jacinta e Antoine acompanharam-na. Antes de baixá-lo à sepultura, depositaram sobre ele duas rosas vermelhas e derramaram as derradeiras lágrimas, despedindo-se de *madame* Ledoux.

CAPÍTULO 30

No dia seguinte à sua chegada em Campinas, Verônica correu em busca da carta que deixara na gaveta da cômoda. Havia cerca de seis meses que a esquecera ali dentro. Sentiu-se ansiosa por não encontrá-la no local, e procurou em vão em outros lugares. Quando Tereza chegou, indagou-lhe a respeito:

— Oh, dona Verônica, havia muito papel e cadernos velhos aí dentro, perguntei a Riete, e ela ordenou-me que jogasse tudo no lixo...

— Oh, meu Deus! — exclamou Verônica aflita, lembrando-se da faxina que autorizara a fazerem no sábado.

— Gastamos dois dias a limpar a casa, senhora. Há somente um telegrama de Bertoldo.

— Sim, já o li — respondeu ela, caminhando desatinada rumo ao seu quarto, mergulhada numa angústia atroz, sob o olhar atônito de Tereza, que não conseguia compreender os motivos daquela súbita aflição em razão de uma única carta.

Ela entrou, fechou a porta e atirou-se de bruços sobre a cama, em prantos, abafando os soluços no travesseiro; permaneceu lamentando-se, até se acalmar e perder-se em pensamentos insolúveis. Ficou longo tempo deitada, com o olhar vago, meditativo e as pálpebras intumescidas. "Louise falecera", pensava repetidas vezes sobre isso, "e jamais reencontraria Jean-Jacques."

No final da manhã, porém, Verônica tomou a resolução arrebatada de retornar ao Rio e comparecer à embaixada francesa, local onde *madame* lhe dissera que conseguira o endereço. Tentou lembrar-se de quando recebera aquela carta. Sim, foi no final do ano, em fins de novembro, quando Riete teve aquele problema no colégio... Portanto, Louise deveria ter comparecido à Embaixada em novembro. Naquele dia, à tarde, mesmo se sentindo exausta, Verônica embarcava de volta ao Rio de Janeiro. Antes de viajar, solicitou a Tereza que dissesse a Bertoldo que recebera um telegrama de sua mãe, em que ela lhe dizia estar sentindo-se repentinamente doente, talvez em decorrência da morte de Louise, e solicitava sua presença urgente no Rio. Viajando na quarta-feira, não haveria tempo de retornar a Campinas no sábado e, naquele fim de semana, seu noivo viria.

— Em verdade, Tereza, isso é o que você deverá dizer a Bertoldo, porém, tenho outros motivos para viajar; mas, por favor, não comente com ele que andei procurando aquela carta e nem lhe diga nada a respeito disso; fale que, no mais tardar segunda-feira estarei aqui, se mamãe melhorar.

Riete encontrava-se no colégio, e Tereza era pessoa da sua estrita confiança.

— Não se preocupe, senhora, entrou aqui, morreu — disse a empregada, apontando para a orelha com o indicador.

— Eu sei, querida, na volta lhe trago um presente. — Correu até ela e beijou-a e pôs-se a arrumar apressadamente a bagagem.

Na sexta-feira, esteve na embaixada francesa, porém, pelas informações registradas no sistema de controle de presenças, nos meses de outubro e novembro de 1914, não constava nenhuma Louise Ledoux. Verônica surpreendeu-se... "Louise deveria, então, ter esse endereço com ela." Dirigiu-se ao casarão da Tijuca, em busca dos papéis de *madame*. Jacinta ficou estupefata com a presença da filha, e ainda mais atônita quando Verônica lhe revelou o motivo.

— Tu estás maluca, minha filha? Tu te casas daqui a quinze dias e estás ainda a pensar naquele homem? — indagou, olhando para a filha com indizível expressão de espanto. — Um casamentão! Um ricaço! E tu aqui no Rio a procurar o endereço dele?! Pois não há nenhum endereço! Nada! Havia, sim, uma pasta recheada de papéis, mas Louise queimou-a poucas semanas antes de morrer. Coisas particulares, disse, na ocasião, talvez prevendo que não viveria muito tempo. Agora, volte pra Campinas e tome juízo... Na próxima semana, estarei lá para o casamento.

Verônica sentiu-se desolada, e explicou à mãe a desculpa que dera para retornar ao Rio, deixando Jacinta boquiaberta:

— Eu, passando mal?! Pois ainda vou durar muito tempo!

Ela, então, resolveu retornar à Embaixada e explicar o problema. Tentou marcar uma audiência com o embaixador, o que não seria possível naquela semana. Foram reticentes, mas anotaram seu endereço em Campinas e disseram que a avisariam, caso conseguissem localizá-lo. Obviamente, como não se tratava de um negócio de estado, ou de um caso de gravidade, não se empenhariam em obtê-lo.

Verônica chegou a Campinas no domingo à tardezinha, mais cansada que nunca. Seu casamento seria no próximo sábado. Bertoldo chegara na sexta-feira, e mostrara-se preocupado com a ausência de Verônica. Havia alguns dias que os preparativos para a festa transcorriam a pleno vapor, e aquela semana seria uma azáfama. Logo após Verônica entrar em casa, Riete apareceu, e sua mãe indagou-lhe discretamente, demonstrando desinteresse a respeito da carta que guardara na gaveta da cômoda. Riete respondeu-lhe de que nada sabia a respeito, dizendo que desconhecia completamente sua existência. Verônica explicou-lhe de que se tratava da carta que recebera naquele dia em que ela chegara do colégio, quando houve aquele problema com a filha do Doutor Fonseca, e que, ela, Verônica, estava a lê-la.

— Quando você entrou, lembra?

— Ah, sim! Lembro. Mas não vi onde a senhora a guardou. Foi naquela tarde em que me narrou a sua vida, e a carta continha o endereço daquele homem que amou... Jean-Jacques. Não é? Pois foi o que me falou na ocasião — disse Riete, analisando atentamente as reações de Verônica, conseguindo captar a sua angústia.

— Não sabia que a senhora a havia guardado na gaveta da cômoda, pois eu passei mal naquela tarde...

"Realmente era verdade", admitiu Verônica, pensativa, relembrando que mantivera a carta em mãos durante o tempo em que conversara com Riete, mas que a jogara apressadamente na gaveta, quando a filha desmaiara.

— Havia muito papel ali dentro, mamãe. Mandei Tereza atirar tudo no lixo. Mas, afinal, gostou da faxina?

Verônica fitou-a longamente, e seus olhos marejaram.

— Mamãe, a senhora casa-se no próximo sábado... não ama o Bertoldo?

Verônica olhou para ela intensamente durante alguns segundos, em silêncio, e dirigiu-se ao seu quarto.

— Vou descansar — disse, enquanto caminhava.

Entrou e trancou a porta. Foi, então, dominada por ideias arrebatadoras, desconexas, destituídas de bom senso. "Irei pessoalmente à França daqui a alguns meses e reencontrarei Jean-Jacques, custe o que custar... Mas, afinal, quanto tempo almejei seu endereço e, após consegui-lo, por que não lhe escrevi imediatamente? Aquela carta permaneceu seis meses abandonada na gaveta!", refletia Verônica, deitada na cama, sentindo-se completamente exausta enquanto suas ideias voejavam em pensamentos confusos. Cochilou e dormiu profundamente.

Foi despertada por batidas à porta. Abriu os olhos assustada, ouvindo a voz de Riete:

— Bertoldo chegou, mamãe!

Verônica teve um sobressalto. Passou as mãos sobre o rosto e fitou vagamente um ponto, ainda meio adormecida e fora da realidade.

— Um instante! — conseguiu responder, num tom sonolento.

Levantou-se lentamente. Tinha as faces contraídas e era dominada por uma lassidão imensa; dirigiu-se meio cambaleante até a penteadeira; sentou-se em frente ao espelho, mirando-se com um ar perturbado enquanto deslizava vagarosamente as mãos pelo rosto. De repente, experimentou sentimentos perplexos, indagações angustiantes que lhe surgiam aos borbotões. "Afinal, por que não consigo traçar o meu próprio destino e qual é a minha autêntica verdade? O meu querer e o meu sincero desejo? Por que minhas convicções, tão duramente conquistadas, desaparecem de repente num mar de incertezas?" Verônica sorriu, profundamente amargurada, mas não haveria tempo para respostas. Não desabou em prantos porque estava prestes a entrar em cena novamente. Pegou o pente e pôs-se a corrê-lo entre os seus cabelos negros, desalinhados. "Depressa! Agora, um pouco mais de *rouge*..." E sorriu para si mesma, diante do espelho, tentando transformar sua amargura em encenação da felicidade. "Está bem assim", concluiu. Trocou rapidamente o vestido amarfanhado, retornou ao espelho e reajeitou os cabelos com as mãos. "Pronto! A atriz está pronta para entrar em cena novamente", concluiu com sarcasmo, zombando da própria vida. E abriu a porta do quarto, deparando-se com a figura simpática e risonha de Bertoldo.

— Como você está linda, meu amor! — exclamou, caminhando em direção a ela, abraçando-a. — Porém, parece tão abatida... O que foi, meu bem?

— Preocupações de noiva, querido, e cansaço da viagem — respondeu, sorrindo discretamente, sem espontaneidade.

Conversaram rapidamente sobre sua ida ao Rio.

— Ora, tudo irá correr bem, não se preocupe. E veja a surpresa que lhe reservei... — disse Bertoldo, muito alegre, enquanto enfiava a mão no bolso do paletó e retirava dois bilhetes. — Nossas passagens para a Europa, vamos passar a lua de mel em Paris! — exclamou, segurando as duas passagens em frente ao rosto de Verônica, que, imediatamente, lembrou-se da mesma cena ocorrida no apartamento de Jean-Jacques, em Botafogo, havia quatorze anos.

—Oh! Em Paris?! — E abraçou-se a Bertoldo, soluçando.

— Sabia que iria gostar... — disse, recuando um passo e fitando-a profundamente nos olhos.

— Mas... Não está feliz, querida? — indagou, afagando-lhe o rosto.

— Sim — respondeu Verônica, lacrimejando, olhando fixamente para as passagens. — Não devia recusar esse mesmo bilhete que, um dia, a vida me enviou... — acrescentou de modo enigmático, desviando o seu olhar.

— Não precisa me explicar o que disseste... — retorquiu Bertoldo, continuando a afagá-la, enquanto Verônica sorria tristemente.

* * *

Seria escusado dizer que o casamento foi uma festa antológica, comentada durante muito tempo.

No fim do segundo semestre daquele ano, Jacinta já constatara que não conseguiria tocar aquele negócio sem a experiência de Louise, e havia colocado o casarão à venda. Riete, ao tomar conhecimento dessa disposição da avó, manifestou-lhe o desejo de acompanhá-la. Verônica, que havia retornado da Europa em meados de novembro, não se opôs e nem mesmo consultou Mendonça a respeito. Bertoldo tinha grande admiração por Riete, achava-a muito esperta, inteligente e ambiciosa: "puxou ao pai", dizia frequentemente, lembrando-se da sagacidade de Mendonça; "e possui ideias avançadas para o seu tempo", acrescentava. Riete dizia querer ser fazendeira e tão rica quanto ele; Bertoldo sorria, prometendo-lhe enviar um bom dinheiro para começar. Promessa que de fato cumpriu.

Em fins de novembro de 1915, Verônica acompanhou Riete até a Estação Ferroviária de Campinas. Durante todo o trajeto, não trocaram uma única palavra. Desceram do automóvel, penetraram no saguão e despacharam as bagagens. A composição encontrava-se já estacionada, em frente à plataforma. Podiam ver alguns vagões, através do arco. Cruzaram sob o grande relógio e alcançaram a plataforma de embarque. Pararam defronte da escadinha do vagão. Verônica observou Riete e sentiu-se estarrecida com a sua expressão. Ela perscrutava o rosto da mãe sofregamente, de modo estranho, esquisito, como daquela vez em que chegara da escola e passara mal.

— O que foi, minha filha? — indagou Verônica com aflição.

— Meu pai... Afinal, quem é o meu pai? O meu pai? — indagou enfaticamente, com o rosto afogueado e em desvario.

— Ora, Riete, já lhe expliquei... Pare com essa mania! Seu pai é o doutor Mendonça!

— Não, não é! É o tal Jean-Jacques!

— Vamos, ande logo, minha filha, dona Amélia já entrou. Adeus — despediu-se, forçando-a com a mão, quase que a empurrá-la para dentro do trem.

Riete olhou para a mãe durante um segundo com uma expressão inefável; virou-se e subiu os pequenos degraus.

— Recomendações à mamãe! — gritou Verônica.

Mas a filha sumira no interior do vagão.

Em dezembro, o navio de bandeira grega, *Peloponeso,* aportou em Ilhéus, e os sonhos de Riete desembarcaram com ela. A neta viera com Jacinta, que daria início à parte final de sua vida, imaginando-a diferente daquela que vivera no Rio de Janeiro.

CAPÍTULO 31

25 de agosto de 1918; aproximadamente, às dezenove horas, Bertoldo e Verônica apressavam-se a deixar a sede de Santa Sofia, rumo a Campinas: seriam padrinhos de casamento de um importante comerciante local. Ele já se dirigia à saída, pois estavam atrasados, mas Verônica ainda permanecia no quarto, dando os últimos retoques na *toilette*. No centro da sala de visitas, Bertoldo para um instante — nesse dia, ele chegou à fazenda um pouco mais cedo que de costume, a fim de se preparar para a cerimônia. Chama por Verônica, alteando a voz:

— Apresse-se, meu bem! Estamos atrasados!

— Já vou... Só mais um minuto!

E põe-se a esperá-la com as mãos nos bolsos da calça, quando, finalmente, Verônica aparece. Ambos caminham apressados rumo à porta da entrada. Ao passarem ao lado do console, que se localizava rente à parede, ao lado da porta, veem o jornal *O Estado de S. Paulo*, que chegava à tardezinha e era colocado naquele local. Todas as noites, após o jantar, Bertoldo vinha até ali pegá-lo; era um dos seus hábitos diários. Naquele dia, porém, não tivera tempo para isso. Enquanto Verônica tomava-lhe a frente e abria a porta, ele ainda deslizava os olhos sobre a página principal, lendo as manchetes. No canto direito, o título, discreto, de uma pequena matéria, despertou-lhe a atenção:

CIDADÃO FRANCÊS
ASSASSINADO EM ILHÉUS

Por razões ainda misteriosas, foi assassinado anteontem, 23 de agosto, com um tiro no peito, disparado de longa distância e de local ignorado pela polícia, o cidadão francês (...).

— Vamos, meu bem, depois você lê! Não estava com pressa? — chamou-o Verônica, interrompendo-o e demonstrando energia na entonação de voz.

Bertoldo recolocou o jornal no lugar e saíram; passaram pelo alpendre, desceram a escadaria e entraram no *Lancia*, estacionado em frente ao canteiro circular — esse canteiro permitia aos carros contorná-lo para retornarem pela avenida de palmeiras imperiais. A noite estava agradabilíssima, propiciando-lhes um clima emocional reconfortante. Uma brisa fresca bateu-lhes no rosto quando o carro arrancou. O *Lancia*, modelo 1918, era um dos mais modernos carros europeus, e dos primeiros a ter ignição elétrica.

— Quais são as notícias? — indagou Verônica, olhando distraidamente os troncos das palmeiras passarem rapidamente perante os vidros do automóvel. Durante o século XX, grande parte da vida desfilaria e terminaria diante das janelas de um veículo.

— Pois a terra de sua mãe, Jacinta, apareceu como notícia... — respondeu Bertoldo com a expressão risonha, mantendo as mãos sobre o volante.

— Ah, é!? — exclamou Verônica, voltando-lhe o olhar. — Afinal, o que aconteceu? Mataram mais um coronel?

— Não, um cidadão francês... Por razões desconhecidas... Você não me deixou ler o resto.

— Amanhã lerei essa notícia — disse Verônica distraidamente, volvendo novamente seus olhos para o exterior e observando agora as sombras escuras dos cafezais. O céu estava claro e as estrelas brilhavam palidamente.

Retornaram de madrugada a Santa Sofia. Verônica dormiu até mais tarde; acordou à hora do almoço. Bertoldo levantara cedo e já estava trabalhando no escritório em Campinas. Verônica possuía o hábito de ler o jornal do dia anterior na manhã seguinte, após o café e depois da saída de Bertoldo. Seu marido gostava de lê-lo no mesmo dia, à noite. Contudo, como chegaram cansados e sonolentos, foram logo dormir. Ao sair apressado, durante a manhã, Bertoldo pegou-o, folheou rapidamente a seção econômica e atirou--o sobre uma poltrona. O jornal era retirado pelas empregadas diariamente durante a limpeza, após a leitura de Verônica, e levado para a cozinha para ajudar a acender o fogo. Naquela manhã, vendo-o desconjuntado sobre a poltrona, uma das arrumadeiras cumpriu o ritual. Verônica, como acordara já para o almoço, não perguntou a ninguém sobre ele. Somente à noite, quando deitados para dormir e indagada pelo marido a respeito daquele crime ocorrido em Ilhéus, é que Verônica lembrou-se de que não lera o jornal naquele dia.

Desde o seu casamento, há três anos, Verônica levava uma existência tranquila, sem grandes percalços. Bertoldo satisfazia todas as suas vontades e a cobria de mimos e carinhos: dava-lhe tudo, e Verônica desfrutava de uma vida que geralmente as pessoas imaginam para si: vivia num luxo, sem dispender esforço. Ela retribuía-lhe, comportando-se como uma boa esposa e com a generosidade de seus atributos físicos inigualáveis, aliados a uma sensualidade que o arremetia ao paraíso. Verônica o respeitava e devotava-lhe amizade, mas não o amava; ou se comportava como num casamento, depois de certo tempo: aquele relacionamento insosso, vulgarizado pela rotina e já cambado para o costume. Por enquanto, Verônica não desejava que viessem os filhos e, nesse aspecto, contrariava seu marido.

Em 28 de agosto, três dias após aquele casamento dos quais foram padrinhos, Verônica recebeu, em Santa Sofia, um longo telegrama de sua tia Janaína — eram três as irmãs: Jacinta, Januária e Janaína —, comunicando--lhe o falecimento de sua mãe. Dizia a notícia que Jacinta fora encontrada morta em sua casa, na manhã do dia anterior, e enterrada na mesma tarde. O texto do telegrama era o seguinte:

QUERIDA SOBRINHA

COM PROFUNDA TRISTEZA INFORMO FALECIMENTO DE NOSSA QUERIDA IRMÃ E SUA MÃE JACINTA, OCORRIDO NO DIA 27, ENTERRADA MESMO DIA. ENCONTRADA MORTA MANHÃ EM CASA. RIETE NÃO COMPARECEU AO ENTERRO E HÁ DOIS DIAS NÃO TEMOS NOTÍCIAS SUAS NEM DO NAMORADO. JACINTA FICOU MUITO CHOCADA COM O ASSASSINATO DO

AMIGO FRANCÊS, CONHECIDO RECENTE DO RIO, MORTO DEFRONTE DE SUA CASA E HÓSPEDE DELA. TALVEZ A EMOÇÃO TENHA LHE AFETADO O CORAÇÃO.

FICA COM DEUS, BEIJOS, TIA JANAÍNA

Verônica, em prantos, mostrou o telegrama a Bertoldo que, avisado do ocorrido, retornara imediatamente a Santa Sofia. Ela amava sua velha mãe, Jacinta, mais do que supunha, e durante o mês de setembro permaneceu mergulhada em tristeza. Lamentava não haver comparecido ao sepultamento, mas prometeu a si mesma que, no início do próximo ano, iria a Ilhéus rezar em seu túmulo. Bertoldo ficou preocupado e desdobrou-se em cuidados com a esposa. Durante alguns dias, pairou em Santa Sofia um clima de luto, de expansões contidas, que se espraiava no rosto dos empregados. Verônica era muito querida por todos eles.

Além do sofrimento causado pela notícia, Verônica mostrava-se surpreendida com o fato de aquele francês assassinado ser hóspede de Jacinta, e haver morrido em frente à sua casa. Qual fora o motivo e quem era ele? Provavelmente algum ciúme e o assassinato passional, os jornais não deram mais notícias. Verônica, uma semana depois, em carta a Janaína, solicitou-lhe que a informasse detalhes sobre este senhor: de quem se tratava, o que fazia em casa de sua mãe e o motivo do crime. Mas sua tia fora lacônica na resposta: dissera-lhe apenas de que se tratava de um tal Pierre Gerbault, que Jacinta havia conhecido no Rio de Janeiro, e de que era um artista gozando férias em Ilhéus; a polícia, acrescentava, ainda investigava o crime. Dizia que se hospedara em casa da irmã durante alguns dias, antes de ser assassinado.

Todavia, a preocupação imediata de Verônica fora com o desaparecimento de Riete, e telegrafou, no dia seguinte ao recebimento da notícia da morte de sua mãe, à sua tia, solicitando-lhe que procurasse saber o paradeiro da filha. Janaína, novamente, recorreu à ajuda da mesma vizinha, que lhe dera a informação anterior sobre Riete. Ela lhe disse que nada sabia, mas que talvez o senhor Florisvaldo pudesse lhe dar alguma informação a respeito. Florisvaldo disse a Janaína que Roliel e Riete costumavam frequentar o seu bar, mas desconhecia onde pudessem estar no momento. Ele, porém, lembrou-se de que Roliel lhe dissera que tinha um irmão que trabalhava no cais.

E foi por intermédio desse irmão que Janaína soube que ambos haviam ido para Goiás, trabalhar na mineração de ouro. Verônica recebeu essa notícia uma semana após enviar seu telegrama. "Trabalhar com mineração de ouro?! Esta menina é mesmo maluca", refletiu Verônica, que escreveu a Mendonça relatando o fato. Mas este lhe respondeu que estava ciente, havendo inclusive escrito ao presidente de Goiás apresentando-lhe a filha, dizendo-lhe que ela o procuraria para uma audiência. Entretanto, Mendonça afirmava ignorar o local do Estado em que Riete se encontrava, omitindo de Verônica o fato de que ela se encontrava em Cavalcante. Bertoldo, ao saber do ocorrido, sorriu, confirmando sua admiração por Riete, e seus olhos refulgiram quando ouviu soar a palavra ouro.

Jacinta, desde que viera morar em Ilhéus com Riete, explicara às irmãs a confusa trajetória de vida da neta e seus problemas emocionais. Dissera-lhes que Riete costumava confundir seu verdadeiro pai com outro, um francês, que durante certo tempo fora amante de Verônica no Rio de Janeiro, e que a neta era uma menina muito sensível. Elas ficaram atônitas com tais revelações, mas Jacinta lhes dissera que nem ela sabia o porquê de tão estranho comportamento. Seu pai era mesmo o senador Mendonça, que elas conheciam apenas de nome, pois nunca havia ido ao Rio de Janeiro. Explicou-lhes que Riete viera com ela para Ilhéus a fim de afastar-se daquele ambiente em que passara a infância, e de que um novo lugar talvez pudesse a ajudá-la a superar seus traumas. Informou-lhes que Verônica, quando grávida de Riete, torcera ardorosamente para que ela fosse filha desse seu amante francês, e de que esse seu frustrado desejo talvez esclarecesse, em parte, o misterioso comportamento da neta.

Quando Riete revelara à avó que havia escrito a Jean-Jacques em Paris, convidando-o para vir a Ilhéus conhecê-la, e este respondeu que viria, Jacinta sofreu um ataque de nervos. Na ocasião em que Jean-Jacques chegou à sua casa, Jacinta, muito nervosa, pediu encarecidamente às irmãs, após dizer-lhes de quem se tratava, que, se escrevessem a Verônica, não revelassem a presença dele em Ilhéus. Explicou-lhes que a filha estava bem casada e que Jean-Jacques, inevitavelmente, destruiria o seu casamento, pois ela sabia que Verônica, até aqueles dias, mantinha a antiga paixão pelo amante. Finalmente, ao tomar conhecimento de que a neta se dispunha a promover um encontro entre sua mãe e Jean-Jacques, mencionando aquela viagem que fariam a Santos, em 26 de agosto, Jacinta sofreu muito, e tentou inutilmente demovê-la dessa ideia. Mas Riete era determinada em seus objetivos, além de possuir um gênio irascível. Malgrado a pobre Jacinta ignorar que havia certas intenções premeditadas nos planos da neta, foi obrigada a aquiescer, entregando tudo nas mãos de Deus.

Quando Jean-Jacques tombara assassinado em frente à sua casa, Jacinta entrou em colapso, pois se havia apegado a ele, e o amor de sua filha agora estava morto.

Jacinta sempre fora muito bondosa e sensível. Seu pobre coração não resistiu aos conflitos desencadeados pelo assassinato. Ela sempre almejara para a filha aquilo que nunca tivera para si: um casamento constituído dentro dos parâmetros da ordem social burguesa, ou da sociedade bem aceita. Jacinta, porém, era conhecedora do amor; conhecia as trajetórias insinuantes das flechas disparadas por Cupido. Sabia que o comportamento desse sentimento, tão poderoso e belo, é zombar das barreiras que o cerceiam. Quando se deparou com Jean-Jacques exangue na calçada, colocou-se no lugar da filha, e compreendeu então a sua paixão por aquele homem tão romântico, tão extremamente sensível e diferente. Naquele instante, seu velho coração começou a fraquejar. Ergueu seus olhos aos céus daquela triste tarde, imaginando o quanto a beleza de sua filha devia tê-lo emocionado e o feito sofrer, e desejou desesperadamente que Jean-Jacques estivesse vivo e que Verônica o amasse como bem entendesse. Naquele instante, metida naquela roda de pessoas que disputavam avidamente a visão do corpo sobre a calçada, Jacinta foi-se recolhendo numa concha de amarguras, como um caramujo e, quatro dias após o crime, estava morta.

Janaína e Januária, suas irmãs, eram pobres e ex-prostitutas. Optaram por não acompanhar a irmã quando esta resolvera tentar a sorte no Rio de Janeiro. Todas as três haviam sido belas, mas Jacinta progredira ao conhecer Louise e, por intermédio dela, o Barão Gomes Carvalhosa, e desfrutado de um conforto que suas irmãs nunca tiveram. Não obstante, ela sempre lhes enviava dinheiro, e as duas moravam numa modesta casa, comprada pela irmã. Ambas a amavam e sofreram muito com sua morte.

CAPÍTULO 32

A 26 de agosto, três dias após o assassinato de Jean-Jacques, Henriette despediu-se calorosamente de sua avó Jacinta, dizendo-lhe que ficaria alguns dias ausente da cidade, em companhia de Roliel, procurando terras. E iniciara sua longa jornada rumo a Goiás. Dentro de um mês, ela pretendia escrever-lhe dizendo o que estava fazendo e onde se encontrava. A avó já se habituara às ausências da neta, mas notara, dessa vez, que Riete fora mais afetiva em sua despedida e levava quase toda a sua roupa, em duas malas. Jacinta observou-a com uns olhos tristes, e afagou-lhe os cabelos, mas não fez nenhum comentário, pois se encontrava muito deprimida com os recentes acontecimentos.

— Vai com Deus, minha filha — disse, com a voz quase inaudível.

— Adeus, vovó, nos próximos dias envio-lhe notícias — despediu-se, abraçando-a e beijando suas faces envelhecidas, e saiu esperançosa na linda manhã de Ilhéus. Sentia uma estranha sensação de alívio, como se houvesse resolvido um problema. Iria encontrar-se com Roliel, em casa de seu irmão com quem ele morava, e seguiriam viagem para Cavalcante, ao norte do Estado de Goiás.

Riete havia recebido, há cerca de três meses, o telegrama de seu pai, o senador Mendonça, comunicando-lhe que já havia escrito ao Presidente de Goiás, apresentando-a como sua filha, e que este lhe respondera dizendo que bastaria que ela se apresentasse na sede do Governo, no Palácio dos Arcos, para marcarem uma audiência, tendo o máximo prazer em ajudá-la em seus projetos.

Antes, porém, em 24 de agosto, dia seguinte ao assassinato de Jean-Jacques, Riete passou no Correio e emitiu o seguinte telegrama para sua amiga Maria Dolores, em Campinas:

QUERIDA DOLORES

IMENSAS SAUDADES DE VOCÊ E DE SUA FAMÍLIA. NECESSITO GRANDE FAVOR SEU: OBSERVAR NOS JORNAIS SE NOS PRÓXIMOS DIAS APARECERÁ OU JÁ APARECEU NOTÍCIA REFERENTE AO CRIME OCORRIDO EM ILHÉUS, DIA 23. SE ACASO APARECER, FAVOR PROCURAR SENHOR BERTOLDO FORTUNATTI, ESCRITÓRIO, E INDAGAR DISCRETAMENTE SE MAMÃE SOUBE DO ACONTECIDO. FAVOR MANTER SIGILO ABSOLUTO SOBRE ESTE TELEGRAMA. SE BERTOLDO FIZER PERGUNTAS, FALE QUE LEU NOTÍCIA E FICOU PREOCUPADA COMIGO E MAMÃE. HOMEM ASSASSINADO É ANTIGO CONHECIDO DELA E ESTAVA HOSPEDADO NA CASA DE VOVÓ. DEPOIS LHE ESCREVO. APÓS LER, RASGUE TELEGRAMA. AGUARDO SUA RESPOSTA NO ENDEREÇO HOTEL DO COMÉRCIO, VITÓRIA DA CONQUISTA, BAHIA. BASTA MENCIONAR NOME HOTEL. RESPONDA URGENTE, PERMANEÇO AQUI POUCOS DIAS.

BEIJOS, AMIGA RIETE

Dolores ficou feliz ao ler o telegrama de Riete; recebeu-o na tarde seguinte. Ela costumava escrever-lhe frequentemente, quando a amiga mudara para Ilhéus. Entretanto, as cartas foram escasseando e havia quase um ano que não recebia notícias da amiga. Dolores gostava muito dela, e admirava Riete pela sua personalidade forte e ousada, além de se condoer com seus problemas. Após aquele incidente, ocorrido na escola, estreitaram seus laços de amizade e tornaram-se confidentes; ambas costumavam discutir e expor seus problemas mais íntimos, tornando-se verdadeiramente amigas.

Foi, portanto, com o máximo prazer e zelo que Maria Dolores, no dia seguinte, após o almoço, no caminho para a escola, parou um instante no jornaleiro e perguntou-lhe se acaso ele ainda possuía as edições dos principais jornais, dos dias 24 e 25, após comprar os jornais do dia 26. Ele respondeu-lhe que não tinha as edições do dia 24, mas que do dia 25 ele possuía ainda três exemplares de *O Estado de S. Paulo*. Ela comprou essa edição e solicitou que ele tentasse conseguir alguns exemplares daquele dia 24. Entretanto, imediatamente, ao correr os olhos na primeira página do jornal, editado em 25 de agosto, Dolores se deparou com a manchete e a notícia. Caminhou, vagarosamente, alguns passos, enquanto a lia:

CIDADÃO FRANCÊS ASSASSINADO EM ILHÉUS

Por razões, ainda misteriosas, foi assassinado anteontem, 23 de agosto, com um tiro no peito, disparado de longa distância e de local ignorado pela polícia, o cidadão francês identificado como Jean-Jacques Chermont Vernier. A vítima encontrava-se hospedada na residência da senhora Jacinta Tufic, situada à Travessa Padre Onofre Justo, 14. A embaixada francesa, no Rio, informada do crime, lançou uma nota oficial informando que já tomou as providências legais imediatas para o translado do corpo à França, assim como o envio de um representante para acompanhar as investigações criminais. Extraoficialmente, segundo informações prestadas pela senhora Jacinta Tufic, o dito cidadão era um artista plástico, de férias em Ilhéus, e seu velho amigo do início do século, quando ela morava no Rio de Janeiro, e *monsieur* Chermont servia no Corpo Diplomático francês. A referida senhora encontra--se profundamente abalada com o crime e ignora completamente as razões pelas quais ele foi cometido. A polícia, entretanto, investiga uma informação prestada por uma vizinha, que relatou o desaparecimento da neta de Jacinta, Henriette, e do seu namorado, Roliel, três dias após o crime. Todavia, segundo a mesma fonte, tal fato era corriqueiro, pois ambos costumavam ausentar-se frequentemente da cidade. A embaixada francesa prometeu liberar outra nota oficial sobre o caso nos próximos dias, tão logo as investigações se tornem mais conclusivas.

Essa também foi a notícia lida por Bertoldo ao chegar, naquela manhã de 26 de agosto, ao seu escritório, após a noite em que haviam assistido àquele casamento. Quando saíra de Santa Sofia, na manhã daquele dia, e entrara no *Lancia* para ir trabalhar, Bertoldo havia-se esquecido da matéria que começara a ler na noite anterior, ocasião em que fora interrompido por Verônica. Contudo, ao chegar ao escritório deparou-se com o senhor Salvattore, o encarregado de abri-lo diariamente e efetuar a limpeza matinal, antes que os funcionários chegassem. E o viu juntando alguns jornais espalhados sobre o sofá, lembrando-se então da notícia que começara a ler quando saíam para o casamento.

— Bom dia, Salvattore! O senhor tem aí o *Estado de S. Paulo* de ontem? — indagou Bertoldo, demonstrando inusitada curiosidade àquela hora, pouca afeita aos seus hábitos.

— Bom dia, senhor Fortunatti — respondeu Salvattore, mirando-o um segundo. — Deixe-me ver... Aqui o tem, senhor. — E estendeu-lhe o jornal.

Bertoldo pegou-o e, como Dolores, começou a ler a notícia enquanto caminhava lentamente em direção à sua sala. Parou um instante, retirou uma chave do bolso, abriu a porta e empurrou-a, entrando. A porta fechou-se, forçada pela mola. No centro do gabinete, ele terminou de ler a matéria, e sentiu-se chocado. Experimentou, porém, inusitado ciúme. Provavelmente, Verônica leria aquela notícia dali a pouco. Teve ímpetos de retornar à fazenda e apanhar o jornal, "mas ela já deveria ter-se levantado", refletiu em seguida. Sentou-se aborrecido em sua poltrona, pondo-se a refletir sobre aquele homem a quem nunca conhecera e a imaginar como havia sido o romance que mantiveram. Curiosamente, pela primeira vez, desde que conhecera Verônica, Bertoldo incomodava-se com o seu passado e sentia o ciúme roer-lhe as entranhas. Começou a relembrar o comportamento da esposa e das inúmeras vezes em que a havia flagrado pensativa, absorta, com uma expressão sonhadora em seu rosto, flechada, talvez, pelas recordações do antigo amante. Estranhamente, a notícia da morte de Jean-Jacques lhe instilava emoções que não tivera quando o ex-amante era vivo. Bertoldo permaneceu pensativo, sentindo despontar dúvidas sobre a fidelidade da esposa. Refletiu sobre os tormentos sofridos por Mendonça e pelo próprio Jean-Jacques, em seus relacionamentos com Verônica, lembrando-se das advertências feitas pelo senador. E, subitamente, experimentou o receio de se tornar mais um refém daquela beleza. Porém, repeliu essas ideias e aborreceu-se consigo mesmo, retornando ao seu pragmatismo.

"Mas, afinal, o que estaria fazendo este senhor em Ilhéus? Na casa de minha sogra? Talvez Jacinta tivesse o seu endereço e o houvesse convidado para passar férias no Brasil..."

Aquele dia transcorreu de maneira muito aborrecida para ele; resolvera nem ir almoçar na fazenda. Temia chegar a Santa Sofia e encontrar Verônica com os olhos intumescidos, em prantos pela morte de seu verdadeiro amor. Adiaria o reencontro para o entardecer. Quando entrou no *Lancia* para retornar à fazenda, Bertoldo sentia-se como um homem que nunca fora: inseguro, ciumento, perdido num turbilhão de pensamentos e emoções conflituosas, com raiva de uma pessoa a quem jamais conhecera e com a qual nunca se importara, bendizendo a sua morte. "Bem feito!", refletiu, acelerando o carro e desejando agora chegar rapidamente a Santa Sofia. Seu coração pulsava forte quando entrou na garagem; desceu do carro e galgou rapidamente a escada, até o seu quarto, quando, então, ouviu ruídos de passos se aproximando no corredor. Voltou-se e se deparou com Verônica.

— Olá, querido! — saudou-o descontraída. Logo em seguida, porém, observou atentamente o marido. — Mas, o que houve? Parece tão assustado! Aconteceu alguma coisa? Não veio almoçar na fazenda... — indagou Verônica, crispando o semblante e inclinando ligeiramente a cabeça à esquerda, demonstrando espanto.

— Não... Nada. Hoje trabalhei muito, e... e você? Como passou o dia?

— Ora, muito bem. Um pouco cansada, é verdade, pois, além da festa de ontem, permaneci a tarde toda vendo podarem o jardim. Mas... Teve algum aborrecimento no trabalho? — tornou a indagar, agora, sorrindo lindamente.

— Oh, meu amor! Venha cá! — exclamou Bertoldo, caminhando sofregamente e arrebatado até a esposa, cingindo-a fortemente e cobrindo-a de carícias, pondo-se a amá-la com intenso ardor.

Verônica ainda tentou fechar a porta do quarto, mas Bertoldo, em desvario, impediu-a. E os gritos e gemidos soaram escandalosamente eróticos através do casarão de Santa Sofia, acendendo desejos e imaginações em toda a região de Campinas. Após saciados, banharam-se e foram jantar. À noite, já na cama para dormir, ainda havia angústia em sua alma quando Bertoldo lhe fez a pergunta, aparentemente despretensiosa: "se, afinal, ela havia lido a notícia referente àquele crime ocorrido em Ilhéus". Quando ela lhe respondera que não, ele sentiu a costumeira segurança e tornou-se o homem que era.

No dia seguinte, 27 de agosto, Maria Dolores saiu de casa, durante a manhã, e dirigiu-se ao escritório da *Fortunatti*. Ali chegando, identificou-se, e disse que desejava conversar um instante com Bertoldo; ela aguardou um pouco, até que um senhor saísse do gabinete. O empregado bateu à porta do patrão, entrou, e logo reapareceu, segurando a maçaneta solicitamente, convidando-a a entrar. Bertoldo a conhecia muito; várias vezes se encontraram na casa de Verônica, quando ela estava com Riete. Naquela manhã, ele achava-se em excelente estado de espírito.

— Olá, Dolores, como vai? — Bertoldo saudou-a carinhosamente, levantando-se da sua poltrona e estendendo-lhe a mão. — Há quanto tempo não a vejo! Como está crescida e bonita... Como vai no Colégio? Ano que vem termina, não? Sente-se, aí — convidou-a, indicando-lhe a pequena poltrona defronte da sua mesa.

— Vou bem, senhor Bertoldo. Sim... No próximo ano, termino meus estudos — respondeu, timidamente, sentando-se.

— E, então? O que a traz até aqui e me dá o prazer de revê-la? Precisa aparecer em Santa Sofia, Verônica gosta muito de você! — convidou-a, voltando a sentar-se e mirando-a atentamente. Notou-lhe preocupação no semblante tenso.

Dolores forçou um sorriso, mas seu rosto crispou-se ainda mais.

— Senhor Bertoldo, fiquei muito preocupada anteontem quando li no jornal a respeito de um crime ocorrido em Ilhéus, cuja vítima... foi um senhor estrangeiro... que estava hospedado na casa de Riete. Pensei logo em como dona Verônica deve ter ficado abalada, bem como a própria Riete... Ela tomou conhecimento desse crime? Leu a notícia? Ou recebeu alguma comunicação de sua mãe? Oh, meu Deus! Que coisa horrorosa e triste. Há muito tempo que não tenho notícias de Riete — indagou Dolores, sinceramente comovida com aquele trágico acontecimento, enxugando seus olhos marejados.

— Oh, minha querida, não se preocupe com isso. Verônica, por sorte, não leu o jornal nesse dia e desconhece totalmente o assunto; talvez Jacinta nem lhe comunique esse fato, para não a preocupar. Mas, deveras, foi um triste acontecimento... talvez um crime passional... Esqueça isso, Dolores e, se tiver notícias de Riete, venha até aqui me dizer; vocês são muito amigas e provavelmente ela lhe escreverá para falar sobre o assunto. Para sua mãe, ela não escreveu.

— Então, dê um grande abraço em dona Verônica, e fico feliz em saber que ela está tranquila. Bem... Não quero tomar o seu tempo, senhor Bertoldo, vim aqui só para isso — disse Dolores, levantando-se da poltrona.

— Mas, então, apareça na fazenda! — insistiu. — Quando quiser, venha até o escritório, ali pelas dezessete horas, e você vai comigo; depois mando trazê-la. E como já está mocinha, hein? — acrescentou, olhando-a dos pés à cabeça.

Dolores enrubesceu.

— Obrigada, senhor Bertoldo. Quando puder, eu virei... — agradeceu, estendendo-lhe a mão.

Bertoldo sorriu, ergueu-se da sua poltrona e apertou-lhe a mão, desejando-lhe boa sorte, enviando recomendações aos seus pais.

A partir daquela data, 26 de agosto, Bertoldo ordenou que só entregassem o jornal na cidade, para verificar se não haveria notícia referente àquele crime. Quando retornava, levava-o para Verônica lê-lo. Ela comentou a respeito da mudança de hábito, mas ele argumentou que, assim, poderia ler notícias que o interessassem, durante o dia, podendo tomar providências com antecedência.

Maria Dolores saiu do escritório da *Fortunatti* e dirigiu-se ao Correio. Ali chegando, retirou do bolso o papelinho com o nome do Hotel, e redigiu o seguinte texto para Riete:

QUERIDA AMIGA RIETE

ACABEI DE CONVERSAR COM BERTOLDO. DISSE ELE POR SORTE VERÔNICA NÃO LEU NOTÍCIA E NÃO SABE OCORRIDO. NOTÍCIA SAIU 25. NO FINAL DIZ QUE POLÍCIA INVESTIGA SEU DESAPARECIMENTO E NAMORADO. O QUE ACONTECEU? ESTOU PREOCUPADA. POR QUE NÃO ME ESCREVEU MAIS? ESTOU COM SAUDADES DE VOCÊ.

ABRAÇOS E BEIJOS M. DOLORES

* * *

Riete recebeu o telegrama no dia seguinte. Ela leu e releu a mensagem e seus olhos cintilaram. Estava convicta de que tudo correria da maneira como havia planejado. Em Vitória da Conquista, fazia muito calor àquela hora da tarde, e hospedavam-se num dos melhores hotéis da cidade. Riete não era muito econômica. Nesses seus constantes deslocamentos com Roliel, já havia gasto grande parte do dinheiro que Bertoldo lhe enviara no ano anterior.

— Qual é a mensagem? — perguntou Roliel bruscamente, fitando Riete, que permanecia de pé com o telegrama na mão. Ela sorriu com trejeitos sensuais e enfiou o telegrama sob a blusa.

— Venha! Venha cá lê-lo, seu bobinho — chamou-o, com uma voz insinuante.

— Não vai mais me chamar de papai? Hein? Quando eu estiver te fodendo e tu for gozar? — indagou Roliel, erguendo-se da cama e despindo-se completamente.

Aproximou-se de Riete, ergueu-lhe a blusa e apanhou o telegrama. Beijou-lhe os seios, afagou-os e pôs-se a ler a mensagem com certa dificuldade, enquanto Riete o acariciava, com a respiração ofegante.

— Viu, aqui, o final? A polícia desconfia de nós. — E riu com ironia, beijando o pescoço da amante, murmurando ao seu ouvido: — Eu estava com a sua avó, você, com o francês... E Tony não deixa rastros. Soltou o papel do telegrama e abraçou-a, começando a amá-la como Bertoldo amara Verônica, há três dias, em Santa Sofia.

No dia seguinte, Roliel e Riete seguiram viagem para Goiás, rumando diretamente para Cavalcante, onde chegaram em setembro, conforme Riete havia combinado com Cocão, no início do ano. Ambos haviam tido um encontro, no Rio de Janeiro, ao qual estivera também presente o seu pai, o senador Mendonça. Cocão orientá-la-ia na atividade de mineração. Riete preferiu inicialmente conhecer o local, e depois se apresentar ao Presidente do Estado para obter o Alvará de Mineração. De Cavalcante, ela retornou sozinha a Goiás, Capital do Estado, hospedando-se no Hotel Brandão, ocasião em que tivera um insólito encontro com um tal João Antunes. Ele seguiria para Cavalcante, e Riete viajaria para Campinas, chegando ali naquela tarde de sexta-feira, em princípios de outubro, dia em que Tobias a aguardava para conduzi-la, de charrete, a Santa Sofia.

Durante a viagem a Campinas, Riete passou pelo Rio de Janeiro, hospedando-se no Hotel Londres. Antes de embarcar para São Paulo, deixou, com o gerente do Hotel, uma carta lacrada, e telegrafou a Verônica anunciando-lhe o dia e hora de sua chegada a Campinas.

CAPÍTULO 33

— Ora! Soube o quê?! Afinal, o que aconteceu!? — repetiu Riete, mantendo a expressão anterior, porém mais irritada devido à demora de Tobias em esclarecê-la.

— Que a sua avó.... dona Jacinta, faleceu há cerca de um mês. Em 27 de agosto, se não me falha a memória. Mas pensei que a senhorita soubesse, pois, ainda há pouco… chorava, e…

— Vovó?! — exclamou Riete. — Vovó morreu?! Oh, meu Deus! — E desabou em prantos, desta vez em voz alta, entrecortada por soluços sofridos, soltos, externando profundamente imensa dor.

Tobias permaneceu constrangido, sem palavras para consolá-la. Riete chorou durante um bom tempo, mantendo o seu pranto inalterável e o lenço junto ao rosto, enxugando constantemente as lágrimas.

— Mas como… Como ela faleceu? — conseguiu balbuciar, após alguns minutos, entre soluços mais espaçados.

— Foi encontrada morta em sua casa pela irmã. Ouvi dizer que foi o coração… Mas desculpe perguntar, senhorita Henriette, a senhora não estava em Ilhéus? Disseram que houve um crime perto de sua casa e que sua avó ficou muito abalada. Segundo o médico que a examinou, talvez isso tenha afetado o seu coração. Assim ouvi alguns empregados comentarem.

— Sim. Vovó, de fato, estava tendo problemas de coração. O Doutor Munhoz, de vez em quando, comparecia lá em casa para examiná-la. E lhe recomendava sempre evitar as emoções mais fortes — disse Riete, entre soluços, continuando a enxugar o rosto. — Coitadinha da vovó... Sempre me compreendeu tão bem, sempre foi carinhosa comigo — E recomeçou a chorar, manifestando uma dor mais lancinante, como se tais palavras houvessem tocado mais fundo sua alma.

Riete permaneceu melancólica, mas, aos poucos, foi-se acalmando, absorvendo o sofrimento; vez ou outra soluçava e chorava baixinho, recordando-se da querida avó Jacinta, a quem tanto amava.

O sol sumira atrás da linha do horizonte e o crepúsculo acentuava-se. Somente fulgores avermelhados emergiam lindos, flamejantes, lançando suas cores de encontro ao azul, que se desvanecia, anunciando a noite. Tobias percebeu que Riete emudecera; apenas seus olhos intumescidos e seu rosto triste denotavam que sofrera forte comoção.

— Estamos quase chegando, senhorita Henriette — disse Tobias, observando os cafezais. — Lamento muito. Todos ficaram muito tristes por dona Verônica... E eu, agora, manifesto meu pesar à senhora.

Riete voltou-se para ele inopinadamente ao ouvi-lo mencionar o nome da mãe, e tornou a olhar para a frente, contemplando, absorta, o percurso da estrada, como se ele lhe guiasse os pensamentos. Tobias sentiu-se atônito ao ver aqueles olhos brilharem tão diferentes daquela expressão melancólica de há pouco. Ambos permaneceram calados, ouvindo o trotar do cavalo e o ruído dos tirantes de couro. Riete, à medida que se aproximava da fazenda, sentia crescer dentro de si uma indiferença, um desprezo inaudito por sua mãe e por todo aquele ambiente. Nela não havia ódio, nem tampouco rancor, mas apenas uma insensibilidade profunda em relação a tudo aquilo que a rodeava. Seu coração foi-se transformando, aos poucos, numa rocha impenetrável às emanações de afeto, tornando-se incapaz de qualquer expansão calorosa, tal qual um bloco de gelo. Transformava-se numa pessoa contemplativa, apática, raciocinando friamente, mas de nada fruindo. Aquela sua insensibilidade foi, entretanto, acalmando-a, e induziu-a a querer ser o mais breve possível em seus objetivos, e retornar rápido a Goiás. Tobias atinha-se a um mutismo constrangedor e ansiava por chegar logo à fazenda. A presença daquela linda mulher ao seu lado, com uma personalidade tão estranha e poderosa, gerava-lhe uma angústia atroz, um mal-estar indefinido que se chocava frontalmente com suas emoções equilibradas. Riete o esmagava.

— Lá está — conseguiu dizer, ao avistar as palmeiras imperiais. — Chegamos.

Riete nunca estivera ali, e sentia agora sua indiferença explodir em estilhaços de raiva ao avistar, à sua frente, no outro extremo da avenida, a majestosa sede de Santa Sofia. As palmeiras passavam ao lado, lindas, imponentes, ladeadas pelos verdes do vasto jardim, já escurecidos pela ausência de luz. À medida que avançavam, toda aquela suntuosidade ia subjugando-a, transformando-a num minúsculo ser, metido em uma casca de ódio.

— Pronto, dona Riete, cá estamos — disse Tobias, sofreando o cavalo, após contornar parcialmente o canteiro circular e parar em frente ao alpendre.

Ele saltou, retirou as duas malas e a pequenina frasqueira da boleia e foi ajudá-la a descer, dando-lhe a mão, enquanto ela apoiava um dos pés no estribo, e tocava com o outro no chão.

— Obrigada, Tobias — agradeceu Riete.

E o empregado sentiu seu coração derreter-se ao som daquela voz suave e meiga, tão diferente da que ouvira havia poucos minutos. Observou-a rapidamente e enrubesceu.

Riete, praticamente, restabelecera suas feições normais; somente seus olhos mantinham-se ligeiramente túmidos. Ela admirou o chafariz, um leão jorrando água pela boca, localizado no centro do canteiro circular. A escultura situava-se de costas para a casa e de frente para a alameda. O alpendre encontrava-se num patamar elevado, frontal à entrada principal da mansão, ao qual se tinha acesso por meio de uma ampla escadaria de mármore, que se alargava na base e se estreitava no topo. Esse alpendre era grandioso, acompanhando toda a fachada e compondo a entrada da casa; sua cobertura encaixava-se sob o beiral principal. O alpendre era frontalmente cercado por uma pequena mureta vazada, composta por pequenas colunas estilizadas. Esse mesmo estilo ladeava as laterais da escadaria.

Riete subiu até o alpendre, acompanhada por Tobias, que carregava sua bagagem. Ao chegarem à frente da porta, ele bateu duas vezes com a pesada aldrava de ferro. Em minutos, luzes foram acesas e se ouviram passos soarem apressados, vindos do interior da sala; em seguida, o barulho metálico da chave. A porta foi aberta, surgindo, no limiar, a figura expectante de Verônica. Ela mirou Riete um segundo e abriu um largo sorriso, demonstrando sua alegria em rever a filha.

— Oh, minha querida! Há quanto tempo! — exclamou. — E como está moça! — acrescentou, olhando para ela dos pés à cabeça. — Tobias, ponha a bagagem ali dentro e pode ir — ordenou Verônica.

O empregado cumpriu a ordem, despediu-se e retirou-se.

— Mas... Dê cá um abraço! Quantas saudades! — exclamou Verônica, dando três passos em direção à filha que permanecia imóvel, impassível, perante aquela efusão sentimental de sua mãe.

Verônica abraçou-a, porém cingiu em seus braços um corpo tenso, insensível às suas emoções. Ela, então, recuou um passo, fitando a filha com uma expressão aflita, pungente, com um olhar em que transluzia imensa dor. Verônica, ainda sensibilizada com a morte da mãe, necessitava abrir-se com alguém que julgara, no momento em que recebera o telegrama anunciando a sua vinda, pudesse ser Riete. Porém, sentia-se decepcionada com o comportamento da filha, e afetava desencanto e premência de compreensão. Seus olhos marejaram e duas grossas lágrimas rolaram; ela as enxugou com as costas das mãos e convidou-a a entrar. Riete deteve-se ainda a observá-la, com um sorriso chocho, quase irônico. Finalmente, caminhou meia dúzia de passos no interior da imensa sala, mas estacou novamente, admirando aquele fausto. Ambas permaneceram imóveis, na entrada do salão, enquanto Verônica olhava para a filha, mantendo aquele seu semblante tenso, amargurado. Depois de alguns segundos de constrangimento, ela se dispôs a ir chamar uma empregada para levar a bagagem de Riete até um dos quartos, especialmente preparado para recebê-la. Logo retornou, acompanhada pela empregada, e as malas foram levadas.

— Venha, sente-se aqui — convidou-a Verônica, dirigindo-se a um dos conjuntos de poltronas e sofás que compunham o mobiliário. — Não quer comer nada? Descansar um pouco? Tomar um banho? — sugeriu a mãe.

— Bertoldo chega amanhã? — indagou Riete de supetão, parecendo não haver sequer ouvido as sugestões de Verônica. Andou vagarosamente em direção ao lugar onde se sentara sua mãe, enquanto persistia a admirar aquele ambiente luxuoso.

— Não, ele permanecerá durante a próxima semana em Santos. Quem lhe informou da sua ausência?

— Tobias; disse que talvez chegasse amanhã... — respondeu Riete, aproximando-se do local onde se encontrava Verônica.

— Raramente ele passa a semana fora, mas está com vários negócios pendentes em Santos, que necessitam de sua presença. Coisas ligadas à exportação de café e importação de maquinário... Por que pergunta?

— Porque, assim, tudo se torna mais fácil. Eu estava preocupada em encontrá-lo aqui e ter que aguardar até segunda-feira para conversar com a senhora... quando ele fosse trabalhar. Mas podemos, então, conversar agora, e amanhã mesmo já poderei retornar a Goiás.

Verônica ergueu os olhos e encarou a filha, estupefata ao ouvir aquelas palavras. Franziu a fronte e avançou o corpo para a frente, num gesto compulsivo, como a querer impedi-la ou a demovê-la desse propósito desarrazoado.

— Mas... Riete... Você acabou de chegar e já fala em partir! Que coisa absurda! Sem nenhum sentido! Você, por acaso, sabe que a sua avó faleceu?

— Sim, Tobias me contou na viagem — respondeu, comprimindo os lábios, mantendo-se ainda de pé.

— Sente-se... Fale-me da sua vida... Onde... onde está e o que faz? — insistiu Verônica, demonstrando aflição.

Riete, neste momento, abriu um largo sorriso, carregado de ironia, e sentiu em si um prazer sádico, irreprimível, de agredir sua mãe.

— Sente-se — insistiu Verônica.

— Então, arranjou outro para bancar sua vidinha de luxo... E que homem, o Bertoldo, hein, mamãe? — comentou, mirando sua mãe com um olhar que transluzia sentimentos indizíveis. Havia uma total dissonância entre o que se passava naqueles dois corações.

— Oh, minha filha... Por que me fala dessa maneira? — indagou Verônica, baixando os olhos, mas tornando a erguê-los logo em seguida, encarando Riete com aflição. — Eu... eu aqui... sentindo sua ausência, com saudades de você... e você chega e me trata dessa maneira. Está certo que tenha lá suas razões, mas eu não mereço, assim, tanto... tanto desprezo e ódio... Afinal...

— Afinal, sou sua mãe — completou Riete, sorrindo zombeteiramente, assentando-se numa das poltronas. — Mas, por isso, irei fazê-la feliz. Imensamente feliz, para que não pense que sou tão má assim, como disse... — afirmou ela, tornando-se repentinamente séria.

Houve uma inesperada e estranha pausa em que Verônica percebeu-se insegura, sentindo que a personalidade da filha começava a dominá-la. "Será que até nisso ela puxou ao pai?", indagou a si mesma.

— Mas, afinal, quem era o tal francês que se hospedava com mamãe, e que foi assassinado? Pierre era o seu nome, não? — indagou Verônica. Essa era uma das primeiras curiosidades que desejava satisfazer, e da qual até já havia se esquecido, devido àquele estranho comportamento da filha.

Riete, instantaneamente, perturbou-se, pois desconhecia aquela história de Pierre, sentindo um frio percorrer-lhe o estômago. Mas isso durou apenas uma fração de segundos, pois imediatamente deduziu tratar-se de um nome inventado por suas tias para esconderem de sua mãe a identidade do ex--amante. Riete sabia da preocupação da avó em evitar que Verônica soubesse que Jean-Jacques estava em Ilhéus.

Verônica, porém, percebeu aquela ligeira perturbação da filha.

— Era um amigo recente da vovó, a quem conhecera no Rio, pouco antes de mudar-se para Ilhéus... E convidou-o a passar uns dias com ela. Pareciam se dar bem. Realmente foi um trágico acontecimento, que a deixou chocada... Comentaram que ele estava-se envolvendo com a filha de um coronel, já comprometida com o filho de outro. A senhora sabe como são essas coisas lá na região... — comentou Riete, demonstrando naturalidade. — No momento, porém, não sei como andam as investigações.

— E o que ele fazia? Qual era a sua profissão?

Riete eximiu-se de responder e encarou sua mãe com um olhar refulgente, jovial, com o semblante dulcificado por um sorriso amoroso.

— Mamãe, pois eu vim até aqui somente para falar com a senhora sobre outra pessoa que encontrei no Rio e que, no momento, aguarda-a ansiosamente. Escrevi-lhe, ele me respondeu, e marcamos o encontro — disse Riete, mantendo o sorriso meigo, espontâneo, olhando atentamente para sua mãe.

Verônica também se descontraiu e prestou atenção na filha, denotando curiosidade.

— Sim! Pois, então, quem é? — indagou em voz baixa, achando graça naquela estranha situação, enquanto observava a filha que a fitava fixamente com um olhar cintilante, mantendo a mesma expressão anterior. — Você fez alusão a uma pessoa...

— Pois a senhora não será capaz de imaginar de quem se trata — acrescentou Riete, aguçando a curiosidade de Verônica, permitindo-se aflorar no rosto toda a sua beleza, despertando a admiração da mãe.

— Ora, minha filha, diga logo! — exclamou ela também sorrindo, suplantando facilmente a beleza da filha.

— Pois, trata-se de Jean-Jacques...

Verônica prorrompeu numa gargalhada quase histérica, como se tivesse ouvido uma piada, mas suas pupilas chamejaram, experimentando a felicidade explodir-lhe no peito ao ouvir o nome do antigo amante, mesmo achando que isso deveria ser alguma outra maluquice de Riete.

— E como ele está? — indagou, com ironia, contendo a gargalhada e divertindo-se com a situação.

Riete então se entristeceu, e seus olhos umedeceram.

— Por que a senhora nunca acredita em mim, mamãe?

— Ora, querida, como seria capaz de acreditar nisso? — retrucou Verônica, abrindo os braços, com as mãos espalmadas para cima, avançando o rosto e franzindo a testa, num gesto indicativo de uma possibilidade remota. Ficou, porém, aliviada e feliz, pois sentia a filha mais próxima de si. — Você não quer tomar um banho e descansar? Mandei preparar uma comida especial para você — acrescentou, fazendo menção de levantar-se da poltrona.

Neste instante, ela observou Riete abrir a bolsa que carregava e dela retirar um pequeno objeto, que Verônica não conseguiu identificar.

— A senhora reconhece este anel? — indagou Riete, estendendo-o à frente, mantendo-o preso entre o polegar e o dedo indicador da mão direita, enquanto perquiria atentamente a reação de sua mãe.

Viu-a empalidecer e ficar repentinamente séria.

— Jean-Jacques pediu-me que o trouxesse como prova, porque julgava que a senhora não acreditaria em mim... Além disso, contou-me a história. Revelou-me que você lhe deu este anel no último dia em que passaram juntos, num hotel no Rio. Segundo ele, numa tarde inesquecível de amor, em 15 de novembro de 1901... um dia antes de abandoná-lo. E que nem sabia o porquê de havê-lo dado a ele. Não é verdade? Tome-o e o examine.

Verônica esticou o braço e o agarrou sofregamente, pondo-se a examiná-lo com avidez. Não havia dúvida, era o próprio.

— Oh, sim! Eu realmente o dei a ele naquele dia! — exclamou, cerrando fortemente os dedos, apertando o anel na palma da mão e levando-a junto ao peito.

Ela inclinou o rosto e começou a chorar copiosamente, baixinho, soluçando e pronunciando frases alusivas ao seu amor por Jean-Jacques. Riete permanecia imóvel, observando-a. Alguns minutos depois, Verônica ergueu o rosto, parecendo iluminada. Enxugou as lágrimas e sorriu, numa alegria incontida, sentindo a vida transbordar de si.

— Minha querida, mas como? Como conseguiu encontrar-se com Jean-Jacques? Onde está ele neste momento? Há tantos e tantos anos eu sonho em revê-lo... Oh, meu Deus, que felicidade! — exclamou, erguendo-se da poltrona e abraçando-se à filha, muito emocionada.

Riete começou a penetrar naquele seu refúgio da capelinha rosa. Verônica ergueu o rosto e logo observou a transformação facial da filha; aquele seu estranho e misterioso olhar em desvario, que já observara algumas vezes.

— Riete! Riete! — gritou Verônica, segurando-lhe os dois braços e sacudindo-a com força.

Ela pareceu despertar daquele torpor, e fitou a mãe com um olhar interrogativo.

— Está bem, minha filha? — perguntou, afagando-lhe a cabeça e observando-a atentamente.

— Sim... — respondeu Riete, respirando fundo.

Verônica abriu a mão e contemplou novamente o anel.

— Pertenceu ao meu pai, o Barão Gomes Carvalhosa — comentou, com o semblante transfigurado pela emoção, irradiando alegria.

Riete admirou sua mãe; jamais a vira tão linda.

— Ele lhe deu? — indagou, devolvendo-lhe o anel.

— Sim, e contou-me emocionado a respeito daquela tarde memorável que tiveram, dizendo, além disso, ser este um anel das elites brasileiras. Como me achou esperta e ambiciosa, presenteou-me com ele.

— Sim! — concordou Verônica, gargalhando, dando vazão aos seus sentimentos. — Isso mesmo! Ele repetiu-me essa mesma frase algumas vezes. Como, porém, conseguiu entrar em contato com Jean-Jacques?

— A senhora lembra-se daquela carta? Pois copiei o endereço — respondeu Riete, pondo-se séria. — Queria também conhecê-lo — acrescentou com um olhar pensativo, onde despontava certa tristeza.

— O quê?! Mas... Então... — exclamou Verônica assombrada. — Então, você sabia onde ela estava guardada... — disse, mirando a filha com uma expressão aturdida.

— Sim, mamãe. Sabia!

Verônica permaneceu pensativa por um instante.

— Onde poderei, então, encontrá-lo? — indagou aflita. — Riete! Quando poderei revê-lo? — indagou, alteando a voz, quase gritando.

Riete sorriu melifluamente e respirou fundo, sentindo-se cansada.

— Bem, mamãe, só eu sei onde ele se encontra, e Jean-Jacques te espera somente até sexta-feira próxima, conforme combinamos... Uma semana de prazo, porque poderiam surgir algumas dificuldades.

— Sim! — exclamou Verônica, demonstrando imensa expectativa, pondo-se a andar nervosamente em idas e vindas em frente à poltrona, onde se sentava Riete. Voltou-se de súbito, apontando seu rosto ansiosamente em direção à filha, aguardando uma resposta.

— Existe, porém, uma condição para a senhora revê-lo e, sem ela, jamais reencontrará o seu grande amor... O grande amor de sua vida, não, mamãe? — indagou Riete, absorta, com um olhar perdido em algum ponto daquela imensa sala, ricamente decorada.

— Sim! Diga, então! — Verônica aquiescia quase afoitamente com a condição, mesmo sem a conhecer, exibindo o semblante lívido e encarando fixamente o rosto da filha.

Riete ergueu os olhos e respondeu-lhe com uma expressão grave e dura.

— Um cheque no valor de trezentos contos de réis — disse ela secamente.

— Você está doida, minha filha?! — replicou Verônica aturdida. — Está a me chantagear? Isso é... isso é muito dinheiro!

— Mamãe, quando desejamos alguma coisa, não pagamos por ela? — indagou com cinismo.

— Sim... Mas...

— Mas o quê? — replicou Riete com rispidez.

— Com o dinheiro honesto...

Riete gargalhou alto, com intensa ironia e os olhos refulgentes, expressando ódio.

— E como imagina que o Bertoldo se enriqueceu e comprou esta fazenda para a senhora? Afinal, o seu amor por Jean-Jacques não vale os trezentos contos? Pois essa é a quantia de que necessito para comprar terras e ampliar meus negócios; e ela não é tão alta assim... — disse, de maneira incisiva, comprimindo os lábios e olhando para Verônica com assombrosa segurança e convicção.

Verônica permanecia de pé, em frente a Riete, e recomeçou a dar alguns passos, mantendo-se, todavia, cabisbaixa e pensativa durante alguns segundos. Ela conhecia bem a personalidade da filha, e sabia que Riete era irredutível em seus anseios; portanto, resolveu anuir com a condição imposta. Entretanto, ainda ponderou, refletindo preocupada com o desfalque que daria ao marido, que sempre lhe manifestara confiança em questões econômicas. Verônica, contudo, sentiu a onda de paixão bater-lhe irresistível no peito, e sorriu. Voltou-se para Riete com uma expressão de inelutável desejo, como se houvesse sucumbido a todas as ponderações e se rendido aos imperativos de sua vontade. Afinal, ao longo dos anos, quantas vezes pensara em abraçá-lo novamente e entregar-se a ele para sempre?

— Pois bem, como não há alternativa para encontrá-lo, e conhecendo a filha que tenho — e olhou para ela com orgulho, demonstrando alegria —, vou ceder à sua exigência. Espere um instante.

Em verdade, Verônica reconhecia que faria tudo para reencontrar Jean-Jacques, e que qualquer atitude sua, mais sensata, seria inútil. Dirigiu-se até o seu quarto e retornou rapidamente com um talão de cheques, uma caneta de pena e tinteiro, sobre um bonito suporte de porcelana. Sentou-se na poltrona em que estivera.

— Bertoldo mantém-me uma conta conjunta com ele, em São Paulo, para as nossas despesas na capital... Mas raramente conseguimos utilizá-la completamente. E ela só tem aumentado ao longo do tempo... — disse Verônica, apoiando o talão de cheques no descanso da poltrona e pondo-se a preencher uma folha. — Porém, isto é quase tudo que temos em depósito. Não sei como depois explicarei isso a ele — ela ia falando, enquanto escrevia. — Mas, quem sabe? Tudo dependerá dele... Pronto! Aqui está! — Terminou de preenchê-lo pronunciando essas palavras reticentes e encarando a filha, transluzindo emoções indizíveis.

Riete mantinha-se atenta, observando sua mãe com curiosidade, tentando imaginar a intensidade e a natureza daquele amor, desconhecidos por ela. Lembrou-se de Roliel, mas essa lembrança não possuía a força da saudade e nem a intensidade do ciúme, ou a premência das sensações amorosas. Entre ambos não havia olhares perdidamente apaixonados, nem tampouco as palavrinhas inesgotáveis em seus dizeres e que carregam, em cada letra, em cada sílaba, emoções inesquecíveis. Havia apenas sentimentos desbotados, momentâneos, muito distantes da paixão que Verônica dedicava a Jean-Jacques e que a filha conhecia tão bem, e que a obrigava a preencher, compulsivamente, um cheque com vultosa quantia. Entre Roliel e Riete havia somente laços de uma forte atração sexual e uma constante emulação de personalidades, na qual ela invariavelmente o subjugava devido à sua maior inteligência, e por estar imune ao autêntico sentimento amoroso. Obtinha, assim, liberdade para manobrá-lo e prazer em submetê-lo. Todas as minúcias que rodeiam o amor, que não constituem a sua essência, mas são tão importantes quanto ele, lhe eram desconhecidas.

— Aqui está — repetiu Verônica, destacando a folha e entregando-lhe o cheque, após soprá-lo para secar a tinta.

Riete o conferiu e o guardou na bolsa.

— E, agora, é sua vez de me dizer o local em que Jean-Jacques se encontra. Onde está ele? — indagou ansiosamente, reparando na filha, que parecia muito pensativa.

— Quando eu descontá-lo em São Paulo, telegrafo imediatamente, indicando-lhe o local.

— Oh, não! Você não confia em mim, minha filha? — indagou Verônica, tensionando o rosto. — E como poderei também ter a certeza de que…

— Mamãe! — exclamou Riete, interrompendo-a. — A senhora está cega! Cega de amor, e creio sinceramente que assinaria um cheque de qualquer valor para rever Jean-Jacques… Pois eu jamais privaria a senhora desse prazer imensurável, portanto, quanto a isso, fique tranquila — afirmou Riete com tanta segurança e persuasão que Verônica cedeu aos seus argumentos.

Ambas encontravam-se exaustas; a filha, muito mais, devido à longa viagem, e aceitou os conselhos de sua mãe, indo repousar e preparar-se para a ceia.

— Venha, querida — convidou-a Verônica, erguendo-se da poltrona e conduzindo-a para o seu quarto.

Riete deslumbrava-se com os requintes de Santa Sofia, à qual tinham sido incorporados os recursos tecnológicos e o conforto do século XX, que o casarão ainda não tinha quando fora comprado por Bertoldo. Após um relaxante banho em águas perfumadas por cristais franceses, Riete deitou-se para repousar. Por volta das dez horas, Verônica veio pessoalmente despertá-la para a ceia. Ela trajou-se com elegância e aguardou sua mãe retornar; os quartos delas situavam-se no mesmo corredor, e ali havia peças lindíssimas.

A ceia transcorria num clima de muita cordialidade e emoção. Foram servidos alguns pratos que Verônica sabia que a filha adorava, como uma belíssima galinha assada, bem tostada e temperada, acompanhada por uma farofa molhadinha, preparada com esmero. A tudo isso se adicionava um delicioso tinto italiano, retirado de uma sortida adega que Bertoldo mantinha no andar térreo. Ele possuía bons conhecimentos de enologia e gostava de se gabar disso. Animadas pelo vinho e pelo excelente estado de espírito que ambas desfrutavam, mãe e filha se confraternizavam e abriam seus corações, como jamais haviam feito. Verônica fazia alusões eufóricas a Jean-Jacques e narrava a Riete detalhes íntimos sobre o romance que mantiveram; coisas que ela nem sequer imaginara ser capaz de revelar a alguém, deixando a filha boquiaberta. Riete mantinha-se mais sóbria. Frequentemente ela completava a taça de Verônica, que ingeria bastante vinho e sentia-se no céu. A filha respondia sobre fatos relativos à sua vida em Ilhéus; divagou um pouco sobre o seu namorado Roliel e sobre suas atividades em Goiás, eximindo-se, porém, de dizer onde se encontrava. Mas Verônica tampouco lhe indagara a respeito, e narrou, com pormenores, o crime ocorrido em frente à sua casa, que tanto abalara a avó.

Verônica encontrava-se imensamente feliz. Estava eufórica e triplamente excitada pelo álcool, pela paixão e pela expectativa do reencontro com Jean-Jacques. Nunca vivenciara esse estado de espírito. Servia-se de mais vinho, e retornava calorosamente aos velhos tempos do *Mère Louise*, à Pensão do Pacheco e ao Rio de Janeiro de princípios do século. Suas palavras trafegavam emocionadas pelas ruas de Botafogo, pelas estradas poeirentas de Copacabana e sob frondosas árvores da Tijuca, e terminavam, invariavelmente, nos braços do amante. Riete aproveitava-se daquela disposição de sua mãe e procurava extrair fatos alusivos ao passado, sobre aqueles ambientes nos quais ela própria havia sido gerada. E Verônica discorreu longamente sobre a vida de Louise, sobre sua mãe Jacinta e de como viera a conhecer Mendonça. Por muito pouco, não lhe revelou aqueles hábitos masoquistas de seu pai, pois, alcoolizada, narrava tudo com riquezas de detalhes, saciando a curiosidade de Riete. Por diversas vezes, enquanto falava, interrompia-se emocionada, enxugando as lágrimas.

Verônica retornava livremente ao passado, passeava pela sua memória, isenta daqueles empecilhos que a desestimulavam a sonhar com uma felicidade remota. Durante certa época, a experimentara, mas se tornava distante e ilusória para ser recordada com veemência. Porém, ali, naquela noite agradável, como que por um milagre, o passado ressurgia das cinzas e se reimplantava em si, e as emoções de outrora estavam prestes a se concretizar novamente. Ela constatava que nunca se sentira tão feliz em sua vida: ali estava sua filha, que jamais sentira tão mais próxima de si como agora, e Jean-Jacques, que ela lhe trouxera de volta. Experimentou, subitamente, um imenso amor por Riete. Sabendo que a filha adorava seu pai, referiu-se a ele com muita ternura e carinho, principalmente devido ao comportamento anterior ao seu casamento com Bertoldo. Manifestou à filha sua preocupação com o estado de saúde dele, pois o achara muito deprimido durante a última vez que o vira, havia três anos. Verônica, enfim, achava-se naquele estado de espírito de quem vive uma arrebatadora paixão: tudo e todos, à sua volta, irradiavam luz, transformando sua vida num paraíso. Riete encontrava-se igualmente alegre, porém num grau infinitamente inferior à alegria vivida por sua mãe. Por vezes, ela se abstraía, mas retomava logo a atenção quando Verônica lhe dizia: "Ora, minha filha, sorria, pois te amo tanto! Experimente este molho!", e coisas do gênero.

Passava de uma hora quando deixaram seus lugares, muito tempo depois de terminada a refeição, e dirigiram-se, abraçadas, rumo aos seus quartos. Uma brisa agradável, refrescante, penetrava pelos janelões abertos, que permitiam a visão escurecida do imenso jardim e o cintilar de algumas estrelas, próximas à linha do horizonte. Caminhavam com dificuldade, principalmente Verônica, que se achava embriagada — haviam ingerido quase duas garrafas de vinho —, e gargalhavam alto, desreprimidas. Verônica tornara-se ainda mais indiscreta perante a filha, referindo-se frequentemente a Jean-Jacques, insinuando, entre risos e expressões sensuais, os momentos amorosos que viveriam nos próximos dias. Riete fazia um grande esforço para sustentá-la, e refletia quão linda ela era ao sentir seu corpo junto ao seu. Experimentava, ao ajudá-la a caminhar, a visão de seus seios e a emanação de sua beleza fatal.

Ao chegarem ao quarto de Verônica, Riete perguntou à mãe, apoiando uma das mãos no portal, onde se destacava o reluzir do anel contra a madeira:

— Mamãe, mas a senhora abriria mão de todo esse luxo e do conforto de que desfruta? Teria a coragem de trocar o dinheiro de Bertoldo por um amor... por um amor que há tanto tempo se foi e que logo termina?

— Sem dúvida, minha querida! Meu amor por Jean-Jacques nunca acabou, ao contrário, só se acentuou ao longo do tempo; ele nunca foi tão grande quanto agora. Você não imagina a paixão que sinto por ele neste momento! Durante todos estes anos de luxo e conforto, eu só pensava nele e, mesmo que tudo termine um dia, nada se compara a viver um instante no céu, ou a ter seu corpo colado no meu. Ele foi a única coisa importante que aconteceu em minha vida e, para revê-lo um minuto, tudo é válido, tudo! — respondeu com certa dificuldade, porém de modo categórico e com lucidez surpreendente. Seus olhos marejados brilhavam de felicidade, cintilando ternura sobre o rosto da filha. — E te amo por me trazê-lo de volta. — Gargalhou emocionada com as lágrimas rolando sobre suas faces, enquanto caminhava alguns passos tropegamente até a beirada da cama, onde se deixou cair, ficando com as pernas pendentes. Riete colocou-as sobre a superfície da cama, retirou-lhe os sapatos e ajeitou as cobertas sobre ela, e foi também dormir.

CAPÍTULO 34

Quando Verônica levantou-se, na manhã de sábado, bem mais tarde que o habitual, as empregadas disseram-lhe que Riete já havia embarcado para São Paulo, no trem das 7 horas. Ela ficou surpresa, pois a filha não lhe confirmara essa intenção na noite anterior. Seu Peixoto, *chauffeur* de Verônica, levara-a no seu automóvel. Bem que ouvira ruídos de motor de manhãzinha, sob a janela do seu quarto. Verônica possuía um lindo *Bugatti*, que ganhara de presente de aniversário ao completar trinta e seis anos. Riete deixara-lhe um bilhete — enfiara-o por debaixo da porta do quarto —, confirmando que assim que descontasse o cheque, na segunda-feira, telegrafar-lhe-ia, indicando o lugar em que Jean-Jacques a aguardava.

Verônica passou aquele fim de semana em intensa expectativa, aguardando ansiosamente a segunda-feira. Nesse dia, à tarde, nem mesmo esperou o empregado chegar com as correspondências. Lá pelas catorze horas, ela ordenou que Peixoto fosse a Campinas e ao correio verificar, na caixa-postal, se havia algum telegrama endereçado a ela, e o trouxesse, caso houvesse; se não o encontrasse, que aguardasse até o fechamento do expediente.

Riete, na segunda-feira, por volta das onze horas, dirigiu-se a uma agência do Banco do Brasil, situada na Avenida São João, e descontou o cheque. Enfiou o maço de notas num grande envelope, dobrou-o e o colocou na bolsa; procurou, em seguida, uma agência dos correios, e telegrafou a Verônica:

MAMÃE

HOTEL LONDRES, AV. ATLÂNTICA, RIO DE JANEIRO.

RIETE

Na tarde daquele mesmo dia, Riete embarcou para o Rio de Janeiro. Pernoitou na cidade para rever seu pai, pela última vez em sua vida e, na manhã seguinte, reiniciou sua longa viagem de regresso a Goiás.

Peixoto, ao abrir a caixa-postal, deparou-se com o telegrama — segundo um funcionário, havia chegado minutos antes —, e levou-o para a fazenda, sentindo-se curioso com a preocupação demonstrada por Verônica em relação àquela correspondência.

Ele entregou-lhe pessoalmente o telegrama. Verônica abriu-o ansiosamente em frente ao *chauffeur*, e sorriu: o Hotel Londres lhe era muito familiar.

— Muito obrigada, senhor Peixoto.

— De nada, dona Verônica, disponha sempre.

Ela entrou rapidamente no seu quarto, rasgou a mensagem, deu fim aos pedaços, e começou a arrumar as malas — duas enormes malas, muito além do necessário para uma simples viagem. Sentia uma grande euforia enquanto ajeitava rapidamente as peças de roupa no seu interior. Explicou à empregada de confiança de que necessitava viajar ao Rio com urgência para verificar o andamento do processo de inventário do casarão da Tijuca, que se arrastava havia três anos. Disse-lhe que o juiz havia marcado uma audiência para dali a dois dias, à qual não poderia faltar. Bertoldo, há cerca de um mês, estivera no Rio com o mesmo objetivo. Na mesma noite, embarcou no primeiro trem para São Paulo. Aquela fora uma viagem diferente. Verônica experimentava incríveis sensações à medida que o trem avançava pelo Vale do Rio Paraíba, aproximando-se do Rio de Janeiro. Quando a composição se imobilizou, na Estação da Central do Brasil, e ela tocou o chão da plataforma, seu coração começou a pulsar mais forte. Depressa, pegou sua bagagem, livrou-se do burburinho, tomou um táxi e passou a observar distraidamente as casas, as ruas e seus cruzamentos, os bondes elétricos e o tranquilo caminhar das pessoas, durante o fim de tarde ensolarado. Entretanto, essas cenas lhe pareciam muito vagas, secundárias, como se fossem sombras que se agitavam em sua mente, ajudando-a a compor o cenário principal que se desenrolava loucamente em sua imaginação. Cruzaram o Túnel Novo e entraram em Copacabana. Seguiram pela Avenida Princesa Isabel e, logo depois, dobraram à direita, junto à praia, trafegando pela Avenida Atlântica. Ela admirava novamente aquele cenário, aquele seu antigo palco sentimental, evocativo de tantas recordações memoráveis e que, naquele instante, readquiriam intensa realidade. Copacabana tornara-se um bairro bonito, agradável, refletiu, sentindo o carro reduzir a velocidade e parar rente ao meio-fio. Chegaram. Verônica pagou o *chauffeur*, após este haver colocado sua bagagem no passeio. O recepcionista do hotel veio apanhá-la em seguida. Ele já a conhecia e a cumprimentou solicitamente com simpatia, levando suas malas para o saguão. Verônica, com o coração aos saltos, subiu os quatro degraus e adentrou o *hall*. O senhor Cunha Leite, o gerente da recepção, veio gentilmente recebê-la quando ela se aproximou do balcão.

— Boa tarde, senhora Fortunatti, prazer em tê-la conosco novamente — saudou-a, abrindo-lhe um largo sorriso e efetuando discreta mesura. — Fez boa viagem?

— Sim... Senhor Cunha! — exclamou Verônica sofregamente, exibindo um olhar interrogativo, demonstrando aflição na entonação de voz e o semblante crispado.

— Combinei um encontro aqui no hotel com o senhor Jean-Jacques... — Verônica falava com certa dificuldade, devido à respiração alterada. O fato de procurar demonstrar naturalidade a afetava ainda mais.

O gerente surpreendeu-se com aquela inusitada apresentação, bastante estranha, pois a conhecia muito bem, e ela sempre se comportara de maneira tranquila, discreta, quando se apresentava ali para se hospedar. Cunha logo notou aquela intensa perturbação emocional e tornou-se repentinamente sério, procurando ser discreto, pois imaginou o que poderia significar aquele comportamento alterado, principalmente porque ela lhe indagara a respeito de um homem.

— Por favor, senhor Cunha, verifique se consta esse nome como hóspede, e peça para avisar a ele que me aguarde no seu apartamento... Trata-se de um antigo amigo... — acrescentou Verônica, atrapalhando-se ainda mais e se enrubescendo, sob o olhar atento do gerente.

— Pois não, senhora... O sobrenome, por favor...

— Ah, sim! Chermont Vernier; Jean-Jacques Chermont Vernier — acrescentou, constrangida, sem conseguir mais conter suas emoções.

O senhor Cunha deu três passos à esquerda, e começou a consultar uma série de pequenas fichas enfileiradas no interior de um pequeno arquivo de aço, sobre o balcão. Na parte superior desse arquivo, sobressaíam, em negro, a espaços irregulares, as letras do alfabeto. O gerente, enquanto as consultava, ia murmurando rapidamente: Chermont, Chermont, Chermont... Percorreu duas vezes a letra C, e não encontrou o sobrenome; resolveu tentar o V: Vermont, Vermont, Vermont...

— Não, senhora Fortunatti, não há ninguém hospedado aqui com esse nome... — disse, retornando os três passos até ela.

— Mas... Mas não é possível! Não esteve hospedado aqui, durante estes dias, um senhor com esse nome? — indagou Verônica, quase em desatino, empalidecendo e sentindo as suas pernas fraquejarem.

Aguardou um instante, olhando para ele angustiada, enquanto o senhor Cunha se dirigia a um pequeno armário.

— Não, não esteve... — confirmou o gerente, após consultar um livro volumoso. — Desculpe... Senhora Fortunatti... Não está se sentindo bem? — indagou Cunha, mostrando-se deveras preocupado com o aspecto de Verônica, que se tornara lívida e extremamente agoniada. — Sente-se, sente-se aqui — sugeriu, contornando o balcão, segurando-a no cotovelo e conduzindo-a até uma pequena poltrona de vime. — Traga-me, rápido, um copo com água e açúcar — ordenou Cunha a um dos recepcionistas que o ajudavam no balcão.

Verônica sentou-se, mortificada, levando as mãos ao rosto. Sentia-se realmente mal. Rapidamente, o empregado chegou com o copo d'água, turvo pelo açúcar.

— Beba, senhora... Vai-se sentir melhor — sugeriu o gerente, preocupado, oferecendo-lhe a água e segurando o pratinho com o guardanapo, mantendo-se de pé ao lado da poltrona. Ele também agora demonstrava aflição.

Verônica tomou lentamente a água, por etapas, elevando seus níveis de glicose e melhorando daquele mal-estar.

— Obrigada, senhor Cunha. Muito obrigada, estou me sentindo melhor — disse ela, pegando o guardanapo e enxugando os lábios, mantendo, porém, o semblante triste, agoniado, perplexo. Aquela cena chamara a atenção de alguns dos presentes.

— A propósito, senhora. Foi deixada aqui conosco, há cerca de três dias, uma carta endereçada à senhora, caso aqui comparecesse. Com licença, um instante, irei trazê-la... — disse Cunha, muito constrangido com aquela situação, apressando-se em ir buscá-la. — Aqui está, senhora Fortunatti — disse, entregando-lhe o envelope e retirando-se novamente para trás do balcão, entretanto, não desgrudando dela o seu olhar.

Verônica experimentou certo alento ao recebê-la; quem sabe, refletiu, a carta lhe explicaria a ausência de Jean-Jacques. Suas mãos tremiam ao abri-la. O envelope estava subscrito com letras maiúsculas, de imprensa: 'Sra. Verônica Fortunatti; Em mãos, P.E.O"; não constava, no verso, o nome do remetente. Entretanto, ao abrir o envelope e retirar a carta, Verônica reconheceu, imediatamente, a letra de Riete e, à medida que ia lendo, sentia sua alma dilacerar-se como se uma lâmina gelada a retalhasse, lentamente, de cima a baixo, enquanto o seu ser se desintegrava, mergulhando-a na fossa negra da depressão:

Mamãe:

Tu brincaste com a minha vida ao sabor dos teus caprichos, pois, hoje, eu brinco com a tua, ao sabor dos meus. Tenho buscado a felicidade, hora a hora, dia a dia, haurindo minha existência em descaminhos. E quanto mais a procuro e estendo minhas mãos nessa busca, mais ela se afasta de mim em direção ao passado e dela me distancio, inexplicavelmente. A criança que fui tornou-se o adulto que não sou, e só há tentativas vãs de unir dois seres que se buscam.

Toda a tua dor e toda decepção, neste instante, são as mesmas que sofri quando necessitava de ti. Agora, procuraste por Jean-Jacques e não o encontraste. Tu vieste ao presente, mas deixaste que ele partisse no passado. Tu brincaste com a felicidade quando ela estava junto a ti, e quiseste hoje reencontrá-la, como eu a cada instante. Ah, mamãe, como tu és caprichosa... Pois vá brincar também com a vida de Bertoldo naquele luxo de Santa Sofia, como brincaste com a minha, com a de Jean-Jacques e com a de papai, e com a vida de todos os homens, que continuam a se ajoelhar perante ti.

Jean-Jacques preferiu não a rever e retornou à França. Também sofri, muito, por tê-lo conhecido. Ele era realmente encantador, e te adorava.

Adeus, Riete.

O senhor Cunha observava as lágrimas e os soluços de Verônica enquanto ela lia a carta, e o seu pranto incontido, quando terminou de lê-la. Várias pessoas que se encontravam no *hall* ali acorreram, e fecharam um círculo respeitoso em torno dela, perplexos com aquela cena de sofrimento tão explícita, tão despudoramente incontida e comovente. Após alguns segundos, a pedido do gerente, foram-se retirando, murmurando entre si.

— Desculpem. Perdoem-me. Eu estou bem, estou bem — repetia Verônica, soluçando e tentando estancar o pranto, enquanto as pessoas se afastavam.

Voltou a fitar aquelas linhas com os olhos congestionados; curvou-se à frente, reclinando o rosto, retomando o pranto entrecortado por soluços dolorosos, levando ambas as mãos aos olhos. Lentamente, a carta foi-se encharcando com suas lágrimas, enquanto a ia esmagando contra a palma de suas mãos.

Aos poucos, ela emudeceu, os soluços iam se espaçando, e seu semblante adquiriu uma feição de intensa tristeza, de serena resignação perante o destino. O senhor Cunha, que se mantivera ao seu lado, pressentiu que a tormenta passara. Alguns hóspedes, que entravam ou saíam, eram imediatamente atraídos por aquela cena protagonizada por tão linda mulher, e cochichavam curiosos, pedindo informações aos outros.

— Desculpe, senhor Cunha. Por toda esta situação constrangedora... Eu mesma me sinto muito constrangida. Vou respirar um ar puro ali na praia e logo estarei boa — disse, com amargura, levantando-se e esquecendo-se da bolsa, que ficara sobre a poltrona.

O gerente recolheu-a e guardou-a, junto com as malas.

Quando Verônica ergueu-se e caminhou alguns passos, todos admiraram aquela beleza realçada por algo trágico, dramático, que dulcificava aquele sofrimento e tornava aquele semblante ainda mais lindo, envolvendo-o em um halo de dignidade que dele emanava serenamente, e os comovia.

Verônica saiu do Hotel Londres, atravessou a Avenida Atlântica e sentou-se num daqueles bancos de frente para o mar, com o olhar distante, perdido no infinito. Atirou a bolinha de papel molhado sobre as areias, sentindo um vazio imenso na alma, que lhe parecia morta. Durante todos aqueles anos, Jean-Jacques vivera em si como uma esperança. Ele era aquela pessoa que a fora empurrando vida afora, como as utopias vão alimentando os sonhos com os quais a existência nos engana, escondendo sua face menos lúdica e traiçoeira. Porém, repentinamente, todo esse móbil se esfumaçara e desaparecia para sempre. Verônica defrontava-se, naquele instante, somente com o mar imenso, porém insensível e impotente para absorver sua dor. Não mais poderia senti-lo poeticamente como costumava fazê-lo quando ali se hospedava, pois o passado realmente se fora e se petrificara em amargura. Não mais haveria ilusões de revivê-lo e tampouco haveria a esperança que amenizasse o presente. E ela sofria, chocada com o comportamento tão insensível da filha e consternada com o seu destino.

"Por que, afinal, entrei na vida pelo caminho errado? Bastaria, talvez, uma guinada à esquerda... ou à direita... e estaria trilhando a direção certa", refletia, desconsolada, fitando as ondas morrerem lentamente sobre a praia.

Permaneceu ali até a noitinha, vagando junto com as águas que iam e vinham, assistindo ao sol que se punha em mais um dia que se fora. Aquela natureza bela e romântica, que um dia conhecera, não mais existia, e se fazia muda e opaca às suas emanações. Como escrevera Riete, em sua carta, restar-lhe-ia somente encenar a vida com Bertoldo. A realidade sobrepujara os sonhos. Pela última vez, recordou aquela Copacabana de início do século e a figura romântica de Jean-Jacques, e do seu olhar idealizador da vida e dos homens. Permaneceu naquele banco até as primeiras estrelas cintilarem quando, cabisbaixa, levantou-se e atravessou a Avenida Atlântica. Lindíssima, adentrou o saguão do hotel, sob o manto da solidão.

* * *

No dia seguinte, embarcou de volta a São Paulo.

— Por gentileza, senhor, me leve ao jornal *O Estado de S. Paulo* — indicou Verônica ao motorista do carro de aluguel.

— Pois não, senhorita — respondeu-lhe o recepcionista do jornal.

— Necessito de um favor seu, meu senhor: preciso consultar as edições dos dias 24 a 26 de agosto, último — Verônica não se lembrava do dia exato daquele casamento em que foram padrinhos.

— Pois não, senhora, teremos imenso prazer em atendê-la. — E mandou chamar o arquivista, ordenando-lhe trazer as edições mencionadas.

— Aqui estão...

— Ah! Meu Deus!

O senhor baixo, gordo, com uma calva avermelhada e uma fisionomia bondosa, trajando um colete cinza sob suspensórios elásticos, espiou ao lado de Verônica enquanto ela terminava de ler a notícia, com as lágrimas descendo pelo rosto.

— Obrigada — agradeceu, lembrando-se inopinadamente de Zulmira, a proprietária daquela pensão que frequentara com Jean-Jacques, havia tantos anos, esposa do senhor Pacheco. Lembrava-se de sua máscara mortiça e de seu sorriso sem vida, quando os atendera no saguão.

— De nada, ao vosso inteiro dispor, tão encantadora senhora. — Efetuou uma mesura.

Sábado, em vez de viajar para Santa Sofia, Verônica escreveu uma longa carta para Bertoldo, explicando-lhe que necessitava viajar com urgência a Goiás, a fim de se encontrar com Riete. Afirmava-lhe, dramaticamente, que precisava cobrar certas explicações da filha, e que depois lhe explicaria tudo.

Na segunda-feira, foi ao banco, retirou tudo o que restava, efetuou algumas compras, e partiu na manhã seguinte.

O trem sacolejava rumo ao interior do Brasil. Verônica observava, com seus olhos colados no vidro da janela, a singeleza das casas tristes, a melancolia dos morros e o azul do céu sobre as montanhas distantes; apreciava tristes bananais, secos milharais e andarilhos cabisbaixos, rios e riachos que deslizavam sem destinos. E admirava o gado pastando placidamente sob as árvores, caminhando sobre os verdes desbotados das encostas, indiferente ao seu olhar e à sua solidão.

Volveu seu rosto para o interior do vagão e, novamente, deparou-se com aquela simpática senhora idosa, porém ainda ágil e jovial, acompanhada pelo seu marido cego, igualmente idoso. Ele tateava o corredor central com a sua bengala elegante. Portava óculos escuros, com aros dourados, e retornavam do *toilette*.

— Sente-se, Almeida, e vá admirando a paisagem; ali está o Rio Paraíba do Sul, não é lindo?

Verônica olhou-os e sorriu.

— Como se chama a senhora?

— Zulmira Costa Almeida Prado... E a senhorita?

— Verônica... — E refletiu um segundo. — Verônica Chermont Vernier — completou.

— Oh! Então deve ser parente de um senhor que conheci num navio, quando estive na Europa, há alguns anos. Nunca me esqueci desse nome. Eu lhe emprestei meu binóculo quando passávamos em frente a Copacabana... Durante a viagem, tornamo-nos amigos; mas ele mantinha-se sempre pensativo, absorto, contemplando o horizonte com um olhar triste. Nunca mais tive notícias dele...

— Sim!? Pois eu era sua amante, naquela época.

— Ah! Que coisa mais linda! E que coincidência! Eu também sou apaixonada pelo Almeida, e sempre viajamos em lua de mel. Mais à esquerda, Almeida, e admire a suave curva do rio.

— Sim, mas a curva é à direita, Zulmira — replicou, neurastênico.

Verônica sorriu e fechou os olhos, lembrando-se, casualmente, das últimas palavras de Louise: "Vá para Goiás e, ali, reencontrarás o teu grande amor". E seu sorriso alargou-se, lindo, maravilhoso, enquanto um raio de luz iluminava a escuridão de sua alma, confluindo para o interior do Brasil.

CAPÍTULO 35

O senador Mendonça faleceu, não vítima de seus males do coração, mas devido à gripe espanhola que assolava o Rio de Janeiro, em 1919. Aquela geração politica que vivera o final do Império e proclamara a República começava a desaparecer. Mas seria sucedida por novas gerações de homens públicos, homens públicos brasileiros, tão peculiares e estranhos como Mendonça, homens que gerariam um enigma, ou um sonho impossível.

INFORMAÇÕES SOBRE NOSSAS PUBLICAÇÕES
E ÚLTIMOS LANÇAMENTOS

FACEBOOK.COM/EDITORAPANDORGA

TWITTER.COM/EDITORAPANDORGA

WWW.EDITORAPANDORGA.COM.BR

PandorgA